자정4분 뒤 2

이 도서의 국립중앙도서관 출판예정도서목록(CIP)은
서지정보유통지원시스템 홈페이지(http://seoji.nl.go.kr)와
국가자료공동목록시스템(http://www.nl.go.kr/kolisnet)에서 이용하실 수 있습니다.
(CIP제어번호: CIP2018009068)

자정 4분 뒤 2

스티븐 킹 중편집

이은선 옮김

STEPHEN KING

엘릭시르

차례

1권

2권

3

자정 3분 뒤

도서관 경찰

자정 3분 뒤:
「도서관 경찰」에 붙이는 서문

이 이야기가 시작된 시점은 내가 아들 오언과 함께 아침을 먹던 도중이었다. 아내는 샤워를 하고 옷을 갈아입으러 2층으로 올라가 있었다. 오전 7시에 없으면 안 되는 두 가지—스크램블드에그와 신문—가 식탁에 놓여 있었다. 일주일에 오 일은 우리집에 찾아오는 윌러드 스콧*이 네브래스카에 사는 어떤 노부인이 얼마전에 104살이 되었다는 이야기를 꺼내자 오언과 내가 눈을 휘둥그레 뜨고 서로 쳐다보았던 기억이 나는 것도 같다. 그러니까 우리집의 흔한 주중 아침 풍경이었다는 뜻이다.

스포츠면을 탐독하던 오언이 신문에서 눈을 들어 학교 과제로 필요한 책이 있으니 그날 쇼핑몰에 갈 일이 있으면 사다달라고 부탁

* 2015년까지 〈투데이〉라는 아침 방송을 진행한 미국의 유명 방송인.

했다. 뭐였는지는 기억이 나지 않지만—『조니 트레메인』 아니면 미국독립혁명을 다룬 하워드 패스트의 『4월의 아침』이었던 것도 같다—아무튼 서점에서 구할 수 있는 책이 아니었다. 필요한 책들은 항상 절판된 직후이거나 재출간되기 직전이거나 그렇다.

나는 오언에게 동네 도서관에 가서 찾아보는 게 어떻겠느냐고 했다. 훌륭한 도서관이라 책이 있을 게 분명했다. 아들 녀석은 뭐라고 웅얼거렸다. 내가 알아들은 건 딱 두 마디뿐이었지만 호기심을 자극하기에 충분했다. 그 두 마디가 '도서관 경찰'이었던 것이다.

읽던 신문을 내려놓고 리모컨의 음소거 버튼을 눌러서 조지아 주의 복숭아 축제를 신나게 소개하고 있던 윌러드의 목을 조른 다음 오언에게 아까 뭐라고 했는지 다시 한번 얘기해주겠느냐고 했다.

아들 녀석은 내키지 않아 했지만 내가 집요하게 물고 늘어지자 결국 도서관 경찰이 무서워서 도서관 책을 빌리기 싫다고 실토했다. 녀석은 도서관 경찰이 없다는 건 안다고 얼른 덧붙였지만, 그 이야기가 무의식 깊숙이 파고들어 있는 듯했다. 일곱 살인가 여덟 살 때, 그러니까 지금보다 훨씬 어리숙하던 시절에 스테퍼니 이모에게 들은 이야기가 아직까지 머릿속에 남아 있었던 것이다.

두말하면 잔소리지만 나는 그 이야기를 듣고 즐거워했다. 나도 어렸을 때 도서관 경찰을 무서워했기 때문이다. 연체된 책을 반납하지 않으면 집으로 찾아온다는 정체불명의 경찰관. 그것만으로도 섬뜩한데…… 이 생소한 경찰관이 들이닥쳤을 때 문제의 책을 찾지 못하면 어떻게 될까? 그들은 어떤 조치를 취할까? 잃어버린 책 대신 뭘 요구할까? 도서관 경찰에 대해 생각해본 지 몇 년이 지났지만(어린시절 이후로 전혀 안 한 건 아니었다. 육 년인가 팔 년 전에 피터 스트라우브 부자와 얘기했던 기억이 똑똑히 난다) 섬뜩하면서도 매혹적인 어린 시절의 궁금증이 고개를 들었다.

나는 그 뒤로 사나흘 동안 도서관 경찰에 대해 곰곰이 생각했고 그러는 와중에 이 이야기의 얼개가 어렴풋이 잡히기 시작했다. 내 경우, 작품의 영감이 원래 그런 식으로 떠오르긴 하지만 이번에는 곰곰이 생각하는 기간이 평소보다 훨씬 짧았다. 제목은 「도서관 경찰」이라고 지었고 어떤 분위기의 작품이 될지 전혀 알 수 없었다. 이제는 고인이 된 맥스 슐먼*이 좋아했던, 어느 도시 근교의 악몽 같은 재미있는 이야기가 되지 않을까 싶었다. 이러니저러니 해도 발상 자체가 어처구니없지 않은가. 도서관 경찰이라니! 이렇게 황당할 수가!

하지만 내가 진작부터 알고 있었던 사실을 다시금 깨달았다. 어린시절의 두려움은 가공하리만치 집요하다는 것. 글쓰기는 자기 최면의 발현인데, 그 상태에 돌입하면 일종의 감정 소환이 이루어져서 오래전에 사라졌어야 마땅한 공포가 다시 등장하고 말을 걸기 시작한다.

이 작품을 집필하는 동안 나에게도 그런 현상이 벌어졌다. 어렸을 당시 나는 도서관을 사랑했다. 그럴 수밖에 없었다. 나처럼 비교적 가난한 집 아이가 읽고 싶은 책을 모두 읽을 수 있는 곳은 도서

* 시트콤 〈도비 길리스〉 시리즈로 유명한 작가.

관밖에 없었다. 하지만 원고를 써 내려가는 동안 심오한 진실을 다시금 깨달았다. 내게는 도서관을 두려워하는 마음도 있었다는 것을 말이다. 나는 시커먼 책 더미 속에서 길을 잃지 않을까, 어두침침한 열람실 한쪽 구석에 내가 있는 걸 모르고 문을 잠그는 바람에 밤새도록 거기 갇혀버리는 건 아닐까 두려웠다. 머리카락은 파랗고 뿔테안경을 쓰고 입술은 거의 보이지 않을 정도로 얇으며, 자기가 어디에 있는지 깜빡하고 시끄럽게 떠드는 아이가 있으면 "쉬이이잇!" 하고 길고 창백한 손가락으로 아이의 손등을 꼬집었던 나이 많은 사서도 무서웠다. 그리고 맞다, 도서관 경찰도 무서웠다.

이보다 훨씬 긴 『크리스틴』이라는 소설을 작업했을 때 경험했던 현상이 이번에도 나타났다. 삼십 쪽 정도부터 웃음기가 스멀스멀 사라지기 시작했다. 오십 쪽쯤에 다다르자 내가 수도 없이 들락거렸지만 여전히 아는 게 거의 없는 어두운 곳으로 이야기가 끼이익 하며 좌회전했다. 결국 나는 찾고 있던 사람을 만났고, 고개를 들어 냉혹한 그의 은색 눈을 들여다볼 수 있었다. 내 오랜 팬들을 위해 그의 모습을 그린 그림을 이곳에서 공개하려 하지만 기대는 하지 않는 편이 좋을지 모른다.

보면 알겠지만 그림을 그릴 때 손이 심하게 떨렸다.

3

도서관 경찰

| 새뮤얼(샘) 피블스 |

정션 시티의 보험 판매자 및 부동산 중개업자.

| 나오미 세라 히긴스 |

샘 피블스의 비서.

| 아델리아 로츠 |

정션 시티 도서관 관장.

| 데이브 덩컨 |

집집이 다니며 다 본 신문을 수거하는 알코올의존자.

1장: 대타

1

샘 피블스가 나중에 내린 결론에 따르면 그 모든 게 빌어먹을 곡예사 때문이었다. 곡예사가 그때 취하지 않았더라면 샘은 골머리를 앓을 일이 없었을 것이다.

'인생이란 끝없이 이어지는 골짜기 사이에 놓인 좁은 평균대와도 같지.' 그가 이런 씁쓸한 생각을 하는 데에는 이유가 있었다. '우리는 눈을 가리고 그 위를 걸어가야 해. 그것만으로도 끔찍한데 그게 다가 아니지. 가끔 등을 떠밀릴 때도 있거든.'

하지만 그건 나중에 한 생각이었다. 처음에는, 도서관 경찰이 있기 전에 술에 취한 곡예사가 문제였다.

2

정션 시티의 로터리클럽 회관에서는 매달 마지막 금요일에 '강연과 함께 하는 저녁'이라는 행사가 열렸다. 1990년 3월의 마지막 금요일에는 커리 앤드 트렘보 올스타 서커스 순회공연단의 곡예사 어메이징 조의 강연과 공연이 예정되어 있었다.

목요일 오후 4시 5분에 정션 시티 부동산 겸 보험사의 샘 피블스의 책상에 놓인 전화벨이 울렸다. 샘은 전화를 받았다. 전화는 늘 샘이 받았다. 직접 받거나 자동 응답기로 받거나 둘 중 하나였다. 그가 정션 시티 부동산 겸 보험사의 사장이자 딱 한 명뿐인 직원이었다. 그는 풍족하지는 않았지만 비교적 행복하게 지냈다. 그가 입버릇처럼 얘기하다시피 첫 벤츠를 살 날은 아직 멀었지만 새것이나 다름없는 포드가 있었고 켈턴 애비뉴에 자기집도 있었다. "게다가 사업도 그럭저럭 굴러가서 맥주와 구주희*가 끊길 날이 없고 말이지." 그는 이렇게 덧붙였지만…… 사실 맥주는 대학교를 졸업한 이후에 별로 마신 적이 없었고 구주희는 뭔지도 잘 몰랐다. 무슨 술안주 아닐까 했다.

"정션 시티 부동산……."

"샘, 나 크레이그야. 곡예사가 목이 부러졌어."

"뭐라고?"

"귀먹었어?" 크레이그 존스는 몹시 짜증난 투로 버럭 외쳤다. "곡예사가 우라질 목이 부러졌다고!"

"아. 맙소사." 샘은 잠깐 생각하다 조심스럽게 물었다. "그래서

* 구주희는 볼링의 시초가 되었다고 하는 게임이다. '맥주와 구주희'라고 하면 놀고 마시는 태평한 생활을 뜻하는 관용 어구이다.

죽었어, 크레이그?"

"아니. 죽지는 않았지만 우리 입장에서는 죽은 거나 마찬가지야. 목에 십 킬로그램은 됨직한 깁스를 하고 시더래피즈의 병원에 누워 있거든. 방금 전에 빌리 브라이트한테 연락받았어. 오늘 오후 마티네 공연 때 술에 떡이 되도록 취한 상태에서 뒤로 공중제비를 넘다 링을 벗어나서 뒤통수로 착지했대. 빌리 말로는 자기가 앉아 있는 맨뒷자리까지 소리가 들리더래. 살얼음이 낀 웅덩이를 밟으면 나는 소리 비슷했다던데."

"아이쿠!" 샘은 움찔하며 외쳤다.

"그럴 만도 하지. 아니…… 어메이징 조라니. 무슨 곡예사 이름이 그래? 어메이징 랜딕스는 괜찮아. 어메이징 토르텔리니도 나쁘지 않지. 하지만 어메이징 조라니. 진행성 뇌손상 환자의 전형 같은 이름 아냐?"

"어휴, 어쩌다 그렇게 됐나 그래."

"어이, 우리 똥 밟은 거야. 내일 저녁 때 내세울 연사가 없잖아."

샘은 4시 땡 하자마자 퇴근하지 않은 게 후회되기 시작했다. 그랬더라면 자동 응답기가 크레이그의 전화를 받았을 테고, 그랬더라면 좀더 생각할 여유가 생겼을 것 아닌가. 조만간 생각할 시간이 필요할 것 같은데 크레이그 존스가 전혀 허락하지 않을 눈치였다.

"그러게. 누가 봐도 그러네." 그는 냉철하면서도 당혹스러워하는 말투로 들리길 바랐다. "그것참 난감하게 됐어."

"그렇다니까." 크레이그는 맞장구를 치고 나서 꿍꿍이를 드러냈다. "하지만 자네가 기꺼이 나서서 구멍을 메워줄 거라는 걸 나는 알지."

"내가? 크레이그, 농담이지? 나는 뒤로 재주넘기는커녕 텀블링도 못하……."

"소도시에서 자영업의 중요성에 대해서 이야기하면 되잖아." 크레이그는 가차없이 압력을 행사했다. "그게 싫으면 야구 얘기도 있고. 그걸로 부족하면 사람들 앞에서 바지 내리고 거시기를 흔들어도 돼. 샘, 내가 단순히 연사 선정 위원회 회장이면 이러지 않아. 케니는 이사 가고 칼은 나오질 않아서 위원이 나 한 명뿐이야. 자네가 날 좀 도와줘야겠어. 내일 저녁 때 연사가 필요하다고. 비상시에 믿을 수 있는 친구가 우라질 클럽을 통틀어서 다섯 명 정도인데 자네가 그중 한 명이야."

"하지만……."

"그리고 이런 상황에서 땜빵으로 나서지 않았던 친구가 다섯 명 중에 자네뿐이니 자네가 당첨이야."

"프랭크 스티븐스한테……."

"……작년에 화물 운송 노조원이 사기죄로 기소돼서 못 오게 됐을 때 대타로 나섰잖아. 샘, 자네 차례야. 날 실망시키지 말아줘. 나한테 진 빚도 있잖아."

"내가 하는 일은 보험 사업이야!" 샘은 외쳤다. "보험을 팔거나 아니면 농장을 팔아! 주로 은행들을 상대로! 대부분의 사람들이 재미없어할 거야! 아니면 넌더리를 내든지!"

"상관없어." 이제 크레이그는 샘의 미약한 반항을 징이 박힌 부츠로 짓밟으며 숨통을 조이러 나섰다. "저녁 식사가 끝날 무렵이면 다들 취할 테니까. 자네도 알잖아. 토요일 아침이면 자네가 뭐라고 했는지 다들 한마디도 기억하지 못할 거야. 그 지경이 될 때까지 삼십 분 동안 앞에 서서 이야기를 할 사람이 필요한데 자네가 선정된 거지!"

샘은 좀더 반항했지만 크레이그가 가차없이 방점을 찍어가며 계속 당위를 강조했다. 필요하다. 해야 한다. 빚을 졌다.

"알았어!" 샘은 결국 이렇게 말했다. "알았어, 알았다고! 그만해!"

"역시!" 크레이그가 외쳤다. 갑자기 목소리가 밝아졌다. "삼십 분이면 돼. 거기에 질의응답 시간 십 분. 뭘 물어보는 사람이 있을 경우에 한해서. 그리고 원하면 거시기를 흔들어도 돼. 관심을 보일 사람이 있을지 모르겠지만……."

"크레이그." 샘이 말했다. "됐어."

"아! 미안! 내 입이 방정이지!" 크레이그는 고민이 해결돼서 좋은지 계속 킬킬거렸다.

"이쯤에서 대화를 정리하면 어떨까?" 샘은 책상 서랍에 넣어두었던 텀스 제산제 통을 향해 손을 뻗었다. 앞으로 스물여덟 시간 동안 이 약을 적잖이 먹어야 할 것 같은 예감이 들었다. "보아하니 내가 원고를 써야 할 것 같은데."

"그러네." 크레이그가 말했다. "잊지 마……. 저녁 식사는 6시, 강연은 7시 30분이야. 〈하와이 파이브 오〉*에 나오는 대사로 인사

* 1968년부터 1980년까지 방영된 미국의 수사 드라마.

할게. 거기서 만나! 알로하!"

"알로하, 크레이그." 샘은 말하고 전화를 끊었다. 전화기를 물끄러미 바라보았다. 뜨거운 김이 가슴에서부터 목젖으로 슬금슬금 치밀어 오르는 게 느껴졌다. 그는 입을 벌려 시큼한 트림을 내뱉었다. 오 분 전까지만 해도 평온했던 위장의 선물이었다.

그는 제산제를 먹었다. 짐작했던 것처럼 이때를 기점으로 제산제를 먹을 일이 수없이 많아졌다.

3

샘 피블스는 그날 저녁에 볼링을 치려고 했던 애초 계획을 접고 노란색 메모지, 뾰족하게 깎은 연필 세 자루, 켄트 담배 한 갑, 졸트 콜라 여섯 캔과 함께 자기집 서재에 틀어박혔다. 전화선을 뽑고 담배에 불을 붙인 다음 노란색 메모지를 물끄러미 쳐다보았다. 오 분 동안 쳐다보다 맨 윗장의 꼭대기에 이렇게 적었다.

소도시의 소상공업: 미국의 젖줄

큰 소리로 읽어보니 마음에 들었다. 음…… 마음에 든다기보다 그럭저럭 들어줄 만했다. 목소리를 키워보자 아까보다 더 마음에 들었다. 좀더 그랬다. 사실 그리 훌륭하지는 않았다. 어쩌면 구릴 수도 있었다. 하지만 '공산주의: 위협인가 눈엣가시인가'에 비하면 양반이었다. 그리고 크레이그의 말이 맞았다. 토요일 아침이면 대부분 숙취로 해롱대느라 금요일 저녁에 무슨 말을 들었는지 기억하지 못할 것이었다.

샘은 일말의 위안을 느끼며 원고를 쓰기 시작했다.

"1984년에 제가 다소 북적대는 에임스라는 대도시에서 정션 시티로 이사 왔을 때……."

4

"……1984년 9월의 화창했던 그날이나 지금이나 제가 소상공업이 미국의 젖줄을 넘어, 서방세계의 밝고 건강한 미래라고 생각하는 이유가 그 때문입니다."

샘은 낭독을 마치고 사무실 책상 위에 놓인 재떨이에 담배를 비벼 끄며 기대하는 눈빛으로 나오미 히긴스를 쳐다보았다.

"자. 어떤가요?"

나오미는 정션 시티에서 서쪽으로 육 킬로미터 정도 가면 나오는 프로버비아 출신의 예쁘장한 아가씨였다. 프로버비아 강가의 다 쓰러져가는 집에서 다 쓰러져가는 어머니와 함께 살았다. 로터리클럽 회원 대부분은 나오미를 알았고 집과 어머니, 둘 중 누가 먼저 쓰러질지를 놓고 가끔 내기를 벌이기도 했다. 판돈을 누가 모아놓았는지 모르겠지만 아직은 유보 상태였다.

나오미는 아이오와 시티 비즈니스 대학을 졸업했고 스스로 써놓은 속기를 알아볼 수 있는 문장으로 완벽하게 복원할 수 있었다. 일대에서 그런 능력을 소유한 아가씨가 그녀 한 명뿐이었기에 정션 시티의 몇 안 되는 사업자들 사이에서 인기가 많았다. 게다가 다리가 남다르게 예쁜 것도 플러스 요인이었다. 그녀는 주 오일제로 오전에 네 남자와 한 여자의 사무실에서 근무했다. 변호사가 두 명, 은행원이 한 명, 부동산 중개인 두 명이었다. 오후에는 다 쓰러져가는 집으로 퇴근해서 다 쓰러져가는 어머니를 돌보거나 받아 적은 구술을 타자로 옮겼다.

나오미가 샘 피블스의 사무실에서 근무하는 시간은 금요일 오전 10시부터 12시까지였지만 이날 아침에 그는 편지 작성을 뒤로 미루고—심지어 얼른 답장을 해야 하는 편지가 몇 통 있었음에도 불구하고—나오미에게 뭘 좀 들어보겠느냐고 했다.

"네. 그러죠, 뭐." 나오미는 대답했다. 샘이 청혼을 하려는 건 아닌지 걱정하는 사람처럼—둘은 데이트한 적이 있었다—불안한 눈빛을 보였다. 그가 크레이그 존스 때문에 부상을 당한 곡예사의 대타를 서게 되었다고 설명하자 그녀는 긴장을 풀고 처음부터 끝까지—전부해서 이십육 분이었다—원고를 경청했다.

"솔직하게 얘기해도 돼요." 나오미가 막 입을 열려던 찰나, 그가 덧붙였다.

"좋은데요. 상당히 재미있었어요."

"아니, 괜찮아요. 내 기분 살피고 그럴 것 없어요. 속시원하게 얘기해요."

"진짜예요. 정말 좋았어요. 게다가 사장님의 강연이 시작될 때쯤이면 다들……."

"맞아요. 다들 고주망태가 되어 있겠지. 나도 알아요." 처음에는 거기서 위안을 얻었지만 지금은 살짝 아쉬웠다. 그가 듣기에도 내용이 제법 괜찮았던 것이다.

"한 가지 마음에 걸리는 게 있긴 한데요." 나오미가 생각에 잠긴 목소리로 말했다.

"뭔데요?"

"좀…… 딱딱해요."

"아." 샘은 한숨을 쉬며 눈을 비볐다. 원고를 쓰고 고치느라 새벽 1시까지 잠을 자지 못했다.

"그건 쉽게 고칠 수 있어요." 그녀가 장담했다. "도서관에 가서 책을 몇 권 빌려오면 돼요."

샘은 배가 갑자기 찌르는 듯이 아파와 제산제 통을 움켜쥐었다. 어쭙잖은 로터리클럽 강연을 하는데 자료 조사를 하라고? 도서관까지 가서? 그건 좀 지나친 것 아닌가? 그는 지금까지 정션 시티 도서관에 가본 적이 한 번도 없었고, 이제 와서 가야 하는 이유도 알 수가 없었다. 하지만 나오미가 원고를 경청하고 돕겠다고 나선 마당에 예의상 얘기를 끝까지 들어보기는 해야 할 것이었다.

"무슨 책요?"

"있잖아요. 강연의 분위기를 띄우는 방법을 소개하는 그런 책들요. 그러니까……." 나오미는 생각을 더듬었다. "차이나 라이트 식당에서 주는 매운 소스 알죠?"

"네……."

"그 비슷한 거라고 보면 돼요. 재미있는 농담들을 모아놓은. 그리고 『미국인들이 가장 사랑하는 시선집』이라는 책도 있어요. 거기서 찾아보면 마무리용 문구로 적당한 게 있을지 몰라요. 뭔가 희망을 주는 그런 분위기로."

"그 책 안에 미국인의 삶에서 소상공업의 의미를 이야기하는 시가 있을 거라고요?" 샘은 미심쩍어하는 투로 물었다.

"시를 들으면 희망이 샘솟잖아요." 나오미가 말했다. "내용은 중요하지 않아요. 대상은 두말할 나위도 없고요."

"강연에 쓸 수 있는 재미있는 농담을 모아놓은 책이 있다고요?" 샘은 믿기지 않았지만 도서관에 소형 엔진 수리법이나 가발 매만지는 법처럼 난해한 주제를 다룬 책이 있다 한들 놀랍지 않은 일이기는 했다.

"네."

"그런 걸 어떻게 알았어요?"

"필 브레이크먼이 주의원 후보로 출마해서 선거운동을 했을 때 제가 연설문들을 타자로 쳐주었거든요." 나오미가 말했다. "그때 그에게 그런 책이 있었어요. 제목은 기억이 안 나요. 『누가 들어도 재미있는 이야기』, 이런 제목만 머릿속에서 왔다갔다하네요. 그건 아닐 텐데."

"그렇겠죠." 샘은 맞장구를 치며, 『누가 들어도 재미있는 이야기』에서 몇 토막 찾아서 원고에 추가하면 대히트작이 될지 모르겠다는 생각을 했다. 지금까지 기꺼이 외면해왔던 도서관을 찾아가야 한다는 대목이 영 내키지 않았지만, 나오미가 어떤 뜻에서 하는 말인지 알아들었기에 솔깃했다. 구태의연한 원고에 살짝 양념을 가미하라는 뜻이었다. 먹다 남은 미트로프도 잘 포장하면 대단한 음식으로 변신시킬 수 있다는 뜻이었다. 이러니저러니 해도 도서관은 도서관이었다. 원하는 책을 찾지 못하면 사서한테 물어보면 된다. 모르는 사람들에게 알려주는 것이 그들의 역할 아니던가.

"그냥 지금 그대로 밀고 나가도 되고요. 어차피 다들 취해서 정신없을 테니까요." 나오미는 상냥하지만 에누리 없는 눈빛으로 샘을 쳐다보고 손목시계를 확인했다. "한 시간 좀 넘게 남았네요. 보내야 할 편지가 있다고 하셨죠?"

"아니, 아니에요. 편지말고 연설 원고를 타자로 쳐줘요." 그는 점심시간을 이용해 도서관에 가보기로 마음을 먹었다.

2장: 도서관

1

샘은 정션 시티에 사는 동안 도서관 앞을 수도 없이 지나다녔지만 제대로 쳐다본 것은 이번이 처음이었고 다소 놀라운 사실을 발견했다. 첫눈에 도서관이 꼴도 보기 싫게 느껴졌다.

정션 시티 공립 도서관은 스테이트 스트리트와 밀러 애비뉴가 만나는 모퉁이에 자리잡은 정사각형의 화강암 건물이었고 창문이 어찌나 작은지 개구멍 같았다. 슬레이트 지붕이 사면을 덮어서 앞에서 보면 좁은 창문과 일직선으로 생긴 지붕 그림자 때문에 돌로 만든 로봇이 얼굴을 찡그리고 있는 것처럼 보였다. 아이오와에서는 흔한 건축 양식이었기에 거의 이십 년 동안 부동산 업계에서 일한 샘 피블스는 그걸 뭐라고 부르는지 알았다. 중서부의 추물. 봄, 여름, 가을에는 숲처럼 건물을 감싸고 있는 단풍나무 덕분에 험상궂은 분위기가 누그러들었지만 혹독한 겨울의 끝물인 지금은 단풍나무들이 아직 헐벗은 상태라 도서관이 거대한 지하실처럼 보였다.

그는 이 건물이 싫었다. 보고 있으면 불안했다. 종교재판이 이루어지던 지하 감옥도 아니고 평범한 도서관에 불과한데 왜 그러는지 이유는 알 수 없었다. 판석이 깔린 길을 따라 걸어가는 동안 시큼한 트림이 치밀어 올라왔다. 트림에서 희한하게 달짝지근한 끝맛이 느껴지자 뭔지 모를…… 아주 오래전 기억이 떠올랐다. 그는 제산제를 한 알 입에 넣고 우두둑우두둑 씹으며 갑작스러운 결론을 내렸다. 그의 원고는 지금 이대로 충분했다. 훌륭하지는 않았지만 그래도 충분히 괜찮았다. UN도 아니고 로터리클럽 연설 아닌가. 이쯤에서 그만 만지작거릴 때도 됐다. 사무실로 돌아가서 미루어놓은 답장이나 써야겠다.

그는 몸을 돌리다 말고 생각했다. '이건 바보 같은 짓이야. 정말 바보 같은 짓이야. 바보가 되고 싶어? 좋아. 하지만 이왕 강연을 하기로 했으면 잘하면 좋잖아?'

그는 미간을 찌푸린 채 도서관 앞에 서서 머뭇거렸다. 그는 로터리클럽을 종종 무시했다. 크레이그도 그랬다. 프랭크 스티븐스도 그랬다. 정션 시티에서 사업을 하는 젊은 사람들은 대부분 클럽 모임을 비웃었다. 그런데도 그들이 모임에 꼬박꼬박 참석하는 이유를 샘은 알았다. 거기서 인맥을 쌓을 수 있기 때문이었다. 그와 같은 사람들이 정션 시티에서 연륜 있는 업체 종사자들을 만날 수 있는 곳이 바로 로터리클럽 모임이었다. 이 년 전에 비버턴 쇼핑센터의 도산을 막는 데 일조한 엘머 배스킨 은행장. 마음만 먹으면 전화 한 통으로 삼백만 달러의 개발신탁금을 융통할 수 있다는 소문이 도는 조지 캔디 같은 사람들.

그들은 고등학교 농구에 열광하고, 지미스 이발소에서 머리를 자르며, 잠옷 대신 사각팬티와 러닝셔츠 차림으로 잠자리에 들고, 맥주를 병째 마시며, 흰색 에나멜 벨트에 흰색 구두 없이 시더래피즈 시내로 놀러나가는 것을 꺼림칙하게 여기는 소도시 주민이었다. 하지만 따지고 보면 그들이 정션 시티를 쥐고 흔드는 거물이었고 샘이 금요일 저녁마다 모임에 참석하는 이유도 그 때문이었다. 빌어먹을 곡예사의 목이 부러졌을 때 크레이그가 진땀을 흘리며 연락한 이유도 그 때문이었다. 일을 망쳐서 거물들에게 찍히고 싶은 사람이 어디 있을까. '다들 취해서 모를 거야.' 크레이그는 그렇게 말했고 나오미도 똑같이 얘기했지만 샘은 엘머 배스킨이 커피보다 더 강한 걸 마시는 것을 본 적이 없었다. 단 한 번도 본 적이 없었다. 어쩌면 그런 사람이 또 있을 수도 있었다. 일부는 취할지 몰라도…… 전부가 그런 건 아니었다. 그리고 취하지 않는 사람들이 진짜 거물일 수 있었다.

'샘, 이번에 제대로 실력을 보여주면 점수를 딸 수 있을지 몰라. 그럴 수도 있어.'

그렇다, 맞는 말이었다. 가능성이 낮기는 하지만 아예 없지는 않았다. 그리고 금요일 저녁 로터리클럽 강연회에 있을지 없을지 모르는 그림자 정치말고 다른 이유도 있었다. 그는 항상 최선을 다한다는 데서 자부심을 느꼈다. 별 볼 일 없는 강연일 뿐이더라도 마찬가지였다.

'게다가 별 볼 일 없고 손바닥만 한 동네 도서관이잖아. 그런데 웬 야단이야? 길가에서 자라는 덤불 같은 것도 없는데.'

샘은 다시 길을 따라 걷기 시작했다가 이마를 심하게 찡그리며 걸음을 멈추었다. 어디에서 튀어나왔는지 모를 희한한 발상이었다. 도서관 길가에서 덤불이 자라지 않는 건 맞았지만 그렇다 한들 무슨 상관일까? 알 수 없었지만…… 덤불이 없다는 사실이 요술 같은 재주를 부린 것만큼은 분명했다. 그답지 않은 망설임이 사라지면서 다시 걸음을 재촉할 수 있었다. 네 개의 돌계단을 올라가 잠깐 걸음을 멈추었다. 도서관이 왠지 적막하게 느껴졌다. 그는 문손잡이를 잡으며 생각했다. '잠겨 있을 거야. 금요일 오후에는 휴관일 거야.' 그러자 왠지 모르게 마음이 놓였다.

하지만 엄지손가락으로 구식 자물쇠를 밀자 묵직한 문이 소리 없이 안쪽으로 열렸다. 샘은 대리석이 흑백 체스보드처럼 깔린 조그만 입구로 들어섰다. 입구 한복판에 이젤이 있었다. 이젤에 팻말이 괴어져 있었다. 한 단어가 큼지막하게 적힌 팻말이었다.

정숙!

이었다.

침묵은 금이다.

도 아니고

소음을 자제해주십시오.

도 아니고 그냥 한 단어가 그를 빤히 노려보고 있었다.

정숙!

"예, 예, 알겠습니다." 샘이 말했다. 나지막이 중얼거렸을 뿐인데 음향 효과가 좋아서 뚱하니 툴툴거리는 것처럼 증폭되어 들리니 당혹스러웠다. 높은 천장에 부딪혀 그에게로 튕겨져 나온 것처럼 느껴질 정도였다. 그러면 안 되는 때에 소란을 부렸다고 글래스터스 선생님에게 혼쭐나던 4학년 시절로 되돌아간 기분이 들었다. 그는 불안한 눈빛으로 주위를 두리번거렸다. 누가 감히 신성한 정숙을 모독했느냐며 성질 더러운 사서가 안에서 달려나올 것 같았다.

'제발 그만 좀 해라. 너 지금 마흔 살이야. 4학년은 오래전 이야기라고.'

그런데 오래전 이야기로 느껴지지 않는다는 게 문제였다. 여기서는 그랬다. 여기서는 4학년이 손 내밀면 닿을 듯이 가깝게 느껴졌다.

그는 무의식적으로 구두 뒤축 소리가 나지 않도록 체중을 앞쪽에 싣고 걸으며 이젤의 왼쪽으로 대리석 바닥을 가로질러 정션 시티 도서관 메인 로비로 들어섰다.

천장(입구보다 최소 육 미터는 높았다)에 유리로 만든 공 모양 조명이 몇 개 달려 있었지만 불이 전부 꺼져 있었다. 빛은 비스듬히 뚫린 대형 천창의 몫이었다. 화창한 날이었다면 방안 가득 쏟아지는 햇빛으로 기분 좋고 따뜻하게 느껴졌겠지만 금요일인 그날은 구름이 잔뜩 낀 음울한 날이라 어두침침했다. 로비 구석구석이 거미줄처럼 어둑어둑한 그림자로 덮였다.

샘 피블스는 뭔가가 잘못되었다는 느낌을 받았다. 단순히 문을 열고 입구로 들어온 게 아니라 그가 가끔은 좋아했고 가끔은 싫어했지만 대부분은 당연하게 받아들였던 아이오와의 조그만 도시와 전혀 다른 세계로 들어선 듯한 느낌이 들었다. 이곳의 공기는 일반적인 공기보다 묵직했고 일반적인 공기와 다르게 빛을 통과시키지 않는 듯했다. 침묵은 장막처럼 두텁고 눈처럼 싸늘했다.

그리고 도서관에 아무도 없었다.

사면으로 머리 위까지 책장이 이어졌다. 철망처럼 천창을 향해 십자 모양으로 솟은 책장을 올려다보자 현기증이 나면서 환각이 느껴졌다. 그가 책장으로 덮인 깊고 네모반듯한 구덩이에 거꾸로 매달려 있는 듯한 느낌이었다.

고무바퀴가 달려서 트랙을 따라 이동할 수 있는 사다리가 이 벽, 저 벽에 설치되어 있었다. 나무로 된 섬 두 개가 그가 서 있는 자리와 넓고 높은 그 방의 저쪽 끝에 있는 대출 데스크 사이의 호수와 같은 공간을 갈랐다. 하나는 오크로 만든 기다란 잡지 걸이였다. 투명한 비닐 커버를 씌운 잡지들이 나무못에 걸려 있었다. 상처를 치유할 수 있도록 이 고요한 방에 내버려진 낯선 동물들의 가죽처럼 보였다. 잡지 걸이 위에 명령조의 팻말이 달려 있었다.

보고 난 잡지는 제자리에 정리할 것!

잡지 걸이 왼쪽은 신간 소설과 비소설 코너 책장이었다. 그 책장 위에는 대출 기간이 칠 일이라고 알리는 팻말이 달려 있었다.

샘은 잡지와 칠 일 동안 대출 가능한 책장 사이의 넓은 통로를 지났다. 조용히 움직이려고 아무리 애를 써도 구두 뒤축 부딪히는 소리가 사방에 울렸다. 돌아가고 싶은 충동을 처음 느꼈을 때 사무실로 갈걸 그랬다는 생각이 들었다. 이곳은 섬뜩했다. 덮개가 씌워진 소형 마이크로필름 카메라가 책상 위에서 반짝이며 웅웅거렸지만 담당자는 없었다. 책상 위에 조그만 명패가 놓여 있었다.

A. 로츠

하지만 A. 로츠건 다른 누구건 코빼기도 보이지 않았다.

'《라이브러리 저널》 최신호를 읽으며 볼일을 보고 있을지도.'

샘은 "시원하게 잘 나오고 있어요, A. 로츠?"라고 외치고 싶어서 미칠 것 같았지만 유혹이 금세 지나갔다. 정션 시티 공립 도서관은 재미있는 농담을 권장하는 곳이 아니었다.

어렸을 때 들었던 동요가 퍼뜩 샘의 머릿속에 떠올랐다. '웃는 건 이제 그만, 노는 건 이제 그만. 퀘이커교도 모임이 시작됐다. 이나 혀가 보이면 벌금을 내야 해.'

'여기서 이나 혀를 보이면 A. 로츠가 벌금을 내라고 할까?' 그는 궁금해하며 주위를 두리번거렸다. 눈살이 절로 찌푸려지는 이곳의 정적을 신경 말단으로 느끼며 분명 그럴 거라고 생각했다.

재미있는 이야기 모음집이나 『미국인들이 가장 사랑하는 시선집』에 대한 관심은 사라지고 부유하는 듯 몽롱한 도서관의 분위기에 자기도 모르게 매료되어 샘은 칠 일 동안 대출 가능한 책장 오른쪽에 달린 문을 향해 걸어갔다. 문 위에 달린 팻말에 어린이 도서관이라고 적혀 있었다. 세인트루이스에서 보낸 어린시절에 어린이 도서관을 들락거린 적이 있었던가? 아마 그랬을 테지만 워낙 흐릿하고 아득한 기억이라 손에 잘 잡히지가 않았다. 그래도 어린이 도서관 문 앞으로 다가가려니 이상하고 섬뜩한 느낌이 들었다. 꼭 집으로 돌아가는 듯한 느낌이었다.

문은 닫혀 있었다. 할머니의 침대에 누운 늑대를 내려다보는 빨간 모자의 그림이 문 위에 달려 있었다. 늑대는 할머니의 잠옷에 할머니의 나이트캡을 쓰고서 으르렁거리고 있었다. 드러난 이빨 사이로 게거품이 뚝뚝 떨어졌다. 빨간 모자의 얼굴이 극한의 공포라고 할 만한 표정으로 얼어붙었다. 이 이야기—그리고 모든 동화—의 해피엔딩은 편의적인 거짓말이라고 선언하는 포스터였다. 유령처럼 창백한 빨간 모자가 표정으로 묻고 있었다. 부모님들이야 그런 허무맹랑한 이야기를 믿을지 몰라도 꼬마 친구들은 그렇게 멍청하지 않잖아요?

'멋지네.' 샘은 생각했다. '저런 포스터를 문에 걸어놓으면 도서관을 애용하는 아이들이 많겠어. 꼬맹이들이 아주 좋아하겠는데?'

그는 문을 열고 고개를 들이밀었다.

불안감이 사라졌다. 그는 한눈에 매료되었다. 문에 걸린 포스터는 누가 봐도 부적절했지만 그 너머는 완벽하게 정상 같았다. 그도 어렸을 때 도서관을 들락거린 적이 있었다. 이 작은 세상과 맞닥뜨린 순간 옛 기억들이 되살아났다. 그의 아버지는 젊은 나이에 세상을 떠났다. 샘은 외동아들이었고 직장을 다녔던 어머니는 일요일과 공휴일말고는 얼굴을 거의 볼 수가 없었다. 방과후에 영화를 보러 갈 돈을 마련하지 못하면—그런 경우가 대부분이었다—도서관에서 시간을 때우는 수밖에 없었는데, 이 공간을 본 순간 달콤하면서도 가슴 아프고 미묘하게 소름 끼치는 향수가 갑작스럽게 파도처럼 그를 덮치면서 그 시절이 떠올랐다.

그곳은 작은 세상이었고 이곳 역시 작은 세상이었다. 그곳은 아무리 흐리고 비가 심하게 내리는 날이라도 환한 세상이었고 이곳 역시 마찬가지였다. 이 방에는 천장에 유리 공이 매달려 있지 않았다. 이중 천장을 덮은 젖빛 패널 위에 어둠을 몰아내는 형광등이 있었고 그것들이 모두 켜져 있었다. 테이블은 높이가 육십 센티미터밖에 되지 않았다. 의자는 그보다 더 낮았다. 이 세계에서는 어른들이 침입자이자 껄끄러운 이방인이었다. 어른들이 자리에 앉으려면 무릎으로 테이블을 들고 있어야 했고, 벽에 달린 식수대에서 물을 마시려고 허리를 숙였다가는 머리가 박살나기 십상이었다.

이곳에서는 위로 한정 없이 뻗은 책장들이 일으키는 착시 현상 때문에 오랫동안 올려다보면 현기증이 나거나 하지 않았다. 천장이 낮아서 아늑하지만, 답답하게 느껴질 정도로 낮지는 않았다. 우중충한 책표지들이 줄줄이 이어지지 않고 밝은 파란색, 빨간색, 노란색 등의 요란한 원색들이 고함을 지르다시피 했다. 이곳에서는 닥터 수스가 왕, 주디 블룸이 왕비였고, 왕자와 공주들은 모두 스위트 밸리 고등학교*에 다녔다. 책들이 건드리고 만지고 들여다보고 파고들어달라고 애원하는 이곳에서 샘은 그 옛날 방과후 도서관의 자애로운 품을 느꼈다. 하지만 이런 감정의 밑바탕에는 암울한 정서가 깔려 있었다.

그래도 가장 또렷하게 느껴지는 감정은 아쉬움에 가까운 희열이었다. 벽에는 큼지막한 눈망울로 생각에 잠긴 표정을 짓고 있는 강아지 사진이 걸려 있었다. 불안과 희망이 교차하는 강아지의 얼굴 밑에 세상에서 가장 위대한 진실이 적혀 있었다. "좋은 사람이 되기는 어렵다." 다른 쪽 벽에는 강둑을 따라 강가의 갈대숲으로 향하는 청둥오리들을 담은 그림이 걸려 있었다. "아기 오리들에게 길을 내어주세요!" 포스터는 큰 소리로 외쳤다.

샘이 왼쪽을 쳐다본 순간, 그의 입가를 장식했던 희미한 미소가 흔들리더니 아예 사라졌다. 왼편에 걸린 포스터에는 학교인 듯한 건물에서 쌩하니 멀어지는 까만색 대형 자동차가 그려져 있었다. 어린 남자아이가 조수석 차창 밖을 내다보고 있었다. 창문에 손바닥을 꼭 붙이고 비명을 지르느라 입을 벌리고 있었다. 아이의 뒤에서는 어떤 남자—불길한 분위기를 풍기는 어렴풋한 실루엣으로 표현됐다—가 운전대 위로 몸을 수그린 채 죽어라 차를 몰고 있었다. 그림 밑에는 이런 문구가 적혀 있었다.

낯선 사람의 차는 절대 타지 말 것!

* 미국에서 1983년부터 이십 년 동안 출간된 청소년 소설 시리즈 제목이다.

이 포스터와 도서관 문에 달린 빨간 모자 그림이 공포라는 원시적인 감정을 자극한다는 점에서는 동일했지만 샘이 보기에는 포스터 쪽이 훨씬 충격적이었다. 낯선 사람의 차는 당연히 타면 안 되는 것이고 아이들에게 당연히 그런 교육을 시켜야 하겠지만 이게 과연 올바른 방법일까?

'저 공익광고 때문에 얼마나 많은 아이들이 일주일 동안 악몽에 시달렸을까?' 그는 궁금했다.

대출 데스크 바로 앞에 걸린 또 한 장의 포스터를 보았을 때 일월의 기운만큼이나 짙은 냉기가 샘의 등줄기를 훑고 지나갔다. 여덟 살도 안 되어 보이는 남자아이와 여자아이가, 트렌치코트를 입고 회색 모자를 쓴 남자를 보고 놀란 표정으로 뒷걸음질을 치고 있었다. 남자는 키가 못해도 삼 미터는 됨직했고 그의 그림자가 위를 올려다보는 아이들의 얼굴을 덮었다. 쓰고 있는 1940년대 스타일의 페도라가 그림자를 드리운 가운데 남자의 눈이 시커먼 구멍 속에서 잔인하게 번뜩였다. 권력기관 대변인 특유의 준엄한 눈빛으로 아이들을 쳐다보는 두 눈이 얼음 조각 같았다. 그는 별이 달린 신분증을 내밀고 있었다. 꼭짓점이 최소 아홉 개는 되어 보이는 특이한 별이었다. 꼭짓점이 열두 개일 수도 있었다. 그 밑에 이런 문구가 적혀 있었다.

도서관 경찰을 조심하세요!

착한 어린이는 대여 도서를 제때 반납합니다!

그의 입안에서 다시 그 맛이 느껴졌다. 들큼하면서 불쾌한 맛이. 섬뜩한 생각이 머릿속을 스치고 지나갔다. '나는 이 남자를 본 적이 있어.' 하지만 말도 안 되는 발상이었다. 그렇지 않은가.

어렸을 때 이런 포스터 때문에 얼마나 겁을 먹었는지 기억이 나자—그 때문에 도서관이라는 안식처에서 누릴 수 있는 소박하고 순수한 즐거움을 빼앗겼다는 데 생각이 미치자—샘의 가슴속에서 분노가 치밀었다. 그는 이상한 별을 좀더 자세히 들여다보려고 포스터 쪽으로 한 발짝 다가가며 주머니에서 제산제 통을 꺼냈다.

입안에 제산제를 한 알 넣었을 때 뒤에서 누군가의 목소리가 들렸다. "아, 안녕하세요!"

그는 화들짝 놀랐고, 드디어 정체를 드러낸 도서관의 용과 맞서 싸울 준비를 하며 고개를 돌렸다.

2

용은 아니었다. 쉰다섯 살쯤 되어 보이는 백발의 통통한 여자가 고무바퀴가 달린 도서 카트를 밀면서 왔다. 미용실에서 깔끔하게 만 곱슬곱슬한 백발이 인상 좋고 주름살 없이 팽팽한 얼굴을 감싸고 있었다.

"저를 찾고 계셨나 봐요. 페컴 씨가 여기로 가보라고 하던가요?"

"아무도 못 만났는데요."

"그래요? 그럼 퇴근한 모양이네요." 그녀가 말했다. "그럴 만도 해요. 금요일이니까. 페컴 씨는 매일 아침 11시쯤에 출근해서 청소하고 신문을 읽는 관리인이에요. 물론 파트타임으로 일을 하고요. 1시까지 있을 때도 있고 월요일에는 대개 1시 30분까지 있는데 왜냐하면 월요일에 먼지랑 신문이 제일 두툼하거든요. 하지만 금요일자 신문은 얼마나 얇은지 알잖아요."

샘은 미소를 지었다. "여기 사서이신가요?"

"맞아요." 로츠 부인은 이렇게 말하고 그에게 미소를 지어 보였다. 하지만 샘이 느끼기에 눈은 웃지 않았다. 그녀의 눈은 냉정하리만치 조심스럽게 그를 관찰하고 있었다. "선생님은……?"

"샘 피블스라고 합니다."

"아! 부동산하고 보험! 그쪽 일을 하시죠?"

"짐작하신 그대롭니다."

"죄송해요. 도서관 본관에 아무도 없는 걸 보고 휴관일인데 누가 실수로 문을 열어놓은 줄 아셨겠어요."

"사실 그런 생각을 하긴 했죠." 그가 말했다.

"2시부터 7시까지는 근무자가 세 명이에요." 로츠 부인이 말했다. "학교 수업이 2시에 끝나거든요. 초등학교가 2시, 중학교가 2시 반, 고등학교가 2시 45분. 제 기준에서는 아이들이 가장 믿음직하고 바람직한 이용객이에요. 꼬맹이들이 얼마나 예쁜지 몰라요. 예전에는 하루 종일 근무하는 보조 직원이 있었는데 시의회에서 예산을 팔백 달러 삭감하는 바람에……." 로츠 부인은 손을 한데 모으고 날아가는 새를 흉내냈다. 재미있고 매력적인 몸짓이었다.

'그런데 나는 왜 재미도 매력도 못 느끼는 걸까?' 샘은 의아해졌다.

포스터 때문인가 보다라는 생각이 들었다. 빨간 모자와 차 안에서 비명을 지르는 아이와 음산한 눈빛의 도서관 경찰과 미소를 머금은 소도시의 사서는 잘 어울리지 않았다.

그녀가 몸에 밴 완벽한 자신감을 표출하며 왼손—조그맣고, 몸의 다른 부분처럼 통통했다—을 내밀었다. 약손가락에 반지가 없었다. 기혼자가 아니었던 것이다. 독신이라니 너무나 전형적이고 너무나 소도시다웠다. 전형적인 소도시 인물이었다. 샘은 그녀의 손을 잡고 악수했다.

"저희 도서관은 처음이시죠, 피블스 씨?"

"네, 편하게 샘이라고 불러주세요." 이 여자에게 진심으로 샘이라고 불리고 싶은지 확신이 없었지만 그는 소도시에서 사업을 하는 사람—좀더 정확히 말하면 영업을 하는 사람—이었기에 자연스럽게 그런 말이 튀어나왔다.

"어머나, 고마워요, 샘."

샘은 그녀도 이름을 밝히길 기다렸지만 그녀는 기대하는 눈빛으로 그를 바라볼 따름이었다.

"제가 번거로운 일을 하나 맡게 됐어요." 샘이 말했다. "오늘 저녁에 로터리클럽에 초대된 연사에게 사고가 나는 바람에……."

"어머나, 어떡해요!"

"그 사람뿐 아니라 저까지 난처하게 됐어요. 제가 대타로 뽑혔거든요."

"어머나, 어머나!" 로츠가 외쳤다. 놀라워하는 말투였지만 눈가에 잔주름을 지으며 재미있어했다. 샘은 원래 (피상적이나마) 사람들과 금세 가까워지는 성격인데도, 가까운 친구는 몇 없어도 모르는 사람과 함께 엘리베이터에 타면 강박적으로 먼저 대화를 시도하는 성격인데도 그녀와는 거리감을 느꼈다.

"간밤에 원고를 써서, 받아쓴 편지를 타자로 옮기는 일을 하는 아가씨에게 오늘 아침에 읽어주었더니……."

"나오미 히긴스 말씀이죠?"

"네, 어떻게 아셨어요?"

"단골이거든요. 로맨스 소설을 많이 빌려요. 제니퍼 블레이크, 로즈메리 로저스, 폴 셸던 같은 작가들의 작품을." 그녀는 목소리를 낮추었다. "어머니한테 빌려다드리는 거라고 하지만 내가 보기에는 자기가 읽는 것 같아요."

샘은 웃음을 터뜨렸다. 나오미가 몰래 숨어서 로맨스 소설을 읽는 사람처럼 몽롱한 눈빛을 하고 다니긴 했다.

"아무튼 그녀가 대도시에서 임시 사무직으로 분류되는 일을 하잖아요. 정션 시티에서는 비서직 종사자가 그녀밖에 없으니 문제의 아가씨가 그녀라는 결론을 내릴 수 있었죠."

"네. 제 원고가 마음에 들지만—적어도 그녀 말로는 그랬어요—조금 딱딱하다며 충고하길……."

"『연사의 동반자』를 추천했겠죠!"

"그녀는 책 제목을 정확히 모르겠다고 했지만 그 책일 것 같네요." 그는 말을 멈추었다가 걱정스러워하는 투로 물었다. "안에 재미있는 이야기들도 소개되어 있나요?"

"삼백 쪽밖에 안 돼요." 그녀는 오른손을 뻗어서—왼손처럼 반지가 없었다—그의 소맷부리를 잡아당겼다. "이쪽으로 오세요."

그녀는 샘의 소맷부리를 잡고 앞장섰다. "내가 고민을 해결해줄게요, 샘. 앞으로는 꼭 위기 상황이 아니더라도 우리 도서관을 애용해주었으면 좋겠어요. 작긴 해도 제법 괜찮거든요. 물론 저 혼자만의 생각일 수도 있지만."

그들은 문을 지나서 그림자들이 인상을 쓰고 있는 도서관의 본관으로 들어갔다. 로츠가 문 옆에 달린 세 개의 스위치를 켜자 천장에 매달려 있던 공에 불이 들어왔고 은은한 노란색 불빛이 분위기를 상당히 따뜻하고 쾌적하게 만들었다.

"이 방은 날이 흐리면 엄청 어두침침해요." 그녀는 도서관에 걸맞은 목소리로 비밀을 실토하듯 속삭였다. 샘의 소맷자락을 여전히 단단히 잡고 있었다. "하지만 시의회에서 이런 시설의 전기 요금을 놓고 뭐라고 투덜대는지 아시잖아요……. 모르더라도 짐작이 되고도 남으시겠죠."

"네." 샘은 맞장구를 쳤고 그 역시 목소리를 속삭이는 수준으로 낮추었다.

"겨울철 난방비를 두고 하는 말에 비하면 그건 약과예요." 그녀는 눈을 부라렸다. "기름이 좀 귀해야 말이죠. 이게 다 그 아랍인들 때문이에요……. 지금 그들이 무슨 짓을 저지르고 있는지 봐요. 종교색을 띤 암살자들을 동원해서 작가들을 재판하고 죽이고 있잖아요."

"조금 너무하는 것 같긴 하죠." 샘은 이렇게 대답했다. 키가 큰 남자가 그려진 포스터가 왠지 모르게 다시금 생각났다. 신분증에 이상하게 생긴 별이 달렸고 위를 쳐다보는 아이들의 얼굴에 불길한 그림자를 드리웠던 그 남자. 얼룩처럼 아이들을 덮었던 그 남자.

"물론 내가 어린이 도서관 안에서 사부작거리는 시간이 많긴 해요. 거기 있으면 시간 가는 줄 모르거든요."

"재미있는 곳이더군요." 샘은 내친김에 포스터에 대해서 물어보려고 했지만 로츠가 말허리를 잘라버렸다. 다른 면에서는 평범했던 이날의 조그만 일탈의 주도권을 누가 쥐고 있는지 확연하게 알 수 있는 대목이었다.

"그렇죠? 자, 이제 잠깐만 기다려요." 그녀가 팔을 위로 뻗어서 그의 어깨에 양손을 올려놓자—그러느라 까치발을 딛고 섰다—샘은 그녀가 입을 맞추려는 건가 하는 황당한 생각을 했다. 하지만 그녀는 칠 일 동안 대출 가능한 책장의 건너편에 놓인 나무 벤치에 그를 눌러서 앉혔을 뿐이었다. "어디 가면 필요한 책들을 찾을 수 있는지 내가 정확히 알아요, 샘. 색인을 확인할 필요도 없어요."

"제가 직접 찾아도 되는……."

"물론이죠." 그녀가 말했다. "하지만 특수 참고 도서 칸에 있는데, 웬만하면 거긴 출입을 막고 싶어서요. 너무 고압적이기는 해도 어디 가면 필요한 걸 찾을 수 있는지 내가 정확하게 알아요……. 적어도 저 안에서는요. 다들 엉망진창이고 정리 정돈이라고는 안중에도 없지 뭐예요. 아이들이 최악이지만 어른들도 그냥 내버려두면 사고를 쳐요. 걱정할 것 없어요. 후딱 다녀올 테니까."

샘은 왈가왈부할 생각도 없었지만 생각이 있었다 한들 그럴 겨를이 없었다. 그녀가 순식간에 사라져버렸던 것이다. 벤치에 앉아 있으니 또다시 4학년 시절로 돌아간 기분이 느껴졌다. 이번에는 잘못을 저질러서, 사고를 쳐서 쉬는 시간에 다른 아이들과 함께 나가서 놀지 못하고 붙잡혀 있는 4학년이 된 느낌이었다.

대출 데스크 뒷방에서 로츠가 왔다갔다하는 소리가 들렸다. 그는 생각에 잠긴 표정으로 주변을 두리번거렸다. 책말고는 아무것도 없었다. 심지어 신문을 읽거나 잡지를 뒤적이는 노인 하나 없었다. 이상했다. 소도시 도서관이 주중 오후에 사람들로 북적거릴 거라고 생각하지는 않았지만 그래도 아무도 없다니.

'페컴 씨가 있었는데 신문을 다 읽고 퇴근했다잖아.' 그는 생각했다. '금요일에는 신문이 얇아서. 먼지도 그렇고.' 하지만 생각해보면 페컴 씨가 있었다는 증거도 로츠가 한 말밖에 없었다.

'그렇긴 하지만…… 그녀가 뭐하러 거짓말을 하겠어?'

그로서는 알 수 없는 일이었고 그녀가 거짓말을 했을 것 같지도 않았다. 방금 전에 만난 인상 좋은 여자의 정직성을 의심한다는 것이 가장 곤혹스러운 대목이었다. 그는 그녀가 마음에 들지 않았다. 인상이 좋건 나쁘건 전혀 마음에 들지 않았다.

'포스터 때문이야. 어린이 열람실에 그런 포스터를 걸어놓는 사람은 누가 됐건 좋아할 수가 없지. 아무튼 상관없어. 여기는 잠깐 들른 거니까. 책만 받아서 나가면 돼.'

그가 벤치에서 자세를 바꾸며 고개를 들자 벽에 달린 표어가 눈에 들어왔다.

남자가 아내와 아이들을 어떤 식으로 대하는지 알고 싶으면 책을 어떤 식으로 다루는지 보면 된다.

샘은 이 훈계도 별로 마음에 들지 않았다. 정확한 이유는 모르겠지만…… 아무리 책벌레라도 책보다는 가족을 더 살뜰하게 챙기지 않을까 싶었다. 그럼에도 불구하고 니스 칠한 기다란 오크나무에 금박으로 새겨진 그 문구는 다시 생각해보라는 듯이 위에서 그를 노려보았다.

생각해볼 겨를도 없이 로츠가 대출 데스크에 달린 빗장을 올리고 걸어 나와 깔끔하게 뒤에서 다시 내렸다.

"필요한 책을 찾은 것 같아요." 그녀가 명랑한 목소리로 말했다. "선생님도 내 선택에 동의했으면 좋겠지만요."

그녀는 그에게 두 권의 책을 건넸다. 하나는 켄트 애들먼이 편집한 『연사의 동반자』였고 또 하나는 『미국인들이 가장 사랑하는 시선집』이었다. 표지(그 위로 질긴 비닐이 씌워져 있었다)에 따르면 시선집은 편집됐다기보다 헤이즐 펠러먼이라는 사람이 선별한 것이라고 했다. "인생이 담긴 시!" 표지에서는 이렇게 장담했다. "집과 어머니를 그리는 시! 재미있고 기상천외한 시! 《뉴욕 타임스 북리뷰》 독자들이 가장 즐겨 찾은 시!" 그리고 헤이즐 펠러먼은 "미국인들의 시심을 제대로 짚을 줄" 안다고 했다.

샘이 의구심 담긴 눈빛으로 쳐다보자 그녀는 금세 그의 생각을 간파했다.

"네, 알아요, 구시대 유물처럼 보인다는 거. 가뜩이나 요즘은 자기 계발서가 폭발적인 인기라 더욱 그렇게 보이겠죠. 시더래피즈 쇼핑몰의 체인 서점에 가면 초보 연사에게 도움이 된다는 책이 열댓 권은 될 거예요. 하지만 이것만큼 훌륭한 책은 없어요, 샘. 연단에 처음 서는 사람들에게 이보다 더 도움이 되는 책은 없다고 봐요."

"아마추어들에게 딱이라는 말씀이로군요." 샘은 씩 웃었다.

"뭐, 그렇죠. 예를 들어 『시선집』 같은 경우에는 2부—내 기억이 맞는다면 65쪽부터인데요—제목이 '영감'이에요. 거길 보면 연설의 클라이맥스로 쓰기 좋은 게 분명 있을 거예요, 샘. 연설을 들은 사람들은 다른 건 전부 잊어도 잘 고른 시는 기억할 거예요. 특히 살짝……."

"알딸딸한 상태일 때는 말이죠."

"술이 들어간 상태라고 말하려고 했어요." 그녀가 나무라는 투로 말했다. "물론 나보다 선생님이 더 잘 알겠지만요." 하지만 그를 쳐다보는 눈빛을 보면 예의상 한 말이라는 것을 알 수 있었다.

그녀는 『연사의 동반자』를 들어 보였다. 표지에 깃발이 드리워진 강당이 만화풍으로 그려져 있었다. 구식 야회복을 입은 남자들 몇 명이 술잔을 앞에 두고 테이블에 앉아 있었다. 하나같이 요란하게 웃고 있었다. 단상의 남자—역시 야회복 차림이었고 만찬 후 연사인 게 분명했다—는 그들을 내려다보며 의기양양하게 씩 웃고 있었다. 누가 봐도 엄청난 성공을 거두고 있었다.

"책의 도입부에 만찬 후 연설의 법칙을 다룬 부분이 있는데요." 로츠가 말했다. "선생님은 이걸 직업으로 삼을 생각은 아닌 듯하니……."

"바로 보셨습니다." 샘은 얼른 맞장구를 쳤다.

"……'활기 넘치는 연설'이라고 된 가운데 부분으로 곧장 건너뛰세요. 거기에 재미있는 농담과 이야기가 세 종류로 나뉘어서 실려 있어요. 시동 걸기, 분위기 달구기, 결정타 날리기."

'무슨 제비족을 위한 설명서 같군.' 샘은 이런 생각이 들었지만 아무 말도 하지 않았다.

이번에도 그녀는 그의 생각을 읽었다. "좀 도발적이기는 하지만…… 지금보다 단순하고 순수했던 시대에 출간된 책들이에요. 정확히는 1930년대 후반에요."

"지금보다 훨씬 순수했던 시절이네요." 샘은 이렇게 말하며 폐가가 된 건조 지대의 농장, 밀가루 부대로 만든 원피스를 입은 소녀, 봉을 휘두르는 경찰에 둘러싸인 다 쓰러져가는 판자촌을 떠올렸다.

"하지만 이 두 권 다 여전히 효과 만점이에요." 그녀가 강조하는 뜻에서 두 책을 톡톡 두드리며 말했다. "실전에서는 그게 중요한 거 아닌가요, 샘? 결과 말이에요."

"네……. 그렇겠죠."

그가 생각에 잠긴 눈빛으로 쳐다보자 로츠는 눈썹을 치켜세웠다. 방어적으로 그랬다고 볼 수도 있었다. "무슨 생각을 하세요?" 그녀가 물었다.

"어른이 된 이후로 이런 경험을 한 적이 없었다는 생각이 들었어요." 그가 말했다. "아예 없었던 건 아니지만 거의 없었긴 해요. 연설문에 양념이 될 만한 책을 찾으러 왔더니 제가 원하는 걸 콕 집어서 찾아주셨잖아요. 실제로 이런 일이 벌어지는 경우가 얼마나 될까요? 식료품 가게에서 아무리 두 눈 부릅떠도 괜찮은 양갈비 구하기가 쉽지 않은데.”

그녀는 미소를 지었다. 진심으로 기뻐하는 표정처럼 보였지만…… 이번에도 눈은 정색하고 있었다. 그가 어린이 도서관에서 그녀를 만난 이래—아니면 그녀가 그를 만난 이래—그녀의 눈빛은 변한 적이 없었다. 계속 그를 예의 주시했다. “칭찬 맞죠?”

“네, 맞습니다.”

“고마워요, 샘. 정말 고마워요. 아부를 잘하면 안 될 일이 없다지만 그래도 이 달러는 받아야겠는데요.”

“그래요?”

“성인 대출증 발급 수수료가 이 달러거든요.” 그녀가 말했다. “유효기간은 삼 년이고 갱신비는 오십 센트밖에 안 해요. 만드시겠어요?”

“그 정도면 별 부담 없겠는데요.”

“그럼 이쪽으로 오세요.” 샘은 대출 데스크로 그녀를 따라갔다.

3

그녀는 그에게 작성할 서류를 주었다. 그는 그 위에 이름, 주소, 전화번호, 직장 주소를 적었다.

“켈턴 애비뉴에 사시는군요. 좋으시겠어요!”

“뭐, 저는 마음에 듭니다.”

“집들이 다 예쁘고 큼지막하잖아요. 결혼해서 사셔야 하는 거 아니에요?”

그는 흠칫 놀랐다. "제가 미혼인 줄 어떻게 아셨어요?"

"선생님이 내가 미혼인 걸 알아차린 것과 똑같은 방식으로요." 그녀가 이번에는 능글맞은, 고양이 같은 미소를 지었다. "약손가락에 아무것도 없잖아요."

"아." 그는 힘없이 중얼거리고 미소를 지었다. 평소처럼 환한 미소가 아니었고 두 뺨이 화끈거렸다.

"이 달러 주세요."

그는 일 달러짜리 지폐 두 장을 건넸다. 그녀는 해골처럼 생긴 오래된 타자기가 있는 조그만 책상으로 가서 밝은 주황색 카드에 대고 잠깐 타자기 자판을 두드렸다. 그걸 다시 대출 데스크로 들고 와서 맨 밑에 요란하게 서명을 하고 그에게 내밀었다.

"신상 정보가 전부 맞게 들어갔는지 확인하세요."

샘은 확인했다. "다 맞습니다." 서명을 보니 그녀의 이름이 아델리아였다. 예쁘고 특이한 이름이었다.

그녀는 대출증을 다시 가져가서—생각해보니 대학교를 졸업한 이후에 처음으로 만든 대출증인데 대학교 때 만든 대출증도 쓴 적이 거의 없었다—두 책에 달린 봉투에서 꺼낸 카드와 나란히 마이크로필름 입력기 밑에 넣었다. "이 책들은 특수 참고 도서라 대출 기간이 일주일밖에 안 돼요. 인기가 많은 책을 내가 특수 참고 도서로 분류해서 관리하고 있거든요."

"초보 연사들을 위한 지침서가 인기가 많다고요?"

"그런 책이랑 배관 수리, 간단한 마술, 사회 에티켓…… 이런 걸 가르쳐주는 책들이 인기가 많아요. 사람들이 다급한 상황에 몰리면 어떤 책을 찾는지 알면 깜짝 놀랄걸요? 나야 잘 알지만."

"그러시겠죠."

"내가 이 일을 시작한 지 정말 정말 오래됐거든요. 이 두 책은 대출 연장이 안 되니까 4월 6일까지 꼭 반납해주세요." 그녀가 고개를 들자 불빛이 그녀의 눈동자에 반사됐다. 샘은 눈동자가 반짝인 것으로 착각할 뻔했지만…… 그게 아니었다. 광택이었다. 밋밋하고 딱딱한 광택이었다. 아델리아 로츠의 양쪽 눈에 눈동자 대신 오센트짜리 동전이 들어 있는 것 같았다.

"반납을 못하면요?" 그는 이렇게 질문하는 순간 자신이 짓고 있는 미소가 미소가 아닌 것처럼 느껴졌다. 가면처럼 느껴졌다.

"그럼 도서관 경찰을 출동시켜야겠죠." 그녀가 말했다.

4

두 사람의 시선이 만났고 샘은 아델리아 로츠의 진면모를 본 것 같다는 생각이 들었다. 그 여자는 매력적이거나 물렁물렁하거나 독신의 사서다운 구석이 전혀 없었다.

'위험한 여자일 수도 있겠는데.' 그는 이런 생각을 했다가 당황스러워하며 일축했다. 우중충한 날씨—그리고 조만간 연설을 해야 한다는 압박감—가 그에게 영향을 미치고 있었다. '위험한들 복숭아 통조림 정도로나 위험하겠지……. 그리고 우중충한 날씨나 오늘 저녁 로터리클럽 모임 때문이 아니야. 그 포스터들 때문이지.'

그는 『연사의 동반자』와 『미국인들이 가장 사랑하는 시선집』을 겨드랑이에 꼈고 거의 문 앞에 다다라서야 그녀의 안내를 받으며 걸어가고 있었다는 사실을 깨달았다. 그는 바닥을 굳게 디디며 걸음을 멈추었다. 그녀는 놀란 표정으로 그를 쳐다보았다.

"뭐 하나만 여쭤봐도 될까요, 로츠 씨?"

"그럼요, 샘. 내가 여기서 하는 일이 질문에 대답하는 일인걸요."

"어린이 도서관하고 거기 붙어 있는 포스터 때문인데요." 그가 말했다. "포스터를 보고 제가 놀랐거든요. 충격을 받다시피 했어요." 그는 어느 교구 주민의 집 커피 테이블에서 다른 잡지들 밑에 깔려 있는 《플레이보이》를 언뜻 본 침례교회 목사의 말투를 흉내 낼 수 있길 기대했지만 전혀 생각처럼 되지 않았다. '왜냐하면 일반적인 정서의 포스터가 아니었거든.' 그는 생각했다. '나는 진심으로 충격을 받았어. 충격을 받다시피 한 게 아니라.'

"포스터요?" 그녀는 미간을 찌푸리며 되물었다가 주름을 폈다. "아! 도서관 경찰하고…… 바보 사이먼 말씀이로군요."

"바보 사이먼요?"

"'낯선 사람의 차는 절대 타지 말 것!'이라고 적힌 포스터 말이에요. 그 포스터 속의 남자아이를 어린 친구들이 그렇게 불러요. 고함을 지르고 있는 아이 말이에요. 그 아이 별명이 바보 사이먼이에요. 그렇게 바보 같은 짓을 저지르다니 한심하다, 이거죠. 상당히 건전한 반응 아닌가요?"

"그 아이는 고함을 지르고 있지 않았어요." 샘은 느릿느릿 말했다. "비명을 지르고 있었죠."

그녀는 어깨를 으쓱했다. "고함이나 비명이나 그게 그거죠. 여기서는 고함소리도 비명소리도 들을 일이 거의 없어요. 아이들이 워낙 착하고 번듯하거든요."

"그렇겠죠." 샘이 말했다. 그들은 어느덧 입구 쪽으로 왔다. 그는 이젤에 놓인 팻말을 흘끗 쳐다보았다.

침묵은 금이다.

도 아니고

소음을 자제해주시기 바랍니다.

도 아니라 반론의 여지가 없는 명령이 적힌 팻말이었다.

정숙!

"게다가…… 해석하기 나름 아닌가요?"

"그럴지도 모르죠." 샘은 말했다. 그는 왈가왈부할 수 없는 지점으로—교묘하게—몰리는 기분을 느꼈다. 변증법은 아델리아 로츠의 영역이었다. 그녀가 변증법이라면 이골이 난 듯한 인상을 풍기자 그는 고집이 생겼다. "하지만 제가 보기에는 그 포스터들이 극단적이던데요."

"그래요?" 그녀는 깍듯하게 되물었다. 그들은 이제 덧문 앞에 서 있었다.

"네, 무서웠어요." 그는 용기를 내서 속내를 털어놓았다. "어린 아이들이 모이는 곳에 적합하지 않아 보였어요."

적어도 샘이 듣기에는 자기 말투가 아직은 점잔을 빼거나 잘난 체하는 것처럼 들리지 않았고 그래서 다행이었다.

그녀는 미소를 짓고 있었다. 그 미소에 샘은 짜증이 났다. "전에도 그렇게 얘기하는 분들이 있었어요, 샘. 아이가 없는 어른들은 어린이 도서관에 잘 오지 않지만 가끔 오게 되는 경우가 있죠. 삼촌, 이모, 아이를 데리러 오게 된 싱글맘의 남자친구…… 아니면 선생님처럼 저를 찾던 분들."

'다급한 상황에 몰린 사람들.' 그녀의 서늘한 파란 눈은 이렇게 얘기하고 있었다. '도움을 청하러 왔다가 문제가 해결되면 정션 시티 공립 도서관의 운영 방식에 대해 왈가왈부하는 사람들. 내 운영 방식에 대해 왈가왈부하는 사람들.'

"제 의견이 기분 나쁘실 수도 있겠네요." 샘은 서글서글하게 말했다. 속마음은 서글서글한 것과 거리가 멀었지만, 아주 거리가 멀었지만 이것 역시 그가 보호 망토처럼 두르고 다니는 영업 요령이었다.

"아니에요. 몰라서 그러는 거니까요. 작년 여름에 투표를 했어요, 샘. 해마다 개최하는 여름 독서 프로그램의 일환으로요. 프로그램 이름은 '정션 시티의 지글지글 여름 이야기'였고 아이들마다 읽은 책 한 권당 한 표의 투표권이 주어졌죠. 독서를 권장하려고 우리가 몇 년에 걸쳐 개발한 작전 중 하나예요. 독서 권장이 우리의 가장 중요한 임무이기도 하거든요."

'우리가 알아서 잘하고 있어요.' 흔들림 없는 그녀의 눈빛은 이렇게 얘기하고 있었다. '그리고 내가 깍듯하게 대하고 있죠? 평생 도서관이라고는 와본 적도 없는 주제에 함부로 고개를 들이밀고서 이러쿵저러쿵하는 당신 같은 사람한테.'

샘은 단단히 수세에 몰린 듯한 기분을 느꼈다. 아직은 변증법이라는 전장의 승기가 로츠라는 여자에게 넘어가지 않았지만—완전히 넘어가지는 않았다—그에게 불리한 상황이라는 것은 알 수 있었다.

"투표 결과에 따르면 작년에 아이들 사이에서 가장 인기가 있었던 영화는 〈나이트메어〉 5편이었어요. 가장 인기가 있었던 록그룹은 건스 앤드 로지스였고, 2위는 오지 오스본인가 하는 사람이었는데 콘서트 도중에 살아 있는 동물의 머리를 물어뜯는 걸로 유명하더군요. 가장 인기가 있었던 소설은 『스완송』이었어요. 로버트 매캐먼의 공포소설요. 우리 도서관에는 그 책을 둘 수가 없어요, 샘. 새 걸 주문해도 몇 주만 지나면 너덜너덜해지거든요. 내가 새로 제본한 책으로 가지고 있었는데 도둑맞았어요. 어떤 못된 아이가 가져갔겠죠."

그녀의 입술이 얇은 일자로 변했다.

"2위는 근친상간과 영아 살해를 다룬 『다락방의 꽃들』이라는 공포소설이었죠. 그 작품은 오 년 연속으로 1위였어요. 심지어 『인디언 서머』*를 꼽은 아이들까지 있었다니까요?"

그녀는 단호한 눈빛으로 그를 쳐다보았다.

"나는 〈나이트메어〉 시리즈는 한 편도 본 적 없어요. 오지 오스본의 음반은 들어본 적도 없고 앞으로도 들을 생각이 없고, 로버트 매캐먼이나 스티븐 킹이나 V.C. 앤드루스**의 작품도 읽을 생각이 없어요. 내가 무슨 말을 하고 싶은 건지 알겠어요, 샘?"

"네, 그러니까……." 그는 알맞은 단어를 열심히 모색한 끝에 드디어 찾았다. "아이들의 취향을 침해하는 건 부당하다는 말씀이죠?"

그녀가 환하게 미소를 지었지만…… 이번에도 눈동자는 오 센트짜리 동전으로 보였다.

"그런 뜻도 있지만 그게 다는 아니에요. 어린이 도서관에 걸린 포스터는, 논란의 여지가 없는 괜찮은 포스터건 당신이 불쾌하게 느꼈던 포스터건 아이오와 도서관협회에서 보낸 거예요. 아이오와 도서관협회는 중서부 도서관협회 회원이고, 거긴 또 세금으로 대부분의 예산을 조달하는 전미 도서관협회 회원이죠. 평범한 시민들, 그러니까 저나 선생님 같은 사람들이 내는 세금으로요."

샘은 무게중심을 이쪽 발에서 저쪽 발로 옮겼다. 도서관이 어떤 식으로 운영되는지를 주제로 일장 연설을 들으며 오후 시간을 보내고 싶지 않았지만 자청한 일이 아니었던가. 그가 짐작하기로는 그랬다. 아무튼 시간이 지날수록 아델리아 로츠에 대한 호감이 점점

* 파격적인 성 묘사로 1956년에 출간 당시 미국에서 엄청난 논란을 불러일으켰던 작가이다.

** 『다락방의 꽃들』의 작가.

떨어지고 있는 것만큼은 분명했다.

"아이오와 도서관협회에서는 두 달에 한 번씩 약 마흔 장의 포스터를 소개하는 팸플릿을 보내요." 로츠는 그러거나 말거나 말을 이었다. "그중에서 다섯 장을 무료로 고를 수 있어요. 그 이후부터는 장당 삼 달러씩 들고요. 보아하니 엉덩이가 들썩거리는 모양인데 선생님은 설명을 제대로 들으실 자격이 있어요. 그리고 이제 문제의 핵심에 드디어 도달했고요."

"제 엉덩이가요? 그럴 리가요." 샘은 엉덩이를 들썩이며 말했다.

그녀는 틀니가 아니라고 하기에는 지나치게 치열이 고른 이를 보이며 미소를 지었다. "이곳에는 어린이 도서관 위원회가 있어요." 그녀가 말했다. "누가 소속 위원이냐고요? 당연히 아이들이죠! 모두 합해서 아홉 명이에요. 네 명은 고등학생, 세 명은 중학생, 두 명은 초등학생이에요. 학교 성적이 평균 B가 넘어야 자격이 주어지고요. 그 아이들이 주문할 새 책을 일부 선정하고, 작년 가을에 리모델링을 했을 때도 그 아이들이 커튼과 테이블을 골랐어요. 그리고…… 두말하면 잔소리지만 포스터도 아이들이 골랐고요. 가장 어린 축에 속하는 아이의 표현에 따르면 그게 '제일 재밌다'고 하더군요. 이제 이해가 되시나요?"

"네." 샘이 말했다. "아이들이 빨간 모자와 바보 사이먼과 도서관 경찰을 골랐군요. 무서워서 좋아하는 거고요."

"맞아요!" 그녀는 얼굴을 환히 빛냈다.

문득 그는 신물이 난다는 생각이 들었다. 도서관 때문이었다. 포스터도 아니고 사서도 아니고 도서관, 그 자체 때문이었다. 갑자기

도서관이 한쪽 엉덩이 깊숙이 박혀서 부아를 돋우는 가시처럼 느껴졌다. 이유가 뭐가 됐건 간에…… 아무튼 신물이 났다.

“로츠, 어린이 도서관에 〈나이트메어〉 5편 비디오테이프가 있나요? 건스 앤드 로지스와 오지 오스본 앨범이 있나요?”

“샘, 핵심은 그게 아니잖아요.” 그녀는 짜증을 누르고 말문을 열었다.

“『인디언 서머』는요? 그 책을 읽은 아이들이 몇 명이라도 있으니까 어린이 도서관에 비치해놓으셨나요?”

그는 이렇게 묻는 와중에도 이런 생각이 들었다. ‘그렇게 오래된 책을 요즘도 읽는 사람이 있을까?’

“아뇨.” 그녀는 대답했다. 화가 나서 벌게지는 그녀의 뺨이 눈에 들어왔다. 그녀는 자신의 판단에 누군가가 의문을 제기하는 데 익숙하지 않은 여자였다. “하지만 무단 침입, 부모의 학대, 절도범을 다룬 책은 있어요. 『골디락스와 곰 세 마리』, 『헨젤과 그레텔』, 『잭과 콩나무』 말이에요. 선생님 같은 분은 좀더 이해심이 많을 줄 알았는데.”

‘다급한 상황에 몰렸다가 당신의 도움으로 구제된 사람들 말이죠?’ 샘은 생각했다. ‘이것 보세요, 아주머니. 그런 일을 하라고 이 도시 사람들이 낸 세금으로 월급을 받고 있는 거 아닌가요?’

하지만 그는 정신을 차렸다. 그녀가 무슨 뜻에서 ‘선생님 같은 분’이라고 했는지 알 수 없었고 무슨 뜻에서 그런 말을 했는지 알고 싶지도 않았지만 대화가 선을 넘기 직전이라는 것은, 논쟁으로 변질되기 직전이라는 것은 알 수 있었다. 그가 이곳을 찾은 이유는 선임 사서와 어린이 도서관 문제로 옥신각신하기 위해서가 아니라 연설 원고에 뿌릴 양념을 찾기 위해서였다.

"제가 한 말 때문에 기분 나쁘셨다면 죄송합니다." 그가 말했다. "이제 진짜 가봐야겠네요."

"네." 그녀가 말했다. "그러셔야겠네요." '당신의 사과는 받아들이지 않겠어요.' 그녀는 눈빛으로 이런 뜻을 전했다. '절대 받아들이지 않겠어요.'

"제가 처음으로 하는 연설을 앞두고 조금 긴장한 모양이에요." 그가 말했다. "이걸 쓰느라 간밤에 잠을 설쳤고요." 그는 사람 좋은 샘 피블스의 미소를 지으며 서류 가방을 들어보였다.

그녀는 누그러들었지만 눈빛만큼은 여전히 매서웠다. "이해해요. 저희는 도움을 드리기 위해 이곳에 근무하는 사람들이고 납세자 여러분의 건설적인 비판은 언제든 귀담아들을 자세가 되어 있어요." 그녀는 '건설적인'이라는 단어를 느껴질락 말락 하게 강조했다. 그의 비판은 해당되지 않는다는 걸 알리려는 목적인 듯했다.

상황이 종료되자 그는 깔끔하게 정리한 침대에 커버를 씌우듯 모든 것을 바로잡고 무마하고 싶은 충동을—필요에 가까운 충동을—느꼈다. 이것 역시 사업하는 사람의 습성이거나…… 자구책이리라. 문득 오늘 저녁에 아델리아 로츠와의 만남을 이야기해야겠다는 생각이 들었다. 그의 원고보다 사서 아델리아 로츠와의 만남이 소도시의 핵심에 대해 시사하는 바가 더 컸다. 미화로 점철되지는 않을 테지만 무미건조하지는 않을 것이다. 그리고 평소 금요일 로터리클럽 연설에서 들을 수 없었던 진실의 울림을 느낄 수 있을 것이다.

"아무튼 분위기가 잠시 과열됐네요." 그는 말하면서 손을 내밀었다. "제가 도가 지나쳤던 것 같습니다. 기분 나쁘게 생각하지는 말아주세요."

그녀는 그의 손을 건드렸다. 예의상 건드린 정도였다. 그녀의 손은 서늘하고 매끄러웠다. 왠지 모르게 불쾌했다. 우산 손잡이와 악수하는 느낌이었다. "그럼요." 그녀는 이렇게 말했지만 눈빛은 여전히 다른 이야기를 하고 있었다.

"네, 그럼…… 그만 가보겠습니다."

"네. 잊지 마세요……. 그 책들은 대출 기간이 일주일이에요." 그녀는 손가락 하나를 들어서 손질이 잘된 손톱으로 그가 들고 있는 책들을 가리켰다. 그러고는 미소를 지었다. 샘은 그 미소가 극도로 심란하게 느껴졌지만 아무리 애를 써도 이유를 알 수가 없었다. "도서관 경찰을 파견하고 싶지는 않으니까요."

"네." 샘은 맞장구를 쳤다. "그건 저도 싫습니다."

"그렇죠." 아델리아 로츠는 미소를 머금은 얼굴로 말했다. "당연히 싫으시겠죠."

5

진입로를 반쯤 걸어갔을 때 비명을 지르던 아이의 얼굴과 함께

(그 아이 별명이 바보 사이먼이에요. 상당히 건전한 반응 아닌가요?)

가던 발걸음을 멈추게 할 만큼 단순하고 현실적인 생각 하나가

그의 머릿속에 떠올랐다. 기회가 주어진다면 어린아이들로 이루어진 위원회가 그런 포스터를 선택할 수도 있겠지만…… 아이오와가 됐건 중서부가 됐던 전미가 됐건 그런 포스터를 발송할 도서관협회가 있을까, 하는 것이었다.

감옥처럼 튼튼한 유리창에 애원하듯 들러붙어 있던 두 손과 괴로워하며 비명을 지르던 입이 떠오르자 샘 피블스는 믿기 힘든 정도가 아니라 믿을 수 없다는 생각이 들었다.

그리고 『인디언 서머』. 그건 또 어떤가. 예전에 도서관을 들락거렸던 어른들마저 대부분 그 책에 대해 잊어버렸을 것이다. 그런데 그 어른들의 아이들이—어린이 도서관을 이용할 정도로 어린 아이들이—과거의 유물을 재발견했다고?

'그것도 못 믿겠어.'

그는 아델리아 로츠의 분노를 또다시 자극하고 싶은 생각이 없었지만—한 번으로 충분했으며 당시 그녀가 다이얼을 끝까지 돌리지도 않았던 듯한 예감이 들었다—머릿속에 떠오른 생각들이 하도 강렬해서 고개가 절로 돌려졌다.

그녀는 사라지고 없었다.

닫힌 도서관 문은 음울한 화강암 얼굴에 세로로 뚫린 입술 같았다.

샘은 그 자리에 잠깐 더 서 있다가 차를 주차해놓은 길가로 허둥지둥 내려갔다.

3장: 샘의 강연

1

대성공이었다.

그는 『연사의 동반자』 '시동 걸기' 코너에 소개된 두 가지 에피소드—농작물을 도매로 넘기려던 농부와 에스키모에게 냉동식품을 판매하려던 사람에 얽힌 에피소드였다—를 나름대로 각색한 이야기로 서두를 장식하고 (상당히 재미가 없었던) 중간 부분에 세 번째 에피소드를 넣었다. '결정타 날리기' 코너에도 괜찮은 에피소드가 있기에 추가하려다가 아델리아 로츠가 『미국인들이 가장 사랑하는 시선집』을 두고 했던 말을 떠올렸다. '연설을 들은 사람들은 다른 건 전부 잊어도 잘 고른 시는 기억할 거예요.' '영감' 코너에 과연 그녀가 장담한 대로 짤막하고 훌륭한 시가 한 편 있었다.

그는 고개를 든 로터리클럽 회원들의 얼굴을 내려다보며 말했다.
"지금까지 제가 정션 시티와 같은 소도시에서 지내며 사업을 하는 이유에 대해서 말씀을 드렸는데 조금이나마 이해가 되셨길 바랍니다. 그렇지 않으면 제가 난처해질 테니까요."

그들은 우레와 같은 웃음소리로 (그리고 여기에 섞인 스카치위스키와 버번 냄새로) 화답했다.

샘은 땀을 뻘뻘 흘리고 있었지만 기분이 상당히 좋았고 무사히 끝낼 수 있겠다는 생각이 들기 시작했다. 마이크에서 끽끽거리는 소음이 난 적은 한 번뿐이었고, 중간에 나간 사람은 없었고, 음식을 집어던진 사람도 없었고, 야유는 몇 번뿐이었고 그마저도 장난이었다.

"스펜서 마이클 프리라는 시인이 오늘 제가 하고 싶었던 이야기를 더욱 효과적으로 전달하고 있지 않나 싶습니다. 사실 우리가 소도시에서 판매하는 물품의 거의 대부분을 대도시의 쇼핑센터나 근교의 쇼핑몰에서 더욱 저렴하게 구입할 수 있어요. 그런 곳들은 필요한 모든 상품과 서비스를 한 자리에서 구매할 수 있고 게다가 주차도 무료라고 자랑하죠. 아마 그들 말이 맞을 겁니다. 하지만 쇼핑몰이나 쇼핑센터에는 없고 소도시의 상점에서만 구할 수 있는 게 있는데, 그걸 프리 씨가 시로 표현하고 있어요. 길지 않지만 많은 이야기를 하는 작품입니다. 이런 내용인데요.

'이 세상에서 중요한 것은 인간적인 만남,
당신과 내 손의 만남,
점점 기운을 잃어가는 심장에는
쉼터나 빵이나 와인보다 그게 훨씬 중요한 법.
쉼터는 밤이 지나면 사라지고
빵은 하루밖에 연명을 못하지만

마주치는 손길과 음성은
언제까지고 영혼의 안에서 노래하기에.'"

샘은 원고를 읽다 말고 고개를 들어서 회원들을 쳐다보았다. 그가 말하는 한 마디, 한 마디에 자신의 진심이 담겨 있다는 데 그날 들어 두 번째로 놀라워했다. 문득 느껴지는 행복과 감사로 심장이 터질 것 같았다. 평범한 일상을 영위하며 평범한 하루를 보내는 동안에도 그런 감성이 닳지 않고 남아 있었다니 다행스러운 일이었고, 입밖으로 표현할 수 있다니 더욱 다행스러운 일이었다.

"소도시에서 사업을 하는 우리들은 그런 인간적인 만남을 제공합니다. 어떻게 보면 아무것도 아니지만…… 또 어떻게 보면 그게 전부이기도 하지요. 저 같은 경우에는 어떤 가게를 계속 찾는 이유가 그 때문이니까요. 원래 이 자리에 설 예정이었던 어메이징 조의 쾌유를 빕니다. 저에게 그의 대타를 부탁했던 크레이그 존스와 재미도 없는 저의 이야기를 끝까지 들어주신 여러분께는 심심한 감사의 말씀을 전하고요. 아무튼…… 대단히 감사합니다."

마지막 문장이 끝나기도 전에 박수갈채가 터졌다. 박수 소리는 나오미가 타자로 쳐주었고 그가 오후 내내 손본 원고를 주섬주섬 정리하는 동안 점점 더 커졌다. 그가 회원들의 반응에 곤혹스러워하며 자리에 앉는 순간 정점에 달했다.

'술기운 때문이겠지.' 샘은 속으로 중얼거렸다. '터퍼웨어 파티에서 예수님을 영접하고 어떤 식으로 금연에 성공했는지 얘기했더라도 다들 이렇게 박수를 쳤을 거야.'

회원들이 하나둘씩 자리에서 일어나자 그는 연설이 너무 길어서 다들 한시라도 빨리 탈출하고 싶어서 좀이 쑤셨나 보다고 생각했다. 그런데 박수갈채가 계속 이어졌고 그를 향해 손을 흔드는 크레이그 존스의 모습이 시야에 들어왔다. 잠시 후에서야 샘은 알아차렸다. 크레이그가 일어나서 인사를 하라고 신호를 보내고 있었다.

샘은 집게손가락을 귓가에 대고 빙글빙글 돌렸다. '자네, 미친 거 아니야?'

크레이그는 고개를 단호하게 젓더니 더 힘찬 목소리로 찬양하라며 신도들을 격려하는 부흥교회 목사처럼 양손을 위로 힘껏 들었다.

그래서 샘은 자리에서 일어났고 회원들이 환호성을 지르자 놀라워했다.

잠시 후에 크레이그가 연설대 앞으로 다가갔다. 그가 마이크를 몇 번 두드려 솜으로 싼 거대한 주먹이 관을 때리는 듯한 소리를 내자 마침내 환호성이 잦아들었다.

"모두들 동의하실 거라고 봅니다. 샘의 연설이 저녁 식대를 벌충하고도 남았다는 것을요."

그 말에 또다시 우레와 같은 박수갈채가 터졌다.

크레이그는 샘을 돌아보며 말했다. "샘, 자네한테 이런 재주가 있는 줄 알았다면 1번 타자로 연단에 세웠을 거야!"

여기저기서 박수를 치고 휘파람을 불었다. 그 소리가 잦아들기 전에 크레이그 존스가 샘의 손을 잡고 펌프처럼 위아래로 흔들었다.

"잘했어!" 크레이그가 말했다. "어디서 베낀 거야, 샘?"

"베낀 거 아니야." 샘이 말했다. 뺨이 뜨끈했고, 연설을 앞두고 진토닉을—그것도 약하게 타서—한 잔 마셨을 뿐인데 취기가 올랐다. "내가 쓴 원고야. 도서관에서 빌린 책의 도움을 좀 받았지."

다른 회원들이 그를 에워쌌다. 샘은 악수를 하고 또 했다. 가문 여름날 마을의 공동 펌프가 된 듯한 기분이 들기 시작했다.

"잘했어!" 누가 그의 귀에 대고 외쳤다. 소리가 들린 쪽으로 고개를 돌려보니 화물 운송 노조원이 배임 혐의로 기소돼서 못 오게 됐을 때 대타로 나선 적이 있는 프랭크 스티븐스였다. "녹음해서 청년 상공회의소 직원들한테 팔았어도 됐겠어! 그 정도로 훌륭했어, 샘!"

"순회강연을 해도 되겠더라니까?" 루디 펄먼이 말했다. 동그스름한 얼굴로 열을 내며 땀을 흘리고 있었다. "나는 하마터면 울 뻔했어! 정말로! 그 시는 어디서 찾은 거야?"

"도서관에서." 샘은 아직도 어안이 벙벙했지만…… 드디어 끝났다는 안도감이 조심스러운 희열로 바뀌었다. 나오미에게 상여금을 주어야겠다는 생각이 들었다. "거기서 책을 빌렸는데 제목이……."

책 제목을 미처 알려주기도 전에 브루스 잉걸스가 그의 팔꿈치를 잡고 카운터 쪽으로 데려갔다. "지난 이 년 동안 이 한심한 클럽에서 들은 연설 중에 최고였어!" 브루스는 큰 소리로 외쳤다. "아니, 오 년이었나? 우라질 곡예사는 필요 없다 그래! 내가 술 한 잔 살게, 샘. 아니, 두 잔 살게!"

2

샘은 그 자리에서 빠져나오기 전까지 전부 합해서 여섯 잔의 술을 공짜로 마셨고, 크레이그 존스의 차를 얻어 타고 켈턴 애비뉴에 있는 집으로 돌아온 직후 WELCOME이라고 적힌 현관 매트 위에다 구토를 하는 것으로 승리에 취한 저녁을 마감했다. 속이 부글부글 끓기 시작했을 때 문구멍에 열쇠를 넣는 중이었기 때문에—구멍은 세 개, 열쇠는 네 개로 보여서 여간 힘든 게 아니었다—현관 옆 덤불로 달려갈 겨를이 없었다. 마침내 문을 여는 데 성공했을 때 현관 매트를 들어서 (토사물이 한가운데 고이도록 양옆을 조심스럽게 들었다) 옆으로 치웠다.

속을 진정시키려고 커피를 한 잔 끓였고 마시는 동안 전화벨이 두 번 울렸다. 축하 전화였다. 두 번째 전화의 주인공은 참석하지도 않은 엘머 배스킨이었다. 그는《스타 탄생》의 주디 갈런드가 된 기분이 들었지만 속은 계속 울렁거리고 머릿속에서는 과음에 대한 벌이 내려지기 시작해서 그 기분을 제대로 만끽할 수가 없었다.

샘은 거실 전화기의 자동 응답기를 켜서 앞으로 올 전화를 맡겼다. 2층 침실로 올라가 침대 머리맡에 놓인 전화기 코드를 뽑고 아스피린을 두 알 먹은 다음 옷을 벗고 자리에 누웠다.

금세 의식이 가물가물해졌지만—술에 취한데다 피곤했다—그는 잠이 들기 전에 이런 생각을 했다. '이게 다 나오미하고…… 도서관에서 만난 기분 나쁜 여자 덕분이야. 호스트였나, 보슈트였나. 이름이 뭐였는지 모르겠지만 그 여자한테도 상여금을 줘야겠어.'

아래층에서 전화벨이 울렸지만 자동 응답기에 의해 중단되었다.

'잘하고 있어.' 샘은 잠결에 생각했다. '맡은 역할에 충실해야지. 그러라고 내가 돈을 쓴 거잖아.'

그 뒤로 그는 토요일 오전 10시까지 어둠 속에 잠겨 있었다.

3

산 자의 세상으로 돌아왔을 때 속이 쓰리고 머리가 살짝 아팠지만 그만하길 다행이었다. 현관 매트에게는 미안하게 됐지만 알코올 기운이 머릿속으로 더 스며들기 전에 일부나마 덜어낸 게 다행이었다. 그는 몸을 씻는 시늉만 하며 십 분 동안 샤워기 밑에 서 있다가 몸을 닦고 옷을 입고, 머리에 수건을 쓴 채 1층으로 내려갔다. 자동 응답기의 불빛이 깜빡이고 있었다. 메시지 재생 버튼을 누르자 테이프가 잠깐 감기고 끝이었다. 그가 잠들기 직전에 온 전화가 끝이었던 모양이다.

삑! "안녕하세요, 샘." 샘은 수건을 치우다 말고 얼굴을 찡그렸다. 들어본 적 있는 여자 목소리였다. 누구지? "연설 잘 끝냈다고 들었어요. 정말 다행이네요."

로츠라는 여자였다.

'내 전화번호를 어떻게 알았지?' 두말하면 잔소리지만 전화번호부의 용도가 그런 거였고…… 도서 대출증 신청서에도 그가 적지 않았나 싶었다. 그랬다. 왠지 모르게 등골을 타고 소름이 돋았다.

"대출한 책, 4월 6일까지 꼭 반납하세요." 그녀는 능글맞게 덧붙였다. "도서관 경찰을 잊지 마세요."

전화 끊기는 소리가 들렸다. 샘의 자동 응답기에서 모든 메시지의 재생이 끝났음을 알리는 램프에 불이 들어왔다.

"아주머니 좀 밥맛인 거 알죠?" 샘은 빈집에 대고 이렇게 말하고는 토스트를 만들러 주방으로 들어갔다.

4

식후 연사로 성공적인 데뷔를 한 후 일주일이 지나서 금요일 오전 10시에 나오미가 출근하자 샘은 앞면에 그녀의 이름이 적힌 하얀색의 길쭉한 봉투를 건넸다.

"이게 뭐예요?" 나오미는 외투를 벗으며 의심스러워하는 말투로 물었다. 밖에서 폭우가 퍼붓고 있었다. 초봄을 알리는 음울한 장대비였다.

"열어봐요."

그녀는 봉투를 열어보았다. 감사 카드였다. 카드 안쪽에 앤드루 잭슨의 초상화가 그려진 지폐가 테이프로 붙어 있었다.

"이십 달러네요!" 그녀는 그 어느 때보다 의심스러워하는 눈빛으로 그를 쳐다보았다. "웬 거예요?"

"내가 당신 말을 듣고 도서관에 다녀온 덕분에 위기를 모면했거든요." 샘이 말했다. "연설이 잘 끝났어요, 나오미. 대성공이었다고 해도 과장이 아닐 정도로. 당신이 받아줄 거라고 생각했다면 오십 달러를 넣었을 거예요."

그녀는 그제야 사태를 파악하고 기뻐하면서도 돈을 돌려주려고 했다. "도움이 되었다니 다행이에요. 그래도 돈은 받을 수……."

"받아요." 그가 말했다. "받아야 해요. 내 밑에서 영업 사원으로 일하면 수수료를 챙겨야 하는 거 아니겠어요?"

"영업은 하지 않을 거예요. 저는 아무것도 못 파는 성격이에요. 걸스카우트에서 자선 쿠키 판매를 했을 때도 내 쿠키를 사간 사람이 우리 엄마밖에 없었어요."

"나오미, 귀여운 아가씨. 그러지 마요. 그렇게 안절부절 걱정하는 표정 지을 것 없어요. 당신한테 수작 걸려는 거 아니에요. 이 년 전에 다 끝난 얘기잖아요."

"그랬죠." 나오미는 맞장구를 쳤지만 그래도 여전히 안절부절못하는 표정이었고, 필요한 경우 안전하게 문밖으로 달려나갈 수 있는지 확인했다.

"그 우라질 연설 이후에 내가 집 두 채와 이십만 달러에 육박하는 보험을 판매한 거 알아요? 대부분 수수료율이 낮은 단체 계약이기는 했지만 그래도 다 합하면 새 차 한 대 값이에요. 당신이 이십 달러를 받아주지 않으면 내 기분이 엿같아질 거예요."

"그러지 마세요!" 그녀는 충격을 받은 표정으로 외쳤다. 나오미는 독실한 침례교 신자였다. 어머니와 함께 그들이 사는 집만큼이나 허름한 프로버비아의 조그만 교회에 다녔다. 그도 한 번 가본 적이 있기 때문에 알았다. 다행히 그녀는 조금 전보다 좋아하는 표정이기도 했고…… 좀 전보다는 편안해 보였다.

1988년 여름에 샘은 나오미와 두 번 데이트를 한 적이 있었다.

두 번째로 만난 날, 그가 수작을 걸었다. 수작치고는 점잖은 행동이었지만 수작은 수작이었다. 결과는 치명적이었다. 알고 보니 나오미는 덴버 브롱코스 미식축구 팀의 수비수로 출전해도 될 만큼 실력이 좋은 수작 회피 선수였다. 그녀가 말하길 그가 마음에 들지 않는 건 아니라고 했다. 단지 그와는 '그런 관계'가 될 수 없겠다는 결론을 내렸을 뿐이라고 했다. 샘은 당혹스러워하며 이유를 물었다. 나오미는 고개만 저었다. '샘, 세상에는 설명하기 어려운 일들이 있는데, 설명하기 어렵다고 진실성이 떨어지는 건 아니에요. 우리는 안 되겠어요. 정말이에요, 우리는 안 되겠어요.' 그가 들은 말은 그게 전부였다.

"험한 말 해서 미안해요, 나오미." 그는 바로 사과했지만, 나오미가 겉보기와는 다르게 그렇게 꼬장꼬장하지는 않을 거라고 생각했다. "그러니까 이십 달러를 받아주지 않으면 내 기분이 뭣 같아질 거라고요."

그녀는 핸드백에 지폐를 넣고 당당하고 새침하게 그를 쳐다보려고 했다. 거의 성공할 뻔했지만…… 입가가 떨렸다.

"자. 됐어요?"

"오십 달러를 못 준 게 아쉬운데." 그가 말했다. "오십 달러였다면 받았을 거예요, 옴스?"

"아뇨." 그녀가 말했다. "그리고 옴스라고 부르지 마세요. 내가 그 별명 싫어하는 거 알면서."

"미안해요."

"알았어요. 이제 다른 얘기해요."

“좋아요.” 샘은 명랑한 목소리로 말했다.

“강연이 훌륭했다는 이야기는 여러 사람한테서 들었어요. 크레이그 존스는 극찬하던데요? 정말로 연설 덕분에 실적이 늘었다고 생각해요?”

“당삼…….” 샘은 말문을 열었다가 테이프를 되감았다. “네, 그렇게 생각해요. 가끔 그럴 때도 있거든요. 황당하지만 진짜예요. 영업 실적이 이번 주 들어서 정점을 찍었어요. 당연히 좀 있으면 꺾이겠지만 예전 수준으로 떨어지지는 않을 거예요. 새 고객들이 내가 마음에 들면 입소문을 낼 테니까요.”

샘은 의자에 기대고 앉아서 깍지 낀 손을 뒤통수에 대고 생각에 잠긴 눈빛으로 천장을 올려다보았다.

“크레이그 존스가 전화해서 난처한 부탁을 했을 때 당장 달려가서 총으로 쏴버리고 싶었어요. 진짜 그랬어요, 나오미.”

“알아요.” 그녀가 말했다. “옻독이 심하게 오른 환자처럼 보였거든요.”

“그래요?” 그는 웃음을 터뜨렸다. “맞아요, 그랬을 거예요. 일이 되어가는 과정을 보면 가끔 희한하지 않아요? 순전히 운수소관이잖아요. 하나님이라는 존재가 있다면 그 거대한 기계를 돌리기 전에 모든 나사를 단단히 조인 게 맞는지 궁금해진다니까요?”

불경죄를 운운하며 나무랄 줄 알았더니(예전에도 그런 적이 있었다) 나오미가 오늘은 수작에 걸려들지 않고 그 대신 이렇게 얘기했다. “도서관에서 빌린 책이 정말로 도움이 됐다면 당신은 생각보다 운이 더 좋았던 거예요. 도서관이 금요일에는 오후 5시에 문을 열거든요. 알려준다는 걸 깜빡했어요."

"그래요?"

"프라이스 씨가 밀린 서류 작업이나 뭐 그런 걸 하고 있었나 봐요."

"프라이스?" 샘은 되물었다. "페컴 씨 말이죠? 신문 읽는 걸 좋아한다는 수위 말이에요."

나오미는 고개를 저었다. "이 동네에서 내가 아는 페컴 씨는 에디 페컴뿐인데 오래전에 돌아가셨어요. 프라이스 씨 있잖아요. 사서 말이에요." 그녀는 지구상에서…… 아니, 아이오와 주 정션 시티에서 가장 머리가 나쁜 사람 대하듯 샘을 쳐다보았다. "키가 크고, 말랐고, 쉰 살쯤 되어 보이고."

"아닌데. 로츠라는 여자분이었어요. 키가 작고 통통하고 여자들이 밝은 초록색 폴리에스테르 옷을 좋아하기 시작하는 나이대였고요."

묘한 조합의 표정이 나오미의 얼굴을 스치고 지나갔다. 놀라워하다가 의심스러워하다가 희미하게 짜증을 내며 재미있어하는 표정을 지었다. 그 순서가 의미하는 바는 대부분 같았다. 본인이 다리를 심하게 떨고 있다는 사실을 깨달았을 때 순차적으로 나오는 표정이었다. 평소 같았더라면 샘은 그 표정을 보고 이유를 궁금해했을지 모르지만 일주일 내내 노나는 장사를 했기 때문에 밀린 서류가 많았다. 그의 마음은 이미 서류 검토 쪽으로 반쯤 넘어간 상태였다.

"아." 나오미는 이렇게 말하고 웃음을 터뜨렸다. "로츠 양 말이죠? 재미있었겠네요."

"특이한 분이긴 하더군요." 샘이 말했다.

"그럼요." 나오미도 맞장구를 쳤다. "그런데 사실 그분은……."

그녀가 하려고 했던 말을 끝냈더라면 이번에는 샘 피블스가 화들짝 놀랐겠지만 그도 방금 짚고 넘어갔다시피 인간사에는 운명의 여신이 지대한 영향을 미치는 법이었다. 운명의 여신이 이제 참견을 하러 나섰다.

때마침 전화벨이 울린 것이다.

손바닥만 한 정션 시티 법조계의 정신적 지주라 할 수 있는 버트 아이버슨이었다. 그가 엄청난 규모의 보험계약을 운운했기 때문에—새로 짓는 병원에 대한 종합 책임보험이고 아직은 기획 단계지만 얼마나 규모가 커질 수 있는지 알지, 샘—다시 나오미를 마주 대했을 때 로츠에 대한 생각은 샘의 머릿속에서 완전히 지워졌다. 그는 이 건의 규모가 얼마나 커질 수 있는지 알았다. 잘하면 드디어 벤츠의 주인이 될 수도 있었다. 게다가 그 한심한 연설이 엄청난 행운에서 차지하는 지분이 어느 정도인지는 가능한 한 잊고 싶었다.

한편 나오미는 놀림을 당한 기분이었다. 그녀는 아델리아 로츠가 누군지 알았고 샘도 안다고 생각했다. 지난 이십 년을 통틀어 정션 시티에서 벌어졌던 가장 끔찍한 사건의 주인공이었지 않은가. 어쩌면 태평양전쟁에 참전했다 귀국한 모긴스 집안의 아들이 정신 질환자가 되어 자기 가족을 몰살한 다음 군용 권총을 오른쪽 귀에 대고 방아쇠를 당겨 자신까지 처리했던 2차세계대전 때 이후로 가장 끔찍했던 사건일 수도 있었다. 아이라 모긴스 사건은 나오미가 태어나기 전에 벌어진 일이었다. 그녀는 아델리아 사건이 샘이 정션 시티로 이사하기 한참 전에 벌어졌던 일이라는 생각을 하지 못했다.

아무튼 샘이 수화기를 내려놓았을 때 그녀는 모든 상념을 떨치고 저녁으로 스포티스의 라자냐를 먹을지 린 퀴진에서 다른 걸 먹을지 고민하는 중이었다. 그는 12시까지 꾸준히 편지 받아쓰기를 시키고 매케너스에 가서 같이 점심을 먹겠느냐고 물었다. 나오미는 겨울 동안 건강이 안 좋아진 어머니를 챙기러 가야 한다고 거절했다. 아델리아 로츠에 대한 이야기는 더이상 없었다.

그날은 그랬다.

4장: 없어진 책들

1

샘은 주중에는 아침을 제대로 먹지 않지만—오렌지주스 한 잔에 귀리 머핀 한 개면 충분했다—토요일 아침에는 느지막이 일어나(적어도 로터리클럽 때문에 생긴 숙취로 고생을 하지 않는 날에는) 광장에 있는 매케너스까지 걸어가서 스테이크와 달걀 요리를 천천히 음미하며 신문을 약속 시간 중간에 보듯 대충 훑지 않고 정독하는 것을 좋아했다.

그는 다음날인 4월 7일에도 평소처럼 했다. 전날 내리던 비는 그쳤고 하늘은 나무랄 데 없는 연한 파란색이었다. 초봄 하면 떠오르는 바로 그런 날이었다. 샘은 아침 식사를 마친 뒤에 어느 집 튤립과 크로커스가 활짝 피었고 어느 집은 조금 늦는지 살펴가며 집까지 천천히 걸어갔다. 그러느라 집에 도착한 시각이 10시 10분이었다.

자동 응답기의 메시지 재생 버튼이 깜빡거렸다. 그는 버튼을 누르고 담배를 꺼내서 성냥을 그었다.

"안녕하세요, 샘." 누가 들어도 알 수 있는 아델리아 로츠의 상냥한 목소리가 흘러나오자 담배 십오 센티미터 앞에서 성냥이 멈추었다. "정말 실망이에요. 책을 연체하다니."

"이런 젠장!" 샘은 큰 소리로 외쳤다.

쓰고 싶은 단어가 있는데 혀끝을 트램펄린 삼아 손에 닿지 않는 곳으로 튕겨 나가기라도 하는 것처럼 일주일 내내 찜찜하더라니 책 때문이었다. 빌어먹을 책 때문이었다. 그녀는 이제 그를 마음껏 미개인 취급할 수 있었다. 어린이 도서관에 어떤 포스터는 어울리고 어떤 포스터는 어울리지 않는지 쓸데없이 왈가왈부한다고 몰아붙일 수 있었다. 문제는 그녀가 자동 응답기에 호된 질책을 남겨놓았는지 아니면 그를 직접 만났을 때 퍼부으려고 아껴두었는지 여부였다.

그는 성냥불을 끄고 전화기 옆 재떨이에 던졌다.

"내가 설명한 걸로 아는데요." 그녀는 상냥하고 지나치게 차분하게 들리는 목소리로 말을 이었다. "『연사의 동반자』하고 『미국인들이 가장 사랑하는 시선집』은 특수 참고 도서라 대출 기간이 일주일이라고요. 나는 당신이 이럴 줄 몰랐어요. 정말 몰랐답니다."

샘은 불도 붙이지 않은 담배를 입에 물고 자기집에 서 있을 뿐인데 목덜미를 타고 올라온 죄책감에 뺨까지 벌게지기 시작했다는 데 분노를 느꼈다. 그는 또다시 4학년으로 되돌아갔다. 이번에는 뾰족한 바보 모자*를 쓰고 벽을 마주보며 의자에 앉아 있었다.

* 학교에서 공부를 못하거나 게으른 학생에게 벌로 씌우는 고깔 모양의 종이 모자.

아델리아 로츠는 엄청나게 생색을 내는 말투로 이야기를 계속했다. "하지만 한 번 연장해줄게요. 월요일 오후까지 대출한 책을 반납하세요. 불쾌한 사태는 피해주었으면 좋겠네요." 잠깐 정적이 흘렀다. "도서관 경찰을 기억해요, 샘."

"그 소리라면 이제 지긋지긋하네요, 아델리아 씨." 샘은 중얼거렸지만 자동 응답기에 대고 한 말은 아니었다. 그녀는 도서관 경찰을 운운한 뒤에 전화를 끊었고 응답기는 저절로 꺼진 뒤였다.

2

샘은 성냥을 새로 꺼내 담배에 불을 붙였다. 첫 모금을 내뱉는 순간 어떻게 하면 좋을지 퍼뜩 생각이 났다. 소심하게 보일 수도 있었지만 이렇게 해야 로츠와의 관계를 완전히 정리할 수 있었다. 게다가 어설프게나마 정의도 실현할 수 있었다.

나오미에게 응당한 보상을 했으니 아델리아에게도 그러면 되겠거니 싶었다. 그는 그 유명한 연설문의 산실인 서재 책상 앞에 앉아서 메모지를 앞으로 끌어당겼다. 새뮤얼 피블스 배상이라고 인쇄된 문구 밑에 다음과 같이 끼적였다.

친애하는 로츠 씨께

빌려주신 책을 연체해서 죄송합니다. 강연을 준비하는 데 많은 도움이 되었던 책들이었기에 진심으로 죄송하게 생각합니다. 연체료를 동봉합니다. 나머지는 감사의 뜻으로 받아주셨으면 합니다.

샘 피블스 드림

그는 책상 서랍에서 클립을 꺼내며 써놓은 문장을 읽어보았다. '빌려주신 책'을 '도서관에서 대여한 책'으로 바꿀까 하다 그냥 내버려두었다. 아델리아 로츠는 '짐이 곧 국가'라는 철학에 동조하는 부류인 듯했다. 이 경우에는 '국가'가 동네 도서관에 불과했지만 말이다.

그는 지갑에서 이십 달러짜리 지폐를 꺼내 클립으로 메모에 끼웠다. 그런 다음 손끝으로 책상 가장자리를 두드리며 잠깐 망설였다.

'그녀는 이걸 뇌물로 간주할 거야. 기분 나빠하면서 불같이 화를 낼지 몰라.'

그럴지 모르지만 상관없었다. 그는 로츠 씨가 그날 아침에 잘난 척 전화한 이유를 알았다. 지난번과 이번, 두 번에 걸쳐서 잘난 척 전화한 이유를 알았다. 그가 어린이 도서관에 걸린 포스터를 가지고 그녀의 심기를 건드렸기 때문에 복수를 하려고 그러는 거였다. 하지만 그는 4학년도 아니었고 겁에 질려서 우왕좌왕하는 꼬맹이도 아니었기 때문에(더는 아니었다) 벌벌 떨지 않을 작정이었다. 도서관 로비에 험상궂은 팻말이 놓여 있더라도, 하루씩이나 연체를 했다며 사서가 잔소리를 퍼붓더라도 그럴 참이었다.

"썅!" 그는 큰 소리로 외쳤다. "돈 받기 싫으면 도서관 보존 기금이나 뭐 그런 데 입금하면 될 거 아냐."

그는 이십 달러를 끼운 메모를 책상 위에 내려놓았다. 그녀가 떽떽거릴 수도 있으니 직접 전달할 생각은 없었다. 두 책을 고무줄로 몇 겹 동여맨 다음 돈과 쪽지를 잘 보이도록 한 책의 중간에 끼울 작정이었다. 그런 다음 도서 반납함에 넣어버릴 작정이었다. 그는 정션 시티에서 육 년 사는 동안 아델리아 로츠를 모르고 지냈다. 앞으로 육 년 동안에도 그녀를 만나지 않고 지낼 수 있기만을 바랄 따름이었다.

이제 책을 찾기만 하면 됐다.

서재 책상 위에는 없었다. 샘은 식당으로 가서 식탁을 뒤졌다. 반납해야 하는 물건이 있으면 대개 식탁 위에다 쌓아두었다. 브루스의 비디오 스톱 대여점에 반납해야 할 비디오테이프 두 개와 신문배달부라고 적힌 봉투 한 개, 보험증서가 든 서류철이 두 개 있었지만……『연사의 동반자』는 없었다.『미국인들이 가장 사랑하는 시선집』도 없었다.

"젠장." 샘은 중얼거리며 머리를 벅벅 긁었다. "도대체 어디 갔지……?"

그는 부엌으로 들어갔다. 부엌 식탁에는 조간신문밖에 없었다. 그가 나갔다 들어오면서 챙긴 것이었다. 그는 난로 옆 종이 상자 안으로 멍하니 신문을 던지고 조리대를 살폈다. 어제저녁으로 먹은 냉동식품 상자말고는 아무것도 없었다.

그는 2층에 있는 방들을 확인하려고 천천히 계단을 올라갔지만 이미 불길한 예감을 느끼고 있었다.

3

그날 오후 3시 무렵, 불길한 예감은 극에 다다랐다. 샘 피블스는 사실상 씩씩대고 있었다. 집안을 두 번에 걸쳐 샅샅이 뒤진 이후에 (심지어 두 번째에는 지하 창고까지 체크했다) 월요일 오후 늦게까지 일을 하고 퇴근했을 때 책을 들고 나온 기억이 분명한데도 불구하고 사무실까지 다녀왔다. 아니나 다를까, 사무실에는 아무것도 없었다. 화창한 봄날의 금쪽같은 토요일 내내 도서관에서 대출한 두 권의 책을 찾아다녔건만 진전이 없었다.

그는 잘난 척 빈정거리던 그녀의 말투를 떠올리며—도서관 경찰을 기억해요, 샘—그가 얼마나 열이 받았는지 알면 그녀가 얼마나 행복해할지 생각했다. 이 세상에 정말로 도서관 경찰이라는 게 있다면 그 여자는 당장 출동시키고도 남을 것이었다. 생각하면 할수록 뚜껑이 열렸다.

그는 서재로 돌아갔다. 이십 달러짜리 지폐가 꽂힌, 아델리아 로츠에게 보내는 메모가 책상 위에서 멍하니 그를 쳐다보았다.

"망할!" 그는 다시 한번 집안을 미친듯이 뒤지려다 정신을 차리고 멈추었다. 그래봐야 아무 소득도 없을 것이다.

갑자기 오래전에 돌아가신 어머니의 음성이 들렸다. 상냥하고 나긋나긋하며 논리적인 음성이었다. '샘, 뭐가 없어졌을 때는 미친듯이 돌아다니면서 찾아봐야 대개는 아무 소용 없어. 그러지 말고 앉아서 곰곰이 생각해봐. 다리가 아니라 머리를 써.'

열 살이었을 때 많은 도움을 준 충고였다. 마흔 살인 지금도 여전히 유용할 수 있었다. 샘은 책상 앞에 앉아서 눈을 감고 로츠에게 건네받은 순간부터 그 우라질 책들의 족적을 더듬기 시작했다.

그는 도서관에서 책을 들고 사무실로 돌아오는 길에 샘의 하우스

오브 피자에 들러서 페퍼로니 앤드 더블 머시룸 피자를 샀고, 사무실에서 피자를 먹으며 『연사의 동반자』를 뒤적였다. 괜찮은 우스갯소리와 그걸 활용할 방법을 찾았다. 피자 소스를 한 방울도 흘리지 않으려고 조심했던 기억이 나는데 정작 그 책들을 찾을 수가 없으니 아이러니한 일이었다.

그는 오후 내내 우스갯소리를 군데군데 추가하며 원고를 다듬었고 시와 잘 어울리도록 마지막 부분을 다시 썼다. 금요일 오후 늦게 퇴근하면서 완성된 원고는 들고 나왔지만 책은 아니었다. 장담할 수 있었다. 로터리클럽 만찬 시간에 맞춰서 크레이그 존스가 데리러 왔고 나중에 그가 다시 데려다주었다. 그 직후에 샘은 현관 매트에 세례를 베풀었다.

토요일 오전은 심하지 않아도 신경에 거슬리는 숙취를 달래며 보냈다. 주말 내내 집안에 틀어박혀서 책을 읽고 텔레비전을 보는 한편으로—그래, 젠장. 솔직히 인정하자—성취감을 만끽했다. 주말 내내 사무실 근처에는 가지도 않았다. 장담할 수 있었다.

'좋았어.' 그는 생각했다. '이제 어려운 부분으로 들어간다. 집중하자.' 그런데 알고 보니 열심히 집중할 필요도 없었다.

월요일 오후 5시 십오 분 전에 퇴근하려는 찰나, 전화벨이 울리는 바람에 그는 다시 사무실로 들어갔다. 거금의 주택 보험에 가입하고 싶다는 스투 영먼의 전화였다. 그것이 이번 주에 쏟아진 돈벼락의 시작이었다. 스투와 통화하는 동안 책상 한쪽 구석에 놓여 있던 두 권의 대여 도서가 시야에 들어왔다. 두 번째로 사무실을 나섰을 때 그는 한 손에는 서류 가방을, 다른 손에는 책을 들고 있었다.

거기까지는 확실했다.

원래는 그날 저녁에 책을 반납할 생각이었는데 프랭크 스티븐스가 전화를 하더니 오마하에서 놀러온 조카딸과 함께 아내와 저녁을 먹으러 나가는 길이라며 그를 불렀다(조그만 마을에서 미혼남으로 살다 보면 그냥 얼굴만 알고 지내는 사이조차 인정사정없는 중매쟁이로 돌변했다). 그들은 브래디스 립스 식당에 갔다가 늦게까지 있었고—11시쯤까지 있었으니 주중치고는 늦은 시각이었다—그는 집으로 다시 돌아왔을 때 도서관에서 빌린 책을 까맣게 잊어버렸다.

이후로는 책들을 본 기억이 없었다. 로츠라는 여자가 전화하기 전까지 반납할 생각조차 하지 못했다. 일이 뜻밖에 많아지는 바람에 다른 생각을 할 겨를이 없었다.

'좋았어. 아마 그 뒤로 다른 데로 옮기지 않았을 거야. 월요일 오후 늦게 퇴근하면서 둔 자리에 그대로 있을 거야.'

문득 희망이 샘솟았다. 차 안에 있을 수도 있었다! 하지만 확인하려고 일어나는 순간, 월요일에 귀가했을 때 책을 든 쪽 손으로 서류 가방을 옮겨 들었던 게 생각났다. 오른쪽 주머니에서 집 열쇠를 꺼내느라 그랬다. 그러니까 책을 차에 두지 않았다는 뜻이었다.

'그럼 집에 들어와서 뭘 했지?'

부엌문을 열고 안으로 들어가서 의자에 서류 가방을 내려놓고 들고 있었던 책을…….

"으악, 안 돼." 샘은 중얼거렸다. 불길한 예감이 봇물처럼 밀려들었다.

부엌의 조그만 난로 옆 선반에는 주류 판매점에 가면 볼 수 있는 제법 큼지막한 종이 상자가 있었다. 그 자리를 지킨 지 이삼 년쯤 됐다. 이사할 때 이런 상자를 자질구레한 소지품을 챙기는 데에 쓰는 사람들도 있다. 상자들은 잡동사니를 담는 데도 제격이었다. 샘은 상자를 난로 옆에 두고 신문 처리하는 용도로 썼다. 방금 전에도 오늘자 신문을 넣었다시피 다 읽은 신문을 담아두면 한 달에 한 번씩…….

"더티 데이브!" 샘은 중얼거렸다.

그는 책상에서 일어나 허둥지둥 부엌으로 달려갔다.

4

외알 안경을 쓰고 잔뜩 폼을 잡고 있는 조니 워커가 그려진 상자는 빈 거나 다름없었다. 샘은 아무것도 없을 걸 알면서도 얇은 신문 사이를 뒤졌다. 간절히 바라면 진짜 나타날지도 모른다고 믿는 그런 심리였다. 토요일 자 《가제트》—불과 얼마 전에 버린 거였다—와 금요일 자 신문이 있었다. 두말하면 잔소리지만 그 아래나 사이에 책은 없었다. 샘은 우울한 생각을 하며 그 자리에 잠깐 서 있다가 매주 목요일 오전마다 와서 청소를 해주는 메리 배서에게 전화를 걸었다.

"여보세요?" 어렴풋이 걱정하는 기미가 어린 목소리가 전화를 받았다.

"안녕하세요, 메리. 저 샘 피블스예요."

"샘?" 걱정하는 기미가 더 짙어졌다. "무슨 문제라도 생겼나요?"

'생겼어요! 월요일 오후가 지나면 이 동네 도서관 사서가 날 잡으려고 할 거예요! 십자가랑 못을 들고 올지 몰라요!'

하지만 메리에게 그런 말을 할 수는 없다. 그녀는 기구한 운명을 타고 태어나 불길한 예감이라는 먹구름 속에서 살아가는 불행한 존재였다. 메리 배서 같은 사람들은 가는 길마다 너덜너덜한 줄로 연결된 시커멓고 큼지막한 금고가 3층 높이에 대롱대롱 매달려서 재수없는 인간의 머리 위로 낙하할 순간만을 기다리고 있다고 믿었다. 금고가 아니면 음주 운전자를 걱정했다. 음주 운전자가 아니면 해일을 걱정했다(아이오와에서? 아이오와에서!). 해일이 아니면 운석을 걱정했다. 메리 배서는 누가 전화하면 항상 무슨 문제가 생겼느냐고 묻는, 괴로운 성격이었다.

"아뇨." 샘은 말했다. "아무 문제 없어요. 목요일에 혹시 데이브를 봤나 해서요." 형식적인 질문에 불과했다. 어쨌거나 신문들이 보이지 않았고 정션 시티에서 신문의 요정은 더티 데이브뿐이었다.

"네." 메리는 보았다고 했다. 샘이 아무 문제 없다고 다정하게 안심시켰는데도 그녀는 한층 긴장한 눈치였다. 제대로 감추지 못하는 공포의 기미가 목소리에서 진동했다. "신문을 가지러 왔어요. 주면 안 되는 거였나요? 몇 년째 드나든 사람이라……."

"아니에요." 샘은 비정상적일 만큼 명랑한 목소리로 말했다. "보니까 없어서 확인차……."

"전에는 확인하신 적 없었잖아요." 그녀는 목멘 목소리로 물었다. "아무 일 없는 거죠? 데이브한테 무슨 일이 생긴 건 아니죠?"

"아니에요." 샘이 말했다. "잘은 모르겠지만요. 그게 그러니까……." 퍼뜩 좋은 수가 생각났다. "쿠폰!" 그는 우렁차게 외쳤다. "목요일 자 신문에 실린 쿠폰을 잘라둔다는 걸 깜빡했거든요. 그래서……."

"아!" 그녀가 말했다. "제 것 드릴게요."

"아니, 그럴 수는 없……."

"돌아오는 목요일에 들고 갈게요." 그녀는 그의 말을 무시했다. "저희 집에 많아요." '하도 많아서 죽을 때까지 다 쓰지도 못할 정도예요.' 그녀의 목소리는 이런 뉘앙스를 풍겼다. '어차피 금고가 내 머리 위로 떨어지거나 폭풍에 쓰러진 나무가 나를 찌부러뜨리거나 노스다코타 주의 어느 모텔에서 선반에 있던 헤어드라이어가 욕조 속으로 빠질 테니까요. 나는 덤으로 주어진 시간을 살고 있는데 그깟 폴저스 크리스탈스 가루 커피 쿠폰이 무슨 소용이 있겠어요?'

"알았어요." 샘이 말했다. "그럼 되겠네요. 고마워요, 메리. 덕분에 해결됐어요."

"다른 문제가 있는 건 아니죠?"

"그럼요." 샘은 그 어느 때보다 열띤 목소리로 말했다. 기관총으로 중무장한 요새를 앞에 두고 몇 명 안 남은 부하 대원들에게 무모한 전면 공격 명령을 내리는, 정신 나간 선임 상사 같은 목소리였다. '가자, 제군. 저들이 잠이 들었을 수도 있지 않은가!'

"알았어요." 메리는 의심스러워하는 목소리로 대답했다. 샘은 드디어 그녀에게서 벗어날 수 있었다.

그는 부엌 의자에 털썩 주저앉아서 비다시피 한 조니 워커 상자를 노려보았다. 더티 데이브가 매달 첫 주에 늘 그렇듯 신문을 수거하러 왔다가 이번에는 멋모르고 조그만 보너스를 들고 갔다. 바로 『연사의 동반자』와 『미국인들이 가장 사랑하는 시선집』 말이다. 책들이 이제 어떻게 됐을지 샘은 알고도 남았다.

펄프. 재활용 펄프가 됐을 것이다.

더티 데이브는 사회에 적응하며 지내는 알코올의존자였다. 견실한 직장 생활을 할 수 없었기에 남들이 버린 폐기물로 근근이 먹고 살았고, 그런 점에서 상당히 쓸모 있는 시민이었다. 그는 재활용 공병과 신문을 수거했고 열두 살짜리 키스 조던처럼 구역을 정해놓고 돌았다. 한 가지 차이점이 있다면 키스는 날마다 《가제트》를 배달하고 더티 데이브 덩컨은 한 달에 한 번씩 그걸 수거한다는 점이었다. 켈턴 애비뉴의 몇 집에서 수거해 가는지는 아무도 모를 일이었다. 샘은 초록색 쓰레기봉투가 가득 든 쇼핑 카트를 밀며 터벅터벅 걸어가는 그의 모습을 수도 없이 보았다. 그의 행선지는 처지가 비슷한 열댓 명 친구들의 숙소로 쓰이는 조그만 노숙자 쉼터와 예전에 기차역이었던 곳 사이에 자리잡은 재활용 센터였다.

샘은 손끝으로 식탁을 두드리며 앉아 있다가 일어나서 재킷을 걸치고 차를 세워놓은 곳으로 나갔다.

5장: 앵글 스트리트 I

1

표지판을 만든 사람의 의도는 나무랄 데 없었을 테지만 철자가 틀렸다. 철길 옆 오래된 건물의 현관 기둥에 못으로 박힌 팻말에 이렇게 적혀 있었다.

앵글 스트리트

레일로드 애비뉴 어딜 보아도 구부러진 곳(앵글)은 없었으니—아이오와의 도로들이 대부분 그렇듯 일직선이었다—에인절(천사) 스트리트라고 적으려고 했던 게 아닐까 싶었다. 뭐, 그런들 어떠랴. 샘은 선의로 깐 길이 지옥으로 이어지더라도 길에 움푹 파인 구멍을 때우려고 했던 사람들의 노고는 인정을 받아 마땅하다고 생각했다.

앵글 스트리트는 정션 시티가 정션(교차점)이라는 이름처럼 환승

되는 역이었던 시절에 철도 회사 사무실로 쓰인 큼지막한 건물이었던 듯했다. 지금까지 쓰이는 철길은 동서로 뻗은 두 개뿐이었다. 나머지는 녹이 슬었고 잡초로 뒤덮였다. 침목은 남은 게 거의 없었다. 앵글 스트리트를 거처로 삼은 노숙자들이 땔감으로 도용했기 때문이다.

샘이 도착한 시각은 5시 십오 분 전이었다. 도시의 가장자리를 점유한 공터 위로 스러져가는 햇살이 애절하게 드리워져 있었다. 끝이 없어 보이는 화물열차가 요란한 소리를 내며 몇 개 안 되는 건물 뒤로 지나갔다. 산들바람이 불었다. 그가 차를 세우고 내리자 한때 사람들이 세인트루이스나 시카고행 열차에 몸을 실었을 승강장 위에 달린 정션 시티라고 적힌 표지판이 끼익끼익 앞뒤로 흔들리는 소리가 들렸다. 어쩌면 그들은 라스베이거스와 로스앤젤레스라는 환상의 왕국으로 가기 위해 아이오와에서는 유일하게 정션 시티에서 정차했던 그 옛날 서니랜드 특급열차에 몸을 실었을지도 모를 일이었다.

노숙자 쉼터는 한때 흰색이었지만 지금은 칠이 다 벗겨진 회색이었다. 창문에 달린 커튼은 깨끗했지만 낡고 흐물흐물했다. 석탄재가 깔린 마당에서 잡초들이 어떻게든 자라보려고 안간힘을 쓰고 있었다. 유월쯤이면 자리를 잡을지 몰라도 아직은 어설펐다. 군데군데 깨진 현관 앞 계단 옆에 녹슨 드럼통이 놓여 있었다. 앵글 스트리트라고 적힌 표지판 맞은편 기둥에 이런 팻말이 못으로 박혀 있었다.

이 쉼터에서 음주는 금물입니다!

소지한 술이 있으면 여기에 두고 들어가세요!

그는 운이 좋았다. 토요일 저녁이 시작돼서 정션 시티의 술집과 맥줏집이 문을 열었음에도 불구하고 더티 데이브가 쉼터에 있었고 정신이 멀쩡했다. 그는 다른 부랑자 두 명과 함께 현관에 앉아 있었다. 셋이서 직사각형의 큼지막한 흰색 판지에 포스터를 그리고 있었는데 진도가 저마다 달랐다. 저쪽 끝의 바닥에 앉은 사람은 심한 수전증을 상쇄하느라 왼손으로 오른쪽 손목을 잡고 있었다. 한쪽 입꼬리 밖으로 혀를 내민 가운데 사람은 금별을 받아서 엄마한테 자랑하려고 나무를 그리는 데 심혈을 기울이는 나이 많은 유치원생처럼 보였다. 계단 쪽에 놓인 흔들의자에 앉아 있는 더티 데이브가 가장 멀쩡했지만 세 사람 모두 접어서 호치키스로 박고 사지를 자른 종이 같아 보였다.

"안녕하세요, 데이브." 샘은 계단을 올라가며 인사를 건넸다.

데이브는 고개를 들고 실눈을 뜨더니 머뭇머뭇 미소를 지었다. 남은 이가 앞니밖에 없었다. 미소를 짓자 남은 이 다섯 개가 모두 보였다.

"피블스 씨?"

"네." 그가 말했다. "잘 지내죠?"

"아, 잘 지냅죠. 아주 잘 지내요." 그는 주위를 두리번거렸다. "어이! 피블스 씨한테 인사해! 변호사야!"

혀를 내민 남자는 고개를 들고 까딱 인사를 하더니 다시 포스터 작업에 열중했다. 기다란 콧물이 왼쪽 콧구멍에 대롱대롱 매달려 있었다.

"사실 저는 부동산 중개업자예요, 데이브." 샘이 말했다. "부동산 중개업자 겸 보험……."

"슬림 짐* 사 왔나?" 수전증이 심한 남자가 느닷없이 물었다. 고개를 들지도 않고 집중하느라 그의 얼굴은 주름살이 한층 깊어졌다. 샘이 선 자리에서 그가 그린 포스터가 보였다. 글자를 어렴풋이 닮은 길고 구불구불한 주황색 선으로 뒤덮인 포스터였다.

"네?" 샘이 물었다.

"저 친구는 루키예요." 데이브가 나지막이 말했다. "지금 상태가 영 별로예요, 피블스 씨."

"슬림 짐 사 왔나, 슬림 짐 사 왔나, 우라질 슬림 짐 사 왔나?" 루키는 고개를 숙인 채로 읊조렸다.

"어, 죄송하지만……." 샘은 말문을 열었다.

"슬림 짐 없어!" 더티 데이브가 고함을 질렀다. "입 닥치고 포스터나 그려, 루키! 세라가 6시까지 완성하라고 했잖아! 특별히 확인하러 오겠다고!"

"내가 슬림 짐 사 올게." 루키가 진지한 목소리로 나지막이 말했다. "못 사 오면 쥐똥을 먹을 테야."

"신경쓰지 마세요, 피블스 씨." 데이브가 말했다. "어쩐 일로 오

* 길쭉한 모양의 육포 브랜드.

셨어요?"

"지난 목요일에 저희 집에서 신문을 수거하셨을 때 책을 몇 권 보셨나 해서요. 제가 그 사이에 잘못 넣었나 봐요. 도서관에서 빌렸는데 연체된 책이에요."

"이십오 센트 있어요?" 혀끝을 내밀고 있던 남자가 느닷없이 물었다. "그게 뭐라고? 선더버드*!"

샘은 무의식적으로 주머니에 손을 넣었다. 데이브가 손을 뻗더니 미안하다는 듯이 그의 손목을 건드렸다.

"돈 주지 마세요, 피블스 씨." 그가 말했다. "저 친구는 루돌프이고 선더버드 필요 없어요. 이제는 몸에서 안 받아요. 저 친구한테 필요한 건 단잠이에요."

"미안해요." 샘이 말했다. "잔돈이 없네요, 루돌프."

"예에, 다들 그런 핑계를 대죠." 루돌프가 말했다. 그는 다시 포스터 쪽으로 고개를 돌리며 중얼거렸다. "그게 얼마라고? 오십 곱하기 이."

"책은 못 봤어요." 더티 데이브가 말했다. "죄송해요. 평소처럼 신문만 들고 나왔어요. 배서 여사가 있었으니까 물어보세요. 저 잘못한 거 없어요." 하지만 점액이 고인 그의 슬픈 두 눈은 그래봐야 샘이 믿지 않는다는 걸 안다고 이야기하고 있었다. 메리와 다르게 더티 데이브 덩컨은 비운이 바로 앞이나 모퉁이 너머에서 기다리는

* 미국의 저렴한 와인 제품.

세상에서 살지 않았다. 그는 비운의 품에 안겨 있었다. 그는 그 안에서 얼마 안 되는 품격을 유지하며 살았다.

“그 말 믿어요.” 샘은 데이브의 어깨에 한 손을 얹었다.

“상자에 들어 있었던 신문을 평소처럼 봉투에 담아 바로 나왔어요.” 데이브가 말했다.

“나는 슬림 짐이 천 개라도 다 먹을 수 있어.” 루키가 불쑥 말했다. “그놈들을 우적우적 먹어치울 수 있어! 냠냠! 냠냠! 냠냠꿀꺽!”

“그 말 믿어요.” 샘은 같은 말을 반복하고 끔찍하리만치 앙상한 데이브의 어깨를 토닥였다. 문득 데이브의 몸에 벼룩이 있으면 큰일이라는 생각이 들었다. 이런 야박한 생각의 뒤를 이어서 일주일 전 그의 연설에 폭발적인 반응을 보였던 건장하고 원기 왕성한 로터리클럽 회원들은 요즘 이 동네에 와본 적이 있을지 궁금해졌다. 앵글 스트리트에 대해서 알고는 있을지 궁금해졌다. 스펜서 마이클 프리가 루키와 루돌프와 더티 데이브 같은 사람들을 염두에 두고 이 사회에서 중요한 것은 인간적인 접촉—그대의 손과 내 손의 맞닿음—이라는 시를 썼을지도 궁금해졌다. 소도시 생활의 단순한 즐거움을 순진하게 선전하고 극찬했던 자신의 연설 원고가 떠오르자 샘은 문득 부끄러워졌다.

“다행이네요.” 데이브가 말했다. “그럼 다음달에 또 가도 되는 거죠?”

“그럼요. 수거한 신문은 재활용 센터로 들고 가죠?”

“네.” 더티 데이브는 누렇고 우둘투둘한 손톱이 달린 손가락으로 어딘가를 가리켰다. “바로 저기예요. 그런데 지금은 문을 닫았어요.”

샘은 고개를 끄덕였다. "지금은 뭐하는 거예요?"

"아, 그냥 시간 때우는 거예요." 데이브는 대답하고 샘이 볼 수 있게 포스터를 돌렸다.

닭튀김 접시를 들고 있는 웃는 얼굴의 여자를 그린 포스터인데, 보자마자 정말로 잘 그렸다는 생각이 들었다. 술주정뱅이건 뭐건 더티 데이브에게는 소질이 있었다. 그림 위에 이런 문장이 깔끔하게 적혀 있었다.

'에인절 스트리트' 노숙자 쉼터 기금 마련을 위해

제일감리교회에서 닭튀김 파티가 열립니다.

4월 15일

오후 6시에서 8시

여러분 모두를 초대합니다.

"그러고 나서 알코올의존자 치유 협회 모임이 열릴 거예요." 데이브가 말했다. "하지만 포스터에는 모임에 대해 적으면 안 돼요. 비밀이거든요."

"그렇군요." 샘이 말했다. 그는 말을 잠깐 멈추었다가 물었다. "당신도 모임에 참석하나요? 대답하기 싫으면 하지 않아도 돼요. 내가 상관할 문제가 아니니까요."

"참석해요." 데이브가 말했다. "하지만 힘들어요, 피블스 씨. 카터가 먹은 간장약보다 내가 모임에서 상으로 받은 메달이 더 많을 거예요. 멀쩡하게 지내는 기간이 한 달, 어떨 때는 두 달이고 한번은 거의 일 년 동안 술을 끊은 적도 있어요. 하지만 힘들어요." 그는 고개를 저었다. "잘 안 되는 사람들도 더러 있거든요. 내가 그런 부류인가 봐요. 그래도 계속 노력하고 있어요."

닭튀김 접시를 들고 있는 여자에게로 다시 샘의 시선이 향했다. 만화나 스케치라고 하기에는 디테일했지만 완성된 그림이라고 볼 수도 없었다. 더티 데이브가 허겁지겁 그린 게 분명했다. 그래도 다정한 눈매와, 하루를 마무리하는 햇살처럼 입가를 희미하게 장식한 미소를 제대로 포착했다. 그런데 어디에선가 본 듯한 여자라는 게 가장 희한한 부분이었다.

"실제 인물이에요?" 그는 데이브에게 물었다.

데이브의 미소가 함박웃음으로 번졌다. 그는 고개를 끄덕였다. "세라요. 대단한 아가씨예요, 피블스 씨. 세라가 없었다면 여긴 오 년 전에 문을 닫았을 거예요. 세금이 너무 많이 나오게 생겼거나 시설 안전 점검을 통과하지 못할 것 같으면 찬조금을 낼 만한 사람들을 찾아내요. 그녀는 찬조금을 내는 사람들을 천사라고 부르지만 실은 그녀가 천사예요. 여기 이름도 세라의 별명을 따서 지었어요. 물론 토미 세인트존이 표지판에 철자를 잘못 쓰긴 했지만 일부러 그런 건 아니에요." 더티 데이브는 포스터를 쳐다보며 잠깐 아무 말도 하지 않았다. 그러다 시선을 그대로 둔 채 덧붙였다. "토미는 죽었어요. 지난 겨울에. 간이 망가져서."

"아." 샘은 이렇게 말하고 변변찮은 위로를 덧붙였다. "안타까운 소식이네요."

"그렇게 생각할 것도 없어요. 이제 술을 못 마시게 됐으니까."

"냠냠꿀꺽!" 루키가 외치며 자리에서 일어났다. "냠냠꿀꺽! 이거 우라질 냠냠꿀꺽 아니야?" 그가 포스터를 들고 데이브에게 다가왔다. 구불구불한 주황색 선 밑에 괴물 같은 여자를 그려놓았는데 발끝에 달린 상어 지느러미가 신발인 모양이었다. 한 손에는 기형적인 생김새의 접시를 들고 있는데, 파란색 뱀이 가득 담긴 것처럼 보였다. 다른 쪽 손에는 갈색 원통의 무언가를 움켜쥐고 있었다.

데이브는 루키가 내민 포스터를 받아들고 꼼꼼히 살폈다. "잘 그렸네, 루키."

루키는 이를 드러내며 희희낙락 미소를 지었다. 그는 갈색 원통을 가리키며 말했다. "이것 봐! 엿같은 슬림 짐을 들고 있어!"

"그러네. 잘 그렸어. 안에 들어가서 텔레비전 보고 싶으면 틀어. 이제 곧 〈스타트렉〉 시작할 거야. 너는, 돌프?"

"알딸딸해야 더 잘 그려지는데." 루돌프는 이렇게 말하며 포스터를 데이브에게 건넸다. 막대기로 묘사된 남자와 여자들이 둘러서서 거대한 닭다리를 올려다보고 있었다. "판타지 식 접근이에요." 루돌프가 샘에게 말했다. 말투가 공격적이었다.

"좋은데요?" 샘이 말했다. 진심이었다. 루돌프의 포스터는 초현실적이라 이해할 수 없었던 《뉴요커》의 만평을 연상시키는 구석이 있었다.

"다행이네요." 루돌프는 샘을 요리조리 뜯어보았다. "정말 이십오 센트짜리 동전 없어요?"

"없어요." 샘이 말했다.

루돌프는 고개를 끄덕였다. "어떻게 보면 다행이에요." 그가 말했다. “또 어떻게 보면 거지같고.” 그는 루키를 따라서 안으로 들어갔고 잠시 후에 열린 문 사이로 〈스타트렉〉 주제가가 흘러나왔다. 윌리엄 섀트너가 앵글 스트리트의 알코올의존자와 탈진 환자들에게 아무도 가보지 않은 곳으로 용감하게 떠나는 것이 자신들의 임무라고 얘기했다. 샘이 짐작하기로 이 동네 주민 몇 명은 이미 그런 곳에 가 있지 않을까 싶었다.

“우리랑 여기 알코올의존자 치유 협회 회원 몇 명말고는 참석자가 없어요.” 데이브가 말했다. “그래도 덕분에 할 일이 생기니까요. 루키는 이제 그림 그릴 때가 아니면 거의 말을 하지 않거든요.”

“그림을 잘 그리시네요.” 샘이 그에게 말했다. “아주 잘 그려요, 데이브. 그런데 왜…….” 그는 말을 하다 말고 멈추었다.

“왜 뭐요, 피블스 씨?” 데이브가 부드럽게 물었다. “왜 제대로 된 경제활동을 하지 않느냐고요? 제대로 된 직장에 취직하지 않는 거랑 같은 이유예요. 다른 짓을 하다가 때를 놓쳤어요.”

샘은 뭐라고 대꾸하면 좋을지 알 수가 없었다.

“그래도 아예 시도조차 하지 않은 건 아니에요. 내가 전액 장학생으로 디모인에 있는 로릴러드 스쿨에 입학한 거 알아요? 중서부를 통틀어서 가장 훌륭한 미술학교 말이에요. 그런데 첫 학기에 퇴학당했어요. 술 때문에. 이제는 상관없긴 하지만. 들어가서 커피 한잔할래요, 피블스 씨? 잠깐 있다 갈래요? 세라를 만날 수도 있는데.”

“아뇨, 이제 그만 가봐야겠어요. 할 일이 있어서요.”

진짜였다.

“알았어요. 나한테 화나지 않은 거 분명하죠?”

"전혀 안 났어요."

데이브는 자리에서 일어섰다. "그럼 나는 이만 들어갈게요." 그가 말했다. "날이 좋더니 점점 추워지네요. 좋은 시간 보내세요, 피블스 씨."

"네." 샘은 이렇게 대답했지만 토요일인 그날 저녁에 과연 좋은 시간을 보낼 수 있을지 의심스러웠다. 하지만 그의 어머니가 한 이야기가 또 있었다. 쓴 약에 대처하는 가장 좋은 방법은 최대한 빨리 삼켜버리는 것이다. 그래서 그는 그렇게 하기로 했다.

그는 앵글 스트리트 계단을 걸어 내려왔고 더티 데이브 덩컨은 안으로 들어갔다.

2

샘은 차를 세워놓은 곳까지 거의 다 갔다가 재활용 센터 방향으로 우회했다. 잡초와 석탄재로 덮인 땅을 천천히 가로지르며 캠던과 오마하 방향으로 사라지는 기다란 화물열차를 바라보았다. 승무원 차에 달린 빨간 등이 죽어가는 별처럼 깜빡였다. 그는 화물열차를 보면 항상 왠지 모르게 외로워졌다. 더티 데이브와 이야기를 나누고 난 지금, 그 어느 때보다 외로움이 사무쳤다. 폐지를 수거하는 길에 어쩌다 한 번씩 마주칠 때면 데이브는 명랑하다 못해 바보처럼 보였다. 오늘 저녁에 샘은 그의 가면 속을 들여다본 느낌이었고 그의 맨 얼굴을 대하고는 우울하고 무기력해져버렸다. 데이브는 길을 잃은 사람이었다. 상당한 재능을 교회 닭튀김 파티 포스터 만드는 데 쓰고 있는, 평온해 보이지만 완전히 길을 잃은 사람이었다.

그는 종류별로 나뉜 쓰레기를 지나서 재활용 센터로 다가갔다. 묵은 《가제트》에서 빠져나온 누런 광고 전단과 찢어진 쓰레기봉투를 지나자 마지막으로 깨진 병과 으스러진 캔으로 이루어진 소행성대가 등장했다. 조그만 판자 건물들이 그림자를 길게 드리웠다. 입구에 달랑 "CLOSED"라고 적힌 팻말이 걸려 있었다.

샘은 담배에 불을 붙이고 차를 세워놓은 곳으로 다시 걸음을 옮겼다. 대여섯 발짝 걸었을 때 땅바닥에서 뒹구는 낯익은 무언가가 그의 시선을 잡아끌었다. 『미국인들이 가장 사랑하는 시선집』 표지였다. 정션 시티 공립 도서관 소장본이라고 위에 인장이 찍혀 있었다.

이제 딱 잘라 말할 수 있었다. 그는 조니 워커 상자의 묵은 신문 위에 책들을 올려놓고는 까맣게 잊어버렸다. 다른 신문들—화요일 자, 수요일 자, 목요일 자—로 책을 덮어버렸다. 그러자 목요일 느지막한 오전에 더티 데이브가 와서 상자에 든 것을 통째로 쓰레기봉투에 넣었다. 쓰레기봉투는 그의 쇼핑 카트로 옮겨졌고 쇼핑 카트는 이곳으로 건너왔고 그렇게 해서 운동화의 진흙 발자국이 찍힌 책 표지만 달랑 남았다.

샘은 손가락 사이로 펄럭이며 책 표지를 떨어뜨리고, 천천히 다시 차가 있는 곳으로 걸었다. 해야 할 일이 있었고 저녁 시간에 해치우기에 마침 알맞은 일이었다.

아무래도 잘못을 인정하는 굴욕을 감수해야 할 모양이었다.

6장 : 도서관 II

1

도서관에 반쯤 갔을 때 어떤 생각 하나가 퍼뜩 떠올랐다. 이제야 생각났다는 게 믿기지 않을 만큼 빤한 정답이었다. 그는 도서관에서 대출한 책들을 잃어버렸고 그 책들이 폐기 처분됐다는 사실을 알게 됐다. 따라서 책값을 물어줘야 할 것이다.

하지만 그러고 나면 끝이었다.

알고 보니 아델리아 로츠가 4학년 같은 발상을 하도록 그에게 생각보다 심각한 영향을 미치고 있었다. 아이 입장에서는 책을 잃어버리면 세상이 무너지는 것이나 다름없었다. 아무 힘이 없으니 조직의 그늘 밑에서 몸을 움츠리고 도서관 경찰이 찾아오기만을 기다려야 했다. 하지만 이 세상에 도서관 경찰은 없다는 것을 어른인 샘은 명료하게 알고 있었다. 가끔 자신의 위치를 과대평가하는 로츠와 같은 공무원과, 자기가 개처럼 꼬리를 흔들고 있었음을 잊어버리는 자신과 같은 납세자만 있을 따름이었다.

'가서 사과하고 대체 도서 구입 청구서를 보내달라고 해야겠다.' 샘은 생각했다. '그러면 되겠지. 그걸로 끝이겠지.'

어찌나 간단한지 놀라울 정도였다.

여전히 조금은 불안하고 당황스러운 마음을 달래며(그래도 이 괜한 난리 법석이 이제는 진정세로 접어들었다) 샘은 도서관 맞은편에 차를 주차했다. 정문 양옆에 달린 등이 계단과 화강암으로 된 건물 전면을 은은한 흰색으로 밝히고 있었다. 지난번에 왔을 때와는 다르게 모든 게 다정하고 따뜻한 분위기를 풍겼다. 그가 이 안에 사는 용과 처음으로 맞닥뜨린 날은 우중충한 날씨의 삼월이었지만 지금은 봄기운이 완연한 때라 그렇게 느껴지는 것일 수도 있었다. 돌로 만든 로봇처럼 으스스했던 외관은 온데간데없었다. 이제는 평범한 공립 도서관으로 보였다.

샘은 차에서 내리다 말고 멈추었다. 좀 전에 깨달음을 하나 얻었는데 문득 하나가 더 추가됐다.

더티 데이브가 포스터에 그린 여자의 얼굴이 다시 생각났다. 닭튀김이 담긴 접시를 들고 있었던 여자. 데이브가 세라라고 불렀던 여자. 어디서 본 것 같다 했더니 꺼져 있던 머릿속 회로에 느닷없이 불이 들어왔다. 왜 그런 느낌이 들었는지 이유를 알 수 있었다.

그 여자는 나오미 히긴스였다.

2

그는 계단에서 정션 시티 고등학교 교복 재킷을 입은 두 아이를 스쳐지나 문이 완전히 닫히기 전에 붙잡아 안으로 들어섰다. 그가 맨 처음 차이점을 느낀 것은 소리였다. 대리석 계단 너머 열람실이 소란스럽지는 않았지만, 불과 일주일 전 금요일에 왔을 때처럼 잘 닦인 구덩이 같은 정적이 흐르지도 않았다.

'뭐, 토요일 저녁이잖아.' 그는 생각했다. '아이들이 여기서 중간고사를 준비하는 모양이지.'

하지만 아무리 조용히 수군거린다 한들 아델리아 로츠가 잡담을 허용했다니. 소리를 들어보면 그런 모양이었지만 그녀의 성격과는 분명 어울리지 않았다.

그가 두 번째로 차이점을 느낀 것은 이젤 위에 놓여 있었던 조용히 하라는 경고였다.

정숙!

대신 토머스 제퍼슨의 사진이 놓여 있었다. 그 밑에 그가 남긴 말이 적혀 있었다.

"나는 책이 없으면 살 수 없습니다."

– 토머스 제퍼슨 (존 애덤스에게 보낸 서신에서)

1815년 6월 10일

샘은 이걸 물끄러미 바라보며 덕분에 도서관 안으로 들어가기 직전에 입에서 느껴지는 맛이 달라졌다는 생각을 했다.

정숙!

이라고 하면 두렵고 불안했다. (예를 들어 배에서 천둥소리가 나거나 당장 가스로 부글거리면 어쩌란 말인가?)

반면에

"나는 책이 없으면 살 수 없습니다."

라고 하면 즐거운 기대감이 생겼다. 배가 고픈 와중에 기다리던 음식이 등장했을 때 느껴짐 직한 감정이 느껴졌다.

샘은 어떻게 이런 조그만 변화가 결정적인 차이를 낳을 수 있는지 신기해하며 도서관 안으로 들어갔다가…… 그 자리에서 걸음을 멈추었다.

3

그가 지난번에 왔을 때에 비해 본관이 훨씬 밝았다. 그뿐만이 아니었다. 어둑어둑한 서가 저 위까지 뻗어 있던 사다리들이 보이지 않았다. 천장 높이가 이제는 십 미터를 훌쩍 넘지 않고 이 미터를 조금 넘는 정도밖에 되지 않았기 때문에 사다리가 필요 없었다. 위 칸에 꽂힌 책을 꺼내고 싶을 때는 곳곳에 놓여 있는 걸상을 딛고 올라가면 그만이었다. 잡지들은 대출 데스크 옆쪽의 널찍한 테이블에 부채꼴로 펼쳐져 독자들을 유혹했다. 잡지가 죽은 동물의 가죽처럼 걸려 있던 오크나무 잡지 걸이도 보이지 않았다.

보고 난 잡지는 제자리에 정리할 것!

이라고 적힌 팻말도 마찬가지였다. 신간 소설 코너는 여전히 그 자리였지만 팻말에 "대출 기간은 칠 일"이 아니라 "베스트셀러의 재미를 느껴보세요!"라고 적혀 있었다.

사람들—대부분 어린아이들이었다—이 나지막이 속삭이며 계속 들락날락했다. 킥킥거리며 웃는 아이도 있었다. 남의 눈을 신경 쓰지 않고 자연스럽게 터뜨린 웃음이었다.

샘은 어떻게 된 영문인지 파악하려고 갖은 애를 쓰며 천장을 올려다보았다. 비스듬한 천창이 온데간데없었다. 모던한 이중 천장이 열람실을 덮고 있었다. 천장에 매달려 있던 구닥다리 유리 공들은 매립형 형광 조명들로 교체됐다.

미스터리 소설을 몇 권 들고 메인 데스크로 걸어가던 여자가 샘의 시선을 따라서 천장을 올려다보았다가 별다른 특이 사항을 발견하지 못하자 호기심 어린 눈빛으로 이번에는 샘을 쳐다보았다. 잡지 테이블 오른편의 기다란 책상에 앉아 있던 남자아이가 팔꿈치로 친구들을 쿡쿡 찌르고 샘을 가리켰다. 다른 아이가 관자놀이를 손끝으로 톡톡 두드리자 모두 키득거렸다.

샘은 자신을 쳐다보는 시선도 키득거림도 알아차리지 못했다. 자기가 제1열람실 입구에 서서 입을 떡 벌리고 천장을 올려다보고 있다는 사실 자체를 잊었다. 그런 채로 이 엄청난 변화를 이해하려고 애를 쓰고 있다는 사실 자체를 잊었다.

'네가 지난번에 다녀간 이후에 이중 천장을 설치한 모양이네. 그래서 뭐? 그게 열효율이 더 높은 모양이지.

그래, 하지만 로츠라는 여자는 여기에 대해서 일언반구도 없었잖아.'

맞는 말이었지만 그녀가 그에게 얘기할 이유가 없었다. 샘은 도서관을 자주 찾는 단골도 아니었다.

'그런데 그 여자가 심란해했겠다. 내가 보기에는 골수 보수주의자 같던데. 이렇게 바뀐 게 마음에 들지 않았을 거야. 절대.'

그랬을 테지만 그보다 더 심란한 문제가 하나 있었다. 이중 천장 설치는 제법 큰 공사였다. 어떻게 일주일 만에 그걸 끝냈는지 샘으로서는 알 수가 없었다. 높은 서가와 거기 있던 책들은 또 어떤가. 서가는 어디로 치웠을까? 책들은 어디로 치웠을까?

이제 많은 사람들이 샘을 쳐다보고 있었다. 도서관 보조 직원 한 명은 대출 데스크 저편에서 그를 뚫어져라 응시했다. 열람실의 여기저기서 활기차게 웅성거리던 소리가 멎었다.

샘은 눈을 비비고—비유가 아니라 실제로 비볐다—천장을 다시 한번 올려다보았다. 정사각형의 조명이 내장된 이중 천장이 여전히 그 자리를 지키고 있었다.

'내가 도서관을 잘못 찾아왔네!' 그는 말도 안 되는 생각을 했다. '그런 거였어!'

그는 혼란스러운 마음에 덥석 넘어갔다가, 속아서 그림자에 달려든 새끼 고양이처럼 뒷걸음질쳤다. 인구가 삼만오천 명 정도 되는 정션 시티는 아이오와 중부 기준으로는 제법 큰 도시였지만 도서관이 두 개씩이나 있을 리 없었다. 게다가 건물의 위치와 구조는 전과 같았고…… 나머지만 달라졌다.

샘은 자신의 정신 상태가 이상해진 건지 모르겠다는 생각을 잠깐 했다가 일축했다. 주변을 두리번거리다 모두들 하던 일을 멈추었다는 사실을 마침내 깨달았다. 다들 그를 쳐다보고 있었다. 순간 "다들 하던 일 계속해요. 도서관이 이번 주 들어 몽땅 달라져서 이러는 거예요"라고 외치고 싶은 어처구니없는 충동이 느껴졌다. 그는 어슬렁어슬렁 잡지 테이블 쪽으로 다가가《US 뉴스 앤드 월드 리포트》를 집었다. 엄청 재미있게 읽는 척 페이지를 넘기며 열람실 안의 사람들이 하던 일로 돌아가는 것을 곁눈질로 확인했다.

이제 움직여도 불필요한 시선을 모으지 않겠다는 생각이 들자 샘은 잡지를 제자리에 갖다놓고 어슬렁어슬렁 어린이 도서관 쪽으로 걸음을 옮겼다. 적진으로 잠입하는 첩자가 된 듯한 기분이 들었다. 짙은 색 오크나무에 금색으로 적힌 팻말이 문 위에 달려 있는 건 예전과 같았지만 포스터는 바뀌었다. 끔찍한 사실을 깨달은 순간의 빨간 모자가 아니라 도널드 덕의 세 조카 휴이, 듀이, 루이가 주인공이었다. 그 셋이 수영복을 입고 책이 가득 든 수영장 속으로 다이빙을 하고 있었다. 그 밑에 이런 문구가 적혀 있었다.

들어와! 책도 재미있어!

"이게 어찌된 일이람?" 샘은 중얼거렸다. 심장이 빠르게 쿵쾅거리기 시작했다. 팔과 등에서 진땀이 나는 게 느껴졌다. 포스터뿐이었다면 로츠가 잘렸나 보다고 생각했겠지만…… 포스터만 그런 게 아니었다. 모든 게 이상했다.

그는 어린이 도서관 문을 열고 안을 흘끗 들여다보았다. 지난번처럼 나지막한 책상과 의자, 밝은 파란색 커튼, 벽에 달린 식수대로 이루어진 조그맣고 앙증맞은 세상이 그를 맞이했다. 하지만 본 열람실처럼 이중 천장이 달렸고 포스터가 모두 바뀌었다. 까만색 세단 안에서 비명을 지르던 아이가

(그 아이 별명이 바보 사이먼이에요. 그렇게 바보 같은 짓을 저지르다니 한심하다, 이거겠죠. 상당히 건전한 반응 아닌가요?)

없어졌고, 트렌치코트를 입고 신분증에 꼭짓점이 여러 개인 이상한 모양의 별이 그려져 있었던 도서관 경찰도 없어졌다. 샘은 뒤로 물러나서 주위를 두리번거리다 천천히 제1열람실 대출 데스크로 걸어갔다. 온몸이 유리로 변해버린 느낌이었다.

도서관 보조 직원 두 명—대학생 나이로 보이는 남자와 여자였다—이 그를 보았다. 샘은 그 둘이 불안한 표정을 짓는 것을 느끼지 못할 정도로 정신이 없지는 않았다.

문득 루키가 떠오르고 끔찍한 충동이 일었다. 불안해하는 이 두 청년에게 육시랄 슬림 짐 내놓으라고, 그걸 냠냠, 그걸 꿀꺽, 그걸 냠냠꿀꺽 먹겠다고 고래고래 고함을 지르고 싶었다.

하지만 차분한 목소리로 나지막이 말문을 열었다.

"뭐 좀 물어볼게요. 관장님께 드릴 말씀이 있는데요."

"어머, 어떡하죠?" 여학생이 말했다. "프라이스 관장님이 토요일 저녁에는 근무를 하지 않으시거든요."

샘은 데스크를 흘끗 내려다보았다. 예전처럼 마이크로필름 입력기 옆에 조그만 명패가 놓여 있는데

A. 로츠

가 아니라

프라이스

라고 적혀 있었다.

나오미가 했던 말이 생각났다. '키가 크죠? 말랐죠? 쉰 살쯤 되어 보였죠?'

"아뇨." 그가 말했다. "프라이스 씨와 페컴 씨말고 다른 분요. 아델리아 로츠요."

여학생과 남학생은 영문을 모르겠다는 듯이 서로 흘끗 쳐다보았다. "아델리아 로드라는 분은 여기 없는데요." 남학생이 말했다. "도서관을 잘못 찾아오셨나 봐요."

"로드가 아니라 로츠요." 샘이 말했다. 자기 목소리가 멀리서 들리는 듯이 느껴졌다.

"그런 분도 없어요." 여학생이 말했다. "뭔가 착각하셨나 봐요."

그들은 다시 조심스러운 눈초리를 보이기 시작했다. 샘은 아델리아 로츠가 분명 여기 근무했었다고, 불과 팔 일 전에 만난 사람이라고 강력하게 주장하고 싶었지만 참았다. 어떻게 보면 앞뒤가 완벽하게 맞아떨어졌다. 그가 제정신이 아니라는 가정 아래 앞뒤가 완벽하게 맞아떨어졌다. 어쨌거나 내적인 논리에는 아무 문제가 없었다. 포스터, 천창, 잡지 걸이처럼 아델리아 로츠도 자취를 감춘 것이다.

다시 나오미의 목소리가 들렸다. '아! 로츠 양 말이죠? 재미있었겠네요.'

"나오미는 그 이름을 알았어." 그는 중얼거렸다.

이제는 도서관 보조 직원들이 둘 다 깜짝 놀란 눈빛으로 그를 쳐다보고 있었다.

"미안해요." 샘은 이렇게 말하고 억지로 미소를 지었다. 삐딱한 미소가 지어지는 게 느껴졌다. "일진이 안 좋은 날인가 봐요."

"네." 남학생이 말했다.

"그러게요." 여학생이 말했다.

'내가 정신병자인 줄 알겠네.' 샘은 생각했다. '그런데 그럴 만도 하다는 게 문제야.'

"저희가 도와드릴 다른 일이 있나요?" 남학생이 물었다.

샘은 없다고 말을 하려다—그러고는 황급히 후퇴하려다—생각을 바꾸었다. 칼을 뽑았으면 무라도 썰어야 하지 않겠는가.

"프라이스 씨가 여기 도서관장으로 근무한 지 얼마나 됐나요?"

두 보조 직원은 또다시 서로 흘끗거렸다. 여학생이 어깨를 으쓱했다. "저희가 일을 시작했을 때부터 계셨어요." 그녀가 말했다. "저희가 일을 시작한 지 그리 오래되지는 않았지만요. 성함이……?"

"피블스예요." 샘은 대답하고 악수를 청했다. "샘 피블스요. 미안해요. 정신을 놓으면서 매너도 딴 데 팔아먹은 모양이에요."

두 사람은 긴장을 풀었다. 미묘한 변화이긴 해도 분명했고 덕분에 샘도 긴장을 풀 수 있었다. 머릿속이 아무리 복잡해도 상대방을 편안하게 만드는 그의 엄청난 능력이 어느 정도 남아 있었다. 그런 능력이 없는 공인중개사 겸 보험중개인은 다른 직업을 찾아야 했다.

"저는 신시아 베리건이에요." 그녀는 이렇게 말하고 그가 내민 손을 잡았다. "이쪽은 톰 스탠퍼드고요."

"만나서 반갑습니다." 톰 스탠퍼드는 반신반의하는 표정을 지으면서도 샘과 짧게 악수를 했다.

"저기요." 미스터리 소설을 들고 있는 여자가 불렀다. "이것 좀 처리해줄래요? 브리지 게임에 늦게 생겼는데."

"내가 갈게." 톰이 신시아에게 말하고 여자의 대출 처리를 위해 데스크 저쪽으로 갔다.

신시아가 말했다. "톰하고 저는 채플턴 주니어 대학 학생이에요, 피블스 씨. 이건 현장 실습이고요. 지금 세 학기째 하고 있어요. 프라이스 관장님께 작년 봄에 채용됐어요. 톰은 여름부터 시작했고요."

"프라이스 씨말고 다른 상근 직원은 없고요?"

"네." 이제 보니 그녀의 예쁜 갈색눈에 살짝 걱정하는 기미가 어려 있었다. "무슨 문제라도 생겼나요?"

"글쎄요." 샘은 다시 위를 올려다보았다. 어쩔 수가 없었다. "아가씨가 처음 근무를 시작했을 때부터 이중 천장이 있었나요?"

그녀는 그의 시선을 따라갔다. "아." 그녀가 말했다. "이중 천장이라고 부르는 줄 몰랐네요. 네, 그때부터 있었어요."

"예전에는 천창만 있었던 걸로 기억하거든요."

신시아는 미소를 지었다. "네, 맞아요. 밖에서는, 그러니까 건물 옆면으로 돌아가면 천창이 보여요. 서고에서도 보이고요. 하지만 지금은 판자로 덮었어요. 서고말고 천창을요. 몇 년 전부터 그랬던 걸로 아는데요."

'몇 년이라.'

"그리고 아델리아 로츠라는 이름은 들어본 적이 없고요."

그녀는 고개를 끄덕였다. "네. 죄송해요."

"도서관 경찰은요?" 샘은 충동적으로 물었다.

그녀는 웃음을 터뜨렸다. "나이 많은 이모한테 들은 게 전부예요. 빌린 책을 제때 반납하지 않으면 도서관 경찰이 잡으러 온다고 그러셨거든요. 하지만 로드아일랜드 주의 프로비던스에서 살던 어린시절 이야기예요. 오래전요."

'그렇겠지.' 샘이 생각했다. '십 년 아니면 십이 년 전 이야기겠지. 공룡들이 지구를 헤집고 다니던 시절의 이야기.'

"알려줘서 고마워요." 그가 말했다. "두 학생을 질겁하게 만들 생각은 없었어요."

"질겁하지 않았어요."

"조금 그랬던 것 같은데. 내가 잠깐 헷갈렸어요."

"아델리아 로츠가 누구예요?" 톰 스탠퍼드가 제자리로 돌아오며 물었다. "이름이 귀에 익은데 왜 그런지 이유를 모르겠네요."

"바로 그거예요. 나도 잘 모르겠단 말이죠." 샘이 말했다.

"내일은 휴관이지만 월요일 오후하고 저녁에는 프라이스 관장님이 근무하실 거예요." 그가 말했다. "관장님은 선생님이 궁금해하는 부분에 대해서 아실지 몰라요."

샘은 고개를 끄덕였다. "나중에 와서 그분을 만나봐야겠네요. 그나저나 고마웠어요."

"도움을 드리려고 저희가 있는 건데요." 톰이 말했다. "제대로 도와드리지 못해서 아쉬울 따름이죠, 피블스 씨."

"이하 동문이에요." 샘이 말했다.

4

그는 차로 돌아갈 때까지 멀쩡했지만 운전석 문을 여는 순간 배와 다리의 근육이 모조리 풀려버렸다. 차 지붕에 얹은 손으로 몸을 지탱하고서야 쓰러지지 않고 문을 열 수 있었다. 차에 올라탔다고 볼 수도 없었다. 운전석 위로 주저앉아서 숨을 헐떡이며 이러다 정신을 잃는 건 아닌지 불안에 떨었다.

'이게 무슨 일일까? 꼭 로드 설링이 만든 그 옛날 텔레비전 프로그램* 같잖아. "과거 정션 시티에 거주했고 현재는…… 회색 지대에서 부동산과 인생을 중개하는 새뮤얼 피블스, 심사를 받기 위해

* 우리나라에서도 《환상 특급》이라는 제목으로 방영된 프로그램이다.

출두했습니다."'

그렇다, 꼭 그런 식이었다. 불가사의한 사건을 맞닥뜨린 사람들을 텔레비전으로 구경하면 재미있다. 그런데 맞닥뜨린 당사자가 내가 되면 불가사의한 사건의 매력이 대거 사라졌다.

그는 은은한 등불이 비추는 가운데 사람들이 계속 들락거리는 길 건너편의 도서관을 바라보았다. 미스터리 소설을 대출한 노부인은 브리지 게임을 하러 가는지 길 저쪽으로 걸음을 옮겼다. 여학생 서너 명이 봉긋한 가슴 위로 책을 들고, 수다를 떨고 웃으며 계단을 내려왔다. 모든 게 완벽하도록 정상적이었다. 그럴 수밖에 없었다. 한 주 전에 그가 갔던 도서관이 비정상이었다. 그가 이상한 낌새를 좀더 신중하게 감지하지 못한 이유는 그 빌어먹을 연설에 정신이 팔렸기 때문이었다.

'더이상 생각하지 말자.' 그는 마음을 다잡았지만, 마음을 다잡아도 소용없는 그런 상황이 올 것 같아서 두려웠다. '스칼렛 오하라처럼 내일 생각하자. 해가 뜨면 모든 상황이 명확해질 거야.'

그는 기어를 바꾸고 집으로 가는 내내 그렇게 생각했다.

7장: 악몽

1

그는 집에 도착하자마자 맨 먼저 자동 응답기를 확인했다. 메시지 수신 램프에 불이 켜져 있는 것을 본 순간 심장박동이 한 단계 빨라졌다.

'그녀일 거야. 그녀의 정체가 뭔지 모르겠지만 나를 완전히 돌아버리게 만들 때까지 만족이라는 단어를 모를 듯한 예감이 들어.

메시지를 확인하지 말자.' 그의 머릿속 어느 부분에선가 이런 소리가 들렸지만 샘은 혼란스러워서 그게 좋은 생각인지 아닌지조차 판단할 수 없었다. 일리가 있는 것 같기도 하고 조금 비겁한 것 같기도 했다. 사실…….

그는 자신이 진땀을 흘리며 가만히 선 채로 손톱을 물어뜯고 있다는 사실을 깨닫고 불쑥 끙하는 소리를 터뜨렸다. 나지막이 부아를 냈다.

'4학년 교실에서 정신 병동으로 이동했군그래.' 그는 생각했다.

'이런 방법이 먹힐 거라고 생각했다면 오산이야.'

그는 재생 버튼을 눌렀다.

"안녕하세요!" 위스키 때문에 걸걸해진 남자의 목소리가 흘러나왔다. "조지프 랜도스키예요, 피블스 씨. 무대에서 쓰는 이름은 어메이징 조고요. 키와니스 클럽인가 뭔가 하는 행사 때 제 빈자리를 메워줘서 고맙다고 인사하려고 전화했어요. 저는 이제 많이 괜찮아졌어요. 처음에는 목이 부러진 줄 알았는데 그냥 삐끗한 거였어요. 공연 무료 티켓 잔뜩 보내드릴게요. 친구분들한테 나눠주세요. 건강 조심하시고 다시 한번 감사 인사 드려요. 안녕히 계세요."

테이프가 멈추었다. 메시지 재생 완료 램프에 불이 들어왔다. 샘은 자신의 노이로제 증상에 코웃음을 쳤다. 그림자만 보아도 펄쩍 뛰게 만드는 것이 아델리아 로츠의 목적이었다면 목적 달성의 순간을 목전에 두고 있었다. 다시 감기 버튼을 누르는데 또 다른 생각이 머릿속을 스치고 지나갔다. 메시지가 녹음된 테이프를 다시 감는 것은 그의 습관이었다. 그러면 예전 메시지가 새 메시지로 덮여서 지워졌다. 어메이징 조의 메시지 때문에 아델리아가 남긴 메시지가 지워졌다. 그 여자가 실제로 존재했다는 유일한 증거가 사라져버린 것이었다.

하지만 따져보면 완전히 사라진 건 아니었다. 도서관 대출증이 있었다. 그는 그 빌어먹을 대출 데스크 앞에 서서 그녀가 큼지막하고 요란한 글씨체로 대출증에 사인하는 것을 지켜보았다.

샘은 지갑을 꺼내서 세 번 뒤진 끝에 도서관 대출증도 없어졌다고 인정했다. 없어진 이유도 알았다. 『미국인들이 가장 사랑하는 시선집』 안쪽 봉투에 넣은 기억이 희미하게 났다.

잃어버릴 염려가 없도록.

안전하게 보관한답시고.

잘했네. 참 잘했네.

샘은 소파에 앉아서 손으로 이마를 짚었다. 머리가 지끈거리기 시작했다.

2

뜨끈한 걸 좀 먹으면 두통이 가라앉을까 싶어서 십오 분 뒤, 스토브에 깡통 수프를 데우다가 다시 나오미 생각이 났다. 더티 데이브가 그린 포스터 속 여자와 생김새가 너무나도 비슷했던 나오미. 나오미가 세라라는 이름으로 비밀스러운 생활을 하고 있었는지 여부는 그보다 훨씬 더 중요한 문제로 인해 멀찌감치 밀려났다. 나오미는 아델리아 로츠가 누군지 알았다. 그런데 그 이름을 듣고 그녀가 보인 반응은 조금 의아했다. 그녀는 잠깐 놀란 눈치를 보이다 우스갯소리를 늘어놓았다. 바로 그때 전화벨이 울렸는데 버트 아이버슨이었고…….

샘은 그녀와 나눈 대화를 머릿속에서 재생하려다 기억나는 부분이 거의 없다는 데 좌절했다. 나오미는 아델리아가 특이하다고 했었다. 거기까지는 분명한데 더이상 생각나는 게 없었다. 그때는 그게 중요한 문제가 아니었다. 그때는 그의 사업이 비약적인 도약을 하고 있다는 게 중요한 문제였다. 그건 지금도 여전히 중요한 문제였지만 다른 문제 때문에 의미가 퇴색됐다. 사실상 모든 것의 의미가 퇴색됐다. 모던하고 실용적인 이중 천장과 짧은 서가가 계속 생각났다. 그의 정신 상태에 아직은 문제가 없는 듯했지만 이 사태를 해결하지 않으면 미쳐버릴 수도 있겠다는 생각이 들기 시작했다. 너무 깊어서 큰 물건을 던지고 아무리 한참 동안 귀를 기울이고 기다려도 풍덩하는 소리가 들리지 않는 구멍이 머릿속에 들어 있는데 그가 그 구멍의 뚜껑을 열어버린 듯한 기분이었다. 이런 기분이 언젠가는 사라지겠지만 그전까지는 끔찍할 것이었다.

그는 수프를 올려놓은 스토브 불을 약하게 줄이고 서재로 가서 나오미의 전화번호를 찾았다. 벨이 세 번 울린 뒤에 노인의 쉰 목소리가 들렸다. "누구세요?" 샘은 목소리의 주인을 마지막으로 만난 지 거의 이 년이 지났지만 누군지 바로 알아차릴 수 있었다. 당장이라도 쓰러지게 생긴 나오미의 어머니였다.

"안녕하세요, 히긴스 부인." 그는 말했다. "샘 피블스입니다."

그는 말을 멈추고 그녀가 '아, 안녕하세요', 아니면 '잘 지내죠?' 하길 기다렸지만 폐공기증 환자 특유의 무거운 숨소리만 들릴 따름이었다. 샘은 원래 그녀가 좋아하는 사람 축에 들지 못했고, 떨어져 지낸다고 모두 애틋해지는 건 아닌 듯했다.

샘은 그녀 쪽에서 안부를 물을 가능성이 없었으니 자기가 먼저 묻기로 했다. "잘 지내시죠, 히긴스 부인?"

"잘 지내는 날도 있고 못 지내는 날도 있죠."

샘은 당황했다. 그 말에는 적절하게 대꾸할 방법이 없기 때문이었다. '유감이네요'라고 할 수도 없었고 '다행이네요, 히긴스 부인!'은 더더욱 안 될 노릇이었다.

그는 나오미와 통화할 수 있는지 물어보기로 마음먹었다.

"나갔어요. 언제 들어올지 몰라요."

"전화 부탁한다고 전해주시겠어요?"

"나 지금 잘 거예요. 얘기 전해달라고도 하지 마요. 관절염이 좀 심해야 말이지."

샘은 한숨을 쉬었다. "내일 다시 전화하겠습니다."

"내일 아침에는 교회 갈 거예요." 히긴스 부인은 좀 전과 다름없이 비협조적인 말투로 딱 잘라 말했다. "그리고 내일 오후에는 올해 첫 침례교 청년회 소풍이 있고요. 나오미가 도와주기로 약속한 행사예요."

샘은 포기하기로 마음먹었다. 히긴스 부인은 철저하게 선을 긋기로 작정한 게 분명했다. 그는 작별 인사를 하려다 생각을 바꾸었다. "히긴스 부인, 혹시 로츠라는 이름 들어본 적 있으세요? 아델리아 로츠요."

그녀는 힘겹게 쌕쌕거리며 코를 킁킁거리다 말고 멈추었다. 정적이 흐르다 히긴스 부인이 표독스러운 목소리로 나지막이 쏘아붙였다. "하나님을 믿지 않는 당신 같은 야만인들이 언제까지 우리 면전에서 그 여자 이름을 들먹일 작정인지 모르겠네. 그러면 재미있어요? 이게 잘하는 짓인 거 같아요?"

"히긴스 부인, 그게 아니라 저는 다만……."

딸깍하는 날카로운 소리가 그의 귓전을 때렸다. 히긴스 부인이 자기 무릎에 대고 마른 나뭇가지를 부러뜨린 것 같은 소리였다. 그

소리를 끝으로 전화가 끊겼다.

3

샘은 수프를 먹고 삼십 분 동안 텔레비전을 보려고 애를 써보았지만 소용없었다. 계속 정신이 딴 데 팔렸다. 출발점이 더티 데이브의 포스터 속 여자였건 『미국인들이 가장 사랑하는 시선집』 표지에 찍힌 진흙 발자국이건 없어진 빨간 모자 포스터였건 종착지는 항상 똑같았다. 180도 달라진, 정션 시티 공립 도서관의 제1열람실 천장이었다.

마침내 그는 포기하고 침대 속으로 기어들어갔다. 그의 기억에 이렇게 처참한 토요일은 손에 꼽을 정도였다. 어쩌면 인생 최악의 토요일일 수도 있었다. 꿈도 없는 무의식의 세상 속으로 얼른 떠나고 싶은 마음뿐이었다.

하지만 잠이 오지 않았다.

잠 대신 공포가 밀려왔다.

가장 큰 공포는 이러다 실성할 수도 있겠다는 것이었다. 샘은 실성하겠단 공포가 얼마나 끔찍한지 여태껏 모르고 있었다. 정신병원을 찾아가 "내가 지금 미쳐가고 있는 것 같아요, 선생님" 하며 과장스럽게 머리를 쥐어뜯는 사람들을 영화에서 본 적 있었기에 정서 불안이 시작되면 약을 먹어야 할 정도로 머리가 아픈 줄 알았다. 4월 7일이 4월 8일로 넘어가는 긴 시간 동안 그는 그렇지가 않다는 것을 깨달았다. 오히려 불알을 긁으려고 손을 뻗었다가 종양일지 모르는 커다란 혹을 발견했을 때의 느낌에 더 가까웠다.

도서관이 일주일 만에 그렇게 완전히 달라질 수는 없었다. 그가 열람실에서 맨천창을 봤을 리 없었다. 신시아 베리건이라는 여학생도 자기가 왔을 때부터, 최소한 일 년 전부터 판자로 막아놓았다고 하지 않았던가. 그러니까 그의 정신에 문제가 생긴 거였다. 뇌종양이든지. 아니면 치매 아닐까? 그런데 희소식이 있었다. 어딘가—아마 《뉴스위크》였을 것이다—에서 읽은 바에 따르면 치매 환자의 연령대가 점점 낮아진다고 했다. 어쩌면 이 희한한 사건이 남들보다 일찍 스멀스멀 다가오는 노망의 전조일 수 있었다.

불쾌한 게시판이 그의 머릿속을 가득 채웠다. 빨간 감초 사탕 색으로 번들번들하게 세 단어가 적힌 게시판이었다.

나는 미쳐가고 있다

그는 평범한 기쁨과 평범한 후회로 점철된 평범한 인생을 살았다. 그다지 반성할 일이 없는 인생을 살았다. 그의 이름이 어딘가에 대문짝만 하게 실려본 적 없었다. 정신 상태를 의심할 이유도 전혀 없었다. 그런데 이제 쭈글쭈글한 침대에 누워 논리적인 현실 세계에서 벗어난다는 것이 이런 것인가 하는 생각을 하고 있었다. 이것이

나는 미쳤다

로 향하는 출발점인가 하는 생각을 하고 있었다.

정션 시티 노숙자 쉼터의 천사가 나오미—가명으로 활동하는 나오미—라는 발상도 정신 나간 헛소리이긴 마찬가지였다. 그럴 리가 없지 않은가. 심지어 사업이 갑자기 잘되는 것도 의심스러워지기 시작했다. 이 모든 게 환상은 아닐까.

자정을 향해갈 무렵 아델리아 로츠가 머릿속을 장악했고 그때부터 상황이 불쾌해지기 시작했다. 아델리아 로츠가 벽장이나 침대 밑에 숨어 있으면 얼마나 끔찍할까 하는 생각이 들었다. 이상한 가발을 쓴 것처럼 사방으로 뻗친 머리칼을 하고 어둠 속에서 길고 날카로운 손톱이 달린 손가락을 꿈틀거리며 남몰래 씩 웃는 그녀의 모습이 머릿속에 떠올랐다. 그녀가 속삭이기 시작하면 자기 몸에서 어떤 식으로 힘이 빠져나갈지 상상이 됐다.

'샘, 책을 잃어버리다니 도서관 경찰에게 혼이 나는 수밖에 없겠어요……. 책을 잃어버리다니……. 책을 잃어버리다니…….'

마침내 12시 30분이 되었을 때 더이상 참을 수 없는 지경에 이르렀다. 그는 일어나 앉아서 침대 스탠드를 찾느라 어둠 속을 더듬거렸다. 그 순간 확실하다 싶을 정도로 선명한 상상이 머릿속을 새롭게 강타했다. 그의 방에 누가 찾아왔고 이번 손님은 아델리아 로츠가 아니었다. 절대 아니었다. 어린이 도서관에서 사라진 포스터 속의 도서관 경찰이었다. 트렌치코트로 온몸을 감싸고 키가 크고 창백한 남자, 안색이 안 좋고 왼쪽 눈 밑에서부터 콧잔등까지 가로지르는 하얀색의 삐죽빼죽한 흉터가 왼쪽 뺨에 남은 남자가 어둠 속에 서 있었다. 포스터에서는 없었던 흉터지만 포스터를 그린 사람이 넣지 않아서 그런 거였을 뿐이다. 샘은 그런 흉터가 있다는 것을 알았다.

'너는 덤불숲에 대해 잘못 알고 있써.' 도서관 경찰은 혀짤배기 소리로 말했다. '도써관 양옆으로 덤불이 자라고 있거든, 무썽하게. 우리가 거길 탐험할 거야. 둘이서 같이 거길 탐험할 거야.'

'싫어! 그만! 이제…… 그만해!'

부들부들 떨리는 손으로 마침내 침대 스탠드를 찾았을 때 마룻장이 삐걱거리는 소리가 들리자 그는 조그맣게 숨가쁜 비명을 질렀다. 스위치를 움켜잡고 돌렸다. 불이 켜졌다. 순간 키가 큰 남자가 보인 듯했지만 벽에 드리운 서랍장 그림자에 불과했다.

샘은 발을 침대 바닥으로 내리고 양손에 잠깐 얼굴을 묻었다. 그러다 곁탁자에 놓아둔 켄트 담뱃갑을 집었다.

"정신 차려." 그는 중얼거렸다. "씨발, 도대체 무슨 생각을 하고 있는 거야?"

'모르겠어.' 그의 머릿속에서 당장 이런 대답이 들렸다. '그리고 알고 싶지도 않아. 절대. 덤불숲은 오래전 기억인데 다시 떠올릴 필요 없잖아. 그리고 그 맛도. 다디달았던 그 맛 말이야.'

그는 담배에 불을 붙이고 깊게 한 모금을 빨았다.

가장 끔찍한 걱정거리는 뭔가 하면 다음번에는 트렌치코트를 입은 남자를 실제로 만날지도 모른다는 것이었다. 아니면 아델리아를. 아니면 펠루시다*의 황제를. 도서관에 가서 아델리아 로츠를 만

* 『타잔』의 원작자 에드거 라이스 버로스가 쓴 동명의 모험 에스에프 속 지저 세계.

난 것처럼 완벽한 환상을 창조할 수 있다면 어떤 환상이든 창조될 수 있다는 뜻이었다. 있지도 않은 천창, 있지도 않은 사람들, 있지도 않은 덤불숲이 생각나는 마당에 불가능할 게 없었다. 머릿속에서 벌어지는 폭동을 무슨 수로 잠재울 수 있을까?

그는 불을 켜며 부엌으로 내려가는 동안 누가 따라오고 있지 않은지 어깨 너머를 확인하고 싶은 충동을 참았다. 예컨대 손에 배지를 쥔 남자가 따라오고 있을 수도 있었다. 그에게 필요한 것은 수면제였지만 처방전 없이 살 수 있는 소미넥스 수면 유도제 같은 것도 없었기 때문에 그 비슷한 것을 대충 만드는 수밖에 없었다. 우유를 냄비로 데운 다음 머그잔에 담고 거기다 브랜디를 듬뿍 추가했다. 영화에서 본 조합이었다. 그는 한 입 맛을 보고 얼굴을 찡그리며 이 끔찍한 조합을 싱크대에 부어버리려다 전자레인지에 달린 시계를 보았다. 새벽 1시 십오 분 전이었다. 동이 트려면 한참 남았다. 칼을 입에 물고 계단을 살금살금 올라오는 아델리아 로츠와 도서관 경찰을 상상하며 보낼 시간이 한참 남았다.

'아니면 화살을 물고 올 수도 있어.' 그는 생각했다. '길고 까만 화살. 길고 까만 화살을 꽉 물고 계단을 살금살금 올라오는 아델리아 로츠와 도서관 경찰. 이런 상상 어떻습니까, 여러분?'

화살?

왜 화살일까?

그는 생각하고 싶지 않았다. 그전까지만 해도 있는 줄 몰랐던 어둠 속에서 지독한 악취를 풍기는 프리스비처럼 쌩하고 날아오는 생각들에 신물이 났다.

'왜 화살인지 생각하고 싶지 않아. 생각하지 않을 거야.'

그는 브랜디를 넣은 우유를 다 마시고 다시 침대에 누웠다.

4

침대 스탠드를 켜둔 덕분에 불안감을 조금 달랠 수 있었다. 우주가 멸망하기 전에는 잠이 들 수 있겠다는 생각이 들 정도였다. 그는 이불을 턱밑까지 끌어올리고 깍지 낀 손으로 뒤통수를 받치고 천장을 올려다보았다.

'개중 몇 개는 실제로 벌어졌던 일일 거야. 전부 환상일 수는 없어……. 이건 환상의 일부이고 나는 지금 시더래피즈의 정신병원 독방에 구속복을 입고 갇혀 있어. 내 방 침대에 누워 있다는 상상을 하고 있는 게 아닌 이상.'

그는 실제로 연설을 했다. 『연사의 동반자』에 소개된 우스갯소리와 『미국인들이 가장 사랑하는 시선집』에 실린 스펜서 마이클 프리의 시구를 활용했다. 그의 몇 안 되는 소장본 중에 그 책들은 없었으니 도서관에서 빌린 게 분명했다. 나오미는 아델리아 로츠를 알았고—적어도 그 이름은 알았다—나오미의 어머니도 마찬가지였다. 그녀가 앉아 있는 안락의자 밑에서 샘이 폭죽이라도 터뜨린 것 같은 반응을 보이지 않았던가!

여기저기 수소문해보면 되겠네. 히긴스 부인이 안다면 다른 사람들도 알 테지. 현장 실습 나온 학생들말고 오래전부터 정션 시티에 살았던 사람들이라면. 프랭크 스티븐스. 더티 데이브…….

이 시점에 다다랐을 때 샘은 드디어 잠이 들었다. 이후로 티가 나지 않는 수면과 가수면의 경계선을 넘나들었지만 그는 그런 줄도 몰랐다. 그의 생각들은 멈출 줄 모르고 희한하고 놀라운 형체로 발전했다. 형체들은 꿈이 되었다. 꿈은 악몽이 되었다. 그는 다시 앵글 스트리트를 찾았고 알코올의존자 세 명이 현관에서 열심히 포스터를 그리고 있었다. 그는 더티 데이브에게 뭐하느냐고 물었다.

'아, 그냥 시간 때우는 중이에요.' 데이브는 이렇게 말하고, 쭈뼛쭈뼛 포스터를 돌려서 보여주었다.

바보 사이먼이었다. 그가 모닥불 위에 얹은 쇠꼬챙이에 꽂혀 있었다. 녹아내리는 빨간 감초 사탕을 한 손에 잔뜩 움켜쥐고 있었다. 옷에 불이 붙었지만 아이는 살아 있었다. 비명을 지르고 있었다. 이 끔찍한 그림 위에 이런 문구가 적혀 있었다.

도서관 경찰 기금 마련을 위해
공립 도서관 덤불숲에서 어린이 만찬이 열립니다.
자정에서 새벽 2시까지
여러분 모두를 초대합니다.
"그게 바로 냠냠꿀꺽!"

'데이브, 너무 끔찍한데요.' 꿈속에서 샘이 말했다.

'무슨 말씀이세요.' 더티 데이브가 대답했다. '그 아이 별명이 바보 사이먼이에요. 아이들은 얘를 잡아먹는 걸 좋아해요. 상당히 건전한 반응 아닌가요?'

'저것 봐!' 루돌프가 외쳤다. '저것 봐, 세라야!'

샘이 고개를 들어보니 나오미가 앵글 스트리트 건물과 재활용 센터 사이의 쓰레기와 잡초로 뒤덮인 땅을 건너오고 있었다. 『연사의 동반자』와 『미국인들이 가장 사랑하는 시선집』이 가득 실린 쇼핑 카트를 밀고 오느라 걸음이 더뎠다. 그녀의 뒤에서 태양이 용광로처럼 시뻘겋게 이글거리며 저물고 있었고, 기다란 여객열차가 아무것도 없는 아이오와 서부를 향해 덜커덩거리며 천천히 철길을 달리고 있었다. 차창에 달린 주름 종이가 흔들거렸다. 장례 열차로군. 샘은 알아차렸다.

샘은 더티 데이브를 돌아보며 말했다. '그녀의 이름은 세라가 아니라 나오미예요. 프로버비아에 사는 나오미 히긴스예요.'

'무슨 말씀이세요.' 더티 데이브가 말했다. '사신이 걸어오고 있어요, 피블스 씨. 사신은 여자예요.'

그때 루키가 깍깍거리기 시작했다. 극도의 공포로 돼지 멱따는 소리를 냈다. '그녀가 슬림 짐을 들고 왔어! 그녀가 슬림 짐을 들고 왔어! 그녀가 슬림 짐을 잔뜩 들고 왔어!'

샘은 그게 무슨 소리인가 싶어서 다시 고개를 돌렸다. 가까이 다가온 그 여자는 나오미가 아니었다. 아델리아였다. 겨울 먹구름색 트렌치코트를 입고 있었다. 쇼핑 카트에는 루키의 외침과 달리 슬림 짐이 아니라 배배 꼬인 채찍 모양의 빨간 감초 사탕이 수천 개 담겨 있었다. 샘이 지켜보는 가운데 아델리아가 사탕을 한줌 집어서 입안에 쑤셔넣기 시작했다. 틀니인 줄 알았던 그녀의 치아는 길고 누렜다. 날카롭고 끔찍히 단단해 보여서 샘이 보기에는 뱀파이어의 송곳니 같았다. 그녀는 얼굴을 찡그려가며 입안 가득 넣은 사탕을 씹어서 삼켰다. 선명한 피가 뿜어져 나와 석양 속에서 분홍색 물안개를 분사한 뒤 그녀의 턱을 타고 흘러내렸다. 뭉텅뭉텅 끊긴 감초 사탕이 피를 뿜으며 잡초밭 위로 굴러 떨어졌다.

그녀는 갈고리 모양의 발톱처럼 변한 손을 들었다.

"책을 잃어버리다니이이이이!" 그녀는 비명을 지르며 샘을 향해 돌진했다.

5

샘은 숨을 헐떡이고 움찔하며 눈을 떴다. 그는 똘똘 뭉친 이불 밑에서 몸을 동그랗게 말고 진땀을 흘리며 침대 발치에 누워 있었다. 새로운 하루의 시작을 알리는 옅은 햇살이 쳐놓은 블라인드 아래로 스며들고 있었다. 침대 머리맡 시계에 따르면 오전 5시 53분이었다.

자리에서 일어나자 땀으로 젖은 피부에 닿는 공기가 시원하고 상쾌하게 느껴졌다. 그는 욕실로 들어가 볼일을 보았다. 새벽에 마신 브랜디 때문인지 악몽 스트레스 때문인지 머리가 아팠다. 욕실 수납장에서 아스피린을 두 알 꺼내고 어기적어기적 침대로 돌아갔다. 구겨진 부분마다 축축하게 남은 악몽의 흔적을 느끼며 이불을 주섬주섬 끌어올렸다. 잠을 다시 청할 수는 없겠지만—그건 분명했다—악몽이 가실 때까지 누워 있을 수는 있었다.

베개에 머리가 닿는 순간, 더티 데이브의 포스터에 그려진 여자가 그의 밑에서 파트타임으로 일하는 비서라는 사실을 깨달았을 때처럼 놀랍고 갑작스러운 깨달음이 그를 찾아왔다. 새로운 깨달음은 더티 데이브와…… 아델리아 로츠와 연관이 있었다.

'꿈속이었어.' 그는 생각했다. '내가 꿈속에서 알아차렸어.'

샘은 자연스럽게 깊은 잠이 들었다. 더이상 꿈을 꾸지 않았다. 눈을 떠보니 11시가 다 되어 있었다. 신도들을 소집하는 교회 종소리가 울렸고 창밖은 화창했다. 그는 파릇파릇하게 돋은 잔디를 비추는 햇살에 단순히 행복해진 수준을 넘어 다시 태어난 듯한 기분을 느꼈다.

8장: 앵글 스트리트 II

1

그는 브런치—오렌지주스, 달걀 세 개를 풀고 골파를 듬뿍 넣은 오믈렛, 진한 커피 많이—를 만들어 먹으며 다시 앵글 스트리트를 찾아갈 생각을 했다. 잠깐 깨어 있는 동안 맛본 깨달음의 순간이 아직까지 생생했다. 제대로 꿰뚫어 보았다고 백 퍼센트 장담할 수 있었지만, 이 말도 안 되는 사건을 계속 추적하고 싶은지는 자신이 없었다.

화창한 봄날의 아침이 되니 간밤에 느낀 두려움이 멀고 황당하게 느껴졌고, 그는 이 문제를 흘려보내고 싶은 강렬한 유혹—욕구에 가까웠다—을 느꼈다. 논리적으로 타당하게 설명할 방법이 없는 일이 그에게 벌어졌다. 문제는 그래서 어쩔 거냐는 것이었다.

그는 유령, 예감, 귀신 들림에 대한 책을 읽은 적이 있지만 관심은 없었다. 어쩌다 한번씩 공포영화를 보는 게 전부였다. 그는 현실적인 성격이었고 초자연적인 현상이 설령 벌어진다 한들 현실적으로 무슨 쓸모가 있을까 싶었다. '사건'보다 더 그럴싸한 표현이 없으니, 그가 어떤 사건을 겪었다고 하자. 그리고 이제 그 사건이 끝났다. 그러면 이쯤에서 넘어가도 되지 않을까?

'그녀가 내일까지 책을 반납해달라고 했잖아. 그건 어쩔 거야?'

하지만 그 사실은 이제 아무 위력도 발휘하지 못했다. 그녀가 자동 응답기에 메시지를 남겼지만 샘은 더이상 아델리아 로츠의 존재를 믿지 않았다.

호기심을 자극하는 부분은 이 사건에 대한 스스로의 반응이었다. 대학생 때 들은 생물학 수업이 생각났다. 강사는 인체는 효율적인 방식으로 이질적인 생명체의 습격에 대응한다는 말로 강의를 시작했다. 샘은 나쁜 소식들—암, 독감 그리고 매독과 같은 성병—이 헤드라인을 도배하기 때문에 우리가 실제보다 훨씬 질병에 취약한 것처럼 느껴진다고 했던 강사의 말이 생각났다. "인체에는 마음대로 동원할 수 있는 특수부대가 있다. 인체가 외부의 공격을 받으면 이 특수부대가 즉각적으로 가차없이 반응하지. 인정사정없이. 이 숙련된 암살 부대가 없었다면 너희들은 첫돌이 되기도 전에 스무 번도 넘게 죽었을 거다."

인체가 침략군을 제거할 때 기본적으로 동원하는 수법이 격리였다. 침략군을 포위해 필요한 영양분을 공급받지 못하도록 차단한 뒤 잡아먹거나 두들겨 패거나 굶겨 죽이는 수법이었다. 이제 보니 두뇌도 공격을 당하면 똑같은 수법을 동원했다. 기억을 더듬어 보면 감기에 걸릴 것 같다가도 다음날 아침에 일어나니 멀쩡한 경우가 여러 번 있었다. 몸이 맡은 바 소임을 다한 덕분이었다. 그가 자는 동안 잔인한 전쟁을 통해 침략군을 마지막 한 명, 아니 마지막 한 마리의 세균까지 전멸시킨 덕분이었다. 모조리 잡아먹거나 두들겨 패거나 굶겨 죽인 덕분이었다.

간밤에 그는 정신적인 감기의 전조에 해당하는 증상을 경험했다. 오늘 아침, 그의 명석하고 논리적인 사고를 위협했던 침략군은 포위당했다. 영양분을 차단당했다. 이제 전멸은 시간문제였다. 그리고 그의 머릿속 한구석에서는 이 사건을 좀더 깊숙이 파고들면 적군에게 영양분이 공급될지 모른다는 경고를 보내고 있었다.

'이런 식으로 처리가 되는 거지.' 그는 생각했다. '이상한 사건과 설명이 불가능한 현상이 벌어졌다는 이야기들로 세상이 도배되지 않는 이유가 이 때문이야. 그런 걸 경험하면…… 뇌가 잠깐 휘청거렸다가도…… 반격을 감행하거든.'

하지만 그는 궁금했다. 그게 문제였다. 게다가 지나친 호기심은 화를 자초하지만 만족감이라는 선물을 준다는 말도 있지 않던가.

'누가? 누가 그런 소릴 했는데?'

알 수 없었다. 도서관에서 찾아보면 뭔가가 나올 것이었다. 샘은 접시를 싱크대로 옮기며 미소를 지었다. 그는 이미 결정을 내렸다. 이 말도 안 되는 사건을 조금만 더 파헤쳐볼 것이다.

아주 조금만 더.

2

샘은 12시 30분쯤에 다시 앵글 스트리트를 찾았다. 나오미의 낡은 파란색 닷선 자동차가 입구에 주차되어 있는 것을 보고 많이 놀라지는 않았다. 샘은 그 뒤에 차를 세우고 내려서 소지한 술이 있으면 쓰레기통에 두고 들어가라는 팻말을 지나 금방이라도 무너질 듯한 계단을 올라갔다. 문을 두드렸지만 아무 응답이 없었다. 문을 열자 중간에 놓인 공중전화말고는 가구라고는 찾아볼 수 없는 널찍한 홀이 등장했다. 벽지는 깨끗했지만 색이 바랬다. 스카치테이프로 보수한 곳도 한 군데 있었다.

"아무도 안 계세요?"

응답이 없었다. 그는 무단 침입자가 된 듯한 기분을 달래며 안으로 들어가서 복도를 따라 걸었다. 휴게실과 연결된 왼쪽 첫 번째 문이 열려 있었다. 문에는 압정으로 팻말이 두 개 붙어 있었다. 위의 팻말에는

빌*의 친구들은 여기로 들어오세요!

라고 적혀 있었다. 아래 팻말에 적힌 문구는 샘이 보기에 전혀 앞뒤가 안 맞고 절묘하게 어처구니없었다.

시간은 시간을 필요로 한다.

* 알코올의존자 치유 협회 설립자 중 한 명의 이름이 빌 윌슨이다.

휴게실에는 서로 어울리지 않는 낡은 의자들과 역시 테이프로 보수한 기다란 소파가 놓여 있었다. 이번에는 절연 테이프였다. 벽에 슬로건이 몇 개 더 붙어 있었다. 텔레비전 옆의 조그만 테이블 위에는 커피메이커가 있었다. 텔레비전과 커피메이커는 모두 꺼진 상태였다.

샘은 계단을 지나서 복도를 좀더 걸어갔다. 무단 침입자가 된 기분이 점점 심해졌다. 문이 열려 있는 다른 방 세 개도 흘끗 들여다보았다. 세 곳 모두 아무 장식 없는 침대가 두 개씩 놓여 있었고 아무도 없었다. 하나같이 극도로 깔끔했지만 숨겨놓은 비밀이 드러났다. 한 방에서는 머스테롤 기침 연고 냄새가 났다. 또 다른 방에서는 중병 환자 특유의 불쾌한 냄새가 났다. '얼마 전에 여기서 죽은 사람이 있든지 조만간 죽게 생긴 사람이 있든지 둘 중 하나야.' 샘은 생각했다.

복도 끝은 주방이었고 그곳 역시 아무도 없었다. 큼지막하고 볕이 잘 드는 주방은 빛바랜 리놀륨 장판이 울퉁불퉁한 바닥을 덮고 있었다. 장작과 가스를 혼용하는 거대한 스토브가 움푹 들어간 벽감을 가득채웠다. 낡고 깊숙한 싱크대는 에나멜에 녹이 슬어서 얼룩덜룩했다. 수도꼭지에는 프로펠러 모양의 구식 손잡이가 달려 있었다. 구닥다리 메이태그 세탁기와 켄모어 가스 건조기가 식료품 저장실 옆에 서 있었다. 통조림 콩을 간밤에 먹었는지 냄새가 희미하게 났다. 샘은 이 공간이 마음에 들었다. 동전 한 닢까지 쥐어짠 궁색의 냄새가 나면서도 사랑과 관심과 힘들게 쟁취한 행복의 냄새도 풍겼다. 할머니의 부엌이 생각났다. 할머니의 부엌은 행복한 공간, 안전한 공간이었다.

업소용 크기의 낡은 아마나 냉장고에 자석이 붙어 있었다.

알코올 없는 우리 쉼터를 축복하소서.

밖에서 사람들 목소리가 희미하게 들렸다. 그는 주방을 가로질러 산들바람과 따뜻한 봄날을 최대한 만끽할 수 있는 높이에 있는 창밖을 내다보았다.

앵글 스트리트의 뒷마당은 초봄의 기운으로 파릇파릇했다. 막 싹을 틔우기 시작한 나무들이 빈약하게 늘어선 부지 뒤편의 공터에서는 노는 텃밭이 날이 포근해지기를 기다리고 있었다. 왼편에는 완만한 곡선을 그리며 늘어진 배구 네트가 있었다. 오른편에는 잡초가 몇 가닥 나기 시작한 편자 던지기 놀이터가 두 개 있었다. 매력적인 뒷마당은 아니었지만—지금 이 계절에는 시골 대부분의 뒷마당이 그랬다—눈의 기세가 한풀 꺾인 이후에 최소한 한 번은 갈퀴질을 했고, 십오 미터도 안 되는 곳에 반짝이는 철길이 깔려 있는데도 시커먼 잿가루가 보이지 않았다. 앵글 스트리트 주민들은 가진 게 많지 않을지 몰라도 몇 개 안 되는 가진 것을 열심히 관리하고 있었다.

대여섯 명의 사람들이 배구 네트와 편자 던지기 놀이터 중간에 접이식 캠핑 의자를 가져다놓고 얼기설기 원형으로 앉아 있었다. 샘도 아는 사람들이었다. 나오미, 데이브, 루키 그리고 루돌프. 정션 시티의 변호사 중에서 가장 잘나가는 버트 아이버슨과 샘의 연설을 듣지 못했지만 그래도 나중에 축하 전화를 한 은행장 엘머 배스킨도 있었다. 바람이 불자 샘이 서 있는 창문 양쪽에 걸린 아늑한 체크무늬 커튼이 뒤로 날렸다. 엘머의 금발도 헝클어졌다. 엘머는 해가 비치는 쪽으로 고개를 들고 미소를 지었다. 엘머의 얼굴뿐만 아니라 내면에서 흘러나오는 단순한 기쁨이 인상적이었다. 그 순간 그는 소도시에서 가장 재산이 많은 은행장이 아니었다. 길고 추웠던 겨울이 끝난 뒤에 봄을 맞이하며 아직까지 온전히 살아 있고 아무 고통이 없다는 데 행복해하는 평범한 인간이었다.

비현실감이 샘을 강타했다. 나오미 히긴스가—가명을 써가며—정션 시티의 집 없는 알코올의존자들과 여기서 어울린다는 것만으로도 충분히 황당한데 이 도시에서 가장 존경받는 은행장과 가장 예리한 변호사마저 한자리에 있다니 믿기지가 않았다.

너덜너덜한 초록색 바지와 신시내티 벵골스 미식축구 팀 운동복 상의를 입은 남자가 손을 들었다. 루돌프가 그를 가리켰다. "내 이름은 존이고 알코올의존자예요." 벵골스 운동복을 입은 남자가 말했다.

샘은 잽싸게 뒤로 물러섰다. 얼굴이 화끈거렸다. 이제 그는 침입자 수준을 넘어 첩자가 된 기분이 들었다. 보통은 일요일 정오에 알코올의존자 치유 모임이 열리는 장소가 휴게실인데—커피포트를 보면 알 수 있었다—오늘은 날이 좋아서 밖으로 의자를 들고 나간 모양이었다. 아마 나오미의 아이디어였을 것이다.

'내일 아침에는 교회 갈 거예요.' 히긴스 부인은 이렇게 말했다. '그리고 내일 오후에는 올해 첫 침례교 청년회 소풍이 있고요. 나오미가 도와주기로 약속한 행사예요.' 딸이 침례교도가 아니라 알코올의존자들과 오후를 보내고 있다는 사실을 히긴스 부인이 알까 궁금해하다 알 거라는 결론을 내렸다. 나오미가 샘 피블스를 두 번 만나고 정리한 이유도 알 것 같았다. 그는 그때 종교 때문인 줄 알았고 나오미는 아니라고 하지 않았다. 하지만 첫 번째 데이트에서 영화를 보고 났을 때는 그녀가 그를 다시 만나겠다고 했다. 그녀의 관심이 사라진 것은 두 번째 데이트 이후였다. 그가 느끼기에는 그랬다. 두 번째 데이트에서 저녁을 먹었다. 그리고 그는 와인을 주문했다.

'젠장……. 그녀가 알코올의존자인 줄 어떻게 알았겠어? 내가 독심술사도 아니고.'

물론 그로서는 알 방법이 없었지만……. 그래도 얼굴이 점점 화끈거렸다.

'어쩌면 술 때문이 아닐 수도 있어……. 아니, 술뿐만이 아니었을 수도 있어. 그녀에게 또 다른 문제가 있는지 몰라.'

영향력이 어마어마한 버트 아이버슨과 엘머 배스킨이 전 세계에서 가장 규모가 큰 비밀 조직의 회원이라는 사실을 샘이 알아차렸다는 것이 들통나면 어떤 일이 벌어질지도 궁금했다. 어쩌면 아무 일도 없을 수 있었다. 그는 알코올의존자 치유 모임에 대해 잘 몰랐다. 하지만 두 가지는 알았다. 이 모임은 기본적으로 익명성이 보장된다는 것과 두 사람은 마음만 먹으면 이제 막 꽃피우기 시작한 그의 사업을 무너뜨릴 수 있다는 것.

샘은 최대한 잽싸게, 최대한 조용히 거기서 빠져나가기로 했다. 변명하자면 개인적인 이유에서 그런 결정을 내린 게 아니었다. 앵글 스트리트의 뒷마당에 앉아 있는 사람들에게는 공통적으로 심각한 문제점이 있었다. 그걸 우연히 알게 된 마당에 일부러 남아서 엿들을 생각이 없었다.

그는 복도를 되짚어 가다 공중전화 위에 쌓여 있는 메모지를 보았다. 몽당연필을 매단 짧은 줄이 전화기 옆쪽 벽에 압정으로 고정되어 있었다. 그는 충동적으로 메모지를 한 장 꺼내 잽싸게 메모를 적었다.

데이브

당신을 만나려고 왔는데 아무도 없네요. 아델리아 로츠라는 여자에 대해 물어보고 싶습니다. 당신은 왠지 그녀를 알 것 같은데 어떤 사람인지 궁금해서요. 혹시 시간 되면 오늘 오후나 저녁 때 전화 좀 해줄래요? 전화번호는 555-8699예요. 고마워요.

그는 맨 밑에 그의 이름을 서명하고 반으로 접어서 위에 데이브의 이름을 대문자로 적었다. 주방으로 다시 가서 조리대 위에 놓고 올까 잠깐 고민했지만 그들—그중에서도 특히 나오미—이 특이하지만 유익한 예배를 드리는 모습을 그에게 들켰을지 모른다고 전전긍긍할 수 있었다. 그래서 데이브의 이름을 보이도록 해서 휴게실 텔레비전 위에 올려놓았다. 공중전화 요금 조로 쪽지 옆에 이십오 센트짜리 동전을 둘까 하다가 관두기로 했다. 데이브가 오해할 수 있었다.

그는 아무도 모르게 밖으로 나올 수 있었다는 데 감사하며 그곳에서 빠져나왔다. 다시 차에 오르려는데 나오미의 닷선 범퍼에 붙어 있는 스티커가 눈에 들어왔다.

너의 행사를 여호와께 맡기라.

"아델리아보다는 여호와가 낫지." 샘은 중얼거리고 진입로를 후진해서 큰길로 나왔다.

3

늦은 오후가 되자 간밤에 잠을 설친 여파가 슬슬 나타나서 엄청난 졸음이 밀려들었다. 텔레비전을 켜보니 신시내티와 보스턴의 시범 경기가 느릿느릿 8회로 이어지고 있었다. 샘은 경기를 보려고 소파에 누웠다가 금세 깜빡 잠이 들었다. 깊은 잠의 나락으로 빨려들어가기 전에 전화벨이 울리자 일어나서 전화를 받았지만 멍하고 정신이 없었다.

"여보세요?"

"그 여자 얘기는 꺼내지도 마요." 더티 데이브가 거두절미하고 말했다. 목소리가 걷잡을 수 없이 부들부들 떨렸다. "그 여자는 생각하지도 마요."

'하나님을 믿지 않는 당신 같은 야만인들이 언제까지 우리 면전에서 그 여자의 이름을 들먹일 작정인지 모르겠네. 그러면 재미있어요? 잘하는 짓인 거 같아요?'

샘은 졸음기가 순식간에 가셨다. "데이브, 왜들 그러는 거예요? 그 여자 얘기를 꺼내면 다들 그녀가 악마라도 되는 것처럼 반응하거나 아무것도 모르는 척하던데. 누구예요? 도대체 무슨 짓을 했길래 이렇게 흥분하는 거예요?"

한참 동안 정적이 흘렀다. 샘은 가슴과 목젖을 묵직하게 두드리는 심장을 달래며 기다렸다. 데이브의 간헐적인 숨소리가 아니었다면 전화가 끊긴 줄 알았을 것이다.

"피블스 씨." 그가 한참 만에 말문을 열었다. "피블스 씨는 지난 몇 년 동안 내게 많은 도움을 주었어요. 선생님과 다른 몇 분 덕분에 내 자신조차 살고자 하는 의지가 없는 상황에서 목숨을 부지할 수 있었어요. 하지만 그년 얘기는 할 수 없어요. 절대로. 그리고 선생님도 아무한테도 묻지 않는 편이 좋을 거예요."

"협박처럼 들리네요."

"아니에요!" 데이브가 말했다. 놀란 수준을 넘어서 충격을 받은 듯한 목소리였다. "아니에요……. 경고하는 거예요, 피블스 씨. 선생님이 잡초로 덮여서 입구가 보이지 않는 우물 근처를 어슬렁거리는 게 보이면 경고하듯이. 그년 얘기는 꺼내지도 말고 생각도 하지 마세요. 죽은 사람을 괜히 들쑤시지 마시라고요."

'죽은 사람을 괜히 들쑤시지 마시라고요.'

놀랍지는 않았다. 지금까지 벌어진 모든 일들이 (그의 자동 응답기에 남은 메시지는 예외일지 모르겠지만) 한 가지 결론을 가리키고 있었다. 아델리아 로츠는 산 사람의 세계에 속해 있지 않았다. 소도시에서 부동산을 중개하고 보험을 판매하는 그가 자기도 모르는 새

유령과 이야기를 나눈 것이다. 이야기를 나누었다고? 무슨 소리! 그녀와 거래를 했다! 그녀에게 이 달러를 주고 도서관 대출증을 만들었다.

놀랍지는 않았지만…… 고속도로와 같은 뼈대를 타고 한기가 번졌다. 내려다보니 팔뚝에 허연 소름이 돋아 있었다.

'그러게 왜 건드렸어?' 그의 머릿속 한구석에서 한탄하는 소리가 들렸다. '내가 그러지 말라고 했잖아.'

"언제 죽었는데요?" 샘은 물었다. 자기 목소리가 탁하고 느른하게 들렸다.

"아무 얘기도 하고 싶지 않다니까요, 피블스 씨!" 데이브는 이제 이성을 잃은 수준이었다. 떨리는 목소리가 가성에 가까운 고음의 영역에서 갈라졌다. "이러지 마세요!"

'이 사람 괴롭히지 마.' 샘은 성난 목소리로 자신을 향해 외쳤다. '이런 쓰레기 같은 문제말고도 걱정거리가 많은 사람이잖아!'

맞는 얘기였다. 그리고 그는 데이브를 괴롭히지 않을 수 있었다. 찾아보면 아델리아 로츠에 대해서 물어볼 만한 다른 사람이 있을 것이었다. 하얀 가운을 입은 병원 직원들을 호출하지 않을까 그게 문제이긴 해도. 하지만 더티 데이브 덩컨을 통해서만 확답을 들을 수 있는 문제가 있었다.

"예전에 도서관에 걸 포스터를 그린 적 있지 않아요? 어제 그린 포스터를 보니까 스타일이 비슷하던데. 사실 확신할 수 있을 정도였어요. 남자아이가 까만 차에 타고 있는 포스터 말이에요. 그리고 트렌치코트를 입은 남자, 도서관 경찰. 혹시……."

그의 말이 끝나기도 전에 데이브가 수치심과 절망과 공포가 뒤섞인 비명을 지르는 바람에 샘은 할말을 잃었다.

"데이브? 나는……."

"캐묻지 마요!" 데이브는 흐느껴 울었다. "어쩔 수가 없었다고요. 그러니까 제발 캐묻지 말고……."

그의 울음소리가 갑자기 멀어졌고 누가 수화기를 건네받는 덜거덕거리는 소리가 들렸다.

"그만해요." 나오미였다. 울먹거리면서도 몹시 화가 난 목소리였다. "그만하시라고요. 이게 무슨 악취미예요?"

"나오미……."

"여기서는 세라예요." 그녀는 느릿느릿 말했다. "하지만 나오미건 세라건 당신이 싫네요, 샘 피블스. 당신 사무실에는 두 번 다시 발을 들여놓지 않겠어요." 그녀의 언성이 높아지기 시작했다. "데이브를 건드리는 이유가 뭐예요? 이 해묵은 쓰레기 더미를 헤집는 이유가 뭐예요? 왜 그러는 거예요?"

당황한 샘은 더이상 참지 못하고 물었다. "당신은 나를 도서관으로 보낸 이유가 뭐예요? 그녀를 만나길 바라지 않았다면 그 빌어먹을 도서관에 나를 보낸 이유가 뭐냐고요."

헉하는 소리가 수화기를 타고 전해졌다.

"나오미? 우리……."

그녀가 덜컥하고 수화기를 내려놓는 소리가 들렸다.

전화가 끊겼다.

4

샘은 거의 9시 30분까지 서재에 앉아서 제산제를 먹으며 연설문 초고를 작성했던 메모지에 이름을 잇달아 적었다. 적은 이름을 하나씩 쳐다보고는 가위표를 그었다. 지금까지만 해도 한 도시에서 지내기에 육 년이라는 시간이 길다고 생각했다. 하지만 오늘 저녁에는 한참 짧게 느껴졌다. 이를테면 주말 정도의 시간처럼.

그는 크레이그 존스라고 적었다.

그 이름을 뚫어져라 쳐다보며 생각했다. '크레이그라면 아델리아에 대해서 알지 몰라……. 하지만 내가 관심을 보이는 이유를 궁금해하겠지.'

그는 그 질문에 솔직하게 대답할 만큼 크레이그와 잘 아는 사이일까? 절대 아니었다. 크레이그는 정션 시티의 젊은 변호사였고 진정한 의미의 야심가였다. 그들은 일 관계로 점심을 몇 번 같이 먹었고…… 물론 같은 로터리클럽 회원이었고…… 크레이그가 저녁을 같이 먹자며 그를 자기집으로 초대한 적도 한 번 있었다. 길을 가다 우연히 마주치면 그들은 가끔 사업을 주제로, 대개는 날씨를 주제로 화기애애하게 대화를 나누었다. 하지만 친구라고 할 만한 사이는 아니었다. 샘은 이 황당한 사건을 누군가에게 털어놓아야 한다면 슬로진 칵테일을 두 잔 마신 후 그를 형씨라고 불렀던 동료가 아니라 친구에게 털어놓고 싶었다.

그는 명단에서 크레이그의 이름을 지웠다.

그는 정션 시티에서 제법 가까운 친구를 두 명 사귀었다. 한 명은 멜던 의원에서 근무하는 보조 직원이고 다른 한 명은 경찰이었다. 의료보조원이었던 러스 프레임은 1989년 초에 그랜드래피즈의 보수 좋은 일반 의원으로 자리를 옮겼다. 톰 위클리프는 1월 1일부터 아이오와 순찰대에 신설된 교통 통제국의 관리자가 되었다. 그 뒤로 두 사람은 연락이 끊겼다. 샘은 친구를 사귀는 속도가 더뎠고 관계를 유지하는 데도 솜씨가 없었다.

그렇다면 어떤 결론을 내릴 수 있을까?

샘으로서는 알 수 없었다. 아델리아 로츠라는 이름을 들으면 정션 시티의 몇몇 사람들이 폭탄에 맞은 듯한 반응을 보인다는 건 알았다. 그가 죽었다는 그녀를 만났다는 것도 알았다(혹은 안다고 믿었다). 그가 친척이나 아델리아 로츠를 사칭하는 정신병자를 만났다고 볼 수는 없었다. 왜냐하면…….

'내가 유령을 만난 것 같기 때문이지. 아니, 환상 속의 유령을 만난 것 같기 때문이지. 내가 들어간 도서관은 아델리아 로츠가 관장으로 있던 시절의 정션 시티 도서관이었어. 그래서 그렇게 이상하고 기괴하게 느껴졌던 거야. 시간 여행이나 뭐 그런 건 아니었어. 내가 잠깐 림보에 다녀온 거지. 그리고 그건 현실이었어. 현실이었다고 장담할 수 있어.'

그는 생각을 멈추고 손끝으로 책상을 두드렸다.

'그녀가 어디에서 나한테 전화를 걸었을까? 림보에도 전화기가 있을까?'

그는 가위표를 그어놓은 이름들을 한참 동안 쳐다보다 종이를 천천히 뜯어냈다. 종이를 구깃구깃 뭉쳐서 휴지통에 던졌다.

'그러게 왜 건드렸어?' 그의 머릿속 한구석에서 계속 한탄하는 소리가 들렸다.

하지만 건드리고 말았다. 이제 어떻게 해야 할까?

'네가 믿을 수 있는 친구한테 연락해. 러스 프레임이나 톰 위클리프한테. 수화기를 집어서 전화를 걸어.'

그러고 싶지 않았다. 적어도 오늘밤에는 싫었다. 비논리적이고 어느 정도는 미신의 영향을 받은 발상이겠지만—여태껏 전화로 주고받은 불쾌한 정보가 너무 많지 않은가—오늘밤에는 너무 피곤해서 이 문제로 씨름할 기운이 없었다. 한숨 푹 자고 (침대 옆 스탠드를 켜놓으면 잘 수 있을 것 같았다) 내일 아침에 상쾌한 기분으로 눈을 뜨면 좀더 그럴듯하고 구체적인 뭔가가 떠오를 것 같았다. 게다가 나오미 히긴스와 데이브 덩컨과의 문제도 해결해야 할 텐데…… 우선 어떤 문제인지 그것부터 알아내고 싶었다.

할 수 있다면 말이다.

9장: 도서관 경찰 I

그는 단잠을 잤다. 꿈도 꾸지 않았고, 다음날 아침이 되자 심신이 쓰레기 더미로 어지럽혀지지 않고 푹 쉬었을 때 그렇듯 샤워를 하는 동안 자연스럽게 좋은 생각이 떠올랐다. 공립 도서관은 정보를 얻을 수 있는 유일한 장소라고 볼 수 없었고 특히 관심사가 지역의 역사일 경우—지역의 최근 역사일 경우—에는 최선의 선택지도 아니었다.

"《가제트》!" 그는 외치고, 샤워 꼭지 밑으로 머리를 들이밀어 거품을 헹구었다.

이십 분 뒤에 그는 외투와 넥타이는 생략한 외출복 차림으로 1층에 내려가 서재에서 커피를 마셨다. 메모지가 다시 그의 앞에 놓여 있었다. 이번에는 다른 목록이 적혔다.

1. 아델리아 로츠 — 어떤 사람일까? 아니 어떤 사람이었을까?

2. 아델리아 로츠 — 무슨 짓을 저질렀을까?

3. 정션 시티 공립 도서관 — 개조됐을까? 언제? 사진은?

이때 초인종이 울렸다. 샘은 자리에서 일어나며 시계를 흘끗 확인했다. 8시 30분이 가까워지고 있었으니 출근해야 할 시각이었다. 대개 커피를 마시며 쉬는 10시에 《가제트》 사무실로 쌩하니 달려가 묵은 신문을 찾아보면 될 것이었다. 언제 걸 찾아보면 될까? 그는 계속 그 생각을 하며—잘 선택하면 좀더 빠르게 성과를 거둘 수 있을 것이었다—신문 배달부에게 줄 돈을 찾느라 주머니에 손을 넣었다. 초인종이 다시 울렸다.

"지금 가고 있어, 키스!" 그는 외치며 부엌 입구로 나가서 문손잡이를 잡았다. "그러다 망할 초인종에 구멍이……."

바로 그때 그는 고개를 들었고 키스 조던보다 훨씬 덩치가 큰 사람이 서 있는 것을 현관문 유리창에 달린 얇은 커튼 너머로 보았다. 신문 대금 지불이라는 월요일 아침의 의례적인 행사보다 앞으로 펼쳐질 그날의 일과에 더 정신이 팔려 있었는데, 순간 순도 백 퍼센트의 공포가 생각들을 뚫고 송곳처럼 날아와 꽂혔다. 얼굴을 확인할 필요도 없었다. 얇은 커튼 너머로 보이는 형체와 자세…… 그리고 트렌치코트면 충분했다.

달짝지근하고 역겨운 빨간색 감초 사탕 맛이 그의 입안을 가득 채웠다.

그는 문손잡이를 놓았지만 간발의 차이로 늦었다. 걸쇠가 찰칵하며 돌아간 순간, 문 뒤에 서 있었던 사람이 문을 들이받았다. 샘은 뒤로 튕겨져 나갔다. 넘어지지 않으려고 양팔을 휘젓는 바람에 문 옆 옷걸이에 걸려 있던 외투 세 벌이 모두 바닥으로 떨어졌다.

서늘한 기운으로 온몸을 감싼 도서관 경찰이 안으로 들어왔다. 바쁠 것 없는 사람처럼 천천히 들어와서 등뒤로 문을 닫았다. 한 손에 깔끔하게 접어서 동그랗게 만 샘의 《가제트》를 들고 있었다. 그걸 배턴처럼 들고 있었다.

"씬문은 내가 들고 왔다." 도서관 경찰이 말했다. 두툼한 판유리를 사이에 두고 이야기를 하는 것처럼 이상하게 멀게 느껴졌다. "씬문값도 내가 내려고 했는데 쌩하니 도망을 치더군. 이유는 모르겠지만."

그는 부엌 안쪽으로 다가왔다. 조리대 앞에서 몸을 움츠리고 가엾은 4학년짜리 바보 사이먼처럼, 겁에 질린 아이처럼 충격으로 눈을 휘둥그레 뜨고 침입자를 빤히 쳐다보고 있는 샘을 향해 다가왔다.

'내가 상상하는 거야. 아니면 악몽을 꾸고 있든지. 내가 이틀 전에 꾼 꿈이 달콤하게 느껴질 만큼 끔찍한 악몽을.'

하지만 악몽이 아니었다. 끔찍한 건 맞았지만 악몽은 아니었다. 샘은 차라리 미쳐버린 거라면 좋겠다고 생각했다. 정신병 환자 노릇도 쉽지는 않겠지만 사람의 형상을 한 이것이 집안으로 들어와 겨울의 기운을 풍기며 걸어다니는 것보다 더 섬뜩한 일은 세상에 없었다.

샘의 집은 오래된 주택이라 천장이 높았는데도 도서관 경찰은 고개를 숙이면서 들어왔고, 그가 부엌에 서자 회색 중절모 꼭대기가 천장에 닿았다. 키가 이 미터가 넘는다는 뜻이었다.

동이 틀 무렵의 안개처럼 칙칙한 회색의 트렌치코트가 그의 몸을 감싸고 있었다. 피부는 백지장처럼 하얬다. 얼굴은 인정도 사랑도 자비도 이해하지 못하는 사람처럼 죽어 있었다. 일자로 굳게 다문 입술은 극단적이고 무감정한 권위의 상징 같았다. 화강암 로봇의 얼굴을 길게 가른 입술처럼 닫혀 있었던 도서관 문이 샘의 머리를 스치고 지나갔다. 도서관 경찰의 눈은 조그만 엽총 총탄이 뚫고 지나간 은색 구멍 같았다. 눈 주변을 에워싼 불그스름한 피부는 당장이라도 피를 흘릴 듯했다. 속눈썹은 없었다. 무엇보다 소름 끼치는 부분은 샘이 아는 얼굴이라는 것이었다. 그는 전에도 저 음울한 눈빛 앞에서 움츠러든 적이 있었다. 머릿속 깊은 곳에서 혀 짧은 소리가 들렸다. '꼬맹아, 같이 가줘야겠는데……. 나는 경찰이다.'

얼굴을 뒤덮은 흉터는 샘이 상상한 그대로였다. 왼쪽 뺨을 가로지르고 왼쪽 눈 밑을 지나 콧잔등을 넘었다. 흉터만 다를 뿐 포스터 속 남자와 똑같다는 생각이 든 것도 잠시. 이제는 뭐라고 딱 잘라서 얘기할 수가 없었다.

'꼬맹아, 같이 가줘야겠는데……. 나는 경찰이다.'

정션 시티 로터리클럽의 총아 샘 피블스가 바지에 실례를 했다. 방광이 풀리면서 아랫도리가 뜨끈해졌지만 그건 대수롭지 않은 일처럼 느껴졌다. 중요한 건 괴물이 그의 부엌으로 들어왔다는 사실이었고, 무엇보다 소름 끼치는 부분은 샘도 안다고 할 수 있는 괴물이라는 것이었다. 머릿속 깊은 곳에서 삼중으로 잠겨 있던 문이 열리는 게 느껴졌다. 그는 달아날 생각조차 하지 못했다. 도망친다는

것은 능력 밖의 일이었다. 그는 어린아이가 되었다. 아주 못된 짓을 저지르다

(그 책은 『연사의 동반자』가 아니야)

현행범으로 붙잡힌 아이가 되었다. 그는 달아나는 대신

(그 책은 『미국인들이 가장 사랑하는 시선집』이 아니야)

축축해진 사타구니 위의 허리를 천천히 숙여서 조리대 앞에 놓인 두 의자 사이로 털썩 주저앉으며 무턱대고 머리 위로 두 손을 들었다.

(그 책은)

"안 돼요." 그는 쉰 목소리로 힘없이 중얼거렸다. "안 돼요. 제발…… 제발, 제발 이러지 마세요. 제발. 잘할게요. 이런 식으로 괴롭히지 마세요."

그는 이 지경이 되었다. 하지만 상관없었다. 안개색 트렌치코트를 입은 거인이

(그 책은 로버트 루이스 스티븐슨의 『검은 화살』이야)

그의 바로 앞에 서 있지 않은가.

샘은 고개를 떨어뜨렸다. 무게가 천근은 됨직했다. 그는 바닥을 쳐다보며, 다시 고개를 들었을 때—고개를 들 만한 기운이 생겼을 때—저 인물이 사라지고 보이지 않았으면 좋겠다고 두서없이 기도를 늘어놓았다.

"나를 봐." 멀리서 우레와 같은 소리가 들렸다. 사악한 신의 음성이었다.

"싫어요." 샘은 숨을 헐떡이며 비명을 지르고 속수무책으로 울

음을 터뜨렸다. 공포가 생생하고 끔찍했지만 그것 때문만은 아니었다. 그와는 별개로 어린애다운 두려움과 수치심이 깊숙한 데서 서늘하게 밀려왔다. 감히 떠올릴 수 없는 기억에 끈끈한 독처럼 들러붙은 감정이었다. 그 기억은 그가 읽어본 적 없는 로버트 루이스 스티븐슨의 『검은 화살』과 연관이 있었다.

퍽!

무언가가 머리를 때리자 샘은 비명을 질렀다.

"나를 봐!"

"싫어요, 그러지 마세요." 샘은 애원했다.

퍽!

그는 후들거리는 한쪽 팔로 눈물이 쏟아지는 눈을 가리며 고개를 들었다. 마침 그를 향해 다시 날아오던 도서관 경찰의 팔을 보았다.

퍽!

도서관 경찰은 돌돌 만 샘의 《가제트》로, 바닥에 오줌을 싼 덜렁이 강아지 때리듯 그를 때리고 있었다.

"이제 좀 괜찮군." 도서관 경찰이 말했다. 그가 씩 웃자 입이 벌어지며 송곳니에 가까울 정도로 뾰족한 치아 끝이 드러났다. 그는 트렌치코트 주머니에서 가죽 서류철을 꺼냈다. 서류철을 휙 열자 꼭짓점이 여러 개인 이상한 모양의 별이 보였다. 별이 맑은 아침 햇살을 받고 반짝였다.

샘은 이제 그 잔인한 얼굴을 피해, 조그만 산탄 같은 동공이 박힌 은색 눈을 피해 고개를 돌릴 방법이 없었다. 자기가 침을 흘리고 있다는 걸 알았지만 멈출 방법이 없었다.

"너는 우리 책을 두 권 빌려갔다." 도서관 경찰이 말했다. 여전히 목소리가 먼 데서 아니면 두툼한 창유리 뒤에서 들리는 것처럼 느껴졌다. "미쓰 로쓰가 몹시 화가 났어, 피블쓰 씨."

"잃어버렸어요." 샘은 대답하고 목놓아 울기 시작했다. 이 남자에게

(『검은 화살』)

책이 됐건 뭐가 됐건 거짓말을 한다는 것은 있을 수 없는 일이었다. 그는 궁극의 권위이자 궁극의 힘이자 궁극의 능력이었다. 판사이자 배심원이자 사형집행인이었다.

'수위는 어디 간 거야?' 샘은 얼토당토않은 생각을 했다. '눈금을 체크하고 정상적인 세상으로 돌려보내는 수위 말이야. 이런 일은 벌어지지 않는 정상적인 세상으로 돌려주는 수위.'

"그…… 그…… 그게……."

"어설픈 변명은 듣고 싶지 않다." 도서관 경찰이 말했다. 그는 가죽 서류철을 탁 소리 나게 닫고 오른쪽 주머니에 쑤셔넣었다. 그와 동시에 왼쪽 주머니에서 날이 길고 예리한 칼을 꺼냈다. 샘은 대학 학비를 마련하느라 삼 년 동안 여름에 축산 농장에서 아르바이트를 한 적이 있었기 때문에 그게 뭔지 알았다. 우유팩을 가를 때 쓰는 커터칼이었다. 미국의 모든 도서관마다 그렇게 생긴 칼이 있을 게 분명했다. "자정까지 씨간을 주겠다. 그 이후에……."

도서관 경찰은 허리를 숙이고 송장처럼 하얀 손에 쥔 칼을 내밀었다. 칼끝이 샘의 목을 따끔하게 찔렀다. 얼음처럼 차가운 공기 주머니 같은 것이 샘의 얼굴을 강타해 마비시켰다. 그는 비명을 지르

려고 했지만 아무 소리도 나지 않는 입김만 멀건 속삭임처럼 내뱉고는 그만이었다. 새빨간 핏방울이 스며나와 작은 진주알 모양대로 얼어붙었다.

"…… 다씨 찾아오마." 도서관 경찰은 혀가 짧은 이상한 말투로 이야기했다. "그때까지 책을 찾아놓는 게 좋을 거야, 피블쓰 씨."

칼이 주머니 속으로 사라졌다. 도서관 경찰은 똑바로 몸을 일으켰다.

"또 한 가지." 그가 말했다. "여기저기 뭘 묻고 다녔던데, 피블쓰 씨. 앞으로는 아무것도 묻지 마. 알아들었나?"

샘은 대답하려고 했지만 낮은 신음 소리만 나왔다.

도서관 경찰이 허리를 숙이자 너벅선이 납작한 뱃머리로 강물 위의 얼음을 헤치듯 찬 공기가 훅 하고 밀려왔다. "쌍관도 없는 일을 들쑤씨고 다니지 말라고. 알아들었나?"

"알았어요!" 샘은 악을 질렀다. "알았어요! 알았어요! 알았어요!"

"좋아. 지켜보겠다. 나 혼자만이 아니라는 걸 명씸하길 바란다."

그는 트렌치코트를 부스럭거리며 몸을 돌렸고 부엌을 가로질러 문으로 향했다. 샘을 흘끗 돌아보지도 않았다. 그가 눈부신 아침 햇살을 지나는 순간 샘은 놀랍고도 끔찍한 광경을 목격했다. 도서관 경찰에게는 그림자가 없었다.

도서관 경찰이 손을 내밀어 문손잡이를 잡았다. 그러고는 돌아보지도 않고 섬뜩한 음성으로 나지막이 말했다. "나를 두 번 다시 만나고 싶지 않거든 책을 찾아놓는 게 좋을 거다, 피블쓰 씨."

도서관 경찰은 문을 열고 밖으로 나갔다.

문이 닫히고 뒤쪽 문으로 나서는 도서관 경찰의 발소리가 들린 순간, 얼토당토않은 생각 하나가 샘의 머릿속을 가득 채웠다. 문을 잠가야 한다는 생각이었다.

샘이 반쯤 몸을 일으켰을 때 회색 장막이 그를 덮쳤다. 그는 정신을 잃고 앞으로 쓰러졌다.

10장: 연, 대, 기, 적, 인 측면에서

1

"어떻게…… 오셨나요?" 접수처 직원이 물었다. 중간에 말이 잠깐 끊긴 이유는 데스크 쪽으로 다가오는 남자를 다시 한번 쳐다보느라 그런 거였다.

"아, 네." 샘이 말했다. "묵은 《가제트》를 몇 부 보고 싶은데요. 가능할까요?"

"그럼요." 그녀가 말했다. "그런데 주제넘은 참견일지 모르겠지만 괜찮으세요? 안색이 너무 안 좋으셔서요."

"감기 기운이 있나 봐요."

"봄 감기가 최악이에요, 그렇죠?" 그녀는 말하며 자리에서 일어섰다. "카운터 끝에 달린 문으로 들어오세요. 성함이……?"

"피블스입니다. 샘 피블스요."

예순 살쯤 되어 보이는 통통한 그녀가 걸음을 멈추더니 고개를 갸웃했다. 빨갛게 칠한 손톱의 손가락 하나를 입가에 갖다 댔다.

"보험 쪽 일을 하시죠?"

"네, 맞아요." 그가 말했다.

"어쩐지 어디서 뵌 분 같더라니. 지난주 신문에 선생님 사진이 실렸거든요. 무슨 상인가 받지 않으셨어요?"

"아니에요." 샘이 말했다. "연설을 했어요. 로터리클럽에서." '시간을 되돌릴 수만 있다면 뭘 내주어도 아깝지 않겠어.' 그는 생각했다. '그럴 수만 있다면 크레이그 존스한테 엿이나 먹으라고 할 텐데.'

"어머, 대단하시네요." 그녀는 이렇게 말했지만…… 조금 의심스러워하는 말투였다. "사진이랑 달라 보이시네요."

샘은 문을 지나서 안으로 들어갔다.

"저는 도린 맥길이에요." 여자는 이렇게 말하며 통통한 손을 내밀었다.

샘은 악수를 하고 만나서 반갑다고 말했다. 그러기가 쉽지 않았다. 당분간 사람들에게 말을 붙이려면—특히 스킨십을 하려면—힘들겠다는 생각이 들었다. 예전처럼 사람들을 편하게 대할 수가 없었다.

그녀는 카펫이 깔린 계단 쪽으로 앞장서서 전등 스위치를 켰다. 계단은 좁고 천장에 달린 전구는 어두침침해서 샘은 스멀스멀 밀려드는 공포를 느낄 수 있었다. 공포가 어찌나 열심히 찾아오는지, 표가 매진된 끝내주는 공연의 무료 티켓을 주겠다고 하는 사람에게 몰려드는 팬들 같았다. 도서관 경찰이 어두컴컴한 그곳에서 그를 기다릴지도 모른다. 피부는 송장처럼 새하얗고, 은색 눈 주변은 시뻘겋고, 심하지는 않지만 섬뜩하도록 귀에 익은 혀짤배기소리를 내는 도서관 경찰.

'그만해.' 그는 속으로 중얼거렸다. '그만하지 못하겠으면 자제라도 해. 그래야 해. 이번이 유일한 기회니까. 계단을 걸어서 평범한 사무실 지하로 내려가지도 못하면 어쩔 건데? 집에 웅크리고 앉아서 자정이 될 때까지 기다릴 거야?'

"저기가 시체 안치소예요." 도린 맥길이 손으로 가리키며 말했다. 이 여자는 기회가 닿을 때마다 손가락질을 하는 성격이었다. "그런데……."

"시체 안치소요?" 샘은 그녀를 돌아보며 물었다. 심장이 끔찍하게 갈비뼈를 두드리기 시작했다. "시체 안치소라고요?"

도린 맥길은 웃음을 터뜨렸다. "다들 그런 반응을 보여요. 섬뜩하죠? 하지만 여기서는 그렇게 불러요. 신문사의 어이없는 전통이라고 할까요. 걱정 마세요, 피블스 씨……. 저기에 시체가 있거나 그렇지는 않으니까. 마이크로필름만 수백 통 있어요."

'과연 그렇다고 장담할 수 있을까?' 샘은 생각하며 그녀를 따라 카펫이 깔린 계단을 내려갔다. 그녀가 앞장을 서주어서 기쁘기 그지없었다.

그녀는 계단 밑에 줄줄이 달린 스위치를 켰다. 뒤집어놓은 특대형 얼음틀처럼 생긴 천장에서 형광등 몇 개가 켜졌다. 형광등이 계단과 똑같은 짙은 파란색 카펫이 깔린 넓고 낮은 방을 비추었다. 벽을 따라 늘어선 선반에 조그만 상자들이 들어 있었다. 왼쪽 벽에는 미래지향형 헤어드라이어처럼 생긴 마이크로필름 리더기 네 대가 놓여 있었다. 카펫처럼 파란색이었다.

"아까 하려던 얘기를 계속하자면 장부에 이름을 적어야 해요." 도린이 말했다. 이번에는 문가 스탠드에 체인으로 연결된 장부를 손가락질했다. "그리고 입실한 날짜와 시각도 적어야 하고요. 그게 몇 시인가 하면……." 그녀는 손목시계를 확인했다. "12시 10분이에요. 그리고 퇴실한 시각도 적어야 해요."

샘은 허리를 숙여서 장부에 이름을 적었다. 그의 위에 적힌 이름은 아서 미첨이었다. 미첨 씨가 이곳을 찾은 날짜는 1989년 12월 27일이었다. 약 삼 개월 전이었다. 이렇게 조명도 밝고 자료도 많고 쓸모 있는 공간이 제대로 활용되지 못하고 있었다.

"여기 좋죠?" 도린이 사근사근하게 물었다. "연방 정부에서 신문사 시체 안치소에 보조금을 지급하거든요. 도서관이라는 단어가 더 좋으시면 그렇게 부르셔도 돼요. 저는 그쪽이 더 좋아요."

한쪽 통로에서 그림자가 춤을 추자 샘의 심장이 두근거리기 시작했다. 그건 도린 맥길의 그림자였다. 그녀가 허리를 숙이고 샘이 시각을 정확히 적었는지 확인하느라 생긴 거였다. 그리고…….

'그리고 그는 그림자가 없었어. 도서관 경찰 말이야. 게다가…….'

그는 그 뒤로 이어지는 생각을 덮어버리려고 했지만 실패했다.

'게다가 이런 식으로 살 수는 없잖아. 이런 식으로 두려움에 떨면서는. 이런 상태가 오랫동안 계속되면 가스 오븐 속에 머리를 처박겠어. 정말 그래야 해. 정체가 뭔지 알 수 없지만 그를 향한 공포 때문만은 아니야. 지금까지 믿었던 모든 게 아무렇지 않게 점점 사라

질 때 느껴지는 감정, 머릿속에서 들리는 비명소리 때문이지.'

도린은 선반 하나에 큼지막한 2절판이 세 개 놓여 있는 오른쪽 벽을 가리켰다. "저게 1990년 1월, 2월, 3월이에요." 그녀가 말했다. "해마다 칠월이 되면 신문사에서 상반기 육 개월 치를 네브래스카주 그랜드아일랜드로 보내서 마이크로필름에 담죠. 십이월이 지나면 또 똑같이 하고요." 그녀는 통통한 손을 뻗어서 빨갛게 칠한 손끝을 선반이 있는 오른쪽에서 마이크로필름 리더기가 있는 왼쪽으로 움직였다. 그녀는 자기 손톱을 감상하는 듯했다. "마이크로필름은 연대기적으로 이렇게 보관이 되어 있어요." 그녀는 이국적인 발음으로 그 단어를 조심스럽게 내뱉었다. 연, 대, 기, 적, 으, 로. "오른쪽이 현대, 왼쪽이 고대예요."

그녀는 농담이라는 뜻에서 미소를 지었다. 혹은 이 모든 게 대단하지 않느냐는 뜻일지도 모른다. 연, 대, 기, 적, 인 측면에서 보면 하나의 걸작과도 같다고 말을 하는 듯한 미소였다.

"고맙습니다." 샘이 말했다.

"별말씀을요. 저희가 늘 하는 일인걸요. 늘 하는 일들 중에 하나라고 해야겠지만." 그녀는 손톱을 입가에 갖다 대고 까꿍 하고 장난치는 듯한 미소를 지었다. "마이크로필름 리더기 작동법은 아세요, 피블스 씨?"

"네, 고맙습니다."

"알겠어요. 1층에 있을게요. 도움이 필요하면 언제든 말씀하세요."

"저를……." 그는 말문을 열었다가 나머지 말을 삼키며 얼른 닫

았다. '여기 혼자 두고 가시려고요?'

그녀가 눈썹을 치켜세웠다.

"아닙니다." 그는 1층으로 올라가는 그녀를 바라보았다. 그녀를 따라서 계단을 올라가고 싶은 마음이 굴뚝같았지만 꾹 참았다. 파란색의 폭신한 카펫이 깔렸더라도 이곳 역시 정션 시티 도서관이었다.

게다가 시체 안치소라고 불리는 곳이기도 했다.

2

샘은 정사각형의 마이크로필름 상자들이 묵직하게 담긴 선반 쪽으로 천천히 걸어갔지만 어디에서부터 시작하면 좋을지 알 수가 없었다. 천장에 달린 형광등이 밝아서 심란한 그림자가 구석에 똬리를 틀 여지가 없는 것이 천만다행이었다.

그는 도린 맥길에게 아델리아 로츠라는 이름을 들어보았느냐고 묻지 않았다. 공립 도서관이 가장 최근에 언제쯤 개조됐는지 아느냐고 묻지도 않았다. '여기저기 뭘 묻고 다녔던데.' 도서관 경찰은 이렇게 말했다. '상관도 없는 일을 들쑤시고 다니지 말라고. 알아들었나?'

그는 알아들었다. 이렇게 들쑤시고 다니면 도서관 경찰의 노여움을 살 수 있다는 것도 알았다. 하지만…… 질문은 하지 않았고 이건 그와 상관없는 일이 아니었다. 많이 상관있는 일이었다.

'지켜보겠다. 나 혼자만이 아니라는 걸 명심하길 바란다.'

샘은 불안한 눈빛으로 어깨 너머를 흘끗 돌아보았다. 아무것도 보이지 않았다. 그런데도 과감하게 움직일 수가 없었다. 여기까지 왔건만 한 발 더 내디딜 수 있을지 자신이 없었다. 단순히 겁을 먹었거나 무서운 수준이 아니었다. 너덜너덜해진 느낌이었다.

"내디뎌야 해." 그는 쉰 목소리로 중얼거리고 떨리는 손으로 입술을 훔쳤다. "그래야만 해."

왼발을 앞으로 움직였다. 조그만 여울을 건너다 붙잡힌 사람처럼 그렇게 다리를 벌린 채로 잠깐 서 있었다. 그러다 오른발을 왼발 옆으로 옮겼다. 이렇게 마지못한 듯 머뭇거리며 가까운 2절판 선반까지 방을 가로질러 갔다. 선반 끝에 카드가 달려 있었다.

1987~1989

누가 봐도 너무 최근이었다. 도서관 개조 공사는 그가 정션 시티로 이사한 1984년 봄 이전에 이루어졌을 것이다. 그 이후에 벌어졌다면 오가는 인부들이 보였을 테고, 이야기가 들렸을 테고, 《가제트》에 기사가 실렸을 것이다. 하지만 십오 년이나 이십 년은 됐을 거라고 짐작할 수 있을 뿐(이중 천장이 그보다 더 오래되어 보이지는 않았다) 그 이상은 범위를 좁힐 수 없었다. 좀더 똘똘하게 머리를 굴릴 수 있다면 얼마나 좋을까! 하지만 불가능했다. 흑점이 폭발하면 라디오와 텔레비전에 송신 장애가 생기듯 그날 아침에 벌어진 일로 인해 정상적이고 이성적인 사고 능력이 망가져버렸다. 현실과 비현실이 거대한 돌처럼 한데 뭉쳤고, 비명을 지르며 발버둥치는 작디작은 한 점 인간에 불과한 샘 피블스는 재수없게 그 사이에 끼고 말았다.

한 자리에 너무 오래 서 있으면 완전히 얼어버릴지도 몰랐다. 그는 왼쪽으로 두 개의 통로를 지나

1981 ~ 1983

이라고 적힌 통로를 따라 걸어가다 아무 상자나 골라서 마이크로필름 리더기 앞으로 들고 갔다. 리더기를 켜고 마이크로필름에만 집중하려고 애를 써보았다(마이크로필름도 파란색이었다. 샘은 이 깔끔하고 환한 공간 속 모든 것의 색상이 통일된 이유가 궁금해졌다). 먼저 필름을 봉에 걸었다. 필름을 펼쳐서 끼웠다. 릴의 중심축을 고정시켰다. 여덟 살짜리도 할 수 있을 만큼 간단한 과정이었지만 샘은 거의 오 분이나 걸렸다. 손은 떨렸고 충격을 받은 머리는 자꾸 딴생각을 했다. 드디어 마이크로필름을 넣고 첫 번째 페이지로 돌려보았다. 필름을 거꾸로 넣었다. 신문의 위아래가 뒤집혔다.

그는 차분하게 마이크로필름을 다시 감아서 방향을 바꾸고 끼웠다. 이런 사소한 차질쯤이야 전혀 아무렇지 않았다. 한 번에 한 단계씩 같은 과정을 반복하다 보니 마음이 진정되는 듯했다. 이번에는 정션 시티《가제트》1981년 4월 1일 자 1면이 제대로 보였다. 이름을 들어본 적 없는 고위 공무원의 갑작스러운 퇴임이 헤드라인 뉴스였지만 샘의 시선은 하단의 광고로 향했다. 거기에 이런 메시지가 적혀 있었다.

리처드 프라이스와

정션 시티 공립 도서관의 전 직원이

4월 6일부터 13일까지 열리는

전국 도서관 주간에

여러분을 초대합니다.

구경 오세요!

'내가 알고 있었나?' 샘은 궁금해졌다. '그래서 내가 이 필름이 든 상자를 집었나? 사월 둘째 주가 전국 도서관 주간이라는 걸 무의식적으로 기억하고 있었나?'

'같이 가줘야겠는데.' 음침한 속삭임이 들렸다. '꼬맹아, 같이 가줘야겠는데……. 나는 경찰이다.'

소름이 돋았다. 몸서리로 온몸이 부들부들 떨렸다. 샘은 머릿속에 떠올랐던 의문과 유령의 목소리를 모두 떨쳐버렸다. 그가 1981년 4월분 《가제트》를 고른 이유가 뭐가 됐건 상관없었다. 중요한 건 그가 1981년 4월분을 선택했다는 것이었고 그것은 행운의 선택이었다.

행운의 선택일지도 몰랐다.

4월 6일 자로 빨리 감기를 하자 그가 원하던 것이 등장했다. '가제트'라는 신문 이름 위에 빨간색으로 이렇게 적혀 있었다.

도서관 특별판 발행!

샘은 특별 증보판으로 릴을 돌렸다. 1면에 사진이 두 장 실렸다. 하나는 도서관 외관이었다. 다른 하나는 대출 데스크 앞에 서서 카메라를 향해 어색한 미소를 짓고 있는 리처드 프라이스 도서관장이었다. 그의 생김새는 나오미 히긴스의 설명과 정확히 일치했다. 키가 크고 쉰 살쯤 되어 보이며 콧수염을 살짝 길렀고 안경을 썼다. 샘의 더 큰 관심사는 배경이었다. 두 번째로 도서관을 방문했을 때 보고 엄청난 충격을 받았던 이중 천장이 있었다. 그러니까 1981년 4월 이전에 개조됐다는 뜻이었다.

기사는 예상했던 대로 자축 분위기의 찬양물이었다. 그는《가제트》를 육 년 동안 구독하고 있었기에 '우리로 말할 것 같으면 유쾌한 청년 단체 아닙니까' 분위기의 편집 방향을 알고도 남았다. 전국 도서관 주간, 여름 독서 프로그램, 정션 시티 이동 도서관 그리고 새롭게 시작된 모금 운동을 소개하는 유익한 (그리고 다소 숨가쁜) 기사들이 이어졌다. 특별판 맨 마지막 페이지에 프라이스가 직접 쓴 흥미진진한 이야기가 있었다. 제목은 다음과 같았다.

정션 시티 공립 도서관

100년사

샘의 열의는 금세 식어버렸다. 아델리아의 이름은 등장하지 않았다. 그는 마이크로필름을 되감으려고 전원 스위치 쪽으로 손을 뻗다가 멈추었다. 개조 공사—1970년에 이루어졌다—를 운운하는 부분이 눈에 들어왔고 또 다른 뭔가가 느껴졌다. 살짝 삐끗한 뭔가가 느껴졌다. 샘은 프라이스 씨의 수다스러운 역사 강의 마지막 부분을, 좀더 신경써서 다시 읽어보았다.

대공황이 끝나갈 무렵 우리 시의회는 1932년 홍수 때 입은 도서관의 대규모 수해를 복구하는 데 오천 달러를 투자하기로 결정했고, 펠리샤 컬페퍼 부인이 무보수로 도서관장의 역할을 맡았다. 그녀는 읍에서 시로 빠르게 발전해나가는 우리 마을에 걸맞은 전면 개조된 도서관 건설이라는 목표를 견지했다.

1951년에 물러난 컬페퍼 부인의 후임으로 부임한 크리스토퍼 래빈은 정션 시티의 사서 중에서 처음으로 도서관학을 전공했다. 래빈 씨는 컬페퍼 기념 모금 운동을 개시해 첫해에 도서 구입비로 만 오천 달러가 넘는 기금을 마련했고, 정션 시티 공립 도서관은 현대화를 향한 여정을 시작했다.

필자는 1964년에 도서관장으로 부임한 직후에 대규모 개조 공사를 제일의 목표로 설정했다. 이 목표를 이루는 데 필요한 기금이 1969년 말에 드디어 조달이 되었으며 여기에 시와 연방 정부의 재정적인 지원이 더해져 오늘날 정션 시티의 책벌레들이 마음껏 드나드는 이 멋진 건물을 건설하는 데 일조했다. 하지만 1970년 8월에 개최된 '도서관 함께 건설하기' 캠페인 때 망치를 휘두르고 톱을 돌리며 등장한 자원봉사자들의 노고가 없었다면 이 프로젝트는 완수하지 못했을 것이다.

1970년대와 1980년대에 진행됐던 또 다른 주요 프로젝트를 소개하자면…….

샘은 고개를 들고 생각에 잠겼다. 처음에 그는 리처드 프라이스가 조심스럽게 웅얼웅얼 늘어놓는 이 도시의 도서관 역사에 빠뜨린 부분이 있다고 생각했다. 그런데 다시 생각해보니 빠뜨렸다는 단어는 알맞은 표현이 아니었다. 이 기고문으로 보건대 프라이스는 일급 수다쟁이였고—좋은 사람일지 몰라도 수다쟁이인 것은 확실했다—그런 사람들은 뭐든 빠뜨리는 법이 없었다. 자기에게 중요한 이야기라면 더더욱 그랬다.

그러니까…… 빠뜨린 게 아니다. 은폐한 거였다.

연, 대, 기, 적, 인 측면에서도 앞뒤가 맞지 않았다. 1951년에 크리스토퍼 래빈이라는 남자가 성녀 펠리샤 컬페퍼의 뒤를 이어서 수석 사서로 부임했다. 리처드 프라이스는 1964년에 도서관장이 되었다. 프라이스가 래빈의 후임이었을까? 샘이 보기에는 아니었다. 십삼 년이라는 그 공백기의 어느 시점에 아델리아 로츠라는 여자가 래빈의 후임으로 부임했을 것이다. 샘이 판단하기에 프라이스는 그녀의 후임이었다. 그녀가 프라이스 씨의 수다스러운 도서관 역사 소개에 등장하지 않은 이유는…… 무슨 짓인가를 저질렀기 때문이다. 그게 어떤 짓이었을지는 여전히 수수께끼였지만 규모가 어느 정도였는지는 윤곽을 그릴 수 있었다. 누가 봐도 정밀성과 연관성을 사랑하는 프라이스가 없는 사람 취급할 정도였다.

'살인.' 샘은 생각했다. '살인일 수밖에 없어. 그 정도로 흉측한 범행이라야…….'

바로 그 순간, 누가 샘의 어깨에 손을 얹었다.

3

샘이 비명을 질렀다면 손을 얹은 사람으로 인해 놀란 것 못지않게 상대방도 놀랐겠지만 비명을 지를 수가 없었다. 그의 몸에서 공기가 모조리 빠져나갔고 눈앞이 다시 회색 장막으로 덮였다. 가슴이 코끼리에게 밟혀서 천천히 쭈그러드는 아코디언이 된 듯했다. 근육은 모조리 국수 가락으로 바뀐 듯했다. 다시 바지를 적시지는 않았다. 어쩌면 그것이 유일하게 다행스러운 부분이었다.

"샘?" 누군가의 목소리가 들렸다. 멀리서, 이를테면 캔자스 같은 데서 부르는 것처럼 들렸다. "샘 맞아요?"

그는 마이크로필름 리더기 앞에 놓인 의자에서 떨어질 정도로 몸을 홱 돌렸고 나오미를 보았다. 그는 호흡을 가다듬고 뭐라고 말을 해보려고 애를 썼다. 하지만 지친 바람 소리만 나오고 그만이었다. 방이 눈앞에서 흔들리는 것처럼 느껴졌다. 회색 장막이 들이닥쳤다가 사라졌다.

그때, 놀라서 눈을 휘둥그레 뜨고 손으로 입을 막은 채 비틀비틀 뒷걸음질치는 나오미의 모습이 눈에 들어왔다. 그러다 마이크로필름 선반에 하도 세게 부딪치는 바람에 선반 하나가 쓰러질 뻔했다. 선반은 흔들거리며 상자 두세 개를 나지막한 쿵 소리와 함께 카펫 위에 떨어뜨리고 나서 다시 잠잠해졌다.

"옴스." 그는 마침내 이렇게 내뱉었다. 귀를 긁는 속삭임에 가까웠다. 세인트루이스에서 살았던 어린시절에 야구 모자로 쥐를 잡았을 때가 생각났다. 녀석이 탈출구를 찾느라 종종거리며 그런 소리를 냈다.

"샘, 이게 무슨 일이에요?" 그녀 역시 너무 놀라서 숨이 막히지 않았더라면 비명을 질렀을 사람 같은 목소리였다. '우리는 참 쿵짝이 잘 맞는군.' 샘은 생각했다. '괴물을 만난 애벗 앤드 코스텔로* 같은 조합이야.'

"여긴 어쩐 일이에요?" 그가 물었다. "놀라서 바지에다 쌀 뻔했잖아요!"

'이런.' 그는 생각했다. '내가 또 지저분한 얘기를 꺼냈네. 당신을 또 옴스라고 불렀고. 미안해요.' 그는 좀 괜찮아지자 일어날까 하다 그냥 앉아 있기로 했다. 과욕을 부릴 필요가 없었다. 심장에 과부하가 걸리지 않을 거라는 자신이 없었다.

"당신을 만나러 사무실로 찾아갔더니 캐미 해링턴이 당신이 이 건물 안으로 들어가는 걸 본 것 같다고 해서요." 그녀가 말했다. "사과하고 싶었어요. 처음에는 당신이 데이브에게 잔인한 장난을 치는 줄 알았거든요. 그런데 그가 말하길 당신은 그런 장난을 한 번도 친 적 없다고 했고 나도 당신답지 않은 짓이라는 생각이 들지 뭐예요. 늘 친절했잖아요……."

"고마워요." 그가 말했다. "고마워해야 하는 거 맞죠?"

* 미국의 유명한 코미디 듀오.

"그리고 전화로 들은 목소리가 몹시…… 몹시 당혹스러워하는 것 같았거든요. 데이브한테 무슨 일이냐고 물었지만 아무 말도 하지 않으려고 하더라고요. 내가 아는 건 들은 대화 내용과…… 당신과 통화하는 동안의 그의 표정이 전부예요. 꼭 귀신을 본 듯했던 그 표정요."

'아니에요.' 샘은 그녀에게 이렇게 얘기하는 상상을 했다. '귀신을 본 사람은 나예요. 그리고 오늘 아침에는 그보다 더 끔찍한 걸 보았고요.'

"샘, 데이브에 대해서…… 그리고 나에 대해서 이해해야 하는 부분이 있어요. 데이브에 대해서는 이미 알고 있을 거라고 보지만 나도……."

"알아요." 샘은 말했다. "데이브에게 남긴 쪽지에는 앵글 스트리트에서 아무도 못 만났다고 적었지만 거짓말이었어요. 처음에는 아무도 못 만났지만 데이브를 찾느라 1층을 헤집고 다녔거든요. 뒷마당에 앉아 있는 당신들을 봤어요. 그래서…… 알아요. 하지만 일부러 알아낸 건 아니에요. 무슨 뜻인지 이해할지 모르겠지만."

"이해해요." 그녀가 말했다. "괜찮아요. 하지만…… 샘…… 이게 무슨 일이에요? 당신 머리가……."

"머리가 왜요?" 그는 쏘아붙이듯이 물었다.

그녀는 떨리는 손으로 핸드백을 뒤져서 콤팩트를 꺼냈다. "보세요."

샘은 그녀가 시킨 대로 하면서도 어떤 광경을 맞닥뜨릴지 이미 알고 있었다.

그날 오전 8시 30분을 기점으로 그의 머리는 백발이 되어버렸다.

4

"친구분을 찾으신 모양이네요." 그들이 계단을 되짚어 올라가자 도린 맥길이 나오미에게 말했다. 도린은 손끝을 입가에 대고 귀여운 척 미소를 지었다.

"네."

"퇴실한 시각, 잊지 않고 기록하셨나요?"

"네." 나오미가 다시 대답했다. 샘은 깜빡했지만 그녀가 그의 것까지 적었다.

"보신 마이크로필름도 정리하셨고요?"

이번에는 샘이 그랬다고 대답했다. 리더기에 올려놓은 필름을 그나 나오미가 제자리에 갖다놓았는지 기억이 나지 않았지만 상관없었다. 얼른 빠져나오고 싶은 마음뿐이었다.

도린은 계속 교태를 부렸다. 손끝으로 아랫입술 가장자리를 톡톡 두드리며 고개를 옆으로 꼬고 샘에게 말했다. "신문에 실린 사진이랑 정말 달라 보이시네요. 어디가 다른지 콕 집어서 말은 못하겠지만."

문을 지나며 나오미가 말했다. "드디어 정신을 차리고 염색을 끊었거든요."

바깥 계단에서 샘의 웃음보가 터졌다. 소리가 하도 우렁차서 허리가 꺾일 정도였다. 히스테리성 폭소였고 비명에 가까웠지만 상관

없었다. 기분이 좋았다. 웃음으로 엄청나게 정화되는 느낌이었다.

옆에 서 있는 나오미는 그의 웃음소리에도, 지나가는 사람들의 호기심 어린 시선에도 신경쓰지 않는 눈치였다. 심지어 아는 사람에게 손을 흔들어 보이기까지 했다. 샘은 양손으로 허벅지를 짚고 대책 없는 폭소로 헐떡이는 동안 멀쩡한 머릿속 한구석에서는 이런 궁금증이 일었다. '그녀는 전에도 이런 반응을 본 적이 있는 거야. 어디서 봤을까?' 하지만 결론이 내려지기 전부터 답을 알았다. 나오미는 알코올의존자였고, 알코올의존자와 관련된 일을 하고 그들을 도우며 자신을 치료했다. 앵글 스트리트에서 히스테리성 폭소보다 심한 것도 많이 보았을 것이다.

'내 빰을 때리겠지.' 그는 화장실 거울 앞에 서서 곱슬곱슬한 머리에 그리션 포뮬러 염색약을 꼼꼼히 바르는 자신의 모습을 상상하며 속수무책으로 껄껄대는 한편, 이런 생각을 했다. '내 빰을 때리겠지. 히스테리 발작을 일으킨 사람들한테는 다들 그렇게 하잖아.'

나오미는 그 정도로 지각이 없지 않았다. 햇볕 아래에서 가만히 곁을 지키며 그가 정신을 차리기만을 기다릴 따름이었다. 마침내 그의 웃음소리가 거친 콧방귀와 잡힐 줄 모르는 키득거림으로 잦아들었다. 배가 아팠고 눈앞이 어른거렸고 눈물에 젖은 빰이 축축했다.

"기분 좀 괜찮아졌어요?" 그녀가 물었다.

"아, 나오미……." 말문을 연 순간 그의 입에서 다시금 요란하게 터져 나온 웃음소리가 아침 햇살 속으로 쌩하니 멀어졌다. "얼마나 괜찮아졌는지 당신은 모를 거예요."

"알다마다요." 그녀가 말했다. "가요……. 내 차로 갈 거예요."

"어디……." 그는 딸꾹질이 났다. "어디 갈 건데요?"

"에인절 스트리트요." 그녀는 그곳의 명칭을 제대로 말했다. "데이브가 걱정돼서요. 오늘 아침에 맨 먼저 거기부터 들렀는데 없더라고요. 나가서 술을 마시고 있을지 몰라요."

"처음 있는 일은 아니겠지요?" 그는 그녀와 나란히 계단을 내려가며 물었다. 그녀의 닷선이 샘의 차 뒤편 길가에 주차되어 있었다.

그녀는 그를 흘끗 쳐다보았다. 잠깐 쳐다본 것에 불과했지만 눈빛만큼은 복잡했다. 짜증과 체념과 연민이 뒤섞여 있었다. 샘은 그 눈빛을 한 문장으로 풀자면 '아무것도 모르고서 그런 소리를 늘어놓지만 그게 당신 잘못은 아니에요'가 아닐까 하는 생각이 들었다.

"데이브는 거의 일 년 동안 술을 끊었지만 건강 상태가 전반적으로 안 좋아요. 당신 말마따나 금주에 실패하는 게 이번이 처음은 아니지만 한 번만 더 그랬다가는 죽을 수도 있어요."

"그러면 내 탓이 되겠군요." 샘의 마지막 웃음기마저 사라졌다.

그녀는 놀란 눈빛으로 그를 쳐다보았다. "아니에요." 그녀가 말했다. "어느 누구의 탓도 아니죠……. 그렇다고 해서 그런 사태가 벌어지길 바라는 건 아니에요. 벌어질 필요도 없고요. 가요. 내 차로 가요. 얘기는 가면서 해요."

5

"무슨 일이 있었는지 얘기해봐요." 도시 외곽으로 가는 동안 그녀가 말했다. "하나도 남김없이. 당신 머리만 이상해진 게 아니에요. 외모도 열 살은 더 나이 들어 보여요."

"무슨 소리." 그는 나오미의 콤팩트 거울로 머리만 본 게 아니었다. 그의 얼굴이 필요 이상으로 잘 보였다. "스무 살 더 먹어 보이더구먼. 기분상으로는 백 살이에요."

"왜 그렇게 됐어요? 무슨 일이에요?"

샘은 얘기를 꺼내려고 입을 벌렸다가 어떤 식으로 들릴지 그려지자 고개를 저었다. "아니." 그가 말했다. "아직은 안 되겠어요. 그보다 당신이 먼저 얘기해봐요. 아델리아 로츠가 어떤 사람인지. 요전날 내가 농담하는 줄 알았죠? 그때는 당신이 그렇게 생각하는 줄 몰랐는데 지금은 알아요. 그러니까 전부 얘기해봐요. 그녀가 어떤 사람이었고 무슨 짓을 저질렀는지."

나오미는 오래된 화강암으로 된 정션 시티 소방서 건물 앞 길가에 차를 세우고 샘을 쳐다보았다. 가볍게 화장한 얼굴에 핏기가 전혀 없었고 눈이 접시만 했다. "농담이 아니었다고요? 샘, 그게 농담이 아니었다는 거예요?"

"그렇다니까요."

"하지만 샘……." 그녀는 말끝을 흐렸고, 어떤 식으로 말을 이으면 좋을지 몰라 하는 눈치를 보였다. 마침내 그녀가 잘못인 줄 모르고 사고를 친 아이처럼 가만가만 말문을 열었다. "하지만 샘, 아델리아 로츠는 죽었어요. 삼십 년 전에 죽은 사람이에요."

"죽었다는 거 알아요. 아니, 이제 알게 됐어요. 내가 알고 싶은 건 나머지 부분이에요."

"샘, 당신이 누굴 보고 착각을 했는지 모르겠지만……."

"착각한 거 아니에요."

"왜 그렇게 생각하는지 얘기……."

"당신 먼저 얘기해요."

그녀는 기어를 넣고 백미러를 확인한 다음 다시 앵글 스트리트를 향해 차를 몰았다. "나도 아는 게 많지 않아요." 그녀가 말했다. "그녀가 죽었을 때 겨우 다섯 살밖에 안 됐으니까요. 주워들은 소문으로만 알아요. 그녀는 프로버비아 제일침례교회 교인이었지만—적어도 그 교회에 다녔어요—어머니는 그녀 이야기를 하지 않아요. 다른 교인들도 마찬가지고요. 그들에게 그녀는 존재한 적 없었던 사람이나 다름없어요."

샘은 고개를 끄덕였다. "프라이스 씨도 도서관의 역사를 소개한 기고문에서 그녀를 없는 사람 취급하더군요. 당신이 어깨에 손을 얹는 바람에 내 수명이 십이 년 단축됐을 때 그 글을 읽고 있었어요. 내가 토요일 저녁에 그녀의 이름을 꺼냈을 때 당신 어머니가 노발대발했던 이유도 그 때문일 테고요."

나오미는 놀란 눈빛으로 그를 흘끗 쳐다보았다. "전화한 이유가 그것 때문이었어요?"

샘은 고개를 끄덕였다.

"맙소사, 샘……. 지금까지 우리 엄마의 블랙리스트에 당신 이름이 없었을지 몰라도 이제는 확실히 있겠네요."

"아, 전부터 적혀 있었어요. 이번 일로 몇 계단 상승했을 것 같긴 하지만." 샘은 웃음을 터뜨렸다가 움찔했다. 신문사 앞 계단에서 웃은 것 때문에 아직까지 배가 아팠지만 그렇게 웃을 수 있어서 매우 다행이었다. 한 시간 전만 해도 이만큼 평정심을 되찾을 수 있을 거라고 상상조차 하지 못했다. 한 시간 전만 해도 샘 피블스와 평정심이라는 단어는 평생 물과 기름 같은 관계를 유지할 거라고 호언장담할 수 있었다. "얘기 계속해요, 나오미."

"내가 들은 소문은 알코올의존자 협회 사람들이 '알짜배기'라고 하는 시간에 들은 거예요." 그녀가 말했다. "모임을 하기 전과 후에 같이 커피를 마시면서 온갖 이야기를 나누는 시간에요."

그는 호기심 어린 눈빛으로 그녀를 쳐다보았다. "그 모임에 참석한 지 얼마나 됐어요, 나오미?"

"구 년요." 나오미는 평온하게 대답했다. "그리고 술을 조절하지 못하게 된 지는 육 년이 됐고요. 하지만 그전부터 계속 알코올의존자였어요. 술꾼은 만들어지는 게 아니에요, 샘. 타고나는 거지."

"아." 그는 궁색하게 맞장구를 쳤다. 그러고는 물었다. "그녀도 그 모임에 참석했나요? 아델리아 로츠 말이에요."

"그럴 리가요……. 그건 아니지만 알코올의존자 협회에는 그녀를 기억하는 사람들이 있어요. 그녀는 1956년인가 1957년에 정션시티에 등장했어요. 공립 도서관에서 래빈 씨의 부하 직원으로 근무했죠. 일 년인가 이 년 뒤에 그가 갑작스럽게 세상을 떠나자—심장마비인가 뇌졸중인가 그랬을 거예요—시의회에서 로츠라는 여자에게 도서관을 맡겼어요. 능력이 출중했다고 들었지만 그후에 벌어진 사건을 놓고 보면 사람들을 속이는 능력이 가장 출중했다고 해야겠죠."

"그녀가 무슨 짓을 저질렀는데요, 나오미?"

"아이를 둘 죽이고 자살했어요." 나오미는 단도직입적으로 말했다. "1960년 여름에요. 없어진 아이들을 찾으러 나섰을 때 도서관은 아무도 뒤질 생각을 하지 않았어요. 그날이 휴관일이었거든요. 아이들은 도서관이 문을 열어야 하는데 열지 않은 다음날에 발견됐어요. 도서관 지붕에 천창이 뚫려 있었는데……."

"나도 알아요."

"……도서관 내부 구조를 바꿨기 때문에 요즘은 밖에서만 볼 수 있어요. 열 보존율을 높인다나 뭐라나 하면서 천장을 낮추었거든요. 아무튼 천창에 놋쇠로 된 큼지막한 갈고리가 달려 있었거든요. 장대를 거기에 걸어서 천창을 열어서 환기하는 식이었나 봐요. 그 갈고리에 밧줄을 걸고—서가에 달려 있던 이동식 사다리를 썼을 거예요—목을 매서 죽었어요. 아이들을 죽인 다음에."

"그렇군요." 샘은 침착하게 대답했지만 심장이 천천히 그리고 강하게 두근거렸다. "그럼 아이들은…… 아이들은 어떤 식으로 죽였나요?"

"몰라요. 그 부분은 아무도 얘기한 적 없었고 나도 물어보지 않았어요. 처참하게 죽였겠죠."

"맞아요. 그랬겠죠."

"이제 당신한테 무슨 일이 있었는지 얘기해봐요."

"먼저 데이브가 쉼터에 있는지 확인부터 하고요."

나오미는 단호한 태도를 취했다. "데이브가 쉼터에 있는지 여부는 내가 확인할 거예요." 그녀가 말했다. "당신은 꼼짝 말고 차에 있어요. 당신 일은 안타깝게 생각해요. 그리고 어제저녁에 성급하게 엉뚱한 결론을 내려서 미안하고요. 하지만 데이브를 더이상 자극하면 안 돼요. 그건 내가 용납할 수 없어요."

"나오미, 그가 이 사건의 공범이에요!"

"있을 수 없는 일이에요." 그녀는 더이상 논의를 거부하겠다는 듯이 딱 잘라 말했다.

"젠장, 이 사건 자체가 있을 수 없는 일이라고요!"

앵글 스트리트가 코앞이었다. 병과 캔이 잔뜩 담긴 상자를 짐칸에 가득 실은 픽업트럭이 앞에서 덜컹거리며 재활용 센터 쪽으로 달려가고 있었다.

"내가 한 말을 제대로 이해하지 못했나 보네요." 그녀가 말했다. "그럴 만도 해요. 지구인들은 대개 그렇거든요. 그러니까 잘 들어요, 샘. 내가 한 문장으로 요약해줄 테니까. 술을 마시면 데이브는 죽어요. 알겠어요? 알아들었어요?"

그녀는 샘을 흘끗 쳐다보았다. 눈가에서 연기가 피어오를 만큼 분노로 두 눈이 이글거렸다. 이렇게 팽팽한 긴장감이 흐르는 상황에서 샘이 깨달은 게 있었다. 전에 나오미와 두 번 데이트를 하는 동안에는 그녀가 예쁘다고 생각했었다. 이제 보니 아름다웠다.

"지구인이라니 그게 뭐예요?" 그는 물었다.

"술이나 수면제나 마약이나 기침약이나 기타 등등 인간의 머릿속을 어지럽히는 문제가 없는 사람들을 지칭하는 용어예요." 그녀는 쏘아붙이다시피 했다. "훈계하고 이러쿵저러쿵할 여력이 있는 사람들 말이에요."

앞서가던 픽업트럭이 길고 울퉁불퉁한 재활용 센터 진입로 쪽으로 방향을 틀었다. 저만치에 앵글 스트리트가 보였다. 현관 앞에 뭔가가 세워져 있는데 차가 아니었다. 더티 데이브의 쇼핑 카트였다.

"잠깐 차 세워요."

나오미는 차를 세웠지만 그를 돌아보지는 않았다. 앞유리창 너머만 똑바로 쳐다보았다. 턱을 잘근거리고 있었다. 뺨이 벌겠다.

"당신은 그를 아끼죠?" 그가 말했다. "좋은 일이라고 생각해요. 그런데 나도 아끼나요, 세라? 내가 비록 지구인이라도?"

"당신은 나를 세라라고 부를 권리가 없어요. 나는 그럴 권리가 있어요. 그게 내 이름이기도 하니까. 나오미 세라 히긴스로 세례를 받았거든요. 그리고 그들도 그럴 권리가 있어요. 어떤 의미에서는 그들이 혈연관계보다 더 가까우니까. 사실 우리는 혈연으로 맺어진 사이예요. 뭔가가 우리를 지금의 이런 모습으로 만들었으니까요. 혈관 속을 흐르는 뭔가가. 하지만 샘, 당신은 그럴 권리가 없어요."

"어쩌면 아닐지 몰라요." 샘이 말했다. "나도 이제 당신과 같은 종족일지 몰라요. 당신은 술이 문제죠? 이 지구인은 도서관 경찰이 문제예요."

이 말에 그녀는 눈을 휘둥그레 뜨고 경계하는 눈빛으로 그를 쳐다보았다. "샘, 그게 무슨 소리인지 모르……."

"나도 몰라요. 도움이 필요하다는 것말고는. 도움이 간절하게 필요하다는 것말고는. 사라진 도서관에서 책을 두 권 빌렸는데 그 책마저 사라져버렸어요. 내가 잃어버린 거예요. 책들이 결국 어디로 갔는지 알아요?"

그녀는 고개를 저었다.

샘은 픽업트럭에서 내린 두 사람이 재활용 공병이 가득 담긴 상자를 부리기 시작한 왼쪽을 가리켰다. "저기요. 저기로 갔어요. 저기서 펄프로 재탄생됐어요. 자정 전까지 무슨 수를 내야 해요, 세라. 안 그러면 내가 도서관 경찰 손에 아작 날 거예요. 그들이 재킷 하나 남겨주지 않을 거예요."

6

샘은 나오미 세라 히긴스의 닷선 조수석에 아주아주 오래인 듯 느껴지는 시간 동안 혼자 앉아 있었다. 문손잡이를 향해 두 번 손을 내밀었다가 거두었다. 그녀가 조금…… 누그러지기는 했다. 만에 하나 데이브가 그와 대화를 나누고 싶어 한다면, 데이브가 대화를 나눌 만한 상태라면 그녀가 허락할 것이다. 그게 아니라면 어림도 없었다.

마침내 앵글 스트리트 문이 열렸다. 나오미와 데이브 덩컨이 나왔다. 데이브의 허리를 감싸 안은 그녀와 발을 질질 끌며 걷는 그를 본 순간 샘은 맥이 풀렸다. 햇빛이 비치는 곳으로 나온 그들을 보니 데이브는 술에 취한 게 아니었다. 그를 보고 있으려니 나오미의 콤팩트 거울을 다시 들여다보는 듯한 묘한 기분이 들었다. 데이브 덩컨은 지금까지 살아오면서 느낀 가장 엄청난 충격을 이겨보려고 하지만…… 결과가 신통치 않은 사람처럼 보였다.

샘은 차에서 내려 어정쩡하게 문 옆에 서 있었다.

"현관으로 올라와요." 나오미가 말했다. 체념한 동시에 걱정스러워하는 말투였다. "데이브는 계단을 내려갈 수 있는 상태가 아니에요."

샘은 그들이 서 있는 곳으로 올라갔다. 데이브 덩컨은 나이가 예순 살 정도였다. 토요일에는 일흔이나 일흔다섯 살로 보였다. 아마 술을 마셔와서 그렇게 됐을 것이다. 그런데 아이오와가 정오를 가리키는 시간의 축 위에서 천천히 움직이고 있었던 지금은 그보다도 훨씬 나이 들어 보였다. 샘도 알다시피 자기 탓이었다. 오래전에 묻힌 줄 알았던 사건으로 인한 충격 때문에 그렇게 된 것이었다.

'이럴 줄 몰랐지.' 그의 생각이 사실일지 몰라도 위로는 되지 않았다. 데이브는 코와 뺨에 툭 튀어나온 핏줄말고는 얼굴 전체가 케케묵은 종이색이었다. 눈은 축축하고 멍했다. 입술은 푸른 기가 돌았고 입가에서는 작은 침방울이 불뚝거렸다.

"나는 데이브가 당신이랑 얘기하는 게 싫어요." 나오미가 말했다. "얼른 멜던 선생님께 데려가고 싶어요. 그런데 데이브가 당신이랑 얘기부터 하지 않으면 안 가겠대요."

"피블스 씨." 데이브가 힘없이 말했다. "미안해요, 피블스 씨. 나 때문이죠, 그렇죠? 내가……."

"사과할 필요 전혀 없어요." 샘이 말했다. "이리 와서 앉으세요."

그와 나오미가 현관 한쪽 구석에 놓인 흔들의자로 데려가자 데이브는 그 위로 조심스럽게 앉았다. 샘과 나오미는 바닥이 꺼진 등의자를 끌고 와서 그의 양옆에 앉았다. 그들은 잠깐 동안 아무 말 없이 앉아서 철길 너머로 평탄하게 이어지는 농장을 바라보았다.

"그 여자한테 쫓기고 있죠?" 데이브가 물었다. "지옥 끝에서 건

너온 그 망할 년한테 말이에요."

"사람을 보냈어요." 샘이 말했다. "당신이 그린 포스터 속 남자를요. 그 남자는…… 정신 나간 소리처럼 들리겠지만 도서관 경찰이에요. 오늘 아침에 나를 찾아왔어요. 이게……." 샘은 그의 머리를 건드렸다. "그가 한 짓이에요. 그리고 이것도요." 그는 목 한가운데에 조그맣게 남은 빨간색 동그라미를 가리켰다. "그리고 자기 혼자가 아니라고 했어요."

데이브는 한참 동안 말없이 허공을 내다보고 일직선으로 뻗은 지평선을 바라보았다. 지평선을 가르는 것은 우뚝한 곡식 창고 탑 아니면 묵시록에 나옴 직한 형체의 프로버비아 피드 컴퍼니 곡식 창고뿐이었다. "당신이 본 남자는 진짜가 아니에요." 마침내 그가 말했다. "모두 진짜가 아니죠. 그 여자만 진짜예요. 그 악마 같은 년만."

"어떻게 된 건지 얘기해주실 수 있겠어요, 데이브?" 나오미가 조심스럽게 물었다. "못하겠으면 못하겠다고 하시고요. 하지만 얘기를 해야 마음이 편해지겠다면…… 그래야 가벼워지겠다면…… 하세요."

"우리 귀여운 세라." 데이브가 말했다. 그는 그녀의 손을 잡고 미소를 지었다. "사랑해요……. 내가 이 말을 한 적이 있던가요?"

그녀는 고개를 젓고 미소로 화답했다. 그녀의 눈에 맺힌 눈물이 조그만 돌비늘 조각처럼 반짝였다. "아뇨. 기뻐요, 데이브."

"얘기를 해야 해요." 그가 말했다. "마음이 편해지거나 가벼워지는 게 중요한 문제가 아니에요. 이런 일이 반복되도록 내버려둘 수 없다는 게 문제지. 내가 맨 처음 참석한 알코올의존자 치유 모임에서 기억에 남는 게 뭔지 알아요, 세라?"

그녀는 고개를 저었다.

"진실해야 하는 프로그램이라고 했던 게 기억나요. 하나님뿐 아니라 하나님과 다른 사람에게 모든 걸 고백해야 한다고. 나는 생각했어요. '그래야 멀쩡한 정신으로 살 수 있다면 나는 망했네. 찢어지게 가난한 주정뱅이와 최악의 못난이들 몫으로 마련된 웨이번 힐의 묘지 신세를 질 수밖에. 내가 겪은 모든 일, 내가 저지른 모든 일을 하나도 남김없이 고백할 방법은 없을 테니까.'"

"다들 처음에는 그렇게 생각하죠." 그녀가 다정하게 말했다.

"알아요. 하지만 나만큼 많이 겪고 많이 저지른 일도 많은 사람은 별로 없을 거예요. 그래도 나는 최선을 다했어요. 조금씩 최선을 다했어요. 주변 정리도 하고. 하지만 그 옛날에 내가 겪은 일과 저지른 일은…… 한 번도 고백한 적 없어요. 아무한테도, 어느 신에게도. 내 심장 밑바닥에 만든 방에 그 기억들을 넣은 다음 문을 잠가버렸어요."

그가 샘을 쳐다보았다. 샘은 데이브의 말라비틀어진 뺨에 깊게 파인 주름살을 타고 천천히, 맥없이 흐르는 눈물을 볼 수 있었다.

"네. 그랬어요. 문을 잠그고 그 위에 널빤지를 박았어요. 널빤지를 박은 다음 강판을 덧대고 대갈못으로 단단히 고정했어요. 그런 다음 옷장으로 막고 그 위에 벽돌을 쌓은 다음에서야 이제 됐다며 자리를 떴어요. 그 뒤로 오랜 세월 동안 나는 아델리아와 그녀의 이상했던 태도와 그녀가 시킨 일과 내게 한 약속과 그녀의 정체를 잊어버렸다고 스스로에게 최면을 걸었어요. 그런데 기억을 지우는 약을 아무리 먹어도 효과가 없더라고요. 알코올의존자 협회에 가입했을 때 계속 발목을 잡은 게 그거였어요. 그 방에 있는 거 말이에요. 그것에는 이름이 있어요, 피블스 씨. 바로 아델리아 로츠예요. 한동안 멀쩡한 정신으로 지내다가도 악몽이 시작됐어요. 대개 내가 그린 포스터—아이들을 겁에 질리게 만든 그 포스터 말이에요—가 등장하는 꿈을 꾸었지만 그게 최악은 아니었죠."

그의 목소리가 떨리는 속삭임으로 잦아들었다.

"그게 최악은 절대 아니었죠."

"이쯤에서 잠깐 쉬는 게 좋지 않을까요?" 샘이 말했다. 그는 데이브의 이야기에 따라 많은 게 달라질지라도 한편으로는 듣고 싶지 않은 마음이 있었다. 듣기 두려워하는 마음이 있었다.

"괜찮아요." 그가 말했다. "병원에서 그러는데 나는 당뇨병 환자고 췌장이 엉망진창이고 간이 망가져가고 있대요. 조만간 나는 영원한 휴가를 떠날 거예요. 그곳이 천당이 될지 지옥이 될지 모르겠지만, 어느 쪽이 됐건 술집과 주류 판매점이 문을 열지 않을 테니 얼마나 다행스러운 일이에요. 지금은 쉴 때가 아니에요. 언젠가 털어놓을 거라면 지금이라야 해요." 그는 조심스럽게 샘을 쳐다보았다. "당신이 난처하게 됐다는 건 알고 있죠?"

샘은 고개를 끄덕였다.

"그래요. 하지만 문제가 얼마나 심각한지는 모를 거예요. 그래서 내가 이 이야기를 해야 하는 거예요. 그녀도 가끔은…… 가끔은 가만히 누워 있어야 하는 때가 있는가 봐요. 그런데 이제 그 시기가 끝났고 피블스 씨, 당신을 선택했어요. 그래서 내가 이 이야기를 해야 하는 거예요. 하고 싶어서 하는 게 아니라. 어제저녁에 세라가 집으로 돌아간 후 난 나가서 싸구려 와인을 한 병 사왔어요. 그걸 들고 조차장으로 가서 지금까지 숱하게 그랬듯이 잡초와 재와 깨진 유릿조각 사이에 앉았어요. 뚜껑을 따서 병을 코밑에 대고 냄새를 맡았죠. 싸구려 와인에서 어떤 냄새가 나는지 알아요? 싸구려 모텔 방 벽지 냄새 아니면 시내 쓰레기장을 통과해서 흘러온 개울 냄새가 나요. 나는 그 냄새가 좋아요. 왜냐면 잠 냄새이기도 하거든요.

와인을 들고 냄새를 맡는 내내 가두어놓은 그 방 안에서 망할 년의 말소리가 들렸어요. 벽돌과 옷장과 강판과 널빤지와 자물쇠 뒤에서 말이에요. 생매장당한 사람처럼 웅얼거렸지만 그래도 알아들을 수 있었어요. '맞아, 데이브, 그게 정답이야, 너 같은 사람들에게 정답은 그거 하나야, 효과가 있는 정답은, 그리고 정답이 더이상 상관없어질 때까지 너에게 필요한 정답은 그거 하나일 거야.'

길게 한 모금 마시려고 술병을 기울였는데 마지막 순간에 그녀의 냄새가 풍겼고…… 막판에 얇은 실로 뒤덮인 그녀의 얼굴과…… 입술이 어떤 식으로 달라졌는지 생각이 나서…… 술병을 던져버렸어요. 철도 침목에 부딪혀서 박살이 나더군요. 이런 개떡 같은 일은 끝나야 해요. 그녀가 이 도시를 또 한 모금 마시도록 내버려두지 않겠어요!"

그는 떨리면서도 우렁찬 고함을 내질렀다. "이 정도 했으면 개수작을 끝낼 때도 됐으니까요!"

나오미가 데이브의 팔에 손을 얹었다. 겁에 질려서 걱정하는 얼굴이었다. "뭔데요, 데이브? 이게 무슨 일인데요?"

"사태를 확실하게 파악해야겠어요." 데이브가 말했다. "먼저 얘기하세요, 피블스 씨. 어떤 일이 벌어지고 있는지 전부 알려주세요, 하나도 빠뜨리지 말고."

"알겠습니다." 샘이 말했다. "하지만 한 가지 조건이 있어요."

데이브는 희미하게 미소를 지었다. "뭡니까?"

"저를 샘이라고 부르겠다고 약속하셔야 해요……. 대신 저는 당신을 두 번 다시 더티 데이브라고 부르지 않을게요."

데이브의 미소가 함박웃음으로 번졌다. "그럴게요, 샘."

"좋습니다." 샘은 심호흡을 했다. "모든 게 그 빌어먹을 곡예사 때문이에요."

7

생각보다 시간이 많이 걸렸지만 아무것도 숨기지 않고 털어놓았다는 데 말로 표현할 수 없는 안도감—희열에 가까운—이 느껴졌다. 샘은 데이브에게 어메이징 조, 크레이그의 전화, 원고에 활기를 불어넣으라는 나오미의 조언에 대해 이야기했다. 도서관이 어떻게 생겼는지, 아델리아 로츠와 어떻게 만났는지 이야기했다. 시간이 지날수록 나오미의 눈이 점점 커졌다. 어린이 도서관 출입문에 달린 빨간 모자 포스터에 다다르자 데이브는 고개를 끄덕였다.

"그 포스터만 유일하게 내가 안 그렸어요." 그가 말했다. "그녀가 들고 떠났죠. 그 포스터는 사람들이 못 찾았을 거예요. 지금도 옆에 두고 있을걸요? 내 작품도 좋아했지만 그걸 제일 좋아했으니까.”

“그게 무슨 말씀이세요?” 샘이 물었다.

데이브는 고개를 젓고 샘에게 계속하라고 했다.

그는 도서 대출증을 만들고 책을 대출하고 나오는 길에 살짝 언쟁을 벌였다고 했다.

“그거예요.” 데이브가 딱 잘라 말했다. “이유가 바로 그거네. 안 믿기겠지만 나는 그녀를 알아요. 당신 때문에 부아가 난 거예요. 아니라면 내 손에 장을 지지겠어요. 당신 때문에 부아가 나서…… 당신을 유혹하러 나선 거예요.”

샘은 이야기를 최대한 서둘렀지만 안개 같은 회색 트렌치코트를 입은 도서관 경찰이 찾아온 부분에 다다르자 말이 느려져서 아예 끊기다시피 했다. 이야기를 마친 그는 흐느끼다시피 했고 손이 다시 떨리기 시작했다.

“물 한 잔만 마실 수 있을까요?” 그는 나오미에게 쉰 목소리로 물었다.

“그럼요.” 그녀는 자리에서 일어났다. 그녀는 두 걸음 걸어갔다가 다시 돌아와서 샘의 뺨에 입을 맞추었다. 그녀의 입술은 서늘하고 부드러웠다. 물을 가지러 가기 전에 그의 귀에 대고 신성한 세 단어를 속삭였다. “나는 당신을 믿어요.”

8

샘은 물을 흘리지 않도록 양손으로 컵을 잡고 입에 댄 후 단숨에 절반을 비웠다. 그런 다음 컵을 내려놓고 물었다. "당신은요, 데이브? 당신도 나를 믿나요?"

"그럼요." 데이브가 말했다. 기정사실이라도 되는 것처럼 멍하니 대답했다. 데이브에게는 그것이 기정사실인 모양이었다. 이러니저러니 해도 그는 정체불명의 아델리아 로츠와 직접 알고 지낸 사이였다. 지나치게 늙고 피폐한 그의 생김새를 보면 썩 다정한 관계가 아니었다는 것을 알 수 있었다.

데이브는 얼마 동안 아무 말도 하지 않았지만 얼굴에 핏기가 조금 돌아왔다. 그는 철길을 지나 휴경지를 내다보았다. 앞으로 육칠 주가 지나면 옥수수가 싹을 틔우면서 파릇파릇해지겠지만 지금은 황량해 보였다. 그의 시선은 중서부의 빈 땅을 지나가는 거대한 매 모양의 구름 그림자를 좇았다.

마침내 그가 정신을 차리고 샘 쪽으로 고개를 돌렸다.

"내 도서관 경찰은—내가 포스터에 그린 경찰 말이에요—흉터가 없었어요." 마침내 그가 말했다.

샘은 낯선 이의 길고 하얀 얼굴을 떠올렸다. 분명 흉터가 있었다. 얇은 선이 구불구불하게 뺨을 가로지르고 눈 밑을 지나 콧잔등을 넘었다.

"그래서요?" 그가 물었다. "그게 무슨 의미일까요?"

"나한테는 아무 의미 없지만 피블, 아니, 샘, 당신에게는 분명 무슨 의미가 있을 거예요. 그 배지는 알아요……. 꼭짓점이 여러 개 달린 별 모양이었다고 한 거 말이에요. 내가 바로 정션 시티 도서관의 문장학 책에서 찾은 거예요. 몰타 십자가. 십자군 원정 때 그리스도교 기사들이 그걸 가슴 한복판에 달고 출정했대요. 마력이 있다고 해서. 그 형체에 반해서 그림에 넣었어요. 하지만…… 흉터라니. 아뇨. 내가 그린 도서관 경찰에는 없었어요. 당신을 찾아온 도서관 경찰은 누구였을까요?"

"그게…… 그게 무슨 말씀인지 모르겠는데요." 샘은 느릿느릿 대답했지만 그 목소리—희미하고 냉소적이며 잊히지 않는—가 되살아났다. '꼬맹아, 같이 가줘야겠는데……. 나는 경찰이다.' 그러자 갑자기 입안 가득 그 맛이 다시 느껴졌다. 빨간 감초 사탕의 달짝지근하고 끈적끈적한 맛이 느껴졌다. 혀에 쥐가 났다. 뱃속이 뒤틀렸다. 하지만 말도 안 되는 일이었다. 정말이지 말도 안 되는 일이었다. 그는 평생 빨간 감초 사탕을 먹어본 적이 없었다. 그걸 싫어했다.

'먹어보지도 않았다면서 싫어하는 건 어떻게 알아?'

"뭔가가 생각난 모양이네요." 나오미가 말했다. "배를 걷어차인 듯한 표정을 짓는 걸 보니."

샘은 짜증이 나서 그녀를 흘끗 쳐다보았다. 그녀는 차분하게 마주보았다. 샘은 빨라지는 심장박동을 감지했다.

"지금 당장은 그냥 넘어갑시다." 데이브가 말했다. "이 사태에서 벗어나고픈 마음이 있다면 조만간 파헤쳐야겠지만. 이제 내 이야기를 할게요. 지금까지 한 번도 고백한 적 없었고 앞으로도 두 번 다시 이 이야기를 꺼낼 일이 없겠지만…… 때가 됐네요."

11장: 데이브의 이야기

1

"내가 처음부터 더티 데이브 덩컨이었던 건 아니에요." 그는 이야기를 시작했다. "1950년대 초반에는 그냥 데이브 덩컨이었고 사람들 사이에서 인기가 많았어요. 나도 샘, 당신이 요전날 저녁에 연설한 로터리클럽 회원이었어요. 안 될 것도 없었죠. 잘나가는 사장이었으니까. 간판장이였는데 실력이 허벌나게 좋았거든요. 정션 시티와 프로버비아의 일감을 독차지했고 가끔 시더래피즈 일도 했어요. 한번은 멀리 오마하까지 가서 마이너리그 구장 우측 담장에 럭키 스트라이크 담배 광고를 그린 적도 있었다니까요? 여기저기서 찾는 사람이 많았고 그럴 만했죠. 실력이 좋았으니까. 요즘 같으면 '그래픽 디자이너'라고 했겠지만 그 당시에는 그냥 일대에서 가장 실력이 좋은 간판장이로 통했어요.

내가 여기 남은 이유는, 순수 미술에 관심이 있었는데 그건 아무데서나 할 수 있는 거라고 생각했기 때문이에요. 정식으로 미술

교육을 받은 적은 없었고—입학은 했는데 성적 불량으로 잘렸어요—그 때문에 불리했지만 그런 돈지랄을 하지 않아도 성공한 화가가 있다는 걸 알았거든요. 예술가 그래머 모지스만 해도 운전면허증이 필요 없었잖아요. 그거 없어도 도시로 진출했잖아요.

어쩌면 이미 성공한 거였을 수도 있어요. 많지는 않아도 작품을 몇 점 팔았거든요. 많이 팔 필요도 없었어요. 독신이었고 간판 사업이 잘되고 있었으니까요. 그리고 진짜 화가처럼 전시회를 열고 싶어서 작품을 거의 팔지 않았어요. 실제로 전시회도 몇 번 열었죠. 처음에는 여기서, 그다음에는 시더래피즈에서, 그다음에는 디모인에서. 디모인 전시회는《데모크랫》에 소개됐는데 제임스 휘슬러가 재림이라도 한 것처럼 기사를 썼더군요."

데이브는 잠깐 말을 멈추고 생각에 잠겼다. 다시 고개를 들고 아무것도 없는 휴경지를 내다보았다.

"알코올의존자 치유 모임에 가면 한쪽 발은 미래에, 한쪽 발은 과거에 걸치고 있느라 오늘을 허비하는 사람들 이야기를 하거든요. 가끔 과거에 다른 길을 선택했다면 어떻게 됐을지 궁금해질 때가 있단 말이죠."

데이브가 죄책감이 어린 듯한 눈빛으로 쳐다보자 나오미는 웃으며 그의 손을 꼭 잡았다.

"나는 실력이 좋았고 꿈을 이룰 뻔했거든요. 하지만 그 당시에도 술은 많이 마셨어요. 그걸 심각하게 생각하지는 않았어요. 뭐, 젊고 튼튼했겠다, 게다가 위대한 화가들은 죄다 술을 좋아하잖아요. 내가 보기에는 그랬어요. 그래도 성공을 거둘 수 있었을지 모르는

데—당분간은 잘나갔을지 모르는데—아델리아 로츠가 정션 시티에 등장했죠.

그녀가 등장한 순간 나는 길을 잃었고요."

그는 샘을 쳐다보았다.

"당신 이야기에 등장한 여자가 그녀라는 걸 내가 알긴 하지만 그 당시와는 생김새가 달라졌어요. 당신이 나이 많은 아주머니 사서를 기대했고 그것이 그녀의 목적에 부합했기 때문에 당신 눈에 그렇게 나타난 거예요. 하지만 1957년 여름에 정션 시티에 등장했을 때에는 머리가 밝은 금발이었고 나올 데는 나오고 들어갈 데는 들어간 체형이었어요.

나는 그때 프로버비아에 살고 있었고 침례교회에 다녔죠. 종교에는 별로 관심이 없었지만 예쁘장한 여자들이 몇 명 있었거든요. 세라, 당신 엄마도 그중 한 명이었어요."

나오미는 여자들이 믿기지 않는 이야기를 들었을 때 터뜨리는 웃음소리를 냈다.

"아델리아는 주민들의 마음을 단박에 사로잡았어요. 요즘은 그 교회 신도들이 어쩌다 그녀 이야기를 꺼내더라도 로츠라는 여자가 어딘지 모르게 이상하다는 걸 보자마자 알았다거나 눈빛이 처음부터 못 미더웠다는 식으로 얘기하겠지만 절대 그렇지 않았어요. 처음으로 고개를 내민 봄꽃 주변으로 벌이 몰려들듯 남자, 여자 할 것 없이 그녀의 주변으로 몰려들었죠. 그녀는 이사 온 지 한 달도 안 돼서 래빈 씨의 보조 직원으로 취직했지만 사실 그러기 이 주 전부터 프로버비아 교회의 주일학교에서 아이들을 가르치고 있었어요.

뭘 가르쳤을지는 생각조차 하고 싶지 않지만—마태복음은 아니었다는데 전 재산을 걸어도 될 거예요—아무튼 그랬어요. 그리고 아이들이 그녀를 얼마나 좋아하는지 모른다며 다들 호들갑을 떨었고요. 아이들도 맞장구를 치긴 했지만 거기가 어디인지, 심지어 자기가 누구인지 모르는 사람처럼 멍한 눈빛으로 그랬죠.

아무튼 그녀는 나의 시선을 사로잡았고…… 나는 그녀의 시선을 사로잡았어요. 지금의 나를 보면 못 믿겠지만 당시에는 내가 제법 괜찮았거든요. 야외에서 일을 하니 피부는 까무잡잡했고, 근육질이었고, 머리는 햇볕에 탈색이 돼서 금발에 가까웠고, 배는 세라가 쓰는 다리미판처럼 납작했죠.

아델리아는 교회에서 삼 킬로미터쯤 떨어진 농가를 빌려서 살았는데 조그맣고 튼튼했지만 사막에서 물이 필요하듯 페인트칠이 시급한 상태였어요. 그래서 그녀의 존재를 인식하고 두 번째로 교회에 갔을 때—나는 어쩌다 한 번씩 가는 수준이었고 그때는 팔월도 절반이 지난 시점이었어요—예배를 마치고 나서 내가 페인트칠을 해주겠다고 했죠.

그녀는 눈이 얼마나 컸는지 몰라요. 그리고 대부분의 사람들이 회색이라고 하겠지만 상대방을 똑바로 쳐다보면 맹세하건대 은색으로 보여요. 그날 예배를 마쳤을 때 그녀가 나를 똑바로 쳐다봤거든요. 무슨 향수를 뿌렸는지 그전에도, 그후에도 한 번도 맡아본 적 없는 향기를 풍기면서. 아마 라벤더 향이었을 거예요. 뭐라고 표현하면 좋을지 모르겠지만 그 향을 떠올리면 항상 해가 진 다음에서야 피는 조그맣고 하얀 꽃이 생각나요. 나는 홀딱 반해버렸어요. 그

자리에서 당장.

그녀는 내 바로 앞에 있었어요. 몸이 닿을 정도로 가까이요. 나이 많은 아주머니가 입음 직한 촌스러운 까만색 원피스에 조그만 망사가 달린 모자를 썼고 핸드백을 앞으로 들고 있었어요. 어딜 봐도 참하고 단정했죠. 하지만 눈빛은 참하지 않았어요. 천만에요. 단정하지도 않았고요. 전혀.

'표백제 광고랑 담배 광고로 내 집을 도배하려는 건 아니겠죠?' 그녀가 물었어요.

'설마요.' 나는 맞받아쳤어요. '평범한 하얀색을 두 번 덧바를 거예요. 집은 내 전문 분야가 아니지만 이 마을에 새로 오셨고 하니 이웃된 도리로…….'

'아, 그러시군요.' 그녀가 말하면서 내 어깨를 건드렸어요."

데이브가 미안해하는 눈빛으로 나오미를 쳐다보았다.

"이제 그만 일어나고 싶으면 그래도 돼요. 조만간 지저분한 얘기를 할 예정이거든요, 세라. 부끄럽지만 그녀에 얽힌 흑역사를 모두 털어버리고 싶어요."

그녀는 늙고 거칠거칠한 그의 손을 토닥였다. "하세요." 그녀가 조용히 말했다. "전부 털어버리세요."

그는 심호흡을 하고 다시 말을 이었다.

"그녀의 손이 내게 닿았을 때 그녀를 가지지 못하면 아등바등하다 죽겠다는 생각이 들더군요. 그 순간의 손길이 내 평생 느낀 그 어떤 여인의 손길보다 좋고 자극적이었거든요. 그녀도 내 마음을 알아차렸어요. 눈빛을 보니 알겠더라고요. 어찌나 음흉하던지. 천

박하기도 했고요. 하지만 어떤 것보다 나를 흥분시키는 뭔가가 있었어요.

'이웃끼리 그래야죠, 데이브.' 그녀가 말했어요. '나도 좋은 이웃이 되고 싶어요.'

이렇게 해서 나는 그녀를 집까지 바래다주게 됐어요. 교회 문 앞에서 씩씩대며 내 욕을 하고 있었을 다른 젊은 친구들을 등지고요. 그들은 자기들이 얼마나 운이 좋은지 몰랐겠죠. 아무도.

내 포드 자동차는 가게에 두고 왔고 그녀는 차가 없었기 때문에 걸어가는 수밖에 없었죠. 나는 전혀 상관없었고 그녀도 그런 눈치였어요. 우리는 트루먼 로드로 나섰어요. 그때만 해도 흙길이었죠. 이삼 주마다 한 번씩 트럭이 와서 기름을 뿌리고 먼지를 가라앉히기는 했지만요.

집까지 반쯤 갔을 때 그녀가 걸음을 멈추었어요. 어느 여름날의 한낮, 트루먼 로드 한복판에 단둘이 서 있게 된 거예요. 한쪽에는 백만 에이커쯤 되는 샘 오데이의 옥수수밭이, 반대쪽에는 이백만 에이커쯤 되는 빌 험프의 옥수수밭이 있어서 머리 위로 자란 옥수수들이 은밀하게 부스럭거리는 와중에 말이죠. 바람이 불지 않아도 옥수수들은 그러잖아요. 우리 할아버지는 그걸 옥수수 자라는 소리라고 했어요. 진짜인지 아닌지 모르겠어요. 소리가 으스스하긴 해요. 분명 그래요.

'저것 좀 봐요!' 그녀가 오른쪽을 가리키며 말했어요. '저거 보여요?'

고개를 돌렸지만 옥수수말고는 아무것도 보이지 않더군요. 그래서 그렇다고 얘기했어요.

'내가 보여줄게요!' 그녀는 말하더니 원피스에 하이힐을 신은 채 옥수수밭으로 뛰어들어갔어요. 심지어 베일이 달린 모자를 벗지도 않고요.

나는 그 자리에 멍하니 서 있었어요. 잠시 후에 그녀의 웃음소리가 들리더군요. 옥수수밭에서 그녀의 웃음소리가 들렸어요. 그래서 그녀를 따라서 뛰어들어갔죠. 뭘 보고 그러는지 궁금한 마음도 있었지만 사실은 그 웃음소리 때문이었어요. 흥분이 돼서 미칠 것 같더라고요. 말도 못할 정도로.

내가 뛰어들어간 쪽 고랑 저 앞에 서 있는 그녀가 계속 웃으며 옆 고랑으로 사라졌어요. 나도 웃음을 터뜨리며 그쪽으로 갔죠. 샘 오데이의 작물을 망가뜨리고 있었지만 신경쓰지 않았어요. 밭이 그렇게 넓은데 아쉬워하겠어요? 그런데 어깨 위로 옥수수수염을 늘어뜨리고 새로 나온 넥타이핀인 양 넥타이에 초록색 이파리를 하나 꽂고 옆 고랑으로 건너간 순간 웃음이 멎었어요. 그녀가 보이지 않았거든요. 잠시 후에 건너편에서 그녀의 소리가 들리더군요. 내 눈에 띄지 않고 무슨 수로 갔는지 모르겠는데 아무튼 그랬어요. 잽싸게 원래 있었던 자리로 되돌아간 순간 옆 고랑으로 달려가는 그녀를 보았죠.

삼십 분쯤 그렇게 숨바꼭질을 했는데 그녀를 잡지 못했어요. 점점 뜨겁게 달아오르고 흥분만 됐을 뿐. 그녀가 내 앞쪽 고랑에 있는 것 같아서 거기로 가보면 뒤쪽 고랑에 있고, 그런 식이었어요. 가끔 그녀의 발이나 다리가 보일 때도 있었고 부드러운 흙에 당연히 그녀의 흔적이 남아 있었지만 동시에 여러 방향을 가리키고 있었으니 전혀 소용이 없었죠.

막 뚜껑이 열리려던 찰나—비싼 셔츠는 땀으로 젖었고 넥타이는 풀렸고 구두는 먼지를 뒤집어썼으니 말이죠—옆 고랑으로 넘어가 보니 옥수수 위에 걸린 모자가 불어오는 산들바람에 베일을 펄럭이고 있더군요.

'나 잡아봐요, 데이브!' 그녀가 외쳤어요. 나는 그녀의 모자를 움켜쥐고 비스듬히 고랑을 박차고 나갔죠. 그녀는 사라지고 없었지만—그녀가 통과한 지점의 옥수수가 흔들리는 게 보였어요—구두 한 켤레가 놓여 있었어요. 옆 고랑에는 옥수수 이삭 위에 실크 스타킹 한 짝이 걸쳐져 있었고요. 그녀의 웃음소리는 계속 이어졌어요. 내 쪽에서는 잘 안 보이는 사각지대에 있었는데 그녀이 무슨 수로 거기로 건너갔는지는 아무도 모를 일이었죠. 당시 나로서는 중요한 문제도 아니었고요.

나는 넥타이를 벗어던지고, 뜨거운 날에는 가만히 누워 있어야 한다는 걸 모르는 멍청한 개처럼 전후좌우로 왔다 갔다 그녀를 뒤쫓았어요. 그런데 이상했던 게 뭔지 알아요? 나는 가는 곳마다 옥수수를 망가뜨려서 밟힌 줄기와 버팀목을 꼬리표처럼 남겼거든요. 그런데 그녀는 하나도 부러뜨리지 않았어요. 그녀가 지나가면 가벼운 여름 바람이라도 지나간 것처럼 살짝 흔들리고 그만이었어요.

그녀의 원피스, 슬립, 가터벨트를 찾았어요. 그런 다음에는 브래지어와 팬티까지. 더이상 그녀의 웃음소리가 들리지 않았어요. 옥수수 소리말고는 아무 소리도 들리지 않았어요. 나는 그녀의 옷가지를 둘둘 말아서 품에 안고 구멍난 보일러처럼 헉헉거리며 옥수수밭에 서 있었죠. 옷에서 나는 향수 냄새 때문에 미쳐버리겠더군요.

'어디 있어요?' 큰 소리로 물었지만 응답이 없었어요. 나는 급기야 마지막 남은 이성의 끈마저 놓아버렸는데…… 두말하면 잔소리지만 그것이 그녀가 바라던 바였죠. '젠장, 어디 있느냐고요?' 내가 고함을 지르자 바로 옆 옥수수 사이로 길고 하얀 팔이 불쑥 튀어나오더니 손가락 하나가 내 목을 쓰다듬지 뭐예요. 나는 놀라서 하마터면 오줌을 지릴 뻔했어요.

'기다리고 있었어요.' 그녀가 말했어요. '왜 이렇게 오래 걸렸어요? 보고 싶지 않아요?' 그녀가 나를 잡고 옥수수 사이로 끌어당겼죠. 그녀는 실오라기 하나 걸치지 않은 몸으로 두 눈을 안개 낀 날 내리는 비처럼 은빛으로 반짝이며 맨발로 흙바닥을 밟고 서 있더군요."

2

데이브는 물을 길게 한 모금 마신 다음 눈을 감고, 하던 이야기를 계속했다.

"옥수수밭에서 사랑을 나누지는 않았어요……. 그녀와 알고 지낸 시간 동안 사랑을 나눈 적은 한 번도 없었어요. 하지만 뭔가를 나누기는 했어요. 나는 남자가 여자를 가질 수 있는 모든 면에서 아델리아를 가졌고, 남들은 말도 안 된다고 생각할 만한 면에서도 가졌어요. 어떤 식이었는지 전부 잊어버렸지만 그녀의 몸은 기억이

나요. 얼마나 하얬는지. 다리는 어떻게 뻗었는지. 흙에서 나온 싹을 느껴보려는 듯이 발가락을 어떤 식으로 웅크리고 있었는지. 내 뒷덜미와 목을 손톱으로 어떻게 왔다갔다했는지도 생각이 나요.

우리의 유희는 끝없이 계속 이어졌어요. 얼마나 그랬는지는 모르겠지만 지칠 줄 몰랐다는 건 기억이 나요. 시작하면 자유의 여신상도 겁탈할 수 있을 만큼 흥분이 됐고 끝나도 마찬가지였어요. 아무리 해도 부족했어요. 꼭 술 같았어요. 어떻게 해도 절대 만족이 없었다는 점에서. 그녀도 그렇다는 걸 알았어요.

하지만 결국에는 중단을 했죠. 그녀가 두 손으로 머리를 받치고 우리가 누워 있던 시커먼 흙 위에서 하얀 어깨를 꼼지락거리며 빠져나가더니 반짝이는 은빛 눈으로 나를 올려다보며 물었어요. '어때요, 데이브? 이제 우리, 이웃이 됐나요?'

내가 그녀에게 더 하고 싶다고 하자 그녀는 너무 욕심을 부리지 말라고 했어요. 내가 그래도 올라타려고 했더니 젖을 물리기 싫어진 엄마가 아이를 떼어내듯 가볍게 나를 밀치더군요. 그래도 내가 덤볐더니 손톱으로 얼굴을 할퀴어서 두 군데 상처를 냈고요. 덕분에 흥분을 가라앉힐 수 있었죠. 그녀는 고양이만큼 빠르고 힘은 두 배로 셌어요. 내가 노는 시간이 끝났다는 걸 알아차린 눈치를 보이자 그녀는 옷을 입고 옥수수밭 밖으로 앞장섰어요. 나는 어린양처럼 고분고분하게 따라나섰죠.

그녀의 집까지 남은 길을 걸어갔어요. 아무도 마주치지 않았고 어쩌면 다행이었죠. 내 옷은 먼지와 옥수수수염으로 뒤덮였고, 셔츠 자락은 빠져나왔고, 뒷주머니에 쑤셔넣은 넥타이는 꼬리처럼 나풀거렸고, 내 몸은 옷이 닿는 곳마다 쓰라렸으니까요. 하지만 그녀는 드러그스토어에서 파는 크림소다처럼 매끈하고 서늘했어요. 삐져나온 머리카락 한 올 없고, 구두에 묻은 먼지 한 톨 없고, 치맛자락에 매달린 옥수수수염 한 가닥 없었죠.

집에 도착해서 페인트가 얼마나 필요할지 둘러보는데 그녀가 커다란 잔에 마실 것을 가져다주더군요. 빨대와 민트 이파리가 꽂혀 있었어요. 아이스티인 줄 알았는데 한 모금 마셔보니 아니었어요. 물을 타지 않은 스카치위스키였어요.

'으악!' 나는 하마터면 사레가 들 뻔했어요.

'싫어요?' 그녀는 특유의 비웃음을 지으며 물었어요. '아이스커피가 더 나았으려나?'

'아니에요, 좋아요.' 나는 이렇게 대답했지만 좋은 정도가 아니었죠. 필요했거든요. 그 당시만 해도 낮에는 술을 마시지 않으려고 했어요. 알코올의존자들이 하는 짓이니까요. 하지만 그것도 그날로 끝이었어요. 그 뒤로는 그녀와 알고 지내는 동안 날마다 거의 하루 종일 술을 마셨죠. 아이젠하워의 마지막 임기 이 년 반 동안 나는 술독에 빠져 지낸 거나 다름없어요.

내가 그 집에 페인트를 칠하는 동안—그리고 허락이 떨어질 때마다 그녀를 상대로 온갖 짓을 저지르는 동안—그녀는 도서관에 자리를 잡았어요. 래빈 씨가 그녀를 당장 채용해서 어린이 도서관을 맡겼죠. 나는 기회가 될 때마다 거길 찾아갔고 자영업자이다 보니 뻔질나게 들락거릴 수 있었어요. 래빈 씨가 너무 자주 오는 거 아니냐고 하기에 도서관 내부를 몽땅 공짜로 칠해주겠다고 약속했어요. 그랬더니 수없이 들락거려도 아무 소리 하지 않더군요. 아델리아가 그렇게 말하면 될 거라더니 과연 그녀의 말이 맞았어요. 늘 그랬듯이.

여자도 아닌 여자의 마력에 홀려서 넋을 잃은 남자, 그게 바로 나였고 마력에 홀려서 지낸 시기는 기억이 드문드문해요. 술을 마시다 보면 가끔 필름이 끊길 때가 있는데 그거하고는 달라요. 지난 일을 잊고 싶기 때문에 나타나는 현상이거든요. 그 시절의 기억은 드문드문하지만 서로 연결돼 있는 느낌이에요. 이름이 아치펠리고스인가 하는, 태평양에 있는 제도처럼 말이에요.

래빈 씨가 죽기 한 달쯤 전에 그녀가 빨간 모자 포스터를 어린이 도서관 출입문에 달았던 것과 남자아이 손을 잡고 그쪽으로 데려갔던 게 생각이 나네요. '저 여자아이 보이지?' 아델리아가 아이한테 물었죠. '네.' 아이가 대답했어요. '왜 나쁜 놈이 저 아이를 잡아먹으려고 하는지 알아?' 아델리아가 물었어요. '아뇨.' 이렇게 대답하는 아이의 눈은 접시만 했고 심각했고 눈물이 그렁그렁 맺혀 있었어요. '도서관에서 빌린 책을 깜빡하고 제때 반납하지 않았거든. 너는 절대 그러지 않을 거지, 윌리? 그렇지?' '네, 절대 안 그럴게요.' '잘 생각했다.' 아델리아는 아이의 손을 잡은 채로 구연동화 시간이 있을 어린이 도서관으로 데려갔어요. 그 아이—베트남에서 전사한 윌리 클레마트였어요—는 페인트 붓을 들고 비계에 서 있는 나를 어깨 너머로 돌아보았는데, 눈빛으로 뭐라고 말하는지 신문 헤드라인처럼 훤히 읽을 수 있겠더군요. '살려주세요. 살려주세요, 덩컨 아저씨.' 하지만 내가 무슨 능력으로 그럴 수 있었겠어요? 나조차 살리질 못했는데."

데이브는 뒷주머니 깊숙한 곳에서 깨끗하지만 심하게 쭈글쭈글한 스카프를 꺼내 경적 소리를 내며 코를 풀었다.

"래빈 씨가 처음에는 아델리아를 기적을 행하는 존재처럼 떠받들었지만 얼마 안 있어 생각이 바뀌었어요. 그가 죽기 일주일 전쯤에는 빨간 모자 포스터를 놓고 둘이서 엄청난 말다툼을 벌였죠. 그는 처음부터 그 포스터를 좋아하지 않았어요. 구연동화 시간에 어떤 일이 벌어지는지—이건 좀 있다 얘기할게요—는 잘 몰랐어도 완전히 장님은 아니었으니까요. 아이들이 어떤 표정으로 그 포스터를 쳐다보는지 래빈 씨의 눈에도 보였거든요. 결국 그가 포스터를 떼라고 했어요. 그러자 옥신각신이 시작됐죠. 나는 높다란 비계에서 있었고 도서관은 음향효과가 형편없었지만 그래도 들을 만큼 들었어요. 그가 아이들에게 겁을 주면 되겠느냐 아니면 상처를 주면 되겠느냐고 했더니 그녀는 그래야 '소란스러운 것들'을 통제할 수 있다고 하더군요. 회초리 같은 훈육 도구라고.

레빈 씨는 고집을 꺾지 않았고 그녀는 결국 포스터를 떼는 수밖에 없었죠. 그날 저녁, 퇴근한 그녀는 하루 종일 아이에게 막대기로 찔린 동물원 호랑이 같았어요. 실오라기 하나 걸치지 않은 몸으로 머리칼을 나부끼며 성큼성큼 집안을 왔다갔다하더라고요. 나는 잔뜩 취해서 침대에 누워 있었죠. 하지만 그녀가 돌아보았을 때 머릿속에서 불이라도 난 것처럼 시뻘겋게 변한 눈과, 얼굴에서 튕겨져 나오려고 애를 쓰는 것처럼 이상하게 뒤틀려 있었던 입은 기억이 나요. 너무 무서워서 술이 깰 것 같더군요. 그런 얼굴은 평생 본 적이 없었고 두 번 다시 보고 싶지 않았어요.

'버릇을 고쳐줘야겠어.' 그녀가 그러더군요. '늙고 돼지 같은 그 변태 새끼 버릇을 고쳐줘야겠어. 데이브, 두고 봐.'

나는 바보 같은 짓은 하지 말라는 둥, 욱해도 참으라는 둥, 잡소리를 주저리주저리 늘어놓았죠. 그녀는 잠깐 내 말을 듣다가 번개처럼 방을 가로질러서 달려왔는데…… 어떻게 설명하면 좋을지 모르겠네요. 방금 전까지만 해도 방 저쪽에 서 있었던 사람이 시뻘건 눈을 이글거리고, 키스를 하고 싶어서 피부를 최대한 늘린 사람처럼 입술을 삐죽 내밀고서는 순식간에 내 위로 펄쩍 뛰어오른 거예요. 이번에는 그냥 할퀴는 정도가 아니라 내 목 깊숙이 손톱을 박아서 등뼈까지 포를 뜰지 모르겠다는 생각이 들더군요.

하지만 그녀는 그러지 않았어요. 내 얼굴에 자기 얼굴을 바짝 대고 빤히 쳐다보기만 했죠. 뭘 봤는지 모르겠지만—아마 겁에 질린 내 얼굴이었겠죠—마음에 들었는지 머리칼이 내 허벅지에 닿을 정도로 고개를 뒤로 젖히고 웃음을 터뜨리더군요. '시끄러워, 망할 고주망태야.' 그녀가 말했죠. '내 안에다 박치기나 해. 네가 잘하는 게 그것밖에 더 있어?'

그래서 시키는 대로 했죠. 그 무렵에는 박치기말고는—그리고 술 마시는 것말고는—잘하는 게 없었으니까요. 세 번의 음주 운전으로 체포된 이후에 면허도 취소당했고, 직업적인 측면에서도 안 좋은 평가를 듣고 있었어요. 사실 일에 더이상 신경쓰지 않았어요. 원하는 게 그녀밖에 없었거든요. 데이브 덩컨이 이제는 믿을 만한 사람이 못 된다는 소문이 돌기 시작했지만…… 사람들이 그렇게 수군거리는 이유는 항상 술 때문이었어요. 우리 둘이 어떤 사이인지는 절대 소문이 나지 않았죠. 그녀가 그 부분에 있어서만큼은 지독하게 철저했거든요. 내 평판은 시궁창에 처박혔지만 그녀의 치맛자락에는 진흙 한 방울도 튄 적이 없었어요.

래빈 씨는 눈치챘던 것 같아요. 처음에는 내가 그녀에게 반했을 뿐 그녀는 비계에서 송아지 같은 눈으로 자기를 쳐다보는 나를 모른다고 생각했지만 나중에는 진실을 알아차렸던 것 같아요. 하지만 얼마 안 있어 래빈 씨가 죽어버렸단 말이죠. 사람들 말로는 심장마비라고 했지만 나는 아니라는 걸 알아요. 그 사건이 벌어지고 다음날 밤에 그녀의 뒷마당에 설치한 해먹으로 나가서 같이 누웠을 때 몇 번을 해도 만족을 하지 못한 쪽은 그녀였어요. 내 입에서 항복 소리가 나올 때까지 밀어붙이더군요. 그러더니 내 옆에 누워서 크림으로 배를 채운 고양이처럼 만족한 표정으로 나를 쳐다보았는데, 눈이 또다시 짙은 빨간색으로 이글거렸어요. 내가 상상한 게 아니에요. 빨간색이 내 팔뚝 피부 위로 비쳤거든요. 느낌도 있었어요. 활활 타오르다 한풀 꺾인 장작 난로 옆에 앉아 있는 느낌이었어요. '내가 버릇을 고쳐주겠다고 했지, 데이브?' 그녀가 그 놀리는 듯한 못된 말투로 이렇게 얘기하더군요.

나는 취한데다 박치기를 하느라 죽을 지경이었기 때문에 그녀의 말을 흘려들었어요. 꼭 늪에서 잠이 드는 기분이었거든요. '어떻게 했는데?' 나는 반쯤 졸며 이렇게 물었어요.

'안아줬어.' 그녀가 말했어요. '특별한 포옹을 해주었지. 데이브, 너는 내 특별한 포옹이 뭔지 모를 테고 운이 좋으면 죽을 때까지 알 일이 없을 거야. 그를 서가에 몰아넣고 팔로 감싸 안은 다음 내 본

모습을 보여줬어. 그랬더니 울음을 터뜨리더라? 그 정도로 무서웠던 거야. 특별한 눈물을 흘리기 시작하기에 키스로 닦아주었고, 다 닦았을 때 그가 내 품에서 죽었어.'

'특별한 눈물.' 그녀는 그렇게 표현했어요. 그러고 나서 그녀의 얼굴이…… 달라지더군요. 물속에 들어가 있는 것처럼 일렁거렸어요. 그때 내가 뭔가를 보았는데…….”

데이브는 말끝을 흐리고 평지와 곡물 창고와 허공을 쳐다보았다. 손으로 현관의 난간을 움켜쥐고 있었다. 그 손에 힘을 주었다가 풀었다가 다시 힘을 주었다.

“기억이 나지 않네요.” 마침내 그가 말했다. “어쩌면 기억하고 싶지 않은 건지도 모르죠. 딱 두 가지는 생각이 나요. 눈꺼풀 없는 빨간 눈이 있었다는 거, 그리고 입 주변에 출렁거리는 살이 너풀너풀 몇 겹으로 접혀 있었는데 피부는 아니었다는 거. 그리고…… 그게 위험해 보였다는 거. 입 주변의 살들이 움직이기 시작하니까 내가 비명을 질렀던 것 같아요. 그러자 사라졌어요. 전부 사라졌어요. 예쁘장한 고양이처럼 웃으며 나를 올려다보는 아델리아로 다시 돌아갔어요.

'걱정 마.' 그녀가 말했죠. '앞으로 두 번 다시 볼 일 없을 거야, 데이브. 내가 시키는 대로만 하면 돼. 착하게 굴면 돼. 말 잘 들으면 돼. 바보 같은 영감이 마침내 사라져서 오늘밤은 정말 행복하다. 시의회에서 나를 후임으로 임명할 테니까 이제 거길 마음대로 운영할 거야.'

'그럼 신의 가호를 빌어야겠네.' 나는 이런 생각이 들었지만 입

밖으로 내뱉지는 않았죠. 아무리 고래고래 비명을 질러도 들어줄 사람 하나 없는 외딴곳에서 옆에 웅크리고 누워 빤히 쳐다보는 시뻘건 눈알 달린 괴물을 보았다면 누구라도 그랬을 거예요.

잠시 후에 그녀가 집안에서 스카치위스키를 가득 따른 큼지막한 잔을 두 개 들고 나왔고, 나는 이내 아무것도 상관없는 해저 이만리 속으로 빨려 들어갔죠.

그녀는 도서관을 일주일 동안 휴관했어요. 그녀의 표현에 따르면 '래빈 씨를 기리기 위해서'라고 하더군요. 그러고 나서 문을 열었을 때 어린이 도서관 출입문에 빨간 모자 포스터가 다시 등장했죠. 그로부터 일이 주가 지났을 때 어린이 도서관에 걸 포스터를 몇 장 그려달라 했어요."

그는 잠깐 이야기를 멈추었다가 좀 전보다 나직하고 느리게 말을 이었다.

"아직까지도 내 마음속 한구석에는 보기 좋게 꾸미고 싶은 마음, 내 역할을 그럴듯하게 포장하고 싶은 마음이 있어요. 그녀에게 반항했다고, 싸웠다고, 아이들에게 겁을 주는 일을 하고 싶지 않다고 얘기했다고 말하고 싶지만…… 그러면 거짓말이 되겠죠. 나는 고분고분 그녀가 시키는 대로 했어요. 맞아요, 그랬어요. 그즈음에는 그녀가 무서워졌기 때문이기도 하지만, 여전히 그녀에게 푹 빠져 있었던 게 더 큰 이유예요. 내 마음속 비열하고 못된 한구석—모두는 아니지만 대부분의 사람들에게 이런 구석이 있다고 봐요—에서는 그녀의 수작을 재미있어했어요. 재미있어했다고요.

자, 이제 내가 무슨 짓을 했는지 궁금할 테지만 전부 공개할 수는 없어요. 기억이 나지 않거든요. 다락방에 처박아두었다가, 처분하겠다는 일념으로 구세군에 보내버린 망가진 장난감처럼 그 시절 기억은 온통 뒤죽박죽이에요.

사람을 죽이지는 않았어요. 그거 하나만큼은 분명해요. 그녀는 내가 죽이길 바랐고…… 하마터면 그럴 뻔했지만…… 막판에 발을 뺐어요. 내가 지금 고개를 들고 살 수 있는 것도 마지막에 기어서 도망친 덕분이에요. 그녀가 내 영혼의 일부를 가져갔지만—어쩌면 가장 좋은 부분을요—전부 가져가지는 못했으니까요."

그는 생각에 잠긴 눈빛으로 나오미와 샘을 쳐다보았다. 이제는 좀 차분해졌고 진정이 된 듯했다. 샘은 그가 마음의 평화를 찾았는지도 모른다는 생각이 들었다.

"1959년 가을—1959년이었던 것 같아요—의 어느 날, 도서관에 갔더니 그녀가 어린이 도서관에 걸 포스터를 그려달라더군요. 그녀는 어떤 포스터를 원하는지 정확하게 설명했고 나는 선뜻 받아들였어요. 별것 아닌 것 같았거든요. 사실 재미있겠다고 생각했어요. 그녀가 원한 건 어린아이가 대로 한복판에서 로드롤러에 치여서 넙치처럼 된 포스터였어요. 그 밑에 이런 문구를 넣을 예정이었고요. '서두르다 큰코다친다! 도서관에서 빌린 책은 진작 반납합시다!'

나는 개그라고 생각했어요. 코요테가 로드 러너를 쫓아가다 화물열차나 뭐 그런 거에 깔려서 넙치가 되는 만화처럼. 그래서 좋다고 했죠. 그녀는 기뻐하더군요. 나는 그녀의 사무실로 들어가서 포스터를 그렸죠. 오래 걸리지도 않았어요. 그깟 만화쯤이야.

그녀가 마음에 들어 할 줄 알았더니 아니었어요. 눈살을 찌푸리고 입술은 안 보일 정도로 앙다물더군요. 내가 만화식으로 남자아이의 눈 대신 가위표를 그려 넣고 로드롤러 운전자의 입에 말풍선을 달았거든요. '우표만 있으면 저 아이한테 붙여서 엽서로 쓸 수 있겠네'라고요.

그녀는 심지어 미소조차 비치지 않았어요. '아니야, 데이브.' 그녀가 말했어요. '이해를 못 했나 본데, 이런 포스터를 보고 아이들이 책을 제때 반납할 리 없잖아. 이걸 보면 웃을 거 아냐. 지금도 이미 너무 많이 웃고 있는데.'

'아.' 내가 말했어요. '당신이 어떤 포스터를 원하는지 내가 이해를 못 한 모양이네.'

우리는 대출 데스크 뒤에 서 있었기 때문에 밖에서는 상반신밖에 보이지 않았거든요. 그녀가 손을 뻗어서 내 불알을 잡더니 커다란 은색 눈으로 나를 쳐다보며 이렇게 얘기했어요. '리얼하게 그려줬으면 좋겠어.'

그녀의 말뜻을 이해하는 데 시간이 걸렸어요. 이해하고 난 다음에는 믿기지가 않았고요. '아델리아, 지금 뭘 알고서 하는 얘기야? 아이가 정말로 로드롤러에 치이면…….'

그녀는 내 불알을 아프게 꽉 쥐더니—그녀가 나를 어떤 식으로 소유하고 있는지 상기하려는 듯이 말이죠—이렇게 말했어요. '알고서 하는 얘기야. 이제는 네가 내 말뜻을 이해할 차례야. 내가 바라는 건 아이들이 웃음을 터뜨리는 게 아니야, 데이브. 울음을 터뜨리는 거지. 그러니까 다시 들어가서 이번에는 제대로 그려줄래?'

나는 그녀의 사무실로 들어갔어요. 어쩔 작정이었는지 모르겠지만 부리나케 결정을 내렸어요. 책상 위에 새 포스터 종이와, 빨대와 민트 이파리가 꽂힌 큼지막한 스카치위스키 잔과, 아델리아의 쪽지가 있더군요. '데이브, 이번에는 빨간색을 많이 써줘.'"

그는 진지한 눈빛으로 샘과 나오미를 바라보았다.

"하지만 그녀는 사무실에 들어온 적이 없었거든요. 단 일 초도요."

3

나오미가 데이브에게 물을 새로 한 잔 가져다주었다. 물을 들고 온 나오미는 안색이 몹시 창백했고 눈가가 빨갰다. 하지만 조용히 자리에 앉아서 데이브에게 이야기를 계속하라고 손짓했다.

"나는 알코올의존자들이 제일 잘하는 걸 했어요." 그가 말했다. "술을 마시고 시키는 대로 한 거죠. 뭐랄까…… 광기라고 할까…… 그런 거에 사로잡혀서. 두 시간 동안 뭐가 어떻게 되어가고 있는지 전혀 신경쓰지 않고 그녀의 책상 온 사방에 물과 물감을 묻혀가며 싸구려 수채화 물감으로 그림을 그렸어요. 그 결과 기억하고 싶지 않은 작품이 탄생했지만…… 기억을 하지 않을 수가 없네요. 어떤 남자아이가 신발은 벗겨지고 머리는 햇볕에 녹은 버터처럼 곤죽이 된 채 램폴 스트리트에 피투성이로 쓰러진 그림이었거든요. 실루엣으로 처리된 로드롤러 운전자는 뒤를 돌아보며 씩 웃고 있었죠. 그 남자는 내가 그린 포스터에 자주 등장했어요. 샘, 당신이 얘기한, 모르는 사람 차에 타지 말라는 포스터에서도 그 남자가 운전자였어요.

내가 태어나고 일 년쯤 지났을 때 아버지가 어머니를 두고 집을 훌쩍 나가버렸는데, 이제 와서 생각해보면 포스터에 그리려고 했던 사람이 아버지였지 않았나 싶어요. 그를 까만 남자라고 지칭했는데 아버지였던 것 같단 말이죠. 아델리아가 나를 자극해서 그를 끄집어냈는지도 모르죠. 내가 두 번째 포스터를 들고 나가자 그녀는 마음에 들어 했어요. 보면서 웃음을 터뜨렸어요. '완벽해, 데이브! 이걸 보면 코흘리개들이 정신을 바짝 차릴 수밖에 없겠어! 당장 걸어야지!' 그녀는 그 포스터를 어린이 도서관 대출 데스크 앞에 걸었어요. 그녀가 포스터를 거는 동안 나는 무언가를 깨닫고 오싹해졌죠. 내가 누굴 그렸는지 알겠는 거예요. 윌리 클레마트였어요. 나도 모르는 새 그 아이를 그렸고, 아이의 표정은 그녀가 손을 잡고 어린이 도서관으로 데려갔던 날에 본 그 표정이었어요.

구연동화를 들으러 온 아이들이 그 포스터를 처음 본 순간에 나도 있었어요. 아이들은 겁에 질렸죠. 눈이 휘둥그레지고 한 여자아이는 울음을 터뜨렸어요. 겁에 질린 아이들을 보니까 기분이 좋더군요. '이제 아이들이 정신을 바짝 차리겠지. 그녀를 건드리면, 그녀가 시키는 대로 하지 않으면 어떻게 되는지 알아차렸겠지.' 이런 생각이 들었어요. 그런가 하면 한편으로는 이런 생각도 들었어요. '생각하는 게 점점 그녀를 닮아가는군, 데이브. 이러다 조만간 그녀와 똑같아지면 돌아오지 못할 거야. 영영 돌아오지 못할 거야.'

그럼에도 불구하고 나는 멈추지 않았어요. 편도 티켓만 하나 달랑 쥐고 있는 느낌이라 중간에 내리지 않고 종착역까지 갈 수밖에 없다는 생각이었어요. 아델리아가 대학생을 몇 명 채용했지만 대출 반납실과 자료실과 메인 데스크만 맡겼어요. 아이들은 전적으로 그녀가 맡았죠. 가장 손쉽게 협박할 수 있으니까요. 그리고 아이들이 제일 훌륭한 먹잇감이기도 했을 거예요. 그녀를 가장 만족시키는 먹잇감. 그녀는 그걸 먹고 살았거든요. 아이들이 느끼는 공포를요. 그래서 나는 포스터를 몇 장 더 그렸어요. 전부 기억하지는 못하지만 도서관 경찰은 기억해요. 도서관 경찰이 등장한 포스터가 많았거든요. 어떤 포스터—제목이 '도서관 경찰도 휴가를 가지요'였어요—에서 그자는 개울가에서 낚시를 해요. 그런데 낚으려는 게 아이들이 바보 사이먼이라고 부른 남자아이였어요. 그가 바보 사이먼을 로켓에 묶어놓고 우주로 날려보내는 스위치를 당기는 포스터도 있었어요. 그건 제목이 '도서관에서 과학과 첨단 기술에 대해 배워보아요. 하지만 버릇없이 굴거나 책을 연체하면 안 돼요'였죠.

우리는 어린이 도서관을 공포의 집으로 만들었어요." 데이브는 울먹이며 천천히 말했다. "그녀와 내가요. 우리가 아이들에게 그런 짓을 했어요. 그런데 희한하죠. 아이들은 계속 도서관을 찾아왔어요. 이야기에 목말라 했어요. 그리고 아무한테도 얘기하지 않았어요. 그녀가 입단속을 철저히 했거든요."

"하지만 부모님들!" 나오미가 갑자기 빽 하고 외치는 바람에 샘은 화들짝 놀랐다. "부모님들은 그걸 보고 당연히……."

"아뇨!" 데이브가 말했다. "부모님들은 아무것도 보지 못했어요. 그들이 본 무서운 포스터는 빨간 모자와 늑대가 그려진 포스터 하나뿐이었어요. 아델리아가 그건 계속 걸어놓았지만 다른 건 구연동화 시간에만 꺼냈거든요. 그러니까 목요일 방과후 저녁과 토요일 오전에만요. 그녀는 인간이 아니었어요, 세라. 그걸 잊지 말아야 해요. 그녀는 인간이 아니었다는 걸. 그녀는 어른들이 언제 들이닥칠지 알았기에 그들이 도착하기 전에 내가 그린 포스터를 떼고 다른 포스터—'책을 읽는 재미를 느껴보세요!' 이런 문구가 적힌 평범한 포스터—를 걸었죠.

내가 구연동화 시간에 참석했던 때가 생각나요. 그 무렵에는 기회만 닿으면 그녀를 졸졸 따라다녔는데, 그림은 때려치우고 원래 하던 일은 깽판 놓고 근근이 모아놓은 얼마 안 되는 돈으로 지냈으니 시간이 남아돌았죠. 그 돈도 금세 바닥이 났기 때문에 이런저런 것들을 처분하는 수밖에 없긴 했어요. 텔레비전, 기타, 트럭, 급기야는 집까지. 그건 상관없어요. 중요한 건 뭔가 하면 내가 도서관에 죽치고 있었기 때문에 무슨 일이 벌어지는지 보았다는 거예요. 아이들은 아델리아를 중심으로 조그만 의자를 동그랗게 모아놓고 앉았어요. 나도 페인트 자국이 남은 작업복 차림으로 잔뜩 취해서 스카치위스키 냄새를 풍기며 뒤편 어린이용 의자에 앉아 있었고요. 그녀는 책을 읽어주다가—특별히 엄선한 이야기를요—멈추고 무슨 소리가 들리는지 귀를 기울이는 것처럼 고개를 옆으로 갸우뚱했어요. 그러면 아이들은 불안한 표정으로 꼼지락거렸죠. 그녀에게 취해서 깊이 잠이 들었다가 깨어난 것 같은 표정이기도 했어요.

'손님이 오시네.' 그녀는 미소를 지으며 이렇게 얘기했죠. '특별한 순간이지, 애들아? 큰 손님들을 맞이할 준비할 수 있게 선생님을 도와줄 착한 어린이 있을까?' 그녀가 그렇게 물으면 아이들은 일제히 손을 들었어요. 다들 착한 어린이가 되고 싶어 했거든요. 말을 잘 듣지 않는 나쁜 어린이는 어떻게 되는지 내가 그린 포스터를 통해서 배웠거든요. 심지어 낡고 지저분한 작업복을 입고 세상에서 가장 나이 많고 삶에 찌든 아이처럼 뒷자리에 앉아 있던 나조차 손을 들었어요. 아이들은 자리에서 일어나 누구는 내가 그린 포스터를 거두고, 또 누구는 그녀의 책상 맨 아래 서랍에 들어 있는 평범한 포스터를 꺼냈어요. 그 둘을 바꿔치기한 거죠. 그런 다음 아이들이 자리에 앉으면 그녀는 들려주고 있던 끔찍한 이야기 대신 『공주와 완두콩』 같은 이야기를 들려주었고, 몇 분이 지나면 아닌 게 아니라 어느 집 어머니가 고개를 내밀었어요. 그녀가 상냥한 로츠 양이 읽어주는 책을 얌전하게 듣고 있는 착한 아이들을 보고 자기 아이를 향해 미소를 지으면 아이도 미소로 화답했고 그렇게 상황은 계속됐어요."

"들려주고 있던 끔찍한 이야기라니 그게 뭐예요?" 샘이 물었다. 목이 쉬었고 입안이 말랐다. 데이브의 이야기를 듣는 동안 충격과 혐오감이 점점 커졌다.

"동화요." 데이브가 말했다. "그녀가 그걸 공포스럽게 바꾸었어요. 대부분 얼마나 살짝 뜯어고치기만 하면 됐는지 들으면 놀랄걸요?"

"저는 놀랍지 않아요." 나오미가 딱 잘라 말했다. "그런 이야기들을 들은 기억이 나거든요."

"그랬겠죠." 그가 말했다. "하지만 아델리아한테 직접 들은 적은 없잖아요. 아이들은 그걸 좋아했어요. 그런 이야기를 좋아한 아이도 있었고, 다들 그녀를 좋아했어요. 나처럼 그녀의 매력에 홀딱 넘어가버린 거죠. 같이 침대에서 뒹굴지는 않았을 테니—적어도 내가 짐작하기로는 그래요—나하고 똑같지는 않았겠지만, 그녀에게 내재된 검은 기운이 아이들에게 내재된 검은 기운을 자극한 거예요. 무슨 말인지 알겠어요?"

샘은 어린시절 푸른 수염의 사나이*와 디즈니의 〈판타지아〉에 나오는 춤추는 빗자루에 푹 빠졌던 사람답게 무슨 말인지 이해했다. 아이들은 검은 기운을 질색하고 두려워했지만…… 거기에 매력을 느꼈다. 검은 기운은 손짓하며 아이들을 유혹했다.

(꼬맹아, 같이 가줘야겠는데.)

노래로 유혹했다.

(나는 경찰이다.)

그렇지 않은가.

그렇지 않은가?

"무슨 말인지 알아요. 데이브." 그가 말했다.

데이브가 고개를 끄덕였다. "아직 알아내지 못했어요, 샘? 당신을 찾아온 도서관 경찰이 누군지?"

"아직 그 부분을 잘 모르겠어요." 샘은 이렇게 말했지만 사실 마음속 한구석에서는 알고 있었다. 마치 머릿속이 시커먼 심연이고

* 샤를 페로의 동화 속 주인공. 아내를 여섯 명이나 살해했다.

밑바닥에 배가 한 척 가라앉아 있는 것 같았다. 평범한 배가 아니었다. 약탈품과 시신으로 가득한 해적선이었다. 오랫동안 처박혀 있던 진흙 바닥 속에서 배가 꿈틀거리기 시작했다. 눈에 확 띄는 이 난파 유령선이 부러진 돛대에 시커먼 해초를 늘어뜨리고 백만 불짜리 미소를 짓고 있는 해골을 썩어가는 타륜에 매단 채 조만간 다시 부상할까 싶어서 두려울 따름이었다.

“알 텐데요.” 데이브가 말했다. “아니면 조금씩 감이 잡히고 있거나. 그걸 밝혀야 해요, 샘. 내 말 믿어요.”

“들려줬다는 이야기가 어떤 식이었다는 건지 아직 잘 모르겠어요.” 나오미가 말했다.

“그녀가 가장 좋아했던 이야기 중 하나가—아이들이 가장 좋아했던 이야기이기도 했죠. 그 심리를 이해하고 받아들여야 해요—『골디락스와 곰 세 마리』였어요, 세라. 당신도 어떤 내용인지 알 테지만 이 도시에 사는 몇몇 사람들—지금은 은행 간부로, 변호사로, 존 디어 트랙터를 한 부대 거느린 대규모 농장주로 자란 아이들—하고는 다르게 알고 있을 거예요. 그들의 마음 깊은 곳에는 아델리아 로츠 버전이 남아 있거든요. 그들 중 일부는 다른 버전이 있는 줄 모르고 아이들에게 아델리아 버전으로 얘기해줬을 수도 있어요. 안 그랬다면 좋겠지만 그랬을 거라는 걸 알아요.

아델리아 버전에서는 골디락스가 못된 짓을 한 나쁜 아이예요. 곰 세 마리가 사는 집에 들어가서 일부러 쑥대밭으로 만들어놓죠. 엄마 곰의 커튼을 뜯고, 빨래를 진흙탕으로 질질 끌고 가고, 아빠 곰의 잡지와 서류를 죄다 찢어놓고, 스테이크용 칼로 아빠 곰이 가장 좋아하는 의자에 구멍을 내고. 그런 다음 책을 전부 찢어요. 골디락스가 책을 훼손하는 부분이 아델리아가 가장 좋아한 부분이었을 거예요. 그리고 죽도 먹지 않아요, 천만에요! 아델리아 버전에서는 안 먹어요. 거기서는 골디락스가 높은 선반에 있는 쥐약을 꺼내서 슈거 파우더처럼 죽 위에 마구 뿌려요. 그 집에 누가 사는지 몰라도 죽이고 싶은 거죠. 그 정도로 나쁜 아이니까."

"끔찍해라!" 나오미가 소리를 질렀다. 그녀는 처음으로 평정심을—완전히—잃었다. 두 손으로 입을 막고 휘둥그레 뜬 눈으로 데이브를 쳐다보았다.

"그렇죠. 하지만 그게 다가 아니었어요. 집안을 쑥대밭으로 만드느라 지친 골디락스는 침실까지 헤집어놓으려고 2층에 올라갔다가 아기 곰의 침대에서 잠이 들었어요. 집으로 돌아온 곰 세 마리는 그녀를 보고 달려들어서—아델리아가 그런 식으로 표현했어요. 달려들었다고—못된 짓을 한 나쁜 아이를 산 채로 잡아먹었어요. 비명을 지르며 몸부림치는 그녀를 발에서부터 먹었어요. 머리만 빼고. 죽에 무슨 짓을 했는지 알았기에 그건 남겨두었죠. 쥐약 냄새를 맡았거든요. '그들은 그럴 수 있었어, 얘들아. 왜냐하면 곰이잖아.' 아델리아가 이렇게 말하면 아이들—아델리아의 착한 아이들—은 고개를 끄덕였죠. 그럴 수 있다는 걸 알았으니까요. '그들은 골디락스의 머리를 들고 부엌으로 내려가서 아침으로 뇌를 삶아 먹었어. 정말 맛있다고 입을 모아서 이야기하고…… 그 뒤로 행복하게 잘 살았단다.'"

4

죽음에 가까운 짙은 정적이 현관을 감쌌다. 데이브는 물잔을 집으려다가 손이 떨리는 바람에 하마터면 난간에서 떨어뜨릴 뻔했다. 떨어지기 직전에 잡아서 두 손으로 붙들고 크게 한 모금 마셨다. 그런 다음 잔을 내려놓고 샘에게 물었다. "이러니 내가 술을 자제할 수 있었겠어요?"

샘은 고개를 저었다.

데이브가 이번에는 나오미를 쳐다보며 물었다. "내가 왜 이 이야기를 아무한테도 할 수 없었는지 이유를 알겠죠? 왜 그 방에 넣어 놓을 수밖에 없었는지."

"네." 그녀는 떨리는 목소리로 한숨을 쉬듯 속삭였다. "아이들이 아무한테도 얘기하지 않은 이유도 알 것 같아요. 너무…… 너무 무시무시한 일은 그렇잖아요."

"우리 입장에서는 그럴지 모르죠." 데이브가 말했다. "하지만 아이들 입장에서도 그럴까요? 나는 잘 모르겠어요, 세라. 아이들이 과연 한눈에 괴물을 알아볼 수 있을까요? 괴물 알아보는 법은 부모님한테 배우는 거죠. 그리고 그녀는 또 다른 능력이 있었어요. 그녀가 부모님이 오신다고 하면 아이들이 단잠에서 깨어난 것 같은 표정을 지었다고 내가 얘기했던 거 기억하죠? 아이들이 희한한 수면 상태였다고 보면 돼요. 최면은 아니지만—내가 보기에는 아니지만—최면 비슷한 상태였던 거죠. 그래서 집에 가면 들었던 이야기나 포스터를, 적어도 의식의 표면에서는 기억하지 못했어요. 무의식 깊은 곳에서는 많은 걸 기억하고 있을 거예요……. 샘이 무의식 깊은 곳에서는 그를 찾아온 도서관 경찰이 누구인지 알듯이. 아델리아의 착한 아이들이었던 은행 간부, 변호사, 대규모 농장주들은 지금도 기억하고 있을 거예요. 점퍼스커트와 반바지 차림으로 조그만 의자에 앉아 파이 접시처럼 큼지막하고 동그란 눈의 아이들이 한가운데 앉아 있는 아델리아를 바라보던 모습이 아직도 눈에 선해요. 날이 컴컴해지고 폭풍이 불면, 아니면 자는 도중에 악몽을 꾸면 그들은 어린시절로 돌아갈 거예요. 죽을 먹는 나무 숟가락으로 골디락스의 머리에서 뇌를 파먹는 곰 세 마리—아델리아의 곰 세 마리—와 금색 가발처럼 골디락스의 머리 가죽을 쓰고 있는 아기 곰이 열린 문 사이로 보일 거예요. 식은땀을 흘리며 일어나 메슥거림과 두려움을 달랠 거예요. 그녀가 이 도시에 남긴 게 그거라고 봐요. 아무도 모르는 악몽이라는 유산을 남긴 거죠.

최악의 부분이 아직 남았어요. 그런 이야기를 듣고—원인이 포스터일 때도 있었지만 대부분 이야기였어요—겁에 질려서 울음을 터뜨리거나 기절을 하려는 조짐을 보이는 아이가 생기잖아요? 그러면 그녀는 다른 아이들에게 이렇게 얘기했어요. '빌리, 혹은 샌드라, 혹은 아니면 토미를 화장실에 데려가서 달래주고 올 테니까 그동안 고개 숙이고 쉬고 있어.'

그러면 아이들이 일제히 고개를 떨구었어요. 꼭 시체처럼. 맨 처음에 그 광경을 보았을 때 나는 그녀가 어떤 여자아이를 데리고 나간 다음 이 분쯤 기다렸다가 자리에서 일어나 동그랗게 모여 앉아 있는 아이들에게 다가갔어요. 가장 먼저 윌리 클레마트에게 갔죠.

'윌리!' 나는 속삭이며 아이의 어깨를 찔렀어요. '윌리, 괜찮아?'

아이가 꼼짝 않길래 좀더 세게 찌르면서 이름을 다시 불렀죠. 그래도 꼼짝하지 않더라고요. 콧물이 가득찬 코를 고는 듯한 숨소리—노상 감기를 달고 사니 대부분의 아이들이 그런 소리를 내잖아요—가 들리는 것 외에는 그래도 시체 같았어요. 살짝 벌어진 눈꺼풀 사이로 흰자위만 보였고 아랫입술에는 침이 길게 매달려 있었고요. 무서워져서 다른 아이들도 서넛 살폈지만 고개를 들어서 나를 쳐다보거나 소리를 내는 아이가 한 명도 없었어요."

"그녀가 아이들에게 주술을 걸었다는 거죠?" 샘이 물었다. "백설공주가 독이 든 사과를 먹고 그랬던 것처럼 말이에요."

"맞아요." 데이브가 맞장구를 쳤다. "그거였어요. 방식은 달랐지만 딱 그거였어요. 윌리 클레마트를 잡고 흔들어서 깨우려는 찰나, 그녀가 화장실에서 돌아오는 소리가 들리더군요. 나는 들키지 않게 얼른 내 자리로 달려갔어요. 그녀가 아이들에게 무슨 짓을 저질렀는가보다 나한테 무슨 짓을 저지를지가 더 무서웠거든요.

아델리아가 들어왔고, 끌려 나갈 때만 해도 지저분한 시트처럼 얼굴이 흙빛이었던 아이는 세상에서 가장 효과 좋은 진정제를 먹은 사람처럼 바뀌었더군요. 반짝 깨어나서 뺨은 발그스레했고 눈은 반짝였어요. 아델리아가 엉덩이를 토닥이자 자기 자리로 달려갔고요. 잠시 후에 아델리아가 손뼉을 치고 이렇게 말했어요. '착한 어린이들, 모두 고개 들어요! 소냐가 괜찮아져서 이야기를 마저 듣고 싶대요. 그렇지, 소냐?'

'네, 선생님.' 소냐는 앙증맞게 종알거렸죠. 아이들이 일제히 고개를 들었어요. 이 초 전까지만 해도 죽은 아이들로 가득했다는 게 믿기지 않을 지경이었어요.

이런 일이 서너 번 반복되자 나는 그녀가 완전히 나갈 때까지 기다렸다가 뒤를 밟았어요. 그녀가 일부러 공포 분위기를 조성하고 있다는 걸 알았기에 그러는 이유가 있을 거라는 생각이 들었거든요. 무서워서 죽을 것 같았지만 이유가 뭔지 알아내고 싶었어요.

그날 그녀가 화장실로 데려간 아이는 윌리 클레마트였어요. 아델리아 버전의 『헨젤과 그레텔』 도중에 히스테리 발작을 일으켰거든요. 문을 살그머니 열어보니 아델리아가 윌리를 앞에 두고 세면기 옆에 무릎을 꿇고 앉아 있었어요. 아이가 울음은 멈췄다는 것말고는 아무것도 모르겠더라고요. 윌리가 하도 작아서 나를 등지고 무릎을 꿇고 앉아 있는 그녀에게 가려져서 전혀 보이지가 않았어요. 그녀가 입은 점퍼 어깨에 윌리가 손을 올려놓고 있어서 빨간 스웨터 한쪽 소매가 보였지만 그게 전부였죠. 그런데 잠시 후에 무슨 소리가 들렸어요. 밀크셰이크를 빨대로 거의 다 마셨을 때처럼 걸쭉한 뭔가를 빨아들이는 소리가요. 그녀가 아이를…… 추행하는 게 아닌가 하는 생각이 들더군요. 그건 맞았지만 내가 상상하지도 못했던 방식의 추행이었어요.

안으로 들어가서 발소리가 나지 않게 뒤꿈치를 들고 오른쪽으로 살금살금 걸어갔어요. 그래도 그녀는 발소리를 들었을 거예요. 귀가 우라질 레이더 수준이었으니까. 당장이라도 그녀가 고개를 돌리고 빨간 눈으로 나를 노려볼 것 같아서 조마조마했지만 멈출 수가 없었어요. 두 눈으로 꼭 확인하고 싶었거든요. 오른쪽으로 조금씩 움직이자 뭔가가 보이기 시작하더군요.

윌리의 얼굴이 일식에서 벗어난 달처럼 그녀의 어깨 너머로 조금씩 시야에 들어왔어요. 그녀도 처음에는 금색 머리밖에 안 보이더니—곱슬곱슬하니 풍성했거든요—얼굴이 차츰 보이기 시작했고요. 그녀가 무슨 짓을 하고 있는지 확인한 순간 다리에서 힘이 풀렸어요. 내가 다가가서 천장에 달린 배관을 두드리지 않는 한 거기 있는 걸 들킬 일이 없겠더군요. 그들이 눈을 감고 있었던 때문은 아니었어요. 둘 다 그 상황에 빠져서 정신이 없었거든요. 한 몸처럼 서로 연결이 된 채로 있었거든요.

아델리아는 더이상 인간의 얼굴이 아니었어요. 엿처럼 녹아내려서 콧잔등은 납작해지고 눈구멍은 중국인처럼 옆으로 길게 당겨져 얼굴 전체가 깔때기 모양이 되어 파리나 벌 같은…… 벌레 비슷하게 보였어요. 입은 없어져서 래빈 씨를 살해한 날 밤, 해먹에서 본 그걸로 바뀌어 있었어요. 깔때기의 좁은 부분으로 변한 거죠. 그 위에 빨간색 줄무늬를 보고 처음에는 피 아니면 살갗으로 덮인 혈관인 줄 알았는데 나중에 립스틱이라는 걸 깨달았어요. 입술은 사라졌지만 빨간 립스틱이 입술이 있었던 자리를 표시하고 있었던 거죠.

그녀는 빨판처럼 생긴 걸로 윌리의 눈을 빨아 마시고 있었어요."

샘은 벼락이라도 맞은 듯한 표정으로 데이브를 쳐다보았다. 이 남자가 미친 게 아닌가 하는 생각이 머릿속을 스치고 지나갔다. 유령이라면 모를까, 이건 차원이 다른 문제였다. 이것이 뭔지는 도대체 알 수가 없었지만 아무튼 그랬다. 하지만 진실과 정직이라는 단어가 데이브의 얼굴 위에서 네온사인처럼 반짝이는 것을 보고 샘은

생각했다. '이게 거짓말이라 하더라도 그는 거짓말인 줄 모르는 거야.'

"데이브, 아델리아 로츠가 윌리의 눈물을 마시고 있었다는 거예요?" 나오미가 머뭇머뭇 물었다.

"그렇기도 하고…… 아니기도 해요. 그녀가 마시고 있었던 건 특별한 눈물이었어요. 그녀의 얼굴은 그를 향해 길게 뻗어서 심장처럼 뛰었고 이목구비는 늘어나서 납작해졌어요. 쇼핑백에 그려진 핼러윈 가면처럼 말이죠.

윌리의 눈가에서 피가 섞인 콧물 같기도 하고 물처럼 녹은 살덩이 같기도 한 분홍색의 진득진득한 게 흘러나오고 있었어요. 그녀가 그걸 후루룩거리며 마시고 있었어요. 윌리의 공포를 마시고 있었던 거예요. 그녀가 분위기를 하도 실감나게 몰고 가니까 공포가 너무 커져서 끔찍한 눈물로 흘러나올 수밖에 없었던 거죠. 아니면 자기가 죽게 생겼으니까요."

"아델리아가 일종의 뱀파이어였다는 말이죠?" 샘이 물었다.

데이브는 안도하는 눈치였다. "네. 맞아요. 그 뒤로 그날 일을 떠올려보면 — 그럴 만한 용기가 생겼을 때 말이에요 — 그녀의 정체가 바로 그거였다는 생각이 들어요. 뱀파이어들이 사람 목을 물어뜯어서 피를 빨아먹는다는 옛날이야기들은 틀렸어요. 많이 틀리지는 않았지만 이런 경우에는 비슷하다는 말로는 부족하잖아요. 그들이 뭘 빨아먹기는 하지만 목에서 빨아먹지는 않아요. 희생양들로부터 마신 걸로 살을 찌우고 건강해지기는 하지만 마시는 게 피는 아니고요. 희생양이 어른이면 더 빨갛고 피 같을지도 모르겠어요. 어쩌면 그녀는 래빈 씨한테서도 그걸 마셨을지 몰라요. 내 생각에는 마셨을 것 같아요. 하지만 피는 아니에요.

공포예요."

5

"얼마나 오랫동안 거기 서서 그녀를 보았는지 모르겠지만 아주 오래는 아니었을 거예요. 그녀는 오 분 이상 자리를 비우는 법이 없었으니까. 어느 정도 시간이 지나자 윌리의 눈가에서 흘러나오던 것의 색이 옅어졌고 양도 줄었어요. 그녀의 그것이……."

"주둥이요." 나오미가 침착한 목소리로 말했다. "분명 주둥이였을 거예요."

"그래요? 알았어요. 그 주둥이가 한 방울도 놓치지 않으려고, 마지막 한 방울까지 마시려고 길게 뻗어져 나오는 것을 보고 나는 거의 끝났다는 걸 알아차렸어요. 다 끝나면 그들은 정신을 차릴 테고 그녀가 나를 보겠죠. 그녀에게 들키면 죽을지 모른다는 생각이 들었어요.

나는 한 발짝씩 천천히 뒷걸음질을 치기 시작했어요. 못 빠져나올 줄 알았는데 드디어 엉덩이가 화장실 문에 닿더군요. 닿았을 때 하마터면 비명을 지를 뻔했어요. 그녀가 뒤로 와서 기다리고 있었던 줄 알고요. 바로 앞에 무릎을 꿇고 있는 걸 보고 있으면서도 뒤에 있는 게 분명하다고 생각했다니까요?

비명이 나오지 않게 손으로 입을 틀어막고 문 사이로 빠져나왔어요. 그러고는 경첩에서 나는 바람 빠지는 소리와 함께 문이 닫히기를 기다렸어요. 시간이 오래 걸리는 것처럼 느껴지더군요. 문이 닫히자 정문을 향해 달렸어요. 반쯤 제정신이 아니었죠. 밖으로 나가서 도서관에 두 번 다시 발을 들이고 싶지 않은 마음뿐이었어요. 영원히 달리고 싶었어요.

그녀가 샘, 당신도 본 팻말—'정숙!'이라고만 적힌 팻말 말이에요—을 괴어놓은 입구에 다다랐을 때 나는 정신을 차렸어요. 그녀가 윌리를 데리고 어린이 도서관으로 돌아갔는데 내가 없으면 내가 그 광경을 봤다는 걸 알아차리지 않겠어요? 그러면 나를 뒤쫓아와 붙잡겠죠. 열심히 달릴 필요도 없을 거예요. 그녀가 옥수수밭에서 내 주변을 그렇게 빙글빙글 뛰어다녔는데 땀 한 방울 흘리지 않았던 그날이 생각나더군요.

그래서 몸을 돌려 어린이 도서관의 내 자리로 돌아갔어요. 내 평생 그렇게 힘든 일은 처음이었지만 어찌어찌 해냈어요. 의자에 내 엉덩이가 닿자마자 그들이 돌아오는 소리가 들리더군요. 아니나 다를까, 행복한 미소를 짓고 있는 윌리는 활기가 넘쳤고 그녀도 마찬가지였어요. 아델리아는 권투 선수인 카르멘 바실리오와 3라운드 대전을 펼쳐서 그를 때려눕히고도 남을 기세였죠.

'착한 어린이들, 모두 고개 들어요!' 그녀가 외치며 손뼉을 쳤어요. 아이들이 일제히 고개를 들고 그녀를 쳐다보았죠. '윌리가 괜찮아져서 이야기를 마저 듣고 싶대요. 그렇지, 윌리?'

'네, 선생님.' 윌리가 대답했어요. 그녀가 입을 맞추어주었고 아이는 제자리로 달려갔어요. 그녀는 이야기를 계속했죠. 나는 그 구연동화 시간이 끝났을 때부터 술을 마시기 시작했어요. 그때부터 마지막까지 술에서 깬 적이 없었어요."

6

"결국에는 어떻게 끝이 났는데요?" 샘이 물었다. "거기에 대해서 알고 계신 거 있나요?"

"계속 술로 떡이 돼서 지내지 않았더라면 더 많은 걸 알아낼 수 있었겠지만 지금 이 정도도 차고 넘쳐요. 그 이후로는 시간이 얼마나 흘렀는지 정확하게는 모르겠어요. 사 개월쯤 됐던 것 같지만 육 개월이었을 수도 있고 심지어 팔 개월이었을 수도 있어요. 그 무렵에는 무슨 계절인지도 잘 몰랐거든요. 나 같은 술꾼이 작정하고 추락하기 시작하면 술병 속 상태라면 모를까 날씨도 몰라요, 샘. 그래도 두 가지는 아는데 사실 중요한 게 그 두 가지뿐이에요. 누군가가 그녀의 정체를 알아차리기 시작했다, 그게 첫 번째예요. 그리고 그녀가 다시 잠이 들 때가 됐다. 변태할 때가 됐다. 그게 두 번째고.

어느 날 그녀의 집에서—그녀가 내 집에 온 적은 한 번도 없었어요—그녀가 이런 말을 했던 게 생각나요. '점점 졸려, 데이브. 이제는 계속 졸려. 조만간 긴 잠을 자야 하는 때가 올 거야. 그럴 때가 되면 네가 나랑 같이 자줬으면 좋겠어. 네가 좋아졌거든.'

나는 당연히 취해 있었지만 그 말을 듣고 소름이 돋았어요. 그 말이 무슨 뜻인지 알 것 같았어요. 그래서 내가 물으니까 그녀는 웃음을 터뜨리더군요.

'아냐, 그게 아냐.' 그녀는 이렇게 말하더니 재미있다는 듯이 경멸하는 눈빛으로 나를 쳐다보았어요. '내가 얘기하는 건 잠이야, 죽음이 아니라. 하지만 나랑 같이 먹어야 잠을 잘 수 있어.'

그 말에 술이 확 깨더군요. 그녀는 내가 그게 무슨 소리인지 모른다고 생각했겠지만 나는 알았어요. 보았으니까요.

그 뒤로 그녀가 내게 아이들에 대해서 묻기 시작했어요. 어느 아이가 마음에 들지 않는지, 어느 아이가 엉큼해 보이는지, 어느 아이가 너무 시끄러운지, 어느 아이가 가장 버릇이 없는지. '나쁜 아이들이잖아. 나쁜 아이들은 살아 있을 자격이 없어.' 그녀는 입버릇처럼 이렇게 말했어요. '버릇없지, 부수기 대장이지, 빌려 간 책에 연필로 밑줄 치고 찢어놓지. 네가 보기에는 누가 죽어도 싼 것 같아, 데이브?'

그때 나는 그녀에게서 탈출해야 한다는 걸, 자살만이 유일한 방법이라면 그것까지도 감수해야 한다는 걸 깨달았어요. 그녀에게 무슨 일이 일어나고 있었거든요. 머리색은 칙칙해지고, 언제나 완벽했던 피부에 잡티가 생기기 시작하고. 그리고 또 다른 변화가 있었는데—그것, 그녀의 입 대신 달려 있던 그것이—피부 바로 밑으로 항상 보였다는 거예요. 그런데 쭈글쭈글하고 축 늘어진데다 거미줄 같은 끈으로 덮여 있었어요.

어느 날 밤에 같이 침대에 누워 있었을 때 자기 머리를 쳐다보는 나를 보고 그녀가 이렇게 얘기하더군요. '내가 달라진 걸 눈치챘구나, 데이브?' 그러면서 내 얼굴을 토닥였어요. '괜찮아. 지극히 자연스러운 현상이야. 다시 잠이 들 때가 되면 늘 이래. 조만간 다시 잠이 들어야 하는데 나랑 같이 떠날 거면 아이를 얼른 한 명 선택해. 아니면 두 명. 아니면 세 명. 많을수록 재밌겠지!' 그녀는 늘 그렇듯 미친 사람처럼 웃었고 또 시뻘게진 눈으로 나를 다시 쳐다보았어요. '아무튼 너를 두고 떠나지는 않을 작정이야. 다른 건 둘째 치고 안심할 수 없으니까. 너도 알겠지만, 그렇지?'

나는 안다고 대답했죠.

'그러니까 데이브, 죽고 싶지 않으면 얼른 결정해야 해. 조만간. 아이를 선택하지 않을 생각이면 지금 얘기해. 우리가 함께 보낸 시간을 오늘밤에 고통 없이, 즐겁게 끝낼 수 있게.'

그녀가 내 쪽으로 고개를 숙이자 입냄새가 느껴지더군요. 썩은 개밥 냄새였어요. 제정신이었건 술에 취했건 지금까지 그런 냄새를 풍기는 곳에 입을 맞추었다니 믿기지가 않았어요. 나는 살고 싶은 마음이—조금이나마—있었는지 같이 떠나고 싶지만 시간이 조금 더 필요하다고 얘기했어요. 마음의 준비를 할 시간이 필요하다고요.

'술을 마실 시간이 필요한 거겠지.' 그녀가 말했죠. '너는 무릎을 꿇고 한심하고 재수없는 네 별에 대고 나를 보내줘서 고맙다고 인사해야 해, 데이브 덩컨. 내가 없었다면 너는 일 년, 아니면 그보다 일찍 하수구에서 죽을 운명이었으니까. 나랑 같이 떠나면 거의 영원히 살 수 있어.'

그녀의 입이 쭉 뻗어져 나와서 내 뺨을 건드렸어요. 나는 어떻게든 비명을 참았죠."

데이브는 움푹 들어간 그늘진 눈으로 그들을 바라보았다. 그러더니 미소를 지었다. 샘 피블스는 그 섬뜩한 미소를 절대 잊지 못할 것이다. 그 미소는 계속 꿈에 나타나 그를 괴롭힐 것이다.

"하지만 괜찮아요." 그가 말했다. "내 마음속 깊은 어딘가에서는 그 뒤로 계속 비명을 지르고 있으니까."

7

"결국에는 내 힘으로 그녀의 손아귀에서 벗어났다고 얘기하고 싶지만 그러면 거짓말이겠죠. 그냥 우연의 일치였어요. 알코올의존자 협회 사람들은 높으신 분의 권능이라고 하겠지만. 하나 알아둬야 할 것이, 1960년 무렵에 나는 이 도시에서 완전히 단절됐어요. 내가 예전에는 로터리클럽 회원이라고 했던 거 기억하죠, 샘? 하지만 1960년 2월에는 그들이 화장실 변기 청소도 맡기지 않으려고 했어요. 정션 시티의 관점에서 보았을 때 나는 건달처럼 지내는 나쁜 어린이였죠. 어릴 때부터 알고 지냈던 사람들도 내가 걸어오는 게 보이면 마주치지 않으려고 길을 건넜어요. 황금 독수리처럼 튼튼했던 내 체질이 술 때문에 녹이 슬고 있었고요. 술이 아니면 아델리아 로츠가 원흉이었겠죠.

그녀가 영양분이 필요하면 나한테서 얻어가지 않을까 궁금했던 적이 한두 번이 아니었는데 그런 적은 없었어요. 내가 그런 쪽으로는 쓸모가 없었을 수도 있지만…… 그건 아니었을 거라고 봐요. 그녀가 나를 사랑하지는 않았지만—아델리아는 아무도 사랑할 수 없는 성격이었으니까—분명 외로웠을 거예요. 오랫동안 살아오다가, 그런 것도 살았다고 볼 수 있는지 모르겠지만 아무튼 그러다 그제야…….”

데이브는 말끝을 흐렸다. 굽은 손으로 무릎을 불안하게 두드리며 마음의 위안을 얻으려는 듯 눈으로 지평선 위의 곡물 창고를 찾았다.

“동반자가 가장 잘 어울리는 단어일 것 같네요. 오랜 세월을 사는 동안 동반자가 몇 명 있었겠지만 정션 시티에 오기 전에는 한참 동안 동반자가 없었던 모양이에요. 무슨 말을 들었기에 그런 느낌을 받았느냐고 묻지는 마요, 모르겠으니까. 수많은 다른 기억들과 함께 사라져버렸어요. 하지만 맞는다고 장담할 수 있어요. 그리고 그녀는 나를 지목해서 동반자 역할을 맡겼어요. 만약 그녀의 정체가 들통나지 않았더라면 나도 분명 그녀를 따라갔을 거예요.”

“누가 그녀의 정체를 알아차렸어요?” 나오미가 몸을 앞으로 숙이며 물었다. “누구였어요?”

“부보안관 존 파워요. 그 당시에 홈스테드 군 보안관은 노먼 비먼이었고, 보안관을 선출이 아니라 임명해야 하는 이유를 보여주는 훌륭한 사례였죠. 1945년에 패튼의 부대가 독일군을 몰아내고 그가 훈장이 가득 든 트렁크와 함께 정션 시티로 귀환하자 주민들은 그를 보안관으로 선출했어요. 그가 엄청난 쌈닭이었다는 건 누구나 인정하는 바였지만 군 보안관으로서는 별로 필요 없는 재능이었죠. 그에게 있는 것이라고는 그 누구도 본 적 없을 만큼 환한 미소와 개소리 오백 보따리뿐이었어요. 두말하면 잔소리지만 공화당을 지지했고요. 홈스테드 군에서는 그게 가장 중요한 조건이거든요. 1963년 여름에 휴이스 이발관에서 뇌졸중으로 급사하지 않았다면 놈이 계속 보안관으로 선출됐을 거예요. 그 사건은 선명하게 기억이 나요. 아델리아가 사라진 지도 한참 됐고 내가 조금 정신을 차렸을 때라.

노먼의 성공 비결은 두 가지였어요. 그 함박 미소랑 개소리말고요. 첫째, 그는 정직했어요. 내가 알기로 뒷돈을 땡전 한 푼도 받은 적이 없었어요. 둘째, 두뇌 회전이 빠르고 최고위직에 관심이 없는 부보안관을 적어도 한 명 이상 곁에 두었어요. 그리고 이 친구들을 항상 제대로 대접했죠. 그중 한 명이 더 좋은 자리로 옮기게 되면 추천서도 빵빵하게 써주었고요. 노먼은 자기 식구를 잘 챙겼어요. 뒤져보면 노먼 비먼 대신 정션 시티에서 이삼 년 동안 똥을 치운 적 있다는 시 경찰서장이나 주 경찰총경이 예닐곱 명 정도 중서부 전역에 흩어져 있을 거예요.

하지만 존 파워는 없어요. 죽었거든요. 부고를 찾아보면 심장마비로 죽었다고 되어 있을 거예요. 아직 서른 살도 되지 않았고 심장을 멎게 만드는 나쁜 습관도 전혀 없었는데 말이죠. 나는 진실을 알아요. 래빈이 심장마비로 죽은 게 아니었던 것처럼 존도 심장마비로 죽은 게 아니에요. 그녀가 죽인 거죠."

"그걸 어떻게 알아요, 데이브?" 샘이 물었다.

"마지막 날에 그녀가 죽이기로 한 아이가 세 명이었거든요."

데이브의 목소리는 여전히 침착했지만 샘은 저압 전류처럼 아래에서 흐르는 공포를 느낄 수 있었다. 이 남자는 얼마나 오랜 세월 동안 공포와 더불어 살아왔을 것인가. 오늘 오후에 들려준 이야기의 반만 사실이라 해도 데이브는 지난 삼십 년 동안 샘으로서는 상상조차 할 수 없는 공포를 느끼며 살았을 것이다. 최악의 공포나마 떨쳐버리려고 술을 마신 것도 당연한 노릇이었다.

"그런데 둘만 죽었어요. 패치 해리건과 톰 깁슨. 아델리아 로츠가 주관하는 뭔지 모를 서커스에 입장하려면 내가 푯값으로 세 번째 아이를 바쳤어야 했는데. 그녀가 정말 노린 표적은 세 번째 아이였어요. 아델리아가 가장 은밀하게 작업해야 하는 시점에 그 아이 때문에 스포트라이트를 한몸에 받게 됐거든요. 세 번째 아이는 내가 처리해야 했어요. 그 아이는 도서관 출입을 금지당해서 아델리아가 접근할 수가 없었거든요. 세 번째 나쁜 어린이는 바로 부보안관 파워의 딸, 탠지 파워였어요."

"설마 탠지 라이언은 아니겠죠?" 나오미가 애원조로 물었다.

"맞아요. 우체국에서 일하는 탠지 라이언, 우리랑 같이 모임에 참석하는 탠지 라이언, 결혼 전 이름이 탠지 파워였던 탠지 라이언. 예전에 아델리아에게 구연동화를 들으러 왔던 아이들 대다수가 이 근처에서 알코올의존자 협회 회원으로 등록되어 있어요, 세라. 그걸 어떤 식으로 해석할지는 당신 자유지만. 1960년 여름에 나는 하마터면 탠지 파워를 죽일 뻔했고…… 가장 끔찍한 부분은 따로 있어요. 그걸로 끝이었으면 좋겠지만."

8

잠깐 나갔다 오겠다던 나오미가 몇 분이 지나도 돌아오지 않자 샘이 찾으러 나설 생각에 자리에서 일어났다.

"내버려둬요." 데이브가 말했다. "아무리 걸출한 위인이라도 마음을 추스르려면 어느 정도 시간이 필요할 거예요, 샘. 가장 친한 친구가 일생을 통틀어 가장 중요한 모임의 회원에게 예전에 죽임을 당할 뻔했다는 걸 알게 되면 당신이라도 그렇지 않겠어요? 그녀 스스로 극복하게 내버려둬요. 잠시 후에 돌아올 거예요. 세라는 강인하니까."

과연 몇 분 뒤에 그녀가 돌아왔다. 세수를 하고—관자놀이 주변의 머리카락이 축축하게 반질거렸다—아이스티 세 잔을 쟁반에 받쳐서 들고 있었다.

"아, 결국 이렇게 독한 술을 마시는 건가요?" 데이브가 물었다.

나오미는 최선을 다해서 그의 미소에 화답했다. "그럼요. 더이상 참을 수가 있어야 말이죠."

샘은 그녀의 노력이 정말 가상하다고, 숭고하다는 생각을 했다. 그럼에도 불구하고 그녀는 얼음이 달그락거리며 유리잔에 말을 거는 것을 막지 못했다. 자리에서 일어난 샘은 손을 부들부들 떠는 그녀에게서 쟁반을 받아들었다. 그녀는 고마워하는 눈빛으로 그를 쳐다보았다.

"자." 그녀가 앉으며 말했다. "마무리를 지어야죠, 데이브. 이야기를 마저 들려주세요."

9

"남은 이야기는 대부분 그녀에게 들은 거예요." 데이브는 이야기를 다시 시작했다. "그 무렵에는 내가 더이상 직접 확인할 수 없는 입장이었거든요. 1959년 말쯤에 아델리아가 더이상 도서관 근처에 얼씬하지 말라 그러더라고요. 안으로 들어오면 내쫓고, 주변을 얼쩡거리면 경찰을 부를 거라면서. 내가 점점 추레해지고 있다고, 도서관을 들락거리는 게 보이면 사람들이 수군거릴 거랬어요.

'우리 둘 사이에 대해서?' 내가 물었어요. '아델리아, 그걸 누가 믿겠어?'

'아무도 안 믿겠지.' 그녀가 말했어요. '우리 둘 사이에 대해서 수군거릴까 봐 걱정하는 게 아니야, 이 바보야.'

'그럼 뭔데?'

'너하고 아이들을 놓고 수군거릴까 봐 그러지.' 그 말을 듣고서 내가 얼마나 나락으로 떨어졌는지 처음으로 깨달았던 것 같아요. 세라, 당신은 알코올의존자 치유 모임에 함께한 몇 년 동안 바닥을 친 내 모습을 본 적 있겠지만 그 정도로 바닥을 친 건 본 적 없을 거예요. 그나마 다행이죠.

남는 곳은 그녀의 집밖에 없었어요. 내가 그녀를 만날 수 있는 장소가 거기밖에 없었고 거기에서도 해가 떨어지고 한참 지난 다음에서야 만날 수 있었어요. 그마저도 오데이 농장 너머로 빙 돌아오라더군요. 그래서 나는 옥수수밭으로 지나다녔죠. 그녀는 자길 속이려고 하면 알아차릴 거라고 했고 나는 그 말을 믿었어요. 아델리아의 은색 눈이 빨갛게 변하면 모든 걸 볼 수 있었거든요. 나는 술을 얼마나 마셨느냐에 따라 달라졌지만 대개 밤 11시에서 1시 사이에 찾아갔고 매번 뼛속까지 얼어붙어 있었어요. 그 몇 달 동안 벌어졌던 일들에 대해서는 기억하는 게 거의 없지만, 1959년과 1960년 겨울에 아이오와가 우라지게 추웠다는 건 기억해요. 술에 취하지 않았다면 옥수수밭을 지나다 얼어죽었을 거라는 생각이 밤이면 밤마다 얼마나 들었는지 몰라요.

하지만 내가 지금부터 얘기하려는 그날 밤에는 아무 문제가 없었죠. 때는 분명 1960년 7월이었고 날은 지옥의 불구덩이보다도 더웠어요. 그날 밤에 밭 위로 걸려 있던 시뻘겋게 부푼 달이 기억이 나요. 홈스테드 군의 모든 개들이 그 달을 보고 짖는 듯했어요.

그날 밤에 아델리아의 집까지 걸어가려니 꼭 폭풍의 가장자리를 지나는 듯한 기분이 들더군요. 그 주 내내—어쩌면 그달 내내—그녀는 행동이 굼뜨고 졸음에 겨워했는데 그날 밤에는 아니었어요. 그날 밤에는 말똥말똥했고 분노로 길길이 날뛰었죠. 래빈 씨가 아이들이 무서워한다며 빨간 모자 포스터를 떼라고 했을 때 이후로 그녀의 그런 모습은 처음이었어요. 처음에 그녀는 내가 온 줄도 몰랐어요. 태어난 날 모습 그대로—태어난 적이 있었을지 모르겠지만—실오라기 하나 걸치지 않은 채 고개를 숙이고 주먹을 쥐고 1층을 왔다갔다하고 있더라고요. 엉덩이에 불이 난 곰도 그렇게 씩씩대지는 않았을 거예요. 부엌문으로 들어가보니 평소에는 퇴근하면 노처녀처럼 하나로 묶어서 틀어 올렸던 머리도 풀어헤친 채였고, 하도 바삐 걸어서 머리가 뒤로 나부끼고 있었어요. 정전기로 가득한 것처럼 조그만 탁탁 소리가 나더군요. 두 눈은 예전에 철길 앞쪽 어딘가가 차단되면 내걸던 램프처럼 시뻘건 핏빛으로 이글거렸고 얼굴에서 당장이라도 튀어나올 것처럼 보였어요. 몸은 땀으로 번들거렸고 나처럼 꾀죄죄해서 냄새가 났어요. 더위에 익은 고양이처럼 악취가 코를 찔렀어요. 그녀의 젖가슴과 배를 타고 기름처럼 흘러내리던 굵직한 땀방울이 아직도 눈에 선해요. 엉덩이와 허벅지까지 땀으로 번들거렸죠. 바람 한 점 없고 후텁지근한 여름날 밤이었어요. 가끔 보면 풋내 나는 공기가 고철 더미처럼 가슴에 얹히고 숨을 들이마실 때마다 옥수수수염이 느껴지는 듯할 때가 있잖아요. 그런 날 밤이면 천둥과 번개가 치고 소나기라도 쏟아졌으면 싶은데 절대 그런 일은 없죠. 최소한 바람이라도 불어주길 바라는데, 단순히 더위를 식히기 위해서라기보다 그러면 옥수수밭에서 나는 소리를 견디기가 조금은 쉬워지기 때문이에요……. 온 사방에서 옥수수가 땅을 뚫고 솟아나는 소리가 마치 관절염에 걸린 노인이 아침에 부인을 깨우지 않고 침대에서 빠져나오려고 끙끙대는 소리처럼 느껴지거든요.

그런데 알고 보니 이번에는 그녀가 단순히 화가 난 게 아니라 겁에 질려 있기도 하더라고요. 누가 하나님에 대한 두려움을 그녀에게 심어놓은 거예요. 그리고 그녀의 변태 속도가 빨라지고 있었어요. 무슨 일이 있었는지 몰라도 그 일 때문에 가속이 됐어요. 나이가 들어 보인 건 아니에요. 그보다는 사라져가는 듯이 보였어요. 머리칼이 갓난애처럼 가늘어져서 그 사이로 두피가 보일 정도였어요. 피부는 안에서 다른 피부가 자라는 것처럼 얇고 부연 거미줄이 뺨과 콧구멍 주변과 눈가와 손가락 사이를 덮었고요. 살갗에 주름이 잡히는 곳마다 거미줄이 심하게 껴서 그녀가 걸음을 옮길 때마다 펄럭거렸죠. 말도 안 되는 이야기 하나 들려줄까요? 나는 우리 동네에서 축제가 열리면 들어서는 솜사탕 노점 근처를 얼씬도 못해요. 솜사탕 기계가 어떻게 움직이는지 알죠? 도넛처럼 생긴 게 빙글빙글 돌아가면 주인이 종이 고깔을 안에 넣어서 분홍색 설탕을 그 위에 감잖아요. 아델리아의 피부가 바로 그랬어요. 얇은 설탕 가닥 같은 걸로 덮였어요. 이제 생각해보니 그게 뭐였는지 알겠어요. 그녀는 동면에 들어가는 애벌레처럼 고치로 자기 몸을 감싸고 있었던 거예요.

나는 잠깐 동안 문 앞에 서서 왔다 갔다 걷는 그녀를 지켜보았어요. 그녀는 한참 동안 내가 온 줄도 모르더라고요. 어쩌다 빠진 골칫거리 속에서 빠져나오느라 정신이 없었어요. 주먹으로 두 번 벽을 쳐서 벽지, 회반죽, 욋가지까지 뚫자 뼈가 부러지는 소리가 나긴 했지만 그녀는 전혀 아파하지 않았고 피도 나지 않았어요. 두 번 다 악을 썼지만 역시 아파서 그런 게 아니었고요. 머리끝까지 약이 오른 고양이 소리였는데…… 좀 전에도 내가 말했다시피 분노의 밑바닥에 두려움이 깔려 있었어요. 그리고 그녀가 외친 건 부보안관의 이름이었고요.

'존 파워!' 이렇게 악을 쓰고는 퍽 하고 주먹으로 벽을 뚫었죠. '존 파워, 이 개새끼야! 내 일에 상관하지 못하게 본때를 보여주마! 나를 만나고 싶다고? 좋아! 하지만 어떤 식으로 만나야 하는지 내가 본때를 보여주겠어! 내가 본때를 보여주겠다고, 이 새끼야!' 그러고는 다시 뛰다시피 걸으면 바닥을 하도 세게 밟아서 온 집이 흔들리는 것처럼 느껴졌죠. 그녀는 걸으면서 계속 혼잣말을 중얼거렸어요. 그러다 입술이 말리고 눈이 전보다 더 벌겋게 번뜩이면 퍽 하고 주먹이 벽을 뚫었고 구멍 사이로 회반죽 연기가 날렸어요. '존 파워, 네까짓 게 감히!' 그녀는 으르렁거렸어요. '네까짓 게 감히 나를 방해해?'

하지만 아델리아의 얼굴을 보면 그가 감히 그랬다는 데 겁이 났다는 걸 알 수 있었어요. 그리고 파워 부보안관을 아는 사람이라면 아델리아가 불안해하는 이유를 짐작하고도 남죠. 그는 똑똑하고 아무것도 두려워하지 않는 성격이었거든요. 부보안관으로서는 훌륭하지만 적으로 삼기에는 위험한 사람이었죠.

그녀는 집안을 네 번인가 다섯 번째로 돌다 부엌 입구에 다다랐을 때 나를 보았어요. 그녀가 이글거리는 눈빛으로 내 눈을 들여다보며 입을 뿔 모양으로 내밀자—이번에는 거미줄 같고 연기 같은 실로 온통 뒤덮여 있었지만—나는 이제 죽었구나 생각했죠. 존 파워를 덮치지 못하면 나를 덮치겠거니 하면서요.

그녀가 내 쪽으로 다가오자 나는 부엌 문 앞에 철퍼덕 주저앉았어요. 그걸 보더니 그녀는 걸음을 멈추더군요. 눈에서 빨간 불이 꺼졌어요. 눈 깜빡할 새 달라졌어요. 한밤중에 알몸으로 씩씩대며 벽에 구멍을 내고 다니던 와중이 아니라 근사한 칵테일 파티를 열어놓고 나를 초대하기라도 한 것처럼 표정과 말투가 바뀌었어요.

'데이브!' 그녀가 외쳤죠. '와줘서 정말 고마워! 술 한잔해. 아니, 두잔해!'

그녀는 나를 죽이고 싶어 했지만—눈빛을 보면 알 수 있었어요—내가 필요했어요. 단순히 동반자로서가 아니라 탠지 파워를 죽이는 데 필요했던 거예요. 그녀의 능력이라면 부보안관을 처리하고도 남았지만 그러기 전에 딸의 죽음을 알리고 싶었던 거죠. 그 때문에 내가 필요했어요.

'시간이 없어.' 그녀가 말했어요. '파워 부보안관이라는 사람 알아?'

나는 모를 수가 없다고 대답했죠. 공공장소에서 만취한 죄로 그에게 대여섯 번 체포된 전적이 있었으니까요.

'그 사람, 어떻게 생각해?' 그녀가 물었어요.

'찔러도 피 한 방울 나지 않을 인간이지.' 나는 이렇게 대답했어요.

'지랄하지 말고 꺼지라 그래. 너도 마찬가지고!'

나는 아무 대꾸도 하지 않았어요. 입다물고 있는 게 좋을 것 같았거든요.

'그 염병할 머저리가 오늘 오후에 도서관으로 찾아와서 증빙서류를 보여달라지 뭐야. 그러면서 질문을 하는 거야. 정션 시티에 오기 전에 어디에서 살았는지, 어느 학교를 나왔는지, 고향이 어디인지. 나를 어떤 눈빛으로 쳐다봤는지 네가 봤어야 해, 데이브. 나 같은 숙녀는 어떤 식으로 쳐다보아야 하는지 본때를 보여주겠어. 두고 봐.'

'파워 부보안관은 함부로 건드리지 않는 게 좋을걸?' 내가 말했어요. '겁나는 게 아무것도 없는 사람인 것 같던데.'

'아니야……. 나는 겁낼 거야. 그걸 아직 모를 뿐이지.' 이렇게 말하는 그녀의 눈에 스쳐지나간 공포의 눈빛을 나는 알아차렸어요. 그가 질문을 던진 타이밍이 최악이었어요. 동면과 변태에 들어갈 준비를 하느라 그녀가 약해진 시점이었거든요."

"그가 어쩌다 알아차렸는지 아델리아가 얘기하던가요?" 나오미가 물었다.

"당연히 딸한테 들었겠죠." 샘이 말했다.

"아뇨." 데이브가 말했다. "내가 물어보지는 않았지만—그런 상태일 때 감히 물어볼 수가 없었어요—탠지가 아빠한테 얘기했을 리는 없어요. 그럴 수가 없었을 거예요……. 적어도 말로 미주알고주알 얘기하지는. 아이들은 어린이 도서관을 나서는 순간 그녀가 한 이야기와…… 그 안에서 한 짓을 모두 잊어버렸어요. 단순히 잊어버린 정도가 아니라 그녀가 가짜 기억을 주입했기 때문에 즐겁게 집으로 돌아갔어요. 대부분의 부모님들은 아델리아가 정션 시티 도서관의 가장 큰 선물이라고 생각했죠.

내 생각에는 그녀가 탠지에게서 가져간 것 때문에 아이 아버지의 의심을 사게 됐을 테고, 파워 부보안관은 많은 조사를 거친 뒤에 도서관으로 아델리아를 만나러 갔을 거예요. 그가 탠지의 이상한 점을 무슨 수로 알아차렸는지는 나도 모르겠어요. 뱀파이어 영화에서는 사람들이 피를 빨리면 얼굴이 하얘지고 기운이 없어지지만 아이들은 전혀 그렇지 않았고 목에 자국도 남지 않았는데 말이죠. 그래도 아델리아가 아이들에게서 뭔가 가져갔으니 존 파워가 보았거나 느꼈겠죠."

"그가 뭔가를 보았다 하더라도 아델리아를 의심한 이유가 뭘까요?" 샘이 물었다.

"내가 얘기했잖아요, 그는 냄새를 잘 맡았다고. 탠지에게 몇 가지 물어보고—직접적으로가 아니라 빙 둘러서—들은 대답이 그를 올바른 방향으로 인도하기 충분했던 거죠. 그날 도서관으로 찾아갔을 때 그는 아는 게 아무것도 없었지만…… 뭔가를 의심하고 있었어요. 아델리아를 자극하기에 충분할 정도로. 그녀는 자기를 바라보는 그의 눈빛에 가장 분노하고 겁을 냈던 게 기억이 나요. '나를 어떤 식으로 쳐다보아야 하는지 본때를 보여주겠어'라고 했어요. 여러 번 반복해서. 누가 의심 어린 눈빛으로 그녀를 쳐다본 게, 누가 킁킁거리며 그녀의 정체가 탄로날 만한 거리로 다가간 게 얼마 만이었을까요? 그녀는 급기야 자기 능력이 줄어든 건 아닐지 걱정이 됐을 거예요."

"그가 다른 아이들에게 물어봤을 수도 있지 않을까요?" 나오미가 조심스럽게 물었다. "들은 이야기를 비교해보니 앞뒤가 안 맞았던 거죠. 어쩌면 아이들 눈에 그녀가 다르게 보였을 수도 있어요. 당신과 샘의 눈에 그녀가 다르게 보였던 것처럼."

"그럴 수도 있죠……. 뭐든 가능해요. 이유가 뭐가 됐건 덜컥 겁이 나버린 그녀는 계획에 박차를 가했죠.

'나는 내일 하루 종일 도서관에 있을 거야.' 그녀가 말했어요. '여러 사람들한테 내가 출근해 있는 걸 보여줄 거야. 하지만 너는…… 너는 파워 부보안관의 집으로 가, 데이브. 가서 그 아이가 혼자 집밖으로 나올 때까지 기다리고 있다가—한참 기다릴 필요도 없을 거야—아이를 납치해서 숲속으로 끌고 가. 아이한테 무슨 짓이든 해도 좋지만 막판에는 반드시 목을 따야 해. 목을 따서 금세 발견될 만한 곳에 둬. 나를 만나기 전에 그 새끼가 그 소식을 알고

있었으면 좋겠으니까.'

나는 아무 말도 할 수가 없었어요. 입을 다물고 있는 편이 나았어요. 내가 무슨 말을 하건 그녀는 기분 나쁘게 듣고 내 목을 비틀어서 따려고 들었을지 모르니까요. 술잔을 손에 들고 그녀를 빤히 쳐다보며 식탁에 가만히 앉아 있었으니 그녀는 나의 침묵을 좋다는 뜻으로 받아들였겠죠.

잠시 후에 우리는 방으로 들어갔어요. 그때가 마지막이었죠. 잘되지 않을 거라는 생각을 했던 기억이 나요. 겁에 질린 남자가 서겠어요? 그런데 하나님이 보우하사 별문제가 없었어요. 아델리아는 그런 요술도 부릴 수 있었거든요. 몇 번을 하고 또 하다 어느 시점에 이르렀을 때 나는 잠이 들었는지 아니면 기절을 했어요. 정신을 차려보니 그녀가 침대에 누워 있던 나를 맨발로 차서 새벽 햇살 속으로 떨어뜨렸더군요. 6시 15분이었고, 내 속은 위산으로 도배를 한 것 같았고, 머리는 곪아서 부푼 잇몸처럼 지끈거렸어요.

'이제 일을 해야지.' 그녀가 말했어요. '아무한테도 들키지 말고 시내로 돌아가야 해, 데이브. 그리고 내 말 기억해. 오늘 아침에 아이를 납치해. 숲속으로 데려가서 처치해. 해가 질 때까지 숨어 있어. 그전에 잡히면 내가 해줄 수 있는 일이 아무것도 없어. 하지만 이 집으로 무사히 도망 오면 안심해도 돼. 내일은 휴관하는 날이지만 오늘 가서 아이들 몇 명을 내일 도서관으로 오게 할 거야. 아이들은 이미 골라놨어, 이 도시에서 가장 버르장머리 없는 애새끼 둘로. 우리 둘이 도서관에 가 있으면…… 애들이 올 테고…… 발견됐을 때 다른 바보들은 우리가 죽은 줄 알 거야. 하지만 너하고 나는

죽지 않아, 데이브. 우리는 자유로워질 거야. 저들에게 제대로 한 방 먹이는 거지.'

그러더니 그녀는 웃음을 터뜨렸어요. 자기 발치를 기어다니며 쥐약을 잔뜩 먹은 생쥐처럼 괴로워하는 나를 두고 알몸으로 침대에 앉아서 깔깔대며 웃었어요. 그녀의 얼굴이 이내 그 벌레 같은 얼굴로 바뀌었어요. 바이킹의 뿔처럼 생긴 주둥이가 튀어나오고 눈이 양옆으로 찢어지고. 나는 뱃속에 든 모든 게 삽시간에 튀어나올 기세라 달려나가서 담쟁이덩굴에 대고 토를 했죠. 뒤에서 그녀가 깔깔깔…… 깔깔깔…… 깔깔깔 웃는 소리가 들렸어요.

집 옆에서 주섬주섬 옷을 입는데 그녀가 창문 너머로 말을 걸었어요. 쳐다보지 않아도 목소리는 아무 문제 없이 잘 들렸어요. '나를 실망시키지 마, 데이브.' 그녀가 말했어요. '나를 실망시키지 마. 안 그러면 죽여버릴 테니까. 숨통을 천천히 끊어놓을 거야.'

'실망시키지 않을게, 아델리아.' 나는 이렇게 말했지만 창문 밖으로 몸을 내민 그녀 쪽으로 고개를 돌리지는 않았어요. 한 번이라도 더는 쳐다볼 수가 없었거든요. 그랬다가는 선을 넘어버릴 것 같았거든요. 정신줄을 놓더라도 그녀와 함께 떠나고 싶은 마음이 있었고, 그녀와 함께 떠날 수밖에 없다는 생각이 들었어요. 나를 남겨서 덤터기를 씌우려고 그녀가 함정을 파놓지 않은 이상. 그런데 그녀는 그러고도 남을 위인이었어요. 뭐든 가능한 위인이었죠.

옥수수밭을 헤치며 다시 정션 시티로 발걸음을 옮겼죠. 대개는 걷다 보면 정신이 들고 숙취도 가라앉았어요. 하지만 그날은 아니었어요. 두 번이나 걸음을 멈추고 토악질을 했는데 두 번째에는 멈출 기미가 보이지 않더군요. 결국 멈추기는 했지만 무릎을 꿇고 앉아 있었던 주변의 옥수수가 온통 피투성이였고 시내에 도착했을 무렵에는 머리가 심하게 욱신거려서 앞이 두 개로 보일 정도였어요. 이러다 죽겠구나 싶은 와중에도 그녀가 한 말이 떠오르더군요. 아이한테 무슨 짓이든 해도 좋지만 막판에는 반드시 목을 따야 해.

탠지 파워를 해치고 싶지 않았지만 어쩔 수 없었어요. 아델리아에게 반항했다가는…… 영원히 저주를 면치 못할 테니까. 아델리아가 한 말이 사실이라면, 내가 영원히 죽지 않는다면……. 그 기억을 안고 영원히 죽지 않는 것이 어쩌면 최악의 사태일지 모르겠다는 생각이 들었어요.

당시에는 화물역이 두 군데였는데, 두 번째 화물역의 북쪽에 있는 하역장은 거의 쓰이지 않았어요. 그 밑으로 기어들어가서 두세 시간 동안 눈을 붙였죠. 깨어나니 컨디션이 괜찮아졌더라고요. 그녀나 나 자신을 막을 방법이 없다는 걸 알았기에 아이를 찾아서 납치하려고 존 파워의 집으로 출발했어요. 시내를 관통해서 걷는 동안 아무도 쳐다보지 않고 계속 같은 생각을 했어요. '얼른 끝내주자……. 적어도 그건 해줄 수 있잖아. 단숨에 목을 비틀면 아이는 아무것도 느끼지 못할 거야.'"

데이브는 다시 스카프를 꺼내 부들부들 떨리는 손으로 이마를 훔쳤다.

"싸구려 잡화점 앞에 다다랐어요. 지금은 없어졌지만 당시에는 오케인 스트리트에 있는 그 가게를 끝으로 주택가가 시작됐거든요. 앞으로 네 블록도 안 남았네, 파워의 집에 도착하면 마당에 나와 있는 탠지가 보이겠지, 하는 생각이 들었어요. 아이는 혼자 있을 테고…… 숲은 바로 근처였고.

그런데 잡화점 쇼윈도를 쳐다보았다가 맞닥뜨린 광경에 나는 그 자리에서 얼어붙었어요. 죽은 아이들이 눈을 동그랗게 뜨고 팔은 서로 뒤엉키고 다리는 부러진 채 무더기로 쌓여 있지 뭐예요. 나는 조그맣게 비명을 지르고 양손으로 입을 꾹 눌렀어요. 눈은 질끈 감았고요. 잠시 후에 눈을 떠보니 세거 부인이 진열하려고 쌓아놓은 인형들이었지 뭐예요. 그녀는 나를 보더니 인형 하나를 들어서 나를 향해 흔들었어요. 저리 가, 이 고주망태야, 그런 뜻이었죠. 하지만 나는 꼼짝하지 않고 인형들을 계속 쳐다봤어요. 인형일 뿐이라고, 누가 봐도 그렇지 않느냐고 나를 설득하려고 애를 쓰면서. 하지만 눈을 질끈 감았다가 떠보니 다시 시체로 바뀌었어요. 세거 부인은 조그만 시신을 잡화점 쇼윈도에 진열하면서 자기가 그러는 줄도 모르고 있었어요. 누가 나에게 메시지를 보내려는 게 아닐까, 아직 늦지 않았다는 메시지를 보내려는 게 아닐까 하는 생각이 들더군요. 나는 아멜리아를 막을 수 없을지 모르지만, 어쩌면 막을 수 있을지도 모르지만. 막지는 못하더라도 그녀를 따라 구덩이로 끌려들어가는 신세는 면할 수 있을지 몰랐어요.

그때 처음으로 진심을 담아서 기도했어요, 세라. 힘을 달라고 기도했어요. 탠지 파워를 죽이고 싶지 않았을뿐더러 그게 전부가 아니었어요. 할 수만 있다면 아이들을 전부 구하고 싶었어요.

왔던 길을 되짚어 한 블록 거리에 있는 텍사코 주유소로 갔어요. 지금은 피글리위글리 슈퍼마켓이 있는 곳이에요. 가는 길에 도랑에서 돌멩이를 몇 개 주웠죠. 주유소 옆쪽에 공중전화 부스가 있었어요. 생각해보니 지금도 있네요. 거기 도착해서 생각해보니 수중에 동전 한 닢 없더라고요. 궁여지책으로 동전 반환구를 뒤져보았죠. 십 센트짜리 동전이 한 개 있더군요. 그날 아침 이후로 하나님을 믿지 않는다는 사람이 있으면 나는 동전 반환구에 손가락을 집어넣자 십 센트짜리 동전이 있었을 때 느꼈던 기분을 떠올려요.

파워 부인에게 전화할까 하다가 보안관실로 연락하는 편이 낫겠다고 결론을 내렸어요. 그러면 전화를 받은 사람이 존 파워에게 메시지를 전달할 테고, 아델리아가 생각하는 것처럼 그가 아델리아를 의심하고 있다면 적절한 조치를 취하지 않겠어요? 문을 닫고 전화번호를 찾은 다음—당시에는 운이 좋으면 부스 안에 전화번호부가 있었어요—주워온 돌멩이를 입에 물고 다이얼을 돌렸죠.

존 파워가 직접 전화를 받았어요. 나는 패치 해리건과 톰 깁슨이 죽고…… 존 파워도 죽고…… 아델리아를 곧바로 저지하지 못한 이유가 그 때문이라고 생각해요. 나는 배차 담당—당시에는 해나 베릴이었죠—이 전화를 받을 줄 알고 그녀에게 말을 하면 그녀가 부보안관에게 얘기를 전하겠거니 생각하고 있었거든요.

그런데 본인이 까불지 말라는 식의 냉랭한 목소리로 '보안관실의 파워 부보안관입니다. 무엇을 도와드릴까요?'라고 하자 하마터면 물고 있던 돌멩이를 삼킬 뻔했고 잠깐 동안 아무 말도 할 수가 없었어요.

그가 '빌어먹을 꼬맹이들'이라고 중얼거리자 끊으려고 한다는 걸 눈치챘죠.

'잠깐만요!' 나는 외쳤어요. 돌멩이 때문에 솜을 잔뜩 물고 얘기하는 것처럼 들렸죠. '끊지 마세요, 부보안관님!'

'누구십니까?' 그가 물었어요.

'그건 아실 것 없고요.' 나는 이렇게 대꾸했어요. '따님을 금쪽같이 여기신다면 이 도시 밖으로 데리고 나가세요. 무슨 일이 있더라도 도서관 근처에는 가지 못하게 하고요. 장난전화 아니에요. 아이가 위험한 상황이에요.'

그러고는 전화를 끊었어요. 뚝하고. 해나가 전화를 받았다면 좀 더 자세히 얘기를 했겠죠. 탠지, 톰, 패치 그리고…… 아델리아의 이름을 들먹이면서. 하지만 존 파워는 무서웠어요. 수화기를 계속 들고 있으면 복숭아 찌꺼기가 담긴 자루처럼 고약한 냄새를 풍기며 부스에 서 있는 내 모습이 그의 눈에 보일 것 같더라고요.

손바닥에 돌멩이를 뱉고 얼른 부스 밖으로 나왔어요. 그녀의 손아귀에서 벗어났지만—전화 통화의 힘이었죠—패닉 상태였어요. 잘못해서 차고 안으로 날아들었다가 빠져나가고 싶어서 푸드덕거리며 미친듯이 벽에 부딪히는 새를 본 적 있어요? 내가 딱 그랬어요. 패치 해리건이나 톰 깁슨이나 심지어 탠지 파워에 대한 걱정이 갑자기 사라졌어요. 나를 주시하는 아델리아의 눈빛이 느껴졌고, 내가 무슨 짓을 저질렀는지 아델리아가 알아차리고 잡으러 올 것 같았어요.

숨고 싶었어요……. 아니, 숨어야 했어요. 메인 스트리트를 걸어가다 끝에 다다랐을 무렵에는 달리다시피 했어요. 그즈음에는 내 머릿속에서 아델리아와 도서관 경찰과 그 까만 남자—증기 롤러와 바보 사이먼이 탄 차를 몰던 남자—가 한데 뒤엉켰어요. 그 셋이 까만 남자의 뷰익을 타고 나를 찾으러 메인 스트리트로 들이닥칠 것 같았어요. 화물역으로 가서 하역대 밑으로 기어들어갔어요. 그 안에 웅크리고 숨어서 몸을 부들부들 떨고 눈물도 흘리며 그녀가 찾아와서 나를 처치하길 기다렸어요. 고개를 들면 콘크리트 하역대 밑으로 들이민 그녀의 얼굴과 시뻘겋게 이글거리는 눈과 뿔처럼 변한 입이 보일 거라는 생각이 머릿속을 떠날 줄 몰랐어요.

끝까지 기어갔더니 낙엽 더미와 오래된 거미줄 밑에 반병 남은 와인이 있더라고요. 언제인지 모르겠지만 내가 거기다 숨겨놓고 까맣게 잊어버렸던 거예요. 와인을 길게 세 모금쯤 마셨어요. 그런 다음 하역대 입구 쪽으로 다시 기어가다가 중간에 정신을 잃었어요. 눈을 막 떴을 때는 시간이 하나도 지나지 않은 줄 알았어요. 햇볕이며 그림자가 그대로였거든요. 다만 두통이 사라졌고 먹을 걸 달라고 뱃속에서 천둥소리가 났죠."

"스물네 시간 동안 잔 거로군요?" 나오미가 물었다.

"아뇨……. 거의 마흔여덟 시간 동안 잤어요. 내가 보안관실로 전화를 한 게 월요일 오전 10시 무렵이었거든요. 빈 와인병을 들고 하역대 밑에서 나와보니 수요일 오전 7시가 다 됐더라고요. 그런데 알고 보니 잠이 든 게 아니었어요. 나는 하루 종일 술을 마셨거나 일주일 내내 술잔치를 벌인 수준이 아니었어요. 이 년 동안 거의 날마다 만취 상태였고 그뿐만이 아니라 아델리아, 도서관, 아이들, 구연동화 시간까지 신경써야 했잖아요. 이 년 동안 지옥의 회전목마를 타고 있었던 셈이죠. 내 머릿속 일부분이 죽지 않고 멀쩡하게 지

내려면 잠깐 플러그를 뽑고 시스템을 정지해야겠다는 결론을 내렸나 봐요. 깨어나보니 모든 게 끝났더군요. 패치 해리건과 톰 깁슨의 시신은 아직 찾지 못했지만 그래도 모든 게 끝난 거나 다름없었어요. 나는 그렇다는 걸, 하역대 밖으로 고개를 내밀기 전부터 알았어요. 이를 뽑으면 잇몸에 구멍이 남듯이 내 안에 구멍이 생겼거든요. 내 마음속에. 그래서 알았어요. 그녀가 사라졌다는 걸. 아델리아가 사라졌다는 걸.

하역대 밑에서 기어나오는데 배가 고파서 기절할 뻔했지 뭐예요. 당시에 화물 운송 담당자로 일을 했던 브라이언 켈리가 보였어요. 다른 쪽 하역장에 놓인 뭔지 모를 자루 숫자를 세서 클립보드에 체크하고 있었어요. 나는 마지막 남은 힘을 쥐어짜며 그에게 다가갔어요. 그는 나를 보더니 혐오스러워하는 표정을 짓더군요. 예전에는 도미노—샘, 당신이 이사 오기 한참 전에 불이 나서 없어진 대로변 선술집이에요—에서 서로 술을 사주던 사이였는데 호랑이 담배 먹던 시절의 이야기가 되어버렸죠. 그의 눈에는 머리에 낙엽과 먼지를 뒤집어쓴 더러운 주정뱅이, 지린내와 싸구려 와인 냄새를 풍기는 주정뱅이밖에 보이지 않았을 테죠.

'어이, 저리 가. 안 그러면 경찰 부른다.' 그가 말했어요.

그날은 내게 또 다른 차원의 첫 경험을 선물했어요. 주정뱅이가 되면 그래요. 늘 새로운 경지를 개척해요. 나는 그날 난생처음으로 구걸을 했어요. 그에게 루트 32 다이너 식당에서 커피랑 토스트 먹을 수 있게 이십오 센트만 줄 수 있느냐고 했어요. 그는 주머니를 뒤지더니 잔돈을 몇 개 꺼내더군요. 건네지도 않고 내가 있는 쪽으로 그냥 던졌어요. 그래서 잿더미 위로 허리를 숙이고 그 속에서 동전을 집어야 했어요. 그가 나를 욕보이려고 돈을 던진 건 아니라고 생각해요. 그냥 내 몸에 손이 닿는 게 싫었던 거죠. 그를 욕할 생각은 없어요.

그는 내가 돈을 챙긴 걸 보고 얘기했어요. '어이, 얼른 가. 여기서 다시 보이면 그때는 정말 경찰 부른다.'

'알았어요.' 나는 얘기하고 걸음을 옮겼어요. 그는 심지어 내가 누군지도 모르는 눈치라 얼마나 다행이었는지 몰라요.

식당까지 반쯤 가다가 신문 판매 상자 앞을 지나는데 그날 자 《가제트》가 안에 들어 있더군요. 나는 그제야 내가 하루가 아니라 이틀 동안 기절해 있었다는 걸 깨달았어요. 날짜는 별 의미 없었지만—달력을 잘 보지도 않았으니까요—아델리아에게 침대에서 마지막으로 쫓겨나고 보안관실로 전화한 날이 월요일이라는 건 알았거든요. 그때 헤드라인이 눈에 들어왔어요. 나는 정션 시티 역사상 가장 엄청난 사건이 터진 날을 잠으로 흘려보낸 모양이더군요. 한쪽 면에는 '계속되는 실종 아동 수색'이라고 적혀 있었어요. 톰 깁슨과 패치 해리건의 사진이 실려 있었고요. 다른 면에는 '부검 결과 부보안관의 사인은 심장마비로 밝혀져'라고 적혀 있었어요. 그 밑에 존 파워의 사진이 실려 있었고요.

나는 신문을 집고 오 센트짜리 동전을 신문 더미 위에 올려놓았어요. 사람들 사이에 신뢰가 남아 있던 시절에는 그랬거든요. 그런 다음 길가에 앉아서 양쪽 기사를 읽었어요. 아이들을 다룬 기사가 더 짧았어요. 다들 아직은 별로 걱정하지 않는 분위기였어요. 비먼

보안관은 이 사건을 단순 가출로 간주하고 있었어요.

그녀가 아이들을 제대로 골랐더군요. 그 둘은 정말이지 버르장머리가 없었고, 유유상종이라고 하듯 항상 붙어다니는 단짝이었어요. 한 블록에 사는 아이들이었는데, 일주일 전에 창고에서 담배를 피우다 패치 해리건의 어머니에게 걸려서 혼이 났다고 하더라고요. 깁슨에게 네브래스카에서 농장을 하는 무능한 삼촌이 있는데, 노먼 비먼은 두 아이가 거기 갔을 거라고 확신하다시피 했어요. 내가 그랬잖아요, 머리에 든 게 별로 없는 사람이었다고. 그가 두 아이의 행방을 알 방법이 없기는 했지만서도. 그래도 한 가지는 맞았어요. 그 둘이 우물에 빠지거나 프로버비아 강에서 헤엄치다 죽을 아이들은 아니었다는 것. 하지만 나는 그들이 어디 있는지 알았고, 아델리아가 늦지 않게 처리했다는 것도 알았죠. 그 세 명이 한꺼번에 발견되리라고 짐작했는데, 그날 과연 내 짐작대로 됐어요. 나는 탠지 파워를 살렸고 내 자신을 살렸지만 그게 많은 위로가 되지는 않더군요.

파워 부보안관을 다룬 기사는 길었어요. 파워가 월요일 오후 늦게 발견됐기 때문에 그게 2차 보도였어요. 그의 사망 소식은 화요일자 신문에 실렸지만 사인은 공개되지 않았죠. 그는 오데이 농장 서쪽으로 천오백 킬로미터쯤 떨어진 지점에서 순찰차 운전석에 고꾸라진 모습으로 발견이 됐어요. 그 일대라면 내 손바닥 보듯 훤했죠. 내가 아델리아의 집을 찾아갈 때 대개 그쯤에서 길을 벗어나 옥수수밭으로 들어갔거든요.

빈칸을 쉽게 채울 수 있었어요. 존 파워는 꾸물대는 성격이 아니었으니 내가 텍사코 주유소 옆 공중전화에서 수화기를 내려놓자마자 아델리아의 집으로 출발했을 거예요. 먼저 부인에게 전화해서 그의 연락이 있을 때까지 탠지를 집밖으로 내보내지 말라고 했겠죠. 물론 그 부분은 기사화되지 않았지만 분명 그랬을 거예요.

그가 들이닥치자 그녀는 내가 고자질을 했다는 것을, 게임이 끝났다는 것을 알아차렸을 거예요. 그래서 그를 죽였죠. 래빈 씨한테 그랬던 것처럼…… 죽음의 포옹을 했겠죠. 내가 그녀에게 얘기했던 것처럼 존 파워는 찔러도 피 한 방울 나지 않을 인간이었지만 깊숙이 찌르면 어느 누가 버틸 재간이 있겠어요. 그녀가 아주 깊숙이 찌른 거죠.

그가 죽자 그녀가 그를 순찰차에 태우고 발견된 지점으로 몰고 갔을 거예요. 당시 그 길—가슨 로드—이 인적이 드문 곳이기는 했지만 그래도 배짱 한번 두둑하죠. 하지만 달리 무슨 방법이 있었겠어요? 보안관실에 연락해서 자기랑 대화를 나누는 동안 존 파워가 심장마비를 일으켰다고 할 수도 없고. 그랬다가는 모든 이의 관심에서 멀어져야 하는 시점에 엄청난 의문이 제기될 거 아녜요. 게다가 심지어 노먼 비먼조차 존 파워가 공립 도서관장을 만나러 쏜살같이 튀어나간 이유를 궁금해하지 않겠어요?

그러니까 그를 싣고 오데이 농장 근처까지 가서 가슨 로드 도랑에 순찰차를 주차하고, 내가 그랬던 것처럼 옥수수밭을 가로질러서 자기집으로 돌아갔겠죠."

데이브는 샘과 나오미를 번갈아 쳐다보다 다시 샘에게로 시선을 돌렸다.

"그런 다음 그녀가 뭘 했을지 나는 알아요. 분명 나를 찾아 나섰을 거예요.

차를 몰고 정션 시티를 돌아다니며 내 단골 술집을 뒤지지는 않았을 거예요. 그럴 필요가 없었으니까요. 몇 년 동안 그녀는 내가 필요한 일이 생기면 내가 있는 곳으로 찾아오든지 아이 편에 쪽지를 들려서 보냈어요. 내가 이발소 뒤편 상자 더미 속에 앉아 있건, 그레일링스 개울가에서 낚시를 하고 있건, 술에 취해서 화물역 뒤편에 널브러져 있건 어디에 가면 나를 찾을 수 있는지 알았어요. 그것도 그녀가 가진 재주였죠.

그런데 마지막 순간—나를 가장 찾고 싶었을 그 순간—에는 못했던 이유를 알 것 같아요. 나는 보안관실에 전화를 하고 나서 단순히 잠이 들거나 정신을 잃은 게 아니었어요. 혼수상태 아니면 사망에 가까웠죠. 그러니까 그녀가 안테나를 세우고 아무리 찾아도 나를 볼 수가 없었던 거예요. 그녀가 그날 낮과 저녁에 내가 쓰러져 있던 곳 앞을 몇 번이나 지나쳤을지 모르겠고 알고 싶지도 않아요. 내가 어디 있는지 알아냈다면 아이 편에 쪽지를 들려 보내는 정도로 그치지 않았겠죠. 그녀가 직접 찾아왔을 거예요. 계획을 어그러뜨렸다고 어떤 곤욕을 당했을지 상상조차 되지 않네요.

시간이 좀더 있었더라면 그녀가 나를 찾아냈을지 모르지만 시간이 없었죠. 이미 계획이 있었던데다 변화의 속도도 점점 빨라지고 있었으니까요. 동면의 시간이 다가오고 있었으니 나를 찾느라 시간을 낭비할 겨를이 없었어요. 게다가 나중에 한 번 더 기회가 있다는 걸 분명 알았을 거예요. 지금 그 기회가 찾아왔고요."

"그게 무슨 말씀인지 모르겠네요." 샘이 말했다.

"모를 리가 있나요." 데이브가 대꾸했다. "누가 책을 들고 가는 바람에 당신이 이렇게 난처한 지경에 놓였나요? 누가 그걸 신문과 함께 재활용 센터로 보냈나요? 나잖아요. 그녀가 그걸 모를 것 같아요?"

"그녀가 아직도 당신에게 눈독을 들이고 있다고 생각해요?" 나오미가 물었다.

"네, 하지만 예전과 같은 맥락은 아니에요. 지금은 죽이고 싶어 할 따름이죠." 그는 고개를 돌려서 애수에 젖은 반짝이는 눈으로 샘의 눈을 쳐다보았다. "그녀가 이번에 눈독을 들인 사람은 당신이에요."

샘은 거북하게 웃음을 터뜨렸다. "삼십 년 전에는 그녀가 쭉쭉빵빵이었을지 몰라도 지금은 나이를 먹었던데요. 내 타입이 아니에요."

"내 말뜻을 전혀 이해하지 못한 모양이네요." 데이브가 말했다. "그녀가 원하는 건 당신과 떡을 치는 게 아니에요, 샘. 당신이 되는 거지."

10

몇 분이 흐른 뒤에 샘이 말했다. "잠깐. 잠깐만요."

"내 얘기를 듣기는 했지만 귀담아듣지는 않은 모양이네요." 데이브가 말했다. 그의 목소리는 참을성 있었지만 기운이 없었다. 기운이 하나도 없었다.

"그럼 좀더 얘기해줄게요.

아델리아는 존 파워를 죽인 뒤에 첫 번째로 용의 선상에 오르지 않도록 멀찌감치 옮겨놓았어요. 그러고는 그날 오후에 평소처럼 도서관 문을 열었죠. 평소와 다르게 행동하면 의심스러워 보이기 때문이기도 했지만 그게 다는 아니었어요. 변태 시점이 코앞으로 다가왔기 때문에 그 아이들의 목숨을 앗아가야 했거든요. 이유는 묻지 마요, 나도 모르니까. 동면에 들어가기 전에 배를 가득 채우는 곰하고 비슷할지도 모르죠. 아무튼 확실한 건 그 월요일 오후에 구연동화 시간을 진행했어야 한다는 거였고…… 그녀의 계획대로 이루어졌어요.

구연동화 시간 중간에, 그녀를 중심으로 빙 둘러앉은 아이들이 가수면 상태에 빠져들었을 때 그녀가 톰과 패치에게 화요일 오전에 도서관으로 오라고 했어요. 여름에는 화요일과 목요일에 도서관 문을 닫는데도 말이죠. 그들은 그녀가 시킨 대로 했고 그녀는 그들을 죽이고 동면에 들어갔어요……. 죽음과 너무나 닮은 동면에. 그리고 삼십 년이 지난 지금 샘, 당신이 등장했죠. 당신은 나를 알고 아델리아는 나에게 갚아야 할 빚이 있다는 것이 출발점이었지만…… 그보다 근사한 이유가 있어요. 당신은 도서관 경찰에 대해서도 안다는 것."

"내가 그걸 어떻게……."

"맞아요, 당신은 그걸 어떻게 아는지 몰라요. 그래서 더 훌륭한 후보예요. 너무 끔찍해서 자기 자신에게조차 감추어야 하는 비밀……. 아델리아 같은 사람에게는 그런 비밀이 최고거든요. 게다가 다른 장점도 생각해봐요. 당신은 젊고 싱글이고 가까운 친구가 없잖아요. 그렇지 않은가요?"

"좀전까지는 그렇다고 했을 거예요." 샘은 잠깐 생각한 끝에 말했다. "정션 시티에 와서 사귄 친구들은 전부 다른 데로 이사를 갔다고. 하지만 이제는 데이브, 당신과 나오미가 내 친구예요. 좋은 친구예요. 최고로 훌륭한 친구예요."

나오미가 샘의 손을 잡고 꼭 쥐었다.

"고마워요." 데이브가 말했다. "하지만 상관없어요. 그녀는 나와 세라도 처단할 작정이니까. 그녀가 예전에 그랬거든요, 많을수록 재미있다고. 변태의 시기를 버티려면 사람의 목숨이 필요한데…… 잠에서 깨어났으니 이제 변태 시기가 오겠죠."

"그러니까 샘에게 빙의할 생각이다, 이거죠?" 나오미가 물었다.

"빙의보다 조금 더한 걸 계획중일 거예요, 세라. 샘의 안에서 고유의 특징을 모두 없앨 작정일 거예요. 아이가 핼러윈 초롱을 만들려고 호박 속을 긁어내듯 깨끗하게 청소한 다음 새 옷을 입는 것처럼 샘의 거죽을 걸칠 거예요. 만에 하나 그렇게 되면 겉으로는 샘 피블스라 불리는 인간과 똑같아 보이겠지만 더이상 인간이 아닌 게 되죠. 아델리아 로츠가 인간이 아니었듯. 그녀의 몸속에는 인간이 아닌 무언가가, 어떤 것이 들어 있어요. 나는 처음부터 알았던 듯해요. 그건 안에 들어 있지만…… 영원한 아웃사이더예요. 아델리아 로츠는 어디에서 왔을까요? 정션 시티로 이사 오기 전에는 어디에서 살았을까요? 그녀가 래빈 씨에게 제출했던 서류의 내용이 모두 가짜였는데 이 도시에서 아무도 몰랐다는 걸 눈치챘겠죠? 그 부분에 대한 존 파워의 호기심이 자신의 운명을 결정했다고 봐요. 하지만 과거의 언젠가에는…… 미시시피 주 패스크리스천에서…… 아니면 펜실베이니아 주 해리스버그에서…… 아니면 메인 주 포틀랜드에서…… 진짜 아델리아 로츠가 살았을 텐데 그것이 진짜를 삼키고 거죽을 뒤집어썼어요. 이제 그걸 반복하려 하고 있어요. 그 사태를 방치하면 올해가 가기 전에 다른 도시, 그러니까 캘리포니아 주 샌프란시스코나…… 몬태나 주 뷰트나…… 로드아일랜드 주 킹스턴에서…… 샘 피블스라는 남자가 등장할 거예요. 대부분의 사람들은 그를 좋아하겠죠. 어린애들이 특히 좋아하겠죠……. 뭐라고 설명할 수 없고 아무한테도 얘기할 수 없는 방식으로 그를 무서워할지도 모르지만.

그리고 그의 직업은 당연히 사서일 거예요."

12장: 비행기를 타고 디모인으로

1

샘은 손목시계를 확인했다가 오후 3시가 다 된 것을 보고 화들짝 놀랐다. 자정이 아홉 시간밖에 안 남았다. 자정이면 은색 눈을 한 키가 큰 남자가 다시 찾아올 것이었다. 아니면 아델리아 로츠가 찾아올 것이다. 둘이 같이 올 수도 있었다.

"어떻게 하면 좋을까요, 데이브? 동네 묘지에서 아델리아의 시신을 찾아서 심장에 말뚝을 박아야 하나요?"

"할 수만 있으면 그것도 좋은 방법이겠죠." 그가 대답했다. "그런데 시신을 화장했어요."

"아." 샘은 하릴없이 한숨을 쉬며 의자에 몸을 묻었다.

나오미가 그의 손을 잡았다. "아무튼 단독 행동은 절대 하지 마요." 그녀가 단호하게 말했다. "데이브 말로는 그녀가 당신뿐 아니라 우리까지 노리고 있다지만 중요한 건 그게 아니잖아요. 문제가 생기면 친구끼리는 서로 힘이 되어주어야 한다는 거. 그게 중요한 거죠. 그런 때 필요한 게 친구 아니겠어요?"

샘은 그녀의 손을 들어서 입을 맞추었다. "고마워요……. 하지만 당신이 뭘 할 수 있을지 모르겠네요. 나도 마찬가지고. 할 수 있는 게 아무것도 없어 보이거든요. 딱 하나 있긴 한데……." 그는 희망 어린 눈빛으로 데이브를 쳐다보았다. "도망치면 될까요?"

데이브는 고개를 저었다. "그녀—아니면 그것—눈에는 다 보여요. 내가 말했잖아요. 미친듯이 속도를 내서 경찰을 피해 자정 전에 덴버까지 도망친다 한들 차에서 내리면 아델리아 로츠가 기다리고 있을 거예요. 아니면 어두컴컴한 길을 달리다 돌아보면 도서관 경찰이 옆자리에 앉아 있을지 몰라요."

상상만 해도—계기판의 초록색 불빛에 비친 하얀 얼굴과 은색 눈—샘은 몸서리가 쳐졌다.

"그럼 어떻게 해요?"

"두 사람 모두 제일 먼저 해야 하는 일을 알고 있을 텐데요." 말을 마친 데이브가 아이스티를 마저 마시고 잔을 현관에 내려놓았다. "곰곰이 생각해보면 알 수 있을 거예요."

그들은 잠시 곡물 창고 쪽을 내다보았다. 샘의 머릿속은 시끄럽고 어지러웠다. 떠오르는 것이라고는 데이브 덩컨에게 들은 단편적인 이야기와 이상하게 혀 짧은 소리를 내며 '어설픈 변명은 듣고 싶지 않다……. 자정까지 씨간을 주겠다. 그 이후에…… 다씨 찾아오마'라고 했던 도서관 경찰의 음성뿐이었다.

나오미의 얼굴이 갑자기 환히 빛났다.

"맞다!" 그녀가 말했다. "이런 바보! 하지만……."

그녀가 데이브에게 한 가지를 묻자 샘도 알겠다는 듯이 눈을 휘둥그레 떴다.

"내가 기억하기로 디모인에 한 군데 있어요." 데이브가 말했다. "펠스. 도움이 될 만한 곳이 있다면 거기일 거예요. 연락을 한번 해보지그래요, 세라?"

2

그녀가 자리를 뜨자 샘이 말했다. "거기서 도움을 줄 수 있다 한들 우리가 문 닫기 전에 도착할 수 있을까요? 노력은 해보겠지만……."

"차로 가겠다고요?" 데이브가 말했다. "안 돼요……. 세라하고 같이 프로버비아 공항으로 가야죠."

샘은 눈을 깜빡였다. "프로버비아에 공항이 있는 줄 몰랐어요."

데이브는 미소를 지었다. "뭐…… 살짝 과장이기는 해요. 스탠 솜스가 활주로라고 부르는 팔백 미터짜리 흙길이 있거든요. 스탠의 응접실이 웨스턴 아이오와 전세 비행기 사무실이에요. 세라하고 같이 가서 스탠을 만나요. 그에게 나바호 경비행기가 있거든요. 디모인까지 갔다가 8시, 늦어도 9시까지 여기로 다시 데려다줄 거예요."

"그가 없으면요?"

"그러면 다른 방법을 생각해봐야죠. 하지만 있을 거예요. 스탠이 비행기보다 더 좋아하는 딱 한 가지가 농사인데 봄이 오면 농부들이 어디 멀리 안 나가잖아요. 텃밭 때문에 태워다 주지 못한다고 할 수도 있어요. 며칠 전에 미리 예약을 해야 카터네 아들에게 운동장만 한 밭을 맡기고 갈 수 있다면서. 그러거든 데이브 덩컨이 보내서 왔다고, 데이브가 야구 빚 갚을 때도 되지 않았느냐고 그랬다고 해요. 기억할 수 있겠어요?"

"네, 그런데 그게 무슨 소리예요?"

"무슨 소리가 됐건 이 일하고는 전혀 상관없어요." 데이브가 말했다. "그러면 그가 태워다줄 거라는 게 중요한 부분이지. 그가 내려주면 여기는 들를 생각하지 마요. 세라하고 같이 곧장 시내로 가요."

샘은 몸속으로 스며드는 두려움을 느낄 수 있었다. "도서관으로 말이죠."

"맞아요."

"데이브, 나오미가 친구 어쩌고 한 거 정말 고맙기는 하지만—그리고 어쩌면 진심일 수도 있지만—이제부터는 내가 알아서 할게요. 두 사람까지 관여할 필요 없잖아요. 그녀를 자극한 잘못은 나한테 있으니까……."

데이브가 손을 뻗어 샘의 손목을 놀라우리만치 세게 붙잡았다. "정말 그렇게 생각한다면 내 말을 한마디도 귀담아듣지 않은 모양이로군요. 당신은 아무 잘못이 없어요. 나도 존 파워와 두 꼬맹이의 죽음—그리고 다른 수많은 아이들이 느꼈을 공포—에 양심의 가책을 느끼지만 나 역시 아무 잘못이 없고요. 진짜예요. 내가 작정하고 삼십 년 동안 알코올의존자로 지낸 게 아니듯 작정하고 아델리아 로츠의 동반자가 된 게 아니잖아요. 둘 다 어쩌다 보니 그렇게 된 거지. 하지만 그녀는 내게 원한이 있으니 복수를 하러 올 거예요, 샘. 내가 당신과 같이 있지 않으면 우선 나를 찾아올 거예요. 그런 식으로 찾아갈 사람이 나 하나만도 아니고요. 세라 말이 맞아요, 샘. 세라와 내가 똘똘 뭉쳐서 당신을 보호하려는 게 아니에요. 우리 셋이 똘똘 뭉쳐야 서로를 보호할 수 있어요. 세라는 아델리아의 정체를 알아요. 아델리아가 아직은 그걸 모른다 하더라도 오늘밤에 등장하자마자 알아차릴 거예요. 그녀는 당신의 거죽을 뒤집어쓰고 정션 시티를 떠날 거예요. 그녀가 자신의 새로운 신원을 아는 사람을 남겨둘 것 같아요?"

"하지만……."

"하지만 뭐요." 데이브가 말했다. "나처럼 나이 많은 주정뱅이도 이해할 수 있을 만큼 간단한 선택의 문제예요. 우리 셋이서 같이 해결하느냐 아니면 다 같이 그녀의 손에 죽느냐."

그는 몸을 앞으로 숙였다.

"아델리아의 수중에서 세라를 구하고 싶으면 영웅이 될 생각은 접고 당신을 찾아온 도서관 경찰이 누구였는지 기억을 더듬어봐요. 그래야 해요. 아델리아가 아무나 선택했을 리 없거든요. 이 사건에서 우연의 일치는 딱 한 가지뿐이고 그게 결정타예요. 예전에 당신도 도서관 경찰을 맞닥뜨린 적이 있었다는 거. 당시 기억을 되살려야 해요."

"해봤는데 안 되네요." 샘은 이렇게 말했지만 그도 알다시피 거짓말이었다. 그가

(꼬맹아, 같이 가줘야겠는데……. 나는 경찰이다.)

이 목소리 쪽으로 관심을 기울이려고 할 때마다 사고 회로가 방향을 틀었다. 한 번도 먹어본 적 없고 예전부터 싫어했던 빨간 감초 사탕 맛이 느껴지고…… 그뿐이었다.

"더 열심히 애를 써봐요." 데이브가 말했다. "안 그러면 희망이 없어요."

샘은 깊게 숨을 들이마셨다가 내뱉었다. 데이브의 손이 그의 목을 건드리는가 싶더니 부드럽게 눌렀다.

"그게 이 사건의 핵심이에요." 데이브가 말했다. "지금까지 당신을 괴롭힌 모든 일의 핵심일 수도 있어요. 당신의 외로움과 슬픔을 해결할."

샘은 놀란 눈으로 그를 쳐다보았다. 데이브는 미소를 지었다.

"그렇잖아요." 데이브가 말했다. "당신은 외롭고 슬픈 외톨이잖아요. 말은 번드르르하게 잘하지만 속내는 다르잖아요. 어제까지만 해도 당신에게 나는 한 달에 한 번씩 폐지를 수거하러 오는 더티 데이브에 불과했겠지만 나 같은 사람들 눈에는 보이는 게 많거든요. 홀아비 사정은 과부가 안다는 말도 있고요."

"모든 일의 해결책이라." 샘은 중얼거렸다. 용감한 정신과 의사와 문제가 많은 환자들로 우글대는 베스트셀러와 인기 영화말고 현실에서도 과연 그렇게 간편한 수단이 존재할까 싶었다.

"그렇다니까요." 데이브는 끈질기게 물고 늘어졌다. "그런 해결책의 효과가 얼마나 엄청난지 알아요? 헤집고 싶지 않은 심정도 이해해요. 하지만 마음만 먹으면 할 수 있어요. 당신이 선택하기 나름이에요.”

“그것도 알코올의존자 치유 모임에서 깨달은 건가요, 데이브?”

그는 미소를 지었다. “뭐, 거기서 그런 걸 가르치긴 하죠.” 그가 말했다. “하지만 나는 처음부터 알고 있었던 것 같아요.”

나오미가 다시 현관으로 나왔다. 미소를 머금은 얼굴로 눈을 반짝였다.

“정말 눈부신 여인이죠?” 데이브가 조용히 물었다.

“네.” 샘이 말했다. “맞아요.” 그는 두 가지를 확실하게 느낄 수 있었다. 하나는 그가 사랑에 빠졌다는 것이었고, 또 하나는 데이브 덩컨이 그걸 안다는 것이었다.

3

“펠스의 그 남자가 확인한답시고 어찌나 꾸물대는지 불안해서 죽는 줄 알았지 뭐예요.” 그녀가 말했다. “하지만 운이 좋았어요.”

“다행이네요.” 데이브가 말했다. “그럼 둘이서 스탠 솜스를 만나러 가요. 요즘도 학기중에는 도서관이 8시에 문을 닫죠, 세라?”

“네……. 대부분 그럴 거예요.”

“그럼 5시쯤에 도서관에 다녀올게요. 8시에서 9시 사이에 하역장이 있는 뒤편에서 만나요. 8시에 가까울수록 좋아요……. 더 안전하기도 하고. 제발 늦지 마요.”

“도서관에는 무슨 수로 들어가죠?” 샘이 물었다.

“그건 내가 알아서 할 테니까 걱정 마요. 얼른 가기나 해요.”

"솜스라는 분한테 미리 연락해보는 게 좋지 않을까요?" 샘이 물었다. "시간이 되는지 알 수 있게."

데이브는 고개를 저었다. "소용없어요. 스탠의 부인은 사 년 전에 바람이 나서 집을 나갔어요. 그에게 일과 결혼한 사람이라고 하면서. 변화를 갈망하는 여자들에게는 좋은 핑곗거리죠. 아이도 없고 하니 밭에 나가 있을 거예요. 얼른 출발해요. 이러다 해 떨어지겠어요."

나오미가 허리를 숙여서 데이브의 뺨에 입을 맞추었다. "얘기해줘서 고마워요." 그녀가 말했다.

"나도 털어놓아서 기뻐요. 훨씬 홀가분해졌어요."

샘은 데이브에게 악수를 청하려다 생각을 바꾸었다. 허리를 숙여서 그를 끌어안았다.

4

스탠 솜스는 순하게 생긴 얼굴 위에서 분노에 찬 두 눈이 이글거리고 달력상으로는 봄이 시작된 지 아직 한 달이 지나지 않았는데도 벌써 새카맣게 탄, 키가 크고 빼빼 마른 남자였다. 샘과 나오미가 찾아가보니 데이브가 장담한 대로 그는 텃밭에 있었다. 진흙을 뒤집어쓰고 공회전중인 솜스의 로토틸러 경운기에서 북쪽으로 육십 미터쯤 떨어진 곳에 흙길 비슷한 게 있었는데…… 한쪽 끝에는 방수포로 덮인 경비행기가, 다른 쪽에는 녹이 슨 장대 위에서 펄럭이는 풍향계가 있는 것으로 보았을 때 거기가 프로버비아 공항의 하나뿐인 활주로인 모양이었다.

"안 돼요." 솜스가 말했다. "이번 주 중으로 이십만 제곱미터를 갈아야 하는데 나말고는 일을 할 사람이 아무도 없어요. 이삼 일 전에 미리 연락을 했으면 모를까."

"비상사태예요." 나오미가 말했다. "진짜예요, 솜스 씨."

그는 한숨을 쉬고 농장 전체를 아우르기라도 할 듯 두 팔을 벌렸다. "진짜 비상사태가 뭔지 알아요?" 그가 물었다. "이런 농장과 나 같은 사람들을 대하는 정부의 태도예요. 그게 진정한 비상사태죠. 저기, 시더래피즈에……."

"시더래피즈까지 갈 시간이 없어서요." 샘이 말했다. "데이브가……."

"데이브?" 스탠 솜스는 지금까지와 다르게 관심 어린 눈빛으로 그를 돌아보았다. "성이 뭔데요?"

"덩컨요. 야구 빚 갚을 때도 되지 않았느냐고 전해달라고 했어요."

솜스의 눈꼬리가 내려갔다. 그가 주먹을 불끈 쥐자 샘은 순간 한 대 때리려나 보다고 생각했다. 하지만 그는 느닷없이 웃음을 터뜨리고 고개를 저었다.

"몇 년 만에 데이브 덩컨이 툭 튀어나와서 차용증을 내밀다니! 젠장!"

그는 로토틸러를 향해 발걸음을 옮겼다. 그러는 동시에 그들을 향해 고개를 돌리고 요란한 소리를 내는 경운기 너머로 고함을 질렀다. "내가 이 빌어먹을 녀석 치우는 동안 비행기 쪽으로 가고 있어요! 활주로 가장자리에 있는 진창 조심해요! 잘못하다가는 신발

먹힐 수 있으니까!"

솜스가 경운기의 기어를 넣었다. 요란한 소음 때문에 장담할 수는 없었지만 샘이 보기에는 그가 계속 웃고 있는 듯했다. "빚을 갚기 전에 그 주정뱅이 영감이 먼저 죽을 줄 알았더니!"

그가 껄껄대며 그들 앞을 지나 헛간으로 향하자 남겨진 샘과 나오미는 서로를 쳐다보았다.

"저게 다 무슨 소리예요?" 나오미가 물었다.

"모르겠어요……. 데이브도 얘길 안 해주더라고요." 그는 팔을 내밀었다. "부인, 같이 걸으시겠습니까?"

그녀는 팔짱을 꼈다. "좋아요, 선생님."

그들은 스탠 솜스가 말한 진흙탕을 최대한 피하려고 했지만 성공하지 못했다. 나오미는 발목까지 빠졌고 그녀가 발을 당기자 구두가 벗겨졌다. 샘은 허리를 숙여서 구두를 집고 나오미를 안아올렸다.

"샘, 안 돼요!" 그녀는 놀라서 비명을 질렀다가 웃음을 터뜨렸다. "그러다 허리 나가요!"

"아니에요." 그가 말했다. "가벼워서 괜찮아요."

아닌 게 아니라 그녀는 가벼웠고…… 그의 머릿속도 갑자기 가벼워졌다. 그는 완만하게 경사가 진 활주로를 올라가서 비행기 앞에 그녀를 내려놓았다. 나오미는 수정처럼 빛나는 침착한 눈빛으로 그의 눈을 들여다보았다. 그는 고민할 겨를도 없이 허리를 숙여서 그녀에게 입을 맞추었다. 그녀도 그의 목을 감싸 안고 마주 입을 맞추었다.

다시 그녀를 바라보았을 때 그는 숨이 가빴다. 나오미는 미소를 머금고 있었다.

"아무때고 나를 세라라고 불러도 돼요." 그녀가 말했다. 샘은 웃음을 터뜨리고 다시 입을 맞추었다.

5

스탠 솜스가 운전하는 나바호의 느낌은 목말을 타고 가는 느낌과 비슷했다. 비행기가 불안정한 봄 기류에 덜커덕덜커덕 흔들리는 동안 샘은 괴상망측한 아델리아라는 존재도 예상하지 못한 방식으로 뒤통수를 때릴 수 있을지 모르겠다는 생각이 한두 번 들었다. 아이오와 옥수수밭 전역에 자신들의 잔해를 흩뿌리는 방식으로 말이다.

하지만 스탠 솜스는 불안해하는 기미가 없었다. 나바호가 디모인을 향해 휘청거리며 날아가는 동안 그는 〈스위트 수〉나 〈더 사이드워크스 오브 뉴욕〉과 같은 고색창연한 발라드를 고래고래 불러젖혔다. 나오미는 눈부신 햇빛을 막느라 얼굴 양옆을 손으로 가린 채 꼼짝 않고 앉아서 창밖으로 지나가는 도로와 밭과 집들을 내다보았다.

결국 샘은 그녀의 어깨를 톡톡 두드렸다. "꼭 비행기 처음 타보는 사람 같아요!" 그는 모기처럼 왱왱거리는 엔진 소리 너머로 고함을 질렀다.

그녀는 그를 돌아보더니 황홀경에 빠진 여학생처럼 씩 웃었다. "처음이에요!" 그러고는 창밖의 풍경으로 고개를 돌렸다.

"맙소사!" 샘은 말하고, 비행기가 엄청나게 요동치자 안전벨트를 더욱 단단히 조였다.

6

나바호는 창공을 잽싸게 가르며 4시 20분에 디모인의 카운티 공항에 착륙했다. 솜스는 민간용 공항 터미널로 천천히 이동해 시동을 끄고 문을 열었다. 솜스가 내리는 걸 돕는답시고 나오미의 허리를 잡자 샘은 묘하게도 찌릿한 질투를 느꼈다.

"고맙습니다!" 그녀는 숨을 헐떡였다. 두 뺨은 시뻘겠고 눈동자는 이리저리 춤을 추었다. "정말 대단했어요!"

솜스가 미소를 짓자 문득 예순 살이 아니라 마흔 살로 보였다. "비행은 늘 즐거워요." 그가 말했다. "경운기 위에서 오후 내내 콩밭을 혹사하는 것보다 훨씬 좋네요……. 솔직히." 그는 나오미에서 샘에게로 시선을 옮겼다. "엄청난 비상사태가 뭔지 얘기해줄래요? 내가 도울 수 있는 일이면 도울게요. 프로버비아에서 디모인을 왕복하는 걸로는 데이브에게 진 빚을 갚기에 조금 모자란데."

"시내로 가야 해요." 샘이 말했다. "펠스 서점이라는 곳으로. 우리한테 필요한 책이 거기 있어서요."

스탠 솜스는 눈을 휘둥그레 뜨고 그들을 쳐다보았다. "뭐라고요?"

"펠스……."

"펠스라면 나도 알아요. 신간은 앞쪽에 구간은 뒤쪽에. 중서부에서 가장 많은 종수 보유, 그렇게 광고하잖아요. 내가 이해를 못하겠는 건 다른 부분이에요. 책을 구하려고 나를 텃밭에서 끌어내 아이오와 주를 횡단하게 만들었단 말이에요?"

"아주 중요한 책이거든요, 솜스 씨." 나오미가 말했다. 그녀는 농부답게 거친 그의 한쪽 손을 두드렸다. "지금으로서는 제 인생에 있어서…… 아니면 샘의 인생에 있어서 가장 중요한 물건이라고 볼 수 있어요."

"데이브의 인생에 있어서도 그렇고요." 샘이 말했다.

"무슨 일인지 설명을 들으면 내가 이해할 수 있을까요?" 솜스가 물었다.

"아뇨." 샘이 말했다.

"아뇨." 나오미도 맞장구를 치고 미소를 지었다.

솜스는 넓은 콧구멍으로 한숨을 내뱉고 바지 주머니에 손을 넣었다. "뭐, 어차피 별 상관 없어요. 데이브한테 빚을 진 지 십 년이 지나서 그동안 여러 번 마음에 걸렸거든요." 그의 얼굴에 화색이 돌았다. "그리고 아름다운 아가씨의 첫 비행기 여행을 책임졌고. 그런 말도 있잖아요. 처음으로 비행기 여행을 하고 난 아가씨보다 예쁜 여자는 세상에 한 명뿐이고 그건 처녀 딱지를……."

그는 말을 뚝 끊더니 신발에 묻은 타르를 바닥에 대고 문질렀다. 나오미는 조심스럽게 지평선으로 시선을 돌렸다. 바로 그때 연료 트럭이 다가왔다. 솜스는 얼른 그쪽으로 건너가서 기사와 심도 있는 대화를 나누기 시작했다.

샘이 말했다. "당신이 겁 없는 우리 기장을 상당히 감동시켰나 봐요."

"그랬나 봐요." 그녀가 말했다. "기분이 끝내주게 좋아요, 샘. 어처구니가 없죠?"

그는 삐져나온 머리칼을 그녀의 귀 뒤로 넘겨주었다. "오늘 자체가 어처구니가 없는 하루예요. 내 평생 이렇게 어처구니가 없는 날은 처음이에요."

그때 머릿속에서 누군가가—거대한 물체들이 여전히 부유중인 깊은 곳에서 흘러나온 목소리였다—그건 아니지 않으냐고 속삭였다. 이만큼 어처구니없는 날이 있었다. 이보다 더 어처구니없는 날. 『검은 화살』과 빨간 감초 사탕의 날.

억눌려 있던 낯선 공포가 안에서 고개를 들었다. 그는 그 목소리가 들리지 않도록 귀를 닫아버렸다.

'아델리아의 수중에서 세라를 구하고 싶으면 영웅이 될 생각은 접고 당신을 찾아온 도서관 경찰이 누구였는지 기억을 더듬어봐요.

아니야! 못해! 그러면…… 안 돼!

당시 기억을 되살려야 해요.

안 된다니까! 절대 안 돼!

더 열심히 애를 써봐요. 안 그러면 희망이 없어요.'

"이제 진짜 집에 가야 해요." 샘 피블스는 중얼거렸다.

나바호의 날개 플랩을 구경하러 갔던 나오미가 그의 말을 듣고 돌아왔다.

"뭐라고요?"

"아니에요. 그냥 혼잣말한 거예요."

"얼굴이 하얗게 질렸어요."

"긴장이 돼서요." 그는 날이 선 목소리로 말했다.

스탠 솜스가 돌아왔다. 엄지손가락으로 연료 트럭 기사를 가리켰다. "도슨이 자기 차를 빌려주겠대요. 시내까지 태워다 줄게요."

"택시를 부르면……." 샘이 말문을 열었다.

나오미는 고개를 저었다. "그럴 시간 없어요." 그녀가 말했다. "정말 감사합니다, 솜스 씨."

"이럴 수가." 솜스는 이렇게 말하고 그녀를 향해 어린아이처럼 씩 웃었다. "앞으로는 스탠이라고 불러요. 갑시다. 도슨이 그러는데 콜로라도에서 저기압이 몰려오고 있대요. 비가 내리기 전에 정션 시티로 돌아가고 싶네요."

7

펠스는 디모인의 상업 지구 끝에 있는 대형 헛간 같은 건물이었다. 쇼핑몰에 있는 체인 서점과 대척점에 있다고 보면 딱 맞았다. 나오미가 마이크를 만나러 왔다고 용건을 밝혔다. 신간을 파는 코너와 그보다 더 널찍한 구간을 파는 코너 사이에 여권 검색대처럼 있는 고객 서비스 데스크로 가면 된다고 했다.

"나오미 히긴스예요. 좀 전에 전화를 드렸는데요."

"아, 네." 마이크가 말했다. 어수선한 서가에서 책을 두 권 꺼내왔다. 한 권은 『미국인들이 가장 사랑하는 시선집』이었다. 다른 한 권은 켄트 애들먼이 편집한 『연사의 동반자』였다. 샘 피블스는 평생 책을 보고 그렇게 반가워해본 적이 없었다. 점원에게서 낚아채 꼭 끌어안고 싶은 충동을 참느라 힘이 들 지경이었다.

"『시선집』은 구하기 쉬워요." 마이크가 말했다. "하지만 『연사의 동반자』는 절판됐거든요. 여기에서부터 덴버까지 뒤져도 이렇게 멀끔한 판본을 갖추고 있는 서점은 펠스밖에 없을 거예요……. 물론 도서관은 예외겠지만요."

"제가 보기에는 둘 다 상태가 훌륭합니다." 샘은 벅찬 감동을 느끼며 말했다.

"선물하실 건가요?"

"그렇다고 볼 수 있죠."

"그럼 포장해드릴까요? 잠깐이면 되는데."

"괜찮아요." 나오미가 말했다.

두 권 합해서 22달러 57센트였다.

"믿기지가 않네요." 서점을 나서 스탠 솜스가 빌린 차를 주차해 놓은 곳으로 걸어가며 샘이 말했다. 그는 한 손에 봉투를 단단히 쥐었다. "이렇게 간단하다니……. 책을 돌려주기만 하면 된다니."

"걱정 마요." 나오미가 말했다. "그렇게 간단하게 끝나지 않을 테니까."

8

공항으로 다시 달려가는 동안 샘은 스탠 솜스에게 데이브와 야구에 대해서 물었다.

"너무 개인적인 이야기면 하지 않으셔도 돼요. 그냥 궁금해서 여쭈어본 거니까."

솜스는 샘이 무릎 위에 올려놓은 봉투를 흘끗 쳐다보았다. "나는 그게 궁금한데 말이죠." 그가 말했다. "우리, 이렇게 합시다. 그 야구 사건이 십 년 전에 있었던 일이거든요. 내가 그 얘기를 해줄 테니까 두 분은 앞으로 십 년 뒤에 그 책에 대해서 얘기해주기로."

"좋아요." 나오미가 뒷좌석에서 대답하고, 샘의 생각을 읽기라도 한 것처럼 이렇게 덧붙였다. "물론 저희가 그때까지 살아 있으면요."

솜스는 웃음을 터뜨렸다. "하긴…… 그럴 가능성은 언제든 존재하니까요."

샘은 고개를 끄덕였다. "가끔 경악할 만한 일들이 벌어지기도 하죠."

"맞아요. 1980년에 우리 외아들에게도 그랬어요. 병원에서는 백혈병이라고 했지만 당신이 얘기한 그거였어요. 가끔 벌어지는 경악할 만한 일."

"어머나, 마음 아프셨겠어요." 나오미가 말했다.

"고마워요. 가끔 이제 다 잊었다는 생각이 들 때마다 내 급소를 기습 공격해요. 떨쳐버리려면 한참 걸리는 일도 있고, 떨쳐버릴 수 없는 일도 있는가 봐요."

'떨쳐버릴 수 없는 일도 있는가 봐요.'

'꼬맹아, 같이 가줘야겠는데……. 나는 경찰이다.'

'이제 진짜 집에 가야 하는데……. 연체료 해결된 거 맞죠?'

샘은 떨리는 손으로 입가를 건드렸다.

"아무튼 뭐, 데이브하고는 그 일이 있기 한참 전부터 알고 지냈어요." 스탠 솜스가 말했다. 그들은 "공항까지 5KM"라고 적힌 표지판을 지났다. "같이 자라고, 같은 학교에 다니고, 방탕한 시절을 같이 보냈거든요. 한 가지 차이점이 있다면 나는 결국 정신을 차렸다는 거예요. 데이브는 그런 생활을 계속했지만."

솜스는 고개를 저었다.

"그는 술에 취했을 때건 안 취했을 때건 내가 아는 친구들 중에서 성격이 가장 다정다감했어요. 그런데 멀쩡한 날보다 술에 취한 날이 많아지니까 연락이 끊겼죠. 1950년대 말에 가장 심각했던 것 같아요. 그 당시에는 취하지 않은 날이 하루도 없을 정도였으니. 그러다 알코올의존자 치유 모임에 나가기 시작하면서 좀 괜찮아지는 것 같더니만…… 늘 무너지더군요, 심하게 와르르.

나는 1968년에 결혼했고 그 친구한테 들러리를 맡기고 싶었지만 엄두가 나지 않았어요. 다행히 그가 멀쩡한 정신으로 참석하기는 했지만 그럴 거라고 믿을 수가 있어야 말이죠."

"무슨 말씀인지 알아요." 나오미가 조용히 말했다.

스탠 솜스는 웃음을 터뜨렸다. "글쎄요……. 죽어라고 마시는 술고래들이 어디까지 추락할 수 있는지 당신처럼 귀여운 아가씨가 알 도리가 있겠는가마는 아무튼 그렇습니다. 내가 만약 데이브에게 들러리를 맡겼다면 로라—전처 말이에요—가 길길이 날뛰었을 거예요. 하지만 데이브는 결혼식에 참석했고 1970년에 우리 아들 조이가 태어난 이후에는 좀더 자주 만났어요. 술을 끊으려고 애를 쓰던 그 시절 데이브는 모든 아이들에게 애틋한 감정을 품고 있는 것 같더라고요.

조이가 제일 좋아했던 게 야구였어요. 야구라면 환장을 했어요. 스티커 북이랑 풍선껌 카드를 모으고……. 심지어 시카고에서 송출되는 WGN 텔레비전 채널로 로열스—로열스를 응원했거든요—와 컵스 경기를 볼 수 있게 위성안테나를 달아달라고 조를 정도였죠. 여덟 살부터는 로열스의 모든 주전 선수의 타율을 외우고 아메리칸리그에서 뛰는 대부분 투수들의 전적을 꿰고 있었어요. 데이브하고 내가 서너 번 경기장에 데려간 적도 있어요. 그 아이에게는 천국 가이드 투어나 다름없었죠. 내가 일을 하느라 데이브 혼자서 데려간 적도 두 번 있었어요. 로라는 노발대발했죠. 그는 술이 떡이 돼서 돌아올 거라고, 혼자 남겨진 우리 아이는 캔자스시티의 길거리를 헤매거나 어디 경찰서에서 누군가가 자길 데리러 오길 기다릴 거라고. 하지만 그런 적은 한 번도 없었어요. 내가 아는 한 데이브는 우리 아이 앞에서 술을 마신 적이 한 번도 없었어요.

조이는 백혈병에 걸렸을 때 그해에는 최소 유월까지, 어쩌면 일 년 내내 경기장에 갈 수 없다는 의사의 말을 듣고 제일 슬퍼했어요. 암에 걸렸다는 것보다 거기에 더 우울해했어요. 데이브가 면회를 오니까 그 얘기를 하면서 울었죠. 데이브가 아이를 끌어안고 말했어요. '조이, 경기장에 가지 못해도 괜찮아. 내가 로열스를 데려오면 되잖아.'

조이는 그를 올려다보며 물었어요. '실제로요, 데이브 삼촌?' 아이가 그렇게 불렀어요, 데이브 삼촌이라고.

'그건 안 되지.' 데이브가 말했죠. '하지만 그 비슷하게는 할 수 있어.'"

솜스는 민간용 공항 터미널 게이트로 가서 경적을 울렸다. 요란한 소리와 함께 게이트가 열리자 그는 나바호가 세워져 있는 곳으로 차를 몰고 갔다. 시동을 끄고 자기 손을 내려다보며 잠깐 운전석에 앉아 있었다.

"데이브가 재능이 있는 녀석이라는 건 전부터 알고 있었어요." 마침내 그가 말문을 열었다. "그런데 어쩌면 그걸 그렇게 삽시간에 만들어냈는지는 아직까지도 모르겠어요. 아마 밤낮으로 매달렸을 거예요. 열흘 만에 만들어냈으니. 게다가 고것들이…… 그럴듯했단 말이죠.

그는 시간이 없다는 걸 알았어요. 병원에서 나하고 로라한테는 사실대로 알려주었고 내가 그걸 데이브에게 얘기했거든요. 조이는 가망이 없었어요. 병원에서 너무 늦게 발견했어요. 암세포가 산불처럼 혈관을 타고 번지고 있었죠.

우리 아들에게 그런 약속을 하고 열흘쯤 지났을 때 데이브가 양팔에 종이 쇼핑백을 하나씩 안고 병실로 찾아왔어요. '그 안에 뭐가 들었어요, 데이브 삼촌?' 조이가 침대에서 일어나 앉으며 물었죠. 아이는 그날 하루 종일 우울해했어요. 아마 머리가 빠져서 그랬을 거예요. 그 당시에는 뒤통수까지 머리를 기르지 않으면 못 사는 집 아이로 간주됐거든요. 하지만 데이브가 들어오자 아이의 표정이 당장 밝아졌어요.

'당연히 로열스가 들었지.' 데이브가 대답했어요. '내가 얘기하

지 않았니?'

그러더니 쇼핑백 두 개를 침대에 내려놓고 안에 든 걸 쏟았어요. 그때 아이가 지은 표정은, 이 세상 어느 누구도 그런 표정을 평생 본 적이 없을 거예요. 얼굴이 크리스마스트리처럼 환해졌고…… 그리고…… 그리고 젠장……."

스탠 솜스의 목소리가 점점 잠겼다. 그가 도슨의 뷰익 운전대 쪽으로 몸을 거칠게 기울이는 바람에 경적이 울렸다. 그는 뒷주머니에서 큼지막한 스카프를 꺼내서 눈을 훔치고 코를 풀었다.

나오미도 몸을 앞으로 기울였다. 한 손으로 솜스의 뺨을 눌렀다.

"솜스 씨, 너무 힘드시면……."

"아니에요." 그는 이렇게 말하고 희미하게 미소를 지었다. 샘은 스탠 솜스가 미처 닦지 못한 눈물이 늦은 오후의 햇살을 받고 반짝이며 뺨을 타고 흐르는 것을 바라보았다. "아이가 생생하게 기억이 나서 그래요. 아이의 모습이. 아프지만 기분이 좋기도 해요. 그 두 가지 감정이 한데 뒤엉켜 있어요."

"이해해요." 그녀가 말했다.

"데이브가 쇼핑백을 기울이자 야구공이 쏟아져 나왔어요. 스무 개도 넘었죠. 그런데 평범한 야구공이 아니라 1980년에 캔자스시티 로열스 팀에서 뛴 선수들 얼굴이 하나씩 그려진 야구공이었어요. 그 뭣이냐, 캐리커처도 아니었어요. 노먼 록웰이 그린《새터데이 이브닝 포스트》표지만큼 훌륭했어요. 나는 데이브의 작품을 본 적이 있었고—술독에 빠지기 전에 그린 거 말이에요—그 작품들도 훌륭했지만 이게 최고였어요. 윌리 에킨스, 프랭크 화이트, U.L.

워싱턴, 조지 브렛…… 윌리 윌슨, 에이머스 오티스……. 그 옛날 서부영화 속 청부 살인업자처럼 험상궂게 보이던 댄 퀴즌베리…… 폴 스플리토프, 켄 브렛……. 이름들도 다 기억이 안 나지만 짐 프레이 감독까지 모든 선수가 있었어요.

게다가 그림을 완성하고 우리 아들에게 선물하기 전에 캔자스시티까지 들고 가서 한 선수만 빼고 모든 선수의 사인을 받아왔어요. 사인을 하지 않은 선수는 투수 대럴 포터였어요. 독감 때문에 결장을 해서 그랬는데 낫자마자 자기 얼굴이 그려진 공에 사인을 해주겠다고 약속했어요. 나중에 그 약속을 지켰고요."

"와우." 샘은 나지막이 중얼거렸다.

"그게 다 데이브가 한 거예요. 사람들이 비웃으며 더티 데이브라고 부르는 남자가요. 가끔 사람들이 그렇게 부르는 걸 들으면 조이가 백혈병으로 죽어갈 때 그가 해주었던 선물이 생각나서……."

솜스는 말문을 맺는 대신 널찍한 허벅지에 올려놓은 손을 불끈 쥐었다. 바로 어제까지 아무렇지 않게 그를 그렇게 불렀고, 신문지가 가득 담긴 쇼핑 카트를 밀고 다니는 주정뱅이 영감을 크레이그 존스와 프랭크 스티븐스와 함께 비웃었던 샘은 부끄러워서 두 뺨이 서서히 달아오르는 것을 느낄 수 있었다.

"정말 대단한 선물이었네요." 나오미가 말하며 스탠 솜스의 뺨을 건드렸다. 그녀도 울고 있었다.

"녀석의 표정을 봤어야 해요." 솜스가 꿈을 꾸는 듯이 말했다. "침대에 앉아서 동그란 머리에 캔자스시티 야구 모자를 쓴 아이가 그 선수들을 내려다보며 어떤 표정을 지었는지 믿기지 않을걸요?

말로 설명할 수 없지만 죽을 때까지 잊지 못할 거예요.

녀석의 표정을 봤어야 해요.

막판에 조이는 상태가 많이 안 좋아졌지만 텔레비전으로 로열스 경기를 보거나 라디오로 듣지 못할 만큼 안 좋아진 적은 없었어요. 병실을 그 야구공으로 도배를 했죠. 침대 옆 창턱이 특별석이었어요. 텔레비전이나 라디오로 중계중인 경기에 출전한 아홉 명을 거기다 늘어놓았거든요. 프레이가 투수를 교체하면 그 투수를 창턱에서 내리고 구원투수를 그 자리에 넣었어요. 누가 안타를 치면 그 선수의 공을 손에 쥐고 있었고요. 그러니까……."

스탠 솜스는 말을 뚝 끊고 스카프에 얼굴을 묻었다. 가슴을 두 번 들썩였고 울음을 삼키느라 목에 힘을 주었다. 잠시 후에 그는 다시 눈을 훔치고 스카프를 씩씩하게 뒷주머니에 넣었다.

"그러니까 오늘 내가 당신 둘을 디모인까지 태워다 준 이유를 알겠죠? 그 책을 구하러 뉴욕에 가야 한다면 거기라도 마다하지 않았을 이유를 알겠죠? 이건 내가 한턱낸 게 아니에요. 데이브가 낸 거지. 그 친구가 그렇게 특별한 사람이에요."

"제가 보기에는 선생님도 그렇습니다." 샘이 말했다.

솜스는 그를 보며 미소를 짓고—묘한 분위기를 풍기는 삐딱한 미소였다—도슨의 뷰익 문을 열었다. "하, 고마워요." 그가 말했다. "진심으로 고마워요. 비 오기 전에 도착하려면 이제 그만 출발해야겠네요. 책 잘 챙겨요, 히긴스 양."

"네." 나오미는 봉투 입구를 꼭 잡고 내리며 이렇게 말했다. "걱정 마세요, 단단히 챙길 테니까."

13장: 도서관 경찰 II

1

디모인에서 이륙한 지 이십 분이 지났을 때 나오미는 유리창에서 눈을 떼고—79번 대로를 바쁘게 오가는 장난감 같은 차량 행렬을 보며 계속 감탄하던 중이었다—샘 쪽으로 고개를 돌렸다. 이때 맞닥뜨린 광경에 그녀는 화들짝 놀랐다. 샘이 유리창에 머리를 대고 잠이 들었는데 얼굴에서 평온함의 기미라고는 찾아볼 수가 없었다. 혼자만의 극심한 고통으로 괴로워하는 사람 같았다.

감은 눈에서 천천히 흘러나오는 눈물이 그의 얼굴을 타고 흘러내렸다.

그녀는 깨우려고 몸을 앞으로 숙였다가 그가 어린아이처럼 떨리는 목소리로 묻는 것을 들었다. "저 이제 혼나는 거예요?"

아이오와 서쪽을 두툼하게 덮은 구름 속으로 쏜살같이 날아 들어간 나바호가 요동을 치기 시작했지만 나오미는 그런 줄도 몰랐다. 그녀는 샘의 어깨 바로 위까지 손을 뻗었다가 거두었다.

'당신을 찾아온 도서관 경찰은 누구였나요, 샘?

누구였는지 몰라도 다시 찾아온 모양이야.' 나오미는 생각했다. '둘이 지금 같이 있나 봐. 미안해요, 샘……. 깨우지 못하겠어요. 지금은 안 되겠어요. 당신은 지금 거기 있어야 해요……. 거기가 당신이 있어야 할 곳이에요. 미안하지만 계속 꿈을 꾸도록 내버려 둘게요. 내가 깨우면 무슨 꿈을 꾸었는지 기억해내요. 꼭요.

꼭요.'

2

꿈속에서 샘 피블스는 빨간 모자가 덮개를 씌운 바구니를 들고 생강 쿠키로 만든 집에서 출발하는 광경을 바라보았다. 할머니네 집으로 가는 길이었다. 그곳에서는 늑대가 그녀를 발에서부터 잡아먹으려고 기다리고 있었다. 머리 가죽을 벗기고 긴 나무 숟가락으로 뇌를 파먹는 것이 마지막 단계가 될 것이었다.

하지만 모든 게 이상했다. 이 꿈에서는 빨간 모자가 남자아이였고, 생강 쿠키 집은 아빠가 돌아가셨을 때 그와 어머니가 함께 살았던 세인트루이스의 복층 아파트였고, 덮개를 씌운 바구니 안에는 먹을 게 아무것도 없었다. 바구니 안에 들어 있는 것은 로버트 루이스 스티븐슨이 쓴 『검은 화살』이었다. 그는 그 책을 처음부터 끝까지 모두 읽었다. 그의 목적지는 할머니네 집이 아니라 세인트루이스 공립 도서관 브릭스 애비뉴 분관인데 벌써 나흘이나 연체했기 때문에 서둘러야 했다.

이것은 관찰몽이었다.

그는 꼬맹이 샘이 던바 스트리트와 존스타운 애비뉴가 만나는 네거리에서 신호가 바뀌길 기다리는 것을, 책을 손에 들고 후닥닥 길을 건너는 것을 바라보았다. 이제 바구니는 사라지고 보이지 않았다. 꼬맹이 샘이 던바 스트리트 신문 가게 안으로 들어가자 그도 장뇌와 사탕과 파이프 담배 냄새가 뒤섞인 그 안으로 덩달아 들어갔다. 오 센트짜리 불스 아이 감초 사탕—그가 가장 좋아하는 사탕이었다—을 들고 카운터로 걸어가는 꼬맹이 샘을 바라보았다. 그는 어머니가 『검은 화살』 도서 카드 봉투에 넣어주신 일 달러짜리 지폐를 꼬맹이가 조심스럽게 꺼내는 것을 바라보았다. 점원이 일 달러를 받고 구십오 센트를 거슬러주는 것을 바라보았다. 구십오 센트면 연체료를 내고도 남는 금액이었다. 그는 가게를 나선 꼬맹이 샘이 주머니에 잔돈을 챙기느라 길바닥에 한참 서 있다가 감초 사탕 봉지를 이로 뜯는 것을 바라보았다. 꼬맹이 샘이 채찍처럼 생긴 길고 빨간 사탕을 우드득우드득 씹어먹으며 가던 길을 재촉하는 것을—도서관까지는 이제 세 블록밖에 안 남았다—보았다.

그는 아이에게 고함을 지르려 했다.

'조심해! 조심해! 늑대가 기다리고 있어! 늑대 조심해! 늑대 조심해!'

아이는 빨간 감초 사탕을 먹으며 걸음을 옮겼다. 빨간 벽돌로 된 거대한 도서관 건물이 눈앞에 등장했다.

이 시점에서 샘—비행기에 타고 있는 어른 샘—은 꿈속에서 빠져나오려고 했다. 악몽이라는 끔찍한 껍데기 바깥에 있는 나오미와 스탠 솜스와 현실 세계를 느낄 수 있었다. 꿈속에서도 브릭스 애비뉴를 오가는 차 소리, 따르르르릉, 따르르르릉, 하고 요란하게 울리는 어떤 아이의 자전거 종소리, 한여름의 무성한 느릅나무 이파리 속에서 지저귀는 새소리 사이로 웅웅거리는 나바호의 엔진 소리가 들렸다. 그는 꿈속의 눈을 감고 껍데기 밖의 세계, 현실 세계를 염원했다. 껍데기를 부수면 그곳에 닿을 수 있을 것 같은데…….

'안 돼요.' 데이브가 말했다. '안 돼요, 샘. 그러면 안 돼요. 아델리아의 수중에서 세라를 구하고 싶으면 이 꿈에서 깨어날 생각은 하지 마요. 이 사건에서 우연의 일치는 딱 한 가지뿐이지만 그게 결정타예요. 예전에 당신도 도서관 경찰을 맞닥뜨린 적이 있었다는 거. 당시 기억을 되살려야 해요.'

'보고 싶지 않아요. 알고 싶지 않아요. 한 번이면 충분하잖아요.'

'앞으로 당신을 기다리는 일보다 더 끔찍한 일은 없어요, 샘. 절대 없어요.'

그는 눈을 떴다. 외면이 아니라 내면의 눈을 떴다. 꿈속의 눈을 떴다.

이제 꼬맹이 샘은 도서관 동쪽과 연결된 콘크리트 길을 걸어가고 있다. 그 길로 가면 어린이 도서관이 나온다. 그는 괘종시계에 달린 추가 부드럽게 좌우로 움직이듯 불길한 슬로모션으로 한 걸음, 한 걸음 내딛는다. 모든 게 선명하다. 콘크리트 보도에 점점이 박혀서 반짝이는 운모와 석영. 건물 양옆으로 늘어선 초록색의 빽빽한 덤불. 빨간 벽돌담을 기어오르는 담쟁이덩굴. 두툼한 강화유리가 달린 초록색 문 위에 짧은 반원 모양으로 "Fuimus, non sumus"라고 새겨진, 낯설고 어쩐지 무서운 라틴어 문구.

그리고 계단 옆에 서 있는 도서관 경찰도 선명하다.

그는 얼굴이 하얗지 않다. 벌겋다. 이마에 시뻘건 여드름이 도드라지게 박혀 있다. 키가 크지는 않고 보통이며 어깨가 유난히 넓다. 트렌치코트가 아니라 오버코트를 입고 있는데, 무더운 세인트루이스의 여름날에 희한한 선택이다. 눈이 은색일 수도 있지만 꼬맹이 샘은 무슨 색인지 보지 못한다. 도서관 경찰이 시각장애인처럼 조그맣고 동그란 선글라스를 쓰고 있기 때문이다.

'그는 도서관 경찰이 아니야! 늑대야! 조심해! 그는 늑대야! 도서관 늑대!'

꼬맹이 샘은 듣지 않는다. 꼬맹이 샘은 무서워하지 않는다. 이러니저러니 해도 훤한 대낮이고 이 도시는 특이한—때로는 신기한—사람들로 가득하다. 그는 태어나서 지금까지 죽 세인트루이스에서 살았기에 도시가 무섭지 않다. 조만간 생각이 바뀌겠지만.

그는 남자 쪽으로 걸어가는데, 가까이 다가가자 흉터가 보인다. 왼쪽 광대에서 시작된 하얀색의 가느다란 선이 왼쪽 눈 밑을 지나 콧잔등 위로 사라진다.

"안녕, 꼬맹아." 동그란 선글라스를 쓴 남자가 말한다.

"안녕하세요." 꼬맹이 샘이 말한다.

"안으로 들어가기 전에 들고 있는 책이 어떤 책인지 썰명해줄래?" 남자가 묻는다. 그의 목소리는 부드럽고 깍듯하며 전혀 위협적이지 않다. ㅅ을 ㅆ으로 발음하며 살짝 혀 짧은 소리를 낸다. "나는 이 도써관 직원이거든."

“『검은 화살』이라는 책이에요.” 꼬맹이 샘은 깍듯하게 대답한다. “로버트 루이스 스티븐슨 씨가 썼는데 죽었어요. 패, 결, 핵으로. 엄청 재미있었어요. 끝내주는 전투도 나오고요.”

아이는 조그맣고 동그란 선글라스를 쓴 남자가 들어가도 좋다며 옆으로 비켜주길 기다리지만 조그맣고 동그란 선글라스를 쓴 남자는 비켜주지 않는다. 허리를 숙여서 그를 유심히 쳐다본다. 할아버지, 눈이 참 작고 동그랗고 까마네요.

“한 가지 더.” 남자가 말한다. “책을 연체했니?”

이제 꼬맹이 샘은 조금 무서워진다.

“네……. 하지만 며칠 안 했어요. 사 일밖에 안 했어요. 책이 너무 길고 리틀리그도 있고 캠프도 있고 해서…….”

“꼬맹아, 같이 가줘야겠는데……. 나는 경찰이다.”

선글라스를 쓰고 오버코트를 입은 남자가 손을 내민다. 샘은 순간 도망칠까 고민한다. 하지만 그는 어린애고 이 남자는 어른이다. 도서관 직원이다. 경찰이다. 문득 이 남자—흉터가 있고 동그란 선글라스를 쓴 이 무서운 남자—가 권력기관의 상징이 된다. 권력기관으로부터 도망칠 방법은 없다. 온 사방을 지키고 있으니까.

샘은 쭈뼛쭈뼛 남자에게로 다가간다. 손—거의 다 먹은 빨간 감초 사탕 봉지를 들고 있던 쪽 손—을 올리다 막판에 내리려고 한다. 하지만 늦었다. 남자가 그 손을 와락 잡는다. 감초 사탕 봉지가 인도에 떨어진다. 꼬맹이 샘은 빨간 감초 사탕을 두 번 다시 먹지 못할 것이다.

낚시꾼이 송어가 문 낚싯줄을 감아서 당기듯 남자는 샘을 자기 쪽으로 끌어당긴다. 샘의 손을 쥐고 있는 손의 힘이 세다. 아프다. 샘은 울음을 터뜨린다. 햇볕은 여전히 쨍쨍하고 풀밭은 여전히 파릇파릇하지만 온 세상이 갑자기 멀게 느껴진다. 세상은 잠깐 믿었던 잔인한 신기루에 불과하다.

남자의 입에서 센센 브랜드의 박하사탕 냄새가 난다. "저 이제 혼나는 거예요?" 샘은 이렇게 묻고, 남자가 아니라고 대답해주길 온몸의 모든 세포를 동원해 기도한다.

"음." 남자가 말한다. "맞아. 엄청 혼나게 생겼지. 혼나고 싶지 않으면 정확히 내가 시키는 대로 해야 해. 알겠니?"

샘은 아무 대답도 하지 못한다. 평생 그렇게 겁에 질려본 적이 없다. 휘둥그레 뜬 눈으로 눈물을 펑펑 흘리며 남자를 올려다보기만 할 따름이다.

남자가 그를 흔든다. "알겠느냐고."

"아…… 알겠어요!" 샘은 숨을 헐떡인다. 방광이 터질 것 같다.

"내가 누군지 정확하게 소개를 하지." 남자가 샘의 얼굴에 대고 센센 냄새를 풍기며 말한다. "나는 브릭쓰 애비뉴 도써관 경찰이고 책을 연체한 아이들을 처벌하는 게 내 임무야."

꼬맹이 샘은 꺼이꺼이 울기 시작한다. "저 돈 있어요!" 그는 흐느끼는 중간에 간신히 내뱉는다. "구십오 센트 있어요! 그거 드릴게요! 그거 다 드릴게요!"

그는 주머니에서 동전을 꺼내려고 한다. 도서관 경찰은 이 틈을 타서 주위를 둘러보는데, 널찍한 얼굴이 갑자기 뾰족해진 것처럼 느껴진다. 닭장 속으로 진입하는 데 성공했지만 위험을 감지한 여우나 늑대의 얼굴로 바뀐다.

"따라와." 그는 도서관 양옆에서 자라는 빽빽한 덤불숲 속으로 꼬맹이 샘을 끌고 들어간다. "경찰이 따라오라면 따라오는 거야!" 그 안은 어두컴컴하다. 어두컴컴하고 비밀스럽다. 톡 쏘는 노간주나무 열매 냄새가 난다. 땅바닥은 짚을 깔아 까맣다. 샘은 이제 목 놓아 울고 있다.

"조용히 해!" 도서관 경찰은 툴툴거리며 샘을 세게 흔든다. 샘의 손뼈가 눌려 아팠다. 머리는 목 위에서 흔들거린다. 그들은 이제 정글 같은 덤불숲 속의 조그만 빈터에 다다랐다. 노간주나무는 납작하게 밟히고 고사리는 뜯긴 후미진 곳이다. 샘은 여기가 도서관 경찰이 단순히 아는 곳이 아니라 직접 만든 곳임을 깨닫는다.

"조용히 해! 안 그러면 연체료는 둘째 치고 너희 어머니한테 전화해서 네가 얼마나 못된 아이인지 얘기할 거야. 그랬으면 좋겠어?"

"안 돼요!" 샘은 흐느낀다. "연체료 낼게요! 연체료 낼게요, 경찰관 아저씨. 해치지는 말아주세요!"

도서관 경찰은 꼬맹이 샘을 돌려세운다.

"벽에 손 올려! 다리 벌려! 당장! 얼른!"

꼬맹이 샘은 계속 흐느끼지만, 이런 처벌을 받아 마땅할 정도로 못된 짓을 저질렀다는 사실이 어머니한테 알려질까 두려운 마음에 도서관 경찰이 시키는 대로 한다. 건물 이쪽에 얼기설기 지저분하게 자란 무성한 덤불의 그늘 때문에 빨간 벽돌이 서늘하다. 지면과 가까운 곳에 좁은 창문이 달려 있다. 안으로 도서관의 보일러실이 내려다보인다. 삿갓 모양의 둥그런 양철 갓을 씌운 알전구들이 거대한 보일러 위에 매달려 있다. 파이프가 문어 다리처럼 기괴하게 뒤엉킨 그림자를 드리운다. 수위가 창문을 등지고 저쪽 벽 앞에 서서 눈금을 확인하고 클립보드에 적는다.

도서관 경찰이 샘의 바지를 잡아서 밑으로 내린다. 팬티가 딸려서 내려간다. 서늘한 공기가 엉덩이를 때리자 샘은 움찔한다.

"가만히 있써." 도서관 경찰은 숨을 헐떡인다. "움직이지 말고. 연체료를 내면 말이지, 꼬맹아, 그럼 끝이야……. 아무도 모르게 끝낼 수 있써."

묵직하고 뜨거운 뭔가가 엉덩이에 닿는다. 꼬맹이 샘은 다시 움찔한다.

"가만히 있써." 도서관 경찰이 말한다. 헐떡이는 숨소리가 커진다. 샘의 왼쪽 어깨 너머로 뜨거운 입김과 센센 냄새가 느껴진다. 그는 공포에 질렸지만 그게 전부가 아니다. 굴욕감도 느껴진다. 『검은 화살』을 연체하는 바람에 이 어두컴컴한 곳으로 끌려와 섬뜩하고 듣도 보도 못한 벌을 받고 있었다. 연체의 대가가 이렇게 엄청날 줄 진작 알았더라면……!

묵직한 뭔가가 다리 사이로 꽂히며 엉덩이를 가른다. 살이 찢어지는 고통이 꼬맹이 샘의 뱃속을 뚫고 위로 솟구친다. 이런 아픔은 처음이다. 난생처음이다.

그는 『검은 화살』을 떨어뜨리고, 비명이 터져 나오지 않게 주먹을 옆으로 돌려서 입안에 쑤셔넣는다.

"가만히 있써." 도서관 늑대는 숨을 헐떡이며 두 손을 샘의 어깨에 얹고 뭔가를 앞뒤로 넣었다 뺐다 넣었다 뺐다 반복한다. "가만히 있써…… 가만히……. 우우우! 가만히이이이이……."

도서관 경찰은 헉헉거리고 몸을 흔들며 커다랗고 뜨거운 강철 막대 같은 것을 샘의 엉덩이에 넣었다 뺐다 한다. 샘은 눈을 휘둥그레 뜨고 도서관 보일러실을 들여다본다. 그곳은 또 다른 세계, 무시무시한 일은 벌어지지 않는 질서정연한 세계다. 그는 수위가 고개를 끄덕이고, 클립보드를 겨드랑이에 끼고, 저쪽 끝에 달린 문으로 걸어가는 것을 바라본다. 수위가 고개를 조금 돌리고 시선을 살짝 들기만 하면 빨간 감초 사탕을 입가에 묻힌 채 창백한 얼굴과 휘둥그레 뜬 눈으로 창문을 들여다보고 있는 아이와 눈이 마주칠 것이다. 샘의 안에는 수위가 그래주길—나무꾼이 빨간 모자를 구해주었던 것처럼 그를 구해주길—바라는 마음이 있지만, 못된 아이가 또다시 브릭스 애비뉴 도서관 경찰에게 응당한 벌을 받는 광경을 본 수위가 넌더리를 내며 고개를 돌릴 것임을 안다.

"가만히이이이이!" 도서관 늑대는 나지막이 비명을 지르고, 수위는 뒤를 돌아보지 않은 채 문을 열고 질서정연한 세계 속으로 사라진다. 늑대는 더욱 깊숙이 그의 몸속을 찌른다. 한순간 고통이 극에 달하자 꼬맹이 샘은 이러다 배가 터지겠다는 생각을 한다. 도서관 경찰이 엉덩이에 뭘 집어넣었는지 모르겠지만 내장을 밀며 배를 뚫고 앞으로 튀어나오겠다는 생각을 한다.

도서관 경찰이 시큼한 땀냄새를 풍기고 거칠게 숨을 몰아쉬며 그의 위로 쓰러지자 샘은 무게에 못 이겨 무릎을 꿇으며 주저앉는다. 그러자 큼지막한 무언가—이제는 그렇게 큼지막하지 않다—가 샘의 몸속에서 빠져나온다. 뒤가 온통 축축한 게 느껴진다. 그는 두려워서 손을 대지 못한다. 피투성이 샘이 되어 있을까 봐 겁이 난다.

도서관 경찰이 느닷없이 샘의 팔을 잡고 자기를 마주보도록 돌린다. 얼굴이 좀 전보다 시뻘겋고, 인디언이 출정식 때 바르는 물감같이 얼굴에 열꽃이 피어서 뺨과 이마가 퉁퉁 부었다.

"네 꼬라지를 봐라!" 도서관 경찰이 말한다. 경멸과 혐오로 얼굴이 일그러져 있다. "바지를 내리고 고추를 대롱거리고 있는 네 꼬라지를 봐! 너도 좋았지, 그렇지? 너도 좋았지!"

샘은 아무 대꾸도 하지 못한다. 흐느껴 울기만 한다. 그는 딸려 내려간 팬티와 바지를 한꺼번에 올린다. 안에 들어간 짚 때문에 유린당한 엉덩이가 따끔거리지만 상관없다. 그는 빨간 벽돌의 도서관 벽에 등이 닿을 때까지 도서관 경찰을 피해 꿈틀꿈틀 뒤로 움직인다. 뼈만 앙상한 큼지막한 손처럼 등을 찌르는 억센 담쟁이덩굴 가지가 느껴진다. 이것도 상관없다. 중요한 건 마음속에 자리잡은 자괴감과 공포와 자격지심인데 그중에서도 자괴감이 가장 크다. 자괴감이 이해할 수 있는 수준을 넘어선다.

"더러운 놈!" 도서관 경찰은 그에게 침을 뱉는다. "더러운 놈!"

"이제 진짜 집에 가야 해요." 꼬맹이 샘은 말한다. 쉰 소리로 흐느끼느라 단어들이 뭉개져서 나온다. "이걸로 연체료는 해결된 거예요?"

도서관 경찰은 기어서 샘에게 다가가고, 앞을 보지 못하는 두더지처럼 조그맣고 동그란 선글라스 너머로 그의 얼굴을 빤히 쳐다본다. 이것이 엽기의 결정적 부분이다. 샘은 생각한다. '다시 벌을 주려나 보다.' 이 생각이 들자 과부하가 걸렸던 기둥인지 갑옷인지가 뚝 하고 끊어지는 소리가 들리는 듯하다. 그는 울거나 반항하지 않는다. 이제는 그럴 단계가 지났다. 아무 말 없이 무감각하게 도서관 경찰을 쳐다볼 따름이다.

"아니." 도서관 경찰이 얘기한다. "너를 이제 그만 풀어주려고 하는 것뿐이야. 불쌍해써. 하지만 오늘 일을 아무한테라도 고자질하면…… 그러면…… 내가 다시 와써 똑같이 반복할 거야. 연체료가 해결될 때까지. 여기써 나한테 다시 붙잡히는 일은 없도록 해라, 꼬맹아. 알겠어?"

"네." 샘은 대답한다. 샘이 고자질하면 그는 다시 찾아올 것이다. 밤늦게 옷장 속이나 침대 밑에 숨어 있거나 거대하고 흉측한 까마귀처럼 나무 위에 앉아 있을 것이다. 잔뜩 찌푸린 하늘을 올려다보면 경멸로 일그러진 도서관 경찰의 얼굴이 구름 사이로 보일 것이다. 어디에서든 그가 보일 것이다. 도처에서 그가 보일 것이다.

이런 생각에 피곤해진 샘은 미친 두더지 같은 얼굴을 피해, 모든 것을 피해 눈을 감는다.

도서관 경찰이 그를 붙잡아서 흔든다. "네, 하고 끝이야?" 그가 날카롭게 쏘아붙인다. "꼬맹아, 네, 하고 끝이냐고?"

"네, 알겠어요." 샘은 눈을 감은 채로 대답한다.

도서관 경찰은 손을 거둔다. "좋아." 그가 말한다. "잊어버리지 않는 게 좋을 거다. 잊어버린 못된 아이가 있으면 내가 죽여버리거든."

꼬맹이 샘은 도서관 경찰에게 다시 벌을 받거나 죽임을 당하는 순간을 기다리며 한참 동안 눈을 감고 벽에 기댄 채로 앉아 있는다. 울고 싶지만 눈물이 말라버렸다. 그는 몇 년이 지난 다음에서야 눈물을 흘릴 수 있을 것이다. 마침내 눈을 떠보니 덤불숲 속 도서관 경찰의 소굴에 그 혼자 있다. 도서관 경찰은 가고 없다. 샘과 똑바로 펼쳐진 『검은 화살』만 남았다.

샘은 햇빛 속으로 엉금엉금 기어나간다. 낙엽이 땀과 눈물로 얼룩진 얼굴을 간질이고, 나뭇가지가 등을 할퀴고 욱신거리는 엉덩이를 때린다. 『검은 화살』을 들고 나오지만 도서관으로 가서 반납하지는 않을 것이다. 그는 두 번 다시 어떤 도서관도 가지 않을 것이다. 그는 이런 다짐을 하며 벌을 받은 곳에서 기어나온다. 그리고 한 가지 더 다짐을 한다. 이런 일이 있었다는 사실조차 잊어버리겠다는 것이다. 그럴 수 있을 것 같다. 아주, 아주 열심히 노력하면 그럴 수 있을 것 같다. 그는 지금부터 아주, 아주 열심히 노력할 것이다.

덤불숲이 시작되는 곳에 다다르자 그는 쫓기는 작은 짐승처럼 밖을 살핀다. 잔디밭을 지나는 아이들이 보인다. 도서관 경찰은 보이지 않지만 그건 당연히 중요한 문제가 아니다. 도서관 경찰의 눈에는 그가 보일 테니. 도서관 경찰은 오늘부터 영원히 그의 가까이 있을 것이다.

마침내 잔디밭에 인적이 끊긴다. 꼴이 엉망인 조그만 아이가, 엉금엉금 샘이 머리에는 낙엽을, 얼굴에는 흙을 묻힌 채 덤불숲에서 꿈틀꿈틀 기어나온다. 풀어헤친 셔츠자락이 뒤에서 펄럭인다. 앞을 빤히 쳐다보는 접시만 한 눈은 나사가 풀렸다. 그는 게걸음으로 콘크리트 계단에 다가가 문에 새겨진 수수께끼 같은 라틴어 문구를 움찔하며 겁에 질린 눈빛으로 올려다보고, 이름도 붙이지 못한 자기 아이를 남의 집 문 앞에 두고 떠나는 고아 소녀처럼 공포에 떨며 조심스럽게 계단 위에 책을 내려놓는다. 그러고는 달린다. 잔디밭을 건너서 세인트루이스 공립 도서관 브릭스 애비뉴 분관을 등지고 달린다. 하지만 아무리 열심히 달려도 혓바닥과 목에 남은 달콤하고 끈적끈적한 감초 사탕 맛은 떨쳐지지 않을 테고, 아무리 열심히 달려도 도서관 늑대가 함께 달릴 것이다. 시선이 닿지 않는 어깨 바로 뒤에서 '꼬맹아, 같이 가줘야겠는데……. 나는 경찰이다'라고 속삭이고 있는 도서관 늑대는 계속 그렇게 속삭일 테고, 영원히 속삭일 테고, 샘은 감히 기억조차 하지 못하는 음울한 꿈속에서도 속삭일 테고, 샘은 '해결된 건가요? 연체료가 해결된 건가요? 아, 제발 알려주세요, 내 연체료가 해결된 건가요?'라고 외치는 목소리로부터 도망칠 것이다. 하지만 들리는 대답은 항상 똑같다.

절대 해결되지 않아, 꼬맹아. 절대 해결되지 않아.

절대.

절…….

14장: 도서관 III

1

스탠이 프로버비아 공항이라고 부르는 흙 덮인 활주로에 착지하는 과정은 험난하고 무서웠다. 성난 대기 사이로 더듬더듬 하강한 나바호가 마침내 쿵 하는 충돌음과 함께 내려앉았다. 샘이 가느다란 비명을 지르며 눈을 번쩍 떴다.

나오미는 이 순간을 진득하니 기다렸다. 안전벨트가 배를 옥죄거나 말거나 곧바로 몸을 앞으로 숙여 그를 감싸 안았다. 뜨끈하고 어마어마하게 불쾌한 샘의 입냄새를 무시했던 것처럼 팔을 들어서 본능적으로 자신을 떨쳐내려는 몸부림도 무시했다. 그녀는 섬망을 일으킨 알코올의존자들을 숱하게 다독인 전적이 있었다. 이것도 크게 다르지 않았다. 그에게 몸을 바짝 붙이자 심장박동을 느낄 수 있었다. 그의 심장이 셔츠 바로 밑에서 빠르게 펄떡거리는 것이 느껴졌다.

"괜찮아요, 샘, 괜찮아요……. 나예요. 당신 이제 돌아왔어요. 꿈이었어요. 이제 돌아왔어요."

그는 의자 속으로 파고들어 가려다 맥없이 무너졌다. 손을 들어서 겁에 질린 사람처럼 그녀를 으스러져라 끌어안았다.

"나오미." 그가 잘 나오지도 않는 쉰 목소리로 말했다. "나오미, 아, 나오미, 맙소사, 너무 엄청난 악몽이었어요. 끔찍한 꿈이었어요."

스탠이 미리 무전을 보내서 누군가가 활주로의 방향 지시등을 켜놓았다. 비행기가 방향 지시등 사이로 활주로 끝을 향해 천천히 이동하는 중이었다. 그들은 결국 비를 앞지르지 못했다. 빗방울이 기체를 둔탁하게 두드렸다. 앞쪽에서 스탠 솜스가 〈캠프타운 레이시스〉인 듯한 노래를 고래고래 부르고 있었다.

"악몽이었다고요?" 나오미는 뒤로 물러나 핏발이 선 샘의 눈을 들여다보며 물었다.

"네, 하지만 사실이기도 했어요. 모두."

"도서관 경찰이었어요, 샘? 당신을 찾아온 도서관 경찰?"

"네." 그는 속삭이고 나오미의 머리칼에 얼굴을 묻었다.

"그가 누구인지 알겠어요? 이제는 그가 누구인지 알겠어요, 샘?"

한참 만에 샘은 속삭였다. "알겠어요."

2

스탠 솜스는 나오미와 함께 비행기에서 내리는 샘의 얼굴을 보자마자 당장 미안해했다. "너무 많이 흔들렸죠? 미안해요. 비를 앞지를 수 있을 줄 알았는데. 맞바람이 불어서……."

"괜찮아질 거예요." 샘이 말했다. 실제로 안색이 벌써부터 괜찮아지고 있었다.

"맞아요." 나오미가 말했다. "괜찮을 거예요. 고마워요, 스탠. 정말 고마워요. 데이브도 고마워할 거예요."

"뭐, 두 분이 필요한 걸 찾았다면……."

"그래요." 샘이 그를 안심시켰다. "찾았어요."

"활주로 끝까지 걸어가야겠네." 스탠이 말했다. "오늘 저녁에 지름길로 가려고 했다가는 늪지에 허리까지 빠질 거예요. 우리집으로 갑시다. 커피 한잔해요. 애플파이도 있을 거예요, 아마."

샘은 손목시계를 흘끗 확인했다. 7시 15분이었다.

"다음에 마실게요, 스탠." 그가 말했다. "이 책을 지금 당장 정션시티로 들고 가야 해서요."

"들어가서 몸이라도 말리지. 차를 세워놓은 데까지 가려면 흠뻑 젖을 텐데."

나오미는 고개를 저었다. "아주 중요한 일이라서요."

"그러게." 스탠이 말했다. "두 분 표정을 보니 알겠네요. 무슨 사연인지 나한테 들려주기로 약속했다는 것만 잊지 마요."

"알겠습니다." 샘이 말했다. 그는 나오미를 흘끗 쳐다보았다. 그녀는 그의 생각을 읽은 듯한 눈빛이었다. '우리가 그때까지 살아 있으면 말이에요.'

3

샘은 액셀러레이터를 최대한으로 밟고 싶은 충동을 달래며 차를 몰았다. 데이브가 걱정됐다. 하지만 도로에서 벗어나 나오미의 차를 도랑에 처박는 것은 걱정을 표현하는 효과적인 방법이 아니었다. 내리던 비는 기세등등해진 바람을 등에 업고 폭우로 바뀌었다. 와이퍼를 아무리 빠르게 돌려도 부족했고 전조등은 오 미터 앞까지만 비추었다. 감히 사십 킬로미터 이상 속력을 낼 수가 없었다. 그는 손목시계를 확인하고, 서점에서 받은 봉투를 무릎에 얹고 앉아 있는 나오미 쪽을 흘끗 쳐다보았다.

"8시까지 갈 수 있으면 좋겠는데 모르겠네요." 그가 말했다.

"할 수 있는 데까지 하면 돼요, 샘."

다이빙 벨 불빛처럼 희미한 전조등이 앞에서 어른거렸다. 샘은 시속 십오 킬로미터로 속력을 늦추고 차선을 왼쪽으로 바꾸었다. 십륜 트럭이 요란한 소리와 함께 지나갔다. 비가 내리는 어둠 속에 잠긴 거대한 차체가 언뜻 보였다.

"얘기할 수 있겠어요? 아까 꾼 꿈 말이에요."

"할 수는 있지만 하지 않을 거예요." 그가 말했다. "아직은요. 지금은 알맞은 때가 아니에요."

나오미는 생각해보더니 고개를 끄덕였다. "알았어요."

"여기까지는 얘기할 수 있어요. 아이들이 가장 훌륭한 먹잇감이라는 데이브의 말은 맞았다는 거. 그녀가 공포를 먹고 살았다는 말도 맞는다는 거."

그들은 정션 시티 외곽에 다다랐다. 한 블록 더 달리자 신호등이 달린 네거리가 처음으로 등장했다. 닷선의 앞유리창 너머로 보이는 신호는 허공에서 춤을 추는 밝은 초록색 얼룩에 불과했다. 축축하게 젖은 인도의 거죽 위에서도 똑같은 색상의 얼룩이 춤을 추었다.

"도서관으로 가기 전에 들러야 하는 데가 있어요." 샘이 말했다. "피글리위글리 슈퍼마켓이 가는 길에 있죠?"

"맞아요. 하지만 8시에 도서관 뒤편에서 데이브를 만나려면 시간이 없어요. 좋든 싫든 서행해야 하는 날씨라서."

"알아요……. 잠깐이면 돼요."

"뭐가 필요한데요?"

"잘 모르겠어요." 그가 말했다. "하지만 보면 알 것 같아요."

나오미가 흘끗 쳐다보자 그는 여우 같으면서도 연약한 분위기를 풍기는 그녀의 미모에 다시 한번 감탄했다. 지금까지 왜 그걸 몰랐는지 이해가 되지 않았다.

'예전에 데이트한 적 있잖아. 그때 뭔가 본 게 있을 거 아냐.'

아니었다. 그가 나오미와 만난 이유는 그녀가 예쁘고 남 앞에 내놓을 만하며 사귀는 사람이 없고 얼추 나이가 비슷하기 때문이었다. 그가 그녀와 만난 이유는 좀 규모가 큰 도시에 불과한 지역의 미혼 남자라면…… 그 지역의 자영업계에서 자리를 잡고 싶은 미혼 남자라면 여자를 만나야 하기 때문이었다. 여자를 만나지 않으면…… 일각에서 조금……

(경찰)

이상하게 생각할 수 있었다.

'내가 조금 이상하긴 했지.' 그는 생각했다. '곰곰이 생각해보면 많이 이상했지. 하지만 예전의 내가 어땠을지 몰라도 지금은 조금 달라졌어. 그리고 이제는 그녀가 보여. 맞아. 정말로 그녀가 보여.'

한편 나오미는 긴장으로 하얘진 그의 얼굴과 힘이 들어간 눈가와 입가에 호감을 느꼈다. 그의 얼굴은 낯설었지만…… 이제는 겁에 질린 얼굴이 아니었다. 나오미는 생각했다. '막강한 무기를 들고 가장 끔찍한 악몽 속으로 돌아갈 수 있는 기회를 맞이한 사람처럼 보여.'

외모에 반했는지 모른다는 생각이 들자 그녀는 매우 불안해졌다.

"거기…… 꼭 들러야 하는 거죠?"

"내 생각에는 그래요."

오 분 뒤에 그는 피글리위글리 슈퍼마켓 주차장에 차를 세웠다. 당장 차에서 내려 비를 뚫고 문으로 달려갔다.

반쯤 갔을 때 그는 걸음을 멈추었다. 주차장 옆에 공중전화 부스가 있었다. 몇십 년 전에 데이브가 그 부스에서 정션 시티 보안관실에 전화를 걸었다. 전화로 아델리아를 처단하지는 못했지만…… 그녀를 한참 동안 추방할 수는 있었다.

샘은 부스 안으로 들어갔다. 불이 들어왔다. 특이한 구석이 전혀 없었다. 강철판으로 된 벽에 숫자와 낙서가 끼적여져 있는 평범한 공중전화 부스였다. 전화번호부는 없었다. 샘은 데이브가 한 말을 떠올렸다. '그 당시에는 운이 좋으면 부스 안에 가끔 전화번호부가 있었어요.'

이윽고 바닥을 흘끗 쳐다보았을 때 찾던 게 눈에 들어왔다. 포장지였다. 그는 포장지를 주워서 주름을 펴고 뭐라고 적혀 있는지 머리 위에 달린 칙칙한 불빛에 비춰보았다. 불스 아이 감초 사탕이었다.

뒤에서 나오미가 초조하게 닷선의 경적을 울렸다. 샘은 포장지를 들고 부스를 나서 그녀에게 손을 흔들고, 퍼붓는 비를 맞으며 가게 안으로 뛰어들어갔다.

4

피글리위글리 슈퍼마켓 점원은 1969년에 극저온으로 냉동됐다가 바로 전주에 풀린 청년처럼 보였다. 약쟁이처럼 눈이 빨갛고 게슴츠레했다. 긴 머리를 예수처럼 가죽끈으로 묶었다. 한쪽 새끼손가락에는 평화를 상징하는 브이 자 반지를 끼고 있었다. 튜닉 스타일의 피글리위글리 슈퍼마켓 유니폼 밑에 너풀거리는 화려한 꽃무늬 셔츠를 입고 있었다. 옷깃에 달린 배지에 이런 문구가 적혀 있었다.

내 얼굴이 오 분 안에 출발할 예정
얼른 올라타시오!

샘은 점장도 이런 정서를 용인했을지 의심스러웠지만…… 비가 내리는 저녁이었고 점장은 보이지 않았다. 손님이라고는 샘뿐이었고 점원은 사탕 코너로 가서 불스 아이 감초 사탕 봉지를 집는 그를 무심한 눈빛으로 물끄러미 바라볼 따름이었다. 샘은 있는 걸 모조리 챙겼다. 스무 봉지쯤 됐다.

"그거면 되겠어요?" 샘이 카운터로 가서 사탕 봉지들을 내려놓자 점원이 물었다. "뒤에 창고에 한두 상자 더 있을지 모르는데. 갑자기 배가 고파지면 어떤 사태가 벌어지는지 알거든요."

"이거면 돼요. 계산해줄래요? 좀 급해서요."

"네, 바쁘게 돌아가는 세상이죠." 점원이 말했다. 그는 약쟁이처럼 꿈을 꾸듯 느릿느릿 금전등록기 열쇠를 더듬었다.

카운터 위에 진열된 야구 카드 옆에 고무줄이 하나 있었다. 샘은 그걸 집었다. "이거 내가 써도 될까요?"

"마음대로 하세요. 비가 오는 월요일 저녁에 피글리위글리의 왕자인 제가 감초 사탕 경에게 하사하는 선물이라고 생각하세요."

샘이 고무줄을 손목에 끼는데 (헐렁한 팔찌처럼 대롱거렸다) 창문이 덜컹거릴 정도로 강한 돌풍이 건물을 흔들었다. 천장에 달린 전등이 깜빡거렸다.

"와우." 피글리위글리의 왕자가 위를 쳐다보며 말했다. "일기예보하고 다르네요. 소나기가 올 거라고 하더니." 그는 금전등록기 쪽으로 시선을 돌렸다. "15달러 41센트예요."

샘은 씁쓸한 미소를 지으며 이십 달러짜리 지폐를 건넸다. "내가 어렸을 때는 훨씬 쌌는데."

"인플레이션이 장난 아니죠." 점원도 맞장구를 쳤다. 그는 샘이 들어왔을 때 서 있었던 그 오존층이 뚫린 곳으로 느릿느릿 돌아갔다. "그 사탕 좋아하시나 봐요. 저는 마스 초콜릿 바 광팬인데."

"좋아하냐고요?" 샘은 잔돈을 주머니에 넣으며 웃음을 터뜨렸다. "싫어해요. 다른 사람 줄 거예요." 그는 다시 웃었다. "선물이라고 해두죠."

점원은 샘의 눈빛에서 무언가를 느꼈는지 허둥지둥 크게 한 발짝 뒷걸음질을 치다 하마터면 스콜 밴디츠 담배 진열대에 걸려서 넘어질 뻔했다.

샘은 신기해하는 표정으로 점원의 얼굴을 쳐다보았다. 봉투는 달라고 하지 않기로 했다. 사탕 봉지를 집어서 천 년 전에 입고 나온 재킷 주머니 여기저기에 되는대로 넣고 가게를 나섰다. 걸을 때마다 셀로판 봉지들이 주머니에서 바쁘게 바스락거렸다.

5

나와보니 나오미가 운전석에 앉아 있었다. 그녀가 도서관까지 남은 길을 운전했다. 피글리위글리 슈퍼마켓 주차장에서 빠져나오는 동안 샘은 펠스 서점 봉투에 들어 있던 두 권의 책을 꺼내 침울한 눈빛으로 잠깐 쳐다보았다. 그는 생각했다. '케케묵은 시선집과 초보 연사를 위한 가이드북 때문에 이 난리법석이 벌어지다니.' 물론 쟁점은 그게 아니었다. 책은 절대 쟁점이 아니었다.

그는 손목에 꼈던 고무줄로 책을 묶었다. 그런 다음 점점 얇아져가는 지갑에서 오 달러짜리 지폐를 꺼내 고무줄 밑에 끼웠다.

"그 돈은 뭐예요?"

"연체료요. 이 두 권뿐 아니라 오래전에 연체한 책이 또 한 권 있거든요. 로버트 루이스 스티븐슨이 쓴 『검은 화살』. 이거면 정산이 될 거예요."

그는 운전석과 조수석 사이 공간에 책을 올려놓고 주머니에서 빨간 감초 사탕을 한 봉지 꺼냈다. 봉지를 뜯자 기억 속의 달짝지근한 냄새가 뺨을 후려치는 듯이 그를 강타했다. 냄새가 코에서 머리로 직행하고 머리에서 위장으로 내리꽂히자 당장 속이 메슥거리며 단단하게 뭉치는 듯했다. 순간 무릎에 대고 토악질을 하고 싶은 끔찍한 느낌이 들었다. 아무리 세월이 흘러도 달라지지 않는 게 있는 모양이었다.

그럼에도 불구하고 계속 봉지를 뜯어서 낭창낭창하고 밀랍 같은 질감의 채찍 모양 사탕을 수북이 쌓았다. 다음번 네거리의 신호등이 빨간색으로 바뀌자 양쪽 방향에서 달리는 차가 한 대도 없었음에도 나오미는 속도를 늦추다 정지했다. 비바람이 그녀의 조그만 차를 후려쳤다. 이제 도서관까지 네 블록밖에 안 남았다. "샘, 도대체 뭐하는 거예요?"

그는 자기가 도대체 뭐하는 건지 알 수 없었지만 이렇게 대답했다. "아델리아가 공포를 먹고 산다면 다른 걸 찾아야 하잖아요. 공포의 정반대를. 뭔지 몰라도 그게 그녀에게는 독약과 같을 테니까. 그래서 말인데…… 뭐일 것 같아요?"

"글쎄요, 모르긴 해도 빨간 감초 사탕은 아닐 것 같은데요."

그는 짜증을 내며 손을 내저었다. "무슨 근거로 그렇게 장담해요? 십자가가 있으면 뱀파이어—흡혈귀 말이에요—를 물리칠 수 있다지만 십자가도 나무나 금속 막대 두 개를 구십 도로 겹쳐놓은 것에 불과하잖아요. 그렇게 따지면 양상추도 똑같은 효과가 있을지 몰라요……. 제대로 쓰이기만 하면."

신호등이 초록색으로 바뀌었다. "그럴 수 있게 준비된 양상추라면 그렇겠죠." 나오미는 출발하며 생각에 잠긴 목소리로 말했다.

“바로 그거예요!” 샘은 빨간 채찍 모양의 기다란 사탕을 대여섯 개 집어 들었다. “아무튼 내가 준비한 건 이거예요. 어처구니없는 짓일지 모르죠. 아마 그럴 거예요. 상관없어요. 도서관 경찰이 내게서 앗아간 모든 것—사랑, 우정, 소속감—을 상징하는 게 이거니까. 나오미, 나는 평생 아웃사이더처럼 지내면서 왜 그러는지 이유를 몰랐어요. 이제는 알겠어요. 이것도 그가 앗아간 거예요. 예전에 나는 이 사탕을 좋아했어요. 그런데 이제는 냄새도 못 견디겠어요. 그건 괜찮아요. 내가 참아낼 수 있으니까. 문제는 제대로 쓰는 방법을 알아내야 한다는 거예요.”

샘은 감초 사탕을 양 손바닥 사이에 놓고 굴려서 끈적끈적한 공 모양으로 만들었다. 빨간 감초 사탕의 냄새가 최악의 시련일 줄 알았더니 아니었다. 질감이 몹시 끔찍했고…… 색소가 묻은 손바닥과 손가락이 섬뜩한 진홍색으로 물들었다. 하지만 그는 삼십 초마다 새로운 봉지에서 사탕 덩어리를 꺼낼 때만 잠깐 손길을 멈추어 가며 계속 동그랗게 빚었다.

“어쩌면 내가 너무 복잡하게 생각하는 것일 수도 있어요.” 그가 말했다. “공포의 반대는 단순히 용기일 수 있어요. 더 그럴듯하게 표현하자면 담대함. 그럴까요? 그게 전부일까요? 나오미와 세라의 차이점은 용기일까요?”

그녀는 놀란 표정을 지었다. “술을 끊는 게 용감한 선택이냐고 묻는 거예요?”

“내 질문의 의미가 뭔지 나도 몰라요.” 그가 말했다. “하지만 대충 그런 뜻인 건 맞아요. 공포에 대해서 물을 필요는 없어요. 그게 뭔지는 아니까. 공포는 변화를 격리하고 차단하는 감정이죠. 당신이 술을 끊기로 결심한 건 용감한 선택이었을까요?"

"나는 술을 끊은 적 없어요." 그녀가 말했다. "알코올의존자들은 그러지 않아요. 그러지 못해요. 대신 우회적인 다짐을 많이 해요. 한 번에 하루씩 참아내자, 조바심 내지 말자, 내 방식을 찾자, 기타 등등. 하지만 중요한 건 이거예요. 술을 조절할 수 있다는 믿음을 버린다는 거. 그거야말로 근거 없는 발상이고 버려야 하는 거예요. 근거 없는 발상을. 나는 모르겠어요……. 과연 용감한 선택일까요?"

"그럼요. 물론 전장에서의 용맹과는 차원이 다르겠지만."

"전장에서의 용맹이라." 그녀는 웃음을 터뜨렸다. "비유가 마음에 드네요. 맞는 말이에요. 내 목표는—우리의 목표는—첫잔을 피하는 것이고…… 그건 전장에서 발휘해야 할 용기하고는 성격이 다르죠. 《잃어버린 주말》이라는 영화도 있긴 하지만 우리의 노력이 그렇게 극적이지는 않아요."

샘은 세인트루이스 도서관 브릭스 애비뉴 분관 옆쪽 덤불숲에서 성폭행을 당했을 때, 경찰을 사칭한 남자에게 성폭행을 당했을 때 그가 느낀 섬뜩한 무감정을 떠올렸다. 그렇게 극적인 사건은 아니었다. 중증 정신 질환자가 꼬맹이를 상대로 저지른 추잡하고 어리석은 수작에 불과했다. 모든 걸 감안했을 때 자신은 운이 좋았다고 볼 수 있었다. 도서관 경찰의 손에 죽을 수도 있었으니까.

정션 시티 공립 도서관의 상징인 하얀 공이 빗줄기 사이로 어렴풋이 등장했다. 나오미가 머뭇거리며 말했다. "내가 보기에 공포의 반대말은 정직인 것 같아요. 정직과 믿음. 어때요?"

"정직과 믿음이라." 그는 나지막이 두 단어를 음미했다. 동그랗게 빛어놓은 감초 사탕을 오른손으로 세게 쥐었다. "괜찮네요. 아무튼 그게 효과가 있어야 할 텐데. 이제 도착했으니 말이죠."

6

자동차 계기판에 달린 시계에는 깜빡이는 초록색으로 7:57이라고 찍혀 있었다. 결국 8시 전에 도착한 셈이었다.

"잠깐 차를 세우고 아무도 없는지 확인한 다음 뒤편으로 가는 게 좋지 않을까요?" 그녀가 말했다.

"좋은 생각이에요."

그들은 도서관 정문 맞은편의 빈자리에 차를 댔다. 하얀 공들이 비를 맞고 은은하게 어른거렸다. 나무가 바스락거리는 소리는 은은하지 않았다. 바람이 점점 기세를 더해가고 있었다. 오크 나무들은 꿈을 꾸는 듯한 소리를 냈지만 그 꿈은 악몽이었다.

8시에서 이 분이 지났을 때 뒤 유리창에 가필드 인형이 그려져 있고 "맘스 택시"라고 적힌 팻말을 단 밴이 건너편 길가에 멈추어 섰다. 경적이 울리자 도서관 정문—이렇게 비가 오는데도 샘이 맨 처음 왔을 때처럼 음산하게 느껴지지 않았고 거대한 화강암 로봇의 입처럼 보이지도 않았다—이 당장 열렸다. 중고등학생으로 보이는 아이들 셋이 계단을 달려 내려왔다. 그중 두 명은 재킷으로 머리를 가리고 맘스 택시를 향해 인도를 가로질렀다. 밴의 옆문이 덜커덩거리며 열렸고 아이들은 한 명씩 올라탔다. 아이들의 희미한 웃음소리가 들리자 샘은 질투가 났다. 웃으며 도서관에서 나올 수 있다면 얼마나 좋을까 하는 생각이 들었다. 그는 동그란 선글라스를 낀 남자 때문에 그런 순간을 경험하지 못했다.

'정직.' 그는 생각했다. '정직과 믿음.' 그리고 다시 생각했다. '연체료는 냈어. 연체료는 냈다고, 젠장.' 그는 마지막 남은 감초 사탕 두 봉지를 뜯어서 진득진득하고 고약한 냄새를 풍기는 빨간색 공에 덧붙여 치대기 시작했다. 그러면서 맘스 택시 뒤꽁무니를 쳐다보았다. 피어오른 하얀색 배기가스가 바람을 맞고 흩어졌다. 문득 어떻게 하면 되는지 깨달음이 찾아왔다.

"예전에, 고등학교 시절에 아이들이 마음에 안 드는 한 친구에게 못된 장난을 치는 걸 본 적이 있어요." 그가 말했다. "그 당시에 내가 가장 잘한 게 구경하는 거였어요. 아이들이 미술실에서 슬쩍한 공작용 점토를 그 친구의 폰티악 자동차 배기관에 쑤셔넣었거든요. 어떻게 됐는지 알아요?"

나오미는 미심쩍어하는 눈빛으로 그를 흘끗 쳐다보았다. "아뇨……. 어떻게 됐는데요?"

"머플러가 터져서 두 동강이 났어요." 그가 말했다. "자동차 양쪽으로 하나씩 파편이 되어 날아갔어요. 머플러가 약점이었던 거죠. 만약 연료가 엔진까지 역류했다면 실린더가 다음 블록까지 날아갔을 거예요."

"샘, 지금 무슨 이야기를 하고 싶은 거예요?"

"희망." 그가 말했다. "희망을 이야기하고 싶은 거예요. 정직과 믿음은 그 뒤여야겠어요."

맘스 택시가 전조등으로 은색 빗줄기를 가르며 출발했다.

나오미의 계기판에 달린 시계의 초록색 숫자가 8:06이었을 때 도서관 정문이 다시 열렸다. 어떤 남자와 여자가 나왔다. 겨드랑이에 우산을 끼우고 오버코트 단추를 서투르게 채우고 있는 남자는 누가 봐도 리처드 프라이스였다. 샘은 해묵은 신문에 실린 사진을 한 번 보았을 뿐인데도 한눈에 알아차렸다. 여자는 그가 토요일 저녁에 만났던 보조 직원 신시아 베리건이었다.

프라이스가 여자에게 뭐라고 말했다. 여자가 웃는 것 같았다. 문득 깨닫고 보니 자신이 온몸의 근육에 잔뜩 힘을 주고 나오미의 닷선 조수석에 꼿꼿하게 앉아 있었다. 긴장을 풀려고 했지만 되지 않았다.

'저걸 보고 내가 놀라지 않는 이유가 뭘까?' 그는 생각했다.

프라이스가 우산을 들었다. 두 사람은 그 우산을 쓰고 총총히 걸어 내려왔고, 그동안 베리건이라는 아가씨는 비닐로 된 우비 스카프를 머리에 둘렀다. 그들은 진입로 입구에서 헤어졌다. 프라이스는 대형 모터보트만 한 구형 임팔라로, 베리건은 반 블록 멀리 주차해놓은 유고로 향했다. 프라이스는 유턴을 했고 (전조등이 잠깐 나오미의 차를 비추자 나오미는 놀라서 고개를 숙였다) 유고 옆을 지나며 경적을 울렸다. 신시아 베리건도 경적으로 응답하고 반대편으로 출발했다.

이제 두 사람과 도서관과 안쪽 어딘가에서 그들을 기다리고 있을 아델리아만 남았다.

샘의 오랜 친구랄 수 있는 도서관 경찰과 함께.

7

나오미는 블록을 천천히 돌아서 웨그먼 스트리트로 향했다. 반쯤 가다 보니 산울타리에 걸려 눈에 잘 띄지 않는 팻말이 왼쪽에 나타났다.

도서관 배달 차량 전용

닷선이 흔들릴 정도로 세찬 돌풍이 불었고 빗방울이 유리창을 때리는 소리가 어찌나 요란한지 모래 소리 같았다. 근처 어딘가에서 굵직한 가지 아니면 조그만 나무인지가 쩍 하고 갈라지는 소리가 들렸다. 그 뒤를 이어 뭔가가 쿵 하고 도로에 떨어지는 소리가 들렸다.

"맙소사!" 나오미가 심란해하며 가느다랗게 외쳤다. "조짐이 안 좋아요!"

"내가 보기에도 그러네요." 샘은 맞장구쳤지만 그녀의 말을 듣는 둥 마는 둥 했다. 그는 공작용 점토가 어떻게 보였는지 생각하고 있었다. 배기관 밖으로 튀어나온 점토는 꼭 물집 같았다.

나오미는 팻말이 걸린 쪽으로 핸들을 꺾었다. 짧은 도로를 지나자 바닥이 포장된 조그만 하역장이 나왔다. 좁은 정사각형의 공간에 주황색 아크등이 하나 걸려 있었다. 눈이 부시도록 강렬한 불빛이었다. 하역장을 둘러싸고 요동을 치던 오크 나무 가지들이 그 불빛을 받고 건물 후면에 정신없는 그림자를 드리웠다. 어느 순간 그림자 두 개가 하역대 밑에서 한데 합쳐지며 사람 비슷한 형상이 만들어졌다. 누가 그 아래에서 기다리고 있다가 그들을 맞이하러 기어나오는 것처럼 보일 정도였다.

샘은 생각했다. '잠시 후에 저 주황색 불빛이 그자의 안경—조그맣고 동그란 선글라스—을 비출 테고 그는 유리알 너머로 나를 쳐다보겠지. 나오미가 아니라 나만. 나를 쳐다보면서 이렇게 얘기할 거야. "안녕, 꼬맹아. 기다리고 있었다. 오랫동안 너를 기다리고 있었어. 같이 가자. 얼른. 나는 경찰이다."'

또다시 쩍 하는 요란한 소리와 함께 닷선의 트렁크에서 일 미터도 안 되는 곳에 나뭇가지가 떨어졌다. 나무껍질과 썩은 나뭇조각이 사방으로 튀었다. 차 위로 떨어졌더라면 지붕이 토마토 수프 깡통처럼 으스러졌을 것이다.

나오미가 비명을 질렀다.

여전히 기세등등한 바람이 비명으로 되받아쳤다.

샘이 그녀를 감싸 안고 토닥이려고 팔을 내밀었을 때 하역대 뒤편에 달린 문이 살짝 열리면서 데이브 덩컨이 모습을 드러냈다. 바람에 놓치지 않도록 문을 꼭 붙잡고 있었다. 샘이 보기에 얼굴이 지나치게 창백했고 기괴하다 싶을 정도로 겁에 질려 있었다. 문을 잡지 않은 손으로 그들을 향해 미친듯이 손짓했다.

"나오미, 저기 데이브가 있어요."

"어디요? 아, 보인다." 그녀의 눈이 동그래졌다. "맙소사, 얼굴이 처참하네요!"

그녀는 문을 열려고 했다. 하지만 갑자기 불어오는 바람에 문손잡이를 놓쳤고, 닷선의 내부로 들이닥친 돌풍에 감초 사탕 봉지들이 소용돌이처럼 날렸다.

나오미는 제자리로 돌아온 문틈에 하마터면 손이 낄 뻔했지만—그랬으면 다쳤을 것이다—제때 손을 치웠다. 그녀가 차에서 내리자마자 머리칼이 휘날렸고 비에 젖은 치마가 허벅지에 들러붙었다.

샘도 조수석 쪽 문을 열고—맞바람이 불고 있어서 어깨로 밀다시피 했다—끙끙거리며 빠져나왔다. 폭풍의 진원지가 대체 어디인지 궁금해졌다. 피글리위글리의 왕자 말로는 이렇게 엄청난 바람과 폭우가 예보된 적 없다고 하지 않았던가. 그냥 소나기가 온다고 했다지 않았던가.

아델리아. 어쩌면 아델리아의 폭풍일 수 있었다.

그의 짐작을 뒷받침이라도 하는 듯 일시적인 소강상태를 틈타 데이브가 언성을 높였다. "얼른 와요! 그녀의 빌어먹을 향수 냄새가 사방에 진동하니까!"

샘은 아델리아의 등장을 알리는 향수 냄새라니 섬뜩하다고 생각했다.

하역대 계단까지 반쯤 갔을 때 콧물 같은 감초 사탕 덩이는 손에 쥐고 있으면서 책은 차에 두고 왔다는 데 생각이 미쳤다. 그는 돌아가서 완력으로 문을 열고 책을 꺼냈다. 그러는 동안 불빛이 달라졌다. 밝고 눈이 부신 주황색에서 흰색으로 바뀌었다. 샘은 자기 손의 피부색이 달라진 것을 목격한 순간, 동공이 그대로 얼어붙는 듯한 기분을 느꼈다. 그는 책을 손에 들고 허둥지둥 뒷걸음질해서 휙 몸을 돌렸다.

주황색 아크등이 사라졌다. 구식 수은 가로등으로 바뀌었다. 하역대 주변에서 신음 소리를 내며 춤을 추던 나무들은 더 무성해졌다. 위풍당당한 느릅나무들이 오크 나무들을 압도했다. 하역대의 형태도 달라졌고, 방금 전까지 아무것도 없었던 벽은 복잡하게 얽힌 담쟁이덩굴로 덮여 있었다.

'1960년으로 오신 것을 환영합니다. 아델리아 로츠 버전의 정션 시티 공립 도서관에 오신 것을 환영합니다.'

나오미는 하역대에 도착했다. 데이브에게 뭔가를 얘기하고 있었다. 데이브는 대답을 하고 어깨 너머를 돌아보았다. 그의 몸이 홱 하고 움직였다. 그와 동시에 나오미가 비명을 질렀다. 샘은 코트 자락을 펄럭이며 하역대 계단을 향해 달렸다. 계단을 올라가는데, 어둠 속에서 뻗어져 나온 하얀 손이 데이브의 어깨 위에 얹혀 있는 것이 보였다. 그 손이 그를 도서관으로 끌어당기고 있었다.

"문 잡아요!" 샘은 비명을 질렀다. "나오미, 문 잡아요! 잠기지 않게 해요!"

이번에는 바람이 그들을 도왔다. 바람에 문이 활짝 열리며 나오미의 어깨를 쳐서 그녀는 뒤로 휘청거렸다. 도로 닫히려는 문을 샘이 제때 붙잡았다.

나오미는 겁에 질린 까만 눈으로 그를 돌아보았다. "당신 집으로 찾아간 그 남자였어요, 샘. 은색 눈의 키가 큰 남자. 내가 봤어요. 그 남자가 데이브를 붙잡았어요!"

거기에 대해서 생각할 겨를이 없었다. "가요." 그는 한 팔로 나오미의 허리를 감싸 안고 도서관으로 함께 들어갔다. 뒤에서 바람이 잦아들더니 문이 쿵 소리와 함께 닫혔다.

8

그들이 들어선 곳은 장서 목록을 작성하는 공간이었다. 어두침침했지만 아예 깜깜하지는 않았다. 빨간 술이 달린 갓을 씌운 조그만 테이블 램프가 사서 책상 위에 놓여 있었다. 책과 포장용품들이 어지럽게 널려 있는(포장용품이라고 해봐야 쭈글쭈글한 신문이었다. 1960년이라 폴리에틸렌 에어 캡이 발명되기 이전이었다) 공간 너머에서 서가가 시작됐다. 양쪽으로 책들이 늘어선 한 통로에 도서관 경찰이 서 있었다. 데이브 덩컨의 목을 붙잡아 조르며 아무렇지 않게 바닥에서 칠팔 센티미터쯤 위로 들고 있었다.

그가 샘과 나오미를 쳐다보았다. 은색 눈이 번뜩였고 하얀 얼굴에 초승달 모양의 미소가 번졌다. 꼭 크롬으로 만든 초승달 같았다.

"한 발짝도 가까이 오지 마." 그가 말했다. "말 안 들으면 이자의 목을 닭처럼 비틀어버린다. 부러지는 쏘리가 들리게."

샘은 고민했지만 그것도 잠시뿐이었다. 역겨울 정도로 짙은 라벤더 향이 느껴졌다. 밖에서는 바람이 요란하게 신음 소리를 냈다. 크레인처럼 앙상한 도서관 경찰의 그림자가 벽에서 춤을 추었다. '전에는 그림자가 없었는데.' 샘은 문득 깨달았다. '이게 무슨 뜻일까?'

어쩌면 도서관 경찰이 좀더 현실에 가까워졌다는 뜻일 수 있었다. 좀더 이곳에 가까워졌다는 뜻일 수 있었다. 아델리아와 도서관 경찰과 낡은 차에 탄 까만 남자는 결국 동일 인물이었다. 그들은 한 사람이었고, 어린아이가 핼러윈 가면을 써보듯 간단하게 얼굴을 썼다 벗었다 하는 거였다.

"멀찌감치 떨어져 있으면 그를 살려줄 거라고 믿으라고?" 샘이 물었다. "웃기고 있네."

그는 도서관 경찰을 향해 걸어갔다.

키가 큰 남자의 얼굴에 슬쩍 얹혀 있던 표정이 이제 완연하게 드러났다. 놀라워하는 표정이었다. 그는 뒤로 한 발짝 물러났다. 트렌치코트가 정강이 주변에서 펄럭이며 그가 서 있는 좁은 통로의 양옆을 채운 2절판 책을 쓸고 지나갔다.

"경고했다!"

"경고는 엿이나 바꿔 먹어." 샘이 말했다. "너하고 볼일이 있는 사람은 데이브가 아니잖아. 잘잘못을 따질 사람은 나지, 안 그래? 자…… 이제 따져보자고."

"사써가 이 할아범과 해결해야 할 빚이 있써!" 도서관 경찰은 이렇게 외치며 뒤로 한 발짝 물러났다. 그의 얼굴은 전과 달라졌다. 샘은 잠시 후 그게 뭔지 알아차릴 수 있었다. 은색으로 번뜩이던 도서관 경찰의 눈빛이 점점 희미해지고 있었다.

"그건 그 여자더러 해결하라고 그래." 샘이 말했다. "덩치, 너하고 해결해야 할 빚이 있는 사람은 나야. 삼십 년 묵은 빚 말이야."

샘은 테이블 램프의 불빛이 닿지 않는 곳으로 건너갔다.

"좋아!" 도서관 경찰은 으르렁거리며 몸을 구십 도 돌려서 데이브 덩컨을 통로로 던졌다. 데이브는 빨래 자루처럼 내동댕이쳐지며 공포의 외마디 비명을 질렀다. 벽 쪽으로 날아가는 동안 한쪽 팔을 들려고 했지만 얼떨결에 나온 소극적인 반사작용에 불과했다. 그가 계단 옆에 달려 있던 소화기와 부딪히자 으드득 하고 뼈가 부러지는 소리가 났다. 데이브는 바닥으로 쓰러졌고 벽에 걸려 있던 빨간색의 묵직한 소화기가 그의 위로 떨어졌다.

"데이브!" 나오미가 비명을 지르며 그를 향해 쏜살같이 달려갔다.

"나오미, 안 돼요!"

하지만 그녀는 아랑곳하지 않았다. 도서관 경찰은 미소를 지었다. 그의 옆을 지나가려는 나오미의 팔을 잡아서 끌어당겼다. 그가 고개를 숙여 나오미의 뒷덜미를 덮은 밤색 머리칼에 잠깐 얼굴을 묻었다. 나오미의 살갗에 대고 나지막이 수상한 기침을 하더니 입을 맞추기 시작했다. 적어도 샘의 눈에는 그러는 것처럼 보였다. 그의 길고 하얀 손이 나오미의 팔뚝으로 파고들었다. 나오미는 비명을 지르다 그에게 붙잡힌 채로 주저앉았다.

샘은 서가가 시작되는 부분에 다다랐다. 손에 닿는 아무 책이나 집어서 팔을 뒤로 힘껏 젖혔다가 던졌다. 책이 표지를 양옆으로 활짝 펼치고 책장을 펄럭이며 날아가 도서관 경찰의 옆통수를 강타했다. 그는 분노와 놀람이 섞인 비명을 지르며 고개를 들었다. 이 틈에 빠져나온 나오미는 몸의 중심을 잡느라 두 팔을 휘저으며 높은 서가 쪽으로 비틀비틀 게걸음 쳤다. 서가에 부딪힌 그녀가 튕겨져 나오자 서가는 뒤로 휘청하더니 실내를 쩌렁쩌렁 울리는 어마어마한 소리와 함께 넘어졌다. 오랫동안 잠들어 있던 책들이 빗줄기처럼 바닥 위로 쏟아지고 박수 비슷한 희한한 소리가 났다.

나오미는 아랑곳하지 않고 데이브에게 다가가 무릎을 꿇고 앉아서 그의 이름을 몇 번이고 외쳤다. 도서관 경찰이 그쪽으로 고개를 돌렸다.

"그녀도 너하고는 볼일이 없잖아." 샘이 말했다.

도서관 경찰은 그를 돌아보았다. 은색 눈을 조그만 선글라스로 가려서 앞을 보지 못하는 두더지 같은 얼굴로 바뀌었다.

"애초에 너를 죽였써야 하는 건데." 그는 말하면서 샘을 향해 걸어오기 시작했다. 걸음을 옮길 때마다 뭔가가 스치는 듯한 소리가 났다. 샘이 아래를 내려다보니 도서관 경찰의 트렌치코트 자락이 바닥에 쓸리고 있었다. 그가 점점 작아지고 있었다.

"연체료는 해결했어." 샘은 나지막이 말했다. 도서관 경찰이 걸음을 멈추었다. 샘은 고무줄로 묶고 오 달러짜리 지폐를 끼운 책을 들어 보였다. "연체료는 해결했고 책은 반납했어. 이제 정산 완료다, 이 망할 년아⋯⋯ 아니, 망할 놈이라고 해야 하나?"

밖에서 바람이 처마를 훑고 지나가며 길고 공허한 울음소리를 냈다. 도서관 경찰은 혀를 슬금슬금 내밀어 입술을 핥았다. 혀가 빨갛고 뾰족했다. 그의 뺨과 이마에 뾰루지가 돋기 시작했다. 피부가 번들번들한 땀으로 덮였다.

라벤더 향이 짙어졌다.

"무슨 소리!" 도서관 경찰이 외쳤다. "무슨 소리! 그건 네가 빌린 책이 아니잖아! 내가 모를 줄 알고! 네가 빌린 책은 저 주정뱅이 개새끼가 들고 갔잖아! 그래써⋯⋯."

"……못 쓰게 됐지." 샘이 말을 맺어주었다. 그는 도서관 경찰 쪽으로 다가갔다. 한 발짝 내디딜 때마다 라벤더 향이 점점 짙어졌다. 심장이 쿵쾅거렸다. "나는 그게 누가 꾸민 일인지도 알아. 하지만 완벽한 대체품을 들고 왔거든. 받아라." 그는 언성을 높여서 준엄하게 고함을 질렀다. "받으라고, 이 개새끼야!"

그가 책을 내밀자 도서관 경찰은 당황스러운 한편 불안한 표정을 지으며 손을 내밀었다.

"아니, 그렇게 말고." 샘은 책을 집으려는 하얀 손 위로 책을 들었다. "이렇게 받아야지."

샘은 도서관 경찰의 얼굴을 책으로 내리쳤다. 세게 내리쳤다. 『미국인들이 가장 사랑하는 시선집』과 『연사의 동반자』에 부딪혀 도서관 경찰의 코가 부러졌을 때 샘은 지금까지 한 번도 맛본 적 없는 궁극의 희열을 느꼈다. 동그란 선글라스가 날아가서 바닥으로 떨어졌다. 가장자리가 희끄무레한 액체로 덮인 검은 구멍이 드러났다. 이 축축한 부위에 가느다란 실이 둥둥 떠다녔다. 샘은 데이브에게 들은 말이 생각났다. '자기 스스로 자라나는 것처럼 보이더군요.'

도서관 경찰은 비명을 질렀다.

"안 돼!" 녀석이 큰 소리로 외쳤다. "너는 나를 해치지 못해! 너는 나를 무써워하잖아. 그리고 너도 좋아했잖아! 좋아했잖아! 이 추잡한 꼬맹아, 너도 좋아했잖아!"

"무슨 소리." 샘이 말했다. "토 나오게 싫었다. 이제 이 책 들고 가. 책 들고 여기서 나가. 연체료 해결했으니까."

그는 도서관 경찰의 가슴팍에 책을 던졌다. 도서관 경찰이 손으로 책을 낚아챈 순간, 샘은 도서관 경찰의 사타구니를 향해 한쪽 무릎을 똑바로 날렸다.

"그건 다른 아이들 몫이야." 그가 말했다. "네가 따먹은 아이들과 그녀가 잡아먹은 아이들 몫."

녀석은 고통으로 울부짖었다. 손을 내저으며 책을 떨어뜨리고 허리를 숙여 사타구니를 움켜쥐었다. 번들거리는 까만 머리카락이 얼굴을 덮자 고맙게도 눈동자 없이 실로 덮인 눈구멍이 가려졌다.

샘은 이런 생각을 할 여유가 있었다. '당연히 눈동자가 없을 수밖에. 그날 쓰고 있었던 선글라스 때문에 내가 눈을 보지 못했으니……. 그녀도 눈을 보지 못했겠지.'

"그걸로 네 죗값을 다 치를 수는 없지." 샘이 말했다. "그래도 적절한 대가라고 생각하는데, 어때?"

그 밑에서 상상 불가능한 변신이 이루어지기라도 하는 듯 도서관 경찰의 트렌치코트가 뒤틀리고 출렁이기 시작했다. 그러고 나서 그가…… 녀석이…… 고개를 들자 샘은 혐오감에 경악하며 한 발짝 뒤로 물러섰다.

데이브의 포스터와 샘의 기억이 반씩 뭉뚱그려져서 빚어낸 남자가 흉측한 난쟁이로 변해 있었다. 그런데 난쟁이가 끔찍한 자웅동체의 몰골로 변해가고 있었다. 울뚝불뚝 꿈틀거리는 트렌치코트 아래와 얼굴에서 폭풍과도 같은 성전환이 이루어지고 있었다. 머리칼의 절반은 여전히 까만색이었다. 나머지 절반은 옅은 금발이었다. 한쪽 눈에는 여전히 눈동자가 없었다. 다른 쪽에서는 파란색 눈동자가 증오로 잔인하게 번뜩였다.

"나는 너를 지목했어." 난쟁이 같은 녀석이 쉭쉭거렸다. "나는 너를 지목했어. 너를 가질 거야."

"어디 한번 가져보시지, 아델리아." 샘이 말했다. "같이 신나게 불……."

그는 눈앞에 보이는 것을 향해 팔을 뻗었다가 트렌치코트에 손이 닿자마자 비명을 지르며 얼른 물러섰다. 그것은 트렌치코트가 아니었다. 끔찍하게 늘어진 껍질 같았다. 방금 전까지 물에 담가두었던 티백을 만지는 느낌이었다.

녀석은 비스듬히 쓰러진 서가를 잽싸게 타고 올라가 반대편 그림자 속으로 쿵 하고 떨어졌다. 라벤더 향이 갑자기 진해졌다.

그림자 속에서 잔인한 웃음소리가 피어올랐다.

여자의 웃음소리였다.

"너무 늦었어, 샘." 그녀가 말했다. "너무 늦었어. 이미 엎질러진 물이야."

'아델리아가 돌아왔군.' 샘은 생각했다. 밖에서 귀청을 찢을 듯한 엄청난 굉음이 들렸다. 나무가 건물 위로 쓰러졌다. 도서관이 몸서리를 치더니 불이 나갔다.

9

그들이 완벽한 어둠 속에 갇힌 시간은 잠시였지만 그보다 길게 느껴졌다. 아델리아가 다시 웃음을 터뜨렸다. 이번에는 확성기에 대고 웃기라도 한 것처럼 묘하게 울렸다.

한쪽 벽에 높다랗게 달려 있던 비상등에 불이 들어오자 일대에 흐릿한 빛줄기가 드리워졌고 까만 실뭉치 같은 그림자가 사방으로 펼쳐졌다. 요란하게 웅웅거리는 전등 배터리 소리가 들렸다. 샘은 데이브 옆에 여전히 무릎을 꿇고 앉아 있는 나오미 쪽으로 가려다, 쓰러진 서가에서 쏟아져 나온 책 더미를 밟고 두 번이나 넘어질 뻔했다.

나오미가 그를 올려다보았다. 충격으로 새하얗게 질린 얼굴에 눈물 자국이 나 있었다. "샘, 아무래도 가망이 없는 것 같아요."

그는 데이브 옆에 무릎을 꿇고 앉았다. 눈을 감은 노인은 되는대로 거친 숨을 몰아쉬고 있었다. 양쪽 콧구멍과 한쪽 귀에서 가느다란 핏줄기가 흘러나오고 있었다. 오른쪽 눈썹 바로 위 이마가 움푹 꺼져서 으스러졌다. 보고 있자니 샘은 속이 뒤틀렸다. 누가 봐도 한쪽 광대뼈가 부러졌고, 소화기 손잡이의 흔적이 얼굴 위에 핏자국과 멍으로 선명하게 남았다. 문신 같았다.

"병원으로 데려가야 해요, 샘!"

"그녀가 우릴 여기서 내보내줄 것 같아요?" 그가 묻자 대답이라도 하는 듯 벽에 달린 비상등의 빛무리 너머에서 큼지막한 책—『옥스퍼드 영어사전』 T편—이 한 권 날아왔다. 샘이 나오미를 뒤로 잡아당기며 두 사람은 먼지투성이 통로에 대자로 넘어졌다. 삼 킬로그램짜리 '타바스코 소스tabasco', '덩굴손tendri', '수고양이tomcat', '천두trepan'들의 책이 좀 전까지 나오미의 머리가 있던 곳을 쌩하니 지나 벽을 때리고 텐트 모양으로 바닥에 떨어졌다.

그림자 속에서 날카로운 웃음소리가 날아와 꽂혔다. 샘은 무릎을 꿇으며 일어나 앉았다. 몸을 웅크리고 쓰러진 서가를 넘어서 통로 저쪽으로 달려가는 형체를 보았다. '계속 변태하는 중이로군.' 샘은 생각했다. '뭘로 변태하는 중인지는 아무도 모를 일이지.' 녀석은 방향을 왼쪽으로 꺾어 시야에서 사라졌다.

"잡아요, 샘." 나오미가 쉰 목소리로 말하며 그의 손을 잡았다. "잡아요. 제발 잡아줘요."

"해볼게요." 그는 말했다. 그는 대자로 뻗은 데이브의 다리를 넘어서 쓰러진 서가 너머의 깊은 그림자 속으로 들어갔다.

10

냄새가 코를 찔렀다. 라벤더 향에 수십 년 동안 먼지를 뒤집어쓴 책 냄새가 섞였다. 그 냄새와 화물열차처럼 휘몰아치는 바람 소리가 어우러지자 그는 H.G. 웰스의 작품에 등장하는 시간 여행자가 된 듯한 느낌이 들었다. 주변을 육중하게 감싸고 있는 도서관이 바로 타임머신이었다.

그는 왼손으로 감초 사탕 덩어리를 초조하게 움켜쥐며 통로를 따라 천천히 걸었다. 사방의 책들이 눈살을 찌푸리고 그를 내려다보는 듯했다. 서가의 높이가 그의 키의 두 배였다. 신발이 찍찍거리며 오래된 리놀륨을 밟는 소리가 들렸다.

"어디 있나?" 그는 큰 소리로 외쳤다. "아델리아, 나를 지목했다면서 왜 나와서 붙잡지 않는 거지? 바로 여기 있는데!"

아무 대답이 없었다. 하지만 그녀가 당장이라도 튀어나올 수 있었다. 데이브의 짐작이 맞는다면 변태가 시작됐으니 시간이 별로 없었다.

'자정.' 그는 생각했다. '도서관 경찰이 자정까지 기다려주겠다고 했으니까 그때 끝나는 것일 수 있겠다. 하지만 자정이면 세 시간 반 넘게 남았는데……. 데이브가 그때까지 버틸 수 있을까.'

이보다 불쾌한 생각이 하나 더 떠올랐다. 그가 이 어두컴컴한 통로에서 헤매는 동안 아델리아가 빙 돌아가서 나오미와 데이브를 덮치면 어쩔 것인가?

통로 끝에 도착했을 때 그는 귀를 기울였고 아무 소리도 들리지 않자 다음 통로로 넘어갔다. 아무것도 없었다. 위에서 나지막이 속삭이는 소리가 들리기에 고개를 들어보니 묵직한 책 대여섯 권이 머리 위 서가에서 스르르 미끄러지고 있었다. 그가 비명을 지르며 뒤로 펄쩍 뛴 순간 떨어진 책들이 허벅지를 강타했고, 서가 저편에서 아델리아가 미친듯이 웃는 소리가 들렸다.

독을 잔뜩 품은 거미처럼 서가에 매달려 있는 그녀의 모습이 상상되자 머리보다 몸이 먼저 반응했다. 그는 '뒤로 돌아'를 하려는 술 취한 병사처럼 발꿈치를 딛고 몸을 휙 돌려서 서가에 등을 댔다. 샘의 체중 때문에 서가가 기울자 웃음소리가 경악이 담긴 공포의 비명으로 바뀌었다. 녀석이 횃대에서 뛰어내리는 둔탁한 소리가 들렸다. 잠시 후에 서가가 넘어갔다.

그 뒤로 샘이 미처 예상하지 못했던 일이 벌어졌다. 그가 민 서가가 쓰러지면서 책을 폭포처럼 쏟아내는 동시에 옆 서가를 쳤다. 두 번째 서가가 세 번째 서가 위로 넘어지고 세 번째 서가가 네 번째 서가 위로 넘어지자 이 넓고 어두컴컴한 보존실의 저 끝까지 도미노처럼 서가들이 전부 쓰러졌고, 매리엇*의 작품부터 『그림 동화 전집』에 이르기까지 모든 책들이 와르르, 우당탕 쏟아졌다. 아델리아의 비명소리가 다시 들리자 샘은 그가 넘어뜨려서 비스듬히 쓰러진 서가 위로 몸을 날렸다. 거치적거리는 책들을 발로 차서 디딜 곳을 찾으며 한 손으로 서가를 사다리처럼 타고 올라갔다.

반대편 꼭대기에서 뛰어내려보니 하얀 젤리처럼 생긴 흉측한 녀석이 짚단처럼 쌓인 지도와 여행서 밑에서 빠져나오려고 애를 쓰고 있었다. 금발에 파란 눈이었지만 인간을 닮은 구석은 그게 전부였다. 가면이 모두 벗겨져서 사라졌다. 팔과 다리 끝에 마디가 진 발톱이 달린 뚱뚱한 벌거숭이였다. 바람 빠진 갑상선종처럼 늘어진 턱살이 대롱거렸다. 가느다랗고 하얀 섬유조직이 온몸을 감쌌다. 딱정벌레를 닮은 섬뜩한 구석이 있었다. 샘은 속으로 비명을 질렀다. 원초적인 비명이 뼈를 타고 온몸으로 소리 없이 번졌다. '이 녀석이네. 맙소사, 이 녀석이야.' 혐오스러웠지만 공포는 불현듯 사라졌다. 이제 샘은 녀석을 똑바로 쳐다볼 수 있었고 그렇게 끔찍하지는 않았다.

그런데 그때 녀석이 다시 변신하기 시작하자 샘은 불안해졌다. 녀석에게 딱히 얼굴은 없었지만 불룩한 파란 눈 밑에서 뿔 모양의 무언가가 솟아나더니 호러 영화에 나옴 직한 얼굴 위로 뭉툭한 코

* 영국의 해군 장교, 해양 소설가.

끼리 코처럼 튀어나왔다. 눈은 양옆으로 늘어나서 중국인을 넘어 벌레처럼 변했다. 샘은 녀석이 킁킁거리며 그를 향해 몸을 늘리는 소리를 들었다.

녀석은 너울거리는 실로 지저분하게 덮여 있었다.

샘은 뒤로 피하고 싶은 마음도 있었지만—속에서 뒤로 피하라는 비명소리가 들렸지만—그 자리에서 한 걸음도 물러서고 싶지 않은 마음이 더 컸다. 녀석의 두툼한 주둥이가 몸에 닿자 심오한 힘이 느껴졌다. 무기력증이 그를 감쌌다. 이렇게 가만히 서서 되는대로 내버려두는 편이 나을지 모른다는 생각이 들었다. 바람 소리는 저멀리서 몽롱하게 들리는 울부짖음으로 바뀌었다. 어렸을 때 들었던 진공청소기 소리처럼 진정 효과가 있었다.

"샘?" 나오미가 그의 이름을 불렀지만 그녀의 목소리도 멀고 하찮게 느껴졌다. "샘, 괜찮아요?"

그가 그녀를 사랑한다고 생각했던가? 어이없는 착각이었다. 생각해보면 정말이지 어이없는 착각이었고…… 따져보면 여기 이러고 있는 편이 훨씬 나았다.

이 녀석에게는…… 하고 싶은 이야기가 있었다.

하고 싶은 재미있는 이야기가 있었다.

모양이 자유자재로 바뀌는 하얀 녀석의 온몸이 주둥이 방향으로 늘어났다. 자기 자신을 재료 삼아 주둥이가 점점 길어졌다. 결국에는 몸 전체가 하나의 튜브가 되었고, 나머지 부분은 축 늘어진 턱살처럼 쓸모없이 잊힌 채 대롱거렸다. 모든 기운이 뿔 모양의 살점으로 몰렸고 그 도관을 통해 샘의 기운과 진액을 빨아들일 것이다.

그래도 좋았다.

슬금슬금 샘의 다리를 타고 올라온 주둥이가 사타구니를 잠깐 눌렀다가 배를 훑으며 올라왔다.

샘은 무릎을 꿇고 앉아서 녀석에게 얼굴을 내주었다. 양쪽 눈이 기분 좋게 따끔거리는가 싶더니 어떤 액체—눈물이 아니라 더 걸쭉했다—가 흘러나오기 시작했다.

주둥이가 그의 눈을 덮었다. 주둥이 안에 걸신들린 듯 벌어졌다 다물기를 반복하는 꽃잎 모양의 분홍색 살점이 보였다. 녀석은 이내 오므라들어서 꽃잎 속에 구멍—튜브 속에 있는 튜브였다—을 만들고 관능적으로 느릿느릿 그의 입술과 뺨을 지나 끈적끈적한 액체를 향해 움직였다. 짙은 파란색의 흉측한 눈이 그를 탐욕스럽게 응시했다.

'하지만 연체료는 해결했잖아.'

샘은 남은 기운을 모조리 동원해 오른손으로 주둥이를 움켜쥐었다. 뜨거웠고 독을 품고 있었다. 녀석을 감싸고 있는 얇은 실 같은 살들이 손바닥을 찔렀다.

녀석은 움찔하며 뒤로 피하려고 했다. 샘은 하마터면 놓칠 뻔했지만 주먹을 세게 쥐고 손톱으로 녀석의 몸통을 눌렀다.

"자!" 그는 고함을 질렀다. "자, 내가 널 위해 준비한 선물이 있다, 이 망할 년아. 이스트 세인트루이스에서 들고 온 거야!"

그는 왼손을 들어서 오래전에 아이들이 토미 리드의 폰티악 배기관을 막았던 것처럼 끈적끈적한 감초 사탕 덩어리를 녀석의 주둥이 끝에 붙였다. 녀석은 비명을 지르려고 했지만 주둥이가 덮여서 웅웅거리는 소리밖에 내지 못했다. 녀석이 샘에게서 도망치려고 했다. 몸부림치는 녀석의 주둥이에 달린 빨간 감초 사탕이 혈종처럼 튀어나왔다.

샘은 꿈틀거리는 역겨운 살덩이를 손에 쥔 채 비틀비틀 무릎을 딛고 일어나 아델리아를 자칭했던 녀석의 위로 몸을 던졌다. 녀석은 밑에서 몸을 비틀고 펄떡이며 그를 밀어내려고 했다. 어마어마하게 힘이 셌다. 한 번 눈이 마주쳤을 때 샘은 증오와 공포로 가득한 눈빛을 보고 하마터면 온몸이 마비될 뻔했다.

잠시 후에 녀석이 부풀기 시작했다.

샘은 손을 놓고 숨을 헐떡이며 허둥지둥 뒤로 물러났다. 녀석은 책으로 어지럽게 덮인 통로에 놓인 괴기스러운 비치볼처럼 보였다. 바닷속 해초 덩굴처럼 흔들리는 가느다란 털로 뒤덮인 비치볼이었다. 녀석이 물이 나오던 중 잠긴 소방 호스처럼 불룩해진 주둥이를 내밀고 통로를 데굴데굴 굴렀다. 샘은 아델리아 로츠를 자칭했던 녀석이 뱃속에서 뿜어져 나온 독가스에 스스로 질식하는 광경을 경악하면서도 넋을 잃고 바라보았다.

팽팽하게 부푼 거죽에서 지도의 도로 표지처럼 선명한 빨간색 핏줄이 불거졌다. 툭 튀어나온 눈은 놀란 눈빛으로 멍하니 샘을 바라보았다. 녀석은 말랑말랑한 감초 사탕 덩어리를 떼어내려고 마지막으로 애를 썼지만, 먹이를 먹으려고 주둥이를 활짝 벌렸던 참이라 사탕이 떨어지지 않았다.

샘은 어떤 사태가 벌어질지 알아차리고 녀석이 터지기 직전에 팔로 얼굴을 가렸다.

이질적인 살점이 사방으로 날렸다. 밧줄 같은 걸쭉한 핏줄기가 샘의 팔과 가슴과 다리에 튀었다. 샘은 혐오감과 안도감이 섞인 비명을 질렀다.

그 직후 비상등이 깜빡이며 꺼졌다. 그들은 다시 어둠 속으로 추락했다.

11

이번에도 어둠으로 덮인 시간은 짧았지만 샘이 변화를 감지하기에는 충분했다. 머리로 변화가 느껴졌다. 뒤죽박죽이었던 것들이 제자리를 딱 맞게 찾아가는 것을 또렷하게 느낄 수 있었다. 잠시 후 불이 들어왔을 때 이번에는 비상등이 네 개 켜졌다. 요란하게 지직거리기보다 혼자 뿌듯해하며 나지막이 웅웅거렸고, 아주 환해서 저 구석의 어둠까지 모조리 몰아냈다. 아크등이 수은등으로 바뀌면서 펼쳐진 1960년의 세상이 현실이었는지 환영이었는지 알 길이 없었지만 이제는 사라졌다는 것만큼은 알 수 있었다.

쓰러졌던 서가들이 다시 우뚝 서 있었다. 이쪽 통로에 책이 몇 권—열댓 권—널브러져 있기는 했다. 아마 그가 끙끙대고 일어나 앉으면서 떨어뜨린 것 같았다. 밖에서는 고함을 지르던 폭풍 소리가 웅얼거리는 수준으로 약해졌다. 빗줄기가 조용히 지붕을 두드리는 소리가 들렸다.

아델리아를 자칭했던 녀석도 보이지 않았다. 바닥이나 책이나 그의 몸 위에 떨어진 핏방울이나 살점도 없었다.

그녀가 남긴 흔적은 딱 하나. 그를 향해 반짝이는 금귀고리 한 짝이었다.

샘은 부들거리며 일어나 귀고리를 멀찌감치 발로 찼다. 그러고 났을 때 회색 장막이 시야를 덮자 눈을 감은 채로 휘청거리며 기절을 할지 하지 않을지 알 수 있을 때까지 기다렸다.

"샘!" 나오미의 목소리가 울먹이는 것처럼 들렸다. "샘, 어디 있어요?"

"여기요!" 그는 손을 들어서 머리칼 한 움큼을 쥐고 세게 당겼다. 한심한 짓이었을지 몰라도 효과가 있었다. 펄럭이는 회색 장막이 완전히 사라지지는 않았지만 어느 정도 없어졌다. 그는 조심스럽게 성큼성큼 장서 목록을 작성하는 공간으로 걸음을 옮겼다.

짤막한 다리 위에 볼품없는 나무토막이 얹힌 책상은 여전했지만 술 달린 구식 전등갓이 씌워졌던 램프는 형광등으로 바뀌었다. 혹사당한 타자기와 회전식 색인 카드 정리기는 애플 컴퓨터로 바뀌었다. 여전히 긴가민가했더라도 바닥에 놓인 상자를 보면 지금이 몇 년도인지 확신할 수 있었다. 상자 가득 똑딱단추와 비닐 에어 캡이 들어 있었다.

나오미는 여전히 통로 끝에 쓰러진 데이브 옆에 무릎을 꿇고 앉아 있었다. 샘이 그녀의 곁으로 다가가 보니 소화기는 제자리로 돌아갔지만(삼십 년이 지났는데도 똑같은 제품인 듯했다) 데이브의 뺨과 이마에 남은 손잡이 자국은 여전했다.

눈을 뜨고 있던 데이브는 샘이 보이자 미소를 지었다. "나쁘지…… 않았어요." 그가 말했다. "당신은…… 충분한 능력을 갖추고 있었는데…… 몰랐죠?"

샘은 밀려드는 안도감에 날아갈 것 같았다. "네. 몰랐어요." 그는 허리를 숙여서 데이브의 눈앞에 대고 손가락 세 개를 들어 보였다. "손가락이 몇 개로 보여요?"

"한…… 일흔네 개요." 데이브가 속삭였다.

"구급차 부를게요." 나오미가 말하고 일어서려고 했다. 하지만 데이브의 왼손이 그녀의 허리를 잡았다.

"아니. 잠깐만요." 그의 시선이 샘에게로 옮아갔다. "허리 좀 숙여줘요. 큰 소리로 얘기할 수가 없어요."

샘은 노인 위로 허리를 숙였다. 데이브는 부들부들 떨리는 손을 샘의 뒷덜미에 얹었다. 그의 입술 때문에 귀가 간질거려서 샘은 몸이 움직이지 않도록 꾹 참아야 했다. 너무 간지러웠다.

"샘." 그가 속삭였다. "그녀가 기다리고 있어요. 기억해요……. 그녀가 기다리고 있다는 걸."

"네?" 샘은 물었다. 어안이 벙벙했다. "데이브, 그게 무슨 소리예요?"

하지만 데이브는 손을 거두었다. 샘을 올려다보고 있었지만 시선은 그 너머의 어딘가를 향했고 가슴을 들썩이며 얕고 밭은 숨을 쉬었다.

"갈게요." 나오미가 짜증이 난 목소리로 말했다. "사서 책상 위에 전화기가 있던데."

"안 돼요." 샘이 말했다.

나오미는 그를 홱 돌아보며 눈을 부라리고, 하얗고 반듯한 이를 드러내며 으르렁거렸다. "그게 무슨 소리에요, 안 된다니? 미쳤어요? 최소한 두개골 골절이에요! 지금……."

"지금 임종을 앞두고 있어요, 세라." 샘은 조심스럽게 말했다. "시간이 얼마 안 남았어요. 곁에 있어줘요. 친구가 되어줘요."

그녀는 시선을 떨구었고 그제야 샘이 본 것을 그녀도 보았다. 데이브의 왼쪽 동공은 수축돼서 바늘구멍만 했다. 오른쪽 동공은 팽창된 채로 작아질 줄 몰랐다.

"데이브?" 나오미는 겁에 질린 목소리로 속삭였다. "데이브?"

데이브는 다시 샘을 바라보았다. "기억해요." 그가 속삭였다. "그녀가 기다……."

그의 눈이 점점 가물가물하다 정지했다. 가슴이 한 번 올라갔다…… 내려가고…… 그것으로 끝이었다.

나오미는 흐느껴 울기 시작했다. 데이브의 손을 자기 뺨에 대고 그의 눈을 감겼다. 샘은 끙끙대며 무릎을 꿇고 앉아서 그녀의 허리를 한 팔로 감싸 안았다.

15장: 앵글 스트리트 III

1

샘 피블스는 그날과 다음날, 불면의 밤을 보냈다. 2층 불을 전부 켜놓고 뜬눈으로 침대에 누워서 데이브 덩컨이 마지막으로 남긴 말에 대해 생각했다. '그녀가 기다리고 있어요.'

이틀째 되는 날의 동틀 무렵이 되었을 때 노인이 하려고 했던 말이 뭔지 알 것 같다는 생각이 들었다.

2

샘은 데이브가 프로버비아의 감리교회에 묻힐 줄 알았기에 그가 1960년에서 1990년 사이에 가톨릭으로 개종했다는 이야기를 듣고 조금 놀랐다. 세인트마틴 교회에서 장례식이 열린 4월 11일은 바람이 많이 불고, 구름과 초봄의 서늘한 햇살이 번갈아 비친 날이었다.

하관 예배가 끝나고 앵글 스트리트에서 다과회가 열렸다. 샘이 도착했을 때는 거의 일흔 명이 1층을 정처 없이 헤매거나 삼삼오오 모여 있었다. 모두 데이브와 알고 지내던 사람들이었고, 유머와 존경과 흔들림 없는 사랑을 담아서 그에 얽힌 추억담을 늘어놓았다. 스티로폼 컵에 담긴 진저에일을 마시고 미니 샌드위치를 먹었다. 샘은 이 그룹, 저 그룹으로 옮겨다니며 지인과 이따금 몇 마디 나누었지만 한 군데에서 진득하니 수다를 떨지는 않았다. 까만 외투 주머니에 넣은 손을 빼지도 않았다. 그는 교회에서 오는 길에 피글리 위글리 슈퍼마켓에 들렀고, 지금 주머니에는 셀로판 봉지가 여섯 개 들어 있었다. 네 개는 길고 홀쭉했고 두 개는 정사각형이었다.

세라는 보이지 않았다.

그는 밖으로 막 나서려던 찰나, 한쪽 구석에 나란히 앉아 있는 루키와 루돌프를 보았다. 둘 사이에 크리비지 게임 득점판이 놓여 있었지만 게임을 하고 있는 것 같지는 않았다.

"안녕하세요." 샘은 그쪽으로 건너가 인사를 건넸다. "두 분은 저를 기억 못 하실지 모르겠지만……."

"기억을 못 하다니." 루돌프가 말했다. "우리를 무시하는 거요? 머저리 취급하는 거요? 데이브 친구잖아요. 우리가 포스터 그리던 날 찾아왔던."

"그렇지!" 루키가 말했다.

"없어졌다던 책은 찾았어요?" 루돌프가 물었다.

"네." 샘은 웃으며 대답했다. "나중에 찾았어요."

"그렇지!" 루키가 외쳤다.

샘은 홀쭉한 셀로판 봉지를 네 개 꺼냈다. "제가 드릴 선물이 있는데요."

루키는 내려다보더니 눈을 반짝였다. "슬림 짐이야, 루돌프!" 그는 기뻐하며 씩 웃었다. "봐! 세라 남자친구가 우라질 슬림 짐을 들고 왔어! 좋구먼!"

"이리 줘, 주정뱅이 노인네야." 루돌프는 이렇게 말하며 슬림 짐을 낚아챘다. "이 병신 새끼한테 주면 앉은 자리에서 다 먹어치우고 오늘밤 침대에 똥을 싸지를 거예요." 그가 샘에게 말했다. "자, 먹어, 등신아. 나머지는 내가 맡아놓을게."

"너도 하나 먹어, 루돌프. 엉?"

"뭔 소리야, 루키. 이런 거 먹으면 나는 속이 뒤집히는 거 알면서."

샘은 이들이 아옹다옹하는 것을 못 들은 척하고 루키를 빤히 쳐다보았다. "세라의 남자친구라고요? 어디서 그런 소리를 들었어요?"

루키는 슬림 짐을 한입에 절반 먹어치우고 그를 올려다보았다. 사람 좋아 보이면서도 능글맞은 표정을 짓고 있었다. 그는 한 손가락을 코 옆에 대고 말했다. "모임에 참석하면 이런저런 소문이 들리거든요. 암, 그렇고말고요."

"아무것도 모르면서 하는 소리예요." 루돌프가 진저에일 컵을 비우며 말했다. "자기 멋대로 지껄이는 거예요."

"헛소리 아니야!" 루키는 큰 소리로 외치며 슬림 짐을 다시 한입 크게 베어 물었다. "데이브한테 들었어! 어젯밤에! 꿈속에 데이브가 나타나서 이 친구가 세라 남자친구라 그랬다고!"

"세라는 어디 있어요?" 샘이 물었다. "오면 있을 줄 알았더니."

"축도가 끝났을 때 나한테 그랬어요." 루돌프가 말했다. "그녀를 만나고 싶으면 어디 가면 될지 당신이 알 거라고. 예전에 거기서 한 번 본 적이 있다고."

"세라는 데이브를 엄청 좋아했어요." 루키가 말했다. 한쪽 눈가에 갑자기 눈물이 맺히더니 뺨을 타고 흘러내렸다. 그는 손등으로 눈물을 닦았다. "우리 모두 그랬지만. 데이브가 항상 얼마나 열심히 노력했는지 몰라요. 너무 슬퍼요. 정말 너무 슬퍼요." 그러고는 갑자기 울음을 터뜨렸다.

"내가 뭐 하나 알려드릴까요?" 샘은 루키 옆에 쭈그리고 앉아서 손수건을 건넸다. 그도 울음이 터질 것 같았고 이런 말을 해야 한다는 데에, 이런 말을 하려고 한다는 데 두려움이 앞섰다. "데이브는 결국 성공했어요. 죽었을 때 술 한 모금 입에 대지 않은 상태였어요. 무슨 소문이 들리더라도 그거 하나는 잊지 마세요. 내가 장담하니까. 그는 죽었을 때 술 한 모금 입에 대지 않은 상태였어요."

"아멘." 루돌프가 경건하게 중얼거렸다.

"아멘." 루키도 따라했다. 그는 샘에게 손수건을 건넸다. "고마워요."

"별말씀을요, 루키."

"저기…… 슬림 짐 더 없죠?"

"네." 샘은 대답하고 미소를 지었다. "이런 말 알죠, 루키? 한 잔은 너무 많고 천 잔은 너무 적다는 말."

루돌프는 웃음을 터뜨렸다. 루키는 미소를 짓더니…… 한 손가락 끝을 다시 코 옆에 댔다.

"이십오 센트는요? 이십오 센트는 줄 수 있어요?"

3

맨 처음에 샘은 그녀가 다시 도서관에 갔나 보다고 생각했지만 루돌프가 한 말과 앞뒤가 맞지 않았다. 그는 이미 십 년은 지난 것처럼 느껴지는 끔찍했던 날 밤에 세라와 함께 한 번 도서관에 간 적이 있었지만 그때는 같이 간 거였다. 거기서 그녀를 '본' 건 아니었다. 창문 너머로 보았다면 모를까…….

그러자 바로 여기 앵글 스트리트에서 창문 너머로 세라를 보았던 때가 기억이 났다. 그녀는 모임 회원들과 뒷마당에서 금주의 방편으로 뭔가를 하고 있었다. 그는 사람들과 인사를 나누며 그날 그랬던 것처럼 주방을 가로질렀다. 버트 아이버슨과 엘머 배스킨이 몇몇 사람들과 함께 서서 아이스크림 펀치를 마시며, 샘은 모르는 어떤 나이 많은 여자의 이야기를 심각한 표정으로 듣고 있었다.

그는 주방문을 열고 뒤쪽 현관으로 나섰다. 날이 다시 어둑어둑해졌고 거센 바람이 불었다. 뒷마당에는 아무도 없었지만 뒷마당의 경계선 역할을 하는 덤불숲 너머에서 파스텔 색상의 뭔가가 언뜻 보인 듯했다.

계단을 내려가서 뒷마당을 가로지르는데, 심장이 세차게 두근거렸다. 그는 주머니 속으로 슬그머니 손을 넣어서 남아 있던 두 개의 셀로판 봉지를 꺼냈다. 불스 아이 감초 사탕 봉지였다. 그는 봉지를 찢어서 사탕을 꺼내 둥그렇게 뭉치기 시작했다. 월요일 저녁에 닷선에서 만들었던 것에 비하면 크기가 작았다. 달짝지근한 사탕 냄새에 여전히 구역질이 났다. 멀리서 열차가 달려오는 소리가 들리자 나오미가 아델리아로 변신했던 꿈이 생각났다.

'너무 늦었어, 샘. 너무 늦었어. 이미 엎질러진 물이야.'

'그녀가 기다리고 있어요. 기억해요, 샘……. 그녀가 기다리고 있다는 걸.'

가끔 꿈속에 수많은 진실이 담겨 있을 때도 있었다.

그녀는 세월을 무슨 수로 버텼을까? 그 긴 세월을. 그들은 거기에 대해서 생각해본 적이 없었다. 그녀는 이 사람에서 저 사람으로 자리를 옮겼을까? 그들은 거기에 대해서도 생각해본 적이 없었다. 어쩌면 아델리아 로츠라는 여자의 가면을 쓴 녀석은 화려한 껍데기를 벗겨보면 나뭇가지에서 고치를 만들어 그걸로 몸을 보호하다가 죽을 곳을 찾아 날아가는 유충과 비슷할 수 있다. 유충은 고치 안에 가만히 누워서 기다리며…… 변태를 하다가…….

'그녀가 기다리고 있어요.'

샘은 발걸음을 옮기며, 도서관 경찰—그의 도서관 경찰—이 앗아가 악몽의 도구로 만들어버린 냄새나는 사탕을 계속 주물럭거렸다. 그는 나오미와 데이브의 도움 아래 사탕을 구원의 도구로 다시 바꾸어놓을 수 있었다.

나오미를 감싸 안았던 도서관 경찰. 입을 맞추는 것처럼 그녀의 뒷덜미에 입술을 대고 기침을 했던 도서관 경찰.

아델리아를 사칭한 녀석의 목에 주렁주렁 매달려 있었던 주머니.

속에 아무것도 없이 텅 빈 채로 축 늘어져 있었던 그것.

'제발 너무 늦지 않았길.'

그는 듬성듬성한 덤불숲 안으로 들어갔다. 나오미 세라 히긴스가 가슴 위로 팔짱을 끼고 저쪽에 서 있었다. 그녀가 흘끗 쳐다보았다. 두 뺨이 충격적일 만큼 핼쑥하고 눈 밑에 검은 그늘이 생겼다. 그녀는 다시 철길로 시선을 돌렸다. 열차가 점점 다가오고 있었다. 조만간 그들의 눈에도 보일 것이었다.

"안녕, 샘."

"안녕, 세라."

샘은 그녀의 허리를 한 팔로 감쌌다. 그녀는 반항하지 않았지만 몸이 뻣뻣하게 굳었고 곁을 주지 않았다. '제발 너무 늦지 않았길.' 그는 다시 생각했다. 그리고 자기도 모르게 데이브를 떠올렸다.

그들은 그를 도서관에 둔 채 하역대 문을 고무 쐐기로 받치고 나왔다. 샘은 두 블록 멀리 있는 공중전화로 가서 문이 열려 있다고 경찰에 연락했다. 배차 담당자가 이름을 묻자 전화를 끊었다. 데이브는 이렇게 발견이 됐고, 사인은 당연히 사고사로 처리되었다. 일말의 관심이나마 있었던 사람들은 하나같이 빤한 결론을 내렸다. 주정뱅이 노인네 또 한 명이 하늘나라의 으리으리한 술집으로 떠난 모양이라고 했다. 술병을 들고 길을 걸어가다 문이 열려 있는 걸 보고 안으로 들어갔다가 어두운 데서 소화기에 부딪힌 거라고 했다. 빤한 거 아니냐고. 부검 결과 데이브의 혈중 알코올 농도가 영 퍼센트로 밝혀졌지만 결론은 달라지지 않았다. 심지어 경찰 측에서도 그렇게 생각하는 눈치였다. '주정뱅이는 죽을 때까지 주정뱅이라고

생각하는 거지.' 샘은 생각했다. '술을 끊었더라도.'

"어떻게 지냈어요, 세라?" 그가 물었다.

그녀는 지친 눈빛으로 그를 쳐다보았다. "잘 못 지냈어요, 샘. 전혀요. 잠도 못 자고…… 먹지도 못하고…… 머릿속이 끔찍한 생각들로 가득한데…… 내가 하는 생각들처럼 느껴지지도 않고…….
그리고 술이 마시고 싶어요. 그게 최악이에요. 술……. 술…….
술을 마시고 싶다는 게. 모임에 나가봐도 소용이 없어요. 모임에 나가봐도 소용이 없기는 평생 처음이에요."

그녀는 눈을 감고 울음을 터뜨렸다. 울음소리에 힘이 없고 자포자기한 것처럼 느껴졌다.

"맞아요." 그는 조용히 맞장구를 쳤다. "도움이 안 될 거예요. 그럴 수밖에 없겠죠. 그리고 당신이 다시 술에 입을 대기 시작하면 그녀가 좋아할 거예요. 그녀는 기다리고 있고…… 배가 고프니까요."

그녀는 눈을 뜨고 그를 쳐다보았다. "그게…… 샘, 그게 무슨 소리예요?"

"집요함." 그가 말했다. "악마의 집요함. 악마가 어떤 식으로 기다리는지. 얼마나 교활하고 당황스럽고 강력할 수 있는지."

그는 천천히 손을 들어서 펼쳤다. "이게 뭔지 알겠어요, 세라?"

그녀는 그의 손바닥에 놓인 빨간 감초 사탕 덩어리를 보고 뒷걸음질을 쳤다. 순간 그녀의 눈이 동그래지면서 완전하게 깨어났다.
증오와 공포로 번뜩였다.

눈이 은색으로 번뜩였다.

"치워!" 그녀가 속삭였다. "그 망할 것 당장 치워!" 그녀는 적갈색 머리가 어깨까지 덮고 있는 뒷덜미를 감싸려는 듯 손을 움찔움찔 움직였다.

"나는 지금 당신한테 얘기하고 있어요." 그는 침착한 목소리로 말했다. "그녀가 아니라 당신한테. 사랑해요, 세라."

그녀는 다시 그를 바라보았고 피곤한 눈빛이 되돌아왔다. "그래요. 어쩌면 그렇겠죠. 그리고 어쩌면 나를 사랑하지 않는 법을 터득해야 할지 모르고요."

"당신한테 부탁하고 싶은 게 있어요, 세라. 등을 돌리고 서 있어줘요. 열차가 달려오고 있잖아요. 내가 이제 됐다고 할 때까지 고개를 돌리지 말고 열차만 보고 있어줘요. 그래줄 수 있겠어요?"

그녀의 윗입술이 위로 들렸다. 증오와 공포로 초췌한 얼굴이 다시 일그러졌다. "싫어! 건드리지 마! 가!"

"그랬으면 좋겠어요?" 그가 물었다. "정말로? 루돌프한테 어디로 가야 당신을 만날 수 있는지 얘기했잖아요, 세라. 내가 정말로 가버렸으면 좋겠어요?"

그녀는 눈을 감았다. 입술을 부들부들 떨며 입꼬리를 늘어뜨렸다. 다시 뜬 그녀의 두 눈은 가실 줄 모르는 공포로 가득했고 눈물이 그렁그렁 맺혀 있었다. "샘, 도와줘요! 뭔가 이상한데 뭔지도 모르겠고 어떻게 하면 좋을지도 모르겠어요!"

"나는 어떻게 하면 되는지 알아요." 그가 말했다. "나를 믿어요, 세라. 월요일 저녁 때 도서관으로 가는 길에 당신이 했던 말을 떠올려요. 정직과 믿음. 그게 공포의 반대말이에요. 정직과 믿음."

"잘 안 돼요." 그녀가 속삭였다. "그게 잘 안 돼요. 믿는 게 잘 안 돼요."

그는 흔들림 없는 눈빛으로 그녀를 바라보았다.

갑자기 세라의 윗입술이 들리고 아랫입술이 동그랗게 말린 채로 튀어나와서 뿔 비슷한 형태로 바뀌었다. "뒈져버려!" 그녀가 말했다. "가서 뒈져라, 샘 피블스!"

그는 흔들림 없는 눈빛으로 그녀를 바라보았다.

그녀는 손을 들어서 관자놀이에 대고 눌렀다. "아니에요. 내가 왜 그런 말을 했는지 모르겠어요. 내가…… 내 머리가……. 샘, 내 머리가 이상해요! 머리가 둘로 나뉘어 있는 듯한 느낌이에요."

열차가 경적을 울리며 프로버비아 강을 건너서 정션 시티로 진입했다. 정차하지 않고 오마하 가축 사육장으로 직행하는 오후 화물 열차였다. 이제 그 열차가 샘의 시야에 들어왔다.

"시간이 별로 없어요, 세라. 지금이 아니면 안 돼요. 뒤돌아서 열차를 봐요. 열차가 달려오는 걸 보고 있어요."

"알았어요." 그녀가 갑자기 말했다. "그럴게요. 당신 하고 싶은 대로 해요, 샘. 그리고 만약…… 이 방법이 효과가 없다 싶으면…… 나를 밀어요. 열차 앞으로 나를 밀어요. 사람들한테는 내가 뛰어들었다고 해요……. 자살을 했다고." 그녀는 애원하는 눈빛으로 그를 바라보았다. 탈진한 얼굴을 들어 죽도록 지친 눈빛으로 그의 눈을 들여다보았다. "그들은 내가 정상이 아니라는 걸 알아요. 모임 사람들 말이에요. 그들 앞에서는 숨길 수 없거든요. 어느 정도 시간이 지나면 그렇게 돼요. 내가 뛰어들었다고 하면 믿을 거예요. 나도 이런 식으로는 살고 싶지 않아요. 그런데 문제는 뭔가 하면……. 샘, 문제는 뭔가 하면 조만간 살고 싶은 마음이 생길 거라는 거예요."

"쉿." 그가 말했다. "자살 이야기는 하지 말기로 해요. 열차를 봐요, 세라. 그리고 내가 당신을 사랑한다는 걸 기억해요."

세라는 이제 이 킬로미터도 안 되는 곳에서 빠르게 달려오고 있는 열차 쪽으로 몸을 돌리고 손을 뒷덜미 쪽으로 가져가서 머리칼을 들었다. 샘은 고개를 숙였고…… 녀석이 깨끗하고 하얀 그녀의 목덜미 한 곳에 웅크리고 있는 것을 발견했다. 그녀의 뇌간이 그 밑으로 일 센티미터도 안 되는 지점에서 시작된다는 것을 알기에 섬뜩함에 속이 뒤틀렸다.

그는 물집처럼 생긴 혹을 향해 고개를 숙였다. 엑스 자로 겹쳐진 거미줄 같은 흰색 실타래로 덮여 있었다. 그녀의 심장이 뛸 때마다 함께 펄떡이는 분홍색 젤리가 그 아래로 보였다.

"건드리지 마!" 샘이 사랑하게 된 여자의 입을 빌어서 아델리아 로츠가 느닷없이 비명을 질렀다. "건드리지 마, 이 나쁜 놈아!" 하지만 세라는 그가 들여다볼 수 있도록 계속 머리칼을 들고 있었다.

"기관차에 적힌 숫자 보여요, 세라?" 그가 중얼거렸다.

그녀는 끙끙거렸다.

그는 들고 있던 말랑말랑한 감초 사탕 덩어리를 엄지손가락으로 눌러서 세라의 목에 들러붙은 기생충보다 조금 큰 종지를 만들었다. "나한테 알려줘요, 세라. 무슨 숫자가 적혀 있는지 알려줘요."

"이…… 육……. 샘, 머리가 아파요……. 큼지막한 손이 머리를 양쪽으로 잡아당기는 느낌이에요…….”

“무슨 숫자가 적혀 있는지 알려줘요, 세라.” 그는 중얼거리며 펄떡이는 흉측한 종기를 향해 불스 아이 감초 사탕을 겨냥했다.

“오…… 구…… 오…….”

그는 조심스럽게 감초 사탕으로 종기를 덮었다. 달짝지근한 담요 밑에서 꿈틀거리고 꼼지락대는 녀석이 느껴졌다. 이게 터져버리면 어쩌지? 떼어내기 전에 터져버리면 어쩌지? 농축된 아델리아의 독극물이 여기 다 들어있을 텐데…… 떼어내기 전에 터져버리면 어쩌지?

달려오는 열차가 경적을 올렸다. 고통에 겨운 세라의 비명소리가 거기에 묻혔다.

“가만히 있어요…….”

그는 감초 사탕을 잡아당기면서 동시에 열린 부분을 닫았다. 잡았다. 조그만 심장처럼 역겹게 펄떡거리는 녀석이 사탕 안에 갇혔다. 세라의 뒷덜미에 바늘구멍만 한 조그맣고 시커먼 구멍이 세 개 뚫렸다.

“없어졌어요!” 그녀가 외쳤다. “샘, 없어졌어요!”

“아직은 아니에요.” 샘은 딱 잘라서 말했다. 그의 손바닥에 놓인 감초 사탕에서 부풀어오른 풍선이 막 터지려는 찰나…….

열차가 요란한 소리를 내며 정션 시티 정거장을 지났다. 예전에 브라이언 켈리라는 남자가 데이브 덩컨에게 오십 센트 동전을 던져주며 꺼지라고 했던 정거장이었다. 열차가 삼백 미터도 안 되는 곳에서 빠르게 달려오고 있었다.

샘은 세라를 지나서 철길 옆에 무릎을 꿇고 앉았다.

"샘, 뭐하는 거예요?"

"간다, 아델리아." 그는 중얼거렸다. "이번에도 한번 버텨보시지." 그는 펄떡거리며 점점 늘어나는 빨간 감초 사탕 덩어리를 반짝이는 철제 레일에 찰싹 붙였다.

그의 머릿속에서 말로 표현할 수 없는 분노와 공포의 비명소리가 들렸다. 그는 뒤로 물러서서 감초 사탕 안에 갇힌 것이 버둥거리며 사탕을 밀치는 모습을 지켜보았다. 사탕이 터졌고…… 안에 들어 있던 암적색 덩어리가 빠져나오려고 했지만…… 오마하행 2시 20분 열차가 체계적으로 바퀴를 움직이며 요란하게 그 위로 지나갔다.

감초 사탕이 자취를 감추었다. 샘 피블스의 머릿속에서 들리던 날카로운 비명소리가 칼로 벤 듯 사라졌다.

그는 뒤로 물러나서 세라를 돌아보았다. 그녀는 아득한 희열로 눈을 휘둥그레 뜬 채 휘청거리고 있었다. 그는 양팔로 그녀의 허리를 감싸고 유개화차, 무개화차, 유조차가 그들의 머리칼을 날리며 굉음과 함께 지나가는 내내 붙잡고 있었다.

그들은 승무원 차가 조그만 빨간색 불빛을 꼬리처럼 길게 늘어뜨리며 서쪽으로 멀어질 때까지 그렇게 서 있었다. 잠시 후에 그녀가 몸을 살짝 떼고—하지만 그의 품에서 벗어나지는 않았다—그를 쳐다보았다.

"나 풀려난 거예요, 샘? 정말로 그녀한테서 풀려난 거예요? 느낌상으로는 그런 것 같은데 믿기지가 않아요."

"풀려났어요." 샘은 맞장구를 쳤다. "당신 연체료도 해결됐어요, 세라. 영원히 해결됐어요."

그의 얼굴 바로 앞으로 세라가 다가와 입술과 뺨과 눈에 키스 세례를 퍼부었다. 그러는 동안 눈은 감지 않았다. 심각한 눈빛으로 그를 계속 쳐다보았다.

샘이 마침내 그녀의 손을 잡고 말했다. "이제 그만 안으로 들어가서 인사 마저 드리지 않을래요? 친구들이 당신 어디 갔는지 궁금해할 텐데."

"그들이 당신 친구들이 될 수도 있어요, 샘……. 당신만 좋다고 하면."

그는 고개를 끄덕였다. "좋아요. 아주 좋아요."

"정직과 믿음." 세라는 이렇게 말하고 그의 뺨을 만졌다.

"그게 핵심이죠." 그는 다시 그녀에게 입을 맞추고 팔을 내밀었다. "아가씨, 같이 가시렵니까?"

세라는 샘의 팔짱을 꼈다. "당신이 원하는 데라면 어디든 좋아요. 어디든 좋아요."

그들은 팔짱을 끼고 천천히 뒷마당을 가로질러서 함께 앵글 스트리트로 향했다.

4

자정 4분 뒤

폴라로이드 개

존 D. 맥도널드의 영전에 바친다.

보고 싶어요, 내 친구.

그리고 당신이

호랑이를 두고 한 말은 맞았어요.

자정 4분 뒤: 「폴라로이드 개」에 붙이는 서문

잊을 만하면 누군가가 내게 묻는다. "스티븐, 언제쯤 공포물 때려치우고 좀더 진지한 작품을 쓸 거예요?"

처음에는 이 질문을 의도치 않은 은연중의 모욕으로 받아들였는데, 시간이 지날수록 그렇지 않다는 확신이 든다. 묻는 사람들의 얼굴을 관찰해보면 대부분 마지막 포탄이 빗나갈지 아니면 겨냥한 대로 공장이나 군수품 창고에 명중할지 궁금해하는 포병 같은 표정을 짓고 있다.

사실 나는 대부분의 작품—기이한 작품들도 마찬가지다—을 집필할 때 진지하게 임한다. 황당하고 말도 안 되는 원고를 완성한 직후 타자기 앞에서 미친듯이 웃은 기억은 거의 없다. 내가 레이놀즈 프라이스나 래리 와이우디 같은 작가가 될 일은 없겠지만—나는 그런 방면에 소질이 없다—그렇다고 해서 내가 하는 일에 그들보다 신경을 덜 쓰는 건 아니다. 할 수 있는 한도 안에서 최선을 다해야 하지 않겠는가. 가수 닐스 로프그린은 그걸 이런 식으로 표현했다. "본연의 내가 되어야 해, 헛소리는 늘어놓지 않겠어."

만약 현실성—실제로 일이 벌어질 가능성!—이 진지함을 판단하는 여러분의 기준이라면 번지수를 잘못 찾아왔으니 이 건물에서 나가야 한다. 하지만 갈 땐 가더라도 여기서 사업을 하는 사람이 나 하나만은 아니라는 사실을 기억해주기 바란다. 프란츠 카프카도 여기에 사무실이 있었고 조지 오웰, 셜리 잭슨, 호르헤 루이스 보르헤스, 조너선 스위프트, 루이스 캐럴도 마찬가지였다. 로비의 층별 안내에 적힌 현재 세입자들의 명단을 공개하자면 토머스 버거, 레이 브래드버리, 조너선 캐럴, 토머스 핀천, 토머스 디쉬, 커트 보니것, 피터 스트라우브, 조이스 캐럴 오츠, 아이작 바셰비스 싱어, 캐서린 던, 마크 핼펀 등이 있다.

나는 이보다 더 진지할 수 없는 이유로 일을 하고 있다. 사랑과 돈과 집착 때문에 이 일을 하고 있다. 내가 사는 세상을 냉철하게 표현하고자 할 때 황당한 이야기만 한 방법이 없다. 이런 이야기들은 내게 상징과 교훈의 도구다. 인간이 어떤 식으로 대상을 인식하며, 그 인식에 따라 어떤 식으로 행동하는지, 혹은 행동하지 않는지를 명쾌하게 들여다볼 수 있다. 나는 내 재능과 지적 능력이 허락하는 한도 안에서 최대한 열심히 이 문제를 탐구하는 중이다. 내 비록 전미도서상이나 퓰리처상에 빛나는 작가는 못 되나 충분히 진지하다. 그 말은 믿지 않더라도 내가 여러분의 손을 잡고 이야기를 시작하면 거짓말은 한마디도 하지 않는다는 것만큼은 믿어주기 바란다.

내가 하는 이야기들—정말로 진지한 이야기들—은 상당 부분

내가 어린시절부터 지금까지 살고 있는 조그만 마을과 연관이 있다. 소설은 이른바 '실제 삶'의 축소판이고, 조그만 마을의 삶은 이른바 '사회'의 축소판이다. 반론의 여지가 있는 발상이니 반론은 언제든지 환영한다(반론이 허용되지 않는다면 문학을 가르치는 교사와 평론가는 다른 직업을 찾아야 할 것이다). 작가에게는 발판이 있어야 하며, 이야기는 그 자체로 존중받아야 한다는 굳은 신념은 다른 데서 차용했을지 몰라도 조그만 마을이 사회적이고 심리적인 관점에서 소우주와 같다는 것은 나만의 발상이다. 나는 이런 발상을 맨 처음 『캐리』에서 실험해보았고 『살렘스 롯』에서 야심만만하게 발전시켰다. 하지만 진짜 실력을 발휘한 것은 『데드 존 *The Dead Zone*』에서였다.

내 생각에는 『데드 존』이 '캐슬록' 시리즈의 첫 작품이다(캐슬록은 뱀파이어가 살지 않는, 예루살렘스롯의 한 마을이다). 세월이 흐르면서 캐슬록은 '내 마을'이 되었다. 아이솔라라는 가상의 도시가 에드 맥베인의 마을이 되었고, 글로리라는 웨스트버지니아의 마을이 데이비스 그럽의 마을이 되었던 것처럼 말이다. 나는 몇 번이고 그곳으로 불려가서 주민들의 삶과 그들의 삶에 영향을 미치는 지형지물—캐슬힐과 캐슬뷰, 캐슬 호와 마을의 서쪽 가장자리를 복잡하게 감싼 타운 로드—을 관찰했다.

해가 거듭될수록 이 마을의 은밀한 사생활과 내 눈에는 점점 명료하게 보이는 감추어진 인간관계에 대한 관심이 증폭됐다. 매료되다시피 했다. 하지만 이 역사 대부분은 글로 쓰이지 않았고 책으로 출간되지 않았다. 지금은 고인이 된 조지 배너먼 보안관이 돌아가신 아버지의 자동차 뒷자리에서 어떤 식으로 총각 딱지를 뗐는지, 오필리아 토드의 남편이 어떤 식으로 걸어다니는 풍차에 목숨을 잃었는지, 앤디 클러터벅 부보안관이 어떤 식으로 왼쪽 집게손가락을 잃었는지(선풍기에 잘렸는데 집에서 기르던 개가 먹어버렸다).

나는 프랭크 도드라는 정신병자의 이야기이기도 했던 『데드 존』에 이어서 같은 마을을 배경으로 「스탠 바이 미」라는 중편소설과 배너먼 보안관이 헛다리를 짚는 『쿠조』와 몇 편의 단편과 중편을 집필했다(그중에서 개인적으로 꼽는 최고의 작품은 「토드 부인의 지름길」과 「오토 삼촌의 트럭」이다). 모두 수작이었지만 작가가 가상의 무대에 넋을 잃는 것은 바람직한 현상이라고 볼 수 없다. 포크너와 J.R.R. 톨킨에게는 통했지만 어떤 법칙이든 예외는 있는 법이고, 나는 그쪽 리그에서 활동하는 선수가 아니다.

그래서 나는 어느 시점에 이르렀을 때 내가 좋아했던 수많은 등장인물들이 살고 죽은 메인 주 캐슬록의 이야기를 접어야 할 때가 왔다는 결론을—아마도 정말로 진지한 작업이 이루어지는 무의식의 선상에서 내린 결론—내렸다. 이만하면 충분했다. 이제 다른 곳으로(어쩌면 바로 옆 마을 할로로. 하. 하. 하) 넘어갈 때도 됐다. 하지만 그냥 발걸음을 돌리고 싶지는 않았다. 마무리를 지은 다음 문을 쾅 닫고 떠나고 싶었다.

어떻게 하면 마무리를 지을 수 있을지 조금씩 깨달음이 찾아왔다. 나는 지난 사 년 동안 '캐슬록' 삼부작—캐슬록 이야기의 최종편—에 전념했다. 순서대로 집필되지는 않았지만(가끔은 내 인생의 키워드가 '뒤죽박죽'이라는 생각이 든다) 결국에는 완결되었다. 충분히 진지하지만…… 그것이 엄숙하거나 지루하다는 뜻으로 해석되지는 않았으면 좋겠다.

이 시리즈의 첫 작품인 『다크 하프』는 1989년에 출간되었다. 기본적으로 러들로(『애완동물 공동묘지』에서 크리드 가족이 살았던 곳이다)라는 마을에서 벌어지는 태드 보몬트의 이야기지만, 캐슬록이 중요한 역할을 하며, 배너먼 보안관을 대신하는 앨런 팽본이 이 작품에서 처음 등장한다. 팽본 보안관은 엄청난 분량을 자랑하는 『당신의 욕망을 팝니다』라는, 이 시리즈의 마지막 편에서 중추적인 역할을 한다. 내년에 출간될 이 작품은 일대 주민들이 '더 록'이라고 부르는 곳에서 벌어지는 사건들이 일단락되는 과정을 담고 있다.

이 장편소설들의 연결 고리 역할을 하는 것이 이 「폴라로이드 개」다. 이 작품에서 캐슬록의 주요 인물은 거의 등장하지 않지만 악당으로 통하는(「스탠 바이 미」에서는 고디 러챈스가 질색했던) 에이스 메릴의 삼촌 팝 메릴이 처음 등장하기는 한다. 그런가 하면 「폴라로이드 개」는 마지막 불꽃놀이의 무대가 되기도 한다. 단독으로도 만족스러운 작품, 『다크 하프』나 『당신의 욕망을 팝니다』에 전혀 관심이 없는 사람이라도 재미있게 읽을 수 있는 작품으로 받아들여졌으면 좋겠다.

마지막으로 한 가지. 모든 이야기에는 설정과는 별개로 나름의 비밀스러운 내면이 있다. 일단 「폴라로이드 개」는 카메라와 사진에 대한 이야기다. 오 년쯤 전에 아내 태비사가 사진에 관심을 가지더니 소질이 있음을 깨닫고 연구와 실험과 부단한 연습을 통해 진지하게 사진작가로서의 길을 걷기 시작했다. 나는 사진을 잘 못 찍지만(피사체의 머리를 자르거나, 입을 벌렸을 때 찍거나, 아니면 이 두 가지를 동시에 한다) 사진을 잘 찍는 사람들을 엄청 존경하는데다…… 사진에 관한 모든 과정이 내게는 황홀, 그 자체다.

실험을 하던 와중에 아내가 나 같은 바보도 쓸 수 있는 폴라로이드 카메라를 한 대 장만했다. 당연히 나는 폴라로이드를 보고 사용해본 적이 있었지만 진지하게 생각해본 적은 없었고 폴라로이드 카메라로 찍은 사진을 자세히 들여다본 적도 없었다. 생각하면 할수록 신기했다. 이러니저러니 해도 순간을 포착한 이미지에 불과한데…… 뭔가 특이한 게 있었다.

이 이야기는 1987년 어느 여름밤에 갑작스레 떠오른 후 거의 일년 동안 이런 생각, 저런 생각을 한 끝에 나온 결과물이다. 사설은 이 정도면 충분할 것이다. 여러분 모두 다시 만나서 반갑지만 아직 집에 돌려보내지는 못하겠다.

캐슬록이라는 조그만 마을에서 열린 생일 파티에 전부 참석해야 하니 말이다.

4
폴라로이드 개

| 케빈 딜리번 |

얼마 전 열다섯 살이 된 소년.

| 메건 딜리번 |

케빈의 동생.

| 존 딜리번 |

케빈의 아버지.

| 레지널드 팝 메릴 |

'엠포리엄 갤로리엄'이라는 고물가게의 주인.

1장

9월 15일은 케빈의 생일이었다. 그는 원했던 생일 선물을 받았다. 바로 '선'이었다.

문제의 케빈은 케빈 딜리번이었고, 이번 생일은 그의 열다섯 번째 생일이었고, '선'은 볼로냐 샌드위치를 만들지 못하는 것만 제외하면 초보 사진작가 입장에서 더이상 바랄 나위가 없는 선 660 폴라로이드 카메라였다.

물론 다른 선물들도 있었다. 여동생 메그는 직접 뜬 벙어리장갑을 선물했고, 디모인에 사는 할머니는 십 달러를 주었고, 힐다 이모는—늘 그랬듯이—흉측한 고리와 함께 볼로 넥타이를 보내왔다. 이모는 케빈이 세 살이었을 때부터 넥타이를 보냈으니 그의 서랍장에 흉측한 고리가 달린 새 넥타이가 이미 열두 개 들어 있다는 뜻이 되는데, 거기에 이걸 보태면 행운의 십삼이 완성됐다. 그는 넥타이를 한 번도 매보지 않았지만 버릴 수도 없었다. 힐다 이모는 포틀랜드에 살았다. 이모는 지금까지 케빈이나 메그의 생일 파티에 얼굴을 비친 적이 없었지만 나중에라도 참석할지도 모른다. 그렇다고 하늘에 대고 맹세할 수 있었다. 캐슬록에서 남쪽으로 팔십 킬로미터만 가면 포틀랜드였다. 그때 이모가…… 케빈에게 다른 넥타이도 매보라고 하면(메그에게는 다른 목도리도 둘러보라고 하면) 어쩔 것인가? 다른 친척 같으면 대충 둘러댈 수 있을지 모른다. 하지만 힐다 이모는 달랐다. 힐다 이모는 돈과 나이가 많았고, 이 두 가지 특징의 교차점에 황금빛 가능성이 도사리고 있었다.

어머니는 나중에 이모가 케빈과 메그에게 선물을 줄지 모른다고 생각했다. 선물이라는 것은 이모가 마침내 세상을 떠났을 때 유언장에 적혀 있을 가능성이 컸다. 그동안에는 흉측한 볼로 넥타이와, 못지않게 흉측한 목도리를 보관하고 있는 편이 현명했다. 그래서 이 열세 번째 넥타이(고리에는 딱따구리인가 싶은 새가 그려져 있었다)도 나머지 녀석들과 한데서 만날 예정이었다. 케빈은 힐다 이모에게 고맙다고 편지를 보내겠지만, 편지를 보내는 이유는 어머니가 시켜서도 아니고 힐다 이모가 그와 여동생에게 선물을 줄지 모른다고 생각하거나 거기에 일말의 관심이 있어서도 아니다. 그가 원래 생각이 깊고 단점은 딱히 없이 좋은 습관만 몸에 밴 아이이기 때문이었다.

케빈은 가족들에게 감사 인사를 했고(아버지와 어머니가 다른 자질구레한 선물도 주었지만 폴라로이드가 압권이었고 아들이 기뻐하는 모습을 보고 그들도 기뻐했다) 잊지 않고 메그에게 뽀뽀를 하며(그녀는 깔깔거리며 닦아내는 척했지만 좋아하는 기색이 역력했다) 겨울에 스키

팀 훈련 때 벙어리장갑을 쓰면 좋겠다고 얘기했다. 하지만 그의 관심사는 폴라로이드 카메라와 추가로 딸려온 필름 팩이었다.

케빈은 당장 카메라를 들고 사진을 찍어보고 싶어서 좀이 쑤실 지경이었지만 꾹 참고 생일 케이크와 아이스크림을 먹었다. 그만하면 됐다 싶은 시점에 다다르자 곧바로 사진을 찍었다.

그것이 문제의 발단이었다.

케빈은 얼른 달려들고 싶은 열의가 참아주는 한도 내에서 최대한 꼼꼼하게 설명서를 읽었고 가족들이 무의식적인 불안을 달래며(가장 받고 싶었던 선물이 알고 보니 영 별로인 것으로 밝혀질 때가 워낙 많지 않은가) 기대에 찬 눈빛으로 지켜보는 가운데 필름 팩을 꽂았다. 설명서에 적힌 대로 카메라가 필름 팩 위로 정사각형 모양의 종이를 고분고분 토해내자 그들은 단체로 한숨—'헉'보다 '훅'에 가까웠다—을 내뱉었다.

카메라에는 빨간색과 초록색의 조그만 구멍이 하나씩 있었고 그 사이에 번개 모양의 표시가 있었다. 케빈이 필름 팩을 꽂자 빨간 불이 들어왔다. 선 660이 킁킁거리며 빛을 모으는 동안 온 가족은 넋을 잃고 말없이 지켜보았다. 잠시 후에 빨간 불이 꺼지고 초록 불이 빠르게 깜빡거리기 시작했다.

"준비 완료예요." 닐 암스트롱이 달의 표면에 첫발을 내디뎠을 때 그랬듯이 대수롭지 않은 척하지만 흥분한 티가 나는 목소리로 케빈이 말했다. "다들 일어서보세요."

"나는 사진 찍히는 거 싫어!" 메그는 얼굴을 가리며 짜증과 즐거움이 함께하는 목소리로 외쳤다. 십 대 초반의 여자아이와 형편없는 여배우만 가능한 과장스러운 연기 톤이었다.

"왜 그러니, 메그." 딜리번 씨가 말했다.

"바보처럼 그러지 마, 메그." 딜리번 부인이 말했다.

메그는 손을 내렸고(그와 더불어 반항도 거두고) 세 사람은 작아진 생일 케이크를 앞에 두고 식탁 끝에 섰다.

케빈은 뷰파인더를 들여다보았다. "엄마, 메그 쪽으로 좀더 붙으세요." 그는 왼손을 까딱이며 말했다. "아빠도요." 이번에는 오른손을 까딱이며 말했다.

"저 이러다 찌부러지겠어요!" 메그가 부모님에게 말했다.

케빈은 촬영 버튼 위에 손가락을 올려놓았다가, 사진을 찍으려다 피사체의 머리를 자르기 십상이라던 설명서의 문구를 떠올렸다. '머리를 자르다니.' 재미있게 느껴져야 하는데 왠지 모르게 꼬리뼈가 찌릿거렸고 그 느낌은 알아차릴 새도 없이 사라졌다. 그는 카메라를 들었다. 자, 프레임 안에 모두 들어왔다. 됐다.

"좋아요!" 케빈이 외쳤다. "웃으면서 섹스라고 외치세요!"

"케빈!" 어머니가 고함을 질렀다.

아버지는 웃음을 터뜨렸고 메그는 정신병자의 비명에 가까운 폭소를 터뜨렸다. 아무리 형편없는 여배우라도 잘 내지 않을 그런 웃음소리는 열 살에서 열두 살 사이 여자아이의 전유물이었다.

케빈은 버튼을 눌렀다.

필름 팩에 든 배터리의 힘으로 플래시가 터지자 방안이 일순 하얀빛으로 뒤덮였다.

'이건 내 거야.' 케빈은 이런 생각이 들었다. 지금은 열다섯 번째 생일날의 가슴 벅찬 순간이 되어야 맞는 거였다. 하지만 이상하게 좀 전의 찌릿한 느낌이 되살아났다. 이번에는 아까보다 더 분명했다.

카메라가 끽끽과 윙윙을 섞어놓은 듯한 소리를 냈다. 말로 표현하기는 힘들지만 대부분의 사람들에게 익숙한 소리였다. 폴라로이드 카메라가 예술 작품은 아닐지언정 그럭저럭 볼만하고 거의 백 퍼센트 확률로 즉각적인 만족감을 선사하는 무언가를 뿜어내는 소리였다.

"보자!" 메그가 외쳤다.

"기다리세요, 아가씨." 딜리번 씨가 말했다. "현상이 되려면 시간이 좀 걸리거든."

메그는 수정 구슬을 들여다보는 여자처럼 넋을 잃고 아직 사진이랄 수 없는 것의 뺏뺏한 회색 표면을 빤히 쳐다보았다.

나머지 가족들도 주변에 모였다. 카메라에 필름 팩을 넣는 의식이 거행되었을 때처럼 긴장감이 흘렀다. 숨을 참고 있는 미국 가족을 그린 정물화가 되었다.

케빈은 근육 속으로 스멀스멀 파고드는 끔찍한 긴장감을 느꼈다. 이번에는 모르는 척할 방법이 없었다. 설명할 수는 없었지만…… 분명 느낄 수 있었다. 사진의 테두리가 될 하얀색 틀 안의 짙은 회색 정사각형에서 시선을 뗄 수가 없었다.

"내가 보이는 것 같아!" 메그가 밝게 외쳤다. 그러더니 잠시 후에 다시 말했다. "아니네, 아닌 것 같아. 내가 아니라……."

진동이라든가 감정이라든가 하여간 뭔지 모를 게 맞아떨어지면 미래를 예언하는 수정 구슬 속의 안개가 걷히듯, 회색이 선명해지고 사진이 확연하게 드러날 때까지 그들은 완벽한 정적 속에서 지켜보았다.

맨 먼저 정적을 깬 사람은 딜리번 씨였다.

"이게 뭐지?" 그가 누구에게랄 것도 없이 물었다. "무슨 장난인가?"

케빈은 현상이 되길 기다린답시고 카메라를 아무 생각 없이 식탁 가장자리에 내려놓았다. 메그가 사진을 보고 한 걸음 물러났다. 그녀는 두려움도 아니고 경외감도 아니고 단순히 놀란 표정을 지었다. 그녀는 아버지 쪽으로 몸을 돌리며 한 손을 들었다. 그러다 카메라를 쳐서 바닥으로 떨어뜨렸다. 딜리번 부인은 무척 당혹스러워하는 표정 아니면 편두통의 시작을 감지하는 여자의 표정을 지은 채, 서서히 드러나는 사진을 넋 놓고 쳐다보고 있었다. 카메라가 바닥에 부딪히는 소리를 듣고 그녀는 화들짝 놀랐다. 조그맣게 비명을 지르며 움찔했다. 그러는 와중에 메그의 발에 걸려서 몸의 중심을 잃었다. 딜리번 씨가 두 사람 사이에 끼어 있던 메그를 앞으로 거칠게 밀치며 아내를 향해 손을 내밀었다. 딜리번 씨는 아내를 그냥 잡은 게 아니라 제법 우아하게 붙잡았다. 그들은 잠깐 동안 아름다운 사진이 되었다. 아직 춤 솜씨가 녹슬지 않았다는 것을 보여주며 격렬한 탱고를 추다가 막판에 찍힌 엄마와 아빠. 한 손을 들고 허리를 활처럼 뒤로 젖힌 엄마와 상황에 따라 배려로 해석될 수도 있고 욕정으로 해석될 수도 있는 어정쩡한 자세를 취하며 그 위로 허리를 숙이고 있는 아빠.

메그는 열한 살인 만큼 품위를 지키지 못했다. 앞으로 날아가서 식탁에 배를 부딪혔다. 다칠 수도 있을 만큼 세게 부딪혔지만 그녀는 일 년 육 개월 전부터 YWCA에서 일주일에 세 번 오후 발레 수업을 받고 있었다. 춤사위가 우아하지는 않았지만 발레를 좋아한 덕분에 단련된 복근이, 곳곳이 파인 길을 지날 때 차에 가해지는 충격을 훌륭하게 흡수하는 완충장치처럼 식탁에 부딪힌 충격을 흡수했다. 그래도 다음날 허리 바로 위에 검고 파란 띠가 생겼다. 멍은 이 주에 걸쳐 먼저 보라색으로, 그다음에는 노란색으로 바뀌었다가 사라졌다. 마치 폴라로이드 사진 현상 과정을 거꾸로 보는 것 같았다.

루브 골드버그*의 만화에나 나옴 직한 사건이 벌어졌지만 그녀는 당시에 알아차리지도 못했다. 그냥 식탁에 부딪혀서 비명을 질렀을 뿐이다. 식탁이 기울었다. 케빈이 새 카메라로 맨 처음 찍은 사진에 전경으로 등장했어야 하는 생일 케이크가 미끄러졌다. 딜리번 부인이 '메그, 괜찮니?' 하고 물을 겨를도 없이 남은 케이크 절반이 철퍼덕 하는 질척한 소리와 함께 선 660 위로 떨어졌다. 딜리번 가족의 신발과 벽의 굽도리 널 위로 케이크 장식이 튀었다.

더치 초콜릿으로 범벅이 된 뷰파인더가 잠망경처럼 케이크 위로 고개를 삐죽 내밀었다. 보이는 건 그것뿐이었다.

생일 축하한다, 케빈.

* 미국의 만화가. 단순 작업을 수행하는 복잡한 기계가 등장하는 만화를 주로 그렸다.

***

케빈과 딜리번 씨가 그날 저녁 거실 소파에 앉아 있을 때 딜리번 부인이 스테이플러로 찍힌 모서리가 너덜너덜한 종이 두 장을 흔들며 들어왔다. 케빈과 딜리번 씨는 무릎 위에 책을 펼쳐놓고 있었지만(아버지는 『최고의 인재들』, 아들은 『라레이도 총격 사건』이었다) 실은 둘 다 커피 테이블 한복판에 덩그러니 있는 선 카메라를 빤히 쳐다보며 시간을 보냈다. 카메라 주변에 어지럽게 널려 있는 폴라로이드 사진들은 모두 똑같은 풍경을 담고 있었다.

메그는 그들 앞 마룻바닥에 앉아서 빌려 온 비디오를 보고 있었다. 케빈은 무슨 작품인지 몰랐지만 여러 사람들이 뛰어다니며 비명을 지르는 것을 보면 공포영화인 듯했다. 메그는 공포영화를 무척 좋아했다. 부모님은 저질스러운 취미라고 생각했지만(특히 딜리번 씨는 '쓸데없는 쓰레기'라고 표현하며 종종 화를 냈다) 오늘 저녁에는 아무 말도 하지 않았다. 케빈이 보기에는 메그가 배가 아프다며 징징거리고 비장이 파열되면 어떤 증상이 나타나는지 궁금해하다 조용해지자 고마운 마음에 그러는 것 같았다.

"여기 있어." 딜리번 부인이 말했다. "핸드백을 두 번 뒤진 끝에 바닥에서 찾았어." 그녀는 종이—J.C. 페니 백화점의 매출 전표와 마스터 카드 영수증이었다—를 남편에게 건넸다. "나는 이런 거 절대 한 번에 못 찾겠더라. 다들 그렇겠지? 자연의 법칙이 그렇잖아."

그녀는 허리에 손을 얹고 남편과 아들의 안색을 살폈다.

"두 사람, 꼭 집에서 기르던 고양이를 죽인 듯한 표정이네."

"우리는 고양이 안 키우잖아요." 케빈이 말했다.

"무슨 뜻에서 한 말인지 알면서. 속상한 일이긴 하지만 뚝딱 해결할 수 있을 거야. J.C. 페니에서 기꺼이 교환해……."

"과연 해줄까?" 존 딜리번은 말했다. 그는 카메라를 집어서 혐오스러워하는 표정으로 쳐다보다(사실상 이죽거리다시피 했다) 내려놓았다. "바닥에 부딪히면서 이가 나갔거든. 보이지?"

딜리번 부인은 흘끗 쳐다보고 그만이었다. "J.C. 페니에서 싫다고 하면 폴라로이드 카메라 회사에서 교환해줘야지. 바닥으로 떨어지는 바람에 이상해진 게 아니잖아. 첫 번째 사진도 다른 사진들하고 똑같은데, 그건 메그가 식탁에 있던 카메라를 쳐서 떨어뜨리기 전에 찍은 거잖아."

"일부러 떨어뜨리진 않았어요." 메그는 이렇게 말했지만 시선을 돌리지는 않았다. 화면에서는 손바닥만 한 인형—케빈의 짐작이 맞는다면 처키라는 못된 인형이었다—이 어린 남자애를 쫓고 있었다. 처키는 파란 오버올을 입고 칼을 흔들어댔다.

"알아. 배는 좀 어떠니?"

"아파요." 메그가 말했다. "아이스크림 좀 먹으면 괜찮아질 것 같은데. 남은 거 있어요?"

"응, 남았을 거야."

메그는 어머니에게 애교가 철철 넘치는 미소를 선물했다. "좀 갖다주시겠어요?"

"아니." 딜리번 부인은 명랑한 목소리로 말했다. "네가 갖다 먹어. 지금 보고 있는 끔찍한 건 뭐니?"

"〈사탄의 인형〉요." 메그가 말했다. "처키라는 인형이 살아서 움직여요. 짱이에요."

딜리번 부인은 콧잔등을 찡그렸다.

"인형들은 살아서 움직이지 않는다, 메그." 아버지가 말했다. 얘기해봐야 소용없다는 걸 아는 듯 침울한 말투였다.

"처키는 움직여요." 메그가 말했다. "영화에서는 뭐든 가능하잖아요." 그녀는 리모컨으로 영화를 정지시켜놓고 아이스크림을 가지러 갔다.

"왜 저런 쓰레기를 재미있어할까?" 딜리번 씨는 애처롭다시피 한 목소리로 아내에게 물었다.

"나도 모르겠어, 여보."

케빈은 한 손에는 카메라를, 다른 손에는 현상이 끝난 폴라로이드 사진을 몇 장 들고 있었다. 사진이 모두 열두어 장이었다. "저는 환불받고 싶은 생각이 별로 없어요."

"뭐? 아니 왜!"

"제 말은요." 케빈은 방어조로 설명을 시작했다. "한번 생각해봐야 하지 않겠느냐는 거예요. 이게 평범한 불량이 아니잖아요. 노출이 과하거나…… 부족하거나…… 하얗게 나오면…… 불량인가 보다 하겠죠. 하지만 이건 도대체 뭘까요? 매번 똑같은 사진이 나온다? 보세요! 심지어 계속 집안에서 찍었는데 사진 속 배경들은 야외잖아요!"

"누가 몹쓸 장난을 친 거지." 아버지가 말했다. "분명해. 이 망할 카메라는 그냥 교환하고 잊어버리는 게 상책이야."

"제가 보기에는 누가 장난을 친 게 아니에요." 케빈이 말했다. "첫째, 장난이라고 하기에는 너무 복잡해요. 매번 같은 사진이 나오게 하려면 카메라를 어떤 식으로 조작해야 하겠어요? 게다가 심리학적으로도 말이 안 돼요."

"심리학적으로?" 딜리번 씨는 아내를 향해 눈을 굴리며 되물었다.

"네!" 케빈은 딱 잘라 말했다. "담배 안에 폭탄을 넣거나 매운 껌을 건넨 사람은 재미있는 광경을 구경하려고 옆에서 얼쩡거리기 마련이잖아요. 그런데 아빠나 엄마께서 저를 골탕 먹이려고 하신 게 아닌 이상 ……."

"너희 아빠는 그런 성격이 못 되잖니." 딜리번 부인이 누구나 아는 사실을 넌지시 짚고 넘어갔다.

딜리번 씨는 입을 꾹 다물고 케빈을 쳐다보았다. 아들이 뇌에서 가장 편안하게 여기는 부분에 빠져들었다 싶으면 항상 아버지는 이런 표정을 지었다. 좌뇌, 그중에서도 좌뇌의 저쪽 끝. 케빈이 어떤 예감이나 직감을 느낀 기미를 내비칠 때마다 아버지는 곤혹스럽고 어리둥절했다. 그걸 어디서 물려받았는지 몰라도 아버지 쪽은 아니었다.

딜리번 씨는 한숨을 쉬고 카메라를 쳐다보았다. 까만 플라스틱으로 된 케이스 왼쪽의 이가 나갔고, 뷰파인더 렌즈 한복판에 머리카락 굵기로 금이 갔다. 가는 실금이라 카메라를 들어서 사진을 찍으려고 할 때도 티가 나지 않았다. 커피 테이블 위에 있는 그런 것이라면 모를까, 제대로 된 사진은 찍히지 않았다. 식당에도 비슷한 사진이 열댓 장 더 있었다.

사진에는 지역 동물 보호소에서 도망친 것처럼 보이는 어떤 짐승이 담겨 있었다.

"그래, 그걸로 뭘 어쩔 셈이냐? 실용적인 관점에서 생각해보자, 케빈. 계속 똑같은 사진만 토해내는 카메라가 무슨 쓸모가 있을까?"

하지만 케빈은 실용성을 고려하고 있지 않았다. 사실 그는 별생각이 없었다. 느끼고…… 기억을 되살리고 있었다. 그가 셔터를 누른 순간 하얀 플래시가 동공을 일순 가득 메웠던 것처럼

(이건 내 거야)

라는 선명한 생각이 머릿속을 완벽하게 채웠다. 완벽하지만 한편으로는 설명이 안 되는 그 생각과 더불어 여러 감정들이 강렬하게 느껴졌다. 어떤 감정들의 조합인지 콕 찍어서 이름을 댈 수는 없었지만…… 공포와 흥분이 가장 컸다.

게다가…… 아버지는 항상 이성적인 관점을 견지했다. 그는 케빈의 직감이나 처키라는 살인마 인형에 흥미를 느끼는 메그를 죽을 때까지 이해하지 못할 것이었다.

메그가 아이스크림이 담긴 큼지막한 접시를 들고 돌아와서 영화를 다시 틀었다. 이제는 누가 칼을 흔들어대는 처키를 토치램프로 구워버리려고 했다. "두 분 아직까지 싸우는 중이에요?"

"의논하는 거다." 딜리번 씨가 말했다. 그는 그 어느 때보다 세게 입술을 깨물었다.

"네, 그렇죠." 메그가 바닥에 앉아서 책상다리를 하며 말했다.

"아빠는 늘 그렇게 말씀하시죠."

"메그?" 케빈이 다정하게 불렀다.

"왜?"

"파열된 비장 위에 그렇게 많은 아이스크림을 얹으면 한밤중에 괴로워하면서 죽을지 몰라. 물론 비장 파열이 아닐 수도 있지만……."

메그는 그를 향해 혀를 내밀고 영화 쪽으로 고개를 돌렸다.

딜리번 씨는 애정과 분노가 뒤엉킨 표정으로 아들을 쳐다보았다.

"케빈……. 그건 네 카메라야. 그 부분에 대해서는 반론의 여지가 없지. 어떻게 하든 네 마음이야. 하지만……."

"아빠, 왜 이런 현상이 벌어지는지 궁금하지 않으세요?"

"응." 존 딜리번은 말했다.

이번에는 케빈이 눈을 굴릴 차례였다. 그러는 동안 딜리번 부인은 박진감 넘치는 테니스 시합을 구경하는 관람객처럼 두 사람을 번갈아 쳐다보고 있었다. 딱 맞는 비유였다. 그녀는 아들과 남편의 설전을 몇 년이나 구경했지만 여전히 흥미진진했다. 가끔은 둘이 서로 얼마나 닮았는지 깨닫는 날이 올까 궁금하기도 했다.

"저는 고민해보고 싶어요."

"알았다. 나는 다만 내가 내일 J.C. 페니에 잠깐 들러서 교환해줄 수 있다는 걸 얘기하고 싶었을 뿐이야. 너도 좋다고 하고, 백화점 측에서도 이가 나간 상품을 교환해주겠다고 할 경우에 한해서. 네가 그걸 가지고 있고 싶으면 그래도 좋아. 나는 손을 떼마." 그는 무슨 뜻인지 보여주기 위해 힘차게 손바닥을 털었다.

“제 생각은 듣고 싶지 않으세요?” 메그가 말했다.

“응.” 케빈이 말했다.

“당연히 듣고 싶지, 메그.” 딜리번 부인이 말했다.

“제가 보기에 이건 초자연적인 카메라예요.” 메그는 숟가락에 담긴 아이스크림을 빨아먹으며 말했다. “거기 깃든 귀신이 표출된 거예요.”

“말도 안 되는 소리.” 딜리번 씨가 당장 반박했다.

“맞는다니까요.” 메그가 말했다. “그게 아니면 설명이 안 돼요. 아빠가 아니라고 생각하는 이유는 그런 걸 믿지 않기 때문이에요. 귀신이 둥실둥실 다가오더라도 아빠 눈에는 보이지 않을 거예요. 오빠, 오빠는 어떻게 생각해?”

잠깐 동안 케빈은 아무 대꾸도 하지 않았다. 대꾸를 할 수가 없었다. 또다시 플래시 전구 하나가 터진 느낌이 들었다. 이번에는 눈앞이 아니라 눈 뒤였다.

“오빠? 정신 차려, 오빠!”

“꼬맹이 네 말이 맞을지 몰라.”

“맙소사.” 존 딜리번이 자리에서 일어나며 말했다. “프레디와 제이슨*의 복수로군. 내 아들이 생일 선물로 받은 카메라에 귀신이 씌었다니. 자러 들어가기 전에 한마디만 더하마. 똑같은 사진만 찍는 카메라, 특히 이렇게 평범한 사진들만 찍는 카메라는 초자연적인

* 각각 유명한 공포영화 〈나이트메어〉와 〈13일의 금요일〉의 주인공.

존재의 표출치고 너무 시시한 거 아니냐?"

"그래도……." 케빈은 말했다. 그는 미심쩍은 포커 카드라도 되는 듯이 사진을 집어 들었다.

"이제 다 같이 잠자리에 들 시각인 것 같은데?" 딜리번 부인이 명랑한 목소리로 말했다. "메그, 그 걸작 영화 다 보고 싶으면 내일 아침에 마저 보렴."

"거의 다 끝났는데!" 메그는 큰 소리로 외쳤다.

"제가 데리고 올라갈게요, 엄마." 케빈은 이렇게 말했고, 십오 분 뒤에 (적어도 속편이 나오기 전까지) 사악한 처키가 제거되자 약속을 지켰다. 그날 밤에 케빈은 잠을 이루지 못했다. 침대에 누워 늦여름 강풍에 날리는 나뭇잎들이 바스락바스락 속삭이는 소리를 한참 동안 들으며 어떻게 하면 카메라가 몇 번이고 같은 사진을 찍도록 조작할 수 있는지, 그게 어떤 의미인지 고민했다. 이미 마음의 결정을 내렸다는 사실을 깨달은 다음에서야 조금씩 졸음기가 밀려들었다. 그는 폴라로이드 선을 당분간 처분하지 않을 작정이었다.

'그건 내 거야.' 그는 다시금 생각했다. 몸을 돌려 눈을 감았고, 사십 초 뒤에 단잠 속으로 빠져들었다.

2장

못해도 오만 개쯤 되어 보이는 시계들이 째깍거리는 와중에도 레지널드 '팝' 메릴은 아랑곳하지 않은 채, 케빈을 옆에 세워두고 검안경보다 더 가는 장치에서 발사되는 펜슬 빔을 케빈의 폴라로이드 선 660에 대고 쏘았다. 가까운 데를 볼 때는 쓸 필요가 없는 팝의 안경이 둥그스름한 대머리 꼭대기에 얹혀 있었다.

"흐음." 그는 중얼거리며 불을 껐다.

"어디가 이상한지 아시겠어요?" 케빈이 물었다.

"아니." 팝 메릴은 이렇게 말하고 지금은 비어 있는 선의 필름 칸을 탁 닫았다. "전혀 모르겠는데?" 케빈이 말문을 열기 전에 시계들이 4시를 알리기 시작하자, 몇 초 동안은 대화가 불가능한 수준은 아니더라도 대화를 시도하는 것 자체가 어리석은 발상으로 전락했다.

'저는 고민해보고 싶어요.' 그는 열다섯 살이 되던 날—지금으로

부터 삼 일 전이었다—저녁에 아버지에게 이렇게 얘기했다. 두 사람 모두를 놀라게 한 선언이었다. 케빈은 어렸을 때부터 아무 고민도 하지 않는 데 일가견이 있었기에 덜리번 씨는 그래야 하는 상황이건 아니건 케빈은 고민 같은 건 하지 않을 아이라고 굳게 믿기에 이르렀다. 그들은 부자지간이 종종 그렇듯 그들의 행동과 서로 전혀 다른 사고방식은 영원히 바뀌지 않을 테고 그들의 관계는 영원히 이런 식일 것이며…… 어린시절이 영원히 끝나지 않는다는 착각에 빠져 있었다. '저는 고민해보고 싶어요.' 이것은 어마어마한 변화 가능성이 내재된 선언이었다.

게다가 케빈은 이성이 아니라 직감으로 거의 모든 것을 결정하는 경지에 오른 사람으로서 (그리고 그는 직감이 대부분 맞아떨어지는 운이 좋은 부류, 이성적인 사람들을 미치게 만드는 부류였다) 자신이 궁지에 몰렸다는 사실을 발견하고 놀라워하는 한편 호기심을 느꼈다.

상황 1. 그는 가지고 싶어 했던 폴라로이드 카메라를 생일 선물로 받았지만. 젠장, 그가 가지고 싶었던 것은 사진이 제대로 찍히는 폴라로이드 카메라였다.

상황 2. 메그가 쓴 '초자연적'이라는 단어가 그의 호기심을 매우 자극했다.

여동생은 한심한 구석이 있긴 하지만 바보는 아니었고, 케빈이 보기에는 가볍게 또는 생각 없이 그 단어를 쓴 것도 아니었다. 직감을 따르기보다 이성을 따르는 종족에 가까운 아버지는 콧방귀를 뀌었지만 케빈은 아버지처럼 그럴 생각이 없었다. 아직은 그랬다. 그 단어. 그 단어는 매혹적이고 특이했다. 그 단어를 주춧돌 삼아 생각이 맴돌았다.

'거기 깃든 귀신이 발현된 거예요.'

선 660이 토한 특이한 사진들을 보고 온 가족이 똑같은 생각을 했을 텐데 메그 혼자 똑 부러지게—또는 용감하게—그걸 말로 표현했다는 것이 케빈으로서는 신기한 (그리고 조금 분한) 대목이었지만 놀라운 일은 아니었다. 딜리번 가족은 독실한 신도가 아니었다. 교회는 힐다 이모가 삼 년에 한 번씩 다른 친척이 아니라 그들과 함께 크리스마스를 보내려고 찾아올 때나 가는 곳이었다. 가끔 결혼식이나 장례식에 참석할 때가 아닌 이상 그게 교회 방문의 전부였다. 그들 중에서 보이지 않는 세계를 진심으로 믿는 사람이 있다면, 걸어 다니는 시체와 살아 있는 인형과 살아서 움직이며 마음에 안 드는 사람들을 치고 다니는 자동차라면 사족을 못 쓰는 메그였다.

부모님은 두 분 모두 해괴한 것들을 좋아하지 않았다. 그들은 일간지에 실린 오늘의 운세를 보지 않았다. 혜성이나 유성을 전능하신 분이 내려보내는 신호로 착각하지 않았다. 똑같은 엔칠라다*를 앞에 두고 그 바닥에서 예수의 얼굴을 보는 커플이 있는가 하면 존과 메리 딜리번의 눈에는 너무 태운 엔칠라다로만 보였다. 케빈은 어머니나 아버지에게 달토끼 얘기를 들은 적이 없었기 때문에 달에서 떡방아를 찧는 토끼를 본 적이 없었다. 그러니 집안에서 찍어도

* 토르티야에 고기를 넣고 매운 소스를 뿌린 멕시코 음식.

밖에서 찍어도, 심지어 컴컴한 벽장 안에서 찍어도 몇 번이고 똑같은 사진만 토해내는 카메라가 귀신에 들렸을지 모른다는 생각을 할 수가 없었다. 제이슨에게 팬레터를 보내서 피 묻은 하키 마스크를 쓴 남자 사진 위에 사인을 하고 코팅한 것을 답장으로 받은 적 있는 여동생이 그 이야기를 꺼내기 전까지는 말이다.

가능성이 제기되자 거기에 대해서 생각을 하지 않을 수가 없었다. 도스토옙스키라는 나이 많고 똑똑한 러시아 작가도 젊은 시절에 그와 마찬가지로 똑똑한 남동생에게 앞으로 삼십 초 동안 파란 눈의 북극곰을 생각하지 않으려고 해보란 적이 있다지 않은가.

어려운 일이었다.

그래서 케빈은 이틀 동안 그 주춧돌 주변을 맴돌며 있지도 않은 상형문자가 사진에 있지는 않은지 찾아보려고 애를 쓰고, 그가 원하는 것이 카메라인지 아니면 초자연적인 존재인지, 둘 중에 무엇인지 판단하려고 애를 썼다. 다르게 표현하자면 선 660과…… 달에서 떡방아를 찧는 토끼 중 무엇을 가질지 고민했다고 볼 수도 있겠다.

이틀째가 끝나갈 무렵에(이성을 따르는 종족이 될 운명을 타고난 사람이라도 열다섯 살 때는 일주일 넘게 고민하는 경우가 드물다) 그는 시험 삼아 달에서 떡방아 찧는 토끼 쪽을 선택하기로 마음을 먹었다.

그는 칠 교시 자습 시간에 결론을 내렸고, 칠 교시와 모든 수업 시간의 끝을 알리는 종이 울리자 가장 존경하는 베이커 선생님을 찾아가서 카메라 수리 전문가를 아시느냐고 물었다.

"평범한 카메라 가게 직원말고요. 그보다는…… 뭐랄까…… 생각이 있는 분으로요."

"F값*의 철학자 말이냐?" 베이커 선생님이 물었다. 케빈이 그를 존경하는 이유 중에 이런 식의 단어 선택도 있었다. "셔터의 철인? 조리개의 연금술사? 아니면……."

"경험이 많은 분요." 케빈은 신중하게 말했다.

"팝 메릴." 베이커 선생님이 말했다.

"누구요?"

"엠포리엄 갤로리엄 주인장."

"아, 거기요."

"응." 베이커 선생님은 대답하며 씩 웃었다. "거기. 대중적인 해결사를 찾는다면 거기가 제격이지."

"제가 아마 그런 분을 찾고 있었을 거예요."

"거기에는 없는 게 없어." 베이커 선생님의 말에 케빈도 동의했다. 안에 들어가본 적은 없었지만 일주일에 다섯 번, 열 번, 어쩌면 열다섯 번씩 그 가게 앞을 지나가며(캐슬록 정도 크기의 마을에 살다 보면 모든 것을 숱하게 지나칠 수밖에 없는데, 케빈 딜리번의 사견으로는 그러다 보니 뭐든 빨리 지겨워졌다) 쇼윈도 안을 보았다. 말 그대로 서까래까지 물건이 쌓여 있었고 대부분 기계장치였다. 그의 어머니는 코를 킁킁거리며 그곳을 "고물가게"라고 불렀고 아버지는 메릴 씨가 "여름 휴가객들에게 바가지를 씌워서" 돈을 버는 사람이라고 했기에 케빈은 발을 들이지 않았다. 거기가 단순히 "고물가게"였다

* 렌즈의 초점거리를 조리개의 유효 직경으로 나눈 값. F값이 작을수록 밝은 렌즈이고, 클수록 어두운 렌즈다.

면 그는 들어가보았을지 모른다. 아니, 분명 들어갔을 것이다. 하지만 여름 휴가객들을 따라하거나 여름 휴가객들이 "바가지를 쓰는" 곳에서 뭔가를 산다는 것은 상상할 수 없는 일이었다. 블라우스와 치마를 입고 등교하는 거나 다름없는 일이었다. 여름 휴가객들은 뭐든 원하는 대로 할 수 있었다(그리고 뭐든 원하는 대로 했다). 그들은 하나같이 정신이 없었고 무슨 일이든 정신없게 했다. 그들과 더불어 지내는 것은 상관없었다. 하지만 그들과 자신을 혼동한다? 그럴 순 없지. 그건 안 될 말씀이었다.

"없는 게 없지." 베이커 선생님은 했던 말을 반복했다. "그리고 뭐든 입수하면 대부분 주인장이 직접 수리를 한단다. 그는 안경을 머리 꼭대기에 얹고 어려운 소리를 해가며 순박한 철학자 분위기를 풍기면 다들 속아넘어갈 거라고 생각하지. 그를 아는 사람 누구도 착각을 바로잡아주지 않아. 사실 어느 누가 감히 그의 착각을 바로잡아줄 수 있을까 싶다만."

"왜요? 그게 무슨 말씀이세요?"

베이커 선생님은 어깨를 으쓱했다. 힘이 잔뜩 들어간 묘한 미소가 그의 입가를 스치고 지나갔다. "팝—그러니까 메릴 씨 말이다—은 이 일대에서 이런저런 일에 잔뜩 관여하고 있거든. 알고 나면 너도 깜짝 놀랄 거다, 케빈."

케빈은 팝 메릴이 얼마나 많은 일에 관여하는지, 무슨 일에 관여하는지 관심이 없었다. 여름 휴가객들도 떠나고 없으니, 1학년이 아닌 학생들은 마지막 교시의 자습을 한 달에 두 번 빠져도 된다는 교칙을 활용해 내일 오후에 아무도 모르게 엠포리엄 갤로리엄에 들어갈 수 있을지 몰랐다. 따라서 훨씬 중요한 문제가 하나 남았다.

"그분을 팝이라고 부를까요, 메릴 씨라고 부를까요?"

베이커 선생님은 엄숙하게 대답했다. "그는 예순도 안 된 사람이 자길 팝이라고 부르면 죽여버릴 거다."

문제는 바로 베이커 선생님의 그 말이 백 퍼센트 농담은 아닌 듯했다는 것이다.

***

"잘 모르시겠다고요?" 시계 종소리가 잦아들기 시작했을 때 케빈이 물었다.

영화에서처럼 모든 시계가 일제히 울렸다가 멈추지 않았다. 다 진짜 시계인데 그가 보기에는 대부분—엠포리엄 갤로리엄의 다른 기계들처럼—실제로 작동이 된다기보다 휘청거리며 꾸역꾸역 움직이는 듯했다. 그가 찬 세이코 쿼츠 손목시계가 3시 58분을 가리키고 있었을 때 종이 울리기 시작했다. 거기에서 시작해 (지친 신음 소리와 함께 움찔거리며 기어를 2단으로 바꾼 낡은 트럭처럼) 점점 속도와 볼륨이 높아졌다. 시계들이 일제히 뎅그렁, 딩동, 쨍그랑, 뻐꾹뻐꾹 울었는데 합주한 시간은 길어 봐야 사 초였다. 그리고 종소리가 '잦아들었다'는 것은 정확한 표현이 아니었다. 거의 막힌 배수관 속으로 꿀럭꿀럭 물이 흘러가듯 소리 내기를 포기한 것에 가까웠다.

케빈은 자신이 왜 그렇게 실망했는지 알 수가 없었다. 정말로 다른 걸 기대했을까? 베이커 선생님이 순박한 철학자이자 대중적인 해결사라고 표현했던 팝 메릴이 스프링을 꺼내며 "이거야……. 이 놈 때문에 네가 셔터를 누를 때마다 개가 등장했던 거야. 걸어 다니면서 짖는 태엽 장난감 강아지에 넣는 스프링인데 폴라로이드 선 660 공장에서 빌어먹을 카메라를 조립할 때마다 이걸 넣거든"이라고 얘기하길 기대했을까?

그랬을까?

아니다. 하지만…… 뭔가를 기대하긴 했었다.

"전혀 모르겠는데?" 팝은 명랑한 목소리로 반복했다. 그는 손을 뒤로 뻗어 자동차 좌석처럼 생긴 받침대에서 옥수수 속대로 만든 더글러스 맥아더 파이프를 집었다. 못된 풀이란 글씨가 각인된 인조가죽 주머니에서 담배를 꺼내 그 안에 눌러 담았다. "이 꼬맹이는 분해하지도 못하겠어."

"못하신다고요?"

"응." 팝이 말했다. 발랄하기 그지없는 목소리였다. 그는 하던 일을 멈추고 무테 안경알 사이에 달린 와이어 브리지에 엄지손가락을 걸어서 홱 당겼다. 둥그스름한 대머리를 타고 내려온 안경이 턱하는 소리와 함께 제자리로 완벽하게 돌아가자 코 양옆으로 난 빨간 자국이 가려졌다. "오래된 녀석들은 분해할 수 있지." 그는 조끼 주머니(당연히 조끼를 입고 있었다)에서 다이아몬드 블루 팁 성냥을 꺼내서 두툼하고 누런 오른손 엄지손톱으로 성냥 대가리를 누르며 하던 이야기를 계속했다. 그는 한 손을 등뒤로 묶고서도 (성냥을 꺼내서 불을 붙이는 데 쓰는 손이 아니라는 전제 아래) 여름 휴가객들에게 바가지를 씌울 수 있는 사람이었다. 케빈은 열다섯 살밖에 안 됐어도 알 수 있었다. 팝 메릴에게는 나름의 스타일이 있었다. "내 말은, 폴라로이드 랜드 카메라 말이다. 그 멋진 녀석들 본 적 있니?"

"아뇨." 케빈이 말했다.

팝이 여느 때처럼 단번에 성냥을 켜서 파이프에 불을 붙였다. 말을 할 때마다 보기에는 예쁘지만 냄새는 고약하기 짝이 없는 조그만 봉화 같은 연기가 입에서 흘러나왔다.

"그렇군." 그가 말했다. "매슈 브래디* 같은 사람들이 19세기에, 아니면 코닥에서 브라우니 박스 카메라를 출시하기 전에 쓰던 구닥다리 카메라처럼 생긴 모델이야. 그러니까 무슨 말인가 하면……. (케빈도 금세 알아차렸다시피 이 말은 팝 메릴의 말버릇이었다. 강조어, 수식어, 한정어 그리고 무엇보다 생각을 정리하는 동안 간편하게 시간을 때우기 위해 "그러니까 있잖아"를 남발하는 몇몇 학교 친구들과 비슷했다.) 치장을 하고 크롬과 진짜 가죽으로 만든 사이드 패널을 장착했지만 은판 카메라처럼 고풍스러워 보였다는 거야. 폴라로이드 랜드 카메라를 열면 아코디언 주름이 튀어나와. 십오 센티미터에서 이십 센티미터는 거리를 두어야 렌즈가 초점을 맞출 수 있었거든. 1940년대 후반, 1950년대 초반에 출시된 코닥과 비교해도 어마어마하게 구식처럼 느껴졌고 어떻게 보면 은판 카메라와 비슷했지. 흑백사진밖에 못 찍었으니까."

* 미국의 남북전쟁을 최초로 기록한 사진작가.

"그런 게 있었나요?" 저도 모르게 호기심이 동한 케빈이 물었다.

"아, 그럼!" 팝은 스튜 냄비처럼 연기를 모락모락 뿜어내는 파이프와 동그란 무테안경 뒤에서 케빈을 향해 파란 눈을 반짝이며 명랑한 목소리로 말했다. "그러니까 무슨 말인가 하면, 사람들이 그 카메라를 보고 폭스바겐 비틀이 처음 나왔을 때처럼 웃었지만…… 결국 폭스바겐을 샀듯이 그 폴라로이드 카메라도 샀다는 거야. 왜냐하면 비틀은 연비가 좋은데다 미국 자동차처럼 자주 고장나지 않았고, 폴라로이드는 코닥이나 심지어 니콘, 미놀타, 라이카도 하지 못한 걸 했거든."

"즉석 사진을 찍는 거요?"

팝은 미소를 지었다. "음…… 그건 아니야. 그러니까 무슨 말인가 하면, 사진을 찍은 다음 덮개를 열어서 사진을 당겨 꺼내야 했거든. 그 카메라는 모터도 없고 요즘 폴라로이드 카메라처럼 낑낑거리면서 질척한 콧소리를 내지도 않았어."

그 낑낑거리는 소리를 완벽하게 표현할 방법이 있었다. 팝 메릴을 찾아가서 들으면 되는 거였다. 폴라로이드 카메라가 사진을 뱉을 때 내는 소리는 질척한 콧소리였다.

"그런 다음 타이머를 맞춰야 했지." 팝이 말했다.

"타이머요?"

"아무렴!" 팝은 일찍 일어나서 그 유명한 벌레를 잡은 새처럼 생기발랄한 목소리로 즐거워했다. "그러니까 무슨 말인가 하면, 당시에는 이 좋은 자동 어쩌고가 없었거든. 그래서 기다란 필름을 홱 꺼내서 테이블이나 뭐 그런 데 올려놓고 시계로 육십 초를 재야 했지.

정확히 육십 초, 적어도 그 언저리라야 했어. 그보다 서두르면 노출 부족이 됐고 더 뜸을 들이면 노출 과다가 됐거든."

"와우." 케빈은 감탄하며 말했다. 늙은이의 비위를 맞춰서 어서 빨리 본론으로 돌아가려고 가짜로 감탄하는 것이 아니었다. 사실 본론은 그 당시에 놀라운 제품으로 여겨졌지만 지금은 사장된 카메라가 아니라 오른쪽에는 요일이 표시되는 시계의 내장을, 왼쪽에는 딜도처럼 보이는 물건을 거느리고 팝의 작업대에 놓여 있는, 우라지게 말을 안 듣는 선 660이었다. 팝도 케빈이 감탄하는 척하는 게 아니라는 것을 알았다. 그 하얀색의 신성한 '최첨단' 걸작이 얼마나 순식간에 사라졌는가 하는 생각이 팝의 머리를 스치고 지나갔다(케빈의 경우에는 그런 생각을 할 일이 없을 것이다). 그는 앞으로 십 년이 지나면 최첨단 어쩌고 하는 표현 자체가 없어질 거라는 생각도 했다. 넋을 잃은 아이의 표정을 보면 불과 삼십오 년 전만 해도 너 나 할 것 없이 최고의 카메라라고 생각했던 제품에 대한 이야기가 아니라 조지 워싱턴이 쓰던 나무 틀니 같은 골동품 이야기를 들은 줄 알 법했다. 삼십오 년 전에 이 아이는 반쪽을 아직 만나지 못한 난자의 일부분으로 빈 공간 속을 떠돌고 있었다.

"그러니까 무슨 말인가 하면, 사진의 앞면과 뒷면 사이가 암실의 축소판과 같았다는 거야." 팝은 하던 이야기를 다시 시작했다. 처음에는 말하는 속도가 느렸지만 이 분야에 대한 순수한 관심이 되살아나자 (그래도 아이의 아버지가 누구이며, 아이가 자신에게 어떤 가치가 있으며, 아이가 들고 온 카메라가 얼마나 이상한 증상을 보이는지 염두에 두고 있었다) 점점 빨라졌다. "육십 초가 지나면 뒷면과 앞면을 분리하는데…… 조심스럽게 떼어내야 했어. 뒷면에 젤리 같은 끈끈이가 묻어 있어서 피부가 조금이라도 예민하면 제법 심한 화상을 입을 수도 있었거든."

"멋져요." 케빈이 말했다. 눈을 휘둥그레 뜨고 있어서 이번에는 팝과 어렸을 적 동급생들(아는 친구라고는 그들이 거의 전부였다. 캐슬록에 사는 그의 어린시절 친구들은 몇 명 되지 않았다. 어쩌면 그는 그때부터 여름 휴가객들에게 바가지 씌우기라는 필생의 사업을 준비중이었고 다른 아이들은 스컹크의 희미한 악취를 맡듯 그 냄새를 맡은 걸까)이 당연하게 여겼던 구멍 두 개짜리 야외 변소 이야기라도 듣는 것처럼 보였다. 그 변소에서 한여름에는 쌓인 만나*와, 만나가 떨어지는 천국이라고 볼 수 있는 구멍 사이를 말벌 한 마리가 계속 맴돌다 언제 갑자기 보드라운 엉덩이에 침을 꽂겠다고 달려들지 알 수 없었기 때문에 잽싸게 볼일을 보아야 했고, 겨울에는 보드라운 엉덩이가 꽁꽁 얼어버릴 수 있었기 때문에 잽싸게 볼일을 보아야 했다. 팝은 생각했다. '미래의 카메라는 개뿔. 삼십오 년이 지난 지금, 이 아이한테는 뒷마당 변소만큼이나 흥미진진한 이야깃거리가 되었는걸.'

"음화가 뒷면에 붙어 있었지." 팝이 말했다. "그리고 양화는…… 흑백이긴 했지만 훌륭했어. 요즘 기준으로도 손색이 없을 만큼 쨍하고 선명했거든. 그리고 지우개 정도 길이의 조그만 분홍색 롤러가 있었던 기억이 나. 거기서 에테르 냄새를 풍기는 무슨 화학약품

* 이스라엘 민족이 사십 일 동안 광야를 방랑하고 있을 때 여호와가 내려주었다고 하는 양식.

이 나오는데 그걸로 빠르게 문질러주지 않으면 사진이 휴지 심처럼 돌돌 말려버렸어."

케빈은 재미있는 골동품 이야기에 웃음을 터뜨렸다.

팝은 말을 멈추고 한참 동안 파이프를 다시 채운 다음 이야기를 계속했다. "카메라의 작동 원리는 폴라로이드 회사 직원이 아닌 이상 아무도 몰랐지만—그러니까 무슨 말인가 하면, 그들은 폐쇄적이었거든—그래도 기계장치였어. 분해할 수 있었지."

그는 혐오가 담긴 표정으로 케빈의 선 660을 쳐다보았다.

"고장이 나더라도 분해하면 바로 고칠 수 있는 경우가 대부분이었고. 사람들이 그걸 들고 와서 작동이 안 된다고, 폴라로이드 본사에 보내서 수리하려면 몇 개월이 걸릴 거라고 우는소리를 늘어놓으면서 나더러 한번 봐달라고 하잖아? 그럼 나는 '흠, 내가 할 수 있는 게 아무것도 없을지 몰라요. 그러니까 무슨 말인가 하면, 폴라로이드가 워낙 폐쇄적이라 직원이 아닌 이상 거기 카메라에 대해서 아는 사람이 없거든요. 그래도 한번 볼게요'라고 했어. 셔터 케이스 안의 나사가 하나 헐거워졌든지, 스프링이 엉켰든지, 아니면 아이가 필름 칸에 땅콩버터를 덕지덕지 발라서 그렇게 됐을지 모른다는 걸 알면서도 말이지."

그가 새처럼 반짝이는 눈으로 어찌나 잽싸고 은밀하게 윙크를 하는지 케빈은 그가 여름 휴가객 이야기를 하고 있다는 것을 몰랐다면 자신이 편집증에 걸려서 헛것을 보았다고 여겼거나 아예 못 보고 지나쳤을 가능성이 컸겠다는 생각을 했다.

"그러니까 무슨 말인가 하면, 조건이 완벽했다는 거야. 그걸 고치면 기적을 행하는 사람이 됐으니까. 나는 트리거와 셔터 스프링 사이에 낀 감자칩 조각 몇 개를 꺼내주고 팔 달러 오십 센트를 챙긴단다. 그리고 카메라를 들고 온 여자는 내 입술에 입을 맞추었지. 입술…… 바로…… 위에다."

케빈은 한데 뒤엉킨 푸르스름한 연기 뒤에서 팝의 한쪽 눈이 순간적으로 감기는 것을 보았다.

"설령 고치지 못하더라도 사람들은 나를 원망하지 않았어. 그러니까 무슨 말인가 하면, 애초부터 고칠 수 있을 거라는 기대를 하지 않았거든. 카메라를 상자에 담고 운송중에 더 심하게 망가지지 않도록 주변에 신문지를 쑤셔넣은 다음 스키넥터디로 부치기 전에 최후의 수단으로 나를 찾아온 거니까. 하지만…… 이 카메라는."

그는 혐오스러워하는 말투로 이렇게 얘기했다. 전성기의 아테네가 됐건 요즘과 같은 자본주의 시대의 소도시 고물가게가 됐건, 순박한 철학자들이 엔트로피를 어떤 식으로 생각하는지 표현할 때 의례적으로 동원하는 은근한 말투였다. "조립해서 만든 제품이 아니거든. 그러니까 무슨 말인가 하면, 틀로 찍어낸 거란 말이야. 네가 원한다면 렌즈 정도는 분리해볼 수는 있겠지. 내가 필름 칸을 들여다보면서 고장난 부분이 없을 거라고—적어도 내가 아는 한도 내에서는—예상했는데 짐작이 맞았어. 그 이상은 어쩔 도리가 없네. 망치를 가져다가 똑바로 내리쳐서 부수는 거라면 모를까, 고칠 수 있겠느냐고?" 그는 파이프 담배 연기 속에서 두 손을 펼쳤다. "그건 못 해."

"그럼 아무래도……." 케빈은 '반품해야겠네요'라고 말하려고 했는데 팝이 말허리를 잘랐다.

"아무튼 얘야, 너도 알고 있었을 거라고 본다. 그러니까 무슨 말인가 하면, 너는 똑똑한 아이니까 어떤 물건을 보면 멀쩡한지 아닌지 알 거라는 거지. 네가 그 카메라를 고치려고 들고 온 건 아니라고 본다. 설령 멀쩡하지 않은 물건일지라도 그 물건이 부리는 묘기는 드라이버로는 고칠 수 없다는 것도 알 테고. 이 녀석이 이러는 의도를 아느냐고 물어보고 싶어서 온 거라고 본다만."

"아세요?" 케빈은 물었다. 갑자기 온몸에 힘이 들어갔다.

"알 수 있을지 모르지." 팝 메릴은 침착하게 말했다. 그는 사진 더미 위로 허리를 숙였다. 케빈이 예시로 찍은 사진과 팝이 시험 삼아 직접 찍어본 사진까지 합해서 모두 스물여덟 장이었다. "이거 순서대로 정리한 거니?"

"아뇨. 그래도 얼추 순서대로일 거예요. 그게 중요해요?"

"중요할 것 같은데." 팝이 말했다. "사진이 조금씩 다르지 않니? 많이는 아니지만 조금씩은."

"네." 케빈이 말했다. "몇 장은 다르다는 걸 알겠지만……."

"맨 처음 찍은 사진이 어떤 건지 알겠니? 내가 직접 알아낼 수도 있지만 시간이 돈이니까."

"그건 쉬워요." 케빈은 어수선한 사진 더미에서 한 장을 집어 들었다. "케이크 묻은 거 보이죠?" 그는 사진의 하얀 테두리에 묻은 조그만 갈색 얼룩을 가리켰다.

"그렇군." 팝은 케이크 얼룩을 슬쩍 쳐다보고는 그만이었다. 사진을 찬찬히 들여다보다 작업대 서랍을 열었다. 안에 공구들이 이리저리 널려 있었다. 한옆의 독립된 공간에 보석점에서 쓸 법한 벨벳으로 싸놓은 뭔가가 있었다. 팝은 그걸 집어서 벨벳을 펼치고 밑에 스위치가 달린 큼지막한 돋보기를 꺼냈다. 폴라로이드 사진 위로 허리를 숙이고 스위치를 눌렀다. 환한 빛무리가 사진 위로 쏟아졌다.

"짱이네요!" 케빈이 외쳤다.

"그렇지." 팝이 말했다. 케빈은 팝이 자신의 존재를 잊어버렸다는 것을 눈치챘다. 팝은 사진을 찬찬히 뜯어보고 있었다.

촬영에 얽힌 희한한 사연을 모르는 사람이 보기에는 유심히 관찰할 이유가 없는 사진이었다. 제법 괜찮은 카메라와 좋은 필름을 써서 손가락으로 렌즈를 가릴 정도로 멍청하지 않은 사람이 촬영한 대부분의 사진처럼 깨끗하고 선명했고…… 여느 폴라로이드 사진처럼 묘하게 밋밋했다. 뭘 찍었는지 피사체의 이름을 댈 수 있지만 내용이 표면처럼 평면적인, 그런 사진이었다. 구도가 훌륭하지는 않았지만 문제는 그게 아니었다. 텔레비전 드라마로 각색할 만한 일이 벌어지지 않았다고 해서 현실 속의 현실적인 하루를 이상하다고 말할 수 없듯이 평면적인 밋밋함은 전혀 이상한 부분이 아니었다. 폴라로이드 사진이 원래 그렇듯 사진 속의 사물들은 현관의 빈 의자, 아무도 타지 않은 뒷마당의 그네, 펑크조차 나지 않아서 호기심을 자극하거나 특이한 구석이라고는 하나도 없는 아무 특징 없는 길가에 세워져 있는 빈 자동차처럼 그냥 거기 있을 따름이었다.

그 사진의 이상한 점은 이상하다는 느낌이 든다는 것이었다. 케빈은 원하는 구도를 잡았을 때 느낀 불안감과, 플래시가 방안을 환히 밝히고 있었을 때 '이건 내 거야'라는 생각이 들면서 등골을 타고 소름이 돋았던 것을 기억했다. 그게 문제였다. 달에서 떡방아를 찧는 토끼를 한번 보고 나면 계속 보이듯이, 어떤 감정도 한번 느끼고 나면 느끼지 않을 방법이 없었고…… 이 사진들은 느낌이 불길했다.

케빈은 생각했다. '그 사진에서 바람이…… 아주 가볍고 차가운 바람이 불어오는 것 같아.'

이것이 초자연적인 현상일지 모른다는—초자연적인 존재의 표출일지 모른다는—발상이 호기심을 자극하는 수준을 처음으로 넘어섰다. 그냥 덮어두었으면 좋았을걸 그랬다는 생각이 들었다. '이건 내 거야.' 그의 손가락이 처음으로 셔터를 눌렀을 때 떠오른 생각이었다.

'무서워. 이 카메라가 부리는 묘기가 무서워.'

이런 생각이 들자 그는 흥분이 돼서 팝 메릴의 어깨 위로 허리를 숙였다. 팝은 모래밭에서 다이아몬드를 잃어버린 사람처럼 심각한 표정으로, 뭘 발견하든(어디까지나 새로운 것을 발견한다는 가정 아래 성립되는 이야기인데 케빈이 보기에 그럴 가능성은 없었다. 그는 사진들을 시도 때도 없이 들여다본 끝에 못 보고 지나친 부분은 없다는 결론을 내리기에 이르렀다) 그걸 똑바로 쳐다보고 연구하고 어떤 상황에서도 잊어버리고 가지 않겠다는 듯이 단호하게 사냥에 나선 참이었다. 잊어버릴 수도 없었다. 그의 안에서 들리는 슬픈 목소리가 그럴 수 있었던 시기는 이미 지났다고, 어쩌면 영영 끝났을지 모른다고 강력하게 주장하고 있었다.

***

사진의 피사체는 흰색 말뚝 울타리 앞에 서 있는 까만색의 대형견이었다. 울타리는 평면적인 폴라로이드 세상 속의 누군가가 새로 칠을 하거나 백색 도료를 바르지 않는 이상 조만간 흰색이라고 할 수 없게 생겼는데, 누군가가 새로 단장할 가능성은 없어 보였다. 아무도 관리를 하지 않는 방치된 분위기였다. 말뚝 몇 개는 위쪽이 부러졌다. 나머지는 앞으로 헐렁하게 늘어졌다.

개는 울타리 앞 인도에 서 있었다. 궁둥이가 정면을 향했다. 길고 텁수룩한 꼬리를 늘어뜨리고 있었다. 울타리 말뚝의 냄새를 맡고 있는 듯했다. 케빈은 어쩌면 그럴지 모른다고 생각했다. 아버지는 울타리를 '우편물 투입구'라고 불렀는데, 그 말은 수많은 견공들이 다리를 들어서 노란색의 뭔지 모를 분출물을 싸질러놓고 가는 곳이라는 뜻이었다.

케빈이 보기에 그 녀석은 주인 없는 개인 듯했다. 긴 털은 서로 엉켰고 우엉이 박혀 있었다. 오래된 전투의 흉터로 한쪽 귀가 뭉그러졌다. 말뚝 울타리 안쪽의 삐죽삐죽한 잡초투성이 잔디밭 위로 길게 늘어진 그림자가 사진의 테두리 밖까지 이어졌다. 그림자를 보면 해가 뜬 직후나 지기 직전에 찍은 사진인 듯했다. 사진사가(사진사라니. 하. 하. 하) 어느 쪽을 향하고 있는지 알 수가 없으니 둘 중 언제인지 정확하게 결론을 내릴 수 없었다. 정동향이나 정서향에서 몇 도 떨어진 곳에 서 있었을 거라는 정도만 알 수 있었다.

사진 속의 잔디밭 왼쪽 저 끝에 어린아이가 가지고 노는 빨간색 고무공처럼 보이는 것이 있었다. 울타리 안쪽이고 칙칙한 풀 무더기 한참 뒤라 정체는 알 수가 없었다.

그게 전부였다.

"이 중에 알아보겠는 거 있니?" 팝이 사진에 대고 돋보기를 앞뒤로 천천히 움직이며 물었다. 이제 개의 궁둥이가 조그만 언덕만 한 크기로 확대됐다. 거칠고 불길하게 이국적이며 시커먼 덤불로 뒤엉킨 언덕이었다. 서너 개의 칙칙한 말뚝은 전신주만 해졌다. 풀 무더기 뒤편으로 보이던 것이 불현듯 어린아이가 가지고 노는 공으로 선명하게 밝혀졌다(팝의 돋보기 덕분에 크기가 축구공만 해졌다). 심지어 돋을무늬로 공 한가운데를 빙 두른 별들이 보일 정도였다. 팝의 돋보기 덕분에 새로운 사실이 밝혀진 셈이었고 잠시 후에 케빈은 돋보기 없이 뭔가를 스스로 발견할 것이다. 하지만 그건 후의 이야기였다.

"아뇨." 케빈이 말했다. "알아보겠는 게 있을 리가 없잖아요, 메릴 씨."

"여기 여러 가지 것들이 있잖아." 팝은 참을성 있게 말했다. 그의 돋보기는 이리저리 움직였다. 케빈은 예전에 본 영화에서 경찰이 서치라이트가 장착된 헬리콥터로 탈옥수 수색에 나섰던 장면을 떠올렸다. "개, 인도, 칠을 하거나 철거해야 하게 생긴 말뚝 울타리, 손질해야 하는 잔디밭. 인도는 별 의미 없고—하물며 일부만 찍혔지—집은 심지어 맨 아랫부분도 보이지 않지만 그러니까 무슨 말인가 하면, 개가 있단 말이지. 그 녀석을 어디서 본 적 있니?"

"아뇨."

"울타리는?"

"아뇨."

"저 빨간색 고무공은? 그건 어떠냐?"

"아뇨……. 그런데 사장님은 제가 분명 본 적 있을 거라고 생각하시는 눈치네요."

"본 적 있을지 모른다고 생각하는 눈치겠지." 팝이 말했다. "어렸을 때 이런 공 가지고 논 적 없니?"

"제가 기억하기로는 없어요."

"여동생이 있다고 했지?"

"메그요."

"걔도 이런 공 가지고 논 적 없어?"

"아마도요. 메그의 장난감에 관심을 가져본 적이 없긴 하지만요. 예전에 동생 장난감 중에 볼로 바운서가 있었고 그 줄에 달린 공이 빨간색이었지만 톤이 달라요. 이보다 더 진했어요."

"그렇군. 바운서에 달린 공이 어떻게 생겼는지 나도 알아. 이거하고는 다르지. 저게 너희 집 잔디밭은 아닐까?"

"헉, 아니에요." 케빈은 기분이 좀 상했다. 그와 아버지는 집 주변의 잔디밭을 꼼꼼하게 관리했다. 그들의 잔디밭은 짙은 초록색이었고 최소한 시월 중순까지는 낙엽이 떨어져도 그 상태를 유지할 것이었다. "말뚝 울타리도 없어요." '말뚝 울타리가 있었다면 그렇게 지저분해지도록 내버려두지 않았겠죠.' 그는 생각했다.

팝은 돋보기 맨 밑에 달린 스위치에서 손을 떼고 네모반듯한 벨벳 위에 돋보기를 올려놓은 다음 숭배하듯 세심한 손길로 천의 모서리를 접어서 덮었다. 그런 다음 원래 자리에 넣고 서랍을 닫았다. 그는 케빈을 빤히 쳐다보았다. 파이프 담배를 옆으로 치웠기 때문에 연기로 눈이 가려지지 않았다. 눈빛이 여전히 날카로웠지만 반짝거리지는 않았다.

"그러니까 무슨 말인가 하면, 너희가 살기 전에 그 집이 이렇게 생겼을 수도 있지 않으냐는 거야. 예를 들면 십 년 전에……."

"저희는 십 년 전에도 그 집에서 살았는데요." 케빈은 어리둥절해하며 말했다.

"그럼 이십 년 전이라면? 삼십 년 전이라면? 그러니까 무슨 말인가 하면, 어디서 본 듯한 집터 같지 않으냐는 거야. 오르막인 것 같다만."

"우리집 앞마당은……." 그는 곰곰이 생각하고 나서 고개를 저었다. "아니에요, 우리집 앞마당은 평지예요. 굳이 따지자면 오히려 내리막에 가까워요. 그래서 봄에 비가 많이 오면 지하실에 물이 조금 고여요."

"그렇군, 그렇지, 그럴 수 있지. 뒷마당은 어떤데?"

"그쪽에는 인도가 없어요." 케빈이 말했다. "그리고 양옆에는……." 그는 말을 하다 말고 멈추었다. "제 카메라가 과거를 찍는 건 아닌지 알아보려고 그러시는 거로군요?" 그는 외쳤고 처음으로 진정한 공포를 느꼈다. 입천장에 혀를 대고 문지르자 쇠맛이 느껴지는 듯했다.

"그냥 물어본 거야." 팝은 사진 옆을 손끝으로 두드리며 말했다.

케빈에게 하는 말이라기보다 혼잣말에 가까웠다. "우리가 아주 당연하게 여기는 두 가지 기기와 관련해서 가끔 우라지게 황당한 일이 벌어질 때도 있거든. 그게 실제로 벌어진 일이라고 단언하지는 않겠어. 하지만 실제로 벌어진 일이 아니라면 세상이 거짓말쟁이와 구제불능 사기꾼들로 우글거린다는 뜻이 되거든."

"어떤 기기요?"

"녹음기랑 폴라로이드 카메라." 팝이 대답했지만 여전히 사진에 대고 하는 말이거나 혼잣말인 듯했다. 시계 소리가 요란하게 울리는 엠포리엄 갤로리엄 뒤편의 이 침침한 공간에 케빈이 존재하지 않는 듯했다. "녹음기를 예로 들어보자. 그걸로 죽은 사람의 음성을 녹음했다는 사람이 얼마나 많은지 아니?"

"아뇨." 케빈이 말했다. 의도했던 건 아닌데 속삭이는 목소리가 나왔다. 왠지 모르겠지만 허파의 공기가 다 빠져나가서 말할 기운이 없는 것처럼 느껴졌다.

"나도 몰라." 팝은 한 손가락으로 사진들을 섞었다. 거칠고 칠칠맞지 못한 동작에 쓰이는 손가락인 듯, 사람을 찌르거나 작은 테이블에 놓인 꽃병을 쳐서 떨어뜨리거나 코에서 별로 크지도 않은 코딱지를 떼어내려다가 코피를 터뜨리는 손가락인 듯 뭉툭하고 울퉁불퉁했다. 그럼에도 케빈은 남자의 손을 쳐다보며 여동생 메그의 온몸을 합친 것보다 그 손가락 하나에 깃든 은총이 더 많을지 모른다는 생각을 했다(어쩌면 자신의 온몸을 합친 것보다 많을 수도 있었다. 딜리번 집안은 손이나 발이 날쌔지 않았다. 넘어지려는 어머니를 아버지가 그렇게 날렵하게 잡은 것이 기억 속에 각인된 이유도 그 때문이었다). 팝 메릴의 손가락은 당장이라도 사진을 모두 바닥으로 쓸어버릴 수 있을 것처럼 생겼는데—그것도 실수로. 이렇게 칠칠맞지 못한 손가락은 항상 실수로 뭘 찌르고 넘어뜨리고 비틀기 마련이었다—그러지 않았다. 손가락이 쉴 새 없이 움직이는데도 폴라로이드 사진들은 꿈쩍도 않는 것처럼 느껴졌다.

'초자연적인.' 케빈은 다시 생각하며 몸서리를 쳤다. 진짜로 몸이 떨려서 놀랍고 당황스러웠고 팝이 보지 못했음에도 창피했다.

"그들이 죽은 자의 음성을 녹음하는 나름의 방식까지 있어." 팝은 이렇게 얘기하고, 케빈이 묻기라도 한 것처럼 말을 이었다. "그들이 누구냐고? 그야 나도 모르지. 개중 일부는 '심령 탐정'일 거야. 자칭 심령 탐정입네 하는 자들인데 대부분 장난일 가능성이 커. 파티에서 위저보드* 게임을 하는 사람들처럼."

그는 케빈을 다시 발견한 듯 진지한 표정으로 올려다보았다.

"집에 위저보드 있지?"

"아뇨."

"위저보드 게임 해본 적 있니?"

"아뇨."

"하지 마라." 팝은 진지한 목소리로 말했다. "지랄맞게 위험한 게임이야."

케빈은 위저보드가 뭔지 모른다는 말조차 할 엄두를 내지 못했다.

* 귀신을 불러서 대화를 나눌 수 있다는 도구.

"아무튼 빈방에 녹음기를 설치해. 그러니까 무슨 말인가 하면, 되도록 오래된 집, 역사가 있는 집이라야 해. 역사가 있는 집이라고 하면 어떤 집을 말하는지 알겠니?"

"아마도…… 귀신이 나오는 집 아닐까요?" 케빈은 넘겨짚었다. 그는 작년에 위태커 선생님이 대수 1 수업 시간에 쪽지시험을 보겠다고 선언할 때마다 그랬던 것처럼 살짝 땀을 흘리고 있었다.

"뭐, 그렇다고 볼 수도 있겠다. 그…… 사람들은…… 잔인한 역사가 깃든 집을 가장 좋아하지만 찬밥, 더운밥을 가리지는 않지. 아무튼 그들은 녹음기를 설치하고 빈방에서 나는 소리를 녹음해. 그러고는 다음날…… 그러니까 무슨 말인가 하면, 항상 밤에 그 짓을 벌인다는 거야. 밤, 그것도 가능한 한 자정이라야 좋지. 그걸 틀어서 들어."

"빈방을 녹음한다고요?"

"가끔은 말이다." 팝은 생각에 잠긴 투로 중얼거렸다. 속내를 감추려는 의도일 수도 있고 아무것도 아닐 수도 있었다. "목소리가 들릴 때도 있어."

케빈은 다시 몸서리를 쳤다. 결국 주춧돌에 상형문자가 새겨져 있었다. 읽고 싶은 문구는 아니었지만……. 그렇다. 주춧돌에 상형문자가 새겨져 있었다.

"진짜 목소리가요?"

"대개는 환청이지." 팝은 무시하는 투로 말했다. "하지만 내가 믿는 사람들이 진짜 목소리를 들었다고 한 적이 한두 번 있어."

"하지만 사장님은 들으신 적 없고요?"

“한 번 있어.” 팝은 짤막하게 대답하고 더이상 아무 말도 하지 않았다. 케빈이 그걸로 끝인가 하는 생각이 들려고 할 만큼의 시간이 흘렀을 때 팝이 다시 말문을 열었다. “한마디였어. 종소리만큼 또렷했지. 바스의 빈집 응접실에서 녹음된 거야. 1946년에 어떤 남자가 거기서 아내를 살해했거든.”

“어떤 말이었어요?” 케빈은 물었다. 의지는 물론이고 세상의 무엇도 그를 말릴 수 없었기에 물어보았지만 대답을 듣지 못할 거라는 건 알고 있었다.

그런데 팝은 얘기해주었다.

“대야.”

케빈은 눈을 깜빡였다. “대야요?”

“아무렴.”

“의미 없는 단어잖아요.”

“글쎄다.” 팝은 침착하게 말했다. “남자가 여자의 목을 자른 다음 대야에 대고 피를 받았다고 하면 얘기가 달라지지 않을까?”

“으악!”

“아무렴.”

“으악, 진짜예요?”

팝은 굳이 대답하지 않았다.

“조작일 리는 없겠죠?”

팝은 파이프 담배로 폴라로이드 사진들을 가리켰다. “이건 조작이니?”

“으악.”

"이제 폴라로이드 사진으로 넘어가서." 팝은 소설의 다음 장으로 바삐 넘어가서 '한편' 아니면 '숲속의 다른 곳에서는'이라는 부분을 읽는 내레이터 같은 말투로 이야기했다. "사진 속의 다른 사람들은 같이 찍지 않았다고 맹세하는 사람이 사진에 같이 찍힌 경우는 본 적이 있어. 영국에서 어떤 숙녀가 찍은 유명한 사진도 있지 않니. 하루 일과를 마치고 귀가하는 여우 사냥꾼들을 찍은 사진. 그 사진을 보면 스무 명쯤 되는 사냥꾼들이 조그만 나무다리를 넘어오고 있어. 다리 양쪽으로는 나무가 늘어선 시골길이 이어지고. 앞장선 사람들은 이미 다리를 넘었지. 그런데 오른쪽 길가에 드레스를 입고, 베일이 달린 모자로 얼굴을 가리고, 팔에 핸드백을 걸친 여자가 서 있거든. 가슴 위로 늘어뜨린 로켓 펜던트인지 시계인지도 보일 정도야.

사진을 찍은 숙녀는 그걸 보고 무척 당황했지. 그러니까 무슨 말인가 하면, 그럴 수밖에 없었던 게, 그녀는 귀갓길에 오른 여우 사냥꾼들을 사진에 담으려고 했던 거였고 주변에 다른 사람은 아무도 없었거든. 그런데 사진을 보면 다른 사람이 있단 말이지. 게다가 자세히 들여다보면 나무들이 그 여자를 관통해서 보이는 것 같기도 하고."

'나를 놀리려고 지어낸 이야기야. 내가 가고 나면 배를 잡고 껄껄 웃겠지.' 케빈은 이런 생각을 잠시 했지만 그럴 리 없다는 걸 알았다.

"사진을 찍은 숙녀는 텔레비전 교육용 프로그램에 나오는 그런 영국의 대저택에 머무르고 있었는데, 사진을 보여줬더니 집주인이 쓰러져서 그길로 죽었대. 지어낸 이야기일 수도 있어. 아마 그럴 거야. 지어낸 이야기 같지 않니? 하지만 집주인의 증조할머니를 그린 초상화와 그 사진을 나란히 두고 찍은 사진을 보았는데 그 할머니라고 볼 수도 있겠더라. 베일 때문에 장담할 수는 없지만 그럴 수도 있겠다 싶었어."

"날조일 수도 있고요." 케빈은 소심하게 말했다.

"그렇지." 팝은 무심하게 대꾸했다. "사람들은 온갖 장난을 치니까. 예를 들어서 내 조카 에이스만 해도 그래." 팝은 콧잔등을 찡그렸다. "쇼생크에서 사 년 형을 살고 있는데 죄목이 뭔지 아니? 멜로타이거 술집에 쳐들어간 거. 장난 좀 쳤다가 팽본 보안관한테 잡혀갔지. 당해도 싼 새끼이긴 하다만."

케빈은 아무 대꾸도 하지 않는, 나이답지 않게 현명한 반응을 보였다.

"그런데 말이다, 귀신이 찍히는 사진은—네 표현을 빌자면 사람들이 귀신이 찍혔다고 주장하는 사진은—대부분 폴라로이드 사진이야. 그리고 대부분 우연히 찍힌 듯이 보이지. 비행접시와 네스호의 괴물을 찍었다는 사진들과는 종류가 달라. 똑똑한 친구들이 암실에서 벌이는 장난일 수 있다고 할까."

팝은 시설이 잘 갖추어진 암실에서 양심 없는 사진가가 저지를 수 있는 온갖 장난(어떤 장난일지는 모르겠지만)을 표현하는 뜻에서 케빈을 향해 세 번째로 윙크를 했다.

케빈은 위저보드로도 장난을 칠 수 있느냐고 물어볼까 하다가 입을 다물고 있기로 했다. 아직까지는 그러는 게 최선인 듯했다.

"그래서 너한테 이 폴라로이드 사진 속에 알아보겠는 게 있느냐고 물어본 거야.”

“하지만 없는데요.” 케빈은 이런 식으로 정색하고 반박했다가는 팝이 거짓말로 오해하겠다는 생각을 했다. 어머니는 그가 결기를 자제하는 전략적인 실수를 저지를 때마다 그런 오해를 했다.

“아무렴, 아무렴.” 팝이 어찌나 무시하는 투로 알겠다고 하는지 케빈은 짜증이 날 뻔했다.

오천 개의 시계가 째깍거리는 소리로만 정적을 채운 지 일 분이 지났을 때 케빈은 말문을 열었다. “그럼. 이걸로 끝인 거죠?”

“아닐 수도 있고.” 팝이 말했다. “그러니까 무슨 말인가 하면, 좋은 수가 생각났다는 거야. 카메라로 사진을 몇 장 더 찍을 수 있겠니?”

“뭐하러요? 다 똑같을 텐데.”

“그게 포인트야. 그렇지 않다는 거.”

케빈은 입을 벌렸다가 다물었다.

“필름값은 내가 댈게.” 팝은 놀라워하는 케빈의 표정을 보더니 얼른 단서를 달았다. “일부는.”

“몇 장 필요하세요?”

“음……. 지금 몇 장 있지? 스물여덟 장이던가?”

“네, 아마 그럴 거예요.”

팝은 잠깐 생각을 한 뒤에 말했다. “서른 장 더.”

“왜요?”

“비밀이다. 나중에 얘기해줄게.” 그는 체인으로 벨트 고리에 연결되어 있는 묵직한 지갑을 꺼냈다. 십 달러짜리 지폐 한 장을 꺼냈다가 머뭇거리더니 마지못한 티를 내며 두 장을 더 얹었다. "이거면 절반은 커버할 수 있을 것 같다만."

'네, 그러네요.' 케빈은 생각했다.

"카메라가 부리는 묘기에 정말로 관심이 있다면 나머지 절반은 네가 충당할 용의가 없니?" 팝은 호기심 많은 늙은 고양이처럼 그를 보며 눈을 반짝였다.

케빈도 눈치챘다시피 이 남자는 케빈이 수락할 거라고 기대하는 정도가 아니었다. 거절당할 수도 있다는 상상조차 하지 않았다. 케빈은 생각했다. '내가 싫다고 해도 들은 척하지 않겠군. "좋아, 그럼 그렇게 하기로 한 거다?" 이럴 테고 나는 원하든 원하지 않든 받은 돈을 주머니에 넣고 가게를 나설 수밖에 없겠네.'

케빈은 생일 때 받은 돈이 있기는 했다.

그래도 그 서늘한 바람에 대해 생각해보아야 했다. 평면적인 느낌과 반짝이는 표면으로 위장한 사진의 표면이 아니라 안에서 불어오는 것처럼 느껴지던 바람 말이다. 사진들은 '우리는 그냥 폴라로이드 사진이에요, 우리는 사물의 밋밋한 겉모습을 보여줄 뿐인데 그런 우리가 뭘 얘기하고 뭘 이해할 수 있겠어요'라고 무언으로 주장했지만 그는 거기서 불어오는 바람을 느낄 수 있었다. 바람이 분명 불었다. 그 바람은 뭘까?

케빈이 조금 더 망설이는 동안, 반짝이는 두 눈이 무테안경 뒤에서 그를 계속 뜯어보았다. '네가 남자냐고 아니면 겁쟁이냐고 묻지는 않겠다.' 팝 메릴의 두 눈은 이렇게 얘기했다. '너는 열다섯 살이고, 그러니까 무슨 말인가 하면, 열다섯이면 아직 남자라고 볼 수는 없지만 겁쟁이가 되기에는 너무 많은 나이라는 건 너도 알고 나도 아는 사실이지. 게다가 너는 외지인도 아니잖아. 나랑 똑같은 이 도시 출신이지.'

"알았어요." 케빈은 아무렇지도 않은 듯 가볍게 대답했다. 하지만 두 사람 모두 그 목소리에 속아넘어가지 않았다. "오늘 저녁에 필름을 사면 내일 방과후에 사진을 들고 올 수 있을 거예요."

"안 돼." 팝이 말했다.

"내일 문 닫으세요?"

"아니." 팝이 말했고, 케빈은 이 도시 출신답게 가만히 기다렸다. "서른 장의 사진을 한꺼번에 찍을 생각이지?"

"그렇죠." 케빈은 생각하고 말고 한 적이 없었다. 당연하게 그러면 되겠거니 했다.

"그러지 않는 게 좋겠다." 팝이 말했다. "사진을 찍는 장소는 상관없지만 시간은 중요해. 자. 내가 정해주마."

팝은 시간을 정해서 종이에 적어주기까지 했고 케빈은 그걸 받아서 주머니에 넣었다.

"자!" 팝이 손을 맞대고 열심히 비비자 다 쓴 사포 두 장을 맞대고 비비는 것처럼 건조한 소리가 났다. "그러면…… 에 또, 삼 일 정도 뒤에 보는 건가?"

"네……. 아마도요."

"월요일까지 기다렸다가 그날 방과후에 오는 편이 낫겠다." 팝은 케빈을 보며 네 번째로 눈을 찡긋거렸다. 느리고 음흉하고 끔찍하게 민망한 윙크였다. "그러니까 무슨 말인가 하면, 그래야 네 친구들한테 들켜서 들들 볶이는 사태를 막을 수 있잖니."

케빈은 얼굴을 붉히며 시선을 작업대 위로 떨어뜨리고 폴라로이드 사진들을 모으기 시작했다. 손으로 할 일을 만들기 위해서였다. 그는 당황스러운 상황이 벌어졌는데 손으로 할 일이 없으면 손가락 마디를 꺾고는 했다.

"저는……." 그는 둘 중 누구도 설득할 수 없는 황당한 항변을 늘어놓으려다 멈추고 사진 한 장을 뚫어져라 내려다보았다.

"왜?" 팝이 물었다. 케빈이 찾아온 이래 처음으로 팝이 전적으로 인간적인 반응을 보였지만, 케빈은 놀란 듯한 그의 말투는 물론이고 그가 뭐라고 하는지도 듣지 못했다. "귀신이라도 본 듯한 표정이네."

"아뇨." 케빈이 말했다. "귀신이 아니에요. 사진을 찍은 사람이 누구인지 알겠어요. 진짜로 사진을 찍은 사람이 누군지 말이에요."

"그게 도대체 무슨 소리냐?"

케빈은 그림자 하나를 가리켰다. 그와 그의 아버지, 어머니, 메그, 심지어 메릴 씨까지도 사진에 찍히지 않은 나무의 그림자인가 보다고 생각한 그림자였다. 그런데 나무가 아니었다. 케빈의 눈에 이제 그게 보였고 한번 보인 것은 계속 보이기 마련이었다.

주춧돌에 새겨진 상형문자가 늘어났다.

"뭘 알아냈다는 건지 모르겠네." 팝이 말했다. 하지만 케빈도 알다시피 이 노인은 자신이 뭔가를 알아냈다는 것을 알았다. 팝의 목소리가 안달이 난 사람처럼 들렸기 때문이었다.

"먼저 개의 그림자를 보세요." 케빈이 말했다. "그런 다음 여기 이걸 보세요." 그는 사진 왼쪽을 손끝으로 두드렸다. "이 사진은 해가 저물고 있거나 떠오르고 있을 때 찍었어요. 그래서 그림자들이 길고 정체를 알아보기가 쉽지 않죠. 하지만 방금 전에 이걸 보니까 번쩍 알겠더라고요."

"뭐를 번쩍 알겠더라는 거냐?" 팝은 전등이 달린 돋보기를 다시 꺼내려는 듯 서랍 쪽으로 손을 뻗다가…… 멈추었다. 돋보기가 필요 없어진 것이다. 그에게도 문득 깨달음이 찾아왔다.

"이거, 남자 그림자지?" 팝이 물었다. "남자 그림자가 아니면 내 손에 장을 지지겠다."

"여자 그림자일 수도 있죠. 알 수 없어요. 다리인 건 분명하지만 바지를 입은 여자일 수도 있으니까요. 아니면 아이일 수도 있어요. 그림자가 길게 늘어지다 보니……."

"아무렴, 알 수 없지."

"하지만 저는 아니에요." 케빈이 말했다. "제 카메라에서 나온 건 맞지만—모든 사진이요—제가 찍은 건 아니에요. 그럼 누가 찍은 걸까요, 메릴 씨? 누구일까요?"

"그냥 팝이라고 불러라." 노인은 사진 속의 그림자를 쳐다보며 멍하니 말했고 케빈이 가슴속에서 벅차오르는 희열을 느낀 순간, 남들보다 조금 더 빨리 달릴 능력이 되는 몇몇 시계들이 친구들에게 아무리 피곤하더라도 삼십 분을 알릴 때가 됐다는 신호를 보냈다.

3장

케빈이 월요일 방과후에 사진을 들고 엠포리엄 갤로리엄을 다시 찾았을 즈음에는 단풍이 들기 시작했다. 이제는 열다섯 살이 된 지 거의 이 주가 지났고 신기한 느낌은 사라졌다.

'주춧돌', '초자연적'이라는 단어의 신기한 느낌은 사라지지 않았지만 그리 기쁘지 않았다. 그는 팝이 정해준 스케줄에 따라 사진 촬영을 마쳤고 그 무렵에는 팝이 간격을 두고 사진을 찍으라고 한 이유를 분명히—그 정도면 분명하고도 남았다—알아차렸다. 맨 처음 열 장을 한 시간 동안 찍고 잠깐 쉬었다가 그다음 열 장을 두 시간 간격으로, 나머지 열 장을 세 시간 간격으로 찍으라고 했던 이유를 말이다. 마지막 몇 장은 그날 학교에서 찍었다. 그러는 동안 어느 누구도 처음에 보지 못한 것을 보았다. 마지막 세 장 남았을 때에서야 또렷하게 드러난 것이었다. 그 세 장을 찍고 어찌나 겁이 났던지 사진을 들고 엠포리엄 갤로리엄으로 찾아가기 전부터 선

660을 처분하고 싶다는 생각이 들 정도였다. 교환을 생각하는 게 아니었다. 그러면 카메라가 그의 손을 떠나 통제권에서 벗어나지 않겠는가. 그건 절대 안 될 말씀이었다.

'이건 내 거야.' 이 생각이 계속 그의 머릿속을 맴돌았지만 그건 사실이 아니었다. 그게 사실이었다면—케빈이 셔터를 눌렀을 때만 흰색 말뚝 울타리 앞에 서 있는 검은색 잡종개가 찍혀 나왔다면—이야기가 달라질 수 있겠지만 그렇지가 않았다. 카메라 안에 어떤 몹쓸 요술이 숨겨져 있는지 몰라도 케빈 혼자만 요술을 작동시킬 수 있는 게 아니었다. 아버지가 찍어도 똑같은 (뭐, 거의 똑같은) 사진이 나왔고, 팝 메릴도 마찬가지였고, 팝이 꼼꼼하게 짠 스케줄에 맞춰서 사진을 찍을 수 있도록 메그에게 몇 번 부탁했을 때도 마찬가지였다.

"내가 말한 대로 번호 매겼니?" 케빈이 사진을 전달하자 팝이 물었다.

"네. 일부터 오십팔까지요." 케빈은 대답했다. 사진들을 한 장씩 쓱쓱 넘겨서 왼쪽 아래 모서리의 동그라미 안에 적은 숫자를 보여주었다. "하지만 이게 무슨 의미일까 싶어요. 카메라를 처분하기로 마음을 먹었어요."

"처분하겠다고? 설마 진심은 아니겠지?"

"글쎄요. 진심이에요. 망치로 때려 부술 작정이거든요."

팝은 조그맣고 약삭빠른 눈으로 그를 쳐다보았다. "그래?"

"네." 케빈은 약삭빠른 그의 시선을 흔들림 없이 마주 대하며 대답했다. "지난주에 그런 소릴 들었다면 웃어넘겼겠지만 지금은 아니에요. 이건 위험한 물건이에요."

"뭐, 네 말이 맞을 수도 있고 원하면 카메라에 다이너마이트를 매달아서 완전히 박살낼 수도 있겠지. 그러니까 무슨 말인가 하면, 네 카메라니까. 하지만 잠깐 기다리지그래? 내가 사진들로 해보고 싶은 게 있거든. 너도 솔깃할지 모른다만."

"뭔데요?"

"비밀이야." 팝은 이렇게 대답했다. "내 예상과는 다른 결과가 나올 수 있으니까. 하지만 이번 주 안으로 뭔가 보여줄 수 있을지 몰라. 네가 이쪽 아니면 저쪽으로 결정을 내리는 데 도움이 될 만한 것을."

"저는 이미 결정을 내렸어요." 케빈은 마지막 두 장의 사진에서 드러난 뭔가를 손끝으로 두드렸다.

"그게 도대체 뭐냐?" 팝이 물었다. "돋보기로도 봤어. 뭔지 알 것도 같은데 이름이 생각날 듯 말 듯 혀끝에서 맴돌기만 하고 튀어나오지 않는 것처럼 잘 모르겠단 말이지."

"금요일 정도까지는 기다릴 수 있을 것 같아요." 케빈은 노인의 질문에 대답을 피하며 말했다. "그 이상은 기다리고 싶지 않아요."

"무서워서?"

"네." 케빈은 딱 잘라서 말했다. "무서워요."

"부모님한테는 얘기했니?"

"아뇨, 전부 말씀드리지는 않았어요."

"얘기하는 게 좋을 수도 있겠네. 그러니까 무슨 말인가 하면, 아버지한테는 얘기하는 게 좋을 수도 있겠다고. 내가 계획했던 걸 실행에 옮기는 동안 고민해봐라."

"사장님이 어떻게 하시든 금요일이 되면 아버지의 망치로 카메라를 내리칠 거예요." 케빈은 말했다. "이제는 심지어 카메라를 가지고 싶지도 않아요. 폴라로이드 카메라가 됐건 다른 카메라건."

"그 카메라 지금 어디 있니?"

"제 책상 서랍에요. 계속 거기다 둘 거예요."

"금요일에 들러라." 팝이 말했다. "카메라 들고서. 내가 뭘 만들었는지 확인한 뒤에도 그 우라질 것을 부수고 싶으면 망치를 빌려줄게. 무료로. 가게 뒤에 모탕도 있으니까 거기다 올려놓고 치면 돼."

"알았어요." 케빈은 말하고 미소를 지었다.

"부모님한테는 뭐라고 얘기해놓았니?"

"계속 고민중이라고 했어요. 걱정 끼치고 싶지 않아서. 특히 엄마한테요." 케빈은 궁금하다는 듯이 그를 쳐다보았다. "왜 아빠한테는 얘기하는 게 좋을 수도 있겠다고 하셨어요?"

"카메라를 부수면 아버지가 화를 내실 테니까. 그건 괜찮을지 몰라도 아버지가 너를 모자란 놈으로 생각할 수도 있으니까. 아니면 마룻널이 삐걱거리는 소리가 들렸다고 도둑이 들었다며 고래고래 소리를 지르는 늙은 하녀 같다고 생각할 수도 있고. 그러니까 무슨 말인가 하면, 그렇다는 거야."

케빈은 초자연적이라는 단어가 등장했을 때 아버지가 얼마나 화를 냈는지 생각이 나자 얼굴을 붉혔다가 한숨을 쉬었다. 그런 관점에서 생각한 적은 없었는데 팝의 말을 듣고 보니 그럴 수도 있겠다 싶었다. 아버지가 그에게 화를 내는 건 싫었지만 감수할 수 있었다.

아버지가 그를 겁쟁이나 바보, 아니면 둘 다로 생각할지 모른다는 건…… 차원이 다른 문제였다.

팝은 약삭빠르게 케빈을 관찰하며, 표정으로 드러나는 이런 생각들을 타블로이드 신문의 헤드라인 읽듯 쉽게 알아차렸다.

"아버지가 금요일 오후 4시쯤에 여기로 너를 만나러 오실 수 있을까?"

"절대 불가능해요." 케빈이 말했다. "회사가 포틀랜드에 있거든요. 6시 전에 퇴근하시는 적이 거의 없어요."

"원하면 내가 전화를 해줄게." 팝이 말했다. "내가 전화하면 오실 거야."

케빈은 눈을 동그랗게 뜨고 그를 빤히 쳐다보았다.

팝은 옅은 미소를 지었다. "아, 아는 사이거든." 그가 말했다. "예전부터 아는 사이지. 너희 아버지도 나에 대해서 이야기하는 걸 너만큼 싫어하고 그 심정을 이해하지만 그러니까 무슨 말인가 하면, 아는 사이라는 거야. 나는 이 도시에 아는 사람이 많아. 알면 놀랄 거다."

"어떻게 아는 사이인데요?"

"예전에 너희 아버지가 나한테 신세를 진 적이 있지." 팝은 말했다. 그는 재미있어하는 눈빛인지 감상에 젖은 눈빛인지 경멸하는 눈빛인지 알 수 없도록 엄지손톱으로 성냥을 켜서 자욱한 담배 연기로 눈을 가렸다.

"어떤 신세를 지셨는데요?"

"그건 너희 아버지와 나 사이의 문제야." 팝이 말했다. "여기 이게…….” 그는 사진 더미를 향해 손짓했다. “너와 나 사이의 문제인 것처럼. 그러니까 무슨 말인가 하면, 그렇다는 거다.”

“음……. 뭐……. 알았어요. 제가 아빠한테 미리 말씀을 드려야 할까요?”

“아니!” 팝은 명랑하게 외쳤다. “모든 걸 나한테 맡기렴.” 파이프 담배 연기로 가려졌음에도 불구하고 마뜩잖은 표정이 일순 팝 메릴의 눈을 스치고 지나갔다. 케빈은 혼란스러운 마음을 달래며 가게를 나섰다. 확실한 것은 단 하나, 이 사태를 매듭짓고 싶다는 마음뿐이었다.

***

케빈이 사라진 후 팝은 거의 오 분 동안 아무 말 없이 꼼짝 않고 자리에 앉아 있었다. 입에 문 파이프 담배가 꺼질 때까지 사진 더미가 쌓인 작업대를 손끝으로 두드렸다. 그의 손가락은 오케스트라 바이올린 연주자에 버금갈 정도로 빈틈이 없고 재주가 많지만 배수로를 파거나 시멘트를 붓는 인부에게 더 어울리는 장비인 양 위장하고 있었다. 연기가 흩어지자 선명하게 드러난 그의 눈빛은 십이월의 얼음판처럼 냉랭했다.

그는 홀더에 파이프를 불쑥 내려놓고 루이스턴에 있는 카메라 겸 비디오 판매점에 전화를 걸었다. 두 가지를 물었고 둘 다 긍정적인 대답을 들었다. 팝은 전화를 끊고 다시 작업대를 손끝으로 두드리기 시작했다. 그의 계획을 알아차리면 아이의 입장에서는 억울하겠지만 그 아이는 자신이 이해하지 못했을 뿐 아니라 이해하고 싶지도 않았던 어떤 것의 모서리를 들추어버렸다.

억울하건 말건 팝은 아이가 원하는 대로 하도록 내버려둘 생각이 없었다. 앞으로 어떻게 할 작정인지 확실히 결정하지는 않았지만 대비를 하고 있는 편이 현명한 선택이었다.

그편이 언제나 현명한 선택이었다.

팝은 앉아서 손끝으로 작업대를 두드리며 아이가 보았다는 게 뭘지 궁금해했다. 아이는 팝도 알 거라고—아니면 알지 모른다고—생각하는 눈치였는데 팝은 전혀 감을 잡을 수가 없었다. 아이가 금요일에 알려줄 것이다. 아닐 수도 있었다. 하지만 아이가 알려주지 않더라도 아내 모르게 농구 경기에 돈을 걸었다가 날리는 바람에 팝에게 사백 달러를 빌린 적 있는 아이 아버지가 알려줄 것이다. 아이 아버지가 안다면 그럴 것이다. 아들이 열다섯 살 정도 되면 아무리 좋은 아버지라도 아들의 모든 것을 알지 못하기 마련이고, 케빈은 어린 열다섯 살이라 아이의 아버지는 모든 것을 알고 있거나…… 알아낼 수 있을 것 같았다.

팝이 미소를 지으며 손끝으로 작업대를 두드리고 있을 때 시계들이 일제히 힘없이 5시를 알리기 시작했다.

4장

팝 메릴은 금요일 오후 2시가 되자 가게 문에 걸린 팻말을 '영업 중'에서 '영업 마감'으로 바꾸고, 소니가 운영하는 텍사코 주유소 겸 정비소에서 오래전부터 공짜로 완벽한 관리를 받고 있는(이것 역시 소액 대출의 부산물이었다. 소니 재킷은 1969년에 뉴햄프셔에서 어마어마한 궁지에 몰렸다가 빠져나오느라 팝 메릴에게 엄청나게 신세를 졌다고 실토하느니 발바닥을 뜨거운 숯으로 지지는 쪽을 택할 것이었다) 1959년형 쉐보레 운전석에 올라타 루이스턴을 향해 달렸다. 그는 루이스턴을 싫어했다. 양방 통행인 길이 온 도시를 통틀어서 두 개(어쩌면 세 개일 수도 있었다)밖에 안 되는 것처럼 느껴지기 때문이었다. 그는 늘 그랬던 것처럼 루이스턴에서만 가능한 방식으로 그곳에 도착했다. 목적지까지 차를 몰고 간 게 아니라 그 근처까지 가서 엿같은 일방통행로를 따라 빙글빙글 돌며 느릿느릿 안쪽으로 진입하다 최대한 가까워졌다는 판단이 들자 내려서 목적지까지 걸어갔다. 벗어진 머리에 무테안경을 쓰고, 아랫단이 달린 깔끔한 카키색 바지는 빳빳하게 주름을 잡고 파란색 셔츠는 옷깃까지 단추를 채운 키가 크고 마른 남자가 그였다.

트윈 시티 카메라 겸 비디오 판매점의 쇼윈도에 걸린 팻말에는 잔뜩 엉킨 영화필름과 일전을 벌이고 있지만 패색이 짙은 남자가 만화로 그려져 있었다. 조만간 폭발할 것처럼 생긴 남자였다. 그림 위아래로 이런 문구가 적혀 있었다. "싸우느라 지치셨습니까? 팔 밀리미터 동영상을 (스냅사진도!) 비디오테이프로 옮겨드립니다!"

또 우라질 기기 광고로군. 팝은 이런 생각을 하며 문을 열고 안으로 들어갔다. 이런 인간들 때문에 세상이 죽어나고 있잖아.

하지만 그도 그런 인간—세상을 죽어나게 만드는 인간—이라 편리하다고 판명이 나면 폄하하던 기기도 서슴지 않고 활용했다. 그는 직원과 잠깐 이야기를 나누었다. 직원이 사장을 불러왔다. 그들은 오래전부터 알고 지낸 사이였다(재담꾼이라면 호메로스가 짙은 와인색 바다를 항해하던 시절부터 알고 지낸 사이라고 표현할 것이었다). 사장은 팝을 뒷방으로 데려갔고 거기서 술을 한 모금씩 했다.

"그 사진들 정말 희한하던데." 사장이 말했다.

"아무렴."

"내가 그 사진으로 만든 비디오테이프는 더 희한해."

"그렇겠지."

"할말이 그것뿐인가?"

"아무렴."

"지랄하시네." 사장이 말했고 두 사람은 노인네처럼 쉿소리로 낄

낄거렸다. 카운터 뒤에서 직원이 움찔했다.

팝은 두 가지 물건을 들고 이십 분 뒤에 떠났다. 비디오테이프와 상자를 뜯지 않은 새 폴라로이드 선 660이었다.

***

그는 가게로 돌아가서 케빈의 집으로 전화를 걸었다. 존 딜리번이 전화를 받았을 때 그는 놀라지 않았다.

"지금까지 우리 아들 등골을 빨아먹고 있었다면 내 손에 죽을 줄 알아라, 이 뱀 같은 인간아." 존 딜리번이 대뜸 말하자 멀리서 아이가 자존심 상한 목소리로 "아빠!" 하고 외치는 소리가 팝의 귀에 들렸다.

팝의 입술이 들리며 치아—삐딱하고 부식이 심하고 파이프 담배 때문에 누렜지만 맹세코 의치는 아니었다—가 드러났다. 그 모습을 케빈이 보았더라면 캐슬록의 순박하고 친절한 현자가 맞는지 의아하게 여겼을 것이다. 팝의 정체를 알아차렸을 것이다.

"존, 왜 이러나. 나는 카메라 문제로 자네 아들을 도와주고 있을 뿐이야. 그게 전부라고." 그는 말을 잠깐 멈추었다 이었다. "그러니까 무슨 말인가 하면, 예전에 자네가 세븐티식서스 농구팀을 과대평가했을 때 내가 도와줬던 것처럼 말이지."

존 딜리번 쪽에서 엄청난 정적이 흐르는 걸 보면 그 문제에 대해서 할말은 많지만 아이가 옆에 있기 때문에 재갈이 물린 거나 다름없다는 뜻이었다.

"자네 아들은 그 일에 대해서 전혀 몰라." 팝은 이렇게 얘기하고, 묵은 잡지와 쥐똥 냄새가 작렬하는 엠포리엄 갤로리엄의 째깍거리는 그늘 속에서 음흉하게 씩 웃었다. "내가 그 아이한테 그랬거든. 이게 너와 나의 문제인 것처럼 그 일은 네가 상관할 바 아니라고. 내가 뭘 입수했는지 존, 자네가 봐야 해. 그걸 보지 않으면 자네가 사준 그 카메라를 아이가 부수고 싶어 하는 이유와 ……."

"부수라고 해요!"

"……내가 그러는 게 좋겠다고 생각하는 이유를 이해하지 못할 테니까. 아이와 함께 여기로 올 텐가, 말 텐가?"

"내가 포틀랜드로 출근하지 않은 거 모르겠어요? 망할!"

"문에 걸린 팻말은 신경쓰지 말게." 팝은 지금까지 자기 마음대로 해왔고 앞으로도 그럴 사람 특유의 평온한 투로 말했다. "문을 두드리면 돼."

"도대체 누가 우리 아들한테 당신의 존재를 가르쳐준 거요, 메릴?"

"물어보지 않았는데." 팝은 상대를 뚜껑 열리게 만드는 평온한 투로 대답하고 전화를 끊었다. 그러고는 아무도 없는 가게에 대고 말했다. "내가 아는 건 그 아이가 찾아왔다는 것뿐이야. 아이들이 늘 그렇듯이 말이지."

***

팝은 딜리번 부자를 기다리는 동안 루이스턴에서 산 선 660을 상자에서 꺼내고 상자는 작업대 옆에 둔 쓰레기통 깊숙이 넣었다. 생각에 잠긴 눈빛으로 카메라를 쳐다보다가 같이 딸려오는 네 장짜리 스타터 팩을 넣었다. 그런 다음 카메라 본체의 포장을 벗겨서 렌즈를 드러냈다. 번개 모양의 왼쪽 버튼에 잠깐 빨간 불이 들어오더니 초록 불이 깜빡이기 시작했다. 팝은 전전긍긍하는 자신의 모습을 발견하고도 별로 놀라지 않았다. '자, 신은 겁쟁이를 싫어하신다지.' 그는 이런 생각을 하며 셔터를 눌렀다. 헛간처럼 어수선한 엠포리엄 갤로리엄 내부가 순간 인정사정없고 비현실적인 하얀빛으로 뒤덮였다. 카메라가 질척한 신음 소리를 내며 폴라로이드 사진—완벽하게 충분하지만 어딘가 부족한—을 토했다. 배를 타고 서쪽으로 계속 가다 보면 연기가 나고 괴물이 우글거리는 세상의 끝으로 떨어질 것처럼 평면적이기 그지없는 사진이었다.

팝은 케빈이 처음으로 찍은 사진이 현상되길 기다리던 딜리번 가족처럼 넋을 잃고 그 사진을 바라보았다. 이 카메라는 다를 거라고, 당연히 그럴 거라고 속으로 중얼거렸지만 긴장이 돼서 온몸이 뻣뻣하게 굳었다. 바로 그때 마룻널에서 삐걱거리는 소리가 났다면 그는 겁쟁이 노인네 소리를 듣거나 말거나 비명을 질렀을 것이다.

하지만 마룻널에서 삐걱거리는 소리는 나지 않았고 현상된 사진은 예상했던 범주를 넘지 않았다. 조립된 시계, 분해된 시계, 토스터, 노끈으로 묶인 잡지, 흉측한 갓 때문에 영국의 상류층 여자들만 진심으로 사랑할 수 있는 스탠드, 『해가 진 뒤에 만나요』, 『육신의 불꽃』, 『놋쇠 컵케이크』 이런 제목의 이십오 센트짜리(여섯 권 사면 전부 해서 일 달러) 페이퍼백이 꽂힌 책꽂이, 그리고 저멀리 배경으로 보이는 먼지 낀 앞유리창. '엠포'까지 보이고 나머지는 덩치 큰 서랍장의 실루엣에 가려진 거꾸로 적힌 상호.

무덤에서 부활한 흉측한 존재는 없었다. 파란색 오버올을 입고 칼을 휘두르는 인형도 없었다. 카메라뿐이었다. 그가 실험해보겠다고 충동적으로 사진을 찍은 것을 보면 그것이 얼마나 무의식 깊숙이 스며들었는지 알 수 있었다.

팝은 한숨을 쉬고 사진을 쓰레기통에 버렸다. 작업대에 달린 널찍한 서랍에서 조그만 망치를 꺼냈다. 왼손으로 카메라를 단단히 잡고, 시계 째깍거리는 소리와 먼지로 자욱한 허공을 가르며 망치로 짧은 포물선을 그렸다. 힘을 잔뜩 싣지도 않았다. 그럴 필요가 없었다. 요즘은 어느 누구도 손 기술에 자부심을 느끼지 않았다. 다들 놀라운 현대 과학기술과 합성 화학, 신소재 합금, 고분자 등 뭔지 모를 것에 대해 지껄였다. 상관없었다. 똥 같은 놈들. 요즘은 모든 게 그걸로 만들어졌고 똥으로 만든 카메라를 부순답시고 심혈을 기울일 필요는 없었다.

렌즈가 박살났다. 플라스틱 조각들이 사방으로 날리자 연상되는 게 있었다. 왼쪽이었나, 오른쪽이었나? 그는 눈살을 찌푸렸다. 왼쪽이었다. 생각이 났다. 그들은 알아차리지 못할 테고 알아차렸다 한들 어느 쪽이었는지 기억하지 못할 거라고 거의 장담할 수 있었지만 팝은 거의라는 단어를 믿고 재산을 축적한 게 아니었다. 대비를 하고 있는 편이 현명한 선택이었다.

그 편이 언제나 현명한 선택이었다.

그는 망치를 내려놓고 조그만 빗자루로 깨진 유리와 플라스틱 조각을 쓸어서 바닥으로 떨어뜨린 다음 심이 얇은 색연필과 종이칼을 꺼냈다. 메그가 케빈 딜리번의 카메라를 쳐서 떨어뜨렸을 때 깨진 부분과 비슷하게 선을 그리고 종이칼로 그었다. 충분히 깊숙하게 홈을 새겼다는 생각이 들자 칼을 다시 서랍에 넣고 작업대에 놓여 있던 폴라로이드 카메라를 바닥으로 떨어뜨렸다. 가뜩이나 그가 홈을 파놓았으니 똑같은 현상이 벌어질 수밖에 없었다.

결과물이 제법 그럴듯했다. 그는 옆면에 이가 빠지고 렌즈가 박살난 카메라를 살펴보고 고개를 끄덕인 다음 어두컴컴한 작업대 아래쪽에 깊숙이 넣었다. 카메라에서 떨어져 나온 조각들은 상자와, 카메라로 촬영한 단 한 장의 사진과 함께 쓰레기통에 넣었다.

이제 딜리번 부자가 등장하길 기다리는 것말고는 할 일이 없었다. 팝은 비디오테이프를 들고 2층의 작고 답답한 아파트로 올라갔다. 요즘은 돈만 주면 구할 수 있는 포르노를 보려고 사놓은 VCR 위에 비디오테이프를 올려놓고 의자에 앉아서 신문을 읽었다. 파키스탄에서 비행기 추락 사고가 벌어졌다고 했다. 130명이 사망했다. '빙충이들이 꼭 죽으려고 환장을 한단 말이지.' 팝은 생각했다. 하지만 상관없었다. 밥맛들의 숫자가 줄수록 모두에게 좋은 일이었다. 그는 스포츠면으로 넘겨서 레드 삭스의 성적을 확인했다. 그들이 미국 동부 지구 우승을 차지할 가능성이 여전히 높았다.

5장

“왜 그러셨어요?” 둘이서 같이 외출 준비를 하는 동안 케빈이 물었다. 집에는 둘뿐이었다. 메그는 발레 수업을 받으러 갔고 딜리번 부인은 친구들과 브리지 게임을 하는 날이었다. 그녀는 큼지막하고 푸짐한 피자와, 누가 이혼 수속을 밟는 중이고 누가 이혼을 고민중인가 하는 소식을 안고 5시에 돌아올 예정이었다.

“알 것 없다.” 딜리번 씨는 화가 난 동시에 당황스러움이 깃든 험악한 목소리로 대답했다.

날이 쌀쌀했다. 딜리번 씨는 얇은 재킷을 찾고 있었다. 그는 걸음을 멈추고 몸을 돌려서, 재킷을 입고 한 손에 폴라로이드 카메라를 든 채 뒤에 서 있는 아들을 바라보았다.

“좋아.” 그가 말했다. “나는 지금까지 너에게 비겁하게 군 적이 없고 지금도 그러고 싶지 않아. 무슨 뜻인지 알 거라고 본다만.”

“알아요.” 케빈은 대답하고는 생각했다. ‘그러니까 무슨 말인가

하면, 그게 무슨 뜻인지 정확히 알고 있다고요.'

"네 엄마는 이 일에 대해서 전혀 몰라."

"엄마한테 얘기하지 않을게요."

"그런 말은 하는 게 아니야." 아버지가 그에게 날카롭게 쏘아붙였다. "한번 그런 말을 하기 시작하면 멈출 수가 없단 말이다."

"하지만 아빠가 그러셨잖아요……."

"그래, 너희 엄마한테 절대 비밀로 했지." 그의 아버지는 이렇게 말하고, 마침내 재킷을 찾아서 걸쳐 입었다. "너희 엄마는 묻지 않았고 나는 얘기하지 않은 거다. 앞으로도 엄마가 묻지 않으면 나는 얘기할 필요가 없을 거야. 네가 듣기에는 말도 안 되는 변명 같으냐?"

"네." 케빈이 말했다. "솔직히 그렇게 들려요."

"알았다." 딜리번 씨가 말했다. "알았어……. 하지만 우리는 그런 식이야. 누가 얘길 꺼내면 말을 해야 하겠지. 꺼내지 않으면 하지 않는 거고. 어른들 세계는 그런 식이야. 개판처럼 들릴 테고 가끔 개판이 될 때도 있지만 우리는 그런 식이야. 그런가 보다 하고 넘어갈 수 있겠니?"

"네, 아마도요."

"좋아, 그럼 가자."

그들은 재킷 지퍼를 잠그며 집 앞 진입로를 나란히 걸어갔다. 존 딜리번의 관자놀이를 덮고 있던 머리가 바람에 날리자 케빈은 아버지의 머리가 희끗희끗해지기 시작했다는 것을 처음으로 알아차리고 놀라고 불안해졌다.

"아무튼 별일 아니었어." 딜리번 씨가 말했다. 혼잣말에 가까웠다. "팝 메릴하고 엮인 일은 별일일 수가 없지. 그 정도로 대단한 위인이 못 되니까. 내 말이 무슨 뜻인지 알까 모르겠다만."

케빈은 고개를 끄덕였다.

"그는 재산이 제법 많지만 고물가게로 번 돈은 아니야. 캐슬록의 샤일록*이거든."

"캐슬록의 누구라고요?"

"몰라도 된다. 이 나라 교육이 완전히 골로 가지 않았다면 조만간 그 작품을 배울 테니까. 그는 법에서 허용한 것보다 훨씬 높은 이자를 매겨서 돈을 빌려주는 사람이야."

"왜 그런 사람한테 돈을 빌려요?" 케빈은 빨간색, 자주색, 황금색 낙엽을 천천히 떨어뜨리는 나무들을 지나서 시내 쪽으로 걸어가며 물었다.

"왜냐하면." 딜리번 씨는 뚱한 목소리로 말했다. "다른 데서는 빌릴 수가 없기 때문이지."

"신용이 좋지 않아서요?"

"그런 거지."

"하지만 우리는…… 아빠는……."

"그래, 지금이야 괜찮게 살고 있지. 하지만 늘 그랬던 건 아니야. 너희 엄마하고 막 결혼했을 때는 살림살이가 전혀 괜찮지 않았다."

* 셰익스피어의 희곡 『베니스의 상인』에 등장하는 고리대금업자.

그는 한동안 아무 말도 하지 않았고 케빈은 침묵을 깨지 않았다.

"어느 해에 셀틱스 농구팀에 대한 자부심이 하늘을 찔렀던 사내가 있었다." 그의 아버지가 말했다. 도로의 금을 밟으면 어머니의 허리가 부러질까 봐 걱정하는 사람처럼 발치를 내려다보고 있었다. "그해에 셀틱스는 필라델피아 세븐티식서스와 결승전을 치르게 됐어. 셀틱스의 우승을 점치는 사람들이 더 많았지만 평소보다는 적었지. 나는 세븐티식서스가 우승할 것 같은 예감, 그해가 그들의 해가 될 것 같은 예감을 느꼈다."

그는 부피가 작지만 값이 나가는 제품을 외투 속으로 집어넣으려는 들치기처럼 아들을 얼른 훔쳐보았다가 도로의 금으로 시선을 돌렸다. 그들은 이제 캐슬힐을 내려와서 이 도시를 통틀어 유일하게 신호등이 있는 로어메인 스트리트와 워터밀 레인의 네거리를 향해 가고 있었다. 그 네거리를 지나면 이곳 주민들이 틴 브리지라고 부르는, 캐슬 스트림에 놓인 다리가 나왔다. 다리의 상부구조가 짙은 파란색으로 물든 가을 하늘을 기하학적인 무늬로 깔끔하게 갈랐다.

"그런 예감, 그 남다른 확신 때문에 돈 없는 사람들이 카지노와 포커 게임판이 벌어지는 뒷방에서 통장, 집, 차, 입고 있던 옷까지 날리는 거겠지. 하늘에서 보낸 전보를 받은 듯한 느낌 때문에. 나는 그때 한 번뿐이었던 걸 하늘에 감사한다.

당시에 나는 주변 사람들과 풋볼 경기나 월드 시리즈가 열릴 때 장난삼아 내기를 걸곤 했는데 기껏해야 오 달러였고 대개는 그보다 금액이 적어서 형식상 이십오 센트나 담배 한 갑, 이런 식이었거든."

이번에는 케빈이 들치기처럼 흘끗 쳐다보다 인도에 금이 있는지 없는지 살피던 딜리번 씨와 눈이 마주쳤다.

"그래, 당시에는 담배도 피웠다. 요즘은 담배도 끊었고 내기도 하지 않아. 그때를 마지막으로. 그때 못된 버릇을 고쳤지.

당시 너희 엄마하고 나는 결혼한 지 이 년밖에 안 된 신혼부부였어. 네가 아직 태어나기 전이었고. 내가 보조 측량 기사로 일을 하고 받는 주급은 116달러였지. 정부에서 이것저것 떼어 가고 남는 금액이 그 정도였다고 해야겠다만.

엔지니어들 중에 셀틱스에 대한 자부심이 하늘을 찔렀던 사람이 있었다. 등에 토끼풀이 그려진 초록색의 셀틱스 운동 재킷을 입고 출근할 정도였던 사람이. 결승전 전주에 그가 세븐티식서스에 돈을 걸 만큼 용감하고 멍청한 사람이 있으면 좋겠다는 소리를 계속 늘어놓더구나. 내기를 위해 사백 달러가 준비돼 있다면서.

내 안에서 들리는 어떤 목소리가 점점 커져만 갔고 나는 결국 챔피언십 시리즈가 시작되기 전날 점심시간에 그를 찾아갔다. 심장이 어찌나 쿵쾅거렸던지 이러다 가슴을 찢고 나오는 건 아닌가 싶었지. 너무 두려웠거든."

"사백 달러가 없어서 그랬겠죠. 그 사람은 있는데 아빠는 없어서." 케빈은 팝 메릴을 찾아간 이래 처음으로 카메라를 완전히 잊은 채 아버지를 대놓고 쳐다보고 있었다. 좀더 새롭고 화려한 사건 앞에서 선 660의 묘기는—일시적으로나마—잊혔다. 아버지도 젊었을 때 케빈이 아는 다른 사람들처럼 어마어마하게 멍청한 짓을 저질렀다니, 이성을 따르는 종족에 속하는 성인이 끔찍한 충동이나 엉뚱한 본능에 휩쓸리지 않도록 보호해주지 않으면 언젠가 케빈이 독립했을 때 저지를 수도 있는 그런 짓을 저질렀다니. 아버지도 잠깐이나마 직감을 따르는 종족이었던 적이 있었다니. 믿기지 않았지만 이게 증거가 아니면 무엇이겠는가.

"맞아."

"그래도 아버지는 내기를 걸었죠."

"당장 달려들지는 않았어." 그의 아버지가 말했다. "그에게 세븐티식서스가 챔피언십 시리즈에서 우승할 것 같긴 한데 별 볼 일 없는 보조 측량 기사에게 사백 달러는 너무 위험부담이 크다고만 했지."

"하지만 돈이 없다고 털어놓지는 않았고요."

"미안하지만 그보다 대담하게 굴었단다. 돈이 있는 척했거든. 사백 달러를 날릴 여력이 못 된다고 했으니 아무리 좋게 포장해도 솔직했다고 볼 수는 없었지. 일대일 내기에 그 정도 금액을 걸 수는 없다고 했으니…… 거짓말은 아니었지만 거짓말의 경계를 넘을락말락 했지. 그렇지 않니?"

"그러게요."

"그때 현장감독이 일을 시작할 때가 됐다는 종을 울리지 않았다면 어떤 일이 벌어졌을지 모르겠다. 아무 일도 벌어지지 않았을지 모르지만, 아무튼 종이 울리자 엔지니어는 두 손을 들더니 이렇게 얘기했어. '그럼 이 대 일로 해줄게. 그게 자네가 원하는 거라면. 나는 상관없어. 어차피 내 주머니에 든 사백 달러는 없어질 일이 없을 테니까.' 정신을 차리고 보니 대여섯 명의 직원들이 지켜보는 가운데 약속하는 의미에서 악수를 하고 있었고 나는 빼도 박도 못하게 됐지. 그날 저녁에 퇴근하는데 너희 엄마의 얼굴과 이 사실을 알면 뭐라고 할지가 떠올라서 그 당시 타고 다니던 구형 포드를 갓길에 대고 문 밖으로 토악질을 했단다."

경찰차 한 대가 해링턴 스트리트를 따라서 천천히 움직이고 있었다. 운전석에는 노리스 리지웍이, 조수석에는 앤디 클러터벅이 앉아 있었다. 경찰차가 메인 스트리트로 좌회전했을 때 클러터벅이 손을 들었다. 존과 케빈 딜리번도 손을 들어서 화답했다. 존 딜리번이 구형 포드 문을 열고 흙길에 대고 토악질 같은 건 한 적도 없었던 것처럼 가을이 그들 주변에서 꾸벅꾸벅 졸고 있었다.

그들은 메인 스트리트를 건넜다.

"뭐…… 그래도 본전을 뽑았다고 봐야겠지. 세븐티식서스가 일곱 번째 경기가 끝나기 몇 초 전까지 잘 나갔으니까. 그러다 아일랜드에서 온 어떤 놈—이름은 잊어버렸다만—이 핼 그리어한테서 뺏은 공을 네트에 꽂으면서 있지도 않은 사백 달러가 날아가긴 했다만. 다음날 엔지니어 놈한테 돈을 들고 갔더니 '막판에 살짝 불안했다'고 하더구나. 그뿐이었어. 엄지손가락으로 그 자식의 눈알을 파버리고 싶었지."

"다음날 돈을 들고 가셨다고요? 무슨 수로요?"

"내가 얘기했잖니, 그건 열병과도 같다고. 약속하는 의미에서 악수를 한 순간 열병은 끝났어. 나는 내기에서 이길 수 있길 미친듯이 바랐지만 질 경우에 대비해야 한다는 걸 알았지. 사백 달러만 생각하면 되는 문제가 아니었거든. 두말하면 잔소리지만 일자리까지 걸린 문제였으니까. 내기를 하기로 해놓고 돈을 주지 않으면 어떻게 되겠니? 그는 엔지니어였으니까 엄밀히 따지면 내 상사였어. 내가 입을 씻으면 나를 자르고도 남을 만큼 성깔이 불 같은 면도 있었고. 내기가 아니라 다른 데서 꼬투리를 잡았겠지. 내 이력에 흠집이 남을 만한 데서. 하지만 가장 큰 문제는 그게 아니었단다. 절대 아니었지."

"그럼 뭐였는데요?"

"너희 엄마. 우리 결혼 생활. 젊고 찢어지게 가난한 시절에는 결혼 생활이 항상 위태롭기 마련이란다. 서로를 아무리 사랑하더라도 결혼 생활이라는 것은 한계치에 다다른 짐말과 같아서 엉뚱한 때 엉뚱한 일이 터지면 쓰러지거나 심지어 죽어서 나동그라질 수도 있거든. 내기에서 사백 달러를 날렸다고 너희 엄마가 나랑 이혼하지는 않았을 것 같지만 내 짐작이 맞는지 확인할 필요가 없었던 걸 다행스럽게 생각한다. 열병이 지나간 후 나는 사백 달러만 걸린 문제가 아닐지 모른다는 것을 깨달았지. 내 모든 미래가 걸린 문제일지 모른다는 것을."

엠포리엄 갤로리엄이 점점 가까워졌다. 광장 잔디밭 가장자리에 벤치가 하나 있었다. 딜리번 씨는 케빈에게 거기 앉으라고 손짓했다.

"금방 끝날 거다." 그는 이렇게 말하고 웃음을 터뜨렸다. 초보 운전자가 기어를 바꾸듯 조여져서 삐걱거리는 웃음이었다. "오랜 세월이 흘렀는데도 털어놓으려니 속이 많이 쓰리네."

그들은 벤치에 앉았다. 딜리번 씨는 광장 잔디밭 한가운데 있는 음악당을 바라보며 어쩌다 팝 메릴을 알게 되었는지 이야기를 마무리지었다.

"내기를 한 날 저녁에 그를 찾아갔지. 너희 엄마한테는 담배 사러 간다고 하고서. 아무한테도 들키지 않게 해가 진 뒤에 찾아갔어. 동네 주민들 말이다. 그들한테 들키면 나한테 문제가 생겼다는 걸 알아차릴 텐데 그건 싫었거든. 들어갔더니 팝이 이러더구나. '자네처럼 직장도 탄탄한 사람이 여긴 어쩐 일인가, 존 딜리번 씨?' 내가 무슨 짓을 저질렀는지 얘기했을 때는 이랬지. '내기를 걸어놓고 벌써부터 질 생각을 하다니.' 그래서 내가 말했지. '돈말고 다른 건 날리지 않도록 조치를 취하고 싶어서요.'

그 말을 듣더니 그가 웃고는 말하더구나. '나는 현명한 사람을 존경하네. 자네는 믿어도 되겠다는 생각이 드는군. 셀틱스가 이기면 찾아오게. 내가 조치를 취해줄 테니. 자네는 얼굴이 정직하게 생겼어.'"

"그걸로 끝이었어요?" 케빈이 물었다. 중학교 2학년 수학에 대출이 한 단원으로 배정되어 있었고 그는 그때 배운 내용을 대부분 기억했다. "그 뭐냐, 담보는 요구하지도 않았어요?"

"팝을 찾아가는 사람들은 담보를 잡히지 않아." 아버지가 말했다. "그는 영화에 나오는 악덕 대부업자가 아니야. 돈을 갚지 않는다고 다리를 부러뜨리거나 그러지 않아. 하지만 혼쭐내는 자기만의 방법이 있지."

"어떤 방법인데요?"

"그건 알 것 없다." 존 딜리번이 말했다. "나는 마지막 경기가 끝난 뒤에 담배 사러 나갔다 오겠다는 말을 하려고 2층으로 올라갔지.

하지만 너희 엄마가 벌써 잠이 들어서 거짓말을 할 필요가 없었다. 11시가 넘었으니 캐슬록 기준으로는 늦은 시각이었지만 그의 가게에는 불이 켜져 있었지. 나는 그럴 줄 알았다만. 그는 십 달러짜리 지폐로 돈을 주었어. 오래된 크리스코 쇼트닝 깡통에 든 걸 꺼내서. 전부 십 달러짜리였어. 똑똑히 기억해. 쭈글쭈글했던 걸 반듯하게 펴놓았더군. 그가 정수리에 안경을 얹고 파이프 담배를 피우며 은행원처럼 십 달러짜리 지폐 사십 장을 세서 주는데 순간 그의 옥수수를 털어버리고 싶더구나. 하지만 고맙다고만 했지. 가끔 고맙다는 말을 하기가 힘들 때도 있다는 걸 너는 모를 거다. 앞으로도 절대 몰랐으면 좋겠다만. 그가 '조건은 알겠지?' 하기에 안다고 대답했더니 이러더구나. '좋아. 자네 걱정은 하지 않아. 그러니까 무슨 말인가 하면, 자네는 얼굴이 정직하게 생겼다는 거야. 가서 그 사람하고의 문제를 해결한 다음 나하고의 문제를 해결하면 돼. 그리고 앞으로 내기 같은 건 하지 말게. 얼굴을 보면 도박에 소질이 있는지 없는지 알 수 있으니까.' 그래서 나는 돈을 들고 집으로 가서 구형 포드 발매트 밑에 숨겼다. 그러고는 네 엄마 옆에 가서 누웠는데 추잡한 인간이 된 것 같은 기분에 밤새 한숨도 잠을 자지 못했단다. 다음날 내기를 건 엔지니어를 찾아가서 돈을 주었더니 그는 세어보고 반으로 접어서 셔츠 주머니에 넣고 단추를 잠그고 그만이더구나. 하루 일과가 끝나면 작업반장에게 제출하는 주유 영수증이라도 되는 듯이. 그러고는 내 어깨를 두드리며 이렇게 말했지. '자네는 착한 친구로군, 조니. 생각했던 것보다 훨씬 더. 나는 사백 달러를 땄지만 빌 운터마이어한테는 이십 달러를 잃었어. 그 친구는 자네가 오늘 아침에 출근하자마자 돈을 들고 올 거라는 데 내기를 걸었고, 나는 이번 주말은 되어야 돈을 받을 수 있다는 데 내기를 걸었거든. 만약 돈을 받는다면 말이지.' '돈 갚았습니다.' 내가 말했지. '알았어.' 그는 이렇게 말하면서 다시 내 어깨를 두드렸는데, 나는 하마터면 엄지손가락으로 그의 눈알을 파버릴 뻔했단다."

"팝이 이자를 얼마나 받아 갔나요?"

그의 아버지는 케빈을 날카로운 눈빛으로 쳐다보았다. "그자가 너더러 팝이라고 불러도 좋다고 하던?"

"네, 왜요?"

"부디 조심해라. 뱀 같은 작자니까."

그러더니 그는 얼렁뚱땅 넘기려 하고 있다는 걸 안다고 시인이라도 하듯이 한숨을 내뱉었다. "십 퍼센트. 이자가 십 퍼센트였지."

"그 정도면 그렇게 많은 것도……."

"매주 복리로." 딜리번 씨는 이렇게 덧붙였다.

케빈은 잠깐 동안 아무 말도 하지 못했다. "그건 불법이잖아요!"

"불법이다마다." 딜리번 씨가 건조하게 말했다. 못 믿겠다는 듯이 잔뜩 힘을 주고 있는 아들의 얼굴을 쳐다보고 있자니 마찬가지로 힘이 들어가 있던 그의 표정이 풀렸다. 그는 웃음을 터뜨리며 아들의 어깨를 툭 쳤다. "이런 게 세상이다, 케빈." 그가 말했다. "우리 모두 그렇게 살다 죽는 거지."

"하지만……."

"하지만 뭐? 그게 대가였고 그는 내가 대가를 지불할 사람이라는 걸 알았지. 옥스퍼드의 공장에서 3시부터 11시까지 일할 직원을 구하고 있다는 걸 알았거든. 좀 전에 내가 질 경우에 대비했다고 했는데, 팝을 찾아가기만 한 게 아니었단다. 너희 엄마한테 당분간 3시 이후에 추가 근무를 할지 모른다고 선수를 쳐놓았지. 너희 엄마가 차도 바꾸고 싶어 했고, 더 좋은 아파트로 이사도 가야 할 테고 경제적으로 어려워질 경우에 대비해서 저금도 해야 한다면서."

그는 웃음을 터뜨렸다.

"뭐, 이미 경제적으로 어려워진 상황이었지만 너희 엄마는 몰랐고 나는 아내가 끝까지 모르도록 최선을 다할 참이었다. 가능할지 어떨지 알 수 없었지만 최선을 다할 참이었어. 너희 엄마는 결사반대했지. 하루에 열여섯 시간을 일하다니 그러다 죽을지 모른다고. 공장은 위험하다고, 누가 팔이나 다리가 잘렸다거나 아니면 롤러에 빨려 들어가 죽었다고 노상 신문에 나오지 않느냐고. 나는 걱정할 것 없다고 했지. 나는 선별실에서 근무할 테니 보수는 가장 적지만 앉아서 하는 일이라고, 너무 힘들면 그만두겠다고. 그래도 너희 엄마는 반대했지. 자기가 나가서 일을 하겠다고 하기에 내가 그건 안 된다고 했다. 그거야말로 내가 가장 바라지 않는 바였으니까."

케빈은 고개를 끄덕였다.

"나는 너희 엄마한테 육 개월, 길어도 팔 개월만 하고 그만두겠다고 했지. 그러고서는 공장으로 찾아가 일자리를 얻었는데 선별실이 아니었단다. 거대한 세탁기의 탈수기처럼 생긴 기계에 재료를 넣는 롤러에 배치됐지. 위험한 작업이었어. 삐끗하거나 정신을 딴데 팔면—워낙 단조로운 일이라 정신을 차리고 있기가 얼마나 힘들었는지 몰라—몸의 일부분 혹은 전부를 잃을 수 있었거든. 어떤 남자의 손이 롤러에 빨려 들어가는 걸 본 적이 한 번 있었는데 두 번 다시 목격하고 싶지 않은 광경이었지. 고기가 잔뜩 든 고무장갑이 터진 것 같았거든."

"젠장." 케빈이 말했다. 그는 아버지 앞에서 그 단어를 쓴 적이 없었는데 아버지는 그가 무슨 말을 했는지 알아차리지도 못하는 눈치였다.

"아무튼 시간당 이 달러 팔십 센트를 받았고 두 달이 지나니까 삼 달러 십 센트로 올려주더구나." 그가 말했다. "지옥이 따로 없었지. 하루 종일 도로에서 일을 하다—초봄이라 덥지 않아서 다행이긴 했다만—늦지 않으려고 포드를 미친듯이 밟아가며 공장으로 달려갔거든. 카키색 유니폼에서 청바지와 티셔츠로 잽싸게 갈아입고 3시부터 11시까지 롤러 앞에서 일을 했지. 집에 오면 자정 무렵이었는데 너희 엄마가 자지 않고 기다리고 있을 때—일주일에 두세 번 그랬거든—가 최악이었어. 피곤해서 똑바로 걷지도 못하겠는데 유쾌하고 기운이 넘치는 척해야 했거든. 피곤한 티를 냈다가는……."

"엄마가 그만두게 하셨겠죠."

"맞아, 그랬겠지. 그래서 밝고 명랑한 목소리로 일하지도 않는 선별실에서 있었던 재미있는 일이랍시고 이야기를 늘어놓았는데, 너희 엄마가 따뜻한 저녁이라도 먹이겠다며 어느 날 찾아왔더라면 어떻게 됐을지 지금도 가끔 궁금해. 내가 연극을 제법 잘하긴 했지만 그래도 티가 났는지 너희 엄마가 그랬거든, 몇 푼 되지도 않는 돈 때문에 기운을 다 빼다니 바보 같은 짓이라고. 정부에 뜯기고 팝한테 뜯기고 나면 정말로 쥐꼬리밖에 안 남는 것처럼 느껴지긴 했지. 최저임금을 받아가며 선별실에서 근무하는 직원이 받을 수 있는 돈이 딱 그 정도였다고 할까. 공장에서는 수요일 오후에 주급을 주었는데 나는 수표를 받으면 경리실 직원이 퇴근하기 전에 꼭 현금으로 바꾸었단다.

너희 엄마는 주급 수표를 한 번도 본 적이 없어.

첫 주에 팝에게 50달러를 갚았다. 40달러가 이자, 10달러가 400달러에서 제하는 원금이었으니 이제 390달러가 남은 셈이었지. 나는 걸어다니는 시체나 다름없었어. 도로 일을 할 때는 점심시간이 되면 차에 앉아서 샌드위치를 먹고 현장감독이 빌어먹을 종을 울릴 때까지 눈을 붙였지. 종소리가 얼마나 싫었는지 모른다.

둘째 주에도 50달러를 갚았으니—39달러가 이자, 11달러가 원금이었지—379달러가 남았지. 나는 산을 한 입씩 쪼아먹는 새가 된 듯한 기분이었단다.

셋째 주에 하마터면 롤러로 빨려 들어갈 뻔한 이후로 겁이 나서 잠깐 정신이 번쩍 들었는데…… 좋은 수가 생각날 만큼 정신이 번쩍 들었으니 뜻밖의 축복이었다고 해야겠지. 좋은 수가 뭔가 하면 담배를 끊어야 한다는 거였어. 그 생각을 왜 진작 하지 못했는지 이해가 되지 않더라. 그때는 담배가 한 갑에 사십 센트였거든. 그걸 하루에 두 갑씩 피웠으니 일주일이면 오 달러 육십 센트였어!

두 시간마다 한 번씩 돌아오는 휴식 시간에 태리턴 담뱃갑을 들여다보니 열에서 열두 개비 정도 남았더구나. 그걸로 일주일 하고 반을 버티고 두 번 다시 담배를 사지 않았지.

해낼 수 있을지 없을지 모르는 채로 한 달을 보냈어. 한 달 동안은 6시에 알람이 울리면 못하겠다, 메리한테 솔직히 털어놓고 무슨 벌이든 달게 받자, 했단다. 그런데 두 달째로 접어든 순간 어쩌면 끄떡없을지 모르겠다는 생각이 들더구나. 나는 오늘날까지도 매주 부가로 생긴 오 달러 육십 센트가—그리고 오가면서 수거한 맥주와 탄산음료 공병이—변화의 원인이라고 생각한다. 원금이 삼백으로 줄었으니 매주 이십오, 이십육 달러의 여유가 생겼고 시간이 지날수록 여유 금액은 점점 더 커졌지.

그러다 사월 말로 접어들었을 때 도로 사업이 끝나면서 일주일의 유급 휴가가 생겼다. 이제 공장 일을 그만둬도 되겠다고 했더니 너희 엄마는 정말 다행이라고 했지. 나는 일주일의 휴가 기간 동안 하루 종일 공장에서 일을 했지. 그러면 오십 퍼센트 추가 근무 수당을 받을 수 있었거든. 한 번도 사고를 당한 적이 없었다. 나보다 더 팔팔하고 정신이 멀쩡한 사람들도 사고를 당했는데 나는 한 번도 당한 적이 없었어. 이유는 모르겠다만. 그 주가 끝났을 때 나는 팝 메릴에게 백 달러를 갚고 제지 공장에는 다음주까지만 출근하겠다고 알렸다. 그 주 이후에는 금액을 잘게 쪼개서 너희 엄마 모르게 봉급에서 조금씩 빼돌렸지."

그는 한숨을 내뱉었다.

"이제 내가 어쩌다 팝 메릴과 아는 사이가 되었는지, 왜 그를 못 믿는지 알겠지? 내가 지옥에서 십 주를 보내는 동안 그는 십 달러짜리 지폐로 내 고혈을 빨아먹었고 그걸 크리스코나 다른 깡통에 넣어두었다가 나처럼 일이 배배 꼬여버린 멍텅구리한테 빌려주었을 거다."

"아빠, 그 할아버지가 진짜 싫겠어요."

"아니." 딜리번 씨는 벤치에서 일어나며 대답했다. "나는 그를 싫어하지 않고 내 자신도 싫어하지 않아. 열병에 걸렸던 것뿐이야. 그보다 더 심각한 사태가 벌어질 수도 있었지. 결혼 생활이 파탄날 수도 있었고 그러면 너와 메그는 태어나지 않았을 테지. 아니면 내가 죽을 수도 있었잖니. 팝 메릴은 약이었어. 극약이긴 했지만 효과 만점이었지. 용서하기 힘든 부분은 그의 방식이었어. 빌어먹을 동전 한 닢마저 알뜰하게 받아서 금전등록기 아래 서랍에 넣어둔 장부에 기록했고, 눈 밑으로 짙어지는 내 다크서클과 골반에 걸쳐지는 바지를 보고서도 아무 소리 하지 않았거든."

그들은 엠포리엄 갤로리엄을 향해 걸어갔다. 늦게까지 켜놓은 다른 가게 유리창의 칙칙하고 희미하고 누런 네온사인 불빛을 뒤집어써서 전면이 당당하게 눈에 확 띄었다. 그 옆에서 폴리 차머스가 자기 가게 앞을 쓸며 앨런 팽본 보안관과 대화를 나누고 있었다. 폴리는 머리를 말꼬리처럼 하나로 묶어서 젊고 발랄해 보였다. 보안관은 빳빳하게 다린 제복을 입고 있어서 젊고 용감해 보였다. 하지만 모든 게 보이는 것이 전부는 아니었다. 그건 열다섯 살밖에 안 된 케빈도 아는 사실이었다. 팽본 보안관은 그해 봄에 교통사고로 아내와 막내아들을 잃었고, 케빈이 듣기로 폴리 차머스는 젊어 보이거나 말거나 관절염이 심해서 몇 년 안으로 불구가 될지 모른다고 했다. 보이는 것이 전부는 아니었다. 이 생각이 들자 그는 다시 엠포리엄 갤로리엄 쪽을 흘끗 쳐다보았다가…… 손에 들고 있는 생일 선물 카메라를 내려다보았다.

"나는 사실 그에게 신세를 졌지." 딜리번 씨가 생각에 잠긴 투로 중얼거렸다. "덕분에 담배를 끊었으니까. 그래도 믿을 사람은 못 돼. 잘 피해야 해, 케빈. 무슨 일이 있더라도 말 상대는 내가 하마. 이제는 내가 그를 예전보다 잘 알 테니까."

이렇게 해서 딜리번 부자는 째깍거리는 시계 소리와 먼지로 덮인 정적 속으로 들어갔다. 둥그스름한 대머리 위에 안경을 얹고 한두 가지 꼼수를 준비해놓은 팝 메릴이 문가에서 그들을 기다리고 있었다.

6장

"아버지와 아들이 드디어 오셨군그래." 팝은 기뻐하는 할아버지처럼 미소를 지으며 얘기했다. 자욱한 파이프 담배 연기 뒤에서 그의 눈동자가 반짝이자 깨끗하게 면도를 했음에도 케빈의 눈에는 순간 그가 산타클로스처럼 느껴졌다. "훌륭한 아드님을 두셨어, 딜리번 씨. 훌륭한 아드님을."

"압니다." 딜리번 씨가 말했다. "계속 그렇게 자라길 바라기 때문에 당신과 엮였다고 했을 때 내가 화를 냈던 겁니다."

"섭섭하군." 팝이 나무라는 기미가 느껴지는 목소리로 얘기했다. "아무데도 기댈 곳이 없었을 때……."

"그건 이미 끝난 일이잖습니까." 딜리번 씨가 말했다.

"아무렴, 아무렴, 내가 하려던 말도 그걸세."

"하지만 이 일은 그렇지가 않고요."

"이것도 끝난 일이 될 걸세." 팝이 손을 내밀자 케빈은 폴라로이드 카메라를 건넸다. "오늘 자로 끝난 일이 될 거야." 그는 카메라를 높이 들고 이리저리 돌렸다. "이 카메라는 작품이야. 어떤 작품인지는 모르겠지만 자네 아들은 위험한 물건이라며 깨부수려 하고 있어. 내가 보기에도 아이의 생각이 맞아. 하지만 내가 그랬지. '아버지가 너를 겁쟁이라고 생각하는 건 싫지 않니?' 내가 아이를 시켜서 자네를 여기로 부른 이유는 그뿐이라네, 존……."

"계속 '딜리번 씨'라고 불러주셨으면 하는데요."

"알았네." 팝은 한숨을 쉬었다. "마음 풀고 지난 일은 지난 일로 묻고 지나갈 생각이 없군그래."

"네."

케빈은 심란한 표정으로 두 남자를 번갈아 쳐다보았다.

"뭐, 상관없어." 팝이 말했다. 그의 말투와 표정이 순식간에 싸늘해져서 이제는 산타클로스와 전혀 닮지 않았다. "과거는 과거고 지난 일은 지난 일 아니냐고 한 내 말은 진심이었지만…… 현재 이곳의 사람들의 행동에 영향을 미치면 얘기가 달라지지. 하지만 이건 짚고 넘어가야겠네, 딜리번 씨. 나는 밑장 빼기는 하지 않아, 자네도 알겠지만."

팝이 단호하고 냉정한 목소리로 이렇게 엄청난 거짓말을 늘어놓는 바람에 두 사람은 속아넘어갔다. 믿을 수 없겠지만 딜리번 씨는 부끄러워지기까지 했다.

"우리 일은 우리 사이에서 끝났지. 자네는 뭘 원하는지 얘기했고, 나는 그 대가로 뭘 받아야 하는지 얘기했고, 자네는 그걸 내게 주었고, 그것으로 그 일은 끝이 났잖은가. 이건 다른 문제야." 그러고 나서 팝은 엄청난 거짓말, 어마어마해서 믿을 수밖에 없는 거짓말을 했다. "나는 이 일로 얻는 이득이 없어, 딜리번 씨. 오로지 자네 아들을 돕고 싶어서 이러는 걸세. 아이가 마음에 들거든."

그가 미소를 짓자 얼마나 잽싸게 산타클로스로 변신하는지 좀 전까지만 해도 다른 분위기였다는 사실이 케빈의 머릿속에서 지워질 정도였다. 그뿐만이 아니었다. 존 딜리번은 잠깐 이성을 잃은 죄로 이 남자가 요구한 어처구니없는 대가를 치르느라 몇 달 동안 롤러 사이에서 뼈가 빠지도록, 생사까지 넘나들며 고생한 사람이었다. 그런 존 딜리번마저 좀 전의 표정을 잊었다.

팝은 그들을 데리고 죽은 신문지 냄새와 째깍거리는 시계 소리를 뚫고 꼬불꼬불한 통로를 지나서 선 660을(케빈이 첫 번째 사진을 찍고 자기집에서 그랬던 것처럼) 작업대 가장자리에 아무렇지 않게 내려놓은 다음, 그의 조그만 아파트와 연결된 계단이 있는 뒤편으로 계속 걸음을 옮겼다. 그곳에는 먼지를 뒤집어쓴 오래된 거울이 벽에 기대 세워져 있었다. 팝은 거울을 들여다보며 아이 아니면 아이 아빠가 카메라를 집거나 작업대 안쪽으로 옮기는지 확인했다. 그럴 것 같지는 않았지만 그럴 가능성도 있었다.

그들은 카메라를 흘끗 쳐다보지도 않았다. 하도 오래돼서 다 쓸린 고무 발판이 깔린 좁은 계단을 앞장서서 올라가는 동안 팝은 남들 눈에 띄면 큰일날 함박웃음을 지으며 생각했다. '젠장, 내 솜씨가 이렇게 좋을 수가!'

팝이 문을 열었고 세 사람은 아파트로 들어갔다.

***

존도 그렇고 케빈도 그렇고 팝의 사적인 공간에는 발을 들인 적이 없었다. 존의 주변에서도 그랬다는 사람을 본 적이 없었다. 놀랄 일은 아니었다. 팝을 이 동네의 으뜸 시민으로 지목할 사람은 아무도 없었다. 존은 이 염병할 노인네에게 친구가 한두 명 있을 수도 있다고 생각했지만—특이한 인간이 넘쳐나는 세상이니—있다 한들 누군지 알지 못했다.

케빈은 자신이 가장 좋아하는 베이커 선생님을 언뜻 떠올렸다. 베이커 선생님도 궁지에 몰려서 팝 같은 사람에게 도움을 받은 적이 있을까. 팝에게 친구가 있을지 모른다는 발상을 아버지가 못 미더워하듯 있을 법하지 않은 이야기였지만…… 한 시간 전만 해도 그의 아버지에게 그런 과거가 있을 줄은…….

흠. 어쩌면 잊어버리는 게 상책일 수 있었다.

팝에게도 친구가 있었지만 (하다못해 지인이라도) 여기로 데려온 적은 없었다. 그럴 생각이 없었다. 이곳은 그의 집이었고 여기서 본의 아니게 자신의 실체가 드러날 수 있었다. 이 집은 깨끗해져 보려고 발버둥쳤지만 뜻을 이루지 못한 곳이었다. 벽지에는 물 얼룩이 낙인처럼 남아 있었다. 도드라지지는 않았지만, 불안한 정신세계를 괴롭히는 허깨비처럼 갈색 얼룩이 은밀하게 어른거렸다. 깊숙한 구식 개수대에는 찌꺼기가 들러붙은 접시들이 있었고, 식탁은 깨끗하고 플라스틱 쓰레기통은 뚜껑이 잘 닫혀 있었지만 그래도 정어리와 다른 냄새—어쩌면 발냄새—가 느껴질락 말락 하게 풍겼다. 벽지에 남은 물 얼룩처럼 은밀하게 어른거리는 냄새였다.

거실은 아담했다. 이곳에서는 정어리와 발냄새(일지 모를 냄새)가 아니라 파이프 담배 냄새가 났다. 두 개의 창문 너머에서는 아름다운 풍경이랄 것도 없는 멀버리 스트리트 뒷골목이 보였고 유리창은 청소한 흔적이 있었지만—최소한 가끔 닦기라도 한 것 같았다—가장자리는 몇 년 동안 농축된 연기로 부옇게 번들거렸다. 지저분한 물건들을 빛바랜 후크 러그와 지나치게 두툼한 구닥다리 안락의자와 소파 밑으로 쓸어넣은 듯한 분위기가 전체적으로 풍겼다. 안락의자와 소파 모두 옅은 초록색이라 언뜻 보기에는 잘 어울리는 것처럼 느껴질지 몰라도 그렇지가 않았다. 그다지 어울리지 않았다.

이 공간에서 새것이라고는 이십오 인치짜리 미쓰비시 텔레비전과 그 옆의 조그만 테이블 위에 놓인 VCR뿐이었다. 테이블 왼쪽의 선반이 아무것도 없이 텅 비어 있어 케빈의 눈에 띄었다. 팝이 칠십 개가 넘는 포르노 영화 비디오테이프를 잠깐 벽장으로 치우는 게 낫겠다고 결론을 내린 덕분이었다.

아무것도 적히지 않은 케이스에 든 비디오테이프가 텔레비전 위에 놓여 있었다.

"앉으시게." 팝은 울퉁불퉁한 소파를 향해 손짓했다. 텔레비전 쪽으로 다가가 비디오테이프를 케이스에서 꺼냈다.

딜리번 씨는 벌레가 있을지 모른다고 생각하는 듯이 소파를 미심쩍은 눈빛으로 쳐다보다 조심스럽게 앉았다. 케빈은 아버지 옆에 앉았다. 다시금 찾아온 공포가 어느 때보다 강렬하게 느껴졌다.

팝은 VCR을 켜고 테이프를 넣은 다음 뚜껑을 닫았다. "저쪽 도시에 아는 친구가 있거든." 그는 말문을 열었다(캐슬록과 인근 주민들 사이에서 '저쪽 도시'는 루이스턴을 의미했다). "이십 몇 년 동안 카메라 가게를 한 친구가. VCR 사업이 등장하자마자 앞으로 대세가 될 거라며 이쪽으로 뛰어들었지. 나더러 수익을 반씩 나누자고 했지만 그때는 그 친구가 미친 줄 알았어. 그러니까 무슨 말인가 하면, 그 점에 있어서는 내 판단이 틀렸지만……."

"본론으로 들어가시죠." 케빈의 아버지가 말했다.

"그러려고 하고 있잖은가." 팝은 눈을 동그랗게 뜨고 상처받은 눈빛으로 말했다. "자네가 방해를 해서 그렇지."

케빈은 팔꿈치로 가만히 아버지의 옆구리를 찔렀고 딜리번 씨는 더이상 아무 말도 하지 않았다.

"아무튼 몇 년 전에 이 친구가 비디오테이프 대여말고도 이 기기로 돈을 벌 수 있는 방법이 있다는 걸 알아차렸어. 팔백 달러만 투자하면 동영상과 스냅사진을 테이프로 옮길 수 있었던 거야. 훨씬 보기 쉽게 말이지."

케빈이 본의 아니게 조그맣게 감탄하자 팝은 웃으며 고개를 끄덕였다.

"아무렴. 네가 그 카메라로 사진을 쉰여덟 장 찍었는데 모두 조금씩 달랐고 그게 무엇을 의미하는지 우리 둘 다 알아차렸다고 본다만 두 눈으로 직접 확인하고 싶었거든. 내가 의심이 좀 많아서 말이다."

"그 사진들로 영화를 만들려고 했다는 겁니까?" 딜리번 씨가 물었다.

"만들려고 한 게 아닐세." 팝이 말했다. "만들었지. 아니, 내가 아는 저쪽 도시 친구가 만들어줬다고 할까. 그래도 아이디어는 내가 냈어."

"영화로 만들어졌어요?" 케빈이 물었다. 그는 팝이 어떻게 했다는 건지 이해했고 자신은 그 생각을 하지 못했다는 데 아쉬워하는 마음도 있었지만 감탄하는 (그리고 기뻐하는) 마음이 가장 컸다.

"직접 확인해보렴." 팝은 이렇게 말하고 텔레비전을 켰다. "사진이 쉰여덟 장이었지. 그 친구 말로는 스냅사진으로 비디오테이프를 만들 때 보통은 오 초의 간격을 둔다고 했어. 찬찬히 들여다본 다음 지루해질 겨를 없이 다음 사진으로 넘어갈 수 있게. 그런데 나는 일 초만 간격을 두고 페이드아웃 없이 곧바로 넘어가게 만들어달라고 했다."

케빈은 초등학교 쉬는 시간에 했던 놀이가 생각났다. 노란색 종이 서른 장, 분홍색 종이 서른 장, 초록색 종이 서른 장, 이런 식으로 되어 있어서 이름이 레인보우 스쿨패드였던 싸구려 메모지가 있었다. 이 메모지의 맨 마지막 장 아랫면에 헐렁한 반바지를 입고 팔을 양옆으로 내민 작대기 남자를 그렸다. 그러고는 다음 장의 똑같은 위치에 똑같은 반바지를 그리되 양팔은…… 살짝만 올려서 그렸다. 양팔이 남자의 머리 위에서 서로 만날 때까지 계속 그런 식으로 그렸다. 그랬는데도 종이가 남으면 이번에는 팔을 점점 내려가게 그렸다. 작업이 끝났을 때 메모지를 휘리릭 넘기면 조잡하긴 해도 케이오를 자축하는 권투 선수가 보였다. 양손을 머리 위로 들어서 맞잡고 흔든 다음 다시 내리는 권투 선수 말이다.

그는 몸서리를 쳤다. 아버지가 그를 쳐다보았다. 케빈은 고개를 젓고 웅얼거렸다. "아무것도 아니에요."

"그러니까 무슨 말인가 하면, 영상 길이가 일 분 정도밖에 안 된다는 거야." 팝이 말했다. "그러니까 잘 봐야 해. 준비됐니?"

'아뇨.' 케빈은 생각했다.

"준비된 것 같습니다만." 딜리번 씨가 말했다. 그는 뚱하니 귀찮은 척하려고 했지만 그럼에도 불구하고 호기심을 느끼고 있다는 것을 케빈은 알 수 있었다.

"그럼." 팝 메릴은 이렇게 말하고 재생 버튼을 눌렀다.

***

케빈은 겁에 질리는 것은 바보 같은 짓이라고 자신을 다독이고 또 다독였다. 하지만 아무리 다독여도 전혀 나아지지 않았다.

그는 어떤 광경을 맞닥뜨릴지 알았다. 그와 메그도 눈치챘다시피 선 카메라는 복사기처럼 똑같은 장면을 몇 번이고 재생하는 게 아니었다. 사진을 한 장씩 넘길 때마다 움직임이 느껴진다는 것을 금세 알아차릴 수 있었다.

"이것 봐." 메그가 말했다. "개가 움직이고 있어!"

케빈은 여동생을 대할 때 친절하지만 짜증이 난 말투로 빈정거리곤 했지만 그때는 아니었다. "진짜 그렇게 보이기는 한다……. 하지만 확실하진 않아, 메그."

"아냐, 확실해." 그녀가 말했다. 그들이 있는 곳은 케빈의 방이었고 그때까지 그는 시무룩한 표정으로 카메라를 쳐다보고 있었다. 책상 한가운데에 두었던 새 교과서를 옆으로 치우고 그 자리에 카메라를 올려놓고 커버를 씌우려고 했다. 메그가 거위 목처럼 생긴 스탠드를 구부려서 그의 책상 깔개 한복판을 동그랗게 비추도록 만들어놓았다. 그녀는 카메라를 옆으로 치우고 첫 번째 사진—케이크 얼룩이 묻은 사진—을 조명 한가운데 놓았다. "개의 궁둥이에서 사진 오른쪽 끝까지 기둥이 몇 개인지 세봐."

"그건 기둥이 아니라 말뚝이야." 그가 말했다. "어디에다 말뚝 박으라고 할 때 그 말뚝."

"하. 하. 세봐."

그는 그녀가 시킨 대로 했다. 네 개는 확실히 보였고 다섯 번째 말뚝은 개의 덥수룩한 궁둥이에 가려서 거의 보이지 않았다.

"이번에는 이걸 봐."

그녀는 네 번째 사진을 그의 앞에 놓았다. 이번에는 다섯 번째 말뚝이 전부 보였고 여섯 번째 말뚝의 일부가 보였다.

때문에 그는 초등학생 시절에 시간 때우기 용으로 만들었던 '플립 북'과 옛날 만화영화가 섞인 무언가를 보게 될 거라는 것을 알았다(또는 그런 이종교배를 보게 될 거라고 믿었다).

마지막 이십오 초는 예상했던 대로였지만 케빈이 보기에는 그가 2학년 때 그렸던 플립 북의 수준이 훨씬 높았고 손을 올렸다 내리던 권투 선수의 움직임이 훨씬 부드러웠다. 이십오 초 동안 동작이 어찌나 툭툭 끊기고 움찔거리던지 거기에 비하면 옛날의 키스톤 캅스 무성영화가 현대 영화계의 경이로운 업적으로 느껴질 정도였다.

그래도 동작이 이어진다는 게 핵심이었다. 그들 모두—심지어 팝마저—거기에 넋을 잃었다. 그들은 일 분짜리 영상을 아무 말 없이 세 번 돌려보았다. 숨소리말고는 아무 소리도 들리지 않았다. 케빈은 코로 빠르고 부드럽게 숨을 쉬었고, 그의 아버지는 그보다 깊게 쉬었고, 팝은 좁은 가슴을 들썩이며 가래 끓는 소리를 냈다.

그렇게 삼십 초가 지났을 때…….

케빈은 동작이 이어질 거라고 기대했었다. 플립 북에서도 동작이 이어졌고, 플립 북보다 조금 세련된 버전이라고 할 수 있는 토요일 오전 만화 프로그램에서도 그랬다. 그런데 예상했던 것과 다르게 공책을 빠르게 넘기거나 텔레비전에서 하는 고전 만화영화 〈파시블 파섬〉 수준이 아니었다. 삼십 초 동안 (정확하게는 이십팔 초였지만) 섬뜩하게도 그가 촬영한 폴라로이드 사진들이 한 장, 한 장 진짜 영화처럼 느껴졌다. 물론 할리우드 영화는 아니었고, 심지어 어머니와 아버지가 저녁에 외출하셨을 때 메그가 빌려 보자고 조르는 저예산 공포영화도 아니었다. 팔 밀리미터 카메라를 얼마 전에 장만해서 어떻게 써야 하는지 아직 잘 모르는 사람이 촬영한 단편적인 홈 무비에 가까웠다.

이십팔 초 동안 까만색의 잡종견이 울타리를 따라 움찔움찔 움직이자 말뚝이 다섯 개, 여섯 개, 일곱 개로 늘어났다. 녀석은 심지어 어느 말뚝 앞에서 걸음을 멈추고 코를 킁킁거리며 다른 견공이 남긴 전보를 읽었다. 그러다 울타리 쪽으로 고개를 숙이고 카메라를 향해 궁둥이를 내민 채 다시 걸음을 옮겼다. 이 전반부가 반쯤 지났을 때 케빈은 그때까지 그냥 지나쳤던 한 가지를 알아차렸다. 사진을 찍은 사람이 개를 프레임 안에 담으려고 카메라를 움직인 게 분명했다. 그렇지 않았다면 개는 사진 밖으로 걸어나가고 울타리만 보였을 것이다. 처음 두세 번째 사진에서 오른쪽 저 끝으로 보였던 말뚝들은 오른편 테두리 너머로 사라지고 새로운 말뚝들이 왼쪽으로 등장했다. 가장 오른쪽에 있었던 말뚝 두 개 중에서 한 말뚝의 꼭대기가 부러졌기 때문에 알 수 있었다. 지금은 그 말뚝이 프레임 안에 없었다.

개가 다시 코를 킁킁거리다…… 고개를 들었다. 멀쩡한 쪽 귀가 빳빳해졌다. 오래전에 싸움을 벌이다 잘려서 축 늘어진 귀도 따라 하려고 했다. 아무 소리도 들리지 않았지만 케빈은 녀석이 으르렁거리기 시작했다는 것을 부인할 수 없을 만큼 확실하게 느낄 수 있었다. 개가 무언가를 또는 누군가를 감지한 것이었다. 무엇일까? 아니면 누구일까?

케빈은 처음에 나뭇가지나 전봇대 때문에 생긴 걸로 간주했던 그림자를 본 순간 알아차렸다.

개가 고개를 돌리자…… 이 희한한 '영화'의 후반부가 시작되었다. 보고 있으면 머리가 아프고 눈알이 화끈거리는 움찔움찔 액션이 삼십 초 동안 펼쳐졌다. 케빈이 보기에 팝은 뭔가 예감을 느꼈거나 비슷한 것에 대해서 글을 읽은 적이 있었던 듯했다. 어느 쪽이었든 팝의 예상은 굳이 말로 표현할 필요가 없을 만큼 분명하게 맞아떨어졌다. 연속적으로는 아니더라도 사진을 바투 촬영했더라면 얼렁뚱땅 만든 '영화'의 동작이 매끄러웠을 것이다. 완전히는 아닐지몰라도 제법 매끄러웠을 것이다. 하지만 간격을 띄우자 활동사진도 아니고 스틸 사진도 아니라서, 둘 중 하나를 보고 싶어 하는 동공에 멀미를 일으키는 작품이 탄생됐다.

평면적인 폴라로이드 세계에서 시간이 흘러가고 있었다. 이

(진짜)

세계와는 다른 속도라 그곳에서는 이미 태양이 세 번 뜨거나 졌을 테고, 개가 하려고 했던 일이 (뭔가 하려던 일이 있었다면) 끝났을 테고, 하려던 일이 없었다면 그냥 사라져서 끊임없이 훼손돼가고 있는 듯이 보이는 말뚝 울타리만 같은 자리에서 느른한 잔디밭을 지켰을 테지만, 아무튼 시간이 흘러가고 있었다.

개가 갑자기 흥분한 것처럼 고개를 돌려서 그림자의 주인이자 사진을 찍는 사람을 마주보았다. 처음에는 얼굴과 머리통마저 축 늘어진 귀에 가려졌다. 그러다 잠시 후, 동그랗고 탁한 흰자에 둘러싸인 고동색의 한쪽 눈동자가 보였다. 케빈은 그 테두리에서 썩은 달걀흰자를 연상했다. 그러고 나서 짖거나 으르렁거릴 준비를 하는 듯이 입술을 찡그린 주둥이 반쪽이 보였다. 마지막으로 등장한 것은 4분의 3밖에 보이지 않았지만, 아무리 못된 녀석이라 할지라도 세상의 어떤 개도 그래서는 안 될 만큼 흉측하게 생긴 얼굴이었다. 주둥이에 점점이 박힌 하얀색을 보면 어린 개가 아니었다. 영상의 맨 마지막 장면에서 녀석은 입꼬리를 뒤로 당겼다. 케빈은 하얀색의 번뜩이는 무언가가 이빨이 아닐까 생각했다. 영상을 세 번째로 다시 보았을 때에서야 알아차린 부분이었다. 그의 시선을 사로잡은 것은 눈이었다. 눈빛에서 살의가 느껴졌다. 이 잡종견은 맹견이라고 비명을 지르다시피 했다. 녀석은 이름도 없었다. 케빈은 알았

다. 남자인지 여자인지 아이인지 모를 폴라로이드 사진사가 폴라로이드 개에게 이름을 지어줬을 리 없다고 일말의 의심도 없이 장담할 수 있었다. 녀석은 주인 없이 태어나 주인 없이 자라고 주인 없이 성질이 사나워진 주인 없는 개였다. 닭을 잡아먹고, 오래전에 쓰레기통 쓰러뜨리는 법을 배워서 그 속을 뒤지고, 하수구와 버려진 집 현관 밑에서 잠을 청하며 이름도 없이 집도 없이 세상을 떠도는 모든 개의 화신이었다. 분별력은 둔해졌을지 몰라도 날카로운 본능은 시뻘겋게 살아 있을 것이다. 그리고…….

팝 메릴이 말문을 열자 이런저런 생각 속에 푹 빠져 있었던 케빈은 화들짝 놀라서 하마터면 비명을 지를 뻔했다.

"사진을 찍은 사람 말이다." 그가 말했다. "그러니까 무슨 말인가 하면, 어떤 사람이 사진을 찍은 거라면 말이지. 그 사람은 어떻게 됐을까?"

팝은 리모컨으로 마지막 장면에서 화면 정지를 시켜놓았다. 사진 위로 지직거리는 선이 그어졌다. 케빈은 그 선이 개의 눈을 관통해 주길 바랐지만 눈보다 아래 있었다. 독기 어린 눈이 맹하니 살의를 번뜩이며—아니다. 맹하지 않았다. 전혀 맹하다고 볼 수 없었다. 녀석이 그냥 무서운 게 아니라 소름 끼치게 느껴지는 이유가 그 때문이었다—그들을 쳐다보고 있었으니 팝의 질문에 대답할 필요가 없었다. 그다음에 어떤 일이 벌어졌을지 사진이 없어도 알 수 있었다. 개는 무슨 소리를 들었을 것이다. 당연히 그랬다. 케빈은 어떤 소리였는지 알 수 있었다. 질척하게 낑낑대는 소리였을 것이다.

앞으로 사진을 더 찍으면 개가 계속 몸을 돌려 프레임을 점점 가득채워 결국에는 개말고는 아무것도 남지 않을 것이다. 듬성듬성하고 느른한 잔디밭도 울타리도 인도도 그림자도 사라질 것이다. 개만 남을 것이다.

공격할 태세를 갖춘 그 녀석만.

가능하면 죽일 태세를 갖춘 그 녀석만.

케빈은 다른 사람이 말하는 것처럼 들리는 건조한 투로 말했다.

"그 녀석은 사진 찍히는 걸 싫어하는 눈치던데요."

팝은 짧게 웃음을 터뜨렸다. 불쏘시개로 쓸 마른 나뭇가지를 무릎에 대고 부러뜨리는 것 같은 웃음소리였다.

"다시 돌려봐요." 딜리번 씨가 말했다.

"처음부터 끝까지 다시 보고 싶다고?" 팝이 물었다.

"아뇨……. 마지막 십 초 정도만요."

팝은 리모컨으로 되감아서 틀었다. 개가 수명이 거의 다했지만 여전히 위험한 로봇처럼 움찔거리며 고개를 돌리자 케빈은 그들에게 외치고 싶었다. '이제 그만. 그만 봐요. 그 정도면 충분하잖아요. 그만 보고 카메라 부숴요.' 왜냐하면 뭔가가 있었다. 생각하고 싶지 않지만 좋든 싫든 생각해야 하는 뭔가가 있었다. 그것이 고래의 넓은 등처럼 머릿속을 장악하는 것을 느낄 수 있었다.

"한 번 더." 딜리번 씨가 말했다. "이번에는 한 프레임씩요. 그렇게 볼 수 있나요?"

"아무렴." 팝이 말했다. "이 우라질 기계는 빨래만 아니면 뭐든 가능하거든."

이번에는 한 프레임씩, 사진 한 장씩 보았다. 이제는 로봇이 아니라 팝의 다른 소장품과 함께 1층에 진열해야 할 기괴한 시계처럼 보였다. 움찔. 움찔. 움찔. 고개가 돌았다. 잔인하고 맹하지 않은 눈이 조만간 그들을 마주볼 것이다.

"저게 뭐죠?" 딜리번 씨가 물었다.

"뭐가 말인가?" 팝이 되물었다. 며칠 전에 아이가 이야기를 피했던 것이 그것이었다. 그것 때문에 카메라를 완전히 부수려고 하면서도 지금 아이는 모르는 척 시치미를 떼고 있었다.

"녀석의 목 아래 있는 거요." 딜리번 씨가 손으로 가리켰다. "목줄이나 이름표는 없지만 목에 두른 끈인지 얇은 밧줄에 뭐가 달려 있는데요."

"모르겠는데." 팝은 태연하게 말했다. "자네 아들은 알지 모르겠구먼. 젊은 친구들이 우리 같은 늙은이보다 눈이 훨씬 좋으니까."

딜리번 씨는 케빈을 돌아보았다. "저게 뭔지 알겠니?"

"아……." 그는 입을 다물었다. "엄청 작네요."

집을 나서면서 아버지가 했던 말이 떠올랐다. '앞으로도 엄마가 묻지 않으면 나는 얘기할 필요가 없을 거야……. 어른들 세계는 그런 식이야.' 이제 그가 케빈에게 개의 목에 달린 게 뭔지 알겠느냐고 물었다. 케빈은 제대로 대답하지 않았다. 엉뚱한 얘기를 했다. '엄청 작네요.' 사실이었다. 하지만 그럼에도 불구하고 그는 그게 뭔지 알고 있었고…… 음…….

아버지가 뭐라고 표현했더라? 거짓말의 경계를 넘을락 말락 했다고 했나?

게다가 그의 눈에도 보이지는 않았다. 따지고 보면 그랬다. 그런데도 그는 알았다. 눈은 암시하는 역할만 할 뿐, 제대로 이해하는 곳은 심장이었다. 그의 심장이 이해한 바가 맞는다면 카메라는 없애야 했다. 반드시 그래야 했다.

바로 그때 그럴듯한 영감이 팝 메릴의 머릿속을 스치고 지나갔다. 그는 자리에서 일어나 텔레비전을 껐다. "사진이 1층에 있다." 그가 말했다. "비디오테이프랑 같이 들고 왔어. 나는 육안으로 확인하고 돋보기로 들여다보아도 잘 모르겠던데……. 하지만 어디선가 본 것 같단 말이지. 가서 사진하고 돋보기를 들고 오마."

"저희도 내려가는 편이 낫지 않을까요?" 케빈이 말했다. 그거야말로 팝이 전혀 원하는 방향이 아니었지만 다행히 딜리번이 끼어들어서 촬영한 사진들을 돋보기로 들여다본 뒤에 테이프를 다시 보고 싶을 수도 있다고 말했다.

"금방 오겠네." 팝은 말하고, 사과나무 가지 사이를 폴짝폴짝 뛰어다니는 새처럼 경쾌하게 사라졌다. 둘 중 한 사람이라도 이의를 제기하기 전에 냉큼 사라졌다.

케빈은 이의를 제기할 생각이 없었다. 그 생각이 결국 끔찍하고 거대한 등으로 그의 머릿속을 헤치며 들어와버렸기 때문에 좋든 싫든 거기에 대해서 곰곰이 따져보아야 했다.

고래의 등이 단순하게 생겼듯—전문적으로 고래 연구를 하지 않는 사람이 보기에는 그렇다—그 생각도 단순했지만 고래의 등과 마찬가지로 거대했다.

그 생각은 가능성이 아니라 확신이었다. 묘하게 평면적이고, 사물을 오로지 이차원적으로 표현하는 폴라로이드 사진의 특징과 연관 있는 확신이었다. 사실 모든 사진이 그렇기는 했지만, 다른 종류의 사진들은 단순한 코닥 110으로 찍은 것이라도 삼차원의 가능성을 암시하는 측면이 있었다.

그가 선 660의 파인더를 통해서는 물론이고 다른 어디에서도 보지 못한 것들이 찍힌 사진들도 그 점에 있어서는 마찬가지였다. 평면적이고 당당하게 이차원적이었다.

개만 예외였다.

개는 평면적이지 않았다. 정체를 알지만 감정적으로 아무 영향도 미치지 않는 사물처럼 무의미하지 않았다. 그 개는 삼차원의 가능성을 암시하는 정도가 아니라 홀로그램처럼, 특수 안경을 써서 더블 이미지를 합쳐 보는 3D 영화처럼 삼차원적이었다.

'폴라로이드 개가 아니야.' 케빈은 생각했다. '폴라로이드 카메라로 찍은 사진 속에 있는 개가 아니야. 정신 나간 소리처럼 들린다는 거 알지만 그게 사실이라는 것도 알아. 그렇다면 그게 무슨 뜻일까? 내 카메라가 계속 그 사진을 찍는 이유는 뭐고…… 폴라로이드의 주인은 무슨 사진을 찍고 있을까? 주인의 눈에도 개가 보일까? 그게 정말로 이차원 세상 속으로 들어간 삼차원 개라면 주인의 눈에는 보이지 않을지 몰라. 사람들 말로는 시간이 사차원이라고 하는데 시간이 존재한다는 걸 알지만 우리 눈에 그게 보이지는 않잖아. 심지어 시간이 흐르는 걸 느끼지도 못하잖아. 가끔, 심심할 때는 느낄 수 있는 것처럼 여겨지긴 하지만.'

좀더 파고 들어가면 모든 것의 의미가 사라질 수도 있었다. 어차피 그가 해결하기에는 너무 어려운 문제였다. 그에게는 좀더 중요한 문제, 결정적인 문제, 어쩌면 치명적일 수도 있는 문제가 있었다.

예컨대 개가 그의 사진에 등장한 이유가 무엇일까.

그에게서 원하는 게 있었을까 아니면 아무라도 상관없었을까? 처음에 그는 정답이 '아무라도'일 거라고 생각했다. 아무라도 녀석의 사진을 찍을 수 있었고 동작이 계속 진행됐다. 하지만 목에 걸려 있는 그것, 목줄이 아닌 그것은…… 케빈 딜리번말고는 어느 누구와도 상관없는 물건이었다. 녀석은 그에게 무슨 짓을 저지르고 싶었던 걸까? 그 질문에 대한 정답이 '그렇다'라면 다른 모든 건 잊어도 됐다. 그 개가 저지르려는 망할 짓이 무엇인지 분명했다. 탁한 눈과 으르렁거리기 시작한 입을 보면 알 수 있었다. 그가 생각하기에 녀석이 바라는 것은 두 가지였다.

첫 번째는 달아나는 것.

두 번째는 죽이는 것.

'카메라를 들고 있는 사람한테는 그 개가 보이지 않아.' 케빈은 생각했다. '그 사람의 눈에 개가 보이지 않으면 개의 눈에도 그 사람이 보이지 않을지 모르니까 사진을 찍는 사람은 안전해. 하지만 그 개가 정말로 삼차원이라면 밖을 볼 수 있을지 모르고…… 내 카메라를 쓰는 사람이 누가 됐건 녀석의 눈에 보일지 몰라. 나 아닌 다른 사람이라도, 콕 집어서 내가 아니더라도. 어쩌면 카메라를 쓰는 사람이 녀석의 타깃일지 몰라.'

하지만…… 녀석이 목에 걸고 있는 것. 그건 어떻게 해석할 것인가.

그는 표독스럽게 한 번 반짝인 순간 맹한 기미가 사라졌던 잡종 개의 까만 눈을 떠올렸다. 애초에 개가 어떻게 폴라로이드 세상 속으로 들어갔는지 아무도 모를 일이었지만 사진이 찍혔을 때 녀석은 밖을 볼 수 있었고, 밖으로 나오고 싶어 했고, 케빈도 믿어 의심치 않다시피 녀석은 제일 먼저 그를 죽이고 싶어 했고, 녀석의 목에 걸린 그것이 녀석은 제일 먼저 그를 죽이고 싶어 한다고 말했고, 제일 먼저 그를 죽이고 싶어 한다고 선포했지만 그다음은?

케빈 이후에는 누구라도 상관없었다.

누구라도 전혀 상관없었다.

어떻게 보면 어렸을 때 했던 놀이와 비슷했다. '무궁화 꽃이 피었습니다'와 비슷했다. 개는 울타리를 따라서 걷고 있었다. 그러다 폴라로이드 카메라가 질척하게 낑낑대는 소리를 들었다. 고개를 돌린 녀석은…… 무얼 보았을까? 녀석의 세계 또는 우주를 보았을까? 녀석의 세계 또는 우주와 흡사한 곳을 보고 여기서 살아가며 먹이를 찾아도 되겠다는 것을, 어쩌면 그래도 될지 모르겠다는 것을 깨닫거나 느꼈을까? 상관없었다. 이제는 아무라도 사진을 찍을 때마다 그 개는 가까워질 것이다. 점점 가까워지다가…… 어떻게 될까? 사진을 뚫고 나올까?

"말도 안 돼." 그는 중얼거렸다. "크기가 안 맞잖아."

"뭐가?" 생각에 잠겨 있다가 깨어난 아버지가 물었다.

"아무것도 아니에요." 케빈이 말했다. "그냥 혼자 중얼거린……."

그때 경악과 짜증과 놀라움이 섞인 팝 메릴의 고함소리가 1층에서 희미하게 들렸다. "이 늙은이가 똥밭에 자빠지고 지랄일세! 이런 젠장!"

케빈과 그의 아버지는 놀라서 서로 쳐다보았다.

"무슨 일인지 가서 보자." 아버지는 자리에서 일어났다. "넘어져서 팔이 부러지거나 그런 건 아니었으면 좋겠는데. 그러길 바라는 마음도 있긴 하다만……. 그래도 말이다."

케빈은 생각했다. '그 할아버지가 사진을 찍고 있었으면 어쩐다? 1층에 그 개가 있으면 어쩐다?'

노인의 목소리에서 공포의 기미는 느껴지지 않았고 독일셰퍼드만 한 개가 선 660 크기의 카메라나 그 카메라로 촬영한 사진을 뚫고 나올 방법은 없었다. 차라리 세탁기를 끌고 옹이구멍을 관통하는 편이 더 쉬웠다.

그는 아버지를 따라서 어둑어둑한 1층 가게로 계단을 내려가며 두 사람 몫으로—세 사람 몫으로—충분한 공포를 느꼈다.

***

팝 메릴은 만조를 맞은 조개처럼 신나게 계단을 내려갔다.

그는 여차하면 딜리번 부자가 보는 카메라를 앞에서 바꿔치기할 각오가 되어 있었다. 자기가 모르는 게 없다고 생각하는 나이가 되기까지 아직 일이 년이 남은 그 아이뿐이었다면 골치 아플 수도 있었겠지만 아이의 아버지는……. 그 착한 친구를 속이는 것은 젖먹이한테서 젖병을 뺏는 것과 같은 수준이었다. 그가 그때 어떤 곤경에 처했었는지 아들에게 얘기했을까? 아이가 팝을 대하는 태도—

전과 다르게 조심스럽게 쳐다보았다—를 보면 얘기한 듯했다. 아버지가 아들에게 또 무슨 얘기를 했을까? 어디 보자. '그자가 너더러 팝이라고 부르라고 했니? 그렇다면 너한테 사기를 치려고 한다는 뜻이야.' 첫 번째로 그렇게 얘기했을 것이다. '그자는 풀밭을 기어다니는 야비한 뱀과 같아.' 그것이 두 번째였을 것이다. 그리고 두말하면 잔소리지만 결정타는 이거였다. '말 상대는 내가 하마. 내가 너보다 그자를 더 잘 아니까. 내가 다 알아서 처리할게.' 팝 메릴에게 존 딜리번 같은 사람은 어떤 이들의 기준으로 따지면 한 접시 가득 담긴 닭튀김과 같았다. 연하고 맛있고 육즙이 풍부하며 건드리기만 하면 살점이 뼈와 분리되는 그런 닭튀김과 같았다. 당시에 존은 그의 아들과 다를 바 없었고, 그의 젖꼭지를 탈수기에 넣어서 비튼 인간이 실은 팝이 아니었다는 사실을 죽을 때까지 알아차리지 못할 것이다. 그때 아내에게 실토했더라면 그녀가 백 달러짜리 지폐로 탱탱한 궁둥이를 도배한 늙다리 이모에게 도움을 요청했을 테고, 존은 굴욕의 나락에서 뒹굴었겠지만 때가 되면 아내가 꺼내주었을 것이다. 그런데 속절없는 시간이 저 혼자 흐른 것말고는 달라진 게 아무것도 없는데도 그는 레지널드 매리언 메릴에 대해서 모르는 게 없다고 생각했다.

그야말로 팝이 원하는 방향이었다.

그가 눈앞에서 카메라를 바꿔치기했더라도 존은 코딱지만큼도 알아차리지 못했을 것이었다. 그게 존이 팝이라는 늙은이를 속속들이 파악했다는 방식이었다.

그래서 더 좋았다.

행운의 여신에게는 절대 데이트를 신청하지 말아야 했다. 그녀는 자기를 가장 필요로 하는 사람을 바람맞히는 데 일가견이 있었다. 하지만 그녀가 제 발로 찾아오면…… 하던 일을 모두 집어치우고 데리고 나가서 극진하게 술과 식사를 대접하는 게 상책이었다. 그년은 제대로 대접을 받으면 기꺼이 몸을 대주었다.

그래서 그는 얼른 작업대로 가서 허리를 숙이고, 렌즈를 깨뜨려서 어두컴컴한 저 아래에 넣어두었던 폴라로이드 660을 꺼냈다. 그걸 작업대에 내려놓고 (둘 중 한 명이라도 따라 내려오지 않았는지 어깨 너머로 얼른 확인하며) 주머니에서 열쇠 뭉치를 꺼내 작업대 왼쪽을 통째로 차지한 서랍을 조그만 열쇠로 열었다. 이 깊은 서랍 속에는 크루거랜드코인 몇 개, 들어 있는 중 가장 저렴한 우표가 최신판 《스코트 우표 카탈로그》에 육백 달러로 기재된 우표첩, 만 구천 달러 상당의 동전 컬렉션, 셰틀랜드종의 조랑말과 성교하는 게슴츠레한 눈빛의 여자 사진 이십여 장, 이천 달러가 조금 넘는 현금이 들어 있었다.

다양한 깡통에 넣어둔 그 현금이 팝의 대출 자금이었다. 존 딜리번이었다면 알아보았을 것이다. 모두 구깃구깃한 십 달러짜리 지폐였다.

팝은 케빈의 선 660을 이 서랍에 넣고 잠근 뒤 열쇠 뭉치를 다시 주머니에 넣었다. 그런 다음 렌즈가 깨진 카메라를 작업대 끝에서 밀어서 (다시 한번) 떨어뜨리고 딜리번 부자가 들을 수 있을 만큼 큰 소리로 "이 늙은이가 똥밭에 자빠지고 지랄일세! 이런 젠장!"이라고 외쳤다.

그런 다음 상황에 걸맞게 놀란 한편 유감스러워하는 표정을 짓고 딜리번 부자가 무슨 일인가 궁금해하며 달려 내려오길 기다렸다.

"팝?" 케빈이 외쳤다. "메릴 씨? 괜찮으세요?"

"아무렴. 망할 자존심말고는 다친 데 없다. 저 카메라는 운이 안 좋은가 봐. 그러니까 무슨 말인가 하면, 내가 공구가 든 서랍을 열려고 허리를 숙였다가 저 염병할 카메라를 쳐서 떨어뜨렸지 뭐냐. 그런데 이번에는 멀쩡하지 않은 것 같은데. 미안하다고 해야 할지 어째야 할지 모르겠네. 네가 안 그래도……."

그가 미안해하며 카메라를 내밀자 케빈은 깨진 렌즈와 산산조각 난 그 주변의 플라스틱 덮개를 쳐다보았다. "아니에요, 괜찮아요." 케빈은 이렇게 말하며 카메라를 양손에 들고 이리저리 살폈지만…… 예전처럼 플라스틱과 유리로 만들어진 상품이 아니라 무슨 폭탄이라도 되는 듯이 머뭇거리며 조심스럽게 다루지는 않았다.

"내가 수고를 덜어준 모양인데."

"그래도……." 케빈은 말문을 열었다.

"아무렴, 아무렴. 나도 쥐를 잡을 때 그렇거든. 웃고 싶으면 웃어도 좋아. 하지만 덫에 잡힌 쥐가 죽어 있더라도 빗자루로 때린단 말이지. 그러니까 무슨 말인가 하면, 만전을 기하기 위해서 말이다."

케빈은 희미하게 미소를 짓고 아버지를 쳐다보았다. "사장님이 그러는데 뒤에 모탕이 있대요, 아빠……."

"창고에 제법 괜찮은 망치도 있어. 누가 가져가지 않았다면."

"괜찮으시겠어요, 아빠?"

"네 카메라잖니, 케빈." 딜리번이 말했다. 그는 못 미더워하는 눈빛으로 팝을 흘끗 쳐다보았지만, 딱히 이유가 있다기보다 전반적으로 팝을 못 미더워하는 눈빛이었다. "그러는 게 속 편하겠다면 그래야 맞겠지."

"다행이에요." 케빈이 말했다. 어깨에 짊어졌던 엄청난 무게의 짐을 내려놓은 듯한 기분이었다. 아니, 가슴에 짊어졌던 짐을 내려놓은 기분이었다. 렌즈가 깨졌으니 당연히 무용지물이 됐겠지만…… 그래도 카메라가 산산조각이 나서 팝의 모탕 주변으로 파편이 튀어야 완전히 마음을 놓을 수 있다. 그는 손에 든 카메라를 앞에서 뒤로, 뒤에서 앞으로 돌렸다. 부서진 카메라를 보며 그렇게까지 흡족해하다니 스스로 생각해도 신기하고 놀라웠다.

"내가 카메라값을 물어줘야 하겠는데, 딜리번." 팝은 이렇게 얘기했지만 상대가 어떤 반응을 보일지 정확하게 아는 사람의 말투였다.

"아닙니다." 딜리번이 말했다. "이제 그만 카메라를 박살내고 이 말도 안 되는 사건은 전부 잊어버리는 게……." 그는 말을 하다 말고 멈추었다. "하마터면 깜빡할 뻔했네…… 마지막으로 찍은 사진들을 돋보기로 들여다보기로 했죠? 그 개가 목에 걸고 있는 게 뭔지 궁금하네요. 아무리 생각해도 눈에 익어요."

"카메라를 처리한 다음에 봐도 되지 않아요?" 케빈이 물었다. "그럼 안 돼요, 아빠?"

"그래도 되지."

"그런 다음 사진들까지 태워버려도 괜찮지 않을까." 팝이 말했다. "내 집 난로에서 태우면 되는데."

"훌륭한 생각이네요." 케빈이 말했다. "어떻게 생각하세요, 아빠?"

"메릴 부인께서 아드님을 똑똑하게 잘 키우셨다고 생각한다." 그의 아버지가 말했다.

"뭐." 팝이 겹겹이 피어오르는 푸른 연기 뒤에서 수수께끼 같은 미소를 지으며 말했다. "우리 형제는 다섯 명이었지."

***

케빈과 그의 아빠가 엠포리엄 갤로리엄으로 걸어갔을 때만 해도 하늘이 눈부시게 파랬다. 완벽한 가을 날씨였다. 그런데 4시 30분인 지금은 하늘이 대부분 구름으로 덮였고 어두워지기 전에 비가 쏟아질 것처럼 보였다. 케빈은 올가을의 첫 추위를 손으로 느꼈다. 밖에 오래 있으면 손이 빨갛게 트겠지만 그럴 생각은 없었다. 삼십 분 있으면 엄마가 집으로 돌아올 텐데 함께 있는 아빠를 보고 엄마가 뭐라고 할지, 아빠는 뭐라고 둘러댈지 벌써부터 궁금했다.

그건 나중 이야기였다.

케빈이 조그만 뒷마당의 모탕 위에 선 660을 올려놓자 팝 메릴이 큰 망치를 건넸다. 많이 써서 자루가 반질반질했다. 무심한 주인의 손에 방치되어 숱하게 비를 맞은 듯 대가리에 녹이 슬었다. 그래도 제몫을 다하는 데는 아무 문제 없을 것이다. 케빈은 그럴 거라고 믿어 의심치 않았다. 부스러지고 뜯기고 갈라진 모탕에는 반으로 쪼개질 물푸레나무나 단풍나무가 길게 놓여 있어야 할 것 같은데 그

대신 렌즈가 깨지고 그 주변의 덮개도 대부분 산산조각이 난 폴라로이드 카메라가 연약한 무방비 상태로 놓여 있었다.

케빈은 망치의 반질반질한 자루를 잡고 손에 힘을 주었다.

"아들, 결심이 확고한 거냐?" 딜리번 씨가 물었다.

"네."

"좋아." 케빈의 아버지는 손목시계를 흘끗 확인했다. "그럼 처리해라."

팝은 부실한 이로 파이프를 꽉 물고 뒷주머니에 손을 넣은 채 한쪽으로 가서 섰다. 아이에게서 아빠에게로, 다시 아이에게로 약삭빠르게 시선을 옮겼지만 말은 한마디도 하지 않았다.

케빈은 망치를 든 순간 지금까지는 자각 못 했던 카메라를 향한 분노가 느껴지자 놀라워하며 온 힘을 다해 망치를 내리쳤다.

'너무 세잖아.' 그는 이런 생각이 들었다. '카메라를 맞히기는커녕 네 발등이나 안 찍으면 다행이겠다. 꼬맹이도 발로 밟아 뭉갤 수 있게 생긴 빈 플라스틱 껍데기잖아. 다행히 네 발등을 찍지 않더라도 팝의 눈총을 받겠네. 그는 아무 말도 하지 않겠지. 그럴 필요가 없을 테니까. 쳐다보는 눈빛만으로도 충분할 테니까.'

또 이런 생각도 들었다. '내가 이걸 맞히든 못 맞히든 상관없어. 마법에 걸린 카메라라 부서지지 않을 테니까. 정확히 맞히더라도 망치가 튕겨져 나올 거야. 슈퍼맨의 가슴을 향해 날아간 총알처럼.'

망치가 카메라를 정통으로 가격하자 더이상 이런저런 생각을 할 겨를이 없었다. 케빈이 제어할 수 없을 만큼 세게 내리치긴 했지만 운이 좋았다. 그가 튕겨져 나온 망치에 정확히 미간을 맞아서 죽는,

괴담의 마지막 반전은 벌어지지 않았다.

카메라는 산산조각이 났다기보다 폭발했다. 까만색 플라스틱이 온 사방으로 튀었다. 한쪽 끝에 까만색으로 반짝이는 정사각형—절대 사용될 일이 없는 필름이었다—이 달린 길쭉한 직사각형이 모탕 옆의 맨땅으로 펄럭이며 날아가 뒤집힌 채 드러누웠다.

로어메인 스트리트를 지나는 자동차 소리뿐 아니라 워델스 상점이 이 년 전에 도산한 이래 공터로 남은 반 블록 거리의 뒤편 주차장에서 아이들이 노는 소리까지 들릴 정도로 완벽한 정적이 흘렀다.

"자, 이렇게 끝이 났구나. 망치 휘두르는 품이 꼭 폴 버니언* 같더라, 케빈! 아니라는 사람이 있으면 내 손에 장을 지지마." 팝이 말했다.

"그럴 것 없네." 덧붙인 말은 실수로 떨어뜨리는 바람에 박살난 유리잔의 잔해를 제거하듯 꼼꼼하게 플라스틱 조각을 줍고 있는 딜리번 씨에게 한 말이었다. "일이 주마다 한 번씩 와서 마당을 청소하는 아이가 있거든. 어쭙잖아 보이는 마당이라는 건 나도 알지만 그 아이마저 없으면…… 아이구!"

"이제 들어가서 돋보기로 사진들을 볼까요?" 딜리번 씨가 일어서며 말했다. 주운 플라스틱 조각들을 바로 옆에 있는 녹슨 소각로에 던지고 손을 털었다.

"나야 그래도 상관없네만." 팝이 말했다.

* 미국의 전설에 등장하는 거인 나무꾼.

"그런 다음 태워야죠." 케빈이 짚고 넘어갔다. "잊어버리지 마세요."

"안 잊어버렸다." 팝이 말했다. "사진을 없애면 나도 홀가분해질 테니까."

***

"맙소사!" 존 딜리번이 외쳤다. 그는 팝 메릴의 작업대 위로 허리를 숙이고 전등이 달린 돋보기로 마지막에서 두 번째 사진을 살피고 있었다. 개의 목에 달린 물건이 그 사진에서 가장 선명하게 찍혔다. 마지막 사진에서는 그것이 다른 방향으로 돌아가버렸다. "케빈, 저거 보고 내가 생각한 게 맞는지 얘기해주겠니?"

케빈은 돋보기를 들고 쳐다보았다. 그는 그게 뭔지 당연히 알고 있었지만 형식상 취한 제스처는 아니었다. 클라이드 톰보*도 명왕성을 실제로 촬영한 사진을 이렇듯 넋을 잃고 들여다보았을 것이다. 톰보는 명왕성의 존재를 알고 있었다. 해왕성과 천왕성의 공전궤도를 계산했을 때 똑같은 오차가 발생하자 명왕성은 일말의 가능성이 아니라 필연으로 받아들여졌다. 하지만 어떤 것이 존재한다는 사실과 그것의 정체를 안다고 해서…… 난생처음 두 눈으로 확인할 때의 감흥이 줄지는 않았다.

* 명왕성을 발견한 미국의 천문학자.

케빈은 스위치에서 손을 떼고 돋보기를 팝에게 돌려주었다. “네.” 그러고는 아버지에게 말했다. “아빠가 생각하신 게 맞네요.” 말하는 목소리는 폴라로이드 세상 속의 사물처럼 밋밋했고…… 케빈은 폭소를 터뜨리고 싶어졌다. 웃음을 참은 이유는 엉뚱한 반응이라서가 아니라(엉뚱한 반응이기는 했지만) 웃음소리도…… 밋밋하게 나올 것이기 때문이었다.

팝은 가만히 기다리다 누가 그들의 옆구리를 찔러주어야 한다는 것이 분명해지자 말문을 열었다. “계속 안절부절못하면서 기다려야 하나? 도대체 뭔데 그러나?”

케빈은 전에도 그에게 선뜻 얘기하고 싶지 않았고 지금도 마찬가지였다. 그럴 이유는 없었지만…….

‘바보같이 그러지 마! 팝이 어떤 식으로 돈을 벌건 간에 도움이 필요했을 때 나를 도와주었잖아. 그에게 얘기하고 사진을 태운 다음 모든 시계가 5시를 알리기 전에 여기서 빠져나가자.’

그렇다. 케빈이 여기 있을 때 그런 사태가 벌어지면 결정타가 될 것이다. 그러면 그는 정신 줄을 놓을 테고, 폴라로이드 세상 속에 진짜 개가 살고 있고 카메라가 똑같지만 똑같지 않은 사진을 계속 찍는다고 고래고래 소리를 지르다 주니퍼 힐로 실려갈 것이다.

“폴라로이드 카메라는 제 생일 선물이었어요.” 정신을 차려보니 자신이 좀 전처럼 건조한 음성으로 얘기하고 있었다. “개의 목에 걸려 있는 건 또 다른 생일 선물이고요.”

팝은 벗어진 정수리 위로 천천히 안경을 올리고 가늘게 뜬 눈으로 케빈을 쳐다보았다. “무슨 소리인지 모르겠다만.”

“저한테는 이모가 있어요.” 케빈이 말했다. “실은 이모할머니인데 늙어 보인다고 그렇게 부르지 말라고 해요. 힐다 이모라고 부르라고. 아무튼 이모할아버지가 돌아가시면서 힐다 이모가 거금을 물려받았는데—우리 엄마 말로는 백만 달러도 넘는대요—이모가 짠순이거든요.”

그는 말을 멈추고 아버지에게 이의를 제기할 기회를 주었지만 아버지는 그저 미소를 지으며 고개를 끄덕였다. 팝 메릴은 이미 그런 상황에 대해서 알고 있었기에(캐슬록과 인근 지역에서 벌어지는 일들 중에 팝이 전혀 모르는 일은 거의 없었다) 침묵을 지키며 아이가 실토할 다음 이야기를 기다렸다.

“이모는 삼 년마다 우리집에 오셔서 크리스마스를 함께 지내는데 우리는 유일하게 그때 교회에 가요. 이모가 교회에 다니거든요. 힐다 이모가 오시면 우리는 브로콜리를 자주 먹어요. 아무도 좋아하지 않고 여동생은 토할 것 같다지만 힐다 이모가 브로콜리를 엄청 좋아하거든요. 우리 여름방학 필독 독서 목록에 『위대한 유산』이 있었는데, 거기에 힐다 이모랑 비슷한 여자가 등장하더라고요. 친척들 앞에서 돈 자랑하는 재미로 사는. 해비셤 양이라는 여자인데 해비셤 양이 개구리라고 말하면 다들 폴짝폴짝 뛰었어요. 우리도 그랬고 아마 다른 친척들도 마찬가지일 거예요.”

“아, 그래도 랜디 삼촌에 비하면 네 엄마는 양반이지.” 딜리번 씨가 불쑥 끼어들었다. 케빈이 보기에 아버지는 냉소적인 농담처럼 포장하려고 했겠지만 신랄한 독설이 되어버렸다. “힐다 이모가 랜디네 집에서 개구리라고 하면 그 집 식구들은 지붕보 너머로 재주

넘기를 하거든."

"아무튼." 케빈이 팝에게 말했다. "이모는 해마다 제 생일 때 똑같은 선물을 보내요. 각기 다르지만 기본적으로는 같은 선물을요."

"무슨 선물을 보내는데?"

"볼로 넥타이." 케빈이 말했다. "옛날 옛적에 컨트리음악 밴드가 하고 다녔을 법한 넥타이요. 고리 디자인은 매번 달라지지만 항상 볼로 넥타이예요."

팝은 돋보기를 낚아채듯이 들고 사진 위로 허리를 숙였다. "맙소사!" 그가 허리를 펴며 말했다. "볼로 넥타이! 그거였네! 내가 왜 몰랐지?"

"개가 달고 다닐 만한 게 아니었으니까 그랬겠죠." 케빈은 여전히 딱딱한 목소리로 말했다. 여기 온 지 사십오 분 정도밖에 되지 않았는데 나이를 열다섯 살 더 먹어버린 느낌이었다. '잊지 말아야 할 게 있다면 카메라가 없어졌다는 거야.' 이성은 몇 번이고 같은 말을 그에게 속삭였다. '산산조각이 났다는 거. 왕의 말과 왕의 신하들은 걱정할 필요 없어*. 스키넥터디의 폴라로이드 공장에서 카메라를 만드는 직원들이 모두 나서도 그 아이를 다시 붙이지 못할 테니까.'

맞는 말이었다. 하늘에 감사할 일이었다. 여기가 종착역이었다.

* 〈험프티 덤프티〉라는 영국의 전래 동요 가사에서 나온 말이다. "험프티 덤프티가 담장에 앉아 있네/ 험프티 덤프티가 쿵 떨어졌는데/ 왕의 말과 왕의 신하들이 모두 나서도 험프티 덤프티를 다시 붙이지 못했지."

케빈은 최소한 여든 살까지 초자연적인 존재와 두 번 다시 맞닥뜨릴 일이 없었다. 스치고 지나갈 일조차 없었다.

"게다가 작잖아요." 딜리번 씨가 지적했다. "케빈이 이모님의 선물을 상자에서 꺼냈을 때 나도 옆에 있었지요. 선물이 뭔지 우리 가족 모두 알고 있었어요. 올해에는 고리에 뭐가 새겨져 있는지만 모를 뿐. 우리가 그걸 가지고 우스갯소리도 늘어놓았죠."

"고리에 뭐가 새겨져 있지?" 팝이 물으며 사진 속을…… 아니, 사진을 들여다보았다. 케빈은 폴라로이드 사진 속을 들여다본다는 것은 있을 수 없는 일이라고 이 땅의 어느 법정에서든 증언할 수 있었다.

"새요." 케빈이 말했다. "분명 딱따구리일 거예요. 사진 속의 개가 목에 그걸 매고 있어요. 딱따구리 고리가 달린 끈 넥타이."

"맙소사!" 팝이 외쳤다. 그는 나름대로 세계적인 수준의 훌륭한 배우였지만 지금의 놀라운 감정은 굳이 연기할 필요가 없었다.

딜리번 씨가 불쑥 폴라로이드 사진을 한데 모았다. "이 빌어먹을 사진들도 난로에 넣어서 태워버립시다." 그가 말했다.

***

케빈과 그의 아버지가 집에 도착한 시각은 5시 10분이었고 보슬비가 내리기 시작했다. 산 지 이 년 된 딜리번 부인의 토요타가 집 앞 진입로에 주차되어 있지 않았다. 그녀는 들어왔다가 다시 나간 모양이었다. 식탁에 소금통과 후추통으로 눌러놓은 그녀의 쪽지가 있었다. 케빈이 쪽지를 펼치니 십 달러짜리 지폐가 떨어졌다.

케빈

브리지 게임 같이 하는 제인 도욘이 남편이 피츠버그로 출장 가서 집에 혼자 있다며 메그랑 나랑 자기랑 보난자에서 저녁을 같이 먹지 않겠느냐고 하더라. 나는 좋다고 했지. 특히 메그가 좋아할 거라고. 네 동생이 '같은 여자들끼리' 어울리는 거 얼마나 좋아하는지 알지? '우아한 고독'을 즐기며 저녁 먹게 된 걸 기분 나빠하지 말았으면 한다. 피자랑 콜라 주문해서 먹으면 어때? 아빠는 퇴근하시거든 따로 주문하시라고 하고. 아빠는 데운 피자 싫어하시고 너도 알다시피 맥주 두어 캔 드시고 싶어 하실 거야.

사랑하는 엄마가

그들은 서로 쳐다보았고 말없이 '걱정 하나 덜었네'라고 눈빛으로 얘기했다. 딜리번 씨의 차가 차고에 있었는데 그녀도 메그도 알아차리지 못한 모양이었다.

"제가 가서……." 케빈이 말문을 열었지만 아버지가 말허리를 잘라 말을 맺을 필요도 없었다. "그래. 가서 확인해라. 지금 당장."

케빈은 계단을 두 개씩 올라가서 그의 방으로 들어갔다. 방에는 서랍장과 책상이 있었다. 책상 맨 마지막 서랍이 잡동사니로 가득했다. 쓰지는 않지만 버리면 죄책감이 드는 물건들을 모아두었다. 할아버지에게 물려받은 회중시계는 묵직하고 소용돌이 장식이 근사했지만…… 심하게 녹이 슬어서 어머니와 함께 루이스턴의 보석

방에 들고 갔더니 가게 주인이 흘끗 쳐다보고는 고개를 흔들며 그들 앞으로 다시 내밀었다. 짝이 맞는 커프스단추 두 쌍과 짝이 없는 두 개, 《펜트하우스》에서 뜯은 접지, 『끝내주는 유머집』, 어인 까닭인지 몰라도 테이프를 재생하는 게 아니라 씹어먹는 데 맛을 들인 소니 워크맨도 들어 있었다. 한마디로 잡동사니들이었다. 그보다 더 어울리는 단어가 없었다.

두말하면 잔소리지만 힐다 이모가 지난 십삼 년 동안 생일 선물로 보낸 열세 개의 볼로 넥타이도 그중 일부였다.

그는 하나씩 꺼내서 숫자를 셌다. 열셋이 아니라 열두 개가 나오자 잡동사니 서랍을 한바탕 뒤집은 다음 다시 셌다. 여전히 열두 개였다.

"없니?"

케빈은 쭈그려 앉아 있다가 비명을 지르며 벌떡 일어섰다.

"미안하다." 딜리번 씨가 문 앞에서 말했다. "내가 생각 없이 그랬네."

"괜찮아요." 케빈이 말했다. 그는 몸속 엔진이 폭발하면 심장이 얼마나 빠르게 뛸지 잠깐 궁금해졌다. "제가…… 예민해져 있었어요. 바보처럼."

"아니다." 아버지는 진지하게 아들을 쳐다보았다. "테이프를 보면서 어찌나 겁이 나던지 입 안에 손가락을 넣어서 목젖을 누르고 있는 심장을 밑으로 내리고 싶더라."

케빈은 고마워하는 눈빛으로 아버지를 쳐다보았다.

"없는 거지?" 딜리번 씨가 물었다. "딱따구리인지 뭔지가 달린 넥타이 말이다."

"네. 없어요."

"카메라를 그 서랍에 넣어뒀니?"

케빈은 천천히 고개를 끄덕였다. "팝이—메릴 씨가—수시로 꺼놓으라고 했거든요. 그게 그분이 만든 스케줄의 조건 중 하나였어요."

뭔가가 머릿속에서 꿈틀거리다 사라졌다.

"그래서 저기 넣어두었는데."

"맙소사." 딜리번 씨가 나지막이 중얼거렸다.

"그러게요."

그들은 어둑어둑한 방안에서 서로 쳐다보았다. 잠시 후에 케빈이 미소를 지었다. 빽빽한 구름 사이로 불쑥 고개를 내민 태양처럼 환한 미소였다.

"왜?"

"어떤 기분이었는지 생각이 났어요." 케빈이 말했다. "제가 그 망치를 엄청 세게 휘둘러서……."

딜리번 씨도 슬금슬금 미소를 지었다. "그러다 네 발가락을 찧는 건 아닌지 걱정될 정도였지……."

"……망치가 카메라를 때리니까 우드득 하는 소리가 나고……."

"……온 사방으로 파편이 튀고……."

"쾅!" 케빈이 말문을 맺었다. "없어졌죠!"

그들은 케빈의 방안에서 웃음을 터뜨렸다. 케빈은 이런 사건이 벌어진 게 고맙다는 생각이 들 뻔했다. 이 안도감은 말로 표현할 방법이 없었고, 우연히 또는 어떤 심령의 인도 아래 누군가가 내 손이 닿지 않는 등의 가려운 부분을 정확하게 포착했을 때, 바로 그곳을 긁어주었을 때 느껴지는 기분처럼 완벽했다. 손끝이 닿아서 지그시 누르는 순간에는 잠깐 가려움이 심해지지만…… 그 뒤로 찾아오는 고마운 안도감이여.

카메라도 그렇고 그의 아버지가 알고 있다는 것도 그렇다.

"완전히 없어졌잖아요." 케빈이 말했다. "안 그래요?"

"에놀라 게이 폭격기가 떨어뜨린 원자폭탄에 맞은 히로시마처럼 완전히 없어졌지." 딜리번 씨는 대답하고 이렇게 덧붙였다. "그러니까 무슨 말인가 하면, 개박살이 났다는 거다."

케빈은 아버지를 멍하니 쳐다보다 참지 못하고 비명에 가까운 폭소를 터뜨렸다. 아버지도 덩달아 웃었다. 그들은 이내 피자를 푸짐하게 주문했다. 메리와 메그 딜리번이 7시 20분에 돌아왔을 때까지도 그들은 계속 키득거리고 있었다.

"둘이서 못된 짓을 하고 있었던 모양이네?" 딜리번 부인이 어리둥절한 표정으로 물었다. 여자의 직감—아이를 낳거나 큰일이 벌어졌을 때에만 백 퍼센트 발현되는 듯한 그 능력—상 그들의 명랑한 모습이 왠지 불길하게 느껴졌다. 교통사고를 간신히 모면한 사람들처럼 보였던 것이다. "여자들도 끼워주지그래?"

"그냥 총각 둘이서 즐거운 시간을 보내는 거야." 딜리번 씨가 말했다.

"기가 막히게 즐거운 시간을 보내고 있었죠." 케빈의 부연 설명에 아버지가 "그러니까 무슨 말인가 하면, 그렇다고"라고 덧붙이자 둘은 서로를 쳐다보며 다시 깔깔대고 웃었다.

메그는 당혹스러워하며 어머니를 쳐다보았다. "아빠랑 오빠 왜 저래요, 엄마?"

딜리번 부인은 말했다. "고추가 달려 있어서 저래. 가서 코트 걸어라."

***

팝 메릴은 딜리번 부자를 내보낸 다음 문을 잠갔다. 작업대를 비추는 조명만 남긴 채 불을 다 끄고 열쇠를 꺼내 잡동사니 서랍을 열었다. 거기서 이가 나간 것말고는 멀쩡한 케빈 딜리번의 폴라로이드 선 660을 꺼내 뚫어져라 쳐다보았다. 이 카메라에 아버지와 아들 모두 겁을 먹었다. 그랬다는 것을 분명히 알 수 있었다. 팝도 겁이 났고 지금도 마찬가지였다. 하지만 이런 작품을 모탕에 올려놓고 박살을 낸다? 그건 미친 짓이었다.

이 염병할 물건을 가지고 돈을 벌 방법이 있었다.

뭐가 됐건 방법이 있기 마련이었다.

팝은 카메라를 다시 넣고 서랍을 잠갔다. 하룻밤 동안 고민하고 나면 날이 밝았을 때 어떤 식으로 진행하면 좋을지 윤곽이 잡힐 것이다. 사실 이미 생각해놓은, 기가 막히게 훌륭한 아이디어가 있었다.

일어나서 작업대 불을 끈 그는 어둠을 뚫고 아파트와 연결된 계단을 향해 걸어갔다. 오랜 연습을 통해 무의식의 경지에 도달한 우아한 분위기를 풍기며 당당하게 움직였다.

그러다 반쯤 갔을 때 걸음을 멈추었다.

다시 돌아가서 카메라를 구경하고 싶은, 놀라우리만치 강렬한 욕구가 느껴졌다. 도무지 그럴 이유가 없었다. 불경스러운 카메라에 넣을 필름도 없었고…… 그걸로 사진을 찍고 싶은 생각이 있는 것도 아니었다. 다른 사람이 스냅사진을 찍어서 개가 어떻게 되는지 확인하고 싶다면 환영이었다. 그가 입버릇처럼 얘기하는 매수자 위험부담의 원칙이 그런 거였다. 사는 사람이 알아서 판단하라는 거였다. 그로 말할 것 같으면 사진을 찍어보느니 차라리 염병할 채찍도 의자도 없이 사자들만 우글거리는 우리 속으로 들어가는 쪽을 선택하겠지만.

"가만히 둬." 그는 어둠 속에서 험상궂은 목소리로 중얼거리고 자기 목소리에 놀랐다. 그리고 다시 걸음을 옮겼다. 두 번 다시 뒤를 돌아보지 않고 계단을 올라갔다.

7장

다음날 새벽에 케빈 딜리번은 끔찍한 악몽을 꾸었지만 고장난 스피커로 들은 라디오 음악처럼 단편적으로만 기억에 남았다.

그는 작고 지저분한 어느 공장 도시로 걸어 들어가고 있었다. 가방을 짊어진 것을 보면 분명 떠돌이 신세였다. 도시 이름은 오틀리였고 케빈이 생각하기에는 버몬트 아니면 뉴욕 북부였다. '오틀리에서 일손 구하는 사람 없어요?' 그는 곳곳이 깨진 인도를 따라서 쇼핑 카트를 밀고 가는 어떤 노인에게 물었다. 카트 안에 식료품은 없는 대신 뭔지 모를 쓰레기들로 가득한 것을 보고 케빈은 노인이 주정뱅이라는 것을 알아차렸다. '저리 가!' 주정뱅이는 비명을 질렀다. '저리 가! 도둥놈! 나픈 도둥놈! 나픈 도둥놈!'

케빈은 달려서 길을 건넜다. 길길이 날뛰는 노인보다 그를 도둑으로 오해하는 사람이 있을지 모른다는 사실에 더 겁이 났다. 주정뱅이가 뒤에 대고 외쳤다. '여긴 오틀리 아니야! 힐더스빌이야! 딴

데 가서 알아봐라, 이 나쁜 도둑놈아!'

순간 그는 이 도시가 오틀리도 아니고 힐더스빌도 아니고 평범한 이름의 다른 도시도 아니라는 것을 깨달았다. 완전히 비정상적인 도시가 어떻게 평범한 이름으로 불릴 수 있겠는가.

모든 게—길거리, 건물, 자동차, 표지판, 몇 명 안 되는 보행자—이차원적이었다. 다들 높이도 있고 넓이도 있지만…… 두께가 없었다. 케빈은 메그의 발레 선생님이 칠십 킬로그램 정도 찌면 저렇겠다 싶게 생긴 여자를 보았다. 바주카 풍선껌색 바지를 입었다. 주정뱅이처럼 그녀도 쇼핑 카트를 밀고 있었다. 바퀴에서 끽끽 소리가 났다. 그 안에 폴라로이드 선 660이 가득 담겨 있었다. 두 사람의 거리가 점점 가까워지자 그녀는 의심스러운 듯이 실눈을 뜨고 케빈을 쳐다보았다. 인도에서 서로 스쳐지나간 순간 그녀가 사라졌다. 그림자는 남아 있고 리드미컬하게 끽끽거리는 바퀴 소리도 들리는데 그녀는 보이지 않았다. 잠시 후 그녀가 다시 등장해서 의심스러워하는 표정의 뚱뚱하고 평면적인 얼굴로 그를 돌아보자 케빈은 그녀가 잠깐 사라졌던 이유를 알아차렸다. 모든 게 완벽하게 평면적인 세상에서는 '측면'이라는 개념이 존재하지 않기 때문이었다. 존재할 수 없기 때문이었다.

'여기는 폴라로이즈빌이야.' 이 생각이 들자 공포와 묘하게 뒤엉킨 안도감이 밀려들었다. '꿈이라는 뜻이지.'

잠시 후에 흰색 말뚝 울타리, 개, 배수로에 서 있는 카메라를 든 사람이 보였다. 무테안경을 정수리에 얹어놓고 있었다. 팝 메릴이었다.

'오, 네가 저 녀석을 찾았구나.' 이차원적인 폴라로이드 팝이 셔터에 시선을 고정한 채 케빈에게 말했다. '저기 네 개가 있잖아. 스키넥터디에서 그 아이를 찢어발긴 개가. 그러니까 무슨 말인가 하면, 네 개 아니냔 말이다.'

바로 그때 케빈은 침대에서 눈을 떴다. 비명을 질렀을까 싶어서 불안했다. 하지만 처음에는 삼차원적이어야 할 그의 모든 것이 제대로 갖추어져 있는지가 꿈의 내용보다 더 걱정스러웠다.

제대로 갖추어져 있었다. 하지만 뭔가가 이상했다.

'한심한 꿈이잖아. 잊어버리면 되지, 왜 그러지 못하니? 다 끝났잖아. 사진은 쉰여덟 장 모두 태웠고 카메라는 박살…….'

그 무언가가, 이상한 무언가가 다시금 머릿속을 간질이자 생각의 흐름이 얼음처럼 꽁꽁 얼었다.

'끝나지 않았어.' 그는 생각했다. '끝나지…….'

하지만 케빈 딜리번은 생각을 마무리짓지 못하고 단잠 속으로 빠져들었다. 다음날 아침에는 악몽의 내용을 거의 기억하지 못했다.

8장

케빈 딜리번의 폴라로이드 선을 입수한 이후의 두 주가 팝 메릴의 일생을 통틀어서 가장 약오르고 짜증나고 굴욕적인 두 주였다. 그동안 한 짓에 비하면 그 정도는 약과라고 말할 사람이 캐슬록에도 한두 명이 아니었다. 하지만 캐슬록에서 이 사태를 아는 사람은 한 명도 없었고…… 그것이 팝으로서는 유일한 위안이었다. 그렇다고 해서 도움이 되지는 않았다. 정말 고맙게도 도움은 전혀 되지 않았다.

또라이들이 그의 기대를 이렇게 처참하게 저버릴 줄 어느 누가 상상이나 할 수 있었을까?

그가 한물가기 시작한 건 아닌가 하는 생각이 들 정도였다.

당치도 않는 소리였지만.

9장

구월에만 해도 팝은 폴라로이드 카메라를 팔 수 있을지 걱정해본 적이 없었다. 얼마를 받고 얼마나 빨리 처분하느냐, 그게 관건이었을 따름이다. 딜리번 부자가 초자연적인 어쩌고 했을 때 팝은 반박하지 않았지만 심령 탐정들에게 물어보면 초자연적이라기보다 불가사의한 현상이라고 했을 것이다. 딜리번 부자에게 그 사실을 알려줄 수도 있었지만 그랬더라면 그들이 (부업으로 고리대금업을 하는) 소도시의 중고품점 사장이 그 분야에 대해 잘 아는 이유를 궁금해했을 수도 있었다. 사실 그가 아는 게 많은 이유는 아는 게 많아야 돈이 되기 때문이었고, 아는 게 많아 돈이 되는 이유는 그가 '나의 또라이들'이라고 생각하는 사람들 때문이었다.

또라이들은 비싼 오디오 장비로 빈방을 녹음하는 사람들을 말했다. 그들이 빈방을 녹음하는 이유는 장난이나 술김이 아니라, 보이지 않는 세상을 열렬히 믿기에 그 세상의 존재를 입증하기 위해서,

또는 '저세상으로 건너간'(또라이들은 꼭 '저세상으로 건너갔다'는 표현을 썼다. 그들에게는 평범하게 죽은 친척이 없었다) 친구나 친척들과 소통할 수 있길 간절히 바라기 때문이었다.

또라이들은 위저보드를 활용할 뿐 아니라 '저세상'('천국'도 '지옥'도 심지어 '망자들이 쉬는 곳'도 아니고 꼭 '저세상'이었다)에 거하는 '영혼의 안내자'들과 주기적으로 대화를 나누며 친구, 친척, 여왕, 죽은 로큰롤 가수, 심지어 천하의 악당들과 소통했다. 팝이 아는 버몬트의 또라이는 일주일에 두 번씩 히틀러와 대화를 나누었다. 히틀러는 1943년 1월에 평화협정을 제안했는데 처칠 새끼가 거절했다며 그에게 억울함을 호소했다. 그리고 폴 뉴먼은 달의 동굴에서 태어난 외계인이라고 했다.

또라이들은 약물의존자들이 밀매업자를 찾듯 주기적으로 (그리고 강박적으로) 교령회에 참석했다. 행운을 가져다준다는 수정 구슬과 부적을 샀다. 자기들만의 조그만 사회를 구축하고 귀신이 출몰한다는 집에서 벌어지는 온갖 현상들을 연구했다. 영매의 몸에서 끈적이는 액체가 분비되고, 테이블을 두드리는 소리가 들리고, 테이블과 침대가 공중 부양하고, 유난히 기온이 낮은 공간이 생기고, 당연히 귀신도 보았다. 그들은 진짜가 됐건 상상이 됐건 들새 관찰에 목숨건 사람처럼 모든 현상을 열심히 관찰했다.

그들은 대부분 즐거운 시간을 보냈다. 하지만 몇몇은 그러지 못했다. 울프버러에서 온 어떤 친구만 해도 그랬다. 그는 1880년대와 1890년대에 어떤 농부가 낮에는 다른 사람들을 돕고, 저녁에는 지하실에 둔 큼지막한 식탁에 앉아서 인육으로 만찬을 즐겼던 곳으로 악명이 높았던 테쿰세 하우스에서 목을 맸다. 썩은 내를 풍기는 식탁 밑의 단단히 다져진 흙 속에서 적게는 열두 명, 많게는 서른다섯 명의 토막 시체와 인골이 발견되었다. 그들은 모두 젊은 부랑자였다. 울프버러에서 온 그 친구는 위저보드 옆에 놓인 메모지에 짤막한 글을 남겼다. "집에서 나갈 수가 없다. 문이 모두 잠겨 있다. 그가 뭘 먹는 소리가 들린다. 무명을 써보았다. 소용이 없다."

'망상에 빠진 그 딱한 친구는 그걸 실제 상황이라고 생각했을지 몰라.' 팝은 믿을 만한 정보원에게 이야기를 들었을 때 이런 생각을 했었다.

그런가 하면 매사추세츠 주 더니치에 사는 친구는 예전에 팝에게 구십 달러를 주고 이른바 '정령의 나팔'을 산 적이 있었는데, 극도로 불쾌한 소리를 들었는지 완전히 실성한 상태로 거의 육 년째 아컴 정신병원의 독방에서 고래고래 소리를 지르고 있다. 공동묘지를 찾아갔을 때 그의 머리칼은 까만색이었다. 묘지 근처에 살던 주민들이 비명소리를 듣고 경찰을 호출했을 때 머리칼은 울부짖는 그의 얼굴과 똑같은 흰색으로 변해 있었다.

포틀랜드에 사는 어떤 여자는 위저보드를 하던 중에 참사가 벌어지는 바람에 한쪽 눈을 잃었고…… 로드아일랜드 주 킹스턴에 사는 남자는 안에서 십 대 두 명이 자살을 했다는 자동차 뒷문에 오른쪽 손가락 세 개를 잘렸고…… 매사추세츠 메모리얼 병원으로 실려 온 노파는 그녀만큼 나이를 먹은 고양이 클로뎃이 교령회 도중에 난동을 벌이는 바람에 한쪽 귀가 거의 잘렸고…….

팝은 이 중에 믿는 이야기도 있고 믿지 않는 이야기도 있었지만 대개는 아무 생각이 없었다. 어느 한쪽을 입증하는 구체적인 증거가 없어서가 아니라 귀신, 교령회, 수정 구슬, 정령의 나팔, 난동을 부리는 고양이 또는 전설 속에 등장하는 정복자 존의 이름을 따서 붙인 식물의 뿌리에 헛방귀만큼도 관심이 없었기 때문이었다. 또라이들이 달에 가서 뒈지거나 말거나 레지널드 팝 매리언 메릴은 아무 상관 없었다.

물론 그중 한 명이 케빈 딜리번의 카메라값으로 거금을 건네고 다음번 우주왕복선에 탑승한다면 이야기가 달라지겠지만.

팝이 이 광신도들을 또라이라고 부르는 이유는 그들이 귀신에 대해 지대한 관심을 보이기 때문이 아니었다. 대다수가—어떨 때는 전부라고 말하고 싶은 유혹이 느껴졌다—삥을 뜯어달라고 애원하는 돈 많은 은퇴자들이기 때문이었다. 그들이 교령회 테이블에 앉을 필요도 없이 방안에 들어가는 순간 진짜 영매와 가짜 영매를 구분할 수 있다고 자부할 때 십오 분 동안 그들 옆에서 고개를 끄덕이며 맞장구를 치거나, 마찬가지로 십오 분 동안 테이프에 녹음된 뭔지 모를 소음을 들으며 적절하게 경외감 어린 표정을 짓기만 하면 어떤 남자에게 거기서 돌아가신 당신 어머니를 언뜻 보았다고 뻥을 쳐서 사 달러짜리 서진을 백 달러에 팔아넘길 수 있었다. 거기에 미소를 곁들이면 이백 달러짜리 수표를 받을 수 있었다. 응원의 몇 마디를 던지면 이천 달러짜리 수표를 받을 수 있었다. 두 가지를 한꺼번에 하면 그들은 수표첩을 건네며 원하는 금액을 적으라고 한다.

젖먹이 손에서 사탕을 빼앗는 것만큼이나 쉬웠다.

지금까지는 그랬다.

***

팝은 “동전 수집가”나 “우표 수집가”라는 파일을 만들어서 캐비닛에 넣어두지 않듯이 “또라이”라는 파일도 만들어서 넣어두지 않았다. 그에게는 아예 파일 캐비닛이 없었다. 가장 비슷한 것이 뒷주머니에 넣고 다녀서 너덜너덜해진 오래된 전화번호 수첩이었다(꼬챙이 같은 엉덩이에 날마다 눌려서 지갑처럼 박하게 휘었다). 팝이 파일을 저장하는 곳은 그 업계에서 일하는 다른 사람들과 같았다. 머릿속이었다. 그와 오래전부터 거래한 본격적인 또라이들은 여덟 명이었는데, 비술에 발을 담가본 정도가 아니라 깊숙이 들어가서 데굴데굴 구르는 사람들이었다. 그중에서 가장 돈이 많은 사람은 매카티라는 은퇴한 사업가였고 해변에서 이십 킬로미터 떨어진 자기 소유의 섬에서 살았다. 배를 경멸해서 상근 조종사를 두고 육지에 볼 일이 있으면 비행기로 왔다갔다했다.

팝은 케빈에게서 카메라를 입수(그걸 강탈로 간주할 수는 없었다. 어차피 아이는 카메라를 박살낼 작정이었고, 모르게 진행된 일 때문에 아이가 상처를 받을 구석은 없었다)한 다음날, 그러니까 9월 28일에 그를 만나러, 오래됐지만 완벽하게 관리된 차를 몰고 부스베이 항 바로 북쪽의 전용 활주로로 갔다. 또라이의 비치크래프트 경비행기가 흙으로 덮인 활주로를 야생마처럼 질주하다 낭떠러지로 떨어져서 저 아래 바위에 부딪혀 곤죽이 되겠다는 생각이 든 순간 이륙해 가을의 창공으로 날아오르자 그는 폴라로이드 선 660이 든 철제 상자를 생명줄이라도 되는 듯이 부여잡고 이를 악물고 실눈을 떴다. 예전에도 비행기를 타고 두 번 찾아간 적이 있었는데, 그때마다 하늘을 날아다니는 관은 두 번 다시 타지 않겠다고 다짐했었다.

굶주린 대서양과의 거리가 백오십 미터밖에 안 되는 상공을 덜컹덜컹 요동치며 가는 내내 조종사는 명랑하게 종알거렸다. 팝은 고개를 끄덕이며 적절한 때 아무렴요, 라고 맞장구쳤지만 금방이라도 죽게 생긴 마당에 조종사가 하는 이야기는 잘 들리지도 않았다.

끔찍하고 우울하고 무모하게 짧은 활주로와 삼나무와 자연석으로 얼기설기 지은 집이 눈앞에 등장하자 조종사는 급강하했고, 비행기는 위산으로 오그라든 팝의 위장을 허공 어딘가에 남겨둔 채 쿵 하고 착륙했다. 그들은 천천히 활주로를 이동하다 아무데도 다치지 않고 멀쩡하게 기적적으로 멈추어 섰다. 팝은 하나님이야말로 또라이들의 발명품이라는 과거의 신조로 안전하게 돌아갔다. 망할 비행기를 타고 돌아가야 하는 순간이 찾아오기 전까지는 그렇게 믿을 것이다.

"날씨가 좋아서 비행하기 괜찮았죠, 메릴 씨?" 조종사가 계단을 펼치며 말했다.

"훌륭했습니다." 팝은 끙끙거리며 대답하고 집을 향해 뚜벅뚜벅 걸어갔다. 추수감사절용 칠면조처럼 생긴 남자가 잔뜩 기대한 표정으로 미소를 지으며 문 앞에 서 있었다. 팝이 "내가 지금까지 본 중에서 가장 환장할 만한 물건"을 보여주겠다고 약속했기에 세드릭 매카티는 몸이 달아 있었다. 팝은 형식적으로 휙 하니 한번 구경시켜주고 돈을 뜯어낼 작정이었다. 하지만 사십오 분 뒤에 육지로 돌아가며 그는 비행기가 덜컹덜컹 요동치고 가끔 에어포켓을 지날 때마다 속이 뒤집힐 정도로 급강하를 해도 거의 알아차리지 못했다. 주눅이 들어서 이런저런 생각에 잠겼다.

팝은 폴라로이드 카메라로 또라이를 겨누고 사진을 찍었다. 현상이 되길 기다리는 동안 이번에는 또라이가 팝을 찍었는데…… 플래시가 터지는 순간 무슨 소리가 난 것 같았다. 까만색 개가 나지막이 으르렁거리는 소리가 실제로 들렸을까 아니면 상상이었을까? 상상이었을 가능성이 컸다. 팝이 한창때 어마어마한 계약을 몇 건 성사시킬 수 있었던 것도 상상력 덕분이었다.

하지만…….

현역에서 은퇴한 탁월한 사업가이자 엄청난 또라이인 세드릭 매카티는 어린애처럼 열띤 표정으로 사진이 현상되는 것을 지켜보았지만 막상 상이 확연하게 드러나자 우습다는 듯 깔보는 표정을 지었다. 팝이 오십 년에 걸쳐 계발한 백발백중의 직감으로 판단하건대 설득하고 꼬드기고 이 카메라를 사고 싶어서 안달난 고객이 있다고 넌지시 흘리는 등, 평소에는 믿음직했던 수법을 모조리 동원해도 소용없겠다는 것을 알 수 있었다. 세드릭 매카티의 머릿속에 "어림없음"이라고 적힌 주황색의 큼지막한 카드가 떴다.

하지만 이유가 뭘까?

젠장, 이유가 뭘까?

팝이 촬영한 사진에서는 케빈의 눈에 까만색 개의 쭈글쭈글한 주둥이 사이로 번뜩거리는 무언가로 보였던 것이 이빨이라고 확실하게 밝혀졌다. 아무리 봐도 그냥 이빨은 아니었다. 섬뜩한 송곳니였다. 매카티가 촬영한 사진에서는 주변의 다른 이빨까지 드러나기 시작했다.

'염병할 주둥이가 꼭 덫처럼 생겼네.' 팝은 생각했다. 그의 팔이 개의 입속에 들어가 있는 장면이 불청객처럼 머릿속에서 불쑥 고개를 들었다. 개가 팔을 물거나 씹는 게 아니라 날이 여러 개 달린 목재 파쇄기가 나무껍질, 나뭇잎, 조그만 나뭇가지를 갈가리 찢듯 그의 팔을 갈가리 찢는 게 보였다. '시간이 얼마나 걸릴까?' 궁금해하던 그는 덥수룩한 털로 덮인 얼굴에서 그를 빤히 쳐다보는 비열한 눈을 마주하고 금세 끝날 것임을 알아차렸다. 만약 개에게 팔 대신 사타구니를 잡히면 어떻게 될까? 만약…….

매카티가 무슨 말인가를 하고 대꾸를 기다리고 있었다. 팝이 매카티에게로 다시 관심을 돌렸을 때 카메라를 팔아넘길 수 있을지 모른다는 마지막 희망마저 사라졌다. 세상을 떠난 사랑하는 네드 삼촌의 혼령을 호출해보겠다며 오후 내내 사람을 붙잡아놓고 조잘거리던 엄청난 또라이의 모습은 온데간데없었다. 매카티의 또 다른 모습, 《포춘》이 선정한 미국 최고의 재력가 명단에 십이 년 연속으로 이름을 올린 빈틈없는 사업가의 면모가 자리를 대체했다. 그는 막대한 재산과 그걸 관리하고 불릴 정직하고 능력 있는 가신을 물려받은 깡통이 아니라 공력 설계와 개발의 천재였다. 하워드 휴스* 만큼 돈이 많지는 않았지만 말년의 휴스만큼 기이한 행적을 보이지도 않았다. 심령현상에 있어서는 또라이였다. 하지만 다른 분야에

* 미국의 투자가, 공학자, 영화감독. 엄청난 재능과 수완으로 백만장자가 되었다.

서는 상어와 같았고 그에 비하면 팝 메릴 같은 부류는 진흙 웅덩이에서 헤엄치는 올챙이였다.

“죄송합니다.” 팝이 말했다. “제가 잠깐 딴생각을 하고 있었네요, 매카티 씨.”

“흥미롭다고요.” 매카티가 말했다. “특히 사진과 사진 사이 시간의 흐름을 미묘하게 표현한 것이 마음에 들어요. 원리가 뭐죠? 카메라 안에 카메라가 들어 있나?”

“무슨 말씀인지 모르겠는데요.”

“아니, 카메라는 아니야.” 매카티는 혼잣말을 중얼거렸다. 그는 카메라를 들어서 귀에 대고 흔들었다. “롤러가 들어 있을 가능성이 더 크겠네.”

팝은 그를 빤히 쳐다보며 무슨 소리인지 모르겠다는 생각을 했다. “어림없음”과 같은 뜻이라는 것만 알 수 있었다. 근본 없는 빌어먹을 경비행기를 타고 왔는데(조만간 또 타야 하는데) 헛수고였다. 하지만 이유가 뭘까? 이유가 뭘까? 그는 이자를 철석같이 믿었다. 브루클린 다리가 ‘저쪽 세계’에서 투영된 허깨비라고 해도 속아넘어갈 친구였다. 그런데 이유가 뭘까?

“당연히 슬롯이겠군요!” 매카티가 어린애처럼 기뻐하며 말했다. “슬롯! 이 케이스 안에 슬롯이 장착된 회전 벨트가 도르래에 걸려 있는 거예요. 슬롯마다 개를 찍은 폴라로이드 사진이 꽂혀 있죠. 연속성을 보니…….” 그는 사진들을 다시 유심히 들여다보았다. “……맞네, 폴라로이드 카메라로 개를 한 프레임씩 찍은 사진을 가지고 영화처럼 만들었다고 할 수 있겠네요. 셔터를 누르면 슬롯에 꽂혀 있던 사진이 나오는 거죠. 배터리로 벨트를 돌려서 다음 사진을 알맞은 위치에 놓으면 짜잔!"

매카티의 얼굴에서 즐거워하던 표정이 불현듯 가시고, 상처를 입고 피를 흘리는 경쟁자들을 희희낙락 밟고 넘어서 부와 명성을 쌓았을지도 모르겠다 싶은 남자가 등장했다.

"조가 다시 모셔다 드릴 겁니다." 그가 말했다. 목소리는 냉랭하고 인간미가 없었다. "실력이 좋으시네요, 메릴 씨." 팝은 그에게 두 번 다시 팝이라고 불릴 일이 없겠다는 사실을 깨닫고 침울해졌다. "그건 인정합니다. 결국에는 도를 넘었지만 지금까지는 나를 잘도 속여왔어요. 그동안 얼마나 사기를 쳤습니까? 전부 구라였나요?"

"나는 땡전 한 푼 사기친 적 없습니다." 팝은 딱 잡아뗐다. "진짜가 아니라고 생각한 물건은 팔지 않았어요. 그러니까 무슨 말인가 하면, 이 카메라도 마찬가지라는 거예요."

"듣고 있자니 구역질이 나네요." 매카티가 말했다. "당신을 믿었기 때문이 아니에요. 내가 믿었던 사람들 중에 가짜도 있고 엉터리도 물론 있었으니까. 당신한테 돈을 털려서 그런 것도 아니에요. 푼돈에 불과했으니까. 내가 구역질이 나는 이유는 당신 같은 인간들로 인해 심령현상의 과학적인 연구가 암흑기를 전전하고, 놀림감으로 전락하고, 별종과 바보들의 영역으로 간주되기 때문이에요. 한 가지 위안이 있다면 당신 같은 종족들은 이내 선을 넘는다는 겁니다. 욕심이 생겨서 이런 황당한 물건을 팔아먹으려고 하죠. 이제 그만 나가주십시오, 메릴 씨."

팝은 파이프 담배를 입에 물고 떨리는 한쪽 손에는 다이아몬드 블루 팁 성냥을 들고 있었다. 매카티가 손가락으로 그를 가리키는 동작이 차가운 눈빛 때문에 총을 겨누는 것처럼 느껴졌다.

"여기서 그 냄새나는 물건에 불을 붙이면." 그가 말했다. "조가 입에 문 걸 낚아채서 불이 붙은 채로 바지 엉덩이 안으로 집어넣을 겁니다. 뼈밖에 안 남은 엉덩이에 불이 붙은 채로 이 집에서 나가고 싶지 않으면……."

"왜 이러세요, 매카티 씨?" 팝은 징징거렸다. "사진들이 현상된 상태로 나오지 않았잖아요! 현상되는 과정을 두 눈으로 직접 지켜 보셨잖아요!"

"십이 달러짜리 화학 실험 용품 세트만 있으면 어린애도 감광유제를 만들 수 있죠." 매카티는 싸늘하게 말했다. "폴라로이드 카메라에 쓰는 정착제는 아니지만 비슷해요. 당신은 폴라로이드 사진을 노출시킨 다음—아니면 영화필름을 잘라서 만들었을 수도 있을 테고요—암실로 들고 가서 유제를 발랐어요. 그걸 말려서 카메라 안에 넣었겠죠. 카메라에서 튀어나온 사진은 아직 현상되지 않은 폴라로이드 사진과 다를 게 없어 보어요. 하얀 테두리에 짙은 회색. 그런데 집에서 만든 감광유제가 햇빛을 받고 화학적인 변화로 인해 증발되면 몇 시간 전 아니면 며칠 전 아니면 몇 주 전에 찍어놓은 사진이 드러납니다. 조?"

팝은 뭐라고 대꾸할 겨를도 없이 두 팔을 붙잡혔고 벽면을 유리로 도배한 널찍한 거실에서 끌려 나오다시피 했다. 어차피 그는 아무 말도 하지 않을 작정이었다. 훌륭한 사업가가 갖추어야 할 또 하나의 덕목이 있다면 물러서야 할 때를 알아야 한다는 것이었다. 그래도 그는 어깨 너머로 외치고 싶었다. '머리를 염색하고 《페이트》 잡지에서 주문한 수정 구슬을 들고 다니는 여자가 컴컴한 방안에서 책이나 스탠드나 빌어먹을 악보를 공중으로 띄울 때는 놀라 자빠지려고 하면서 다른 세상의 사진을 찍는 카메라를 보여주니까 득달같이 내쫓는 거요? 역시 또라이로구먼! 퉤퉤, 됐다그래요! 팔 사람이 댁밖에 없는 줄 아나?'

팔 사람은 많았다.

10월 5일에 팝은 완벽하게 관리한 그의 차를 몰고 푸스 시스터스를 만나러 포틀랜드로 향했다.

***

푸스 시스터스는 포틀랜드에 사는 일란성 쌍둥이였다. 여든 살쯤 됐지만 스톤헨지보다 더 나이들어 보였다. 줄기차게 카멜 담배를 피워댔는데 열일곱 살 때부터 그래왔다고 자랑스럽게 말했다. 둘이서 날마다 여섯 갑을 나눠 피우는데도 기침 한번 하지 않았다. 그들은 빨간 벽돌로 만든 식민지풍의 대저택에서 어쩌다 한 번씩 외출을 할 때면 영구차처럼 거무스름하게 반짝이는 1958년형 링컨 컨티넨탈을 타고 다녔다. 기사는 푸스 시스터스보다 조금 젊은 흑인 여자였다. 운전사는 말을 못하는 듯했다. 어쩌면 조금 더 특별한 존재일 수도 있었다. 조물주가 창조한 몇 안 되는 과묵한 종족일지도 몰랐다. 팝은 그녀가 어느 쪽인지 알지 못했고 물어본 적도 없었다.

그는 거의 삼십 년 전부터 두 노파와 거래를 했고, 흑인 여자는 그 세월 내내 푸스 시스터스와 함께하며 대개는 차를 운전하고 가끔은 세차를 하거나 잔디를 깎거나 집주변의 산울타리를 다듬거나 푸스 시스터스가 누구인지 모를 사람에게 쓴 편지를 길모퉁이 우편함에 들고 가서 넣었다(그녀가 집안을 드나들어도 되는 건지 몰라도 그는 집안에서 그녀를 본 적이 없었다). 그는 이 경이로운 존재의 말소리를 한 번도 들은 적이 없었다.

자매의 식민지풍의 대저택은 포틀랜드의 브램홀에 있었는데, 포틀랜드에서 브램홀의 입지는 보스턴에서 비컨힐*의 입지와 같았다. 콩과 대구의 땅이라고 불리는 보스턴에서 캐벗 집안 사람들은 로웰 집안 사람들하고만 대화를 나누고 로웰 집안 사람들은 하나님하고만 대화를 나눈다고 한다. 푸스 시스터스와 몇 안 남은 포틀랜드의 동년배들은 디어 집안 사람들과 그들의 포틀랜드 동년배들이 천국과 통하는 전화선을 설치하고 몇 년 지났을 때 로웰 집안 사람들이 전용회선을 공동 회선으로 바꾸었다고 조용히 주장했다.

제정신이 박힌 사람이라면 코가 가렵다고 띠톱으로 해결할 생각을 하지 않듯이 제정신이 박힌 사람이라면 똑같이 생긴 그 쌍둥이의 면전에 대고 푸스 시스터스라고 부르지 않을 것이었다. 등뒤에서는(그리고 고자질쟁이가 없는 자리에서는) 푸스 시스터스라고 부를 수 있을지 몰라도 그들의 본명은 엘레우시푸스 디어 양과 멜레우시

* 보스턴에서 손꼽히는 부촌.

푸스 베릴 부인이었다. 아버지가 독실한 그리스도교도로서의 신심과 박식함을 동시에 드러내기로 작정하고 다 같이 성인으로 추대된 세쌍둥이 중 두 명의 이름을 따서 붙인 것인데…… 안타깝게도 그 세쌍둥이는 남성이었다.

멜레우시푸스의 남편은 오래전에, 사실상 1944년 레이테 만 전투 때 전사했지만 그녀가 이후로도 남편의 성을 결연하게 고집했기 때문에 그들을 뭉뚱그려서 디어 자매라고 부를 수도 없었다. 그래서 그 발음하기 어려운 이름이 기름칠한 똥구멍으로 나오는 똥처럼 부드럽게 나올 때까지 연습을 해야 했다. 한 번이라도 실수했다가는 그들의 미움을 샀고 그러면 무려 육 개월 또는 일 년 동안 거래가 끊길 수 있었다. 두 번 실수했다가는 연락할 생각조차 하지 말아야 했다. 그길로 끝장이었다.

팝은 폴라로이드 카메라를 담은 철제 상자를 조수석에 싣고 가는 동안 그들의 이름을 나지막이 중얼거렸다. "엘레우시푸스. 멜레우시푸스. 엘레우시푸스와 멜레우시푸스. 아무렴. 괜찮네."

괜찮았던 부분은 그것뿐이었다. 그들은 매카티만큼이나 폴라로이드 카메라에 관심이 없었다. 그가 매카티와의 만남 이후에 충격을 받아서 만 달러만을, 그러니까 원래 예상했던 가격에서 오십 퍼센트를 덜 받을 마음의 준비가 되어 있었음에도 그랬다.

나이 많은 흑인 여자가 낙엽을 갈퀴로 모아서 시월인데도 당구테이블처럼 파릇파릇한 잔디밭을 드러내는 중이었다. 팝은 그녀에게 목례를 했다. 그녀는 그를 쳐다보며, 그 너머의 어딘가를 쳐다보며 계속 낙엽을 모았다. 팝이 초인종을 누르자 집안 깊숙한 곳에서

종 울리는 소리가 들렸다. 푸스 시스터스의 집에는 대저택이라는 단어가 완벽하게 어울렸다. 브램홀의 몇몇 오래된 저택들만큼 거대하지 않았지만 떠날 줄 모르는 어두침침한 분위기 때문에 훨씬 커 보였다. 초인종 소리도 깊숙이 자리잡은 방과 복도들을 지나서 흘러오는 듯이 느껴졌다. 그 종소리를 들으면 팝의 머릿속에 떠오르는 어떤 이미지가 있었다. 역병이 돌던 해에 런던의 길거리를 지나는 시신 운반용 수레와 쉴 새 없이 종을 울리며 외치는 수레꾼의 이미지였다. "시신 들고 나오쇼! 시신 들고 나오쇼! 동네 사람들, 시신 들고 나오쇼!"

삼십 초쯤 뒤에 문을 연 푸스 시스터는 그냥 시신이 아니라 방부처리된 시신처럼 보였다. 누군가가 장난삼아 입술에 연기가 모락모락 나는 담배꽁초를 꽂아놓은 미라였다.

"메릴." 그녀가 말했다. 입고 있는 드레스는 짙은 파란색이었고 머리도 같은 색으로 염색을 했다. 그녀는 실수로 엉뚱한 문을 두드린 보따리장수 대하는 귀부인처럼 얘기하려고 했지만 매카티 그 개자식 못지않게 흥분했다는 것을 팝은 느낄 수 있었다. 푸스 시스터스는 메인에서 태어나 메인에서 성장했고 메인에서 죽을 테지만 매카티는 예술과 과묵의 기술이 가정교육의 주요 항목으로 여겨지지 않는 중서부 출신이었다.

응접실과 맞닿은 복도 저쪽 끝을 스치고 지나가는 그림자가, 문을 열어준 여자의 앙상한 어깨 위로 언뜻 보였다. 나머지 한 명이었다. 그들은 다행히 열띤 반응을 보였다. 팝은 그들에게서 만 이천 달러를 받아낼 수 있지 않을까 하는 생각이 들기 시작했다. 어쩌면

만 사천 달러가 가능할 수도 있었다.

팝은 "영광스럽게 저를 맞아주신 분이 디어 양이신가요, 아니면 베릴 부인이신가요?"라고 해도 완벽하게 타당하고 완벽하게 예의에 어긋나지 않는다는 것을 알았지만 이 괴짜 노파들을 전에도 상대한 적이 있었기에, 문을 열어준 여자가 눈썹을 치켜세우거나 콧구멍으로 김을 뿜지는 않고 둘 중 누구인지 알려주더라도 그 질문 하나로 최소 천 달러가 날아갈 수 있다는 것을 알았다. 그들은 특이하고 남성적인 이름에 대한 자부심이 상당했고, 비겁하게 쉬운 길을 택하는 사람보다 실패하더라도 도전해보는 사람에게 더 후한 점수를 주는 경향이 있었다.

그는 막상 때가 되었을 때 혀가 꼬이지 않길 속으로 기도하며 심혈을 기울였고, 두 이름이 엉터리 약장수의 광고처럼 매끈하게 흘러나오자 기뻐했다. "엘레우시푸스이신가요, 멜레우시푸스이신가요?" 그는 존과 케이트라도 되는 듯 이름을 맞게 발음했는지 전혀 걱정하지 않는 표정으로 이렇게 물었다.

"멜레우시푸스예요, 메릴 씨." 그녀가 말했다. 아, 이제 그는 메릴 씨였고 모든 게 더할 나위 없이 잘 풀릴 거라고 확신했지만 그보다 더한 착각은 없었다. "들어오시겠어요?"

"정말 감사합니다." 팝은 대답하고 어둑어둑한 디어 저택 깊숙이 들어갔다.

***

"어머나." 폴라로이드 사진이 현상되기 시작하자 엘레우시푸스 디어가 말했다.

"무슨 짐승 같아!" 엘레우시푸스 베릴은 경악과 공포가 어린 목소리로 외쳤다.

개가 점점 험상궂어져가고 있다는 것은 팝도 인정할 수밖에 없는 부분이었지만 그보다 더 걱정되는 부분이 있었다. 사진과 사진 사이의 시간 차가 점점 줄어드는 듯이 느껴진다는 것이었다.

그는 푸스 시스터스를 앤 여왕 시대풍의 소파에 앉혀놓고 시범 사진을 촬영했다. 카메라 플래시가 터지며 눈부시게 하얀빛을 뿜어내자 두 유물이 살아가는, 산 자의 세상과 죽은 자의 세상 사이에 존재하는 연옥 같은 공간이 범죄가 벌어진 박물관을 촬영한 경찰 사진처럼 평면적이고 번쩍번쩍한 공간으로 순간 바뀌었다.

하지만 현상된 사진에는 똑같이 생긴 북엔드처럼 응접실 소파에 나란히 앉은 푸스 시스터스가 담겨 있지 않았다. 까만색 개가 카메라 쪽으로 얼굴을 완전히 돌리고, 거기 서서 계속 사진을 찍는 멍청한 사진사를 똑바로 쳐다보고 있었다. 이제 녀석은 이빨을 완전히 드러낸 채 살의를 번뜩이며 미친듯이 으르렁거렸고 포식 동물처럼 고개를 왼쪽으로 기울였다. 팝은 녀석이 희생양을 향해 달려들 때까지 고개를 계속 기울이고 있을 거라는 생각을 했다. 목적은 두 가지였다. 첫째는 만약의 공격에 대비해 목의 취약한 부분을 감추기 위해서였고, 둘째는 이빨이 표적에 박히면 고개를 휙 치켜들어 생살을 뭉텅이로 뜯어내기 위해서였다.

"아유, 흉측해라!" 엘레우시푸스가 미라 같은 한쪽 손을 비늘이 덮인 듯한 목 위에 얹으며 말했다.

"아유, 끔찍해라!" 멜레우시푸스는 앓는 소리를 내며 부들거리는 손으로 담배꽁초를 집어서 새 담배에 불을 붙이다 하마터면 쭈글쭈글하게 갈라진 왼쪽 입가를 지질 뻔했다.

"이건 정말이지 설, 명, 이, 안, 되, 는 현상이죠!" 팝은 의기양양하게 외치며 생각했다. 매카티, 재수없는 새끼야, 네가 여기에 있었으면 좋았을 텐데. 그랬더라면 정말 좋았을 텐데. 산전수전, 공중전까지 다 겪은 두 귀부인은 이 카메라를 순회 서커스단의 마술쇼로 보지 않는단 말이다!

"방금 전에 벌어진 일을 보여주는 걸까?" 멜레우시푸스가 속삭였다.

"아니면 앞으로 벌어질 일을 보여주는 걸까?" 엘레우시푸스가 똑같이 경외감에 휩싸인 음성으로 거들었다.

"그건 저도 모릅니다." 팝이 말했다. "제가 아는 건 지금까지 여러 가지 희한한 물건들을 보았지만 이 사진보다 희한한 건 본 적이 없다는 사실뿐이에요."

"그렇겠죠!" 엘레우시푸스였다.

"그럼요!" 멜레우시푸스였다.

팝은 가격 흥정으로 대화를 유도할 준비 단계에 착수했다. 상대가 누가 됐건 흥정은 까다로운 문제였지만 푸스 시스터스를 상대할 때가 가장 까다로웠다. 어려운 절차에 돌입하면 그들은 처녀처럼 예민해졌다. 팝이 알기로 최소한 둘 중 한 명은 처녀였고 아무튼 그랬다. 그가 '우선 저는 이런 물건을 팔 생각이 없었는데' 수법을 동원하기로 결정한 찰나(푸스 시스터스보다 더 오래된 수법이었지만—그들을 자세히 들여다보면 그들보다 많이 오래된 수법은 아니었다—또라이들을 상대할 때는 뭐든 상관없었다. 사실 그들은 똑같은 이야기를 몇 번이고 들려달라는 어린아이들처럼 그런 소리를 들으면 좋아했다) 엘레우시푸스가 이런 말로 그를 어처구니없게 만들었다. "멜레우시푸스는 어떻게 생각할지 모르겠지만 나는 메릴 씨가……." 그녀는 언짢은 기색을 보이며 뜸을 들였다. "……사업적인 관점에서 어떤 제안을 하건 저…… 저 카메라인지 뭔지 모를 물건을…… 차 안에 다시 넣고 오기 전에는 마음 편하게 듣고 있지 못하겠어요."

"이하 동문이야." 카멜 담배꽁초를 싸지르는 것말고 담배와 관련해서 모든 일을 하는 물고기 모양의 재떨이에 멜레우시푸스가 피다만 담배를 비벼서 끄며 말했다.

"심령사진은 달라요." 엘레우시푸스가 말했다. "심령사진에는 뭐랄까……."

"품위가 있지." 멜레우시푸스가 거들었다.

"맞아! 품위! 하지만 저 개는……." 엘레우시푸스는 몸서리를 쳤다. "당장이라도 사진에서 튀어나와 우리 중 아무라도 물 것처럼 보여요."

"우리 모두를 물 것처럼 보이지!" 멜레우시푸스가 부연 설명했다.

이 마지막 대화를 듣기 전까지만 해도 팝은—당연히 그래야 했기 때문이었겠지만—두 자매가 감탄이 절로 나올 만한 방식으로 흥정을 하려는 모양이라고 확신하고 있었다. 하지만 똑같은 얼굴과 몸매(그들에게 몸매라는 게 있다고 말할 수 있을지 모르겠지만)처럼 똑같은 목소리로 그런 말을 하니 믿지 않을 도리가 없었다. 두 자매는 선 660이 초자연적인 행태를 보인다는 데에 동의하지만…… 지나치게 초자연적이라고 이야기하는 것이었다. 그들은 흥정하는 게 아니었다. 관심 없는 척하는 것도 아니었다. 값을 깎으려고 농간을 부리는 것도 아니었다. 카메라와, 카메라가 벌이는 희한한 묘기와 멀찌감치 거리를 두고 싶다는 것이 그들의 진심이었다. 그들은 심지어 그가 그걸 팔기 위해서 찾아왔을 거라고 간주하거나 상상하는 결례(그들 생각에는 분명한 결례였다)를 범하지도 않았다.

팝은 응접실을 둘러보았다. 예전에 비디오테이프로 본 적 있는 공포영화—어떤 덩치가 자기 아들을 수영장에 빠뜨려서 죽이려고 하는데 주변에서 어느 누구도 옷을 벗지도 않는, 〈마리안의 욕망〉이라는 쓰레기 영화였다—에 나오는 노부인의 방처럼 생겼다. 그 노부인의 방은 옛 사진들과 새 사진들로 가득찬 수준을 넘어서 넘치다시피 했다. 온갖 액자에 담긴 사진들이 테이블과 벽난로 선반을 장식했다. 사진이 벽까지 뒤덮어서 벽지가 어떤 무늬인지조차 알 수 없을 정도였다.

푸스 시스터스의 응접실은 그 정도로 사태가 심각하지는 않았지만 그래도 사진이 많았다. 백오십 장쯤 되어 보이는데 이렇게 작고 어두침침한 공간에 어울리는 용량의 세 배였다. 팝은 이 집에 자주 드나들었으니 대부분의 사진을 대충이나마 파악하고 있었고 그중 몇 장은 그가 직접 엘레우시푸스와 멜레우시푸스에게 판 것이기 때문에 더 잘 알았다.

그들에게는 엘레우시푸스가 '심령사진'이라고 표현한 사진들이 훨씬 많아서 천 장쯤 됐지만 응접실만 한 크기의 방은 인테리어 감각은 둘째 치더라도 전시 공간의 측면에서 한계가 있다는 것을 알았다. 나머지 심령사진들은 이 저택의 다른 열네 개의 방에 골고루 흩뿌려져 있었다. 팝은 그 사진들을 모두 보았다. 푸스 시스터스가 거창하게 '투어'라고 표현하는 것을 허락받은, 몇 안 되는 행운아 가운데 한 명이었기 때문이다. 하지만 일급 '심령사진'이 전시되어 있는 곳은 여기 이 응접실이었고, 그중에서도 특급은 내닫이창 옆의 소형 스타인웨이 그랜드피아노 위에서 홀로 위용을 뽐내며 사람들의 눈길을 사로잡았다. 오륙십 명의 조문객들이 경악한 표정을 짓고 있는 가운데 시신이 관 위로 공중 부양한 사진이었다. 두말하면 잔소리지만 그 사진은 조작이었다. 열 살짜리—아니, 여덟 살짜리—아이라도 조작이라는 것을 알 수 있었다. 그에 비하면 말년의 아서 코넌 도일을 홀린 춤추는 요정 사진은 걸작처럼 보일 정도였다. 사실 팝이 응접실을 둘러보았을 때 조작이라고 딱 잘라 말할 수 없는 사진은 두 장뿐이었다. 그 두 장은 자세히 들여다보아야 어떤 속임수를 동원했는지 알 수 있었다. 그런데 평생 '심령사진'을 수집했고 이 분야의 전문가라고 주장하는 고령의 숙녀들은 그가 단순히 불가사의한 사진이 아니라 예수도 펄쩍 뛸 만큼 불가사의한 카메라를 보여주자 공포영화를 본 십 대 계집애들처럼 굴고 있었다. 게다가 이건 귀갓길에 오른 여우 사냥꾼들을 쳐다보는 유령을 찍은 카메라처럼 한 번에 그치는 게 아니라 몇 번이고 반복해서 재주를 부릴 수가 있는데. 그들이 지금까지 미친 짓에 쓴 돈이 얼마였던가?

수천 달러? 수만 달러? 수십 만…….

"……있나요?" 멜레우시푸스가 묻고 있었다.

팝 메릴은 입꼬리를 올려서 순박한 시골 사람의 미소를 그럴듯하게 흉내낸 표정을 만들었다. 놀라움이나 불신을 감출 수 있는 표정이기 때문이었다.

"죄송합니다, 부인." 팝이 말했다. "저도 모르게 멍하니 딴생각을 하고 있었네요. 나이가 들면 다 그렇겠습니다만."

"우리는 여든세 살이지만 머릿속은 창유리처럼 깨끗해요." 엘레우시푸스가 못마땅한 기미가 역력한 말투로 이야기했다.

"방금 전에 닦은 창유리처럼 깨끗하지." 멜레우시푸스가 덧붙였다. "우리한테 보여줄 새 사진이 있느냐고 물었어요……. 물론 저 끔찍한 물건을 치운 다음에 말이죠."

"괜찮은 사진을 본 지 한참 됐지 뭐예요." 엘레우시푸스가 새 담배에 불을 붙이며 말했다.

"우리가 지난달에 프로비던스에서 열린 뉴잉글랜드 심령현상 및 타로 카드 협의회에 다녀왔거든요." 멜레우시푸스가 말했다. "강연 자체는 시사하는 바도 많고……."

"……희망적이었지만……."

"……사진들은 대다수가 어처구니없는 가짜였어요! 열 살짜리 어린애라도……."

"……일곱 살짜리라도……!"

"……알아차릴 수 있겠더라고요. 그러니까……." 멜레우시푸스는 말을 멈추었다. 그녀는 당혹스러운 표정을 짓고 있었다. 아픈 사람처럼 보였다(얼굴 근육이 오래전에 쪼그라들어서 가벼운 희열과 고요한 지성을 상징하는 표정으로 굳어졌다). "나는 곤혹스러워요. 메릴 씨, 솔직히 조금 곤혹스러워요."

"나도 똑같은 말을 하려고 했는데." 엘레우시푸스가 말했다.

"저 섬뜩한 물건을 들고 온 이유가 뭐예요?" 멜레우시푸스와 엘레우시푸스가 완벽한 이부합창으로 묻는데, 니코틴 때문에 쉬어버린 목소리가 산통을 깼다.

팝은 '그야 너희 두 개년이 얼마나 세트로 쫄보인지 몰랐기 때문이지'라고 대답하고 싶은 욕구가 하늘을 찌르자 순간 입 밖으로 내뱉어버린 듯한 착각에 빠졌다. 화가 난 쌍둥이가 악을 쓰는 소리가 어두침침하고 신성한 응접실 안에 울리길 겁에 질린 채로 기다렸다. 비명소리는 녹이 슨 톱이 억센 소나무 옹이 속으로 파고드는 소리를 내며 이 안에 걸린 모든 조작 사진의 액자가 진동으로 박살날 때까지 점점 커질 것이었다.

그가 그런 끔찍한 소리를 내뱉었을 거라는 착각을 한 것은 눈 깜빡할 동안이었지만 나중에 앰포리엄 갤로리엄 1층에서 시계들이 나른하게 부스럭거리는 가운데(그리고 케빈 딜리번의 폴라로이드 카메라는 자물쇠로 잠긴 작업대 서랍 안에서 잠 못 들고 웅크리고 있는 가운데) 뜬눈으로 밤을 지새우다 이 당시를 돌이켜보았을 때는 훨씬 더 길게 느껴졌다. 그런 밤중에 가끔 그 말을 해버릴걸 그랬다는 생각이 불현듯 들면 자기가 혹시 미쳐가고 있는 건 아닌가 싶었다.

팝은 고귀하달 수 있는 자기 보호 본능을 발휘해 놀라운 속도로 반응했다. 푸스 시스터스 앞에서 분통을 터뜨리면 엄청난 희열을 느길 수 있겠지만 안타깝게도 얼마 가지 못할 희열이었다. 그들 앞에서 알랑방귀를 뀌면—그들은 평생 알랑방귀에 길들여진 채로 살았으니 이번에도 그런 반응을 예상할 것이다—십여 년 전에 둘 중 한 명이라도 데려갔었어야 맞는 폐암이라는 복병을 계속 피하는 동안 가짜 '심령사진'을 삼사천 달러어치 더 팔아넘길 수 있을지 몰랐다.

게다가 팝의 머릿속 파일에는 다른 또라이들도 있었다. 세드릭 매카티를 만나러 갔던 날에 생각했던 것만큼 숫자가 많지는 않았다. 확인해보니 둘은 죽었고, 한 명은 구제불능으로 실성한 갑부들을 돌보는 북캘리포니아의 으리으리한 시설에서 광주리 짜는 법을 배우고 있었다.

"사실." 그는 말문을 열었다. "제가 카메라를 들고 온 이유는 두 분께 보여드리기 위해서였어요. 그러니까 무슨 말인가 하면." 그는 질겁하는 그들의 표정을 보고 얼른 덧붙였다. "두 분이 이 분야에 얼마나 경험이 많으신지 아니까요."

질겁했던 표정이 흐뭇해하는 표정으로 바뀌었다. 두 자매는 잘난 척 흡족한 눈빛을 주고받았다. 팝은 우라질 카멜 담배 두어 갑을 바비큐 라이터 기름에 푹 적셔서 두 노처녀의 빽빽한 똥구멍에 쑤셔 넣고 불을 붙이고 싶어졌다. 그러면 연기가 제대로 날 것이다. 그러니까 무슨 말인가 하면, 막힌 굴뚝처럼 연기가 모락모락 날 것이다.

"그러니까 무슨 말인가 하면, 이 카메라를 어쩌면 좋을지 두 분께 충고를 구할 수 있지 않을까 생각했다는 거죠." 그는 말을 맺었다.

"파괴해요." 엘레우시푸스가 당장 말했다.

"나라면 다이너마이트를 쓰겠어요." 멜레우시푸스가 말했다.

"먼저 산을 뿌린 다음 다이너마이트로 터뜨려요." 엘레우시푸스가 말했다.

"맞아요." 멜레우시푸스가 마무리를 지었다. "위험한 물건이에요. 굳이 그 악마 같은 개를 보지 않아도 그렇다는 걸 알 수 있잖아요." 하지만 그녀들은 그 개를 보았다. 개를 보았기에 혐오와 공포로 얼룩진 표정이 그들의 얼굴을 스치고 지나갔다.

"거기서 뿜어져 나오는 사아악한 기운을 느낄 수 있잖아요." 엘레우시푸스가 어찌나 과장스럽게 호들갑을 떠는지 『맥베스』의 마녀 연기를 하는 고등학교 여학생 같아서 어처구니없게 느껴졌어야 하는데 그렇지가 않았다. "부숴요, 메릴 씨. 끔찍한 일이 벌어지기 전에. 만에 하나 그것으로 인해—내가 만에 하나라고 했다는 걸 알아줘요—당신이 파괴되기 전에."

"자, 자." 팝은 자기도 모르게 살짝 불안해져서 짜증이 났다. "너무 오버하시는 거 아닌가요. 그러니까 무슨 말인가 하면, 그냥 카메라 아닙니까."

엘레우시푸스 디어가 조용히 말했다. "콜레트 시미노는 몇 년 전에 플랑셰트*에 한쪽 눈을 잃었어요. 기껏해야 섬유판에 불과한데."

"어리석고 어리석고 어리석은 사람들이 그 위에 손가락을 얹어서 깨우면 얘기가 달라지죠." 멜레우시푸스가 그보다 더 잠잠한 목소리로 말했다.

* 점을 치는 데 쓰이는 하트 모양의 판.

더이상 할말이 없는 듯했다. 팝은 카메라를 들고—본체는 건드리지 않고 끈만 잡아서 조심스럽게 들며 두 노인네를 위해 그러는 거라고 속으로 중얼거렸다—일어섰다.

"뭐, 두 분이 전문가이시니까요." 그가 말했다. 두 노파는 서로 쳐다보며 우쭐거렸다.

철수해야 할 시점이었다. 지금 당장은 철수가 답이었다. 하지만 이것으로 영영 끝은 아니었다. 쥐구멍에도 볕들 날이 있다는 말은 만고불변의 진리였다. "더이상 두 분의 시간을 뺏으면 안 되겠죠. 두 분의 심기가 저 때문에 불편해져서도 안 되겠고요."

"어머, 무슨 말씀이세요!" 엘레우시푸스가 덩달아 일어서며 말했다.

"요즘은 손님도 거의 없었는걸요!" 멜레우시푸스도 덩달아 일어서며 말했다.

"그거 차에 두고 오세요, 메릴 씨." 엘레우시푸스가 말했다. "그런 다음……."

"……다시 들어와서 차 마셔요."

"요깃거리랑 같이요."

팝은 그 집에서 탈출하고 싶은 마음이 굴뚝같았지만(그리고 그들에게 '말씀은 감사하지만 사양하겠습니다. 이 염병할 집에서 탈출하고 싶은 마음뿐이거든요'라고 솔직하게 털어놓고 싶은 마음이 굴뚝같았지만) 깍듯하게 살짝 허리를 숙여서 인사하고 마찬가지로 깍듯하게 둘러댔다. "저도 그러고 싶지만 다른 약속이 있어서요. 시내로 나오는 날이 많지 않다 보니." 팝의 안에 사는 또 다른 팝은 이왕 거짓말을 할 바엔 한 보따리를 하는 편이 낫다고 입버릇처럼 강조했고 그는 그의 충고를 새겨들었다. 그는 손목시계를 대놓고 확인했다. "이미 너무 많이 지체했네요. 두 분 덕분에 늦게 생겼어요. 물론 그런 실수를 저지른 남자가 지금까지 저말고도 많았겠습니다만."

그들은 키득거리며 오래된 장미색으로 똑같이 얼굴을 붉혔다. "어머, 메릴 씨!" 엘레우시푸스가 까르르거렸다.

"다음에 초대해주세요." 그는 이러다 얼굴이 찢어지겠다 싶을 만큼 미소를 지으며 말했다. "다음에 꼭 초대해주세요. 그럼 꽁지에 불이 나도록 쌩하니 달려올게요!"

그가 밖으로 나서자 쌍둥이 중 한 명이 그의 뒤에서 잽싸게 문을 닫았다('햇볕이 들어오면 그 우라질 가짜 심령사진들이 희미해지기라도 하는 모양이지?' 팝은 뚱하니 생각했다). 팝은 고개를 돌려서 아직까지 낙엽을 그러모으고 있던 나이 많은 흑인 여자를 폴라로이드 카메라로 찍었다. 성질이 더러운 남자가 충동적으로 핸들을 홱 꺾어서 스컹크나 너구리를 차로 치듯 충동적으로 저지른 행동이었다.

흑인 여자는 윗입술을 들어 보이며 으르렁거렸다. 그녀가 두 손가락을 갈퀴처럼 구부려서 악마의 눈 모양을 만드는 것을 보고 팝은 할말을 잃었다.

그는 차에 올라타서 황급히 후진으로 진입로를 빠져나갔다.

차 뒤꽁무니가 도로로 반쯤 진입했을 때 오는 차가 있는지 확인하느라 고개를 돌렸다가 방금 전에 찍은 폴라로이드 사진에 시선이 닿았다. 아직 완전하게 현상이 되지 않은 폴라로이드 사진답게 흐물거리고 부옜다.

그 정도로도 충분했다. 멍하니 쳐다보고 있는 동안 무심결에 들이마신 숨결이 아무 이유 없이 잠잠해진 산들바람처럼 끊겼다. 심장이 뛰다 말고 멎은 듯이 느껴졌다.

케빈이 상상했던 일이 벌어지고 있었다. 회전을 끝낸 개가 카메라와 카메라를 들고 있는 사람을 향해 작정하고, 반론의 여지없이, 인정사정없이 다가오기 시작했다. 아…… 그런데 이번에는 카메라를 들고 있는 사람이 그였다. 레지널드 매리언 팝 메릴이라 불리는 그가 카메라를 들어서 흑인 노파를 찍었다. 회초리로 맞은 직후, 치욕스럽고 엉덩이가 욱신거리던 순간에는 아버지를 쏴버리고 싶었지만 그럴 수 없으니 홧김에 울타리 기둥에 탄산음료 병을 올려놓고 BB 총으로 쏘는 아이처럼.

개가 다가오고 있었다. 케빈은 그런 사태가 벌어질 줄 알았고 팝도 곰곰이 생각해볼 기회가 있었더라면 알아차렸을 테지만 기회가 없었다. 하지만 앞으로는 카메라를 떠올릴 때마다 그것말고 다른 생각은 할 수 없을 테고, 깨어 있을 때나 꿈을 꾸고 있을 때나 그 생각이 그의 시간을 점점 채우는 것을 느낄 수 있을 것이다.

'놈이 다가오고 있어.' 이 생각이 들자 팝은 온몸을 마비시키는 공포를 느꼈다. 어둠 속에 서 있는 자신에게 뭔가가, 말로 설명할 수도 없고 감당할 수도 없는 뭔가가 날카로운 발톱과 이빨을 드러내고 다가오고 있을 때 느낌 직한 공포였다. '맙소사, 그것이 다가오고 있어, 그 개가 다가오고 있어.'

단순히 다가오는 데 그치지 않았다. 뭔가가 달라지고 있었다.

어떤 식인지는 설명이 불가능했다. 보여야 하는 것과 실제 보이는 것과의 간극 때문에 눈이 아팠고 찾을 수 있는 실마리라고는 작은 것뿐이었다. 누가 카메라 렌즈를 어안렌즈로 바꾸기라도 한 것처럼 털이 뭉쳐 뒤엉킨 개의 이마는 불룩 튀어나온 동시에 뒤로 주저앉은 듯이 보였고, 살기등등한 두 눈은 가끔 사람들의 눈동자에 찍히는 폴라로이드 플래시처럼 섬뜩하고 희미한 빨간색 불빛으로 번뜩였다.

개의 몸통이 길어진 것 같은데 가늘어지지는 않았다. 오히려 더 두꺼워진 듯했다. 뚱뚱해진 게 아니라 근육이 많아졌다.

그리고 이빨이 더 커지고 길어지고 날카로워졌다.

팝은 문득 조 캠버가 기르던 쿠조라는 이름의 세인트버나드가 생각났다*. 조와 멍청한 게리 퍼비어, 조지 배너먼을 죽인 녀석 말이다. 광견병에 걸린 그 개는 캠버의 집에 찾아온 여자와 아이를 차 안에 가두었고 그로부터 이삼일 만에 아이가 죽었다. 그들이 찜통 같은 차 안에 갇혀서 기나긴 낮과 밤을 보내는 동안 본 게 이거였을까? 적어도 이 비슷한 거였을까? 시뻘겋고 탁한 두 눈, 길고 뾰족한 이빨…….

짜증 섞인 경적 소리가 들렸다.

팝은 비명을 질렀다. 심장이 다시 작동을 시작한 정도가 아니라 F1 경주용 차량의 엔진처럼 급가속을 했다.

밴 한 대가 진입로와 좁은 주택가 도로에 반씩 걸쳐져 있는 그의

* 스티븐 킹의 장편소설『쿠조』에 등장하는 개.

세단을 홱 돌아서 지나갔다. 운전자가 창문 밖으로 주먹을 내밀더니 가운뎃손가락을 세웠다.

"내 거시기나 빨아라, 갈보 새끼야!" 팝은 고함을 질렀다. 그는 후진으로 진입로를 빠져나왔지만 급하게 서두르는 바람에 연석에 올라탔다. 사납게 핸들을 풀고(그 와중에 얼떨결에 경적을 울렸다) 쌩하니 출발했다. 하지만 남쪽으로 세 블록 갔을 때 길가에 차를 대고 십 분 동안 가만히 앉아서 다시 운전을 할 수 있도록 손 떨림이 멈추길 기다렸다.

푸스 시스터스하고는 이제 그만 안녕이었다.

***

이후로 오 일 동안 팝은 머릿속 명단에 남은 이름을 뒤졌다. 매카티 때는 이만 달러에서 시작했던 값이 푸스 시스터스 때는 만 달러로 떨어졌고(양쪽 모두 가격을 운운하는 단계로 넘어가지도 못했지만) 마땅한 상대를 물색하는 동안에도 계속 떨어졌다. 결국 그에게 남은 것은 에머리 채피와 이천오백 달러의 수익을 올릴 수 있는 여지였다.

채피는 반전의 매력이 있는 인물이었다. 팝은 오랫동안 놀랍도록 다양한 또라이들을 만났지만 그중에서 상상력이라고는 눈곱만큼도 없으면서 사후 세계를 믿는 사람은 에머리 채피밖에 없었다. 그런 사고방식의 소유자가 사후 세계에 대해서 한 번도 고민한 적이 없다니 놀라운 일이었다. 게다가 그걸 믿는다니 신기했다. 그와 연관

있는 물품을 수집하는 데 상당한 지출을 감수하다니 경악스럽기까지 했다. 이런 정황을 감안했을 때 채피가 명단에서 훨씬 높은 자리를 차지하고 있어야 타당했을 텐데, 실은 팝이 돈 많은 또라이로 분류한 사람들 중에서 그가 가장 재력이 달렸다. 사업을 하고는 있지만 한때 어마어마했던 가산의 마지막 실타래를 건사하는 것조차 여의치 않았다. 때문에 케빈이 생일 선물로 받은 폴라로이드 카메라의 호가가 뚝 떨어졌다.

'하지만.' 팝은 1920년대에만 해도 세바고 호수 인근에서 가장 훌륭한 여름 별장이었으나 지금은 세바고 호수 인근에서 가장 허름한 주택으로 전락할 위기에 놓인 주소지(포틀랜드 브램홀에 있었던 채피 저택은 세금을 충당하느라 십오 년 전에 매각됐다)의 잡초로 뒤덮인 진입로로 들어서며 생각했다. '이 엿같은 물건을 살 사람이 있다면 에머리일 거야.'

가장 곤혹스러운 부분은—명단을 부질없이 뒤지면 뒤질수록 점점 더 곤혹스러워졌다—사진을 바로 촬영해서 보여주어야 한다는 것이었다. 그게 어떤 카메라인지 설명해달라면 얼굴이 흙빛이 될 때까지 그럴 수 있었지만 아무리 에머리 채피 같은 별종이라도 설명만 듣고 목돈을 내놓을 리 만무했다.

팝은 가끔 비디오테이프를 만들겠답시고 케빈에게 그 많은 사진을 찍어오게 했던 게 어리석은 발상이었다는 생각도 했다. 하지만 누가 봐도 빤한 부분들을 되짚어보니 무슨 차이가 있었을까 싶었다. 그 세계(팝도 케빈처럼 그곳을 실질적으로 존재하는 세계로 간주하게 되었다)에서도 시간이 흐르는데, 여기보다 훨씬 천천히 흐르다…… 개가 카메라를 향해 다가오기 시작하자 속도가 빨라졌다. 처음에는 울타리를 따라 이동하는 개의 움직임이 보일까 말까 했지만 지금은 장님이 아닌 이상 셔터를 누를 때마다 개와의 거리가 가까워지고 있다는 것을 모르려야 모를 수가 없었다. 두 장만 연달아 촬영해도 사진의 차이를 알아차릴 수 있었다. 저쪽의 시간이…… 이쪽의 시간을 어떻게든 따라잡아서 보조를 맞추려고 하는 듯이 그랬다.

그것만으로도 충분히 끔찍한데 그게 다가 아니었다.

망할 문제가 뭔가 하면 그 녀석은 개가 아니라는 점이었다.

녀석의 정체가 뭔지 몰라도 개가 아니라는 것만큼은 팝의 어머니가 홈랜드 공동묘지에 묻혀 있는 것만큼이나 분명한 사실이었다.

녀석이 코를 킁킁거리며 이제는 족히 삼 미터는 멀어진 말뚝 울타리를 따라 움직이고 있었을 때는 개인 줄 알았다. 녀석이 고개를 돌려서 얼굴을 확실히 드러냈을 때도 생김새가 흉측하기는 하지만 개인 것 같았다.

그런데 지금은 주님의 땅에도 사탄이 관장하는 지옥에도 존재하지 않는 생물처럼 느껴졌다. 더욱 심란한 사실이 있다면, 그가 시험 삼아 촬영한 사진을 본 몇 안 되는 사람들은 그걸 알아차리지 못하는 눈치라는 것이었다. 그들은 하나같이 움찔하며, 이렇게 흉측하고 사납게 생긴 잡종개는 처음 본다고 입을 모았지만 그것으로 끝이었다. 케빈의 선 660에 찍힌 개가 사진사를 향해 다가올수록, 그 세계와 이 세계를 연결하는 통로일지 모를 카메라 렌즈를 향해 다가올수록 점점 괴물로 변해가고 있다고 지적하는 사람은 아무도 없었다.

팝은 (케빈이 그랬던 것처럼) 생각해보았다. '녀석은 렌즈를 통과해서 건너오지 못할 거야. 절대로. 앞으로 어떤 일이 벌어진다면, 그게 어떤 일이 될지 나는 알아. 왜냐하면 그 녀석은 동물이잖아. 엄마가 불을 끄고 나가면 아이가 벽장 속에 숨어 있다고 상상하는 그런 괴물처럼 흉측하고 섬뜩하게 생겼을지 몰라도 동물이잖아. 그러니까 아마 이런 일이 벌어질 거야. 누가 봐도 그 녀석의 의도를 알 수 있다시피 그 악마 같은 개가 점프를 하면 초점이 안 맞아서 흐릿하게 찍힌 사진을 끝으로 카메라는 더이상 작동을 하지 않을 테고, 작동을 하더라도 사진을 현상하면 까만 네모로만 나올 거야. 렌즈가 깨지거나 몸체가 두 동강 난 카메라로 무슨 사진을 찍을 수가 있겠어. 그 악마 같은 개가 덮치면 사진 속 그림자의 주인은 카메라를 떨어뜨릴 테고 카메라는 바닥에 부딪혀서 깨지겠지. 이러니 저러니 해도 플라스틱에 불과할 따름이고 플라스틱하고 시멘트는 궁합이 잘 맞지 않으니까.'

에머리 채피가 다 쓰러져가는 현관에 나와서 기다리고 있었다. 칠은 벗겨지고, 널빤지는 이상하게 뒤틀리고, 말라붙은 핏빛으로 녹이 슨 방충망에는 군데군데 구멍이 뚫린 현관이었다. 에머리 채피가 입은 블레이저는 한때 세련된 감색이었겠지만 잦은 세탁으로 이제는 엘리베이터 안내원 제복처럼 밋밋한 회색으로 빛이 바랬다. 볼록한 이마는 뒤로 점점 기울어지다 얼마 남지 않은 머리칼 속으로 사라졌다. 그런 에머리 채피가 대문짝만한 뻐드렁니를 드러내며 덜떨어진 영국 상류층 분위기의 미소를 짓고 있었다. 그걸 보고 팝은 벅스 버니 캐릭터에게 천지개벽할 지적장애가 생기면 저런 표정이 되지 않을까 하는 생각을 했다.

팝은 카메라 끈을 잡고—아, 이 물건을 얼마나 질색하게 되었는가!—차에서 내린 후, 억지로 손을 흔들고 미소를 지으며 상대방의 인사에 화답했다.

이러니저러니 해도 비즈니스는 비즈니스였다.

***

"강아지가 참 흉측하게 생겼죠?"

채피는 현상이 거의 끝난 폴라로이드 사진을 유심히 들여다보고 있었다. 팝은 카메라의 기능을 설명했고 솔직하게 관심과 호기심을 보이는 채피의 반응에 용기를 얻었다. 그래서 선 660을 그에게 건네며 뭐든 마음대로 찍어보라고 했다.

에머리 채피는 뻐드렁니를 드러내고 혐오스러운 미소를 지으며 폴라로이드 카메라를 팝 쪽으로 휙 들었다.

"저말고요." 팝은 얼른 말했다. "그 카메라로 제 머리를 겨누느니 차라리 엽총으로 겨누어주세요."

"물건 하나에도 진심을 담아서 파시는군요." 채피는 감탄하는 투로 이렇게 말하면서 고분고분 선 660을 널찍한 전망창으로 돌렸다. 그 너머로 보이는 호수의 풍경은 1차세계대전 이후 시작된 채피 집안의 전성기 때처럼 웅장하기 그지없었다. 비록 전성기는 1970년 무렵부터 녹슬기 시작했지만.

그가 셔터를 눌렀다.

카메라가 끼익거렸다.

팝은 움찔했다. 그는 이제 그 질척한 신음 소리를 들을 때마다 움찔거렸다. 참아보려고 했지만 실망스럽게도 참을 수가 없었다.

***

"네, 그러게요, 정말 흉측하게 생긴 짐승이네요!" 채피는 현상된 사진을 보며 맞장구를 쳤다. 뻐드렁니를 드러내며 짓는 질척하고 혐오스러운 미소가 마침내 사라진 것을 보고 팝은 음흉하게 쾌재를 불렀다. 카메라의 능력이 최소 그 정도였다.

하지만 팝이 알아차린 것을 이 남자는 알아차리지 못한 게 분명했다. 팝은 이와 같은 만일의 사태에 대비하고 있었다. 그는 겉보기에는 무표정한 양키처럼 보였을지 몰라도 속으로는 심하게 떨고 있었다. 만약 채피에게 팝이 보는 것을 볼 수 있는 능력이 부여됐다면(그것도 일종의 능력처럼 느껴졌다) 이 멍청한 자식은 가장 가까운 문을 향해 쏜살같이 달려갔을 것이었다.

그 개—이제는 개가 아니었지만 호칭이 필요했다—가 아직 사진사를 향해 달려들지는 않았지만 달려들 준비를 하고 있었다. 궁둥이에 단단히 힘을 주어 금이 간 인도에 가깝게 몸을 낮추고 있었다. 그걸 보고 팝은 빨간불이 꺼지기 직전 몇 초 동안 당장이라도 클러치의 통제에서 벗어날 듯이 부들부들 떨고 있는, 고성능으로 개조한 풋내기의 자동차 같다는 생각을 했다. 칠천을 넘어선 rpm 게이지의 바늘, 크롬관을 넘어서 터져 나오는 엔진의 비명소리, 쇄석 도로와 그을며 뜨거운 입맞춤을 준비중인, 두툼하고 홈이 깊게 파인 타이어.

개의 얼굴은 더이상 알아볼 수 없었다. 순회 서커스단의 괴짜 쇼 출연자처럼 뒤틀리고 일그러져서 시커멓고 사악한 한쪽 눈만 남았는데, 원형도 아니고 타원형도 아니고 포크로 터뜨린 달걀노른자처럼 줄줄 흘렀다. 까만 부리처럼 생긴 코 양쪽에는 나팔 모양의 깊숙한 구멍이 뚫려 있었다. 그 구멍에서 화산의 분화구처럼 김이 뿜어져 나오고 있는 거 아닌가? 정말 그런 것일 수도 있었고…… 상상에 불과할 수도 있었다.

'상관없어.' 팝은 생각했다. '내가 계속 셔터를 누르거나 여기 이 친구 같은 바보들한테 계속 셔터를 누르게 하면 언젠가는 알아낼 수 있을 테니까.'

하지만 알아내고 싶지 않았다. 그는 떡이 진 털에 뻣뻣한 우엉이 스무 개쯤 엉겨붙은 그 시커먼 살인마를, 털이 아니라 살아 있는 못이 박힌 듯하고 꼬리는 중세의 무기처럼 생긴 그 녀석을 바라보았다. 그러다 코흘리개 케빈이 숨은 뜻을 제대로 간파한 그림자 쪽으로 시선을 옮겼을 때 달라진 점을 알아차렸다. 한쪽 다리가 뒤로 한 걸음 움직인 것처럼 보이는데, 해가 저물어가고 있거나 뜨는 중이라(하지만 팝은 해가 저물어가는 쪽이라고 장담할 수 있었다. 저쪽 세계에서는 낮이 아니라 밤이 시작되려 했다) 그로 인한 부대 효과를 감안하더라도 보폭이 상당히 컸다.

녀석이 가만히 앉아서 사진을 찍힐 생각이 없다는 것을 저쪽 세계의 사진사가 드디어 알아차린 모양이었다. 녀석은 그럴 생각이 전혀 없었다. 가만히 앉아 있는 게 아니라 잡아먹는 것. 그것이 녀석의 꿍꿍이였다.

잡아먹고 뭔지 모를 수법으로 도망치는 것이 녀석의 꿍꿍이였다.

'알아내!' 팝의 머릿속에서 얄궂은 생각이 들었다. '얼른! 계속 사진을 찍어! 그럼 알아낼 수 있을 거야! 그럼 많은 걸 알아낼 수 있을 거야!'

"그나저나." 에머리 채피가 금세 말문을 열었다. 상상력이 부족한 인간들은 고민 같은 사소한 짓을 하느라 한참 동안 입을 다물고 있지 않았다. "선생님 사업 수완이 대단하시군요!"

매카티에 얽힌 기억이 아직까지 생생하게 남아서 팝을 괴롭히고 있었다.

"만약 속임수라고 생각하신다면……." 그는 말문을 열었다.

"속임수라고요? 천만에요! 천……만에요!" 뻐드렁니를 드러낸 미소가 채피의 얼굴 가득 번지며 혐오스러운 위용을 드러냈다. 그는 지금 농담하는 거냐고 묻는 듯이 손을 펼쳐보였다. "하지만 이 물건을 거래할 수는 없다고 봅니다, 메릴 씨. 이런 말씀 드리기 죄송하지만……."

"왜요?" 팝은 그의 말허리를 잘랐다. "속임수가 아니라고 생각한다면서 탐을 내지 않는 이유가 뭡니까?" 애처롭게 좌절당한 분노로 인해 팝의 언성이 높아졌다. 이쪽 세계에서는 역사상 이런 물건이 존재한 적이 없었고 앞으로도 그럴 거라고 팝은 장담할 수 있었다. 그런데도 이 빌어먹을 물건을 처분할 도리가 없었다.

"하지만……." 채피는 스스로 생각하기에 너무 빤해서 뭐라고 표현하면 좋을지 난감해하는 사람처럼 어리둥절한 표정을 지었다. 그 순간만큼은 늦된 아이에게 신발 끈 묶는 법을 가르치려는, 상냥하되 유능하지는 않은 유치원 선생님처럼 보였다. "하지만 아무 기능이 없지 않습니까."

"아무 기능이 없다고요?" 팝은 하마터면 악을 쓸 뻔했다. 그가 이 정도로 이성을 잃은 것도 놀랍고 점점 정도가 심해지고 있다니 믿을 수가 없었다. 왜 이러는 걸까? 좀더 정확하게 표현하자면, 염병할 카메라가 그에게 무슨 짓을 한 걸까? "아무 기능이 없다고요? 뭡니까, 장님이신가요? 다른 세계의 사진을 찍어서 보여주고 있잖아요! 이쪽 세계의 어디에서 사진을 찍건 언제 사진을 찍건, 시간에 따른 움직임이 사진에서 드러나잖아요! 그리고…… 저 녀석…… 저 괴물은……."

이런. 맙소사. 결국 터뜨리고야 말았다. 선을 넘고야 말았다. 그를 쳐다보는 채피의 표정을 보면 알 수 있었다.

"그래봐야 그냥 개인걸요." 채피가 토닥이듯 나지막이 말했다. 간호사들이 미치광이를 진정시키려고 주사기와 기절시킬 때 쓰는 도구를 보관하는 사물함을 향해 달려가는 동안 쓰는 말투였다.

"아무렴요." 팝은 지친 목소리로 느릿느릿 말했다. "그냥 개일 뿐이죠. 하지만 선생님도 정말 흉측하게 생긴 짐승이라고 하지 않았습니까."

"그럼요, 그럼요, 제가 그랬죠." 채피는 너무 금세 맞장구를 쳤다. 팝은 이 남자가 지금보다 더 활짝 웃었다가는 멍청한 인간의 머리통 4분의 3이 자기 무릎 위로 굴러떨어지는 광경을 목격할 수 있을지 모르겠다는 생각이 들었다. "하지만 메릴 씨……. 수집가 입장에서는 뭐가 문제일지 아시잖습니까. 진정한 수집가 입장에서는 뭐가 문제일지요."

"아뇨. 모르겠는데요." 팝은 이렇게 대답했지만, 처음에는 너무나 느낌이 좋았던 또라이 명단을 전체적으로 훑어본 지금에는 뭐가 문제일지 느끼고 있었다. 사실 진정한 수집가가 보기에는 폴라로이드 카메라에 얼마나 많은 문제가 내포돼 있을지 어렴풋이 알아차렸다. 에머리 채피는 정확히 어떤 생각을 하고 있는지 모를 일이었지만 말이다.

"이 세상에는 분명 심령사진이라는 게 있죠." 채피가 유식한 척 낭랑한 목소리로 말을 꺼내자 팝은 그의 목을 조르고 싶어졌다. "하지만 이건 심령사진이 아니잖습니까. 이건……."

"확실히 평범한 사진은 아니죠!"

"제 말이 그 말입니다." 채피가 미간을 찌푸리며 말했다. "하지만 그게 무슨 사진일까요? 딱 잘라 말하기 뭣하지 않습니까? 겉보기에는 뭐랄 데 없이 평범하지만, 점프할 준비중인 개 사진이 나오는 카메라라고 할밖에요. 그 개가 점프하면 프레임 밖으로 사라지겠죠. 그러면 셋 중 하나가 될 겁니다. 카메라가 평범한 사진을 찍기 시작한다. 그러니까 렌즈에 보이는 대로 사진을 찍는 거죠. 아니면 사진이 더이상 찍히지 않을 수도 있겠죠. 그 개를 촬영한다—아니면 기록한다고 할 수도 있을 텐데—는 이 카메라의 유일한 목적이 완료됐으니까요. 아니면 흰색 울타리와 엉망진창인 그 뒤편의 잔디밭을 계속 찍을 수도 있을 테고요." 그는 잠깐 말을 멈추었다가 덧붙였다. "사진을 사십 장 더 찍으면—아니면 사백 장 더 찍으면—어느 시점에 누군가가 지나갈 수도 있겠죠. 하지만 사진을 찍는 사람이 앵글을 높이지 않는 이상 행인의 하반신 정도밖에 보이지 않겠죠. 그런데 그 사람은 지금까지 한 번도 앵글을 높인 적이 없어요." 그러더니 케빈의 아버지가 누구인지도 모르는 그가 케빈의 아버지가 했던 말을 그대로 따라 했다. "메릴 씨, 이런 말씀드려서 죄송하지만 제게 상상하지도 못했던 구경거리를 보여주셨네요. 말로 설명할 수 없고 반론의 여지가 없는 정말이지 재미없는 불가사의한 현상을요."

팝은 이토록 놀랍고 솔직한 평가를 듣고, 채피가 자신의 정신 상태를 의심할 수 있음에도 불구하고 다시 물었다. "이게 정말 단순한 개로 보입니까?"

"그럼요." 채피는 놀란 표정을 지으며 말했다. "성질이 고약한 떠돌이 잡종으로 보이는데요."

그는 한숨을 쉬었다.

"게다가 두말하면 잔소리지만 진지하게 받아들여지지도 않을 거예요. 그러니까 메릴 씨를 잘 모르는 사람들, 메릴 씨가 이 문제에 있어서 얼마나 정직하고 믿음직한 인물인지 모르는 사람들 사이에서 말이죠. 보면 꼭 속임수 같잖아요. 심지어 그럴듯한 속임수도 아니에요. 어린애들이 좋아하는 장난감 수준이죠."

이 주 전이었다면 팝은 적극적으로 반박하고 나섰을 것이다. 그것도 매카티라는 개자식의 집에서 쫓겨나기 전의 이야기였다.

"뭐, 그러시다면." 팝은 이렇게 말하며 카메라 끈을 잡고 자리에서 일어났다.

"여기까지 오셨는데 아무 성과도 없다니 제가 다 죄송하네요." 채피는 고무 같은 입술을 벌려 침으로 반짝이는 뻐드렁니를 보이며 구역질나는 미소를 지었다. "오셨을 때 제가 마침 스팸 샌드위치를 만들려던 참이었어요. 같이 드시겠습니까, 메릴 씨? 제 입으로 이렇게 말하기는 좀 그렇습니다만, 제법 맛있게 만들 줄 알거든요. 고추냉이와 버뮤다 양파를 넣고—그게 비법이에요—그런 다음……."

"괜찮습니다." 팝은 힘없이 말했다. 푸스 시스터스의 응접실에서 그랬던 것처럼 어서 빨리 이 집에서 빠져나가 히죽거리는 멍청이에게서 도망치고 싶은 마음뿐이었다. 팝은 어떤 장소에서 도박을 벌였다가 잃으면 그곳에 알레르기가 생겼다. 요즘 들어 그런 곳이 많아졌다. 너무 많아졌다. "그러니까 무슨 말인가 하면, 저녁을 먹고 왔거든요. 이제 그만 가봐야겠습니다."

채피는 낭랑하게 웃었다. "바쁘지만 수확은 많은 게 포도 농장 일꾼의 숙명이라고 하죠." 그가 말했다.

'요즘은 아니야.' 팝은 생각했다. '요즘은 젠장, 수확이 전혀 없어.'

"그게 직업이니까요." 팝은 대꾸하고, 축축하고 썰렁하며(돌아오는 이월에 무슨 수로 이런 데서 지낼 수 있을지 팝으로서는 상상이 되지 않았다) 퀴퀴한 곰팡이 냄새가 나는 집에서 드디어 빠져나올 수 있었다. 곰팡내는 썩어가는 커튼과 소파 커버 기타 등등에서 나는 것일 수도 있었고…… 돈이 한곳에서 오래도록 머물다 떠나면 나는 냄새일 수도 있었다. 그는 한 모금의 호수와 톡 쏘는 솔잎향이 가미된 시월의 상쾌한 공기가 이 이상으로 향기로울 수 없겠다는 생각을 했다.

그는 차에 올라타서 시동을 걸었다. 푸스 시스터스 중 한 명은 그를 현관까지 배웅하고 햇빛을 쪼이면 뱀파이어처럼 가루로 부서지지 않을까 겁이 나는 것처럼 그의 등뒤에서 얼른 문을 닫았는데, 그녀와 다르게 에머리 채피는 문 앞까지 나와서 바보처럼 함박웃음을 지으며 엿같은 크루즈 여행을 떠나는 사람이라도 배웅하듯 손을 흔들었다.

팝은 아무 생각 없이 흑인 노파의 사진을 찍었듯이 이번에도 아무 생각 없이 채피와 무너지는 중인 채피 집안의 마지막 재산이라 할 수 있는 집을 찍었다. 그는 차문을 닫기 전에 넌더리를 내며 좌석으로 던져버린 카메라를 집은 기억도 없었고 카메라를 들고 있거나 셔터를 누른지도 몰랐는데, 카메라가 끽끽거리는 기계음과 함께 칙칙한 회색 액체—어쩌면 제산제일 수 있었다—로 코팅이 된 혓바닥 같은 사진을 토해냈다. 그 소리를 따라 진동하던 신경 말단에서 비명이 터졌다. 이를 때운 자리에 차갑거나 뜨거운 게 닿았을 때 드는 느낌이었다.

그는 세상에서 가장 재미있는 농담을 듣기라도 한 것처럼 껄껄대는 채피의 웃음소리를 지엽적으로 인식하며 분노와 경악에 휩싸인 사람처럼 와락 사진을 낚아챘다. 희미하게 으르렁거리는 소리인지 물속에서 들리는 듯한 모터보트 다가오는 소리 비슷한 게 잠깐 들린 것은 착각이라고 속으로 중얼거렸다. 안에서 누가 힘껏 밀기라도 한 것처럼 카메라가 손안에서 잠깐 불룩해진 것처럼 느껴진 것도 착각이라고 속으로 중얼거렸다. 글러브 박스를 열고 사진을 안에 던져넣은 다음 너무 세게, 너무 빠르게 닫는 바람에 엄지손톱이 생살이 시작되는 곳까지 뜯어졌다.

그는 홱 하니 출발했다가 하마터면 시동을 꺼뜨릴 뻔했고, 하마터면 기다란 진입로의 양옆에 늘어선 하얀 가문비나무를 들이받을 뻔했다. 도로를 달리는 내내 아무 생각 없이 껄껄대는 에머리 채피의 명랑한 웃음소리가 들리는 듯했다. 하! 하! 하! 하!

심장이 쿵쾅거렸고 머릿속에서 누가 망치를 휘두르는 느낌이었다. 양쪽 관자놀이 아래에 자리잡은 혈관 다발이 계속 벌떡거렸다.

팝은 조금씩 이성을 되찾았다. 팔 킬로미터가 지나자 머릿속에서 망치를 휘두르던 사람이 동작을 멈추었다. 십육 킬로미터가 지나자 (캐슬록까지 거의 반쯤 간 셈이었다) 심장박동이 정상으로 돌아왔다. 그는 속으로 중얼거렸다. '보면 안 돼. 보면 안 돼. 그 우라질 게 안에서 썩도록 내버려둬. 볼 필요 없고 앞으로 사진을 더 찍을 필요도 없어. 이제는 쓸모없는 쓰레기로 간주하고 잊어버려야 할 시간이야. 그 아이가 애초에 계획했던 걸 실행에 옮겨야 할 시간이야.'

메인 서부 전역과 뉴햄프셔 절반이 보인다는 캐슬뷰 휴게소가 나오자 그는 휴게소 주차장으로 들어가서 시동을 끄고 글러브 박스를 열어서 몽유병 환자처럼 아무 의지도 없이, 아무 인식도 없이 촬영한 사진을 꺼냈다. 두말하면 잔소리지만 사진은 현상이 끝났다. 평면적인 듯 보는 이를 현혹하는 사각형 안에 든 화학약품이 깨어나 평소처럼 실력을 발휘했다. 어두컴컴하건 환하건 폴라로이드 사진에는 아무 차이가 없었다.

개처럼 보이는 녀석은 바닥에 웅크리고 있었다. 덮칠 준비를 하느라 한껏 젖혀진 공이치기처럼 완전히 똬리를 틀고 있었다. 이빨이 이제는 입을 완전히 비집고 나와서 으르렁거리는 모양새가 분노의 표현인 동시에 필연의 선택이었다. 어떻게 이런 이빨 위로 입을 다물 수 있었을까? 어떻게 턱으로 뭘 씹을 수 있었을까? 녀석은 이제 개라기보다 특이한 품종의 멧돼지에 더 가까웠다. 팝은 지금까지 이렇게 생긴 짐승을 본 적이 없었다. 보고 있으려니 눈이 아픈 수준을 넘어서 머리가 아팠다. 미쳐버릴 것 같았다.

'여기서 카메라를 처치하면 어떨까?' 그는 문득 이런 생각이 들었다. '그러면 되잖아. 차에서 내린 다음 저기 가드레일까지 걸어가서 던져버려. 그러면 끝이야. 안녕이야.'

그건 충동적인 발상이었고 팝 메릴은 이성적인 종족이었다. 그러니까 무슨 말인가 하면, 철저하게 이성적인 종족이었다. 그는 순간의 판단으로 나중에 후회할 짓을 저지르고 싶지 않았고…….

'지금 해치우지 않으면 나중에 후회할 거야.'

하지만 아니다. 그래도 아니다. 아니다. 천성을 거스르면 안 되는 법이었다. 그건 자연의 법칙에 어긋나는 일이었다. 그에게는 생각할 시간이 필요했다. 확인할 시간이 필요했다.

그는 타협안으로 카메라 대신 사진을 던지고 가던 길을 재촉했다. 구역질이 몰려왔지만 금세 가라앉았다. 구역질이 가라앉자 예전의 모습을 되찾았다는 느낌이 좀더 강해졌다. 가게로 안전하게 돌아갔을 때 그는 철제 상자를 열어서 카메라를 꺼내고, 다시 한번 열쇠 뭉치를 뒤져서 '특별' 용품들을 모아놓는 서랍 열쇠를 찾았다. 카메라를 서랍 안에 넣으려다…… 멈추고 미간을 찌푸렸다. 뒷마당에 있는 모탕의 이미지가 사소한 부분까지 그림으로 그린 듯이 어찌나 선명하게 떠오르는지 꼭 사진을 보는 듯했다.

그는 생각했다. '천성을 거스르면 안 된다는 말은 잊어버려. 헛소리라는 걸 너도 알잖아. 흙을 먹는 것도 인간의 천성에 어긋나지만 누가 네 머리에 총을 겨누고 먹으라고 하면 한 그릇 가득 먹을 수 있잖아. 어이, 지금 무슨 시간인지 알지? 그 아이가 애초에 계획했던 걸 실행에 옮겨야 할 시간이야. 따지고 보면 너는 이 카메라에 투자한 것도 없잖아.'

하지만 이때 그의 또 다른 일면이 주먹을 흔들며 성난 목소리로 항의했다. '무슨 소리야! 투자한 게 없다니, 젠장! 멀쩡한 폴라로이드 카메라가 그 아이 손에 박살났잖아! 그 아이는 몰랐겠지만 그런다고 내가 139달러 손해 봤다는 사실이 달라지지는 않아!'

"이런, 썩을!" 그는 흥분한 목소리로 중얼거렸다. "그게 아니야! 염병할 돈 때문이 아니라고!"

그렇다……. 돈 때문이 아니었다. 최소한 돈 때문이 아니라는 건 인정할 수 있었다. 그 정도 여유는 있었다. 팝은 사실 상당히 여유가 있었다. 포틀랜드 브램홀의 대저택, 그 집 차고에 넣을 신형 벤츠……. 평생 그런 걸 살 일은 없겠지만—그는 동전 한 닢도 허투루 쓰지 않았고 병적인 구두쇠 정신을 훌륭한 양키의 절약 정신으로 간주했다—마음만 먹으면 얼마든지 장만할 수 있었다.

돈이 문제가 아니었다. 돈보다 훨씬 중요한 게 있었다. 뒤통수를 맞지 않는 게 관건이었다. 팝은 뒤통수를 맞지 않는 것을 평생의 목표로 삼았고, 어쩌다 한번 털리는 날에는 불개미가 머릿속을 기어다니는 듯한 기분을 느꼈다.

예컨대 우라질 독일 전축 건만 해도 그랬다. 팝은 보스턴의 골동품 딜러—이름이 도너휴였다—에게 1915년제 빅토르그라프 축음기(알고 보니 그보다 훨씬 더 흔한 1919년 모델이었다)를 적정가보다 오십 달러 더 주고 샀다는 걸 알았을 때, 어떤 날은 다양한 방식의 복수를 계획하고(횟수를 거듭할수록 더 극단적이고 황당해졌다) 어떤 날은 도너휴 같은 도시인에게 팝 메릴이 뒤통수를 맞다니 정신이 나간 게 분명하다고 자책하며 삼백 달러어치의 잠을 설쳤다. 그리고 또 어떤 날은 그 개자식이 포커 친구들에게 그게 얼마나 쉬웠는지 모른다고, 거기 사람들은 다 아무것도 모르는 촌놈들이라고, 캐슬록의 메릴 같은 친구에게 브루클린 다리를 팔겠다고 하면 그 바보는 얼마냐고 물을 거라고 떠벌리는 광경을 상상했다. 그러면 싸구려 시가를 피우며 포커 테이블에 둘러앉아 있던(이런 소름 끼치는 상상을 할 때 왜 항상 그들이 포커 테이블 앞에 앉아 있다고 설정하는지 모를 일이었지만 아무튼 그랬다) 그와 친구들은 몸을 뒤로 젖히고 트롤 패거리처럼 폭소를 터뜨릴 것이었다.

폴라로이드 사건이 벌레처럼 그를 갉아먹고 있었지만 아직은 포기할 마음의 준비가 되지 않았다.

아직은 그랬다.

'미쳤구나!' 어떤 목소리가 그를 향해 외쳤다. '그걸 계속 끌어안고 있겠다니 미쳤구나!'

"이대로 포기하면 내가 인간이 아니다." 그는 그 목소리와 아무도 없는 어두침침한 가게를 향해 부루퉁하게 중얼거렸다. "그러면 내가 인간이 아니다."

하지만 그 염병할 물건을 팔겠답시고 바보처럼 이리저리 뛰어다닐 필요는 없었고 그걸로 사진을 더 찍을 생각도 분명 없었다. 앞으로 최소 세 장은 더 찍어도 '안전'할 것 같았고 어쩌면 최대 일곱 장일 수도 있었지만 나서서 알아보고 싶지는 않았다. 그럴 생각은 전혀 없었다.

무슨 일이 벌어질 수는 있었다. 그건 아무도 모르는 일이었다. 서랍에 넣고 잠가두면 그는 물론이고 아무에게도 나쁠 게 없지 않을까?

"그렇지." 팝은 씩씩하게 혼자 맞장구를 쳤다. 그는 카메라를 넣은 후 서랍을 잠그고 열쇠 뭉치를 다시 주머니에 넣은 다음 문 앞으로 가서 거치적거리는 문제를 마침내 떨쳐버린 사람의 분위기를 풍기며 '영업 마감' 팻말을 '영업중'으로 바꾸었다.

10장

팝은 다음날 새벽 3시에 식은땀 범벅으로 잠에서 깨어나 두려움에 떨며 어둠 속을 응시했다. 시계들이 또다시 정시를 향해 피곤한 질주를 시작했다.

시계 소리를 듣고 깬 건 아니었다. 물론 그가 2층의 침실이 아니라 아래층 가게에서 잠이 들었으니 그랬을 수도 있긴 했다. 엠포리엄 갤로리엄은 창밖의 가로등이 빚은 거대한 그림자로 뒤덮인 어둠의 동굴이었다. 지저분한 판유리를 뚫고 스며든 가로등 불빛은 시야 너머에 무언가가 숨어 있는 듯한 으스스한 분위기를 연출하는 딱 그 정도였다.

그를 깨운 것은 시계가 아니었다. 플래시였다.

그는 잠옷 바람으로 폴라로이드 선 660을 들고 작업대 옆에 서 있는 자신을 발견하고 소스라치게 놀랐다. '특별 용품' 서랍이 열려 있었다. 찍힌 사진은 한 장뿐이었지만 그의 손가락은 셔터 버튼을 누르고 누르고 또 누르고 있었다. 카메라 밑으로 삐져나온 것말고도 사진이 훨씬 더 많이 찍힐 수도 있었는데 순전히 운이 좋았다. 남은 필름이 한 장뿐이었던 것이다.

팝은—그때까지 가게 정면을 향해 카메라를 들고 머리카락 굵기로 실금이 간 뷰파인더를, 뜬 채로 잠이 든 눈앞에 갖다 대고 있었다—팔을 내리기 시작했다. 흉곽까지 내려오자 두 팔이 떨리기 시작하더니 팔꿈치 관절을 잡고 있던 근육에서 힘이 풀려버렸다. 팔이 떨어지며 손가락이 벌어졌고 카메라는 덜거덕하는 소리와 함께 '특별 용품' 서랍 안으로 다시 굴러 들어갔다. 그가 찍은 사진이 펄럭이며 카메라에서 빠져나왔다. 열려 있는 서랍 한쪽 모서리를 때리고 카메라를 따라 들어갈 것처럼 이쪽으로 기우뚱했다가 다시 저쪽으로 기우뚱했다. 결국에는 바닥으로 떨어졌다.

'심장마비.' 팝은 맥락 없이 이런 생각을 했다. '이러다 망할 심장마비에 걸리겠어.'

그는 오른팔을 들어서 손으로 왼쪽 가슴을 주무르고 싶었지만 팔이 꿈쩍도 하지 않았다. 팔 끝에 달린 손은 올가미 밧줄에 매여 죽은 사람처럼 힘없이 대롱거렸다. 눈앞이 흔들거리며 초점이 맞았다 안 맞았다 했다. 시계 소리는(느림보들이 울리는 종소리가 이제 막 끝났다) 저멀리서 들리는 메아리 같았다. 이윽고 흉통이 잦아들면서 빛이 조금 돌아온 것처럼 느껴졌고, 그는 자신이 실신하려고 애를 쓰고 있었을 뿐이라는 것을 깨달았다.

그는 작업대 뒤편의 바퀴 달린 의자에 가서 앉으려고 했다. 카메라를 떨어뜨릴 때 그랬던 것처럼 의자에 몸을 앉힐 때도 처음 시작은 괜찮았지만 반쯤 가지도 못하고 허벅지와 종아리를 잡아주던 무릎 근육의 힘이 풀려버리자 그는 의자에 털썩 주저앉고 말았다. 의자는 뒤로 삼십 센티미터 굴러가서 묵은 《라이프》와 《룩》 잡지가 가득 담긴 상자에 부딪히고 멈추었다.

팝은 현기증이 나는 사람처럼 고개를 숙였다. 그런 채로 시간이 흘렀다. 시간이 얼마나 흘렀는지는 그때도 나중에도 알 수 없었다. 잠깐 다시 잠이 들었을 수도 있다. 고개를 들어보니 상태가 거의 정상으로 돌아와 있었다. 얼마나 오랫동안 고개를 숙이고 있었는지 피가 몰려서 관자놀이와 이마 뒤쪽이 무지근하게 지끈거렸지만 일어날 수 있었고, 이제 뭘 해야 하는지도 알 수 있었다. 잠든 채로 걸어다니고 사진을 찍을 만큼 카메라에 지배당했다는(이성은 지배라는 단어에 반발하려고 했지만 그가 허용하지 않았다) 사실만으로 충분했다. 염병할 물건의 정체는 알 수 없었지만 한 가지만큼은 분명했다. 그것과는 타협이라는 게 있을 수 없었다.

'아이가 애초에 계획했던 걸 실행에 옮겨야 할 시간이야.'

그렇다. 하지만 오늘밤은 아니었다. 그는 피곤한데다 온몸이 땀으로 흠뻑 젖어서 부들부들 떨렸다. 망치를 휘두르기는커녕 2층까지 걸어 올라가는 것만으로도 힘에 부칠 지경이었다. 지금 이 자리에서 서랍을 열고 카메라를 꺼내 바닥에 몇 번이고 내동댕이치면 될 일이기는 했지만 숨겨진 진실을 공개하자면 오늘밤에는 카메라를 더이상 상대하고 싶지 않았다. 날이 밝은 뒤에 해도 충분할 테고…… 그때까지 카메라가 말썽을 부릴 일도 없었다. 필름도 없는 마당이지 않은가.

팝은 서랍을 닫고 잠갔다. 그런 다음 칠십이 아니라 팔십이 다 되어가는 사람처럼 천천히 일어나서 계단 쪽으로 비척비척 걸어갔다. 한 손으로는 난간(이것 역시 든든하다고 볼 수 없었지만)을 잡고 다른 손으로는 쇠고리에 걸린 묵직한 열쇠 뭉치를 쥐고 계단을 한 칸씩 올라갈 때마다 숨을 돌렸다. 마침내 꼭대기에 다다랐다. 등뒤에서 문이 닫히자 기운이 생기는 듯했다. 그는 방으로 들어가서 침대에 누웠다. 늘 그렇듯 눕는 순간 훅 올라오는 지독한 땀냄새와 늙은이 냄새는 느끼지 못했다. 그는 매달 1일에 시트를 갈고 그 정도면 훌륭하다고 생각했다.

'잠이 오지 않을 거야.' 그는 이렇게 생각했다가 생각을 바꾸었다. '왜 안 와. 올 거야. 잘 수 있어. 내일 아침에 망치로 염병할 것을 산산조각 내면 그길로 끝일 거 아냐.'

이 생각과 동시에 졸음이 쏟아졌고 팝은 밤새도록 움직이지도 않고 단잠을 잤다. 다음날 눈을 떴을 때 그는 1층에서 시계 종소리가 한 번 더 울리는 것을 듣고 깜짝 놀랐다. 일곱 번이 아니라 여덟 번이었다. 그는 비스듬한 직사각형 모양으로 바닥과 벽을 비추는 햇볕을 보고 8시가 맞는다는 걸 깨달았다. 십 년 만에 처음으로 늦잠을 잤다. 그제야 전날 밤의 기억이 떠올랐다. 환한 아침이 되고 보니 사건이 전체적으로 덜 섬뜩하게 느껴졌다. 정말로 기절할 뻔했을까? 몽유병 환자가 예기치 못하게 깨어나면 원래 그렇게 기운이 없는 걸까?

당연히 그런 거라고 생각됐다. 하지만 환한 아침 햇살이 비춘다 한들 가장 중요한 사실은 달라지지 않았다. 그는 실제로 잠결에 걸어가서 사진을 적어도 한 장 찍었고 필름이 있었더라면 더 많이 찍었을 것이었다.

그는 일어나서 옷을 갈아입었다. 모닝커피를 마시기 전에 그 물건부터 박살내야겠다고 다짐하며 1층으로 내려갔다.

11장

케빈은 폴라로이즈빌이라는 이차원적인 마을을 방문한 첫날이 마지막날이 되길 바랐지만 바람은 이루어지지 않았다. 첫날 이후로 십삼 일 동안 꿈을 꾸는 횟수가 점점 늘었다. 어처구니없는 꿈을 하룻밤 건너뛰면—짧은 휴가야, 케빈. 조만간 또 만나자, 알았지?—다음날 두 번 꾸기 십상이었다. 이제 그는 꿈이라는 걸 알았고 꿈이 시작되자마자 잠에서 깨어나기만 하면 된다고 자신에게 주문을 걸었다. '젠장, 일어나기만 하면 된다고!' 자동으로 눈이 떠지는 날도 있었고 꿈이 희미해지면서 깊은 잠 속으로 빠져드는 날도 있었지만 자신의 의지로 일어나는 데 성공한 적은 한 번도 없었다.

이제는 항상 폴라로이즈빌이었다. 처음에는 그곳을 두고 어쭙잖게 오틀리와 힐더스빌을 운운했지만 이제는 아니었다. 그리고 사진처럼 꿈을 꿀 때마다 동작이 조금씩 전개됐다. 먼저 쇼핑 카트를 끌고 가는 남자를 예로 들면 그 쇼핑 카트는 애초부터 빈 적 없이 잡동사니들로 가득했다. 대부분 시계로 엠포리엄 갤로리엄의 진열품이었는데, 실물이라기보다 실물을 촬영한 사진을 잡지에서 오려낸 듯 기괴한 형상이었고 역시 이차원적이라 납작한 쇼핑 카트에 빽빽하게 들어 있다는 것 자체가 불가능하고 역설적인 일이었다. 그런데도 빽빽하게 들어 있었고 노인은 그것들을 지키려는 듯 카트 위로 허리를 숙이고 케빈에게 저리 가라고, 나푼 도둥놈이라고 하다가…… 이제는 저리 가지 않으면 "팝의 개를 데려다 물게 할 테다. 내가 못할 줄 아느냐?"고 했다.

그다음 차례는 완벽한 평면이라 뚱뚱할 수 없는데도 뚱뚱한 여자였다. 그녀는 폴라로이드 선 카메라가 가득 든 쇼핑 카트를 밀면서 등장했다. 그녀도 스쳐지나가기 전에 케빈에게 말을 걸었다. "조심해, 학생." 그녀는 귀가 전혀 안 들리는 사람처럼 높낮이가 없는 말투로 우렁차게 얘기했다. "팝의 개가 목줄을 끊었는데 엄청 사납거든. 여기로 오기 전에 트렌턴 농장*에서 사람을 세 명인가 네 명 찢어 죽였어. 그 개 사진을 찍기가 어렵기도 하지만 카메라가 없으면 아예 찍을 수가 없지."

그녀는 카메라를 집으려고 허리를 숙였고 가끔 하나 집어서 케빈에게 건네면 그는 손을 내밀었다. 하지만 이 여자가 왜 케빈이 개의 사진을 찍어야 한다고 생각하는지, 왜 케빈이 사진을 찍고 싶어 할 거라고 생각하는지 알 수 없었다. 어쩌면 예의상 손을 내민 것일 수

* 『쿠조』의 무대.

도 있었다.

어느 쪽이 됐건 상관없었다. 그들은 꿈속에서 종종 그렇듯 물속을 헤엄치는 사람처럼 우아하게 천천히 움직였고 항상 스치고 지나가기만 했다. 케빈은 이 부분을 생각할 때면 미켈란젤로가 시스티나 성당의 천장에 그린 하나님과 아담의 그 유명한 그림을 종종 떠올렸다. 양쪽 모두 팔을 뻗었고 양쪽 모두 팔 끝의 손까지 뻗었는데 집게손가락이 닿을락 말락 하는 그 그림을 말이다.

그녀는 두께가 아예 없기 때문에 잠시 후에 잠깐 사라졌다가 손이 닿지 않을 만큼 멀어진 다음에야 다시 등장했다. '그럼 네가 그녀 쪽으로 다가가면 되잖아.' 케빈은 매번 이 시점에서 이 생각을 하지만 다가갈 수가 없었다. 두 발이 그의 뜻과 상관없이 흰색 칠이 벗겨져가는 울타리와 팝과 개 쪽으로 평온하게 걸음을 옮겼기 때문인데…… 그 개는 더이상 개가 아니라 용처럼 뜨거운 김을 내뿜고, 멧돼지처럼 생겼지만 뒤틀리고 흉터가 남은 주둥이에 이빨이 달린 섬뜩한 잡종이었다. 팝과 폴라로이드 개가 동시에 그를 향해 고개를 돌렸고 팝은 카메라—케이스 왼쪽에 이가 나간 걸 보면 케빈의 카메라였다—를 오른쪽 눈에 갖다 댔다. 왼쪽 눈은 가늘게 실눈을 떴다. 정수리에 얹은 무테안경이 흐릿한 햇빛을 받고 반짝였다. 팝과 폴라로이드 개는 삼차원이었다. 이 지저분하고 섬뜩한 꿈속 마을에서 그들만 삼차원이었다.

"저 아이야!" 팝이 겁에 질린 목소리로 날카롭게 외쳤다. "저 아이가 도둑이야! 물어! 그러니까 무슨 말인가 하면, 저 아이의 우라질 내장을 끄집어내라고!"

팝이 마지막 말을 외치며 셔터를 누르면 서늘한 번개가 번쩍하며 한낮을 갈랐고 케빈은 도망치려고 몸을 돌렸다. 그가 두 번째로 이 꿈을 꾸었을 때는 여기서 꿈이 끊겼다. 이제는 꿈을 꿀 때마다 사건이 조금씩 전개됐다. 그는 여전히 물속에 있는 발레리나처럼 천천히 움직였다. 몸 밖으로 빠져나가서 자기 자신을 쳐다보면 이제 막 돌아가기 시작한 프로펠러 날개처럼 팔을 젓고, 뒤틀린 셔츠는 가슴과 배를 팽팽하게 감싸고, 그와 동시에 셔츠 자락이 사포처럼 쓸리는 큰 소리를 내며 바지 허리춤에서 삐져나오는 모습이 영락없는 댄서 같다는 생각이 들었다.

왔던 길을 되짚어서 달려갈 때마다 한쪽씩 천천히 올라간 발이 꿈결처럼 둥실 떠 있다가('당연히 꿈결처럼 그럴 수밖에 없겠지. 뭘 바랐냐, 이 바보야.' 그는 이 시점에 이르면 늘 이런 생각을 했다) 내려가서 금이 간 인도의 시멘트에 무심하게 부딪히면 그의 체중을 감당하느라 운동화 밑창이 납작해지고 조그만 흙먼지가 일었다. 그러는 속도가 어찌나 더딘지 원자처럼 빙빙 돌아가는 티끌이 일일이 보일 정도였다.

그가 달리는 속도는 당연히 느릴 수밖에 없었다. 어디서 왔는지 알 수 없고 아무것도 상징하지 않으며 사이클론 같은 느낌을 풍기지만 그럼에도 불구하고 실제로 존재하는, 그렌델*을 닮은 이름 모를 폴라로이드 개도 천천히 그를 쫓아 달리지만…… 그리 속도가

* 고대 영어로 쓴 서사시 『베오울프』에 등장하는, 반은 짐승 반은 인간인 괴물.

느리지는 않았다.

세 번째 날 밤에는 케빈이 개와의 거리가 얼마나 되는지 확인하려고 울화통 터지는 거북이 같은 속도로 고개를 돌리기 시작한 순간, 꿈이 희미해지면서 정상적인 수면으로 바뀌었다. 그리고 다음 날 밤에는 꿈을 건너뛰었다. 그다음 날 밤에는 다시, 두 번이나 꿈을 꾸었다. 첫 번째 꿈에서는 고개를 반쯤 돌려서 왼쪽으로 휙휙 지나가는 길거리를 볼 수 있었다. 두 번째 꿈(이 꿈을 꾸다 알람 소리를 듣고 깨어나보니 그는 땀을 흘리며 침대 끝에 태아처럼 웅크리고 있었다)에서는 고개를 충분히 돌려서 개가 자기 발자국 위로 이제 막 발을 디딘 것을 볼 수 있었다. 삐죽 튀어나온 발톱 때문에 시멘트가 바스러지며 조그만 분화구가 생겼다. 개의 다리 관절 뒤에는 박차처럼 생긴 길고 가는 뼈가 고개를 내밀고 있었다. 불그스레하고 탁한 녀석의 눈은 케빈에게 고정되었다. 콧구멍에서 뿜어져 나온 희미한 불똥이 아래로 뚝뚝 떨어졌다. '으악, 콧물에 불이 붙었잖아.' 케빈은 생각했다. 잠에서 깼을 때 케빈은 자기가 속사포처럼 "…… 콧물에 불이 붙었잖아, 콧물에 불이 붙었잖아, 콧물에 불이 붙었잖아"를 되뇌고 있는 것을 듣고 경악했다.

밤이면 밤마다 인도를 달려서 도망치는 그와 개 사이의 간격이 가까워졌다. 고개를 돌려서 확인하지 않아도 폴라로이드 개가 점점 바짝 다가오고 있는 것을 소리로 느낄 수 있었다. 뜨끈해지는 사타구니가 느껴지자 오줌을 지릴 정도로 겁을 먹었다는 것을 알 수 있었지만, 이런 감정 역시 이 세계에서의 움직임과 마찬가지로 희석되고 멍하게 느껴졌다. 폴라로이드 개의 발이 시멘트를 때리는 소리, 시멘트가 쩍 하고 갈라지며 울부짖는 소리가 들렸다. 폴라로이드 개가 내뱉는 뜨거운 숨소리, 흉측한 이빨 사이로 숨을 들이마시는 소리가 들렸다.

팝이 잠결에 걸어 내려가서 사진을 최소 한 장 이상 찍은 날 밤에 케빈은 처음으로 폴라로이드 개의 숨소리를 들은 데 그치지 않고 입김까지 느꼈다. 급행열차가 정차하지 않는 역을 그대로 지나칠 때 후텁지근한 바람을 훅 빨아들이듯 따뜻한 공기가 엉덩이에 닿았다. 이제 개가 등을 덮칠 수 있을 만큼 가까워졌다는 것과, 녀석이 자신의 등을 덮치는 것이 그다음 차례라는 것을 알 수 있었다.

입김이 다시 느껴졌다. 이번에는 따뜻한 정도가 아니라 급성 소화불량에 걸린 목구멍처럼 후끈했다. 조만간 구부러진 이빨이 살아 움직이는 덫처럼 견갑골 사이를 파고들어 살갗을 찢고 척추에 붙은 살점을 뜯어낼 텐데 그때도 이게 꿈에 불과하다는 생각이 들까? 과연 그럴까?

팝이 아파트로 향하는 계단 꼭대기에 다다라 방안으로 들어가기 전 마지막으로 숨을 돌렸을 때 케빈은 마지막 꿈에서 깨어났다. 이번에는 눈을 뜨며 벌떡 일어나 앉자 덮고 있던 시트와 이불이 허리춤까지 내려왔고, 온몸이 땀으로 젖었음에도 지독하게 추워서 하얗고 딱딱한 소름이 성흔*처럼 배와 가슴과 등과 허리와 팔을 덮었다.

케빈은 꿈 생각을 하지 않았다. 적어도 의식 선상에서는 다른 생각

* 예수의 손바닥에 난 못자국처럼 일부 성인의 몸에 있는 상처.

을 했다. '틀렸어. 숫자가 틀렸어. 삼이라는데 그럴 리가…….'

그러다 풀썩 드러누웠고 어린아이답게(그는 열다섯 살이기는 해도 여전히 어린아이에 가까웠다. 그날 저녁까지는 그랬다) 다시 잠이 들었다.

그는 학교에 가는 날이면 늘 그렇듯 7시 30분에 알람 소리를 듣고 깨어났고, 눈을 휘둥그레 뜨며 일어나서 앉는 순간 모든 게 갑자기 확연해졌다. 그가 부순 선 660 카메라는 자기 카메라가 아니었다. 이 말도 안 되는 똑같은 꿈을 몇 번이고 반복해서 꾸는 이유가 그 때문이었다. 친절하고 순박한 노령의 철학자이자 카메라와 시계와 소형 가전제품 수리 전문가인 팝 메릴이 옛날 서부영화에서 전문 도박꾼이 풋내기를 상대하듯 깔끔하고 능숙하게 그와 아버지를 속였다.

아버지……!

1층에서 문이 쾅하고 닫히는 소리가 들리자 그는 침대 밖으로 뛰쳐나갔다. 속옷 차림으로 문을 향해 두 걸음 달려갔다가 생각을 바꿔 몸을 돌려서 창문을 열고, 출근을 하려고 차에 올라타던 아버지를 향해 "아빠!" 하고 외쳤다.

12장

팝은 주머니에서 열쇠 뭉치를 꺼내 '특별 용품' 서랍을 열었고, 끈말고는 어디도 건드리지 않도록 만전을 기하며 카메라를 끄집어 냈다. 간밤에 굴러떨어지는 와중에 렌즈가 박살나지 않았을지, 이 빌어먹을 물건의 눈이 뽑히지 않았을지 기대하며 카메라의 전면을 쳐다보았지만, 그의 아버지 말마따나 재수가 좋으면 뒤로 넘어져도 지갑을 줍는다더니 케빈 딜리번의 우라질 카메라가 그런 경우였다. 원래 깨져 있던 케이스가 조금 더 깨진 게 전부였다.

서랍을 닫고 열쇠를 돌리는데, 잠결에 찍은 사진이 뒤집힌 채 바닥에 떨어져 있는 게 눈에 들어왔다. 롯의 부인이 무너져가는 소돔을 목도하고 싶은 유혹을 이기지 못하고 뒤를 돌아보았던 것처럼 그 역시 유혹을 이기지 못하고, 안에 담긴 재주를 뭉툭한 외관으로 감추고 있는 손가락으로 사진을 집어서 앞으로 돌렸다.

개를 닮은 녀석이 점프를 시작했다. 앞발이 땅에서 이제 막 떨어진 찰나였지만 기형적인 등뼈를 따라 솔에 달린 뻣뻣한 철사 같은 털로 덮인 거죽 안의 근육에서 운동에너지가 발산되기 시작했다는 것을 느낄 수 있었다. 입을 쩍 벌리는 와중이라 얼굴과 머리가 흔들리게 찍혔는데, 나지막하게 으르렁거리는 걸걸한 소리가 온실 안에서 들리는 소리처럼 사진에서 흘러나오는 듯했다. 그림자의 주인이 비틀비틀 뒤로 더 물러나려는 듯이 보였지만 그런들 무슨 소용 있을까 싶었다. 개를 닮은 녀석의 주둥이에 뚫린 구멍에서 김이 뿜어져 나왔다. 약간 벌린 입새를 통해 더 섬뜩하고 흉측한 말뚝 울타리처럼 생긴 이빨이 보였고, 동시에 많은 김이 뿜어져 나왔다. 누구라도 그렇게 끔찍한 광경을 접하면 뒷걸음칠 수밖에 없을 테고 몸을 돌려서 달아나려고 할 테지만, 팝은 그 사진을 촬영한 남자(당연히 남자였다. 예전에는 십 대 남자아이였을지 몰라도 지금은 누가 카메라를 들고 있겠는가)가 놀라서 손가락을 움찔거리는 정도의 반사 반응을 보인 것에 불과하다는 것을…… 남자에게는 일말의 희망조차 없다는 것을 한눈에 알 수 있었다. 그 남자가 똑바로 서 있건 자기 발에 걸려 넘어지건 차이가 있다면 죽음을 맞이하는 방식뿐이었다. 서서 죽느냐 앉아서 죽느냐, 그것뿐이었다.

팝은 사진을 구기고 열쇠 뭉치를 다시 주머니에 넣었다. 예전에는 케빈 딜리번의 폴라로이드 선 660이었지만 이제는 그의 폴라로이드 선 660이 된 카메라의 끈을 잡고 몸을 돌려서 가게 뒤편을 향해 걸음을 옮기기 시작했다. 망치를 집을 때말고는 걸음을 멈출 일이 없을 것이었다. 하지만 뒤편 창고 문 앞에 다다랐을 때 어마어마하고 새하얀 플래시가 눈앞이 아니라 눈 뒤, 그러니까 머릿속에서 소리 없이 터졌다.

그는 몸을 돌렸다. 밝은 빛 때문에 잠깐 앞을 못 보게 된 사람처럼 눈빛이 멍했다. 그는 봉헌함이나 성스러운 제물이나 유물이라도 되는 듯이 카메라를 가슴 높이로 들고 작업대를 지나쳤다. 작업대에서 가게 정면으로 가는 중간쯤에 시계로 뒤덮인 서랍장이 있었다. 그 왼편에 헛간 같은 데서 쓰이는 기둥이 있었고, 거기 박힌 고리에 독일식 뻐꾸기시계 모조품이 걸려 있었다. 팝은 시계의 지붕 장식을 잡고 시계를 고리에서 빼냈다. 평형추 체인끼리 얽혀도, 엉망진창이 된 체인에 감겨서 진자가 뚝 끊어져도 아랑곳하지 않았다. 지붕에 달린 조그만 문이 홱 열렸다. 나무 새가 부리와 놀란 눈빛의 한쪽 눈을 내밀었다. 푸대접에 항의라도 하는 듯 목메인 외마디 소리를 내뱉고—뻐꾹!—다시 슬금슬금 안으로 들어갔다.

팝은 시계가 걸려 있었던 곳에 선 660 카메라를 걸고 여전히 멍한 눈빛으로 다시 가게 뒤편을 향해 걸어갔다. 시계 지붕을 움켜쥐고 앞뒤로 무심하게 흔들 뿐 안에서 쿵쾅거리는 소리가 나도, 새가 탈출이라도 시도하는 듯 가끔 목이 졸린 소리를 내도 듣지 못했고, 평형추 하나가 오래된 침대에 부딪혀서 끊기는 바람에 침대 아래로 데굴데굴 굴러가며 케케묵은 먼지에 자국을 남겨도 알아차리지 못했다. 그저 로봇처럼 아무 생각 없이 멍하니 움직였다. 창고에 들어가서 반질반질한 망치 손잡이를 집을 때만 걸음을 멈추었다. 이렇게 해서 양손 모두 쓸 수 없게 되자 왼쪽 팔꿈치로 볼트에 걸린 고리를 풀어서 창고 문을 열고 뒷마당으로 걸어갔다.

모탕으로 다가가 뻐꾸기시계를 그 위에 올려놓았다. 그러고는 양손으로 망치 자루를 잡고 시계를 향해 고개를 숙이고 섰다. 얼굴은 여전히 무표정했고 눈빛은 멍하고 몽롱했지만, 머릿속 일부분에서는 명확한 사고가 가능한 수준을 넘어 그의 모든 부분이 명확하게 사고하고 행동하고 있다고 생각했다. 그 일부분은 애초부터 몇 푼 되지도 않았던데다 이제 부서지게 생긴 뻐꾸기시계가 아니라 케빈의 폴라로이드 카메라가 앞에 놓여 있다고 생각했다. 그리고 자신이 1층으로 내려와 서랍에서 카메라를 꺼내들고 망치를 집을 때만 잠깐 걸음을 멈추었을 뿐 곧장 뒷마당으로 나왔다고 진심으로 믿었다.

나중에 그의 기억을 담당하게 될 곳도 이 부분이었다. 진실을 다르게 기억하는 편이 더 유리해진다면 이야기가 달라지겠지만…… 그것도 다른 진실이 존재할 때의 이야기였다.

팝 메릴은 오른쪽 어깨 너머로 망치를 들었다가 세게 내리쳤다. 케빈만큼 세지는 않았지만 목적을 달성하기에는 충분했다. 망치는 뻐꾸기시계의 지붕을 정확하게 때렸다. 시계는 부서지거나 깨졌다기보다 산산조각이 났다. 플라스틱 우드와 소형 장치의 파편과 스프링이 사방으로 튀었다. 이 광경을 목격한 팝의 머릿속 일부분은 카메라 파편이 사방으로 튀었다고 기억할 것이었다(물론 다르게 기억하는 편이 더 유리해지면 이야기가 달라지겠지만).

그는 모탕에서 망치를 거두고, 묵상하느라 멀어버린 눈으로 난장판을 쳐다보며 잠시 서 있었다. 팝이 느끼기에는 폴라로이드 선의 필름 케이스와 똑같이 생긴 새가 나무로 만들어진 조그만 발을 허공으로 들고 똑바로 누워 있었다. 만화가 아닌 이상 그보다 더 맞이

갈 수가 없어 보이는데 기적적으로 새는 깨지지 않았다. 그는 슬쩍 한번 쳐다보고 등을 돌려서 다시 창고로 향했다.

"자." 그는 나지막이 중얼거렸다. "이제 됐다."

그때 옆에 누가 서 있었다면 그가 뭐라고 했는지 알아듣지 못했겠지만 안도하는 말투였다는 것만큼은 놓치기 힘들었을 것이다.

"그 물건은 박살났어. 더이상 걱정할 필요 없어. 그럼 이제 뭘 할까? 파이프 담배를 피워야겠지?"

하지만 십오 분 뒤에 블록 저쪽 끝에 있는 드러그스토어를 찾았을 때 그가 달라고 한 것은 파이프 담배가 아니라(물론 그는 파이프 담배를 달라고 했던 걸로 기억하겠지만) 필름이었다.

폴라로이드 필름이었다.

13장

"케빈, 이러다 회사에 늦겠는데……."

"회사에 전화하시면 안 돼요? 네? 전화해서 늦겠다고 아니면 아예 출근을 못 하겠다고 하면 안 돼요? 정말, 정말, 정말 중요한 일이라면요."

딜리번 씨는 경계하는 눈빛으로 물었다. "무슨 일인데 그러니?"

"그러실 수 있어요?"

딜리번 부인이 케빈의 방문 앞에 서 있었다. 그녀의 뒤에는 메그가 있었다. 모녀는 양복을 입은 남자와 아직까지 팬티 바람인 키 큰 남학생을 호기심 어린 눈빛으로 빤히 쳐다보았다.

"글쎄다……. 그래, 그럴 수 있지. 하지만 무슨 일인지 알아야 그러든지 말든지 하지."

케빈은 언성을 낮추고 방문 쪽을 흘끗 쳐다보며 말했다. "팝 메릴 때문이에요. 그리고 카메라요."

딜리번 씨는 처음에는 케빈이 왜 흘끗거리는지 몰라서 어리둥절한 표정만 짓고 있다가 방문 쪽으로 걸어갔다. 그가 아내에게 뭐라고 중얼거리자 그녀는 고개를 끄덕였다. 메그가 징징거리며 항의했지만 그는 창밖의 전화선 위에서 지저귀는 새 대하듯 전혀 아랑곳하지 않고 문을 닫았다.

"엄마한테 뭐라고 하셨어요?" 케빈이 물었다.

"남자들끼리 할 얘기가 있다고 했다." 딜리번 씨는 미소를 지었다. "네가 마스터베이션에 대해서 얘기하려나 보다고 생각하는 눈치야."

케빈은 얼굴을 붉혔다.

딜리번 씨는 걱정하는 표정을 지었다. "그건 아니지? 그러니까 내 말은……."

"알아요, 알아요." 케빈은 얼른 말허리를 잘랐다. 그가 잠깐 당황한 이유는 아버지만 마스터베이션에 대해서 아는 게 아니라—그게 당연한 일인데도 놀랍게 느껴졌고 놀라워하는 자신이 놀라웠다—어머니도 아는 눈치였기 때문인데, 그래서 그랬다고 아버지에게 실토할 생각은 없었다(실토하고 싶다 한들 제대로 전달할 방법이 없을 듯했다).

괜히 그런 데 신경쓸 필요 없었다. 그건 악몽이나 그가 새롭게 확신한 사실과 아무 상관 없는 일이었다.

"팝 때문이라고 말씀드렸잖아요. 그리고 제가 계속 꾸고 있는 악몽 때문이기도 하고요. 하지만 가장 중요한 건 카메라예요. 팝이 그걸 훔쳤거든요, 아빠."

"케빈……."

"그의 모탕에 올려놓고 제가 산산조각 냈다는 건 알아요. 하지만 제 카메라가 아니라 다른 카메라였어요. 그런데 그게 다가 아니에요. 그가 제 카메라로 계속 사진을 찍고 있어요! 그 개는 탈출하기 직전이고요! 탈출하면 개는 저를 죽이려고 할 거예요. 저쪽 세계에서는 이미 저…… 저…… 저……."

케빈은 말을 맺지 못하고 다시 한번 스스로 놀랄 만한 일을 해버렸다. 이번에는 울음을 터뜨린 것이다.

존 딜리번이 아들을 진정시켰을 때는 8시 십 분 전이었다. 그때쯤 그는 이미 정상적으로 출근하기는 글렀다고 포기하고 아들을 끌어안았다. 이유가 뭔지 몰라도 아이가 정말로 충격을 받았는데, 다른 게 아니라 꿈 때문이라면 성욕이 문제의 본질이 아닐까 싶었다.

케빈이 부들부들 떨고 가끔 흐느끼는 소리를 내며 숨을 크게 들이쉬는 동안 딜리번 씨는 방문 앞으로 다가가서 아내가 메그를 데리고 1층으로 내려갔길 바라며 조심스럽게 문을 열었다. 과연 복도에 아무도 없었다. '아무튼 눈치 하나는 빠르다니까?' 그는 생각하며 다시 케빈에게로 갔다.

"이제는 얘기 좀 할 수 있겠니?" 그가 물었다.

"팝이 제 카메라를 가로챘어요." 케빈은 쉰 목소리로 말했다. 아직 울음기가 남은 빨간 눈으로 근시 환자처럼 아버지를 빤히 쳐다보았다. "무슨 수를 썼는지 몰라도 그걸 가로채서 계속 쓰고 있어요."

"그리고 꿈속에 그 카메라가 나온다는 거냐?"

"네……. 그리고 생각난 게 하나 있어요."

"케빈……. 그건 네 카메라였어. 미안하지만 네 카메라였어. 옆면이 흠이 있는 것까지 내가 봤는걸."

"팝이 그것까지 조작한 거예요……."

"케빈, 그건 너무 무리한……."

"제 말 좀 들어보세요." 케빈은 다급한 목소리로 말했다. "제 말 좀 들어주시면 안 돼요?"

"알았다, 그래. 듣고 있잖니."

"뭐가 생각이 났느냐면 팝이 저한테 카메라를 건넸을 때…… 그걸 처분하려고 뒷마당으로 들고 나갔을 때 기억하시죠?"

"응."

"제가 필름이 몇 장이 남았는지 알려주는 조그만 화면을 들여다봤거든요. 거기에 삼이라고 찍혀 있었어요, 아빠! 삼요!"

"그래서? 그게 뭐 어떻다는 거냐?"

"그 안에 필름도 들어 있었어요! 필름이요! 카메라를 박살냈을 때 까만색으로 반짝이는 게 튀어 올랐던 게 기억나요. 튀어 올랐다가 펄럭거리면서 바닥으로 떨어졌어요."

"다시 묻겠다. 그래서 뭐?"

"팝에게 제 카메라를 주었을 때 그 안에는 필름이 없었어요! 그게 '그래서 뭐'에 대한 대답이에요. 저는 사진을 스물여덟 장 찍었어요. 팝이 저더러 서른 장을 더 찍으라고 했으니까 모두 합하면 쉰여덟 장이에요. 그의 의도가 뭔지 알았더라면 필름을 더 샀을 수도 있지만 아마 아니었을 거예요. 그때쯤 이미 카메라가 무서워져서……."

"그래, 나도 좀 무섭더라."

케빈은 존경하는 눈빛으로 아버지를 쳐다보았다. "그랬어요?"

"응, 얘기 계속해라. 네가 무슨 얘기를 하려는지 알 것 같다만."

"제가 하려던 얘기가 뭐였는가 하면 그가 필름값을 일부 부담하기는 했지만 많이 부담하지 않았어요……. 반도 안 냈어요. 그 할아버지는 음흉한 구두쇠예요, 아빠."

존 딜리번은 희미하게 미소를 지었다. "맞아. 그러니까 무슨 말인가 하면, 전 세계적으로 손꼽히는 구두쇠라는 거지. 얘기 얼른 마무리지어라. 시간이 미친듯이 흘러가고 있잖니."

케빈은 흘끗 시계를 보았다. 이제 거의 8시였다. 두 사람 모두 모르는 사실이었지만 이 분 있으면 팝이 일어나서 나중에 왜곡된 기억으로 남을 아침 일과를 시작할 예정이었다.

"알았어요." 케빈이 말했다. "제가 하려는 얘기가 뭔가 하면 저는 필름을 더 사고 싶어도 살 수 없는 상황이었어요. 필름 세 팩을 사느라 있는 돈을 다 써버렸거든요. 심지어 메그한테 일 달러까지 빌리고 그 대가로 그 애더러 사진을 찍게 해주었어요."

"너희 둘이서 필름을 몽땅 소진했다는 거냐? 한 장도 남김없이?"

"네! 네! 그가 쉰여덟 장이라고 확인까지 했어요! 그리고 사진 촬영을 마친 뒤에 그가 만든 테이프를 보러 가기 전까지 필름을 더 산 적 없어요. 카메라를 들고 갔을 때 필름이 한 장도 없었다고요,

아빠! 조그만 화면에 뜬 숫자도 영이었어요! 제가 봤어요, 기억나요! 그러니까 그게 제 카메라였다면 우리가 1층으로 내려갔을 때 화면에 뜬 숫자가 어떻게 삼이 될 수 있겠어요?"

"설마……." 그의 아버지는 말을 멈추었고, 팝은 그런 짓을 저지르고도 남을 사람이라는 깨달음이 찾아오자 그답지 않게 표정이 어두워졌다. 문제는 뭔가 하면 팝이 그런 짓을 저질렀을 거라고 믿고 싶지 않다는 것이었다. 그렇게 쓰라린 경험을 했음에도 바보 같은 짓을 예방하지 못했다고, 팝이 그의 눈은 물론 아들의 눈까지 속였을지 모른다고 믿고 싶지 않다는 것이었다.

"설마 뭐요? 무슨 생각하시는 거예요, 아빠? 뭔가 생각난 게 있는 거죠?"

생각난 게 있었다. 팝이 1층에 가서 폴라로이드 사진 원본을 들고 올 테니 개 목에 걸린 게 뭔지 다 같이 알아보자며 얼마나 열을 냈던가. 알고 보니 케빈이 힐다 이모에게 가장 최근에 받은 볼로 넥타이, 고리에 딱따구리로 추정되는 새가 새겨진 그 넥타이지 않았던가.

'저희가 같이 내려가는 편이 낫지 않을까요?' 팝이 가서 사진을 들고 오겠다고 했을 때 케빈이 이렇게 말했지만, 팝은 자리에서 벌떡 일어났다. '"금방 오겠네." 노인네는 그 비슷한 말을 했지만 사실 나는 그가 뭐라고 말하는지, 뭘 하는지 알아차리지 못했지.' 딜리번 씨는 속으로 중얼거렸다. '그 우라질 테이프를 한 번 더 보고 싶어서.' 또 다른 문제는 뭔가 하면 팝이 그들 면전에서 바꿔치기를 감행할 필요도 없었다는 것이었다. 이제 진실에 눈을 뜬 딜리번 씨도 마지못해 인정하다시피 그 개자식은 어쩔 수 없는 상황이었다면 면전에서 바꿔치기를 감행할 각오를 하고 있었을 테고, 일흔을 바라보는 나이거나 말거나 아마 성공했을 것이다. 하지만 그들은 2층에 있었고 그는 케빈의 사진을 가져오겠다며 1층으로 내려갔으니 여유만만하게 카메라를 스무 대도 바꿔치기할 수 있었을 것이다.

"아빠?"

"그럴 수도 있었을 것 같다. 하지만 왜 그랬을까?"

케빈은 고개만 저었다. 이유를 알 수 없었다. 하지만 괜찮았다. 딜리번 씨는 알 것 같았고 그랬기에 다행이었다. 어쩌면 정직한 사람들은 세상에서 가장 단순한 진리를 여러 번 반복해서 터득할 필요가 없는지 모른다. 금세 습득이 되는 진리가 있는 것일 수 있었다. 그는 질문을 곰곰이 따지기만 해도 정답을 알 수 있었다. 팝 메릴이 벌이는 모든 일의 목적이 무엇인가? 돈을 버는 것이었다. 그게 전부였고 다른 이유는 없었다. 케빈은 카메라를 없애고 싶어 했다. 팝의 비디오테이프를 본 이후에 딜리번 씨도 같은 생각을 하게 됐다. 셋 중에 비디오테이프를 가장 오래 볼 수 있었던 사람이 누구였던가?

당연히 팝이었다. 레지널드 매리언 팝 메릴이었다.

존 딜리번은 한쪽 팔로 아들의 어깨를 감싸 안고 침대가에 걸터앉아 있다가 벌떡 일어섰다. "옷 입어라. 나는 그동안 1층에 내려가서 회사에 전화하마. 브랜던에게 늦을 것 같고 아예 출근을 못 할 수도 있다고 얘기해야겠다."

그는 전화를 해야 한다는 생각에 정신이 팔려서 속으로는 벌써 브랜던 리드에게 얘기를 하고 있었지만, 걱정하는 표정을 짓고 있던 아들이 고마워하며 얼굴을 환히 빛내는 것을 모를 만큼 정신이 팔리지는 않았다. 딜리번 씨는 미소를 지었다. 그답지 않게 암울했던 기분이 가벼워졌다가 결국에는 완전히 사라지는 것을 느꼈다. 다행히 이 정도는 해줄 수 있었다. 아들은 아직까지 그에게서 위안을 얻었고, 그를 힘든 일이 있으면 해결해줄 수 있는 우월한 존재로 생각했다. 그 역시 아직까지 아버지에게서 위안을 얻는 아들을 보며 위안을 느꼈다.

그는 문 쪽으로 걸어가며 말했다. "아무래도 팝 메릴을 찾아가보는 게 좋겠다." 그는 케빈의 협탁에 놓인 시계를 흘끗 확인했다. 8시 10분이었고 엠포리엄 갤로리엄의 뒷마당에서는 망치가 뻐꾸기 시계를 내리치고 있었다. "대개 8시 30분쯤에 가게 문을 열거든. 그 시각에 맞춰서 도착할 수 있을 거야. 네가 얼른 준비하면."

그는 나가다 말고 잠깐 멈추었다. 싸늘한 미소가 그의 입가를 스치고 지나갔다. 아들에게 지은 미소가 아니었다. "그러니까 무슨 말인가 하면, 그가 우리에게 설명할 일이 있을 거라는 말이지."

딜리번 씨는 나가서 등뒤로 문을 닫았다. 케빈은 얼른 옷을 입기 시작했다.

14장

캐슬록 라버디어 슈퍼 드러그스토어는 단순한 드러그스토어가 아니었다. 다르게 표현하자면 궁리 끝에 탄생된 드러그스토어였다. 누가 간판에 '드러그'라는 단어가 있다는 사실을 막판에—개업 직전에—알아차린 듯한 모양새였다. 그 누군가는 라버디어 지점을 하나 더 오픈하게 됐는데 간판을 좀더 간단하고 정확하게 '라버디어 슈퍼 스토어'라고 바꾼다는 것을 깜빡했다고 회사 관리진에게 알려야겠다고 머릿속에 적었을지 어쨌을지 모르지만…… 그 이후에 그런 부분들을 챙기는 담당자가 개업을 하루이틀 늦추고 긴 건물의 가장 끝, 가장 어둡고 가장 인적이 뜸한 구석에 공중전화 부스만 한 크기의 조제약 코너를 억지로 끼워넣었다.

라버디어 슈퍼 드러그스토어는 새로 생긴 균일가 잡화점에 가까웠다. 이 도시의 마지막을 장식한 진정한 균일가 잡화점은 파리똥 자국이 남은 희미한 전구가 체인으로 천장에 매달려서 삐걱거리며 왁스칠을 자주 하는 나무 바닥을 비추었던, 길고 어두침침한 벤 프랭클린 스토어였다. 1978년에 망하고 그 자리에 갤럭시아 앤드 E-Z 비디오 렌털이라는 비디오게임방이 생겼는데, 화요일은 어른들의 날이라 이십 세 이하는 뒷방 출입이 금지됐다.

그 옛날 벤 프랭클린에 있었던 제품들이 라버디어에도 전부 있었고, 인정사정없는 맥시글로 형광등 불빛에 흠뻑 젖어서 모든 제품이 희미하게 반짝거렸다. '나를 사요!' 모든 제품들이 이렇게 비명을 지르는 듯했다. '나를 사지 않으면 당신은 죽을지 몰라요! 아니면 아내가 죽을지 몰라요! 아니면 아이들이! 아니면 제일 친한 친구가! 어쩌면 그들 모두 한꺼번에 죽을 수도 있어요! 왜냐고요? 내가 어떻게 알겠어요? 나는 라버디어 조립식 선반에 놓여 있는 덜떨어진 제품에 불과한데! 하지만 정말 그럴 것 같지 않아요? 그렇다는 거 알잖아요! 그러니까 나를 사요. 지금…… 당장!'

자질구레한 용품을 파는 통로가 한 개, 구급약품과 각종 엉터리 약품을 파는 통로가 두 개, 비디오와 오디오테이프(공테이프도 있고 녹화된 테이프도 있었다)를 파는 통로가 한 개였다. 기다란 잡지 코너는 페이퍼백 코너로 이어졌고 한 디지털 금전등록기 아래에는 라이터가, 다른 금전등록기 아래에는 시계가 진열돼 있었다(세 번째 금전등록기는 약사가 자기 그림자 속에 웅크리고 있는 어두컴컴한 구석에 숨겨져 있었다). 장난감 통로는 대부분 핼러윈 사탕의 차지였다(핼러윈이 지나면 세월이 크리스마스를 향해 가차없이 달려갈 테니 장난감들이 단순히 다시 등장하는 수준을 넘어 통로 두 개를 독차지하게 될 것이다). 팝은 (그의 지갑을 불리는 관점에서 따졌을 때) 지금까지 '다른 세계'에 한 번도 관심을 둔 적 없었고 케빈 딜리번은 거기에 대해서 한 번도 생각해본 적 없었다. 그런데 세상에는 운명이라는 것이 있고 그 운명이야말로 '다른 세계'를 입증하는 증거라고 무언의 시인이라도 하는 듯이 현실 세계에서는 있을 수 없을 만큼 너무 기가 막힌 우연의 일치가 벌어졌다. 가게 전면, 가장 중요한 디스플레이 공간에 영업 전략의 용의주도한 집약체라 할 수 있는 '가을맞이 사진 페스티벌' 전단이 붙어 있었던 것이다.

양동이에 담겨 있던 알록달록한 낙엽들이 환한 홍수처럼 바닥에 뿌려져 있었다(주의깊게 관찰한 사람이라면 홍수의 규모로 보건대 양동이 하나 분량이 아니라고 결론을 내렸을지 모른다). 낙엽들 사이에 여러 대의 코닥과 폴라로이드 카메라—선 660도 몇 대 있었다—와 케이스, 앨범, 필름, 플래시 바와 같은 다양한 촬영용품들이 놓여 있었다. 이 엉뚱한 풍요로움 속에 서 있는 구식 삼각대는 H.G. 웰스의 작품에서 폐허가 된 런던 위로 우뚝 솟은 화성인의 데스 머신 같았다. 삼각대에서 대대를 들여다볼 만큼 관심이 있는 모든 고객들에게 '이번 주에 모든 폴라로이드 카메라와 부속품을 초특급 세일 판매!'한다고 알리는 팻말이 걸려 있었다.

그날 라버디어가 영업을 개시하고 삼십 분이 지난 오전 8시 30분에는 '모든 고객'이 오로지 팝 메릴 한 명뿐이었다. 그는 디스플레이는 깡그리 무시하고 오픈한 단 하나의 카운터로 직행했다. 몰리 더럼이 인조 벨벳 위에 이제 막 시계 진열을 마친 곳이었다.

'으악, 눈탱이 영감이잖아.' 그녀는 생각하고 얼굴을 찡그렸다. 팝이 생각하기에 몰리의 휴식시간 정도 되는 짧지 않은 시간을 훌륭하게 때울 수 있는 방법은 그녀가 근무하는 카운터로 스멀스멀 다가가서(그는 줄을 서는 한이 있더라도 항상 그녀의 카운터를 선택했다. 그녀가 보기에 그는 앞에 다른 손님들이 기다리고 있으면 더 좋아하는 듯했다) 프린스 앨버트 담배를 한 봉 사는 것이었다. 일반적인 사람들 같은 경우에는 삼십 초면 끝나는 일이었지만, 눈탱이의 경우에는 삼 분 안에 면전에서 사라져주면 그날 몰리의 운수가 대통한 거였다. 그는 체인에 연결된 쩍쩍 갈라진 가죽 지갑에 돈을 전부 넣고 다녔다. 그걸 주머니에서 꺼내서—몰리 눈에는 중간에 불알을 한참 만지작거리는 것처럼 보였다—열면 매번 찌이이익 하는 소리가 났고 정말이지 자린고비를 그린 만화에서처럼 나방 한 마리가 그 안에서 펄럭펄럭 날아오르지 않을까 싶었다. 지갑 맨 위에 놓인 지폐 뭉치는 병균이 덕지덕지 묻어서 만지면 안 될 것처럼 생겼고 바닥에서는 동전들이 짤랑거렸다. 팝은 일 달러짜리 지폐를 찾아서 꺼낸 다음 고리처럼 구부린 두툼한 손가락으로 나머지 지폐를 옆으로 치우고—그는 절대 지폐를 두 장 내미는 법이 없었다. 그러면 계산이 너무 빨리 끝났다—그 밑에서 열심히 잔돈을 꺼냈다. 그러는 내내 그의 눈은 이리저리 움직였다. 지갑을 일이 초 쳐다볼 때도 있었지만 대개는 느낌으로 알맞은 동전들을 찾는 일을 손가락에 맡기고, 눈으로는 그녀의 가슴과 배와 엉덩이를 거쳐 다시 젖가슴을 훑느라 바빴다. 그녀의 얼굴을 쳐다본 적은 한 번도 없었다. 심지어 대부분의 남자들이 여자의 몸에서 가장 관심을 보이는 입술까지 시선이 올라온 적도 없었다. 팝 메릴의 관심은 여체의 목 아래에 철저하게 국한돼 있었다. 그가 마침내 계산을 마치고—아무리 빨라도 항상 남들보다 세 배는 더 걸리는 것처럼 느껴졌다—가게에서 나가면 그녀는 어디 가서 한참 동안 샤워를 하고 싶어졌다.

그래서 그녀는 팝이 다가오는 동안 마음의 준비를 하고 최선을 다해서 '아직 8시 30분밖에 안 됐고 앞으로 남은 시간이 일곱 시간 반이야'라는 뜻이 담긴 미소를 지으며 카운터에 서서 기다렸다. 그러면서 속으로 중얼거렸다. '저 남자는 그냥 너를 쳐다보는 거야. 네가 어린애 티를 벗은 이후로 여러 남자들이 그래왔잖아.' 맞는 말이기는 했지만 달랐다. 팝 메릴은 십 년 전의 그때부터 그녀의 늘씬하고 대단히 볼만한 상부 구조를 이리저리 훑어보던 대부분의 남자들과 달랐다. 팝의 나이가 많아서 그런 것도 있지만 그게 전부는 아니었다. 그냥 쳐다보는 남자들이 있는가 하면 눈으로 더듬는 남자들—소수였다—이 있었는데, 팝은 후자에 속했다. 그의 시선에서는 실제로 무게감이 느껴졌다. 그는 어울리지 않게 남성적인 체인에 달린 삐걱거리는 노처녀가 쓸 법한 지갑을 뒤질 때마다 올챙이처럼 생긴 시신경으로 그녀의 둔덕을 휘리릭 훑고 올라갔다가 골짜기로 흐물흐물 미끄러져 내려갔다. 그녀의 몸 위에서 위아래로 꿈틀거리는 그의 시선이 느껴지면 몰리는 수녀복을 입고 출근할걸 그랬다는 생각이 들었다. 아니면 갑옷을 입고 출근할걸 그랬다는 생각이 들었다.

하지만 그녀의 어머니는 '고칠 수 없으면 참는 수밖에 없잖니, 우리 착한 몰리야'라고 입버릇처럼 말했고 누군가가 시선의 무게를 재서 나이를 불문하고 지저분한 남자들을 처벌할 방법을 찾아내지 않는 이상, 아니면 팝 메릴이 죽어서 관광객들에게 바가지 씌우는

꼴불견 가게를 철거하는 호의를 캐슬록의 주민들에게 허락하지 않는 이상 그녀는 최선을 다해 버티는 수밖에 없었다.

하지만 오늘은 뜻밖의 기쁨이 그녀를 기다리고 있었다……. 적어도 처음에는 그렇게 느껴졌다. 팝이 굶주린 듯 그녀를 뜯어보던 평소와 달리, 일반적인 고객의 눈빛도 아니고 완전히 멍한 눈빛을 짓고 있었던 것이다. 그녀를 잽싸게 훑어보는 것도, 그의 시선이 그녀에게 부딪혀서 튕겨져 나가는 것도 아니었다. 몰리가 느끼기에는 생각에 푹 빠져서 평소에는 그녀를 관통하는 듯했던 눈빛이 그녀에게 닿지도 못하고 중간에서 흐지부지 흩어지는 듯했다. 육안으로 은하계 저편의 별의 위치를 파악하고 관찰하려는 사람 같았다.

"뭘 드릴까요, 메릴 씨?" 그녀는 이렇게 묻는 동시에 몸을 돌려서 잎담배 쪽으로 손을 뻗으려고 발끝을 이미 들었다. 팝을 상대할 때는 이 단계를 최대한 서둘러서 끝냈다. 몸을 돌려서 손을 뻗는 동안 엉덩이를 바삐 훑고 다리를 얼른 체크한 다음 다시 엉덩이로 올라가서, 그녀가 몸을 돌리기 전에 마지막으로 눈으로 잡고 비틀거나 꼬집는 그의 시선이 느껴졌기 때문이었다.

"네." 그는 차분하고 침착하게 대답했다. 현금인출기를 상대하고 있기라도 한 것처럼 그녀에게 아무 관심도 보이지 않았다. 몰리로서는 환영할 일이었다. "뭐가 필요한가 하면……." 뒤로 어떤 단어가 이어졌지만 그녀가 제대로 듣지 못했거나 아니면 뜻 모를 횡설수설이었다. 그녀는 만약 정말로 알아들을 수 없는 단어였다면 노인네가 점점 수위가 높아지는 노망의 바다에 맞서 얼기설기 건설한 도랑과 둑과 방수로가 마침내 무너지기 시작했다는 뜻일 수도 있다고, 야무진 꿈을 꾸었다.

그는 담필름배라고 말을 한 것 같았는데 처방약이라면 모를까…… 그 가게에는 없는 제품이었다.

"뭐라고요, 메릴 씨?"

"필름." 그가 어찌나 또렷하고 분명하게 대답을 하는지, 몰리는 단순히 실망한 수준을 넘어서 그가 처음에도 필름이라고 말을 했는데 그녀가 잘못 들은 게 분명하다는 결론을 내리기에 이르렀다. 어쩌면 도랑과 둑이 무너지기 시작한 쪽은 그녀일 수도 있었다.

"어떤 필름을 찾으세요?"

"폴라로이드." 그가 말했다. "두 팩 줘." 어찌된 영문인지 알 수 없었지만 캐슬록 최고의 변태가 평소와 다른 것만큼은 분명했다. 시선은 여전히 초점이 맞지 않았고 쓰는 말투는…… 다섯 살 난 조카 엘런을 연상시키는 구석이 있는데 어떤 면에선지 콕 집어 말할 수는 없었다.

"어떤 모델용을요, 메릴 씨?"

그녀가 듣기에도 차갑고 연극배우 같은 말투였지만 팝 메릴은 전혀 알아차리지 못했다. 그는 멍하니 정신이 없었다.

그는 잠깐 동안 그녀가 아니라 그녀의 왼쪽 어깨 너머에 진열된 담배들을 뚫어져라 쳐다보는 눈치를 보이다 불쑥 내뱉었다. "폴라로이드 선 카메라. 660 모델." 그녀는 매대에서 물건을 가지고 와야 한다고 말을 하는 순간, 번뜩 생각이 났다. 조카에게는 큼지막하고 푹신한 판다 인형이 있었는데, 그 또래의 다른 여자애들이 아니면 모를 이유로 이름을 폴렛이라고 지었다. 폴렛의 몸속에는 전기

회로와 메모리 칩이 들어 있고 거기에 약 사백 개의 짧고 간단한 문장들이 저장되어 있었다. 예컨대 "나는 껴안는 걸 좋아해, 너는 어때?" 아니면 "너랑 영원히 함께 있었으면 좋겠다" 이런 식이었다. 폴렛의 복슬복슬한 배꼽을 누르면 잠시 후에 이런 귀여운 대사가, 내용과 어울리지 않는 쌀쌀맞고 아무 감정 없는 말투로 튀어나왔다. 엘런은 폴렛을 바보 같다고 생각했다. 몰리는 뭔지 모르게 으스스한 구석이 있다고 생각했다. 엘런이 판다 인형의 배꼽을 계속 누르면 언젠가 속내를 공개해서 그들 모두를(캐슬록의 몰리 이모는 제외하고) 깜짝 놀라게 할지 모른다는 생각이 들었다. "오늘밤에 네가 잠이 들면 목 졸라서 죽일까 생각중이야" 아니면 그냥 "나 칼 들고 있어" 이런 식으로 말이다.

오늘 아침에 팝 메릴이 판다 인형 폴렛 같았다. 멍한 눈빛이 섬뜩하게 폴렛을 닮았다. 몰리는 이 늙은이의 음흉한 시선이 사라지면 쌍수 들고 환영할 일이 될 줄 알았다. 그런데 아니었다.

그녀는 자신의 엉덩이가 어떤 식으로 튀어나와 보일지 이번만큼은 의식하지 않고 진열품 위로 허리를 숙여서 노인이 원하는 필름을 얼른 찾아주려고 했다. 그녀가 몸을 돌렸을 때 팝은 다른 데를 보고 있을 것 같았다. 그녀의 짐작이 맞았다. 그녀가 필름을 들고 돌아가는 동안 (한 상자에서 빠져나온 두어 장의 낙엽을 털어가며) 팝은 담배 진열대를 쳐다보았다. 어찌나 유심히 들여다보는지 어떤 제품이 있는지 재고 조사를 하는 것처럼 보일 정도였다. 하지만 그의 얼굴은 무표정했고 시선은 멍하기가 거의 천상의 경지라는 것을 금세 알 수 있었다.

'제발 나가줘.' 몰리는 기도했다. '필름 들고 제발 나가줘. 그리고 무슨 짓을 해도 좋지만 내 몸에 손을 대지는 말아줘. 제발.'

그가 그런 표정으로 그녀의 몸에 손을 대면 몰리는 비명을 지를 것 같았다. 왜 가게에 아무도 없는 걸까? 다른 손님이 한 명이라도 있으면 얼마나 좋을까? 팽본 보안관이라면 좋겠지만 지금 다른 데 볼일이 있는 모양이니 아무라도 좋은데. 약사 콘스턴틴 씨가 가게 어딘가에 있겠지만 약품 코너까지 족히 사백 미터는 됨직했다. 사실 그 정도로 멀 리 없다는 거야 그녀도 알았지만 메릴 노인네가 그녀의 몸에 손을 대기로 작정했을 때 얼른 달려올 수 있는 거리는 아니었다. 게다가 콘스턴틴 씨가 선별 작업팀의 키턴 씨를 데리고 낸스로 커피를 마시러 갔으면 어쩔 것인가. 생각하면 할수록 그랬을 가능성이 크게 느껴졌다. 정말로 섬뜩한 일은 주위에 아무도 없을 때 벌어진다는 것이 기정사실이지 않은가.

'그는 일종의 정신 붕괴 상태인 거야.'

아무 감정 없이 명랑하게 "여기 있습니다, 메릴 씨"라고 말하는 자신의 목소리가 그녀의 귓전에 들렸다. 그녀는 필름을 카운터에 올려놓고, 금전등록기로 둘 사이를 가로막고 싶은 마음에 얼른 왼쪽으로 돌진해서 등록기 뒤로 가서 섰다.

팝 메릴의 바지 주머니에서 구닥다리 가죽 지갑이 나왔다. 그녀는 손이 떨려서 금액을 잘못 입력하는 바람에 지우고 처음부터 다시 시작해야 했다.

그가 십 달러짜리 지폐 두 장을 내밀었다.

그녀는 조그만 지갑 안에서 다른 지폐들과 함께 끼어 있느라 그렇게 꾸깃꾸깃한 거라고, 오래돼 보이지만 실제로는 그렇지 않을지 모른다고 속으로 중얼거렸다. 그런다고 쿵쾅거리는 심장이 달래지지는 않았다. 그녀의 머릿속에서는 지폐가 그냥 꾸깃꾸깃한 게 아니라 꾸깃꾸깃하고 끈적끈적하다는 외침이 들렸다. 그리고 오래돼 보인다는 건 정확하지 않은 표현이라고, 턱도 없다고 했다. 그 지폐에 관한 한 골동품이라는 단어로도 부족하다고 했다. 예수가 태어나기 전에, 스톤헨지가 만들어지기 전에, 이마는 좁고 목은 없는 최초의 네안데르탈인이 동굴에서 기어나오기 전에 발행된 선사시대의 지폐라고 했다. 심지어 조물주도 갓난아기였던 시절에 만들어진 거라고 했다.

그녀는 그 지폐를 만지고 싶지 않았다.

하지만 만져야 했다.

그가 거스름돈을 달라고 할 것이다.

그녀는 마음을 다잡고 지폐를 받아서 허겁지겁 금전등록기 안에 쑤셔넣다가 손가락 하나를 세게 찧는 바람에 손톱이 거의 다 뜯겨나갔다. 머릿속이 복잡해서 이 격렬한 통증을 못 느끼고 있다가…… 나중에 초경을 앞두고 어쩔 줄 몰라 하는 여자애처럼 굴었다고 자책할 수 있을 만큼 정신을 차렸을 때에서야 알아차렸다.

당시에는 지폐를 얼른 금전등록기 안에 넣고 손을 떼고 싶은 생각밖에 없어서 그랬다. 그 십 달러의 질감은 나중에까지 기억에 남을 게 분명했다. 지폐가 그녀의 손가락 밑에서 꾸물꾸물 움직이는 것처럼 느껴졌다. 수십억 마리의 병균이, 육안으로 볼 수 있을 만큼 거대한 병균이 그녀를 감염시킬 작정을 하고 지폐를 따라서 그녀

쪽으로 스멀스멀 이동하는 듯이 느껴졌다.

그는 거스름돈을 달라고 할 것이다.

그녀는 새하얗게 질릴 정도로 입술을 굳게 다물고 잔돈을 세는데 집중했다. 일 달러짜리 지폐 네 장이 금전등록기 롤러 밑에서 절대 빠져나오지 않으려고 했다. 그다음에는 십 센트가 필요한데, 이런 맙소사, 십 센트짜리 동전이 하나도 없었다. 이 섬뜩한 노인네가 얼른 나가고 싶어서 안달이 난 것처럼 보이는, 역사에 기록될 이날 아침에 이렇게 꾸물거리다니 도대체 제정신이란 말인가.

그녀는 아무 말이 없는 역겨운 그의 어렴풋한 형체를 바로 코앞에서 느끼며(나중에 어쩔 수 없이 고개를 들어보면 그가 카운터 위로 몸을 숙이고 있을 것 같았다) 오 센트짜리 동전을 하나 찾았고 그런 다음 일 센트짜리 동전을 세 개, 네 개, 다섯 개 집었는데……. 맨 마지막 동전이 등록기 안으로 떨어지는 바람에 차갑게 식어서 아무 감각이 없는 손가락으로 이십오 센트짜리 동전 사이를 헤집어야 했다. 그 동전이 하마터면 다시 한번 튕겨져 나갈 뻔했다. 그녀의 목덜미와 코와 윗입술 사이 좁은 곳에서 땀이 나기 시작하는 것이 느껴졌다. 그녀는 동전들을 꽉 움켜쥐고 그가 거스름돈을 받겠다고 손을 내밀지 않길, 그의 푸석푸석하고 파충류 같은 피부를 건드릴 일이 없길 기도했다. 하지만 그럴 거라는 걸 알았기에 명랑하고 환한 라버디어 식 미소를 짓느라 얼어붙은 비명처럼 근육이 늘어나는 것을 느끼며, 심지어 그것에 대비해서 마음을 단단히 먹으며, 그걸로 끝일 거라고, 얼마나 바보 같아 보일지 신경쓰지 말라고 속으로 중얼거리며, 푸석푸석한 손이 늙고 끔찍한 새, 그냥 맹금이 아니라 썩은 고기를 먹는 맹금의 부리처럼 갑작스럽게 그녀의 손을 덮치는 광경을 상상해보라고 자신을 윽박지르며 고개를 들었다. 상상이 되지 않는다고, 절대 상상이 되지 않는다고 속으로 중얼거리면서도 상상 속 모습을 떠올리며, 후덥지근하고 고요한 밤을 가르는 살인마의 외침처럼 선명하게 악을 쓰는 미소를 지으며 고개를 들어보니 가게 안에는 아무도 없었다.

팝이 보이지 않았다.

그녀가 거스름돈을 챙기는 동안 나간 것이다.

몰리의 온몸이 부들부들 떨리기 시작했다. 노인네가 제정신이 아니라는 구체적인 증거가 필요하다면 바로 이것이었다. 이거야말로 결정적이고 의심의 여지가 없으며 티 없이 맑은 증거였다. 포장이 되지 않아 어쩔 수 없이 식당에서 식사를 하게 된 경우라도 절대 팁을 주지 않는 팝 메릴이 그녀가 기억하기로 난생처음(온 마을 주민이 기억하기로도 난생처음일 거라는 데 내기를 걸더라도 판돈은 그녀의 차지가 될 것이었다) 거스름돈을 기다리지 않고 나가다니.

몰리는 주먹을 펴서 일 달러짜리 지폐 네 장과 오 센트짜리 동전 한 개, 일 센트짜리 동전 다섯 개를 내려놓으려고 했다. 그런데 놀랍게도 그게 되지 않았다. 다른 손으로 손가락을 펴야 했다. 팝의 거스름돈이 카운터 유리판 위로 떨어지자 그녀는 쓸어서 한쪽 옆으로 치워버렸다. 그 돈을 건드리고 싶지 않았다.

팝 메릴도 두 번 다시 만나고 싶지 않았다.

15장

라버디어를 나서는 순간에도 팝은 여전히 멍한 눈빛이었다. 필름 상자를 들고 인도를 가로지를 때도 마찬가지였다. 하수도로 내려섰다가…… 한쪽 발로는 인도를, 다른 쪽 발로는 짓이겨진 담배꽁초와 빈 감자칩 봉지 더미 사이를 딛고 걸음을 멈추었을 때는 무표정이 깨지면서 불안해하며 정신을 바짝 차리는 표정으로 바뀌었다. 이 노인네에게 당한 사람들은 익히 알지만 몰리는 알지 못하는 또 다른 팝의 모습이었다. 색골도 아니고 로봇도 아니고 잔뜩 긴장한 짐승의 모습이었다. 남들 앞에서 어지간해서는 드러내지 않는 본연의 그가 난데없이 등장했다. 팝이 판단하기에 남들 앞에서 본모습을 드러내는 것은 좋은 생각이 아니었다. 하지만 그날 아침에는 전혀 통제할 수가 없었고 어차피 그를 보는 사람도 없었다. 만약 누가 있었다면 그 사람 눈에는 시골의 순박한 철학자나 약삭빠른 장사꾼이 아니라 팝의 정령이 보였을 것이다. 완전히 본연의 모습을 드러낸 그 순간에 팝은 못된 개처럼 보였다. 한밤중에 닭장을 습격했다가 집에서 무슨 소리가 들리자 까만 구멍이 옆으로 누운 숫자 팔 모양으로 뚫린 엽총을 생각하며 찢어진 귀를 쫑긋 세우고, 고개를 옆으로 꼬고, 피로 물든 이빨을 살짝 드러낸 떠돌이 개처럼 보였다. 개는 숫자 팔이 뭔지 전혀 모르지만 본능이 날카롭게 벼려진 개라면 무한대를 의미하는 그 어두침침한 형체를 알아볼지 모른다.

마을 광장 너머로 엠포리엄 갤로리엄의 누런 오줌색 정면이 보였다. 그해 초까지만 해도 빌리지 워시터브가 있었던 빈 건물, 낸스 런처넷, 에비 챌머스의 증손녀인 폴리가 운영하는 옷가게 겸 잡화점 유 소 앤드 소에 이르기까지 가장 가까운 주변 가게들과 살짝 떨어져 있었다.

로어메인 스트리트의 모든 가게 앞에는 사선으로 된 주차 공간이 있었고 전부 비어 있었는데…… 딱 한군데에만 팝이 아는 포드 스테이션왜건이 주차되어 있었다. 엔진이 가볍게 돌아가는 소리가 고요한 아침 공기 사이로 분명하게 들렸다. 엔진 소리가 끊기고 브레이크등이 꺼지자 팝은 하수도를 디뎠던 쪽 발을 거두고 조심스럽게 라버디어 모퉁이로 몸을 숨겼다. 닭장에서 그보다 어리거나 어리석은 개들은 광란의 살육을 벌이는 와중에 무시하고 지나갔을지 모를 작은 소리를 듣고 경계 태세를 갖춘 개처럼 꼼짝 않고 서 있었다.

존 딜리번이 스테이션왜건 운전석에서 내렸다. 아이가 조수석에서 내렸다. 그들은 엠포리엄 갤로리엄 출입문으로 다가갔다. 남자가 조급하게 문을 두드리자 그 요란한 소리가 엔진 소리처럼 선명하게 팝의 귓가에 전해졌다. 딜리번은 잠깐 멈추고 아들과 함께 귀를 기울이다 다시 노크를 시작했다. 문을 두드리는 게 아니라 내리치는 수준이었다. 독심술의 대가가 아니라도 그가 화가 났다는 것을 알 수 있었다.

'저들이 알아차린 거야.' 팝은 생각했다. '무슨 수로 그랬는지 모르겠지만 아무튼 알아차린 거야. 내가 그 우라질 카메라를 박살내길 잘했지.'

그는 눈만 깜빡이며 잠시 서 있다가 모퉁이를 돌아서 드러그스토어와 바로 옆 은행 사이 골목길로 들어갔다. 어찌나 부드럽게 움직였던지 그보다 쉰 살 적은 남자도 부러워할 만큼 몸놀림이 자연스럽고 민첩했다.

팝은 결정을 내렸다. '오늘 아침에는 뒷마당을 가로질러서 집으로 돌아가는 편이 낫겠군.'

16장

아무 대답이 없자 존 딜리번은 세 번째로 문을 두드렸고 썩어가는 고무 퍼티 안에서 유리가 덜거덕거릴 정도로 세게 내리치다 손을 다쳤다. 손을 다치고 난 다음에서야 자신이 얼마나 화가 났는지 알아차렸다. 메릴이 정말로 케빈이 짐작하는 그런 짓을 저질렀다면 그의 분노는 어느 모로 보나 당연한 반응이었고…… 생각하면 할수록 케빈의 짐작이 맞는 것 같았다. 하지만 그가 그제야 분노의 실체를 알아차렸다는 것이 놀라웠다.

'오늘 아침이 나에 대해 새롭게 눈을 뜨는 계기가 될 것 같군.' 그는 생각했다. 잔소리 심한 여선생이 할 법한 말이라는 생각이 들자 미소가 지어지면서 조금 긴장을 풀 수 있었다.

케빈은 미소를 짓지도 느긋한 표정을 보이지도 않았다.

"셋 중 하나인 것 같다." 딜리번 씨가 아들에게 말했다. "메릴이 아직 일어나지 않았거나 문을 열어주지 않기로 마음을 먹었거나 우리가 눈치챘다는 걸 알아차리고 네 카메라와 함께 도망을 쳤거나."
그는 말을 멈추었다가 웃음을 터뜨렸다. "여기에 하나 더 추가할 수 있겠다. 자다가 죽었을 수도 있으니까."

"죽지 않았어요." 케빈은 이제 지저분한 유리문에 머리를 기대고 서서 애초에 이 가게에 왔던 것을 어마어마하게 후회하고 있었다. 마을 광장 동편으로 떠오른 태양이 유리에 반사돼서 눈이 부시자 그는 양손을 오므려 안대를 만들었다. "보세요."

딜리번 씨도 양손을 오므려서 눈에 갖다 대고 유리에 코를 박았다. 그들은 광장을 등지고 나란히 서서 전 세계를 통틀어 가장 열성적인 윈도쇼핑객이라도 된 것처럼 어두침침한 엠포리엄 갤로리엄 안을 들여다보았다. "그래." 잠시 후에 딜리번 씨가 말했다. "만약 도망쳤다면 난장판을 만들어놓고 도망친 모양이로구나."

"네……. 하지만 제 말은 그 뜻이 아니에요. 저거 보이세요?"

"뭐 말이냐?"

"저 기둥에 걸려 있는 거요. 시계로 뒤덮인 서랍장 옆에요."

딜리번 씨는 단박에 알아보았다. 기둥 고리에 폴라로이드 카메라가 대롱대롱 매달려 있었다. 상상일 수 있지만 이가 빠진 부분까지 보이는 듯했다.

'상상이 아니야.'

케빈이 느끼는 것을 그도 느끼기 시작하자 입가에서 미소가 사라졌다. 단순하지만 치명적이도록 위험한 기계가…… 팝의 시계들과 달리 정확히 제시간에 작동하고 있다는 섬뜩하고 우울한 확신이 느껴졌다.

"그가 2층에서 우리가 가버리길 기다리고 있을까?" 딜리번 씨는 소리 내서 물었지만 사실은 혼잣말이었다. 문에 달린 자물쇠가 새것이고 비싸 보였지만…… 둘 중 한 명—어쩌면 케빈의 체격 조건이 더 훌륭했다—이 문을 힘껏 치면 오래된 나무에서 자물쇠가 뜯겨져 나올 거라는 데 내기를 걸 의향이 있었다. 그는 두서없이 이런 생각을 했다. '자물쇠가 아무리 좋아도 달려 있는 문의 수준을 따라가지. 사람들이 그 생각은 절대 못한다니까.'

케빈이 긴장한 얼굴을 돌려서 아버지를 쳐다보았다. 케빈이 얼마 전에 아버지의 얼굴을 보고 놀랐다면 그 순간에는 존 딜리번이 아들의 얼굴을 보고 놀랐다. 그는 생각했다. '아들이 어른이 되면 어떤 모습일지 미리 확인하는 기회를 누리는 아버지가 몇이나 될까? 늘 이렇게 힘이 들어간 긴장한 얼굴은 아니겠지만—제발 그럴 일은 없기를—나중에 이런 모습이 되겠구나. 맙소사, 미남이 되겠는데?'

그는 케빈처럼 영문 모를 그 사건의 와중에 그런 순간을 경험했다. 짧지만 영원히 잊지 못할 순간이었다. 그의 뇌리에서 떠나지 않을 순간이었다.

"왜요?" 케빈이 쉰 목소리로 물었다. "왜요, 아빠?"

"저 문 부수고 싶니? 그러자면 나도 찬성한다만."

"아직은 아니에요. 제 생각에는 그럴 필요 없을 것 같아요. 제 생각에는 그 할아버지가 안에 없어요……. 하지만 근처에 있어요."

'그런 건 알면 안 돼. 그런 생각은 하면 안 돼.'

하지만 그의 아들은 그런 생각을 했고 그는 케빈의 짐작이 맞는다고 믿었다. 팝과 그의 아들 사이에 일종의 연결 고리가 만들어진 것이다. '일종의' 연결 고리라고? 솔직해지자. 그는 연결 고리가 뭔지 정확하게 알았다. 벽에 걸려 있는 우라질 카메라였다. 시간이 지날수록, 삐걱삐걱 기어를 움직이고 잔인한 톱니바퀴를 무심히 돌려가며 작동하는 기계가 느껴질수록 점점 불쾌해졌다.

'카메라를 부숴, 카메라를 부숴.' 그는 이런 생각을 하며 물었다. "확실하니, 케빈?"

"뒤쪽으로 돌아가요. 그쪽 문을 열어봐요."

"거기 큰 문이 달려 있잖아. 팝이 문을 열어줄 리 없는데."

"담을 타고 넘으면 되잖아요."

"알았다." 딜리번 씨는 말하고, 아들을 따라 엠포리엄 갤로리엄 계단을 내려가 골목길로 향하는 모퉁이를 돌며 팝이 실성한 건 아닐까 하는 생각을 했다.

***

문이 잠겨 있지 않았다. 팝이 잠그는 걸 깜빡한 모양이었다. 딜리번 씨는 떨어지면 불알이 찢어질 수도 있는 위험을 감수해가며 담을 넘어 들어가는 것도 꺼림칙했지만 문이 열려 있는 것은 더 꺼림칙했다. 그래도 그와 케빈은 문을 지나서, 표류하는 시월의 낙엽으로도 가려지지 않는 지저분한 뒷마당으로 들어섰다.

케빈은 팝이 내다 놓기만 하고 하치장까지 옮기지 않은 쓰레기 더미 사이를 구불구불 관통했고 딜리번 씨는 그의 뒤를 따라갔다.

그들이 모탕 근처에 도착했을 때, 팝은 앨시어 린든 부인의 뒷마당에서 나와 서쪽으로 한 블록 너머에 있는 멀버리 스트리트로 진입했다. 그는 울프조 럼버 컴퍼니 건물이 나올 때까지 멀버리 스트리트를 따라 걸어갈 생각이었다. 펄프를 실은 이 회사의 트럭들은 이미 메인 주 서부의 도로를 달리고 있을 테고 전기톱이 돌아가는 요란한 소리는 점점 줄어들어가는 이 일대의 벌목지에서 6시 30분 정도부터 들렸을 테지만, 직원들은 9시는 되어야 사무실로 출근했고 그때까지 족히 십오 분은 남아 있었다. 목재 회사의 좁은 뒷마당에는 높다란 널판장이 있었다. 거기에 문이 달려 있었다. 문은 잠겨 있었지만 팝에게는 열쇠가 있었다. 그는 문을 열고 들어가서 자기 집 뒷마당으로 건너갈 작정이었다.

케빈은 모탕 앞에 다다랐다. 뒤따라간 딜리번 씨는 아들의 시선을 좇아가다 눈을 깜빡였다. 그는 이게 도대체 어떻게 된 일이냐고 물으려고 입을 벌렸다가 다물었다. 케빈에게 묻지 않아도 어떻게 된 일인지 알 것 같았다. 넘겨짚는 것은 해서는 안 되는 일, 지당하지 않은 일이었다. 그도 충동적으로 행동하면 엉뚱한 결론을 내려서 섣부르게 덤벼드는 실수를 저지르기 십상이라는 것을 쓰라린 경험을 통해 알고 있었지만(그가 얼마 전에 아들에게 털어놓았다시피 레지널드 매리언 팝 메릴이 일조한 경험이었다) 그래도 상관없었다. 정작 당사자는 그런 식으로 생각하지 않았을지 몰라도, 딜리번 씨는 이 사건이 끝난 뒤에 이성적인 종족으로 다시 돌아갈 수 있기만을 바랐다고 볼 수도 있었다.

처음에 그는 눈앞에 보이는 것이 폴라로이드 카메라의 잔해인 줄 알았다. 두말하면 잔소리지만 반복 속에서 일말의 합리성을 찾고자 하는 이성의 농간이었다. 모탕 위와 주변에 흩어진 파편들은 폴라로이드가 됐건 뭐가 됐건 카메라가 절대 아니었다. 기어와 플라이휠을 보았을 때 시계일 수밖에 없었다. 만화 느낌으로 자빠진 새가 보이자 어떤 종류의 시계였는지도 알 수 있었다. 그는 팝이 뻐꾸기시계를 뒷마당으로 들고 와서 망치로 박살낸 이유가 도대체 뭐인 것 같으냐고 케빈에게 물으려고 입을 벌렸다. 다시 생각해보니 물어볼 필요가 없었다. 그 질문에 대한 해답도 알 것 같았다. 엄청난 수준의 정신이상을 의미했기에 알고 싶지 않았지만 그의 뜻과는 상관없이 깨달음이 찾아왔다.

뻐꾸기시계는 어딘가에 걸어야 했다. 추가 있으니 어딘가에 걸어야 했다. 그런데 어디 걸었을까? 당연히 고리지 어디였겠는가.

어쩌면 기둥에 박힌 고리에 걸었을지 모른다.

케빈의 폴라로이드 카메라가 걸려 있던 그런 기둥에.

막상 말을 꺼내고 보니 자기 목소리가 멀리서 들리는 것처럼 느껴졌다. "이게 도대체 무슨 일일까, 케빈? 그의 정신이 이상해진 걸까?"

"그냥 이상해진 게 아니에요." 둘이 같이 모탕 옆에 서서 부서진 시계를 내려다보고 있는데, 케빈의 목소리도 멀리서 들리는 것처럼 느껴졌다. "카메라 때문에 이상해진 거예요."

"저 카메라를 부숴야겠다." 딜리번 씨가 말했다. 그가 말을 하고 한참이 지난 뒤에서야 자기가 내뱉은 낱말들이 귓가로 흘러들어 오는 것처럼 느껴졌다.

"아직은 안 돼요." 케빈이 말했다. "먼저 드러그스토어에 가야 해요. 거기서 바겐세일을 하고 있거든요."

"뭘 바겐세일한다는……."

케빈이 아버지의 팔을 건드렸다. 존 딜리번은 그를 쳐다보았다. 고개를 들고 있는 케빈이 불 냄새를 맡은 사슴처럼 보였다. 그 순간에는 아들이 준수한 정도가 아니었다. 죽음을 앞둔 젊은 시인처럼 신성한 분위기를 풍겼다.

"왜?" 딜리번 씨는 다급하게 물었다.

"무슨 소리 못 들으셨어요?" 경계의 눈빛이 서서히 의심의 눈빛으로 바뀌었다.

"차 지나가는 소리." 딜리번 씨는 대답했다. 그와 아들의 나이 차가 몇 살이었던가? 문득 궁금해졌다. 스물다섯 살이었나? 맙소사, 이제 자신도 나잇값을 해야 할 때가 되지 않았나?

그는 낯선 기분을 저만치 밀어내 애써 거리를 두었다. 필사적으로 이리저리 더듬어보니 자신의 어른스러운 면모를 조금이나마 찾아낼 수 있었다. 그걸 장착하려니 찢어질 대로 찢어진 코트를 걸치는 기분이었다.

"정말 그뿐이었어요, 아빠?"

"응. 케빈, 너 너무 긴장했구나. 평정심을 되찾지 않으면……." 되찾지 않으면 어떻게 된다는 걸까? 그는 정답을 알았기에 떨리는 목소리로 웃음을 터뜨렸다. "너 때문에 우리 둘 다 토끼처럼 펄쩍펄쩍 뛰게 생겼어."

케빈은 깊은 잠을 자다 깨어난 사람처럼, 아니면 최면에서 깨어난 사람처럼 아버지를 잠깐 빤히 쳐다보다 고개를 끄덕였다. "따라오세요."

"케빈, 왜? 어쩌려고? 그가 2층에 있으면서 문 두드리는 소리를 무시한 것일 수도……."

"도착하면 알려드릴게요, 아빠. 따라오세요." 그는 지저분한 뒷마당에서 아버지를 끌고 나오다시피 해서 좁은 골목길로 들어섰다.

"케빈, 내 팔을 뜯어낼 작정이냐?" 다시 인도로 돌아갔을 때 딜리번 씨가 물었다.

"그 할아버지가 여기 있었어요." 케빈이 말했다. "숨어서 우리가 가길 기다렸어요. 그 할아버지가 느껴졌어요."

"그가……." 딜리번 씨는 말을 멈추었다가 이었다. "그래……. 그가 그랬다고 치자. 편의상 그랬다고 치자. 그럼 가서 덮쳐야 하는 거 아니니?" 그러고는 뒤늦게 물었다. "그가 어디 있었다는 거냐?"

"널판장 저편에요." 케빈이 말했다. 눈동자가 허공에 떠 있는 느낌이었다. 딜리번 씨는 불안해졌다. "벌써 다녀왔어요. 필요한 걸 입수했어요. 서둘러야 해요."

케빈은 마을 광장을 가로질러서 라버디어로 가려고 걸음을 옮기기 시작했다. 딜리번 씨는 무임승차하려는 승객을 붙잡은 차장처럼 손을 뻗어서 그를 잡았다. "케빈, 그게 도대체 무슨 소리냐?"

케빈이 그 말을 내뱉었다. 아버지를 똑바로 쳐다보며 그 말을 내뱉었다. "녀석이 오고 있어요. 아빠, 제발요. 제 목숨이 걸린 문제예요." 그는 핏기 없는 얼굴과 비현실적으로 허공에 떠 있는 두 눈으로 애원하듯 아버지를 쳐다보았다. “그 개가 오고 있어요. 거기 들어가서 카메라를 들고 나오는 거로는 아무 소용 없어요. 이제는 그 단계를 지났어요. 제발 저를 막지 마세요. 제발 저를 깨우지 마세요. 제 목숨이 걸린 문제예요.”

딜리번 씨는 섬뜩한 광기에 굴복하지 않으려고 마지막으로 용을 쓰다…… 포기했다.

“가자.” 그는 손으로 아들의 팔꿈치를 잡고 광장으로 끌고 가다시피 했다. “어쩌자는 건지 모르겠다만 얼른 해치우자.” 그는 걸음을 멈추었다. “시간은 충분한 거니?”

“잘 모르겠어요.” 케빈은 머뭇거리며 덧붙였다. “아닌 것 같아요.”

17장

팝은 널판장 뒤에서 옹이구멍 사이로 딜리번 부자를 보며 기다렸다. 거치적거리지 않도록 담배를 뒷주머니에 넣고 주먹을 쥐었다 폈다, 쥐었다 폈다 했다.

'너희들은 지금 내 땅을 밟고 있어.' 그는 속으로 딜리번 부자를 향해 중얼거렸다. 생각으로 사람을 죽일 수 있다면 그들 부자를 죽여버렸을 것이다. '너희들은 지금 내 땅을 밟고 있어, 너희들은 지금 내 땅을 밟고 있다고!'

팝은 바로 경찰을 불러서 저 잘난 인간들을 혼쭐내는 조치를 취해야 했다. 그래야 했다. 하지만 그들은 지금 팝의 축복을 받으며 이 주 전에 박살낸 줄 알았던 카메라의 잔해 앞에 서 있었다. 어떻게든 그럴듯하게 포장하려고 애를 써보겠지만 팝은 이 마을 사람들이 자신을 어떻게 생각하는지 알았다. 팽본, 키턴, 기타 등등이 어떻게 생각하는지 알았다. 쓰레기. 그들은 그렇게 생각했다. 쓰레기라고 생각했다.

난처한 일이 벌어져서 급전이 필요한데 날이 저물어버린 다음에는 얘기가 달라졌지만.

그는 주먹을 쥐었다 폈다. 다시 쥐었다 폈다.

그들이 대화를 나누고 있었지만 팝은 대화 내용에 귀를 기울이지도 않았다. 그의 머릿속은 펄펄 끓는 용광로와 같았다. 이제는 속마음이 이런 식으로 달라졌다. '저들이 내 우라질 땅을 밟고 있는데 나는 아무것도 할 수가 없어! 저들이 내 우라질 땅을 밟고 있는데 나는 아무것도 할 수가 없어! 씨발 놈들! 씨발 놈들!'

마침내 그들이 떠났다. 골목길 쪽으로 난 문에서 끼이익 하고 녹이 슨 소리가 들리자 팝은 가지고 있던 열쇠를 널판장에 꽂았다. 슬그머니 널판장을 지나서 마당을 가로질러 뒷문으로 달려갔다. 일흔살 노인치고 불안할 정도로 달리는 속도가 빠른데, 준족이건 아니건 간에 지독한 류머티스 통증과 싸우는 사람처럼 한 손으로 오른쪽 허벅지를 세게 두드렸다. 사실 팝은 아무 통증도 느끼지 못했다. 열쇠나 지갑 속의 잔돈이 짤랑대는 소리도 내고 싶지 않았다. 딜리번 부자가 보이지 않는 곳에 숨어 있을 수도 있기 때문이었다. 그들은 충분히 그럴 가능성이 있었다. 스컹크를 상대할 때는 구린 장난을 예상해야 하는 법이었다.

그는 열쇠 뭉치를 주머니에서 꺼냈다. 열쇠들이 달그락거렸다. 평소보다 잠잠하게 달그락거렸지만 그에게는 크게 들렸다. 그는 순진한 표정으로 빤히 쳐다보는 애새끼의 얼굴과 맞닥뜨릴 게 분명하다는 생각을 하며 왼쪽으로 휙 눈을 굴렸다. 잔뜩 힘이 들어간 입술은 딱딱한 공포의 미소를 짓고 있었다. 그곳에는 아무도 없었다.

아직까지는 그랬다.

그는 맞는 열쇠를 찾아서 문을 열고 안으로 들어갔다. 무리하면 경첩에서 소리가 났기 때문에 문을 너무 활짝 열지 않도록 조심했다.

빗장을 돌려서 문을 열고 엠포리엄 갤로리엄 안으로 들어갔다. 이 어두컴컴한 공간은 집보다 편안했다. 양옆이 폐품으로 채워진 좁은 복도는 눈을 감고서도 걸을 수 있었다. 사실 그는 실제로 눈을 감고 그 복도를 걸은 적이 있지만…… 지금은 다른 수많은 것들과 함께 기억의 저편으로 사라졌다.

가게 정면의 조그맣고 지저분한 측창으로 딜리번 부자가 뒷마당으로 무단 침입할 때 이용했던 좁은 골목길이 내다보였다. 예각으로 잘린 인도와 광장 일부도 보였다.

팝은 어두컴컴한 공기 속으로 퀴퀴하고 누르스름한 박물관 냄새를 뿜어내는, 쓸모도 없고 값어치도 없는 잡지 더미 사이로 측창을 향해 걸어갔다. 골목길을 내다보니 아무도 없었다. 오른쪽으로 고개를 돌리자 금이 가고 지저분한 창문 때문에 수족관의 물고기처럼 일렁여 보이는 딜리번 부자가 광장의 야외 음악당을 막 지나치고 있었다. 팝은 그들이 시야에서 사라질 때까지 창문 앞에 서서 바라보거나 더 잘 보이는 정면의 창문으로 자리를 옮기지 않았다. 그들은 라버디어로 가는 중일 테고 여길 다녀갔으니 거기 가서 팝에 대해 물을 것이었다. 카운터를 지키는 깜찍한 갈보가 뭐라고 할까? 그가 왔다 갔다고 할까? 또 뭐라고 할까?

잎담배를 두 봉지 사 갔다고 하겠지.

팝은 미소를 지었다.

그랬다고 교수형을 당할 일은 없었다.

***

팝은 갈색 봉지를 찾아서 들고 뒷마당으로 나가서 모탕을 향해 걸어가다 잠시 고민한 끝에 골목길과 연결된 문 쪽으로 방향을 틀었다. 한 번 저지른 경솔한 실수를 또다시 반복할 필요는 없었다.

팝은 문을 잠근 뒤에 봉지를 들고 모탕 앞으로 가서 폴라로이드 카메라 파편을 집었다. 최대한 서두르면서도 충분히 시간을 들여서 완벽을 기했다.

뭔지 모를 쓰레기처럼 보일 수 있는 조그만 파편들만 빼고 전부 치웠다. 경찰 감식반에서는 남은 것들의 정체를 파악할 수 있을지 몰랐다. 팝도 (19세 미만 관람 불가 영화를 보는 틈틈이) 텔레비전 범죄 드라마에서 과학수사대원들이 조그만 붓과 진공청소기와 심지어 족집게까지 들고 범죄 현장에 출동해 증거를 조그만 비닐봉지에 넣는 걸 본 적이 있었지만 캐슬록 보안관 본부에는 그런 분과가 없었다. 그리고 팽본 보안관을 설득하는 데 성공한다 한들—죄목이라고 해봐야 카메라를 훔친 거였다. 딜리번 부자가 다른 죄목으로 그를 고발하려고 들어도 정신병자 취급이나 당할 것이었다—주 경찰서에서 팽본의 요구에 따라 경찰을 파견할 가능성은 낮았다. 팝은 일대를 순찰한 뒤에 다시 안으로 들어가서 '특별 용품' 서랍을 열고 갈색 봉지를 넣었다. 서랍을 잠그고 열쇠를 주머니에 넣었다.

이제 그 물건은 안전했다. 그도 수색영장이 뭔지 알았다. 해가 서쪽에서 뜨지 않는 한 팽본 보안관이 딜리번 부자의 말을 듣고 지방법원에 가서 수색영장을 발부받을 일은 없었다. 팽본 보안관이 정신이 나가서 수색영장을 신청한들 우라질 카메라의 잔해는 그들이 목적을 달성하기 한참 전에—영영—사라지고 없을 것이었다. 파편을 지금 당장 처리하는 것보다는 잠근 서랍 안에 넣어두는 편이 안전했다. 지금 처리하려 들었다가는 도중에 다시 찾아온 딜리번 부자에게 들킬 가능성이 높았다. 기다리는 것이 최선이었다.

그들은 분명 다시 찾아올 것이다.

팝 메릴은 자기 이름만큼 그 점을 분명하게 알았다.

나중에, 이 모든 소동과 어리석은 짓거리들이 잠잠해진 뒤에 어쩌면 아이를 찾아가서 이렇게 얘기할 수 있을지 몰랐다. '그래. 맞아. 네가 의심하는 일들 모두 내가 저지른 거 맞아. 이제 과거는 묻어두고 우리 서로 몰랐던 시절로 돌아가면 어떻겠니? 그러면 되잖아. 처음에는 안 될 거라고 생각할지 몰라도 그럴 수 있어. 왜냐하면 생각해봐……. 너는 위험하다고 생각해서 그걸 부수려고 했고 나는 돈이 될 거라고 생각해서 그걸 팔려고 했잖아. 알고 보니 네가 맞고 내가 틀렸던 걸로 밝혀졌고 복수는 그걸로 충분하잖니. 나를 좀더 잘 알면 그걸로 충분하다는 이유를 알 거야……. 이 마을에서 나한테 그런 소리를 들은 사람이 많지 않거든. 그러니까 무슨 말인가 하면, 쉽지 않은 일이라는 거고 난 상관없어. 나는 내가 틀렸으면 아무리 상처가 되더라도 틀렸다고 인정할 줄 아는 대인배라고 생각하고 싶으니까. 결국에는 내가 네 계획대로 했어. 그러니까 무슨 말인가 하면, 결국에는 같은 결과로 이어졌다는 건데 지나간 일은 지나간 일로 덮어두어야 하지 않겠니? 나는 네가 나를 어떻게 생각하는지 알고 내가 너를 어떻게 생각하는지도 알고, 우리 둘 다 상대방을 7월 4일 독립기념일 퍼레이드 때 행진의 맨 앞에 서는 사람으로 뽑을 리 없겠지만 그래도 괜찮아. 그건 받아들일 수 있지 않니? 그러니까 무슨 말인가 하면 이거야. 다행히 그 망할 카메라가 없어졌으니까 이제 그만하고 각자 갈 길 가자고.'

그건 나중 얘기였고 그마저도 일말의 가능성에 불과했다. 지금 당장은 그래봐야 먹히지 않을 것이었다. 그것만큼은 분명했다. 딜리번 부자에게는 흥분을 가라앉힐 시간이 필요했다. 지금은 둘 다 그의 엉덩이를 물어뜯고 싶어서 입이 간질거릴 것이었다. 꼭

(그 사진 속의 개처럼)

꼭…… 뭐, 그들이 뭘 닮았건 상관없었다. 중요한 건 그들이 다시 찾아왔을 때 평소처럼 아무렇지 않게 이 자리를 지키고 있어야 한다는 것이었다.

그들은 분명 다시 찾아올 것이다.

그래도 상관없었다. 그래도 상관없었다. 왜냐하면…….

"왜냐하면 내가 상황을 통제하고 있기 때문이지." 팝은 속삭였다. "그러니까 무슨 말인가 하면, 그렇다는 거야."

그는 정문으로 가서 팻말을 '영업 마감'에서 '영업중'으로 돌려놓았다(그랬다가 얼른 다시 '영업 마감'으로 돌렸는데 자기가 그랬는 줄도 몰랐고 나중에도 기억하지 못할 것이다). 됐다. 이로써 첫 단추를 꿨다. 다음은 뭐지? 평범한 날, 그 이상도 그 이하도 아닌 듯이 꾸

며야지. 그들이 이미 죽임을 당해서 완전히 끝장난 물건을 두고 죽기 살기로 덤벼들 각오를 하고 씩씩대며 다시 찾아왔을 때 그는 화들짝 놀라면서 도대체 무슨 소리냐고 해야 했다.

그러니까…… 그들이 팽본 보안관을 동반하거나, 아니면 단둘이서 다시 찾아왔을 때 뭘 하고 있어야 가장 자연스럽게 느껴질까?

팝의 시선이 사 주인가 육 주 전에 세바고에서 열린 유품 정리 세일 때 입수했던 근사한 서랍장 옆 기둥에 매달려 있는 뻐꾸기시계에 꽂혔다. 아마도 원래 주인이 돈을 아낀답시고(팝이 보기에는 정작 돈은 아끼지도 못하면서 평생 끊임없이 실망만 하고 막연하게 허송세월하는 딱한 영혼이었다) 쿠폰으로 장만했을 허접한 뻐꾸기시계였다. 그래도 제대로 진열해놓으면 앞으로 한두 달 뒤에 찾아올 스키족이나, 별장 아니면 스키 산장에 두고 쓰던 시계가 고장나서 새 시계가 필요한데 새 시계가 해결책이 아니라 골칫거리라는 사실을 아직 모르는 (그리고 어쩌면 영원히 모를) 사람한테 팔 수 있을지 몰랐다.

팝은 그 사람에게 동정심을 느낄 테고 적당히 값을 깎아주겠지만 손님을 실망시키지는 않을 것이다. 매수자 위험부담의 원칙은 그가 입버릇처럼 얘기하는 단어였고 그에게는 생계를 꾸려나가야 할 의무가 있었다.

그렇다. 딜리번 부자가 다시 찾아올 때까지 작업대에 앉아서 그 시계를 고치고 있으면 되겠다. 그때쯤이면 손님 몇 명이 와서 물건을 둘러보고 있을지 몰랐다. 요즘이 일 년 중에서 가장 한가한 시즌이기는 했지만 희망을 품을 수는 있었다. 어쨌거나 손님들은 장식에 불과했다. 중요한 건 어떻게 보이느냐는 것이었다. 평범한 하루의 평범한 리듬에 따라 평범한 일을 하고 있는, 아무것도 숨길 게 없는 친구.

팝은 기둥으로 건너가서 평형추가 얽히지 않도록 조심해가며 뻐꾸기시계를 내렸다. 조그맣게 콧노래를 부르며 시계를 작업대로 들고 갔다. 작업대에 시계를 내려놓고 뒷주머니를 더듬었다. 새로 산 담배. 그것도 만족스러웠다.

팝은 파이프 담배를 피우면서 일을 해야겠다고 생각했다.

18장

“그가 여기 왔다 갔는지 아닌지 모르는 일이잖니, 케빈!” 라버디어로 들어가는 순간에도 딜리번 씨는 자신 없는 말투로 투덜거렸다.

케빈은 아버지의 말을 무시하고 몰리 더럼이 서 있는 카운터로 직행했다. 그녀는 욕지기가 가라앉았고 속이 훨씬 편해졌다. 이제는 좀 전의 일이 어이없게 느껴졌다. 악몽을 꾸고 일어나면 맨 먼저 안도감이 밀려들면서 드는 생각과 같았다. ‘내가 그걸 무서워했단 말이야? 아무리 꿈이라도 어떻게 그런 일이 실제로 벌어지고 있다고 착각할 수 있었을까?’

하지만 딜리번이라는 아이가 새하얗게 질린 얼굴로 다가오자 그녀는 깨어 있지만 꿈속인 듯한 기분을 느끼며 어떻게 꿈속에서 벌어진 한심한 일도 무서워할 수 있는지 깨달았다.

케빈 딜리번도 비슷한 표정을 짓고 있었기 때문이다. 어딘가에 깊숙이 빠져 있어서 그의 음성과 시선이 마침내 그녀에게 닿았을 때의 그 아이는 소진된 듯이 느껴졌다.

"팝 메릴이 여기 왔었죠? 뭘 사 갔어요?" 케빈이 말했다.

"미안해요." 딜리번 씨가 끼어들었다. "우리 아들이 지금……."

그는 몰리의 얼굴을 보고 말을 멈추었다. 방금 전에 공장 기계에 한쪽 팔이 잘린 남자를 본 듯한 표정을 짓고 있었던 것이다.

"하!" 그녀가 외쳤다. "말도 안 돼!"

"필름 사 갔어요?" 케빈이 그녀에게 물었다.

"그 사람 왜 그래요?" 몰리가 조그맣게 물었다. "그가 걸어 들어온 순간부터 낌새가 이상했어요. 왜 그래요? 그가…… 무슨 짓이라도 저질렀어요?"

'맙소사.' 존 딜리번은 생각했다. '우리 아들이 제대로 알고 있잖아. 그럼 전부 진짜라는 뜻이잖아.'

바로 그때 딜리번 씨는 조용히 위대한 결정을 내렸다. 완전히 단념하기로 한 것이다. 완전히 단념하고 자기 자신과, 진짜일 수도 있고 아닐 수도 있는 일을 결정하는 걸 온전히 아들에게 맡겼다.

"맞죠, 그렇죠?" 케빈은 다그쳤다. 다급한 표정으로 왜 그렇게 말을 더듬으며 부들부들 떨고 있느냐고 그녀를 질책했다. "폴라로이드 필름. 저기 있던 거요." 그는 전시품을 가리켰다.

"응." 그녀의 얼굴은 백지장처럼 새하얬다. 아침에 살짝 바르고 나온 볼연지만 열병 환자처럼 요란하게 도드라졌다. "그 사람 너무…… 이상했어. 꼭 말하는 로봇 같았어. 왜 그런 거니? 도대체……."

케빈은 홱 하니 아버지 쪽으로 고개를 돌렸다.

"카메라가 필요해요." 그는 속사포처럼 쏟아냈다. "지금 당장요. 폴라로이드 선 660. 여기 있어요. 심지어 특가 세일중이에요. 보세요."

딜리번 씨는 결정을 내렸음에도 불구하고 마지막 남은 이성의 끈을 놓지 못했다. "왜……." 그는 말문을 열었지만 거기까지였고 더 이상은 케빈이 허락하지 않았다.

"이유는 저도 몰라요!" 그가 버럭 소리를 지르자 몰리 더럼은 앓는 소리를 냈다. 그녀는 이제 와서 토악질을 하긴 싫었다. 케빈 딜리번도 섬뜩하긴 했지만 그 정도로 섬뜩하진 않았다. 지금 그녀는 집에 가서 침대로 기어 올라가 이불을 뒤집어쓰고 싶은 생각뿐이었다. "카메라가 있어야 하고 시간이 별로 남지 않았어요, 아빠!"

"카메라 하나 주세요." 딜리번 씨는 이렇게 말하며 케빈이 벌써 진열품 쪽으로 달려가기 시작했다는 것을 알지 못한 채 부들부들 떨리는 손으로 지갑을 꺼냈다.

"그냥 하나 꺼내 가세요." 그녀는 생판 남의 목소리처럼 들리는, 떨리는 목소리로 말했다. "그냥 하나 꺼내서 들고 가세요."

19장

광장 건너편에서는 팝 메릴이 품안에 안긴 갓난아이처럼 순진한 싸구려 뻐꾸기시계를 고치고 있다는 착각에 빠진 채 케빈의 카메라에 필름 팩을 넣었다. 덮개를 탁 소리 나게 닫자 카메라가 질척한 신음 소리를 냈다.

'우라질 뻐꾸기시계가 지독한 후두염에 걸린 것 같은 소리를 내네. 톱니바퀴가 하나 빠진 모양이로군. 그거야 고칠 방법이 있지.'

"내가 고쳐주마." 팝은 말하고 카메라를 들었다. 눈을 바짝 갖다 대도 보이지 않을 만큼 가늘게 실금이 간 뷰파인더에 멍한 한쪽 눈을 댔다. 카메라는 가게 정면을 향하고 있었지만 상관없었다. 어느 방향을 겨누든 폴라로이즈빌보다 훨씬 근사한 이름이 필요한 어느 작은 마을의 어느 까만색 개를 찍게 되어 있었다. 그 마을은 조물주가 창조하지 않은 곳이었고, 그 개 역시 조물주가 창조하지 않은 것이었다.

번쩍!

질척한 신음 소리와 함께 케빈의 카메라가 새로운 사진을 뱉어냈다.

"자." 팝이 만족스러워하며 나지막이 말했다. "새야, 네게 목소리를 돌려주는 정도로 그치지 않을 수도 있겠다. 그러니까 무슨 말인가 하면, 노래를 부르게 만들 수도 있겠다는 거야. 장담은 못하겠지만 한번 해봐야지."

팝은 건조하고 딱딱하게 씩 웃으며 다시 셔터를 눌렀다.

번쩍!

***

존 딜리번은 광장을 반쯤 지났을 때 엠포리엄 갤로리엄의 지저분한 유리창이 하얀빛으로 물드는 것을 보았다. 빛 자체는 아무 소리도 내지 않았다. 그 뒤를 이어서 나지막하고 음산한 천둥소리가 노인의 고물가게에서 발생한 여진처럼 그의 귀로 날아와 꽂히는 듯이 느껴졌지만…… 어쩌면 출구가 노인의 고물가게밖에 없었기 때문에 그렇게 느껴진 것일 수도 있었다. 소리의 진정한 진원지는 땅속인 듯했다. 소리의 주인을 품을 수 있을 만큼 넓은 공간이 땅속밖에 없는 걸까?

"뛰어요, 아빠!" 케빈이 외쳤다. "그 할아버지가 시작했어요!"

섬광이 차가운 전류처럼 다시 창문을 환하게 물들였다. 그 뒤를 이어서 으르렁거리는 소리가 아래에서 또 들렸다. 윈드 터널에서 나는 소닉붐 소리, 이해할 수 없을 만큼 끔찍한 짐승이 누군가의 발에 맞고 잠에서 깨어나는 소리였다.

딜리번 씨는 속수무책으로 걸음을 멈추고 자기가 무슨 짓을 하고 있는지도 모른 채, 폴라로이드 카메라에 내장된 플래시가 저렇게 크고 환한 빛을 뿜어낼 리 없다는 말을 하려고 입을 열었지만 케빈은 이미 내달리기 시작했다.

딜리번 씨는 덩달아 달리며 결의를 다졌다. 상상할 수도 없을 만큼 끔찍한 일이 벌어지기 전에 아들의 목덜미를 붙잡아서 끌고 가야 했다.

20장

팝이 찍은 두 번째 사진이 첫 번째 사진을 구멍에서 밀어냈다. 첫 번째 사진이 펄럭이며 작업대 위로 떨어지자 화학약품 처리된 정사각형의 종이답지 않게 쿵 하는 묵직한 소리가 났다. 이제는 폴라로이드 개가 프레임 전면을 거의 다 채웠다. 녀석의 믿기지 않는 머리통과 시커먼 구멍 같은 두 눈과 빽빽한 이빨 사이로 입김이 나오는 아가리가 전면을 장식했다. 개를 닮은 그것이 엄청난 속도로 달려오면서 녀석과 렌즈의 거리가 가까워지자 초점이 더욱 맞지 않은 탓에 머리통이 총탄 아니면 눈물방울 모양으로 길게 늘어났다. 이제 뒤편의 말뚝 울타리는 꼭대기 부분만 보였다. 앞으로 움츠린 녀석의 어깨에 나머지가 모두 가려졌다.

선 660 카메라와 나란히 서랍 안에 들어 있었던, 케빈이 생일 선물로 받은 볼로 넥타이가 사진 하단에서 희미한 햇빛을 받고 반짝였다.

"거의 다 고쳤다, 이 씨발 새끼야." 팝은 갈라진 높은 목소리로 말했다. 그는 불빛 때문에 눈이 멀었다. 그의 눈에는 개도 카메라도 보이지 않았다. 평생의 과업이 되어버린, 목소리를 잃은 뻐꾸기만 보였다. "이 새끼야, 너는 노래를 부르게 될 거야! 내가 노래를 부르게 만들 거야!"

번쩍!

세 번째 사진이 두 번째 사진을 구멍에서 밀어냈다. 두 번째 사진은 정사각형 종이가 아니라 돌덩이인 것처럼 삽시간에 추락해 작업대에 부딪혔고 오래돼서 너덜너덜한 책상 깔개를 관통했다. 깔개 아래의 책상 상판이 조각나 놀란 듯이 위로 튀었다.

이 사진에서는 개의 머리통이 한층 더 흐릿하게 찍혔다. 살덩이로 이루어진 기둥처럼 길어져서 삼차원에 가까운 묘한 인상을 풍겼다.

세 번째 사진이 아직 카메라 하단에 대롱대롱 매달려 있었을 때 폴라로이드 개의 주둥이에 다시 초점이 맞추어지는 듯이 보이는, 있을 수 없는 일이 벌어졌다. 주둥이가 렌즈에 닿다시피 했기 때문에, 우리가 수면이라고 부르는 얇은 막 바로 밑에서 바다 괴물이 주둥이를 내밀고 있는 것처럼 보일 정도로 가까이에 있었기 때문에 있을 수 없는 일이었다.

"이 우라질 게 아직도 이상하네." 팝이 말했다.

그의 손가락이 폴라로이드의 방아쇠를 다시 눌렀다.

21장

케빈은 엠포리엄 갤로리엄의 계단을 달려 올라갔다. 아버지가 그를 잡으려고 손을 뻗었다가 펄럭이는 케빈의 셔츠 뒷자락에서 이삼 센티미터 뒷부분을 헛손질하고 비틀비틀 바닥을 짚으며 넘어졌다. 꼭대기에서 두 단 낮은 계단에서 손이 미끄러지자 조그만 가시들이 살갗에 박혔다.

"케빈!"

딜리번 씨가 고개를 든 순간 또다시 눈이 부시도록 하얀빛으로 온 세상이 거의 사라졌다. 이번에는 으르렁거리는 소리가 더 커졌다. 발광한 짐승이 허술해진 우리를 뚫고 뛰쳐나오기 직전에 내는 소리였다. 고개를 숙이고 한 손으로 하얀빛을 가린 채 섬광에 사진으로 변해버린 듯 꼼짝 않고 서 있는 케빈의 모습이 그의 눈에 들어왔다. 쇼윈도가 위에서부터 지그재그로 갈라지고 있는 것도 보였다.

"케빈, 조심……."

유리창이 반짝이는 물보라처럼 밖으로 터지자 딜리번 씨는 고개를 숙였다. 유릿조각들이 돌풍처럼 날아왔다. 머리칼 속으로 후두둑 떨어지고 양쪽 뺨이 긁히는 게 느껴졌지만 그에게도 그렇고 아들에게도 그렇고 유릿조각이 깊숙이 박히지는 않았다. 대부분 부서져 가루가 되었기 때문이다.

뭔가 우지끈하고 쪼개지는 소리가 들렸다. 딜리번 씨가 고개를 들어보니 케빈이 아까 그가 생각했던 방식으로 안에 들어가고 있었다. 유리창이 없어진 문을 어깨로 들이받아서 오래되어 썩은 나무문에 새로 단 빗장을 뜯어냈다.

"케빈, 이런 망할!" 딜리번 씨는 고함을 질렀다. 그는 일어서려다 발이 꼬이는 바람에 하마터면 한쪽 무릎을 꿇으며 넘어질 뻔했지만 벌떡 몸을 일으켜 아들을 향해 돌진했다.

***

빌어먹을 빠꾸기시계가 이상해졌다. 안 좋은 쪽으로 이상해졌다.

계속 종을 치는 것만으로도 예감이 안 좋은데 그게 다가 아니었다. 팝의 손안에서 무거워졌고…… 견딜 수 없을 정도로 뜨거워졌다.

시계를 내려다본 팝은 문득 공포의 비명을 지르려고 했지만 턱이 철사로 한데 묶인 것처럼 꼼짝하지 않았다.

이제 보니 그는 지금까지 장님이나 다름없었다. 들고 있던 건 빠꾸기시계가 아니었다.

카메라를 으스러져라 잡고 있는 손에서 힘을 풀어보려고 했지만 놀랍게도 손가락을 벌릴 수가 없었다. 카메라 중심으로 중력이 증폭된 듯했다. 섬뜩하게도 카메라가 계속 뜨거워지고 있었다. 손톱이 하얘지도록 벌어진 손가락 사이로 회색 카메라 케이스에서 연기가 피어오르기 시작했다.

그의 오른쪽 집게손가락이 다리가 잘린 파리처럼 빨간색 셔터 버튼을 향해 꾸물꾸물 올라가기 시작했다.

"안 돼." 그는 애원조로 말했다. "이러지 마……."

그의 손가락은 들은 체하지 않았다. 손가락이 빨간색 버튼에 안착했을 때 케빈이 어깨로 문을 부수고 들이닥쳤다. 문에 달린 판유리가 와장창 깨져 사방으로 튀었다.

팝은 셔터를 누르지 않았다. 눈이 먼 와중에도, 손가락에서 연기가 나고 눌어붙기 시작하는 게 느껴지는 와중에도 셔터를 누르지 않았다는 건 알 수 있었다. 하지만 손끝이 버튼에 자리잡자 중력이 처음에는 두 배, 그다음에는 세 배로 강해진 것처럼 느껴졌다. 그는 손가락을 들어서 버튼과 멀찌감치 떼어놓으려고 했지만 목성에서 팔굽혀펴기 자세를 유지하려는 것만큼이나 힘들었다.

"손을 놓으세요!" 아이가 어둠의 가장자리 어디에선가 소리를 질렀다. "손을 놓으세요, 손을 놓아요!"

"안 돼!" 팝도 따라서 소리를 질렀다. "그러니까 무슨 말인가 하면, 손을 놓을 수가 없어!"

빨간색 버튼이 접점을 향해 안으로 오므라들기 시작했다. 케빈은 다리를 벌리고 라버디어에서 방금 전에 들고 나온 카메라 위로 몸을 수그렸다. 카메라가 담겼던 상자는 그의 발치에서 나뒹굴었다. 그는 버튼을 누르고 필름을 넣는 널찍한 칸이 보이도록 카메라 앞면을 열었다. 필름 팩 하나를 그 안에 넣으려고 하는데 계속 들어가지지 않았다. 이 카메라도 형제를 따라 변절하기로 작정한 듯이 그랬다.

팝이 다시 소리를 질렀다. 이번에는 말이 아니라 알아들을 수 없는 고통과 공포의 비명소리였다. 케빈은 플라스틱 타는 냄새와 살 익는 냄새를 맡았다. 고개를 들어보니 그대로 얼어버린 노인의 손 안에서 폴라로이드 카메라가 실제로 녹아내리고 있었다. 네모반듯한 상자 모양의 외관이 등을 구부린 듯한 이상한 형체로 달라지고 있었다. 유리로 된 뷰파인더와 렌즈도 어찌된 영문인지 플라스틱으로 바뀌었다. 점점 더 형체를 잃어가는 케이스에서 뷰파인더와 렌즈가 튕겨져 나오거나 깨지지 않고 엿가락처럼 길게 늘어져서 비극에 등장하는 가면에 달린 눈처럼 기괴한 모양이 되었다.

달구어져서 따뜻한 밀랍처럼 곤죽이 된 까만색 플라스틱이 팝의 손가락과 손등을 타고 걸쭉한 도랑처럼 흐르며 살 위에 홈을 새겼다. 플라스틱이 태운 자리를 지지고 지나갔고 도랑에서 나온 피가 살갗을 타고 흘러내려 연기와 함께 작업대 위로 방울방울 떨어지자 뜨거운 기름처럼 지글거렸다.

"필름 포장지를 안 벗겼잖아!" 아버지가 뒤에서 지르는 고함소리를 듣고 케빈은 마비 상태에서 깨어났다. "포장지를 벗겨야지! 이리 줘!"

아버지는 손을 내밀다 케빈을 세게 쳐서 하마터면 넘어뜨릴 뻔했다. 그는 두툼한 호일로 포장된 필름 팩을 낚아채서 한쪽 끝을 뜯고 호일을 벗겨냈다.

"도와줘!" 팝이 비명을 질렀다. 그들이 무슨 뜻인지 알아들을 수 있는 단어를 그에게서 들은 것은 이때가 마지막이었다.

"서둘러라!" 아버지가 새 필름 팩을 그의 손에 쥐여주며 외쳤다. "얼른!"

뜨겁게 지글거리는 살. 팝의 손가락과 손등에서 굵은 정맥과 동맥이 터지자 처음에는 샤워 물줄기처럼 작업대 위로 쏟아지던 뜨거운 피가 이제는 폭풍처럼 쏟아졌다. 개울처럼 흐르던 뜨거운 플라스틱이 그의 왼쪽 손목을 감싸자 피부 바로 밑의 정맥 다발이 터져서 처음에는 썩은 마개 사이사이로 뿜어져 나오는 것 같았던 피가 이제는 끈질기게 밀어붙이는 압력에 무너지기 시작한 것처럼 분출했다.

팝은 짐승처럼 울부짖었다.

케빈은 필름 팩을 넣으려고 했지만 이번에도 들어가지 않자 "에이 씨!" 하고 외쳤다.

"거꾸로 넣었잖니!" 딜리번 씨가 고함을 질렀다. 그가 카메라를 낚아채려고 했지만 케빈이 뿌리치는 바람에 손에는 찢어진 셔츠 조각만 남았다. 케빈은 필름 팩을 도로 꺼내다가 손끝에서 놓쳐 하마터면 바닥으로 떨어뜨릴 뻔했다. 그러자 바닥이 주먹 모양으로 몸을 뻗어서 떨어지는 필름 팩을 박살내려는 것처럼 느껴졌다.

케빈은 필름 팩을 잡고 돌려서 카메라 안에 넣고, 목이 부러진 동물처럼 밑으로 축 늘어져 있던 카메라 커버를 닫았다.

팝이 다시 울부짖었고…….

번쩍!

22장

이번에는 초신성으로 돌변해 열기 없는 빛을 뿜어낸 항성의 한복판에 서 있는 듯했다. 케빈은 그림자가 발뒤꿈치에서 잘려나가 벽까지 밀려난 듯한 느낌을 받았다. 뒤쪽 벽이 일순 섬광 세례를 받고 천 갈래로 쩍쩍 갈라졌지만 그의 그림자가 닿은 움푹 들어간 부분만 예외였으니 어느 정도 맞는 말일 수도 있었다. 한쪽 팔꿈치를 브이 모양으로 내민 그의 실루엣이 오려낸 것처럼 선명하고 확실하게 문신처럼 벽에 찍혔다. 정작 그곳에 그림자를 드리운 팔은 새 카메라를 들어서 얼굴에 갖다 대느라 움직였는데도 정지된 이미지로 남았다.

팝의 손에 들려 있던 카메라의 윗부분이 떨어져나오면서 뚱뚱한 남자가 헛기침을 하는 것처럼 굵고 낮은 소리가 터졌다. 폴라로이드 개가 으르렁거렸다. 이번에는 저음의 그 천둥소리가 하도 크고 선명하고 가까워서 시계 앞면의 유리들이 깨졌고, 거울과 액자가 바닥 위로 쏟아지며 놀랍고 비현실적으로 아름다운 크리스털 글라스의 포물선을 그렸다.

이번에는 카메라가 끙끙대거나 낑낑거리지 않았다. 거꾸로 선 아이를 낳느라 고통 속에서 죽어가는 여자처럼 높고 날카롭게 비명을 질렀다. 구멍에서 밀려나온 네모반듯한 종이에서 연기가 피어올랐다. 잠시 후에 사진이 나오는 구멍 자체가 녹기 시작하더니 한쪽은 아래로 늘어지고 다른 쪽은 위로 뒤틀려 올라가서 이가 하나도 없는 입술처럼 벌어졌다. 폴라로이드 선이 사진을 낳는, 점점 넓어져가는 그 구멍에 걸려 있는 마지막 사진 표면에서 거품이 하나 생겼다.

그 자리에서 얼어붙은 케빈이 마지막으로 하얀빛이 작렬한 이후에 눈앞에서 왔다갔다하는 별을 뚫고 섬광의 장막 사이로 쳐다보는 가운데 폴라로이드 개가 다시 으르렁거렸다. 전보다 소리가 작아졌고 사방에서 녀석이 다가오는 듯한 느낌은 덜해졌지만 전보다 더 진짜 같고 실감이 났기 때문에 끔찍했다.

녹아내리던 카메라 일부가 회색의 큼지막한 덩어리가 되어 뒤로 날아가 팝 메릴의 목을 치더니 점점 목걸이 모양으로 변했다. 팝의 경정맥과 경동맥이 순식간에 터지자 핏줄기가 새빨간 나선을 그리며 위와 앞으로 뿜어져 나왔다. 팝의 머리가 힘없이 뒤로 꺾였다.

사진 표면의 거품이 커졌다. 머리가 날아간 카메라 하단의 입을 쩍 벌리고 있는 구멍에서 사진이 춤을 추었다. 종이가 아니라 니트 나일론처럼 신축성 있는 재질이라도 되는 것처럼 사진 옆면이 늘어나기 시작했다. 사진이 구멍 속에서 앞뒤로 꿈틀거리자 케빈은 이년 전 생일에 꼭 맞는 카우보이 부츠를 선물받았을 때 꿈틀꿈틀 발을 집어넣었던 게 생각이 났다.

사진 테두리가 사진이 나오는 구멍의 가장자리를 때렸다. 원래대로라면 구멍이 꿈쩍하지 않아야 했겠지만 카메라는 더이상 고체가 아니었다. 카메라 고유의 특징이 더는 없었다. 날카로운 양날검이 연한 고기를 가르듯 사진이 구멍의 양옆을 깔끔하게 갈랐다. 사진은 폴라로이드 케이스 안으로 쑤시고 들어가며 연기가 나는 회색의 플라스틱 조각을 어두침침한 허공으로 튀겼다. 조각 하나가 말라서 부스러져가는 묵은《포퓰러 미캐닉스》잡지 위로 떨어지자 그 자리에 시커멓고 김이 모락모락 나는 구멍이 뚫렸다.

개가 다시 화가 난 듯 험악하게 으르렁거렸다. 상대를 찢어발겨서 죽일 생각밖에 없는 짐승의 울부짖음이었다. 그것말고는 머릿속에 아무것도 없는 짐승의 울부짖음이었다.

사진은 녹아서 축 늘어져 일그러진 관악기의 아가리와 비슷해 보이는 구멍의 끝에 불안하게 매달려 있다가 돌멩이가 우물 속으로 떨어지는 속도로 작업대를 향해 떨어졌다.

케빈은 그의 어깨를 움켜잡는 손을 느꼈다.

"저게 뭐하는 거냐?" 아버지가 쉰 목소리로 물었다. "맙소사. 케빈, 저게 뭐하는 거냐?"

관심 없다는 투로 초연하게 대답하는 자기 목소리가 케빈의 귀에 들렸다. "태어나는 거예요."

23장

팝 메릴은 작업대 앞 의자에 앉아서 고개를 뒤로 젖힌 채 죽었다. 그 작업대에 앉아서 담배를 피우고, 아무 생각 없는 사람들에게 팔아넘길 때까지만이라도 제대로 돌아갈 수 있도록 쓰레기들을 고치고, 날이 저문 뒤에 충동적이고 경솔한 짓을 저지른 사람들에게 돈을 빌려준 날이 몇 날 며칠이었던가. 그는 천장을 빤히 쳐다보며 숨을 거두었다. 천장에서 피가 뺨과 감지 못한 두 눈 위로 뚝뚝 떨어졌다.

중심을 잃은 의자가 넘어지자 축 늘어져 있던 몸이 바닥으로 쏟아졌다. 지갑과 열쇠 뭉치가 짤그랑거렸다.

작업대 위에서 마지막 폴라로이드 사진이 이리저리 움직였다. 사진의 양옆이 벌어졌다. 케빈은 살아 있지만 살아 있지 않은 무언가가 끔찍하고 알 수 없는 출산의 고통으로 신음하는 소리가 들리는 듯했다.

"얼른 도망쳐야겠다." 아버지가 숨을 헐떡이며 케빈을 잡아당겼다. 겁에 질려서 휘둥그레진 존 딜리번의 두 눈은, 꿈틀거리며 퍼져서 메릴의 작업대를 절반이나 덮은 사진에 못 박혀 있었다. 이제 그것은 사진이라고 볼 수 없었다. 양옆은 휘파람을 불려고 미친듯이 애를 쓰는 사람의 볼처럼 불룩 튀어나왔다. 반짝이는 거품은 삼십 센티미터 높이로 튀어나와서 부들거렸다. 번들번들한 땀 같은 것을 흘리는 표면 위로 기묘하고 이름을 알 수 없는 빛깔들이 정처 없이 이리저리 질주했다. 욕구불만과 목적의식과 극도의 굶주림으로 가득한 아우성이 존의 머릿속을 가르고 또 가르며, 둘로 쪼개서 미치게 만들 듯이 협박했다.

케빈은 어깨 부분의 셔츠를 찢어가며 아버지에게서 벗어났다. 그의 목소리는 나지막하고 묘하게 차분했다. "안 돼요. 그래봐야 우리를 뒤쫓아올 거예요. 이 녀석은 저를 노리는 것 같아요. 팝을 노렸다면 이미 목적을 달성했고 카메라의 원래 주인은 저였으니까요. 하지만 녀석은 멈추지 않을 거예요. 아버지까지 데려갈 거예요. 그런 다음에도 멈추지 않을지 몰라요."

"네가 어쩔 방법이 없잖니!" 그의 아버지가 외쳤다.

"있어요." 케빈이 말했다. "기회가 한 번 있어요."

그러고는 카메라를 들었다.

***

사진 가장자리가 작업대의 끝에 다다랐다. 거기에서 작업대 아래로 늘어지지 않고 위로 동그랗게 말려서 계속 꿈틀거리며 번져나갔다. 이제는 허파가 달려 있고 그것으로 힘겹게 숨을 몰아쉬는 이상한 날개가 된 것 같았다.

일정한 형체 없이 펄떡이는 그것의 표면이 전체적으로 계속 부풀었다. 납작해야 하는 표면이 끔찍한 종양처럼 변해 응어리가 지고 분화구가 뚫린 옆면에서 역겨운 액체가 뚝뚝 흘러나왔다. 헤드치즈* 처럼 은은한 냄새를 풍겼다.

탈출하려고 버둥거리는 지옥의 개가 답답한지 맹렬하게 울부짖는 소리가 계속 이어졌고, 이제는 고인이 된 팝 메릴의 시계들도 항의를 하는 듯 종을 치고 또 치기 시작했다.

딜리번 씨는 미친듯이 도망치고 싶었던 마음이 사라졌다. 목숨을 앗아가는 졸음과도 같은, 깊고 위험한 나른함이 그를 감쌌다.

케빈은 카메라의 뷰파인더를 눈에 갖다 댔다. 그는 사슴 사냥을 몇 번밖에 안 해봤지만, 같이 사냥을 나선 사람들이 나무 뒤에 숨어 있는 동물을 케빈이 기다리는 빈터 쪽으로 몰려고 최대한 요란하게 소리를 내며 다가올 때, 총알이 사람들 앞을 지나서 안전한 각도로 발사되도록 어떤 식으로 사계를 잡고 숨어서 기다렸는지 기억했다. 사람을 맞히면 어쩌나 걱정할 필요가 없었다. 사슴을 맞힐 생각만 하면 됐다.

사슴이 모습을 드러냈을 때 맞힐 수 있을지 걱정되는 순간도 있

* 소나 돼지의 머리나 발을 잘게 썰고 삶아서 치즈처럼 굳힌 식품.

었다. 총을 쏠 수 있을지 걱정되는 순간도 있었다. 사슴이 영영 가상의 존재로만 남아서 시험에 들 필요가 없길 바라는 순간도 있었는데…… 그의 바람대로 사슴은 항상 가상의 존재로만 남았다. 하지만 사슴이 정말로 한 번 등장했을 때 아버지의 친구 빌 로버슨이 잠복하고 있었다. 로버슨 아저씨는 사슴의 목과 어깨가 만나는 완벽한 지점으로 총알을 날렸고 그들은 수렵구 관리인에게 부탁해서 사슴을 에워싸고 사진을 찍었다. 누구라도 자랑하고 다닐 만한 열두 가지의 뿔이 달린 수사슴이었다.

'네가 덤불 속에 숨어 있을 차례였다면 좋았을 텐데 아쉽지?' 수렵구 관리인이 케빈의 머리칼을 헝클어뜨리며 물었다(그때 그는 열두 살이었고 성장기가 약 십칠 개월 전에 시작돼서 백팔십 센티미터가 되려면 아직 일 년이 남았기에…… 그의 머리칼을 헝클어뜨리는 사람에게 역정을 낼 만한 나이가 아니었다). 케빈은 속마음을 감추고 고개를 끄덕였다. 사실은 그가 덤불 속에 숨어 있을 차례가 아니라서, 총을 쏠지 말지 결정하는 당사자가 아니라서 다행이었다. 그가 총을 쏠 만큼 용감했다 한들 사슴의 숨통을 깨끗하게 끊어야 한다는 성가신 의무 조항만 하나 추가될 따름이었다. 숨통을 깨끗하게 끊지 못했다면 표적을 향해 다시 총알을 날릴 수 있을지, 사슴이 도망쳤다면 핏자국과 녀석이 놀라서 싸놓은 김이 모락모락 나는 똥을 따라가서 끝장낼 수 있을지 자신이 없었다.

그는 웃는 얼굴로 수렵구 관리인을 올려다보며 고개를 끄덕였고 아버지는 그 모습을 사진에 담았다. 그가 머리칼을 헝클어뜨리는 수렵구 관리인을 향해 눈을 치뜨고서 무슨 생각을 하고 있었는지 아버지에게 털어놓을 필요는 없었다. '아뇨, 아쉽지 않아요. 이 세상은 시험으로 가득하지만 열두 살은 시험을 치르러 나서기엔 어린 나이잖아요. 로버슨 아저씨여서 다행이었어요. 저는 아직 성인식을 치를 마음의 준비가 되지 않았어요.'

하지만 이번에는 그가 덤불 속에 숨어 있었다. 표적이 다가오고 있었다. 게다가 이번에는 순한 초식동물이 아니었다. 호랑이를 통째로 집어삼킬 수 있을 만큼 커다랗고 포악한 살인마였다. 놈은 케빈을 죽이려고 하는데 그건 시작에 불과했다. 놈을 막을 수 있는 사람은 자신뿐이었다.

폴라로이드 카메라를 아버지에게 넘길까 하는 생각이 머릿속을 스치고 지나갔지만 그것으로 끝이었다. 그의 마음속 깊은 곳에서는 진실을 알았다. 폴라로이드 카메라를 넘기면 아버지를 죽이고 자살하겠다는 거나 다름없었다. 아버지가 뭔가를 믿는 듯했지만 그 정도로 두루뭉술한 것으로는 부족했다. 아버지가 멍한 상태에서 깨어나 셔터를 누른다 한들 효과가 없을 것이다.

자신이 눌러야 효과가 있다.

그래서 케빈은 조준기라도 되는 양 카메라 뷰파인더에 눈을 갖다 대고, 사진이 계속 펼쳐짐에 따라 반짝이는 액화 상태의 거품이 넓어지고 높아지는 것을 지켜보며 시험이 닥치길 기다렸다.

잠시 후에 폴라로이드 개의 실질적인 분만이 시작됐다. 녀석이 강철 공이 달린 채찍을 휘두르는 소리를 내며 다시 으르렁거리자 카메라가 무거운 납덩이처럼 느껴졌다. 카메라가 손안에서 부들부들 떨렸고 그는 축축해서 미끄러워진 손가락이 카메라를 놓아버리려는 것을 느낄 수 있었다. 그는 양쪽 입꼬리를 뒤로 잡아당겨서 섬뜩하고 절박한 미소를 지으며 버텼다. 땀이 한쪽 눈 속으로 들어가자 잠깐 앞이 두 개로 보였다. 머리를 뒤로 휙 넘겨서 이마와 눈썹을 덮고 있던 머리칼을 치우고 눈을 다시 뷰파인더에 갖다 댔다. 그 순간 누군가가 힘센 손으로 묵직한 천을 천천히 잡아서 뜯는 것 같은 굉음이 엠포리엄 갤로리엄을 가득채웠다.

반짝이던 거품의 표면이 찢어지면서 벌어졌다. 빨간 네온등 앞에 놓인 찻주전자에서 뿜어져 나오는 것처럼 빨간색 연기가 피어올랐다.

녀석이 또다시 살의가 느껴지는 성난 목소리로 포효했다. 비뚤배뚤한 이빨이 가득 달린 거대한 주둥이가 물위로 튀어오른 검은 고래처럼 거품의 막을 찢고 나왔다. 그 주둥이가 찢고 씹고 갉아먹자 막이 고무 튀기는 소리를 내며 무너졌다.

시계들이 미친듯이 종을 쳤다.

아버지가 다시 그를 붙잡았다. 이번에는 하도 세게 움켜잡는 바람에 케빈의 이가 카메라 본체에 부딪혀서 하마터면 카메라를 떨어뜨려 박살낼 뻔했다.

"찍어라!" 놈이 울부짖는 소리 위로 아버지가 외쳤다. "찍어라, 케빈, 찍을 수 있으면 지금 당장 찍어. 맙소사, 저것이……."

케빈은 아버지의 손을 확 물리쳤다. "아직 안 돼요. 아직……."

케빈의 목소리에 녀석이 괴성을 질렀다. 폴라로이드 개가 사진을 계속 넓혀가며 어딘지 모를 곳에서 돌진해 오고 있었다. 사진은 신음 소리를 내며 쭉쭉 늘어났다. 그러다 다시 천이 찢기는 듯한 탁한 기침 소리를 냈다.

이때 폴라로이드 개가 쇠붙이와 눈부시게 반짝이는 렌즈로 뒤덮인 잠망경처럼 시커멓고 텁수룩한 머리를 구멍 사이로 불쑥 내밀었다. 케빈의 눈앞에 등장한 것은 쇠붙이가 아니라 배배 꼬인 뾰족한 털이었고 렌즈가 아니라 분노와 광기로 이글거리는 녀석의 눈이었다.

녀석은 목이 구멍에 걸리자 가죽에 달린 가시로 구멍의 가장자리를 찢어 희한한 햇살 모양으로 만들었다. 녀석이 다시 포효하자 입에서 연한 황적색의 불꽃이 날름거렸다.

존 딜리번은 뒷걸음질치다 《위어드 테이슬》과 《판타스틱 유니버스》 잡지가 잔뜩 쌓여 있던 테이블을 쳤다. 테이블은 한쪽으로 기울었다. 딜리번 씨는 속절없이 두 팔을 마구 휘저으며 발뒤꿈치로 바닥을 디뎠지만 뒤로 기우뚱했다가 결국 벌러덩 넘어졌다. 사람과 테이블이 쿵 소리와 함께 넘어졌다. 폴라로이드 개는 포효하더니 머리를 숙여서 자기를 붙잡고 있는 막을 웬일로 섬세하게 뜯었다. 막이 찢어졌다. 녀석이 가느다란 불길을 내뿜자 막이 타서 재로 변했다. 짐승이 위로 펄쩍 뛰어올랐다. 이제 보니 녀석이 목에 두른 넥타이에 고리가 아니라 팝 메릴이 파이프를 청소할 때 썼던 숟가락 모양의 도구가 걸려 있었다.

순간 선명한 깨달음이 소년을 강타했다. 그의 아버지가 놀람과 공포의 비명을 지르며 밑에 깔린 테이블 위에서 일어나려고 했지만 케빈은 아랑곳하지 않았다. 고함소리가 먼 데서 들리는 것처럼 느껴졌다.

'괜찮아요, 아빠.' 그는 생각하며, 빠져나오려고 버둥거리는 짐승 쪽으로 단단히 뷰파인더를 고정했다. '이제 괜찮아요, 모르시겠어요? 아마 괜찮을 거예요……. 왜냐하면 녀석이 달고 있는 부적이 바뀌었거든요.'

그는 폴라로이드 개에게도 주인이 있고…… 케빈이 더이상 손쉬운 먹잇감이 아니라는 사실을 주인도 깨달았을지 모른다는 생각이 들었다.

어쩌면 어디에도 없는 폴라로이즈빌이라는 이상한 마을에 개 사냥꾼이 있을지 몰랐다. 그렇지 않으면 뚱뚱한 여자가 꿈에 등장할 이유가 없었다. 그에게 어떻게 해야 하는지 알려준 사람이 그 뚱뚱한 여자였다. 그녀가 독자적으로 알려준 것일 수도 있고 개 사냥꾼이 그에게 경고하는 뜻에서 그녀를 보낸 것일 수도 있었다. 이차원적인 쇼핑 카트 가득 이차원적인 카메라를 싣고 가던 이차원적인 뚱뚱한 여자. '조심해, 학생. 팝의 개가 목줄을 끊었는데 엄청 사납거든……. 그 개의 사진을 찍기가 어렵기도 하지만 카메라가 없으면 아예 찍을 수가 없지.'

그리고 지금 케빈은 카메라를 들고 있었다. 성패를 장담할 수 없었지만, 적어도 카메라를 들고는 있었다.

개는 동작을 멈추고 막연하게 고개를 돌리다…… 케빈 딜리번과 맞닥뜨리자 탁하게 이글거리는 시선을 멈추었다. 녀석은 시커먼 입술을 벌려 스크루 모양의 멧돼지 이빨을 드러내고 주둥이를 열어 연기가 나는 목구멍을 보이며 고막을 뚫을 듯이 날카롭게 울부짖었다. 밤마다 팝의 가게를 비추었던 공 모양의 해묵은 조명들이 하나씩 차례대로 산산이 부서졌다. 파리똥이 달라붙은 젖빛 유릿조각들이 빙글빙글 돌며 쏟아졌다. 녀석은 널찍한 가슴으로 숨을 헐떡이며 두 세계를 나누는 막을 찢고 펄쩍 뛰었다.

케빈은 폴라로이드의 방아쇠 위에 손가락을 얹었다.

녀석이 다시 한번 펄쩍 뛰자 앞다리가 풀려났다. 거대한 가시처럼 잔인하게 생긴 발톱이 움켜쥘 곳을 찾느라 작업대를 긁고 할퀴었다. 두툼한 사탕단풍나무가 수직으로 길게 파였다. 뒷다리가 버둥거리며 아래쪽(아래쪽이 어딘지 모를 일이었지만)에서 디딜 곳을 찾느라 둔탁하게 치고 긁는 소리가 들렸다. 케빈은 지금이 녀석을 가둬서 마음대로 처분할 수 있는 마지막 몇 초의 기회임을 알 수 있었다. 몇 초가 지나면 녀석이 돌진하며 작업대를 뛰어넘을 테고, 꿈틀거리며 구멍에서 빠져나오는 순간 녀석은 물의 사신처럼 순식간에 그에게 달려들어 화염을 내뿜어 그의 바지에 불을 지르고 곧바로 뜨끈한 내장을 갈기갈기 찢을 것이었다.

케빈은 또렷하게 명령을 내렸다. "치즈 해라, 이 개새끼야."

그러고는 폴라로이드의 방아쇠를 눌렀다.

24장

섬광이 어찌나 눈부시던지 나중에 케빈은 말로 설명할 방법을 찾지 못했다. 사실 기억도 거의 나지 않았다. 그가 들고 있던 카메라는 뜨거워져서 녹지 않았다. 그 대신 불투명 유리로 된 렌즈가 터지고 스프링이 끊기거나 산산조각이 났는지 안에서 뭔가 깨지는 소리가 서너 번 빠르게 뚝뚝 났다.

그는 새하얀 잔광 사이로 흑백 폴라로이드 사진처럼 개가 얼어붙은 것을 보았다. 고개는 뒤로 젖혀졌고, 대중없이 길이 난 털 속의 뒤틀린 주름과 갈라진 틈은 물이 마른 계곡의 복잡한 지형처럼 그대로 굳었다. 이빨은 이제 누런색이 아니라 물조차 천 년 전에 끊긴 텅 빈 불모지에서 세월을 견딘 뼈처럼 새하얗고 섬뜩하게 빛났다. 한쪽밖에 안 남은 불룩한 눈은 잔인한 섬광에 시커먼 핏빛 홍채를 도둑맞은 듯 그리스 흉상의 눈처럼 하얘졌다. 나팔 모양으로 벌어진 콧구멍에서 김을 모락모락 피우며 떨어진 콧물이 뒤로 젖혀진

입술과 잇몸 사이의 좁은 공간을 타고 뜨거운 용암처럼 흘렀다.

지금까지 케빈이 보았던 모든 폴라로이드 사진의 음화 같았다. 컬러가 아닌 흑백이었고 이차원이 아닌 삼차원이었다. 꼭 메두사의 머리를 무심코 쳐다보았다가 돌로 변해버린 생물을 보는 느낌이었다.

"너는 이제 끝났어, 이 개새끼야!" 케빈이 갈라진 목소리로 히스테릭하게 외치자 맞장구라도 치듯이 얼어붙었던 녀석의 앞다리가 붙잡고 있던 작업대를 놓고 천천히, 그러다 점점 빠르게 원래 등장했던 구멍 속으로 사라지기 시작했다. 산사태가 난 것처럼 바위가 쿨럭거리는 소리가 났다.

케빈은 뜬금없는 생각을 했다. '지금 달려가서 저 구멍 안을 들여다보면 뭐가 보일까? 그 집, 그 울타리가 보일까? 쇼핑 카트를 끌고 가던 할아버지가 눈을 휘둥그레 뜨고, 흐릿한 하늘 위에 뚫린 새까맣게 그슬린 구멍 사이로 그를 마주보고 있는 거인의 얼굴을, 어떤 소년의 얼굴을 쳐다보며 정체를 궁금해할까? 구멍이 나를 빨아들일까? 어떻게 될까?'

하지만 그는 폴라로이드 카메라를 떨어뜨리고 얼굴을 손으로 가렸다.

바닥에 드러누워 있었던 존 딜리번만 마지막 광경을 목격했다. 뒤틀린 채 늘어져 있던 막이 구멍 주변으로 복잡하지만 별 볼 일 없는 혹처럼 쪼그라들더니 자기 안으로 접혔다(혹은 빨려들어갔다).

바람이 처음에는 대놓고 숨을 헐떡이는 소리를 냈다가 찻주전자의 얇은 휘파람 소리 정도로 잦아들었다.

그러고 난 뒤에 사진의 안팎이 뒤집히더니 사라졌다. 아예 존재하지도 않았던 것처럼 감쪽같이 사라졌다.

딜리번 씨는 부들부들 떨며 천천히 일어났을 때, 마지막으로 바람이 유입되면서(그는 구멍의 어느 쪽에서 보았느냐에 따라서 유입이 아니라 유출일 수도 있겠다는 생각을 했다) 책상 깔개와 노인이 찍었던 다른 폴라로이드 사진을 모조리 끌고 가는 것을 보았다.

그의 아들은 손으로 얼굴을 가리고 흐느껴 울며 방 한가운데 서 있었다.

"케빈." 그는 조용히 부르며 아들의 어깨를 팔로 감싸 안았다.

"사진을 찍을 수밖에 없었어요." 케빈은 손으로 얼굴을 가린 채 눈물을 흘리며 말했다. "녀석을 처치하려면 그 방법밖에 없었어요. 빌어먹을 사진을 찍을 수밖에 없었어요. 그러니까 무슨 말인가 하면, 그럴 수밖에 없었다고요."

"맞아." 그는 아이를 더 세게 감싸 안았다. "맞아. 그리고 너는 해냈지."

케빈은 눈물이 줄줄 흐르는 무방비한 눈으로 그를 쳐다보았다. "그래서 사진을 찍을 수밖에 없었던 거예요, 아빠. 아시겠어요?"

"그래." 그의 아버지가 말했다. "그래, 알겠다." 그는 케빈의 뜨끈한 뺨에 입을 맞추었다. "우리 아들, 이제 그만 집에 가자."

그가 케빈의 어깨를 잡은 손에 힘을 주고, 피투성이인 채로 연기가 나는 노인의 시신(케빈이 아직 눈치채지 못한 듯한데 여기에 계속 있으면 알아차릴 것이다)과 반대편에 있는 문으로 데려가려고 하자 케빈이 잠깐 저항했다.

“사람들이 뭐라고 할까요?” 이렇게 묻는 케빈의 말투가 새침한 노처녀 같아서 딜리번 씨는 신경이 곤두선 상태인데도 불구하고 웃음을 터뜨렸다.

“뭐든 얘기하고 싶은 대로 하라지.” 그는 케빈에게 말했다. “그래봐야 진실 근처에는 가지도 못할 테고 진실을 알아내려고 애를 쓰는 사람도 없을 거야.” 그는 말을 잠깐 멈추었다. “그를 좋아한 사람이 없었거든.”

“저는 진실 근처에 절대 가고 싶지 않아요.” 케빈은 속삭였다. “집에 가요.”

“그래. 사랑한다, 케빈.”

“저도 사랑해요.” 케빈은 쉰 목소리로 말했다. 그들은 잊히도록 방치하는 게 최선인 묵은 것들이 풍기는 악취와 연기를 등지고 밝은 햇살 속으로 나섰다.

에필로그

케빈 딜리번의 열여섯 번째 생일이 돌아왔고 그는 원하던 선물을 받았다. 워드스타 70 컴퓨터 겸 워드프로세서였다. 천칠백 달러짜리 장난감이라 예전 같으면 부모님이 감당할 수 없는 선물이었지만 엠포리엄 갤로리엄에서 최후의 일전을 치르고 삼 개월쯤 지났을 때 힐다 이모가 잠을 자던 중에 조용히 세상을 떠났다. 그녀는 정말로 케빈과 메그에게 선물을 남겼다. 사실상 온 가족에게 제법 큰 선물을 남겼다. 유월 초에 유언 검증이 끝나자 그들의 재산은 거의 칠만 달러가 늘어났다. 그것도 세전이 아니라 세후 금액이었다.

"우와, 짱이다! 고맙습니다!" 케빈은 외치고 어머니, 아버지, 심지어 메그(키득거리기는 했지만 일 년 전과 다르게 닦아내려고 하지는 않았다. 올바른 방향의 변화인지 케빈으로서는 알 도리가 없었다)에게까지 뽀뽀를 했다. 그는 거의 오후 내내 방에서 법석을 떨며 테스트 프로그램을 돌려보았다.

4시쯤 됐을 때 그는 1층으로 내려가서 아버지의 서재로 찾아갔다. "엄마랑 메그는요?" 그가 물었다.

"시장 구경 갔는데……. 케빈? 케빈, 왜 그러니?"

"2층으로 올라와보세요." 케빈은 공허한 목소리로 말했다.

그의 방문 앞에 다다랐을 때 그는 하얗게 질린 얼굴을 돌려서 마찬가지로 얼굴이 하얗게 질린 아버지를 쳐다보았다. '아직 정산이 끝나지 않았구나.' 딜리번 씨는 아들을 따라 계단을 올라오면서 이런 생각을 했다. 당연히 그럴 수밖에 없었다. 레지널드 매리언 팝메릴을 통해서도 배우지 않았던가?

너를 괴롭히는 건 원금.

등골을 휘게 만드는 건 이자.

"이거 다른 걸로 교환할 수 있어요?" 케빈이 책상 깔개 위로 직사각형의 신비로운 노란 불빛을 비추고 있는 컴퓨터를 가리키며 물었다.

"글쎄다." 딜리번 씨는 책상 쪽으로 다가가며 말했다. 케빈은 핼쑥한 얼굴로 그의 뒤에 서서 지켜보았다. "되겠지, 이유가 있으면……."

그는 말을 멈추고 화면을 내려다보았다.

"워드 프로그램을 띄우고 '날렵한 갈색 여우가 잠이 든 게으른 개를 뛰어넘는다'라고 쳤거든요." 케빈이 말했다. "그런데 저게 출력돼서 나왔어요."

딜리번 씨는 서서 화면에 출력된 글을 읽었다. 그의 손과 이마가 싸늘해졌다. 거기에는 이렇게 적혀 있었다.

개가 다시 풀려났다.

녀석은 잠들어 있지 않아.

게으르지도 않고.

녀석이 너를 쫓고 있어, 케빈.

'너를 괴롭히는 건 원금이지.' 그는 다시금 생각했다. '등골을 휘게 만드는 건 이자고.' 마지막 두 문장은 다음과 같았다.

녀석은 아주 배가 고프다.

그리고 아주 화가 났다.

이은선
연세대학교에서 중어중문학을, 국제학대학원에서 동아시아학을 전공했다. 편집자, 저작권 담당자를 거쳐 전문 번역가로 활동중이다. 코넬 울리치의 『환상의 여인』과 『상복의 랑데부』, 애거서 크리스티의 『끝없는 밤』, 스티븐 킹의 『11/22/63』, 『악몽을 파는 가게』, 『미스터 메르세데스』. 마거릿 애트우드의 『그레이스』, 프레드릭 배크만의 『베어타운』 등을 비롯하여 다양한 소설을 번역하고 있다.

자정 4분 뒤 2
Four Past Midnight

1판 1쇄 2018년 5월 10일
1판 2쇄 2018년 6월 1일

지은이 스티븐 킹
옮긴이 이은선
펴낸이 염현숙

책임편집 이현 | **편집** 임지호 이송 | **독자모니터** 엄정현
표지디자인 이경란 | **본문조판** 최미영
저작권 한문숙 김지영
마케팅 정민호 정진아 함유지 김혜연 | **홍보** 김희숙 김상만 이천희
제작 강신은 김동욱 임현식 | **제작처** 한영문화사

펴낸곳 (주)문학동네
출판등록 1993년 10월 22일 제406-2003-000045호
임프린트 엘릭시르

주소 10881 경기도 파주시 회동길 210
문의 031-955-1906(편집) 031-955-8896(마케팅) 031-955-8855(팩스)
전자우편 editor@elmys.co.kr | **홈페이지** www.elmys.co.kr

ISBN 978-89-546-5075-5
978-89-546-5073-1 (SET)

엘릭시르는 출판그룹 문학동네의 임프린트입니다.